Macks

The Color of Music

Josefine James

Bibliografische Information der Deutschen Nationalbibliothek: Die Deutsche Nationalbibliothek verzeichnet diese Publikation in der Deutschen Nationalbibliografie; detaillierte bibliografische Daten sind im Internet über http://dnb.dnb.de abrufbar. Die automatisierte Analyse des Werkes, um daraus Informationen insbesondere über Muster, Trends und Korrelationen gemäß §44b UrhG („Text und Data Mining") zu gewinnen, ist untersagt.
© 2024 Josefine James
Verlag: BoD • Books on Demand GmbH, In de Tarpen 42, 22848 Norderstedt
Druck: Libri Plureos GmbH, Friedensallee 273, 22763 Hamburg
ISBN: 978-3-7597-0340-8
Coverdesign: CJ Design
Lektorat: Gabi Büttner

Für all diejenigen, die sich unter Druck gesetzt fühlen, den Ansprüchen andere gerecht zu werden und sich dabei selbst verlieren. Hört auf damit. Ihr seid gut, so wie ihr seid.
I love you!

Folgt mir auf Instagram

Playlist

Hide and Seek – Imogen Heap

Toi & moi – Alex Keeper, Mae

Kids – MGMT

Rollercoaster – Bleachers

Fly like an Eagle – Stereophonics

Cruel Summer – Gflip

Too far – Wallners

Sky and Sand – Paul Kalkbrenner

Happy Together – King Princess

Paris – Else

Brave – Sarah Bareilles

For You – Swedish House Mafia

Los Angeles – The Midnight

Moon (And it went like) – Kid Francescoli, Julia Minkin

Me and I, Hand in Hand – Benjamin Amaru

A letter to Elise – The Cure

Dawn (feat. ROBB) – Filous

400 Lux – Lorde

Next to Me – Rüfüs du Sol

Ta reine – Angèle

Best of me – Sum 41

I love you – Billie Eilish

Lost at Sea – Rob Grant, Lana Del Rey

The Feels – Labyrinth

Paper Gangsta – Lady Gaga

I want you – Yotto, braev

One more Light – Linkin Park

Nothing left to say – Imagine Dragons

Superstar – Beach House

This is me trying – the long pond studio sessions – Taylor Swift

Prolog

2023

»Noch zwei Minuten, bist du bereit?«

Am liebsten hätte ich das Kabel mit dem Mikrofon, das sich anfühlte wie eine Schlinge um meinen Hals, herausgerissen und die ganze Aktion abgeblasen.

Stattdessen bildeten sich Schweißtröpfchen auf meiner Stirn. Jeder Muskel in meinem Körper spannte sich an. Um das Pochen in meinen Ohren zu unterdrücken, konzentrierte ich mich auf meine Umgebung. Ganz am Ende des Ganges stand eine Tür offen, Licht fiel durch den Spalt und warf einen langen goldenen Streifen auf den schwarzen Fußboden. Obwohl ich es seit meiner Jugend gewohnt war, in ausverkauften Stadien zu singen, versuchte die Stimme der Unsicherheit dieses Mal zu gewinnen. Mit eiserner Willenskraft schluckte ich den Kloß hinunter, der sich in meinem Hals gebildet hatte. Schließlich verfolgte ich ein Ziel: Nach all den Jahren endlich meine Version der Geschichte zu erzählen.

»Klar«, antworte ich und setzte dasselbe perfektionierte Lächeln der letzten sechzehn Jahre auf. Es gehörte nicht mir, sondern Macks, aber was machte es jetzt noch für einen Unterschied?

Sichtlich zufrieden murmelte der Produzent ein paar Kommentare in sein Headset, während er sich hinter einen großen Monitor setzte, der nicht von den Kameras erfasst wurde.

Durch den Spalt in der Tür hörte ich, wie Stacey Brix mich ankündigte, was tobenden Applaus auslöste.

Eigentlich müsste ich in diesen Moment Erleichterung verspüren. Doch die Fingernägel, die sich in meine Handballen bohrten, sagen etwas anderes.

Die Lederjacke, die ich über meine lila Bluse mit dem Veilchenmuster trug, klebte mittlerweile an meinem Rücken. In meinen Jeans und den schwarzen Doc Martens fühlte ich mich längst nicht mehr so souverän, wie noch Stunden zuvor in der Anprobe. Schnell vergewisserte ich mich ein letztes Mal, dass meine Tattoos, eine kleine Lilie und das Gänseblümchen, verdeckt waren.

Morgen schon könnte alles vorbei sein.

Die Stimme in meinem Kopf klopfte wie ein Hammer auf meine Schläfe, aber ich musste es durchziehen.

Ein letztes Mal strich ich mir eine lose Strähne aus dem Gesicht und klemmte sie mir hinters Ohr. Dabei spürte ich, wie sich der zierliche silberne Ring mit dem Jadestein an meiner Wange rieb. Meine Mundwinkel zogen sich hoch. Für eine Sekunde schloss ich die Augen und diese Ruhe kroch durch meinen Körper.

Ja, ich habe die richtige Entscheidung getroffen.

Jeder meiner Schritte in das Fernsehstudio und auf die Wahrheit zu wurde von hellen Scheinwerfern begleitet.

Obwohl ich lächelte, spürte ich, wie mein Schutzwall unter den Kameralinsen zerbröckelte.

Doch dieses Mal war es meine Entscheidung, die Mauer niederzureißen.

Stacey kam ein paar Schritte auf mich zu und zog mich in eine innige Umarmung. Der Duft von Lavendel stieg mir in die Nase, eine Haarsträhne streifte mich, während sie mir ein »Courage« ins Ohr murmelte.

Ich nickte. Stacey war auf meiner Seite.

Könnten es meine Fans auch sein?

Während ich dem Publikum Luftküsse zuwarf, nahm Stacey auf der u-förmigen Couch Platz und fasste nach ihren Karteikarten, die vor ihr auf dem Tisch lagen.

Im Hintergrund lief einer meiner Hits, die den Beginn der Fernsehshow einleiteten. Ein warmer Schauer überkam mich. *Great American Youth* war einer der Songs, bei dem sich bis vor Kurzem noch meine Nackenhaare aufstellten. Doch nun war es in Ordnung ihn zu hören.

Hinter Stacey war der Greenscreen bereits mit dem Cover meines Buches ausgeschmückt.

Es zeigte ein Bild von mir am Klavier bei einen meiner ersten Auftritte. Seitdem waren fast siebzehn Jahren vergangen. Dieser Auftritt in dem kleinen Jazz-Club in New Orleans hatte alles verändert. Am Buchcover wurde meine Silhouette in ein rauchiges Licht gehüllt, während Schnüre an meinen Armen und Beinen befestigt waren. Die Silhouette saß auf einem Klavierstuhl, am Klavier selbst lag eine einzelne Nelke.

In meinem Ohr ertönten die Worte: »Du bist live auf Sendung«.

Mein Puls schoss in die Höhe, trotzdem setzte ich mich scheinbar gelassen Stacey gegenüber auf die Couch und schlug die Beine übereinander.

»Vielen Dank, dass du heute hier bist, Macks«, begann Stacey.

Daraufhin ertönten Jubelschreie aus dem Publikum und ich lächelte in die Kamera. »Hallo zusammen. Danke für die Einladung.«

Staceys Blick traf mich und hielt mich fest. Ich wusste, dass sie die Karteikarten nur zum Schein in den Händen hielt, denn wir hatten dieses Gespräch bereits etliche Male geprobt. Nicht umsonst war sie die beste Talk-Show Moderatorin.

»Um deine Erfolge alle aufzuzählen, würden wir die Show maßlos überziehen, deswegen beschränke ich mich auf das Wesentliche«, fuhr sie fort. »Neun Alben, acht davon auf Nummer eins. Songs, die die Welt veränderten. Sieben Grammys, zwei Emmys und sogar einen Oscar für deinen letzten Kurzfilm. Ganz zu schweigen von den ausverkauften Welttourneen.«

Wohlwissend, dass ich in wenigen Momenten die größte Bombe meines Lebens platzen lassen würde, nickte ich.

Der Knoten in meiner Magengrube zog sich zusammen, während ich die Reaktion des Publikums beobachtete.

Mit einer ausladenden Handbewegung deutete Stacey auf das Cover meines Buches.

»In weniger als vierundzwanzig Stunden erscheint deine Biografie mit dem Titel Marionette. Der Inhalt wurde bis dato unter Verschluss gehalten, aber es wird gemunkelt, dass es in diesem Buch eine große Offenbarung geben wird. Was hat dich dazu inspiriert die Melodie wegzulassen und nur die Wörter zu Papier zu bringen?«

Stille trat im Fernsehstudio ein. Ich straffte meine Schulter und blickte Stacey dabei fest ins Gesicht.

»Im Gegensatz zu meinen Songs wird es in dieser Biografie keinen Interpretationsraum geben. Das war mir wichtig. Meine Geschichte soll so erzählt werden, wie sie sich zugetragen hat.« Im Kopf zählte ich bis drei, bevor ich weitersprach: »Dieses Projekt ist für mich furchteinflößend und befreiend zugleich. Von meinen Fans, den Medien und allen anderen wünsche ich mir, dass ich nicht mehr infrage gestellt werde.«

Kurz räuspernd lehnte sich Stacey ein Stück nach vorne, und ich wusste, es gab kein Zurück mehr. Befreiend - das war ihr

Stichwort. Mein Safeword. Und im letzten Satz hatte ich es gesagt.

»Es handelt sich also um eine authentische Biografie von Macks?«

Für den Bruchteil einer Sekunde schloss ich meine Augen. Dann aber dachte ich an all die Antworten, die das Buch geben würde. Mit einer Sicherheit, die ich noch nie zuvor gespürt hatte, erwiderte ich: »Nicht ganz, denn eigentlich ist es die Story von Mackenzie Walker, die Person, die zu Macks wurde.«

Ein Raunen ging durch das Publikum. Es traf sie völlig unvorbereitet. Innerlich grinste ich. Für die meisten war ich meine gesamte Karriere lang nur Macks. Kaum einer interessierte sich für Mackenzie. Aber das würde sich bald ändern.

Der Hintergrund des Covers auf der Leinwand hinter uns wurde durch eine Slideshow mit Fotos aus meiner Kindheit ersetzt.

Mein Blick wanderte zu dem ersten Foto. Darauf war ich vielleicht acht Jahre alt, streckte die Zunge heraus und saß auf einer Schaukel.

Meine langen braunen Haare waren zu Zöpfen geflochten und auf dem Kopf trug ich eine Baseballkappe der Buffalo Bills. »Möchtest du uns verraten, worum es dabei geht?«, fragte Stacey.

Krampfhaft versuchte ich zu verbergen, wie lange die kleine Mackenzie Walker darauf gewartet hatte, ihre Geschichte erzählen zu können. Die Worte durften jetzt nicht unkontrolliert aus meinem Mund heraussprudeln. Also nahm ich einen tiefen Atemzug, dachte dabei an meine Familie. Ein letztes Mal rief ich mir all die schönen Momente auf der Bühne ins Gedächtnis, die Anerkennung, den Ruhm, aber auch das Leid.

Meine Knie zitterten, als ich antwortete: »Um meine Wahrheit.«

Kapitel 1

August 2006 – New Orleans

Der Kopf von Mackenzie Walker schlug hart gegen die Fensterscheibe des Wagens, wodurch sie erwachte. Sie versuchte zu schlucken, aber ihr Mund war staubtrocken. Die Luft im alten Volvo war stickig und die Hitze drückte schwer auf ihre Brust. Der Hoodie mit dem Logo ihrer alten Musical-Gruppe klebte inzwischen an ihrer Haut.

Mit einer raschen Bewegung wischte sie sich ihre braunen langen Strähnen aus dem Gesicht.

Wie lange habe ich geschlafen?

Nichts an der vorbeiziehenden Landschaft erinnerte an ihre Heimat Batavia, New York. Wahrscheinlich waren sie schon in Alabama, ohne dass Mackenzie es mitbekommen hatte.

Sie schielte nach links. Ihre neunjährige Schwester Lexi lag zusammengekauert auf der Rückbank und schlief. Wenigstens entging Mackenzie so einer weiteren Runde »Ich sehe was, was du nicht siehst.« Ein Spiel, das sie seit ihrem Aufbruch vor zwei Tagen ununterbrochen spielen wollte.

Dann wanderte Mackenzies Blick zu ihrer Mutter, die das Lenkrad mit beiden Händen fest umschlossen hielt.

Dunkle Augenringe hatten sich auf ihrer blassen Haut gebildet und die schulterlangen Haare hingen ihr ins Gesicht. Ihre Mutter griff nach dem Kaffeebecher, der in der Halterung zwischen unzähligen Papiertüten und Servietten abgestellt war.

Wie lange waren sie schon unterwegs, seit sie heute Morgen aus dem Motel in Nashville aufgebrochen waren?

»Hast du Hunger?« Die Stimme ihrer Mutter riss Mackenzie aus ihren Gedanken.

»Lass mich in Ruhe«, brummte Mackenzie, zog sich die Kapuze ihre Hoodies tief ins Gesicht und griff nach ihrem Handy, dass sich neben ihr auf dem Sitz befand. Die Uhr zeigte drei Uhr nachmittags an.

»In fünf Stunden sind wir in New Orleans. Ich werde noch einmal kurz zum Tanken anhalten«, antwortete ihre Mutter leise.

»Yay, endlich zuhause, was?«, zischte Mackenzie und drückte ihren Rücken gegen die Polsterung des Sitzes, in der Hoffnung, darin zu verschwinden. Ihre Hände ballten sich zu Fäusten. Doch der Schmerz, den sie seit Monaten verspürte, ließ nicht nach.

Seit Tagen befand sich Mackenzie gemeinsam mit dem, was von ihrer Familie noch übrig war, in diesem Wagen. Aber der Albtraum schien kein Ende zu nehmen. Sie war gefangen in der Hölle.

Jeder Atemzug fühlte sich wie ein heißer Stich in ihrer Brust an, während sich ihre Schuldgefühle mit Wut vermischten. Hätte sie den Umzug nach New Orleans, 1280 Meilen weit von ihren Freunden entfernt, vielleicht verhindern können? Warum musste der Streit mit ihrem Vater damals, kurz nach ihrem vierzehnten Geburtstag im letzten April, auch so eskalieren? Aber Mackenzie hatte es sattgehabt, dabei zuzusehen, wie ihr Vater ihre Familie zerstörte. Hatte er tatsächlich geglaubt, dass es niemanden aufgefallen war, dass er kaum noch Zeit zuhause verbrachte?

Um die Tränen, die sich bilden wollten zu unterdrücken, biss sich Mackenzie auf die Unterlippe. Nein, es war nicht ihre Schuld gewesen, dass ihr Vater beschlossen hatte, seine Familie zu verlassen, um gemeinsam mit seiner neuen Freundin in ein schickes Haus in Buffalo zu ziehen. Zumindest hatte sich das Mackenzie seit jenem Abend eingeredet, an dem sie mehrere Seiten in ihrem Tagebuch mit Hassgedanken über ihn vollgekritzelt hatte.

Das Vibrieren ihres Handys riss Mackenzie aus ihren Gedanken. Auf dem Display erschien eine Nachricht von ihrer Cousine Mischa.

Hey M. Alles gut bei dir? Danke für das tolle Gedicht. Love you.

Mit zusammengekniffenen Augen starrte Mackenzie auf die Nachricht und seufzte. Sie hatte Mischa kein Gedicht geschickt, sondern einen neuen Songtext. Seit ihrem Aufbruch aus Batavia hatte Mackenzie ihr Notizbuch kaum weggelegt. Sich in eine Fantasiewelt zu stürzen war die einzige Möglichkeit gewesen, um auf dieser elendslangen Autofahrt nicht vollkommen durchzudrehen.

Die Erinnerung an die Zeiten mit Mischa tauchte vor ihrem geistigen Auge auf. Wie gerne würde sie weiterhin mit ihrer Cousine, die nach der Trennung ihrer Eltern wie zu einer großen Schwester für sie geworden war, um die Häuser ziehen. Jetzt, nachdem sie sich endlich in ihrem Freundeskreis integriert und sich nicht mehr geschämt hatte, mit vierzehn Jahren die jüngste in der Gruppe gewesen zu sein.

Mackenzie legte ihren Kopf gegen die angelaufene Fensterscheibe. Noch etwas, das ihr Dad ihr genommen hatte.

Auf einmal schien ihr altes Leben so weit weg zu sein. Ihre Hände begannen zu zittern, während sie aus dem Fenster blickte. Ein Gefühl der Ohnmacht breitete sich in ihr aus, während sie hilflos mitansehen musste, wie ihr alles entglitt, was ihr wichtig war. Mackenzie Walker hatte dank der Scheidung ihrer Eltern keine Kontrolle mehr über ihr Leben.

Nie wieder würde sie an dem Spielplatz vorbeikommen, an dem sie mit acht Jahren ihre beste Freundin Tammy kennengelernt hatte.

Ihren Namen in Gedanken auszusprechen, reichte aus, um sich wieder an jedes Detail zu erinnern. Die blonden Locken, die Tammys Gesicht umspielt hatten, als sie mit dem Fahrrad die Einfahrt rauf und runter gebraust waren. Die schönen Erinnerungen an Tammy waren ebenso ein Teil ihres Lebens, wie der Schmerz, nachdem Tammy umziehen musste. Das Ziehen in Mackenzies Brust verstärkte sich. Damals hatte ihr Tammys Abschied das Herz gebrochen.

Denn außer Tammy hatte Mackenzie keine Freunde gehabt. Es hatte damals zwei Jahre gedauert, bis Mackenzie aufgehört hatte daran zu glauben, dass ein Brief von Tammy eintreffen würde. Da das nie geschehen war, hatte sie begonnen, Geschichten aufzuschreiben, in der Tammy noch in ihrem Leben existierte, um die Erinnerung an ihre Freundschaft irgendwie festzuhalten.

Mackenzies Körper spannte sich an, sie biss die Zähne zusammen, denn sie musste erneut an ihren Vater denken. Er war es gewesen, der sie damals mithilfe der Musik von Elton John aus ihrem emotionalen Loch gezogen hatte.

Mackenzie konnte sich noch gut daran erinnern, wie sie eines Nachmittags mit angehaltenem Atmen die Treppen runtergeschlichen war und ihren Vater dabei beobachtet hatte, wie er sich im Wohnzimmer zu einem Lied bewegte.

»Komm her, tanze mit mir!«, hatte er gesagt. Obwohl Mackenzie bei den Drehungen zur Musik fast die Luft weggeblieben war, hatte sie nicht aufhören können den harmonischen Klängen zu lauschen. Seit dem Tag, an dem Mackenzie zum ersten Mal die Platte *Goodbye Yellow Brick Road* gehört hatte, war nichts mehr wie vorher gewesen.

Kurz darauf hatte Mackenzie gelernt Klavier zu spielen und der Musik war es gelungen das Gefühl der Einsamkeit zu lindern. Es hatte sich angefühlt, als hätte die Kombination von Noten das Tor zu Mackenzies Seele geöffnet. Denn die Erinnerung an Tammy nahm mit jeder Note, die sie auf dem Klavier spielte, wieder Form an.

Mit einem Seufzer versuchte sie die Erinnerungen an ihr altes Leben beiseitezuschieben. Die Tage vor ihrem Umzug hatte sie sich in ihr Zimmer zurückgezogen und kaum ein Wort gesprochen. Jetzt aber brodelte es in ihr und sie würde am liebsten mit irgendetwas um sich werfen und dabei laut schreien.

Der Wagen wurde allmählich langsamer, und ihre Mutter bog auf einen Rastplatz ein. Lexi rührte sich nicht, als sich ihre Mutter zu Mackenzie umdrehte.

»Ich gehe mir noch einen Kaffee holen. Willst du auch etwas?« Die Stimme ihrer Mutter klang erschöpft, und Mackenzie schluckte den Kloß hinunter, der sich in ihrer Kehle gebildet hatte.

»Nein Mum, mir reicht es schon, dass du mir mein Leben ruinierst.«

Demonstrativ nahm Mackenzie ihr Handy und scrollte durch den Chatverlauf mit Mischa. *Hier ist alles ok. Mum zieht sich den hundertsten Kaffee rein. Vermiss dich. PS: Das Gedicht war ein Song,* tippte sie, ohne ihre Mutter zu beachten.

Diese war schuld daran, dass Mackenzie plötzlich ihr ganzes Leben in Kartons hatte packen müssen, um an einen Ort zu ziehen, der nur so von Moskitos wimmelte.

Warum hatte ihre Mutter keinen Job als Journalistin in Buffalo oder Rochester finden können? War es wirklich nötig, für diesen sinnlosen Neuanfang tausende Kilometer weit wegzuziehen?

Ihre Mutter verschwand ohne ein weiteres Wort aus dem Wagen und Mackenzie schielte zu ihrer kleinen Schwester hinüber, die gerade ihre Augen geöffnet hatte und sich streckte.

Lexi würde der Umzug leichter fallen. Schon immer hatte sie ein Talent dafür gehabt, Freunde zu finden.

Mackenzie war da anders. Wenn Mischa sie nicht zu den ganzen Partys gedrängt hätte, säße Mackenzie bestimmt immer noch allein in ihrem Zimmer und schriebe Songs, die niemals ein Mensch hören würde.

»Ich habe dir eine Pop-Tart mitgebracht und einen Smoothie. Die Sorte magst du doch, oder?« Mit einem Lächeln streckte ihre Mutter eine Tüte nach hinten, nachdem sie wieder eingestiegen war.

Mackenzie zog den süßlichen Geruch ein. Ihr Magen knurrte, dennoch schüttelte sie den Kopf.

»Nein danke. Ich habe gesagt ich will nichts. Spar dir deine Bestechungsversuche für Lexi. Der ist es eh egal, wo wir wohnen. Mir aber nicht. Warum konntest du mich nicht bei Mischas Eltern lassen? In Batavia hatte ich ein Leben. Ich werde dir diesen Umzug nie verzeihen. Ich hasse dich.«

Ihre Mutter blinzelte ein paar Mal, stellte die Tüte dann auf dem Beifahrersitz ab und steuerte den Wagen zur Ausfahrt des Rastplatzes.

Ihre Finger hielten das Lenkrad fest umschlossen, der Blick blieb auf die Straße gerichtet: »Weißt du Mackenzie, die neue Schule ist nicht weit von dem Apartment entfernt, das die Zeitung für uns angemietet hat. Sie haben dort ein sehr gutes Musikprogramm. Ich denke du könntest dich in New Orleans wohlfühlen. Der Umzug ist nicht das Ende der Welt, auch wenn es sich für dich im Moment so anfühlen mag.«

Scharf stieß Mackenzie ihren Atem aus.

Früher hätte sie sich in solchen Momenten an ihr Klavier gesetzt, hätte ohne zu überlegen Töne miteinander kombiniert um eine perfekte Melodie zu erzeugen, die diese Wut übertönt hätte. Doch ihr Klavier befand sich irgendwo in einem der Umzugswagen, die erst in ein paar Tagen eintrafen. Gemeinsam mit all den Sachen, die Mackenzie hatte einpacken müssen, nachdem ihre Mutter ihr verkündet hatte, dass sie einen neuen Job in New Orleans gefunden hatte.

Am Arsch der Welt.

Trotz der Hitze im Auto stellten sich Mackenzies Nackenhaare auf. Ihre Zehen krümmten sich in ihren weißen Sneakers und sie schlug mit der flachen Hand gegen die Kopfstütze des Beifahrersitzes. So lange hatte sie nichts gesagt, dass sie jetzt das Gefühl hatte zu platzen.

»Für dich scheint das hier supereinfach zu sein. Neue Stadt, neues Leben und so. Aber das ich vielleicht auch etwas dazu zu sagen habe, ist dir scheißegal. Du bist kein Stück besser als Dad. Nur das er genug Geld hatte, um in ein Haus zu ziehen, anstatt in ein winziges Apartment in einer Stadt, in der wir niemanden kennen. Ich wünschte, er hätte das Sorgerecht für mich bekommen.«

Mackenzie konnte die Tränen nicht mehr unterdrücken. Unkontrolliert liefen sie ihre Wangen herunter und sammelten sich am Kragen ihres Hoodies. Warum hatte ihr Vater nicht um sie gekämpft? Endlich hatte sie angefangen mit gleichaltrigen etwas zu unternehmen und war kurz davor gewesen, einen Jungen zu küssen.

Stattdessen fuhren sie seit Tagen Richtung Süden, nur um möglichst weit weg von ihrem Vater und seiner neuen Freundin zu sein. Es war so unfair, sie mit diesem Umzug für etwas zu bestrafen, das ihre Eltern verbockt hatten!

Mackenzie kurbelte das Fenster hinunter und atmete tief ein. Draußen roch es nach einer Mischung aus Salzwasser und feuchten Bäumen, als sie die Twin-Span-Brücke überquerten. Die Sonne stand immer noch hoch am Horizont und das Wasser im Lake Ponchartrain schimmerte dunkelgrün.

Doch da erkannte Mackenzie die Akkorde des Songs, der gerade im Radio lief.

»Mach das aus«, schrie sie und presste sich ihre Hand auf den Mund. Gerade als sie dabei gewesen war, sich zu beruhigen, musste sie *A Thousand Miles* von Vanessa Carlton einholen. Das Lied, das sie stundenlang am Klavier geübt hatte, nur um Chloe zu beeindrucken.

Chloe aus der Musicalgruppe, zu der Mackenzie unbedingt dazu gehören wollte. Sie hatte Chloe sagen hören, dass sie hoffte, bald einen Pianisten finden zu würden, der zumindest diesen Song spielen konnte.

Zu Hause angekommen, hatte sich Mackenzie den Song ein paar Mal angehört und ihn am nächsten Tag beim Vorspielen vorgetragen. Zwar traute sie sich nicht zu singen, aber es hatte ausgereicht, um die Lehrerin davon zu überzeugen, dass sie als Pianistin bestens geeignet war. Und so war es auch gekommen.

Mackenzies Hände kribbelten und ihr Puls beschleunigte sich, als sie an Chloe dachte. In den letzten zwei Jahren waren sie zu wirklich guten Freunden geworden und immer, wenn Chloe ein neues Lieblingslied hatte, hatte Mackenzie es so lange geübt, bis sie es ihr vorspielen konnte. Aber dieser Song war der, den sie für Chloe am öftesten gespielt hatte.

»Mum, bitte wechsle den Sender«, sagte sie erneut, dieses Mal etwas leiser.

Kurze Zeit später ertönten die Klänge irgendeiner lokalen Band, die sich die Thirsty Jazz Hearts nannten.

Ihre Mutter schniefte kurz, bevor sie ihren Blick durch den Rückspiegel auf Mackenzie richtete.

»Schon gut meine Kleine. Ich verstehe deine Wut. Ich weiß du hast Angst. Aber die habe ich auch. Ich bin mir sicher, dass du hier in New Orleans Freunde finden wirst.« Ihre Mutter hielt kurz inne und ihre Lippen kräuselten sich, während sie die letzten Meter bis zu ihrem neuen zu Hause fuhren. »Es ist die Stadt der Musik. Und ich kenne niemanden, der darin so gut ist wie du. Bitte Mackenzie, gib der Stadt eine Chance.«

Kapitel 2

September 2006 – Freshman Year

Mackenzie ging dieselbe Strecke, die sie sich in den letzten Tagen eingeprägt hatte. Vom Apartment, das sich unweit von der Tulane Universität befand, die Straße hinunter. Dann vorbei am alten, mit roten Backsteinen gebauten Gebäude, mit langen Fenstern, das aussah, als wäre es ein Herrenhaus aus Europa. Von diesen Gebäuden gab es in dieser Straße einige.

NOLA, wie die Einheimischen ihr geliebtes New Orleans im Volksmunde nannten, war vor allem eins: stickig und warm. Darauf hatte sie der Reiseführer, den Mackenzie widerwillig auf Drängen ihrer Mutter gelesen hatte, nicht vorbereitet. Während es in Batavia um diese Jahreszeit bereits frischer wurde, herrschte hier eine Luftfeuchtigkeit, die Mackenzie beinahe um den Verstand brachte.

Hinter der mit Palmen besäumten Straße blinzelte ein großes Haus hervor, mit weißen Marmorsäulen und dunklen Fensterläden. Die Bäume vor dem Eingang waren in einer eigenartigen Form zurechtgeschnitten.

Ein Seufzer kam Mackenzie über ihre Lippen. Sie vermisste ihr altes Haus in Batavia. Die Wohnung, in der sie ihre Mutter untergebracht hatten, besaß nicht einmal eine Klimaanlage. Die Gegend schien ruhig zu sein, aber anstatt den Blick auf die weiten Felder Batavias zu genießen, musste sie jetzt Fliegengitter vor ihrem Zimmerfenster befestigen, um nicht von Moskitos totgebissen zu werden.

Schnell drehte sie sich nach rechts und ging entlang einer Reihe von Häusern mit bunten Zäunen, die sich hintereinander aufreihten. Nach drei Minuten war sie erneut an einer Kreuzung angelangt. Ihr Ziel lag gerade aus. Ein Gebäude im Kolonialstil, mit grauen Mauern und einer breiten Treppe.

Mit gesenktem Kopf betrat Mackenzie das Gelände der Schule, hielt einen Moment inne und zählte im Geiste die Stufen, die sie bis zum Eingang überwinden musste.

Beim Betreten der Eingangshalle war ihr nicht entgangen, dass sie gemustert wurde. Vielleicht lag es daran, dass sie erkannten, dass sie die Neue war, oder daran, dass sie beinahe die einzige Person mit heller Hautfarbe war. Während die anderen Schüler in Gruppen lachend an ihr vorbei gingen, versuchte Mackenzie in dem Chaos aus grünen und gelben Spinden ihren eigenen zu finden. Zwar wurde ihr dieser bei der gestrigen Einschreibung kurz gezeigt, doch Mackenzie war zu aufgeregt, um sich zu erinnern, wo genau er sich befand.

Erleichtert ließ sie ihren Rucksack auf den Boden fallen, nachdem sie Spind Nummer 113 endlich gefunden hatte. Hastig blätterte sie in ihrer Einführungsmappe, auf der Suche nach der Zahlenkombination.

Verdammt, warum geht das Ding nicht auf?

Sie versuchte sich erneut an der Zahlenkombination, doch bevor sie das erlösende Klicken des Schlosses hören konnte, vernahm sie einen dumpfen Knall neben ihr.

Ein Mädchen mit dunkler Haut und schwarzen Locken war gestolpert und auf die Knie gefallen. Sie trug ein Mannschaftstrikot zu einer Jeans und deutete mit zusammengekniffenen Augen auf Mackenzies Rucksack, der am Boden lag. »Kein Wunder, dass ich über so etwas drüber falle. Die Buffalo Bills, ernsthaft?«

Mackenzie spürte, wie ihr Herzschlag schneller wurde. Jeder in ihrer alten Schule mochte die Bills, eine Footballmannschaft aus ihrer Gegend. Hatte sie sich damit bereits am ersten Schultag zur Außenseiterin gemacht?

»Ich ... äm sorry, warte ich helfe dir hoch«, antwortete sie und reichte dem Mädchen die Hand.

Die Schwarzhaarige ergriff sie und verzog das Gesicht zu einem breiten Grinsen. Sie war um gut einen Kopf kleiner als Mackenzie. Der dunkle Teint ihrer Haut harmonierte perfekt mit ihren tiefschwarzen, funkelnden Augen.

Beim Aufstehen wischte sie ihre Hände an ihrer Jeans ab und steckte sie dann lässig in die Hosentaschen.

Sie zog die Braue hoch, legte ihren Kopf schief und musterte Mackenzie von oben bis unten.

»Danke. Du musst neu hier sein«, sagte sie, ohne ihren Blick von Mackenzie abzuwenden, die stumm nickte.

»Ich bin Sam Defoir, gehe in die neunte Klasse. Woher du kommst, muss ich dich ja nicht mehr fragen«, fuhr Sam fort und deutete auf den Rucksack, der immer noch am Boden lag.

Hastig griff Mackenzie danach, schluckte und stellte sich ebenfalls vor.

Sam deutete auf Mackenzies Spind. »Brauchst du Hilfe dabei? Die Dinger sind mürrischer als meine Großmutter, nachdem sie auf Diät gesetzt wurde.« Wieder nickte Mackenzie, woraufhin Sam sich vorbeugte und die Kombination ablas, die auf ihrem Stundenplan geschrieben war.

Ein leises Klicken ertönte und Sam hielt demonstrativ die Tür auf. »Voilà. Nun, da ich schon mal da bin, kann ich dir vielleicht noch irgendwie behilflich sein? Du wirkst verloren.«

»Weißt du, wo das Musikzimmer ist?«, fragte Mackenzie und ihr Blick blieb dabei auf der Tasche, die Sam bei sich hatte hängen.

Darauf war das Logo der Schule geprägt sowie ein Fußball und die Nummer fünfzehn.

»Das Klassenzimmer ist den Gang runter, danach die zweite Tür links. Miss Lacroix ist super, du wirst den Swag spüren. Ich muss jetzt leider los, aber sehen wir uns in der Mittagspause? Wenn du magst, kannst du mit uns gemeinsam essen.«

Mackenzie nickte und winkte zum Abschied.

Was Sam mit Swag gemeint hatte, wusste Mackenzie nach der Doppelstunde Musik. Zu Beginn der Stunde waren alle Schüler in kleine Gruppen aufgeteilt worden, anschließend hatte sich die Lehrerin an das Klavier gesetzt.

Die Musik hatte Mackenzie umhüllt und damit war auch die Anspannung verflogen, die sie in den letzten Wochen vor dem Umzug verspürt hatte. Ihre Mitschüler hatten nicht nur laut zu Musik gesungen, einige waren auch aufgestanden und hatten getanzt. Noch nie zuvor hatte Mackenzie eine solche Atmosphäre in einem Raum gespürt.

Auch das Mittagessen in der Cafeteria gemeinsam mit Sam und ein paar ihrer Freundinnen aus deren Fußballmannschaft verlief erstaunlich entspannt. Zwar traute sich Mackenzie kaum etwas zu sagen, doch die Mädchen schienen alle ganz freundlich zu sein.

Ally, die blonde athletische Teamkapitänin hatte Mackenzie sogar verteidigt, als Sam wieder damit angefangen hatte, sich über den Rucksack der Buffalo Bills aufzuregen, denn schließlich würde man in New Orleans das Team der Saints anfeuern. Zwar traute sich Mackenzie nicht, ein Gespräch mit Ally anzufangen, doch sie wirkte nett. Außerdem strahlte sie diese Souveränität aus, die Mackenzie nur zu gerne selbst gehabt hätte.

Nachdem die Schule vorbei war, sah Mackenzie wie Sam zur Tür hinausspazierte. Sie nahm ihren gesamten Mut zusammen und lief ihr hinterher. Als sie Sam eingeholt hatte, räusperte sich Mackenzie. »Danke für diesen angenehmen ersten Tag. Ich hatte echt Angst.«

Sam klopfte ihr auf die Schulter. »Kein Ding, Mackenzie. Sag mal, was hast du heute noch vor?«

Schulterzuckend blickte Mackenzie zu Boden und trat von einem Bein auf das andere. »Nichts Besonderes, wieso?«

»Mein Fußballtraining beginnt erst morgen, wenn du möchtest, könnte ich dich nach Hause begleiten.«

»Das musst du nicht. Du hast heute schon genug für mich getan. Außerdem fühle ich mich immer noch schlecht wegen deines Sturzes«, antwortete Mackenzie.

»Ach was, das war noch gar nichts. Ich bin Fußballerin, fallen ist Berufsrisiko.«

Sam warf den Kopf nach hinten und brach in Gelächter aus, das so ansteckend war, dass Mackenzie mitlachen musste. Sie konnte sich gar nicht daran erinnern, wann sie sich zum letzten Mal so ausgelassen gefühlt hatte.

»Kommst du aus New Orleans?«, fragte Mackenzie, als sie zehn Minuten später in die Straße, in der sie wohnte, einbogen.

»Ja, ich wohne hier schon mein ganzes Leben, also vierzehn Jahre lang. Ich liebe den Flair dieser Stadt. Die Musik, das Essen, die Leute, das ist was Besonderes hier«, antwortete Sam euphorisch.

»Was ist so besonders an der Musik?«, fragte Mackenzie. »Meine Eltern sind beide Jazz-Musiker. Du kannst dir nicht vorstellen wieviel die Musik den Menschen hier bedeutet. Wir sollten uns mal eine ihrer Shows ansehen. Sie spielen zwei Mal die Woche im Maple Leaf Club.«

»Gerne«, antwortete Mackenzie, während sie nach ihrem Hausschlüssel griff.

Aber Sam schien nicht den Anschein zu machen sich zu verabschieden. Stattdessen fragte sie:»Was hast du in deiner alten Heimat nachmittags getrieben?«

Mackenzie zuckte mit den Schultern.» Ich hab´ Klavier gespielt, oder meine eigenen Lieder geschrieben.«

»Du schreibst?«, Sam blickte sie forschend an.

»Ja, aber ich mache schon lange keine Musik mehr,« gestand Mackenzie und hoffte, Sam würde sie deswegen nicht auslachen.»Vor dem Umzug ist es mir schwergefallen.«

»Wieso?«

»Hast du Lust reinzukommen«, wich Mackenzie aus und öffnete die Tür.

»Schön ist es hier«, sagte Sam, nachdem sie eingetreten war und ihre Schuhe im schmalen Flur auszog.

»Danke«, antwortete Mackenzie, während sie voraus in die Küche ging.

Dort holte sie zwei Gläser aus dem Schrank und füllte Limonade ein, die sie aus dem Kühlschrank holte.

»Die mag ich am liebsten«, antworte Sam auf den Inhalt des Glases deutend. Dann nahm sie genüsslich einen Schluck. »Willst du mir jetzt erzählen, warum du kein Klavier mehr spielst?«

Mackenzie spürte ihren Schutzwall unter Sams Blick zerbröckeln und kämpfte damit, den immer größer werdenden Kloß in ihrem Hals zu unterdrücken. Im Kopf zählte sie langsam bis drei. Noch nie zuvor hatte sie es laut ausgesprochen, aber aus einem unerklärlichen Grund wollte sie mit Sam darüber sprechen.

»Das Klavierspielen war sozusagen unser Ding, von meinem Dad mir. Er hat mir die Musik von Elton John nahegebracht, mich zu meinen ersten Klavier Stunden gefahren und mit zwölf Jahren ermutigt eigene Songs zu schreiben. Aber dann kam die Scheidung.« Mackenzie hielt kurz inne, die Erinnerung schmerzte immer noch. »Anstatt Klavier zu spielen, ging ich mit meiner Cousine auf Partys. Ich wollte mich ablenken.«

Sam war aufgestanden und machte eine ausladende Handbewegung.

»Du bist hier in der Musikstadt schlechthin. Lass dich inspirieren und setz dich wieder an dein Klavier.«

Mackenzie biss sich auf die Unterlippe. Klar vermisste sie es Klavier zu spielen, doch als sie es vor ein paar Tagen versucht hatte, hatte sie danach stundenlang in ihrem Zimmer geheult. Zudem wollte sie in diesem Moment nicht mehr über ihren Vater sprechen.

»Jazz ist ja so gar nicht mein Ding«, entgegnete sie stattdessen.

»Jazz ist für alle, ich werde es dir beweisen. Wir werden uns einen Auftritt meiner Eltern ansehen. Vielleicht wird ja eine Jazz-Pianistin aus dir«, sagte Sam und ihre Augen funkelten dabei, als würde sie etwas aushecken.

»Ich glaube kaum, dass zwei vierzehnjährige in einen Club gelassen werden«, erwiderte Mackenzie und versuchte dabei zu lächeln.

»Alles easy, wir gehören zur Band, du wirst sehen!«

Kapitel 3

Herbst 2006

Als Sam vor drei Wochen vom Maple Leaf Club und den Thirsty Jazz Hearts erzählt hatte, dachte Mackenzie nicht, dass sie tatsächlich zu einem Auftritt gehen würden. Doch gestern hatte Sam ihr freudig mitgeteilt, dass ihre Eltern eine einmalige Ausnahme machen würden. Allerdings wollte Sams Mutter vorher die Erlaubnis von Mackenzies Mutter einholen.

»Bitte Mum, lass mich mitgehen. Es ist ja nicht so, dass wir in einen Club gehen, um uns zu betrinken. Ich möchte mir nur die Band von Sams Eltern ansehen«, flehte Mackenzie ihre Mutter an.

Die aber schüttelte den Kopf. »Ich lass meine vierzehnjährige Tochter doch nicht mitten in der Nacht mit wildfremden Leuten um die Häuser ziehen.«

Am liebsten wäre Mackenzie aus dem Raum gestürmt und hätte die Wohnzimmertür hinter sich zugeworfen. Doch sie riss sich zusammen und sagte stattdessen: »Dann ruf doch endlich Sams Mum an. Sie wird dir versichern, dass der Besuch harmlos ist. Bitte Mum, mit Sam habe ich hier endlich eine Freundin gefunden.«

»Also schön, ich rede mit ihr. Aber das bedeutet nicht, dass ich meine Meinung darüber ändere.«

Hastig zog Mackenzie ihr Handy aus der Hosentasche, scrollte durch ihre Kontakte und gab es anschließend ihrer Mutter.

»Außerdem hat Sam mir angeboten, danach bei ihr zu übernachten.«

Scharf stieß ihre Mutter Luft aus, öffnete ihren Mund, sagte aber nichts. Stattdessen ging sie in die Küche. Mackenzie wollte ihr schon folgen, beschloss dann aber an der Tür zu lauschen. Doch hören konnte sie nichts. Nach ein paar Minuten betrat ihre Mutter erneut das Wohnzimmer.

»Ich habe mit Sams Mutter gesprochen. Du kannst froh sein, dass der Club nur drei Meilen von unserem Haus entfernt ist, und ich dich daher jederzeit abholen könnte. Der Manager ihrer Band wird die ganze Zeit über ein Auge auf euch Mädchen haben. Um zehn Uhr gehst du direkt mit Sam nach Hause, hörst du? Ich hoffe du weißt, welchen Vertrauensvorschuss ich dir hier gebe.«

Mackenzie fiel ihrer Mutter um den Hals »Danke Mum, du bist wirklich die Beste! Du hast ja keine Ahnung, was mir das bedeutet.«

Der Maple Leaf Club lag in Uptown, an der Oak Street. Mackenzie staunte nicht schlecht als zwischen all den weißen rechteckigen Gebäuden ein gelbes Doppel-Galerie Haus auftauchte. Eine schwarze Fahne mit einem gelben Ahornblatt, die am Geländer befestigt war, wehte in der Brise. Das zweistöckige Haus mit einem Seitengiebeldach glich eher einer Filmkulisse, als einem Club. Mackenzie zählte die Balkontüren im ersten Stock.

Wer zum Teufel benötigt vier Balkone in einem Club?

»So, hier wären wir, der Maple Leaf Club. Nach Katrina gab es genau hier wieder das erste Konzert.« Sam stoppte vor der Tür, auf der die Nummer 8316 auf einem weißen, mit Ahornblättern verziertem Schild stand. »Jeder Musiker, der in New Orleans berühmt ist, hat hier schon einmal gespielt!«

Mackenzie spürte Sams Hand, die sie in Richtung Tür zog. Vor einem großen Typen im schwarzen Anzug stoppte sie. »Hi Harry, das ist Mackenzie, wir sind hier mit den Thirsty Jazz Hearts, aber du kennst mich ja schon«, begrüßte Sam den Türsteher, der Mackenzie eindringlich musterte.

Er zögerte, öffnete dann aber die Tür und Mackenzie folgte Sam hinein.

Innen war das Licht gedämpft und der Geruch von Alkohol stieg Mackenzie in die Nase.

Es war das erste Mal, dass Mackenzie in einem Club war, und sie fühlte sich gleichzeitig neugierig und verunsichert. Ihr Blick blieb an dem Schild an der Bar hängen auf dem *Shut up & drink* stand.

Sam bestellte zwei Soda, bevor sie sich an einem der Stehtische stellten. Am Getränk nippend ließ Mackenzie ihren Blick durch den langen Raum gleiten. Die Wände waren aus schwarzem Holz. Sitzgelegenheiten gab es nur in Form von schmalen Bänken entlang der Wände. Sie erspähte ein Poster der Thirsty Jazz Hearts vor der Bühne und erkannte Sams Mutter, die ein blaues Kleid trug und ihr Saxofon am Tragegurt befestigt hatte. Neben ihr war ein Mann mit Trompete. Dahinter stand Sams Vater, er hatte kein Instrument in der Hand, stattdessen ein Mikrofon. Der Schlagzeuger hielt seine Drumsticks hoch und neben ihm stand ein weiterer Mann, ebenfalls ohne Instrument. In goldenen geschwungenen Buchstaben war auf das Poster geschrieben: Thirsty Jazz Hearts - jeden Dienstag & Samstag im Maple Leaf Club. Sie war Sams Eltern bereits etliche Male bei ihnen zu Hause begegnet, aber die beiden auf der Bühne zu sehen war etwas anderes.

So muss es sich anfühlen, Musiker zu sein.

Als die Band zwanzig Minuten später endlich die Bühne betrat und zu spielen begannen, spürte Mackenzie die Leidenschaft. Immer wieder legte der Trompeter ein Solo ein und der Rest der Band ließ sich von seinem Flow mitreißen. Der Auftritt war durchflutet von einer Authentizität, die Mackenzie noch nie zuvor gesehen hatte.

Am meisten aber beeindruckte sie der Klavierspieler, dessen Finger mit imponierender Leichtigkeit über die Tasten flogen.

Mackenzie spürte, wie die Musik Besitz von ihrem Körper ergriff. Erst wippte sie nur leicht im Takt, aber bald schon ließ sie sich von Sams Euphorie anstecken und die beiden tanzten miteinander. Die Musik strömte durch Mackenzies Glieder und für einen kurzen Moment war sie in der Lage, alles rund um sich auszublenden.

Nach dem Auftritt wurden sie von Sams Eltern nach Hause gefahren. Sam öffnete die Tür zu ihrem Zimmer und Mackenzies Blick fiel auf die vielen Fußball-Pokale, die links neben dem Bett in einem Regal aufgestellt waren. An den Wänden waren keine Poster von Pop-Stars zu finden. Lediglich an der Wand über dem Bett befanden sich Fotos von Sam und ihren Freunden, die um ein Trikot von Abby Wambach angeheftet waren.

Sam ging zu ihrer Kommode, die auf der rechten Seite des Zimmers neben dem Fenster stand. Sticker der New Orleans Saints zierten die erste Schublade, die Sam nun aufzog. Sie nahm die T-Shirts heraus, bevor sie die Schublade demontierte.

Mackenzie beobachtete sie vom Bett aus, sagte aber nichts.

Aus einem Versteck hinter der Schublade einer Kommode beförderte Sam einige Dosen Energydrinks zutage. »Ich muss das Zeug von meinen Eltern verstecken, denn sie sind kein Fan davon. Bock auf ein Spiel?«, fragte sie und hielt Mackenzie eine Dose hin.

»Welches Spiel?«, fragte Mackenzie, die aber in Gedanken immer noch bei dem Konzert im Maple Leaf Club war.

Die Musik floss noch durch ihren Körper und die sanften Klänge des Jazz schwirrten in ihrem Kopf umher.

Sam setzte sich auf den Teppichboden und machte eine einladende Handbewegung. Mackenzie setzte sich im Schneidersitz zu ihr, zog dabei ihr viel zu großes Schlafshirt über die Knie.

»Wir spielen Wahrheit oder Pflicht. Du kennst das doch, oder?«, fragte Sam.

Mackenzie verdrehte ihre Augen. Sie hasste dieses Spiel.

»Ernsthaft jetzt?«

Sam nickte so heftig, dass ihre gekrausten Locken wie Sprungfedern auf und ab hüpften. »Ja, Mackenzie, mein voller Ernst. Wir kennen uns seit einem Monat, aber ich weiß gar nichts über dich, außer dass deine Eltern getrennt sind und du nicht mehr Klavier spielst. Sei einmal wie ich,« sie riss ihre Hände in die Höhe, »werde zu einem offenen Buch.«

Mackenzie kicherte, als sie darüber nachdachte. »Na gut, aber du fängst an.«

Sichtlich zufrieden willigte Sam ein. »Ich nehme Pflicht.«

Mackenzie überlegte einen Augenblick, forderte sie dann auf zwei große Schluck Red Bull zu nehmen.

»Easy, du bist dran.«

Mackenzie zuckte mit den Schultern. »Da du ja unbedingt mehr über mich erfahren willst, hier ist deine Chance. Wahrheit.«

Triumphierend hob Sam die Faust. »Yes! Okay, hast du schon mal einen Jungen geküsst«?

Hitze stieg in Mackenzies Wangen, sie blickte zu Boden.

Sam schien ihren Unwillen zu spüren und versuchte offenbar die Situation zu deeskalieren, denn scherzhaft fuhr sie fort: »Oder ein Mädchen, je nachdem worauf du stehst.«

Mackenzie zuckte zusammen.

»Nein, ich habe noch niemanden geküsst. Du etwa?«

Sam nahm erneut einen Schluck, neigte ihren Kopf zur Seite und zog ihre Mundwinkel geheimnisvoll hoch. »Klar.« Sam reichte Mackenzie die Dose, aus der sie dann selbst trank. Ihr Mund zog sich zusammen, aber vor lauter Aufregung nahm sie einen viel zu großen Schluck.

Mackenzies Herz aber pochte und ihre Ohren fühlten sich heiß an. Warum war sie die Einzige in ihrem Alter, die noch niemanden geküsst hatte? Was stimmte nicht mit ihr?

In Sams Augen blitzte es auf. »Andere Frage. Wie hat dir das Konzert heute gefallen?«

Erleichtert stieß Mackenzie einen Seufzer aus und lächelte Sam zu. »Das Konzert war der Hammer! Danke, dass du mich mitgenommen hast. Ich denke, ich bin nach diesem Abend bereit, dem Klavier noch eine Chance zu geben.«

Kapitel 4

Winter 2006

Sam war wie eine dieser Karussellfahrten, die niemals ein Ende nahm. Abenteuerlustig, unerschrocken, aber vor allem tat Sam eines: Sie brachte Mackenzie wieder mit der Musik zusammen.

Selbst Tage nach ihrem Besuch im Maple Leaf Club spürte Mackenzie immer noch den Vibe der Jazzmusik durch ihren Körper fließen. Für Mackenzie stand fest: Sie musste zurück.

Deswegen schmiedete sie gemeinsam mit Sam einen Plan, um sich in den Club zu schmuggeln. Denn ihr letzter Besuch war eine einmalige Ausnahme gewesen. Es dauerte nicht lange, bis sie ein Fenster fanden, das sie aufschieben konnten. Glücklicherweise führte dieses in ein Büro im Backstage-Bereich und von dort aus konnten sie unbemerkt die Show beobachten.

»Deine Eltern sind wahre Vollblutmusiker«, sagte Mackenzie eines Abends, nachdem sie sich beim letzten Lied verschwitzt und voller Adrenalin durch das Fenster zwängte, um im Schatten der Dunkelheit mit ihren Fahrrädern den Heimweg anzutreten.

Draußen war es angenehm warm, obwohl es Mitte Dezember war. In Batavia hätte Mackenzie um diese Jahreszeit schon Wintersachen gebraucht.

»Ja das stimmt. Aber wir müssen vorsichtiger werden, denn heute waren wir verdammt nah dran erwischt zu werden. Außerdem wird dir deine Mutter nicht ewig abkaufen, dass du wegen eines Schulprojekts am Wochenende immer bei mir übernachten musst«, entgegnete Sam.

»Ich weiß«, antwortete Mackenzie schweratmend. »Aber ich denke, sie hat immer noch ein schlechtes Gewissen wegen des Umzugs und ist deswegen nachsichtiger mit mir. Außerdem passe ich im Gegenzug fast jeden Tag nach der Schule auf Lexi auf. Aber du hast recht. Wahrscheinlich sollten wir die Besuche eine Weile bleiben lassen«, fügte sie hinzu und strampelte die letzten Meter bis zu Sams Hauseinfahrt hoch.

Bei Sam angekommen, setzten sie sich auf die Couch.

»Willst du schlafen gehen?«, fragte Sam.

Doch Mackenzie war noch zu erfüllt von der Musik. Das Piano von Sams Eltern, das in der Ecke stand, löste etwas in ihr aus. Sie spielte zwar mittlerweile wieder regelmäßig, doch jetzt war da dieser Drang, Sam etwas vorzuspielen.

»Hallo, Erde an Mackenzie!«

Ruckartig drehte sie sich um und spürte, wie sich ihre Schultern verkrampften. »Wäre es in Ordnung, wenn ich mich kurz ans Klavier setzte?«, fragte sie.

»Klar, meine Eltern haben bestimmt nichts dagegen. Tob dich aus!«

Kaum hatte Sam die letzten Worte ausgesprochen ließ sich Mackenzie auf den Klavierhocker nieder. Beim Berühren der Tasten überkam sie ein vertrautes Gefühl und die Erinnerungen an Batavia kamen zurück. Doch anstatt lange darüber nachzudenken, begann sie zu spielen.

Auf einmal waren da wieder diese Farben, ausgelöst von den Klängen des Klaviers, die Mackenzie immer dann verspürte, wenn sie spielte.

»Wie hast du das denn so schnell gelernt?«, fragte Sam nach ein paar Tastenschlägen.

Mackenzie hielt inne, blickte auf. Erst jetzt bemerkte sie, dass sie eines der Lieder der Thirsty Jazz Hearts nachgespielt hatte.

»Anscheinend können sich meine Finger noch an die Töne erinnern«, entgegnete sie schulterzuckend. »Ich denke, ich kann sie mittlerweile alle.«

»Lass hören!« Sam hatte sich neben Mackenzie auf den Boden gesetzt.

Mit einer dramatischen Geste legte Mackenzie ihre Hände auf die Tasten und begann das Intro zu einem der Lieder zu spielen. Gerade als sie dabei war, den Refrain anzustimmen, wurde es hell im Zimmer.

»Mackenzie, bist du das?«

Abrupt stoppte sie, denn sie sah aus dem Augenwinkel heraus, wie Sams Vater auf sie zukam.

»Wann hast du dieses Lied gelernt? Wir haben es heute zum ersten Mal gespielt«, fragte er und musterte sie dabei. Hilfesuchend blickte Mackenzie zu Sam, die aber nur mit den Schultern zuckte.

Sie waren aufgeflogen. Bestimmt würde Sams Vater gleich ihre Mutter anrufen und Sam verbieten, sich weiter mit ihr zu treffen. Panik breitete sich in Mackenzie aus und sie schob abrupt den Hocker zurück. »Sir, es ist nicht so wie Sie …«

Doch Sams Vater hob beschwichtigend seine Hände und rief: »Bea, komm her, wir jammen eine Runde mit Mackenzie. Sie kann unseren Song. Und das, was ich gerade gehört habe, ist um Längen besser als die Nummer, die Paulo heute gespielt hat.«

Mit zitternden Knien nahm Mackenzie wieder auf dem Hocker Platz und beobachtete, wie Sams Mutter das Wohnzimmer betrat.

»Dann lass mal hören«, sagte sie und griff nach einer Gitarre, die neben der Couch lag.

»Spiel dasselbe Lied noch mal«, sagte Sams Vater, zwinkerte dabei Mackenzie zu.

Ihre Hände wurden feucht, aber sie zwang sich, den ersten Akkord zu spielen.

Was danach geschah war unbeschreiblich. Irgendwie hatte Mackenzie es fertiggebracht, den Song erneut zu spielen, dieses Mal gemeinsam mit dem Gesang von Sams Dad und der rhythmischen Begleitung der Gitarre, die Sams Mutter spielte.

Seit diesem Abend jammten sie regelmäßig miteinander.

Mackenzie ertappte sich dabei, immer mehr freie Nachmittage mit Sams Eltern zu verbringen. Die Jam-Sessions mit Bea und Tylor waren atemberaubend. Mackenzie lernte, dass Jazz-Musik so viel mehr war, als nur das Runterspielen von Noten. Musik war die Luft, die sie zum Atmen brauchte, sie floss durch ihre Adern und füllte ihren Körper jedes Mal mit einer vertrauten Wärme.

Sam scherzte schon bald damit, dass Mackenzie lediglich zu ihr mit nach Hause kam, um mit ihren Eltern abzuhängen. Aber irgendwie hatte sie auch recht.

Eines Nachmittags, nach einer weiteren erfolgreichen Jam-Session setzte sich Sams Dad zu Mackenzie, als diese gerade dabei war, ihre Noten einzupacken.

»Du hast vielleicht schon davon gehört, aber Paulo, unser Pianist wird leider in nächster Zeit ausfallen. Seine Familie braucht ihn. Wir dachten uns, du könntest ihn vielleicht ersetzten.«

Mackenzie spürte, wie ihre Knie zu zittern begannen und ihr Herz wild gegen ihre Rippen schlug. Ihre Atmung wurde schneller, während ihr Magen sich zusammenzog. Ein Gefühl der Unsicherheit durchströmte sie, als sie versuchte, sich zu beruhigen und ihre Emotionen unter Kontrolle zu bringen. Trotzdem war da auch eine Spur von Aufregung. »Ich bin doch nicht gut genug.«

Ihre Stimme versagte und sie brachte es nicht fertig, Sams Dad dabei in die Augen zu sehen.

»Da muss ich aber protestieren.« Sams Mutter war auf sie zugekommen und legte Mackenzie einen Arm um die Schulter. »Ich kenne niemanden, der auch nur ansatzweise so gut ist wie du.«

Ein Lächeln, dass die Kraft hatte, den Raum aufzuhellen erschien auf ihrem Gesicht und ihre Augen leuchteten auf, als Mackenzie hochblickte.

»Aber ich bin doch erst vierzehn. Wie soll das gehen?«, fragte sie und versuchte die Nervosität in ihrer Stimme zu unterdrücken.

»Der Besitzer kann dir eine Sondererlaubnis erteilen. Wir werden mit ihm reden. Können wir nächsten Dienstag auf dich zählen?«

»Dienstag?«, war das einzige das Mackenzie herausgepresst bekam.

In ihr tobte ein Hurrikan. Insgeheim hatte sie sich immer schon gewünscht, das Wohnzimmer der Defoirs gegen einen richtigen Proberaum mit der gesamten Band einzutauschen. Aber ein Auftritt? Sie hatte erst einmal vor Publikum gespielt, bei der Aufführung ihrer Musicalgruppe in Batavia. An das Lampenfieber, das sie damals verspürt hatte, konnte sie sich noch immer gut erinnern.

Mackenzies Herz begann schneller zu schlagen, als sie ein paar Tage später durch den muffigen Vorhang spähte, um das Publikum im Maple Leaf Club zu betrachten. Sie wollte schon umkehren, als Sams Vater auf einmal neben ihr auftauchte.

»Es ist völlig normal aufgeregt zu sein, aber du bist gut. Versprich mir, den Auftritt zu genießen. Denk einfach an die Jam-

Sessions. Die Musik fließt in deinen Adern. Du bist etwas ganz Besonderes. Also steh dir selbst nicht im Weg, Mackenzie.«

Sie nickte und presste ein schwaches »Okay, danke Tylor«, heraus. Trotz ihrer Nervosität fühlt sich Mackenzie durch die ermutigenden Worte bereit. Dies war ihre Chance, gemeinsam mit den Thirsty Jazz Hearts vor richtigem Publikum aufzutreten. Mackenzie hatte das Gefühl, ihr Herz würde ihr gleich aus der Brust springen, als sie die Bühne betrat.

Als sie sich auf den Klavierhocker setzte und das Scheinwerferlicht herab strahlte, überkam Mackenzie eine Aufregung, wie sie sie noch nie zuvor gespürt hatte. Gleichzeitig fühlte sie sich lebendiger als je zuvor.

Beim ersten Klavieranschlag wurde Mackenzie schwindlig. Alles in ihr schrie nach Flucht. Dann aber blickte sie zu den restlichen Bandmitgliedern, die ihr aufmunternd zunickten. Ihr Puls beruhigte sich. Sie war bereit.

Mackenzie spielte zwanzig Minuten und die Gäste genossen es offenbar. Es schien ihnen egal zu sein, dass anstelle des Pianisten nun ein junges hellhäutiges Mädchen am Klavier saß und einen Song nach dem anderen spielte.

Mit jeder Note, die Mackenzie spielte, ließ auch die Anspannung nach.

Nach dem letzten Song ergriff Sams Vater das Mikro: »Danke, dass ihr heute erschienen seid. Ihr habt sicher gemerkt, dass wir ein neues Mitglied am Klavier haben.« Er hielt inne, während das Publikum applaudierte. »Ihr Name ist Mackenzie und sie ist erst seit Kurzem in New Orleans. Sie ist eine der talentiertesten jungen Musikerinnen, die ich kenne, und ich denke, wenn wir sie ganz nett bitten, dann spielt sie uns noch eine Zugabe, als Einstand.«

Das Publikum applaudierte erneut, doch Mackenzies hilfloser Blick suchte Sams Vater, der sich ihr mit einem Lächeln zuwandte. »Wenn es für dich in Ordnung ist, Mackenzie, würden wir dich gerne als unser Ehrenmitglied aufnehmen, solange unser Pianist Paulo verhindert ist.«

Die Gäste pfiffen zustimmend.

Mackenzie aber rutschte das Herz in die Hose.

Welches Lied soll ich denn jetzt spielen?

Wie fremdgesteuert hob sie den Daumen und Sams Vater jubelte.

»Ich glaube, dass ist ein ja!« Er drehte sich wieder zum Publikum und schrie in die Menge: »Was sagt ihr dazu, seid ihr bereit für ihren Einstandssong?«

Erneut war der kleine lange Raum gefüllt mit Pfiffen und Applaus.

Und Mackenzie kam eine Idee. Es war gewagt, aber etwas Besseres fiel ihr auf die Schnelle nicht ein.

Sie winkte Sams Vater zu sich und flüsterte ihm etwas ins Ohr. Er nickte zustimmend und obwohl Mackenzies Hände erneut zitterten, verspürte sie auch diesen Drang weiterzuspielen. Dieses pulsierende Gefühl, dass sie beim Auftritt verspürt hatte, erschien ihr wie eine Droge, von deren Wirkung sie noch nicht genug hatte. Der Applaus und die offensichtliche Begeisterung des Publikums zusammen mit dem Rausch der Musik auf der Bühne elektrisierten sie.

Doch bevor Mackenzie anfing, biss sie sich auf die Unterlippe. Sie hatte die Wahl: aufzugeben oder etwas zu wagen. Sie wollte in New Orleans eine neue Person sein, eine mutigere Person, nicht mehr das schüchterne Mädchen aus Batavia. Sie musste jetzt mutig sein und den Song spielen. Ihren eigenen, den sie noch nie zuvor irgendjemanden vorgespielt hatte.

Nach einer gefühlten Ewigkeit atmete sie tief durch und begann die ersten Akkorde zu spielen.

Ihre Finger glitten über die Tasten, ganz zaghaft, bevor sie zu einem der tieferen Akkorde kam, der die erste Strophe im kräftigen gleichmäßigen dreiviertel Takt einleitete.

Neben ihr hörte sie die vertrauten Laute des Saxofons und des Schlagzeugs. Behutsam tasteten sich die restlichen Bandmitglieder an ihren Song heran und versuchten sie zu begleiten. Mackenzie horchte auf. Ihr Puls stieg, aber der Rückhalt der Band gab ihr den nötigen Mut, um ihren Mund näher an das Mikrofon zu bringen. Dann begann sie zu singen. Anfangs so leise, dass sie niemand hören konnte.

Sams Vater aber winkte ihr aufmunternd zu und Mackenzie wurde lauter. Im Gegenzug wurde es im Club still.

Ihr Blick hob sich nach der letzten Note und jetzt erst realisierte Mackenzie, dass ihr die Leute im Club zujubelten. Sie zitterte erneut, aber dieses Mal fühlte es sich so an, als ob hundert Schmetterlinge in ihrem Bauch nur darauf gewartet hätten auszubrechen. Wie versteinert starrte sie auf die in Licht gehüllte Silhouetten des Publikums. Als der Applaus abgeklungen war, erwachte sie aus der Starre.

Sams Vater trat ein paar Schritte auf sie zu und umarmte Mackenzie. »Na los, verbeug dich, dass hier ist dein Applaus«, flüsterte Tylor Defoir in ihr Ohr.

Ein warmes Gefühl breitete sich in Mackenzies Brust aus. Nicht einmal im Traum hatte sie gedacht, jemals in der Lage zu sein, einen eigenen Song vor Publikum zu performen. Und schon gar nicht einen, den sie bereits vor Jahren, kurz nachdem sie Teil der Musical-Gruppe geworden war, geschrieben hatte.

Sie löste sich aus der Umarmung und ging ein paar Schritte nach vorne. Geblendet vom Scheinwerferlicht setzte sie ein Lächeln auf, bevor sie sich so tief verbeugte, dass sie beinahe das Gleichgewicht verlor.

Während sie ausatmete, wischte sie sich die Schweißperlen von der Stirn. In diesem Moment wusste es Mackenzie: Sie gehörte auf die Bühne. Sie würde alles dafür geben, dieses einzigartige Gefühl des Bejubelt werdens und der Anerkennung noch einmal zu spüren. Denn die Person, die sie auf der Bühne gewesen war, war eine andere. Auf der Bühne war Mackenzie Walker nicht mehr unsichtbar.

Breaking Boundaries, schoss es ihr durch den Kopf, während sie anschließend die Treppe zum Backstage Bereich hinunter ging. So würde sie ihren nächsten Song nennen, jetzt da sie Teil der Band war.

Kapitel 5

17. April 2007

Schon beim Betreten des Maple Leaf Clubs spürte Peter Miller die Blicke der Leute. Er hob sein Kinn und nickte ihnen höflich zu, während er sich an den Ärmeln seines weißen Hemdes entlangstrich, das sorgfältig in die graue Leinenanzughose gesteckt war. Natürlich hatte er damit gerechnet, erkannt zu werden.

Sein Label, das er seit Jahren erfolgreich führte, war das renommierteste in der Jazzszene. Elephant Records garantierte förmlich den Erfolg seiner Künstler. So hatte es zumindest das Musikmagazin Rolling Stone in einem Artikel über ihn formuliert. Beim Gedanken daran huschte ein Lächeln über seine Lippen.

Nach wochenlangem Hinhalten hatte er endlich der Bitte seines Freundes Chase, dem dieser Club gehörte, nachgegeben. Nun war er hier, um sich die erst vierzehnjährige Pianistin der Thirsty Jazz Hearts anzuschauen.

Peter musterte die Leute im randvollen Club. Aus einer schmalen Tür, die in den Backstagebereich führen musste, erkannte er seinen alten Freund, der mit schnellen Schritten auf ihn zukam.

»Peter, schön dass du es einrichten konntest. Mackenzie Walker wird dich begeistern. Sie weiß nicht, dass du hier bist, aber ich habe sie gebeten, ihren eigenen Song am Anfang zu spielen«, begrüßte Chase ihn, während er ihm die Hand schüttelte.

»Ich bin gespannt«, antwortete Peter. Vielleicht war die Kleine gut genug, um in einem lokalen Club an einem Samstag aufzutreten, aber es würde bestimmt nicht reichen, um bei ihm unter Vertrag genommen zu werden.

Aber er schuldete Chase noch einen Gefallen, also schenkte er ihm eine viertel Stunde seiner Zeit.

»Ich hole dir einen Drink, da vorne habe ich dir einen Tisch reserviert«, antwortete Chase und entfernte sich.

Peter stellte sich zu dem Tisch links vor der Bühne und beobachtete, wie sich der Vorhang öffnete. In dem Moment bewegte sich das stehende Publikum ein paar Schritte vorwärts und fing an zu klatschen. Zwar hatte er schon von den Thirsty Jazz Hearts gehört, doch dass so viel Wirbel um sie gemacht wurde, überraschte ihn.

Seine Neugier war geweckt, als er die brünette Pianistin auf der Bühne entdeckte, die immer wieder hektisch blinzelte und dabei auf dem Hocker vor dem Piano hin und her rutschte. Zum einen passte sie so gar nicht ins Bild der Band und zu anderen konnte er ihr Lampenfieber bis zu seinem Tisch spüren. Definitiv nicht die Art Musikerin, die dem Druck der Musikindustrie gewachsen war.

Kopfschüttelnd drehte er sich um, bereit zu gehen.

Dann aber hielt er inne, ein kalter und zugleich warmer Schauer lief ihm über den Rücken. Die Kleine hatte angefangen, die ersten Akkorde am Klavier zu spielen. Ihre Finger glitten so sanft über die Tasten, dass Peter am liebsten noch näher an die Bühne gegangen wäre, um sie besser zu hören. Als sie zur ersten Strophe ansetzte und diese mit einer solchen Verletzlichkeit sang, hatte er beinahe Mitleid mit ihr. Gleich würde ihre Stimme brechen, davon war er überzeugt.

Anstatt zu gehen, beobachtete Peter, wie Mackenzie die Augen schloss und zum Refrain ansetzte. Scharf zog er Luft ein, seine Haltung versteifte sich. Das hatte er nicht erwartet. Wie zum Teufel hatte Mackenzie den Wechsel von Verletzlichkeit zu Selbstsicherheit geschafft?

Die Leute rund um ihn wippten im Takt, warfen sich gegenseitig vielsagende Blicke zu und einige klatschten sogar mit.

Nach dem Ende des Songs zog Peter sein Stofftaschentuch aus seiner Anzugtasche, um sich damit die Schweißperlen von der Stirn zu wischen. War dieses Mädchen etwa der Rohdiamant, nach dem er all die Jahre gesucht hatte? Mit jemanden wie ihr unter Vertrag könnte er zur Legende werden. Wahrscheinlich war ihr gar nicht bewusst, wie talentiert sie war.

Auf einmal konnte er es nicht erwarten, Mackenzie kennenzulernen. Aus ihrem eigenen Mund wollte er hören, dass sie diesen Song tatsächlich selbst geschrieben hatte. Mit einem Seufzer blickte er auf seine Armbanduhr. Er würde dafür das Ende der Show abwarten müssen. Etwas, dass er so nicht eingeplant hatte.

Er nickte Chase zu, der neben ihm mit zwei Gläsern aufgetaucht war.

»Wie ich sehe, hat dir Mackenzie gefallen.«

Peter stutzte »Hast du mich etwa beobachtet?«

»Die ganze Zeit über. Du weißt, ich hätte dich niemals angerufen, wäre ich nicht vollkommen überzeugt von ihr.«

Chase stellte eines der Gläser vor Peter ab. Dann hob er sein eigenes und deutete auf die Bühne zur Band. »Warte erst auf die Zugabe. Die hat sie auch selbst geschrieben.«

»Erzähl mir von ihr«, antwortete Peter und beobachtete Mackenzie dabei, wie sie einen Schluck Wasser trank und sich danach wieder voll und ganz auf ihr Klavier konzentrierte, so als wäre sie geistig in einem Paralleluniversum.

»Sie ist eine Freundin von Defoirs Tochter, dem Sänger der Band. Wohnt erst seit letztem Jahr hier. Vor vier Monaten kam

Tylor Defoir mit der Bitte, sie hier mit ihnen auftreten zu lassen. Ich war anfangs skeptisch, denn Minderjährige in meinem Club ... Du weißt, das ist nicht gut fürs Geschäft.« Chase rückte sein Berry zurecht und trat näher an Peter heran. »Aber dann habe ich die Kleine singen hören. Seitdem ist der Laden hier voll, wenn die Thirsty Jazz Hearts auftreten. Ich weiß nicht, wie sie es macht, aber sie schafft es, die Leute zu hypnotisieren. Ich bin seit zwanzig Jahren im Geschäft, aber so etwas habe ich noch nicht erlebt.«

Peter nippte an seinem Whisky. »Stell sie mir nach der Show vor. Ich möchte mich mit ihr unterhalten«, sagte er und versuchte dabei, möglichst gleichgültig zu klingen.

Eine dreiviertel Stunde später betrat er gemeinsam mit Chase den Backstagebereich. Chase klopfte an eine der Türen. »Mackenzie, kannst du bitte mal kurz herkommen, da möchte dich jemand kennenlernen.«

Mackenzie, gekleidet in ausgebeulter Jeans, einem Hoodie und einer Baseballmütze streckte ihren Kopf zaghaft durch die Tür. Sie wirkte ängstlich, setzte aber ein Lächeln auf.

Mit einem Räuspern trat Peter einen Schritt nach vorn, reichte ihr die Hand. Hilfesuchend schielte Mackenzie nach links und neben ihr tauchte der Leadsänger auf, der Peter musterte. Er ließ sich davon nicht beeindrucken.

»Hallo Mackenzie, mein Name ist Peter Miller. Ich bin der Inhaber von Elephant Records. Können wir uns kurz unterhalten?«

Doch der Typ neben ihr hatte sich bereits vorgeschoben. »Mister Miller, ich bin Tylor Defoir, Mackenzie ist unter meiner Obhut hier. Wenn es Ihnen nichts ausmacht, dann wäre ich gerne bei diesem Gespräch dabei.«

»Natürlich«, antwortete Peter und setzte dabei sein bestes Lächeln auf.

Er folgte Tylor Defoir in einen kleinen Raum, der wie ein heruntergekommenes Büro aussah. Nachdem sie sich an einem runden Tisch mit abgenutzten Stühlen gesetzt hatten, räusperte sich Peter und richtete seinen Blick auf Mackenzie. »Gratuliere zu dieser gelungenen Show.« Er legte seine Hände behutsam auf den Tisch und formte seine Finger zu einem Dreieck. »Mackenzie, darf ich dir eine Frage stellen?«

Sie nickte stumm, während sie ihren Kopf leicht gesenkt hielt.

»Das erste Lied, wer hat das geschrieben?«

Zum ersten Mal seit Betreten des Raumes hob Mackenzie ihren Blick und sie sah ihn mit ihren rehbraunen Augen an. »Sie meinen *Chasing Stars*? Das hab´ ich selbst geschrieben«, antwortete sie und blickte dabei verstohlen zu Sams Vater, der ihr aufmunternd zulächelte.

Peters Mundwinkel zogen hoch. »Wir haben da dieses Programm, für junge Künstler bei Elephant Records. Ich würde dich gerne darin aufnehmen, sofern das für alle Beteiligten in Ordnung wäre. Ein Plattenvertrag, sozusagen. Nicht viele Künstler schreiben heutzutage ihre Songs noch selbst.«

»Mich aufnehmen?« Mackenzie blickte zu Tylor, der genauso überrascht schien.

»Du hast Talent. Ich möchte dich bitten mit deinen Eltern nächste Woche in meinem Büro vorbeizukommen, um die Einzelheiten zu besprechen. Wir könnten dich aufbauen, dein Talent fördern und wer weiß, vielleicht hast du das Zeug zum Star.«

Hörbar schnappte Mackenzie nach Luft und fasste sich an den Rand ihrer Baseballmütze. »Aber was ist mit den Thirsty Jazz Hearts?«

Peter lehnte sich zurück, versuchte Blickkontakt mit ihr aufzubauen, bevor er antwortete: »Es handelt sich hierbei um ein Angebot für dich Mackenzie, als Solo-Künstlerin.«

Mackenzies Augen funkelten für einen Moment, bevor sie sich auf dem Stuhl zurücksinken ließ.

Peter stand auf und legte seine Visitenkarte auf den Tisch. »Lass dir Zeit. Besprich es mit deinen Eltern. Es war mir eine Freude dich kennenzulernen. Ich hoffe, ich höre schon bald von dir.«

Dann schüttelte er Tylor Defoir die Hand, verabschiedete sich von Chase und verließ das Gebäude.

Jetzt musste er lediglich abwarten und anschließend Mackenzies Eltern von seinem Vorhaben überzeugen. Er machte sich darüber keine allzu großen Sorgen. Seine Referenzen sprachen für ihn. Peter war davon überzeugt, dass es ihm gelingen würde aus Mackenzie Walker in den nächsten Jahren einen internationalen Superstar zu machen. Die Schüchternheit würde sie früher oder später ablegen.

Je länger er darüber nachdachte, desto detaillierter konnte er sich die Karriere dieser Newcomerin bereits vorstellen. Mackenzie war jemand, den er nach seinen Vorstellungen formen könnte. Es würde eine Sensation aus ihr machen. Sie war jung, feminin, hatte das richtige Aussehen und war vor allem eins: leicht beeinflussbar. Dass sie an ihrem eigenen Talent zweifelte, obwohl sie dazu keinen Grund hatte, war ihm recht, denn sie würde bestimmt keine branchenüblichen Forderungen stellen.

Mackenzie musste nur die richtige Gesangstechnik lernen und bei Elephant Records war sie genau richtig, um eine Karriere von der Pike auf aufzubauen.

Ihm gefiel ihre Bodenständigkeit, aber auch wie sie sich veränderte, wenn sie tatsächlich auf einer Bühne stand. Es schien fast so, als wäre Mackenzie Walker dann ein anderer Mensch.

Genau diese Art von Künstler benötigte er dringend in seinem Portfolio.

»Sag mal, wo warst du so lange? Ich habe mir Sorgen gemacht. Du solltest doch direkt nach der Show nach Hause kommen! Tylor, warum bringst du sie so spät zurück?« Mackenzies Mutter stand bereits in der Tür und leichte Zornfalten hatten sich auf ihrem Gesicht gebildet.

Sams Vater hatte die ganze Heimfahrt über kein Wort gesagt, doch jetzt hob er abwehrend die Hände. »Mackenzie trifft keine Schuld. Wir hatten nach dem Auftritt noch unerwarteten Besuch, doch das sollte sie dir lieber selbst erzählen.« Er zwinkerte Mackenzie zu, die wortlos an ihrer Mutter vorbei ging und sich mit angezogenen Beinen auf die Couch im Wohnzimmer setzte. Eine Weile hörte sie die gedämpften Stimmen im Eingang, bevor die Tür geschlossen wurde. Tylor musste gegangen sein.

Dann hörte sie dumpfe Schritte auf dem Holzboden und kurz darauf erschien ihre Mutter im Raum und setzte sich zu Mackenzie auf die Couch.

»Ist im Club etwas passiert? Tylor hat mir versichert es wäre alles in Ordnung, aber du wirkst bedrückt.«

Mackenzie schnappte sich das erst beste Kissen und presste es an ihren Körper.

»Es tut mir leid, dass ich zu spät bin.«

Sie spürte, wie ihre Mutter ihr über den Kopf strich und ihr die Baseballkappe abnahm, die nach hinten gerutscht war.

»Was ist denn los, Schätzchen? Sieh mich bitte an.«

Mackenzie wischte sich eine Strähne aus ihrem Gesicht und drückte sich in den Arm ihrer Mutter.

»Peter Miller von Elephant Records hat unsere Show gesehen«, begann Mackenzie zögernd. »Er meinte, ich hätte Talent als Solokünstlerin. Er möchte sich mit dir treffen, damit ich an einem Programm für aufstrebende Künstlerinnen teilnehmen kann. Ich glaube, das ist wie ein Plattenvertrag.«

»Hast du mit ihm allein gesprochen?« Die Stimme ihrer Mutter hob sich, doch Mackenzie schüttelte den Kopf. »Nein, Sams Dad war dabei, alles gut Mum.«

»Möchtest du das denn? Willst du professionelle Musikerin werden?«

Mackenzie seufzte. Dann antwortete sie: »Ich weiß es nicht Mum. Ich liebe es mit der Band auf der Bühne zu stehen, aber ich glaub, ich bin nicht gut genug, um es allein zu schaffen. Das Lampenfieber vor jedem Auftritt ist nicht so schön. Außerdem bin ich gerne Teil der Thirsty Jazz Hearts.«

»Mackenzie ich habe gehört, wie du spielst. Ich bin nie zu einem deiner Auftritte gekommen, weil du mir gesagt hast, du wärst noch nervöser, wenn ich da bin. Aber du bist großartig. Seit du ein kleines Kind warst, bist du wie besessen davon Musik zu machen.« In der Stimme ihrer Mutter lag so viel Zuversicht.

Mackenzie löste sich aus der Umarmung, denn Hitze breitete sich in ihr aus. Auf einmal überkam sie ein ungewohntes Kribbeln, fast so etwas wie Stolz.

»Außerdem hat er es toll gefunden, dass ich *Chasing Stars* selbst geschrieben habe. Er meinte, es müsse mehr Künstler geben, die auch gute Songschreiber wären.

Ihre Mutter nickte. »Du weißt, dass ich dich in allem was du tun willst, unterstütze. Ich kann dir die Angst und Selbstzweifel nicht nehmen, denn so ein Plattenvertrag ist eine große Sache. Aber wenn es die Musik ist, die dich glücklich macht, solltest du es wenigstens versuchen und ich werde dich begleiten.«

»Danke Mum. Wirklich. Das bedeutet mir viel. Aber mein Kopf explodiert gleich, ich werde mich jetzt ins Bett legen.«

Kapitel 6

Mai 2007 - Downtown New Orleans

Es war einer dieser schwülen Maitage und das weiße T-Shirt, sowie der knielange Rock, den Mackenzie trug, klebte ihr am Körper. Immer wieder strich sie sich eine Haarsträhne aus dem Gesicht.

Ihrer Mutter tupfte sich die Stirn mit einem Taschentuch ab, nachdem sie aus dem Bus gestiegen waren. Stumm musterte Mackenzie den zwanzig Stockwerke hohen Komplex. Das Hauptquartier von Elephant Records. Rote geschliffene Backsteine zierten die Außenfassade. Die Wände des Wolkenkratzers, die wie breite Türme in die Höhe schossen, erinnerten an einen Legobausatz, der majestätischer als seine Nachbarn erschien.

»Na komm Mackenzie, lass uns reingehen und uns anhören, was Peter Miller zu sagen hat.«

Mackenzies Mutter deutete zur Tür, die bereits von einem Portier aufgehalten wurde.

Mit eingezogenen Schultern folgte Mackenzie ihrer Mutter in die Lobby. Kühle Luft schlug ihr entgegen und sie spürte, wie sich Gänsehaut auf ihren Armen ausbreitete. Ihr Blick blieb an dem runden, schwarzen Logo hängen, auf dem in grüner Farbe ein Elefant über einer Schallplatte geprägt war.

Das höfliche: »Wie kann ich Ihnen helfen?« der Rezeptionistin lenkte Mackenzies Aufmerksamkeit zurück zu dem großen, aus weißem Holz gefertigten Tresen.

Das Büro von Peter Miller befand sich im neunzehnten Stockwerk, am Ende des Ganges. Er stand bereits in der Tür und nickte ihnen zu. Wie auch beim ersten Kennenlernen waren seine schwarzen Haare nach hinten gegelt. Er trug ein dunkelblaues Poloshirt zu einer hellbraunen Leinenhose, sodass seine Aufmachung nicht so förmlich wirkte, wie im Maple Leaf Club.

Zur Begrüßung streckte er Mackenzie lächelnd die Hand entgegen, dabei bildeten sich kleine Fältchen um seine funkelnden, dunklen Augen.

»Hallo Mackenzie. Schön, dich wieder zu sehen.«

Er hielt kurz inne und schenkte Mackenzies Mutter ein noch breiteres Lächeln. »Guten Tag, Sie müssen Mrs. Walker sein. Mein Name ist Peter Miller, aber bitte nennen Sie mich Peter.«

Dann folgten sie ihm gemeinsam in sein Büro.

Mackenzie versuchte nicht zu offensichtlich die Goldenen Schallplatten anzustarren, die an den Wänden hingen. Ihr Blick blieb schließlich an den großen Fenstern hängen, vor denen sich die Skyline Downtowns in der Nachmittagssonne erstreckte. Ein Kribbeln durchströmte ihren Körper, sie stand tatsächlich in Peter Millers Büro, um über einen Plattenvertrag zu sprechen.

»Darf ich euch etwas anbieten?«, fragte er höflich, deutete auf eine Ledercouch.

Mit einem Kopfschütteln setzte sich Mackenzie und warf einen Seitenblick zu ihrer Mutter, die es ihr gleichtat.

Dann begann Peter Miller zu reden und sprach fast eine Stunde lang ununterbrochen.

Seine Worte schwirrten Mackenzie im Kopf herum, ohne dass sie ihren Sinn so richtig erfassen konnte.

Stattdessen spürte sie, wie ihre nackte Haut am Leder des Sofas festklebte. Im Raum war es angenehm kühl, trotzdem glühten ihre Wangen und ihr Mund war schon wieder trocken, obwohl Peter in der Zwischenzeit Wasser verteilt hatte.

Die meiste Zeit sagte Mackenzie nichts. Ihre Mutter hingegen stellte eine Frage nach der anderen, aber Mackenzie war nicht in der Lage all die Worte zu verarbeiten, geschweige denn, die Vertragsklauseln zu verstehen.

Schließlich erhob Peter sich aus seinem schweren Ledersessel und hielt Mackenzie eine mattschwarze Mappe entgegen. Der Plattenvertrag. Fünfzig Seiten, die ihre Zukunft bestimmen könnten.

Peters Augen glänzten, als er ihr auf die Schulter klopfte. Mackenzie zuckte zusammen. Wie auch sein Händedruck, war sein Schulterklopfen bestimmend und fest.

»Elephant Records gibt dir die Chance, eine erfolgreiche Musikerin zu werden. Du schreibst deine Musik selbst, dadurch hebst du dich von den meisten anderen Künstlern ab. Mit uns an deiner Seite kannst du Großes erreichen.«

Anstatt etwas zu erwidern, nickte Mackenzie, legte ihre Finger um die Mappe, die sich leichter anfühlte, als sie aussah. Dann aber nahm sie ihren Mut zusammen und fragte: »Mr. Miller, meinen Sie wirklich, dass ich es schaffen kann?« Ihre Stimme zitterte, außerdem versuchte sie mit aller Kraft, seinem Blickkontakt standzuhalten.

Peter Millers Gesichtszüge wurden weicher und seine Lippen kräuselten sich zu einem Lächeln. »Deine Darbietung im Maple Leaf Club hat mich bereits von deinem Talent überzeugt. Wenn das nur ein Bruchteil von dem ist, was in dir steckt, dann wirst du es bis ganz nach oben schaffen.«

Mackenzie biss sich auf die Unterlippe. Eine Frage musste sie ihm noch stellen: »Passe ich wirklich in die professionelle Musikbranche?«

Dieses Mal wurde seine Miene ernster »Ich habe selten jemanden erlebt, der die Rhythmen des Jazz mit sanften, aber doch so eindringlichen Klaviernoten vermischen kann, wie du. Mackenzie, wenn du nicht gut genug bist, wer dann? Außerdem wird dich ein Team aus professionellen Songschreibern sowie Produzenten unterstützen.«

Daran wie oder wann genau Mackenzie das Büro verlassen hatte, konnte sie sich nicht erinnern. Sie spürte nur, wie ihr Körper zitterte, als sie zurück in die schwüle Hitze stolperte. Mit den Händen in den Hüften gestützt schnappte sie nach Luft.

Träume ich oder ist das gerade wirklich passiert?

Mackenzie war sich nicht sicher, daher suchte sie den Blick ihrer Mutter, die ihr dichtauf gefolgt war. Doch anstatt etwas zu sagen, stand diese nur wortlos neben ihr und starrte auf den Busplan in ihren Händen.

Auf einmal fing ihre Mutter an, herzhaft zu lachen. Mackenzie ließ sich davon anstecken.

Als sie sich beruhigt hatten, deutete ihre Mutter zur nahen gelegenen Bushaltestelle.

»Schätzchen, zu Hause haben wir viel zu tun. Ich lasse uns keinen Vertrag unterschreiben, bevor ich nicht jedes einzelne Wort darin gelesen und verstanden habe. Peter Miller scheint zu wissen, wovon er spricht, aber du bist immer noch mein Kind und das hier«, sie deutete auf die schwarze Mappe, die Mackenzie immer noch umklammerte, »ist eine große Sache.«

Mackenzies Grinsen erlosch, sie fuhr sich durch die Haare, und sagte mit heiser Stimme: »Mum, du weißt schon, wie verrückt das alles klingt, oder? Ich und ein Plattenvertrag?« Sie schlug die Hände über dem Kopf zusammen.

»Da hast du wohl recht, Mackenzie. Aber lass uns das alles in Ruhe zu Hause bei einer Limo mit Eis besprechen. Wir brauchen einen kühlen Kopf für diese Entscheidung. Es geht um deine Zukunft, da dürfen wir nichts überstürzen«, erwiderte ihre Mutter.

Mackenzie schwieg die vierzigminütige Busfahrt nach Hause. Ihre Gedanken kreisten um den Plattenvertrag, den sie in der schönen Mappe mit ihren Händen fest umschloss, als könnte er sich in Luft auflösen, wenn sie nicht darauf aufpasste. Die letzten Stunden fühlten sich surreal an, wie ein Film, mit ihr als Hauptdarstellerin.

Sie schloss die Augen und erlaubte sich kurz zu träumen. Mackenzie sah sich auf einer großen Bühne stehen, mit jubelnden Fans um sich herum, ohne Lampenfieber und als erfolgreiche Musikerin. Beim Gedanken daran wurde ihr warm ums Herz, denn Peter Miller hatte es doch tatsächlich geschafft, das Gefühl zu lindern, nicht gut genug für diesen Job zu sein.

Ich bin fest entschlossen, aus dir einen Star zu machen. Diese Worte von ihm schwirrten immer noch in Mackenzies Kopf herum.

Elephant Records Plan sah vor, anfangs nur ein paar Sessions mit Songschreibern zu vereinbaren, um eine konkrete Stilrichtung festzusetzen. Sie soll sich auf keinen Fall unter Druck gesetzt fühlen, das hatte Peter Miller immer wieder betont.

Schlagartig kamen Mackenzie auch die Worte ihres Vaters wieder in den Sinn, die er damals zu ihr gesagt hatte, als sie gerade mal zehn Jahre alt gewesen war und unbedingt Klavier spielen lernen wollte.

Du kannst alles erreichen was du willst. Solange du hart genug dafür arbeitest, mit ganzem Herzen dabei bist und alles gibst.

Zu Hause angekommen setzten sich Mackenzie zu ihrer Mutter an den Küchentisch. Mackenzie warf einen Blick zur Uhr, es war kurz vor vier. Lexi würde erst in einer Stunde von ihrer

Nachmittagsbetreuung durch die Tür spazieren und sie mit Fragen löchern.

Ihre Mutter blätterte durch die Seiten und markierte immer wieder Stellen mit einem Textmarker.

»Was steht da?«, fragte Mackenzie mit belegter Stimme.

»Nun ja, die Laufzeit wäre zunächst auf ein Album beschränkt. Sollte das ein Erfolg werden, dann gilt eine stillschweigende Verlängerung, sollte keiner der Parteien Einwände vorbringen.«

Ein Seufzer entfuhr Mackenzie. Sie war sich nicht sicher, ob sie jemals den Ansprüchen von Elephant Records gerecht werden könnte, geschweige denn ein Album aufnehmen könnte.

Ihre Mutter ließ ihr keine Zeit zum Grübeln, denn sie blickte erneut hoch. »Außerdem steht hier, dass die Master-Aufnahmen Elephant Records gehören würden. Im Gegenzug übernimmt das Label aber die Ausgaben für Produzenten, Songschreiber, Aufnahmen sowie Marketing, Vertrieb und PR.«

In Mackenzies Kopf ratterte es. »Bedeutet das, dass ich nichts damit verdiene?«

Hastig schüttelte ihre Mutter den Kopf und deutet auf eine Stelle, die sie markiert hatte. »Nein, du bekommst vier Prozent von allen Verkäufen, nachdem die vorgestreckten Beträge hereingewirtschaftet sind.«

Mackenzie nippte an ihrer Limo. Sie hatte keine Ahnung von der Musikindustrie, aber Peter Miller schien ein vertrauenswürdiger Mann zu sein. Schließlich hatte sie die vielen Goldenen Schallplatten in seinem Büro gesehen. Außerdem ging es ihr nicht ums Geld. Aber da war noch etwas Anderes, dass sie seit Wochen belastete. Sie biss sich auf ihre Unterlippe.

»Mum, ich verstehe die Konditionen, aber was soll ich den Thirsty Jazz Hearts sagen? Oder noch schlimmer, Sam? Peter hat doch gesagt, ich müsste das Projekt geheim halten.«

Sollte sie diesen Vertrag unterschreiben, dann müsse sie die ganzen Sommerferien über jeden Tag ins Studio fahren, um an ihrer Musik zu arbeiten. Erst danach würde sich entscheiden, ob überhaupt etwas Brauchbares zum Veröffentlichen dabei wäre.

Ihre Mutter legte ihr einen Arm um die Schulter, wobei ihr Haar Mackenzies Wange streifte.

»Schätzchen, das Erste worüber du dir Gedanken machen musst, ist, ob du das wirklich willst. Ist es dieser Plattenvertrag wert, nicht mehr Teil der Thirsty Jazz Hearts zu sein?«

Mackenzie blickte auf, sie hatte das Gefühl, als würde ihr etwas schwer auf den Magen schlagen. Laut Vertrag durfte sie in keine musikalischen Aktivitäten außerhalb von Elephant Records involviert sein. Aber es ging hier um ihre Zukunft, die Chance ihres Lebens. Die Musik war nach wie vor ihr bevorzugtes Kommunikationsmedium zur Außenwelt, doch würde sich das ändern, sobald sie eine professionelle Musikerin geworden war? Aber dazu musste sie sich auf dieses Abenteuer einlassen.

»Ich werde den Vertrag unterschreiben. Ich will das. Niemals hätte ich gedacht, dass so etwas für jemanden wie mich möglich wäre, aber sieh uns an.« Sie deutete auf die schwarze Mappe, die am Tisch lag. »Hier ist mein Plattenvertrag, für mein erstes Album, mit meinen eigenen Songs.« Jedes *mein* betonte sie und wurde dabei immer aufgeregter.

Ihre Mutter umfasste Mackenzies Hände. »Okay, wenn du das wirklich willst, unterstütze ich dich dabei. Aber du musst es vorher mit deinem Vater besprechen!«

Mackenzies verzog das Gesicht.

»Keine Diskussion, er ist dein Vater und er hat ein Recht zu erfahren, wenn ich mit seiner Tochter einen Plattenvertrag unterschreibe.«

Genervt schlug Mackenzie die Hände über den Kopf zusammen. »Okay, ich schreib ihm eine SMS.«

Ihre Mutter stand auf und holte das Haustelefon aus der Ecke neben dem Kühlschrank.

»Nein, du rufst ihn an! Wir benötigen seine Zustimmung.« Ihr Blick verriet, dass jede Diskussion sinnlos wäre.

Mit einem gequälten Ausdruck willigt Mackenzie daher ein, griff sich das Telefon und verschwand damit in ihrem Zimmer.

Dort warf sie sich auf's Bett. Der Gedanke, die Stimme ihres Vaters zu hören, kotzte sie an. Zu ihrem fünfzehnten Geburtstag vor zwei Wochen hatte er sich schließlich auch nicht die Mühe gemacht, sie anzurufen. Die einzeilige SMS konnte er sich sonst wohin stecken.

Die ursprüngliche Euphorie und das Auf und Ab ihrer Gefühle über die eigentliche Sache ließ nach. Mit einer schnellen Handbewegung wischte sich Mackenzie eine Träne aus dem Auge. Ihr Vater hatte keine Ahnung von ihrem Leben in New Orleans, geschweige denn, wie es ihr mit dem Umzug ergangen war.

Sie atmete tief ein und wählte dann dennoch seine Nummer.

Es klingelte unendlich lange. Sie war kurz davor wieder aufzulegen, als er sich am anderen Ende der Leitung mit einem fragenden »Hallo« meldete.

Seine Stimme klang vertraut, als hätte Mackenzie sie erst gestern das letzte Mal gehört.

Ruckartig setzte sie sich im Bett auf und zog die Knie an.

»Hi Dad, ich bin's …«

»Mackenzie, schön von dir zu hören. Ich wollte dich eh schon längst anrufen«, erklang es vom anderen Ende der Leitung.

Sie verdrehte die Augen.

Klar wollte er das. So wie er das sonst auch immer macht.

Sie zwickte sich in ihren Oberschenkel, um sich wieder an den Grund des Anrufes zu erinnern.

Es geht um deinen Plattenvertrag, reiß dich zusammen.

»Dad … ich rufe dich an, weil ich dir was erzählen wollte.«

Am anderen Ende der Leitung wurde es still.

Verunsichert stand sie auf und lief quer durchs Zimmer, stieß sich dabei an ihren Schreibtisch, der die ganze Front zwischen Bett und Kleiderschrank einnahm.

Hastig begann sie nach Wörtern zu suchen. »Ich trete seit ein paar Monaten mit einer Jazzband auf, den Thirsty Jazz Hearts.« Sie hielt kurz inne, war aber zu nervös, um auf eine Reaktion zu warten, daher fuhr sie fort: »Da war dieser Typ letzten Monat, Peter Miller, von Elephant Records, der mich gut fand. Heute war ich mit Mum in seinem Büro. Er möchte mich unter Vertrag nehmen, und ehrlich gesagt will ich das auch. In den Sommerferien gehts los. Ich werde mit einem Produzenten an meiner Musik arbeiten. Peter Miller will mich als Newcomerin erfolgreich rausbringen und er glaubt, dass ich es schaffen kann. Mum meinte, du solltest das wissen, damit du, naja, es mir erlaubst.«

Erleichtert atmete sie auf. Die Informationen waren im Rekordtempo raus.

Sie hörte ein tiefes Seufzen durch das Telefon.

»Warte, warte, warte Mackenzie, das war mir etwas zu schnell. Welche Thirsty Jazz Hearts? Ein Plattenvertrag? Deine Mutter ist damit einverstanden?«

Mackenzie schnaubte. Sie ballte ihre Hände zu Fäusten und schüttelte den Kopf. »Das alles würdest du wissen, wenn du dich für mich interessieren würdest.«

Am anderen Ende der Leitung konnte Mackenzie ihren Vater atmen hören. Sie bereute ihre Worte bereits und hasste sich dafür, dass er es immer wieder schaffte, sie zur Weißglut zu treiben. Den Plattenvertrag konnte sie so vergessen. »Dad, ich …«

Doch er unterbrach sie. »Klingt für mich fast so, als hättest du deine Bestimmung gefunden. Wenn deine Mum findet, dass der Plattenvertrag das Richtige für dich ist, dann will ich dir da nicht im Weg stehen.«

Mackenzie wollte schon schnippisch antworten, ihn fragen, ob es ihn gar nicht interessierte, was das für sie bedeutete, doch sie ließ es bleiben. Sie hatte seine Zustimmung und dabei wollte sie es belassen. »Danke Dad«, antwortete sie stattdessen und legte auf.

Dann warf sie das Telefon auf den Boden, sodass es dumpf am Teppichboden aufprallte. Die Tränen schossen ihr erneut ins Gesicht und sie trat mit dem Fuß gegen die Schranktür.

Die Konversation mit ihrem Vater brachte all die Erinnerungen wieder zum Vorschein. Er war es gewesen, der ihr das Tor zur Musik öffnete, und jetzt tat er so, als würde ihn nichts etwas angehen.

Kapitel 7

Mai 2007

Mit einem mulmigen Gefühl ging Mackenzie am nächsten Morgen zur Schule.

Es war entschieden. Sie würde ab dem ersten Juli, einen Tag nach Beginn der Sommerferien ins Studio von Elephant Records gehen, um dort ihre Karriere als Sängerin und Songschreiberin voranzubringen.

Gedankenverloren ging sie die steinernen Stufen hoch und erschrak, als sie plötzlich ein Tippen auf ihrer Schulter spürte.

»Hey Mackenzie.« Sams dunkle Augen funkelten ihr entgegen und ihre gekräuselten Haare fielen ihr dabei ins Gesicht. »Erzähl schon, wie war es gestern bei Elephant Records?«

Ein Kribbeln überkam Mackenzie, sie wischte sich übers Gesicht. Sie wollte ihre beste Freundin nicht anlügen. Aber die Wahrheit sagen durfte sie auch nicht.

Wut stieg in ihr hoch. Elephant Records hatte kein Recht, ihre Freundschaft zu gefährden, Geheimhaltungsvereinbarung hin oder her. Ihre Angst eine Vertragsklausel zu verletzen war nichts im Vergleich zu der, ihre beste Freundin zu verlieren.

Mit gesenktem Kopf überlegt Mackenzie fieberhaft, wie sie Sam alles erklären sollte. Immerhin waren ihre Eltern Teil der Thirsty Jazz Hearts.

»Na sag schon, was hat Peter Miller gesagt?«

Mackenzie beugte ihren Kopf ein Stück weiter zu Sam und flüsterte: »Ich erzähle dir jetzt etwas, aber du musst mir bei deinem Abby Wambach Trikot versprechen, dass du es für dich behältst, ok?«

Sam nickte. »Scheiße Mackenzie, was ist gestern passiert?

»Versprich es mir zuerst. Kein Wort. Zu niemandem. Ich meine es ernst.

Sam sah aus, als würde sie gleich vor Neugierde platzen. »Okay, was ist los? Ich verspreche dir was du willst, aber du machst mir gerade echt mordsmäßige Angst.« Die Augen, zu schmalen Schlitzen verzogen, musterten sie durchdringend.

»Elephant Records hat mir einen Plattenvertrag angeboten. Ich ...«, sie hielt kurz inne und drehte sich ein wenig weg, sodass sie Sam nicht mehr direkt in die Augen sehen musste, »... ich habe unterschrieben.«

Sam stand einfach nur da, ohne etwas zu sagen. Mit jeder Sekunde wurde Mackenzie nervöser, also fuhr sie fort: »Ich darf nicht darüber sprechen, aber ich wollte es dir sagen.« Auf einmal war da wieder dieses Gefühl, das sie beim Unterschreiben verspürt hatte. »Peter Miller denkt, ich hätte das Zeug zum Star. Deswegen werden wir den ganzen Sommer über an meinen Songs arbeiten und wer weiß, vielleicht gibt's bald ein Album von mir.« Zum ersten Mal sprach sie es laut aus und es erfüllte Mackenzie mit Stolz.

Sam hingegen schien noch zu überlegen. Die Sekunden verstrichen, ohne dass sie etwas dazu sagte. Dann legte sie den Kopf zurück und warf die Hände in die Höhe. »Das ist der Wahnsinn, Mackenzie! Ich wusste, dass du irgendwann entdeckt wirst. Ich bin so stolz auf dich!«

Sams Umarmung kam so blitzschnell, dass Mackenzie beinahe die Treppe hinuntergefallen wäre.

Am liebsten hätte sie Sam in diesem Moment nie wieder losgelassen.

Doch die löste ihren Griff und stemmte ihre Hände gegen das Geländer.

»Aber Moment mal, hast du dann überhaupt noch Zeit für die Thisty Jazz Hearts?«

Mackenzie kniff die Augen zusammen. Obwohl sie es vorgezogen hätte zu schweigen, antwortete sie: »Ich werde bis zu den Ferien weiterhin mit ihnen auftreten. Danach gehts leider nicht mehr. Auch das gehört zu den Vertragskonditionen.« Sie vergrub ihr Gesicht in den Händen, sich der Tatsache bewusst, dass sie nicht mehr Teil der Band sein konnte, und traurig darüber, dass sie ihnen nicht einmal sagen durfte, weshalb. Sie hasste diese *Don't Tell* Klausel. »Ich würde es ihnen so gerne selbst sagen. Sie haben mich aufgenommen, obwohl ich keine Ahnung von Jazz hatte. Die Band verdient es doch, die Wahrheit von mir zu erfahren, oder?«

Sam zuckte mit ihren Schultern, sagte aber nichts. Doch ihr Schweigen war Antwort genug.

Drei Tage später, nach dem traditionellen Samstagabendauftritt im Maple Leaf Club, stand Mackenzie mit selbst gebackenen Keksen im Backstagebereich. Ihre Knie zitterten und die Rede, die sie sich so gut eingeprägt hatte, war auf einmal weg. In ihrem Kopf herrschte totales Chaos. »Ich, ähm, Leute …« Mackenzie blieben die Worte im Hals stecken. Es war unfassbar laut, denn alle redeten durcheinander. Sie klopfte so lange auf den kleinen weißen Tisch, bis es ruhiger wurde.

»Ich habe einen Plattenvertrag bei Elephant Records unterschrieben.« Hitze schoss durch ihren Körper, sie wartete erst gar nicht auf eine Reaktion, denn auf einmal sprudelten die Wörter nur so aus ihr heraus. »Ihr wisst ja, dass Peter Miller letzten Monat bei unserer Show war und mich danach angesprochen hat. Tja, so wie es scheint, sieht er etwas in mir. Er möchte mir helfen, eine erfolgreiche Musikerin zu werden. Leider bedeutet das, dass ich ab den Sommerferien nicht mehr Teil der Band sein kann. Eigentlich darf ich niemandem davon erzählen, Geheimhaltungsklausel und so, aber …«, sie hielt inne und blickte in die verwunderten Gesichter ihrer Bandkollegen. Unauffällig wischte sie sich eine Träne aus dem Augenwinkel, denn mittlerweile waren ihre Kollegen fast schon so etwas wie Familie für sie geworden.

Ein Arm wurde von hinten um sie gelegt und sie spürte die Wärme auf ihrer Haut. »Schon gut Mackenzie, das sind doch tolle Neuigkeiten, oder?« Sams Mutter strich ihr liebevoll durchs Haar und drückte sie fest an sich.

Jetzt konnte Mackenzie die Tränen nicht mehr stoppen und sie legte den Kopf auf die Schulter von Sams Mum. »Es tut mir so leid. Ich wollte euch nicht enttäuschen oder hängen lassen. Ihr bedeutet mir alle so viel.« Ihre Stimme brach dabei.

»Ach deswegen die Kekse?« Mackenzie zwang sich aufzublicken. Sams Vater streckte die Hand in die Keksdose und sagte dabei mit einem Lächeln: »Du hast die Chance den Traum von Millionen von Künstlern zu leben. Deine Texte sind grandios. Peter hat recht, du hast Talent, Kleines. Also mach was draus. So eine Gelegenheit kommt nur einmal im Leben!«

Ein Seufzen wich über Mackenzies Lippen und sie spürte, wie sich ihr Brustkorb weitete. Ihr Blick wanderte durch die Runde. »Bitte versprecht mir, dass diese Konversation nie stattgefunden hat. Aber ich wollte, dass ihr es von mir erfährt.«

Jimmy, der Schlagzeuger, mit dem sie sonst fast nie sprach, trat einen Schritt auf sie zu. »Aber bis zu den Ferien spielst du noch mit uns, oder?«

»Wäre das in Ordnung für euch?« Sie vermied es, ihn direkt anzuschauen. Doch da traten ihre Kollegen einen Schritt näher und formten den Kreis, ein Ritual, das sie sonst immer nur vor Beginn einer Show durchführten. Sams Vater ergriff das Wort. »Mackenzie, du bist unser Ehrenmitglied, spiel so lange mit uns, wie du möchtest!«

Ihr letzter Auftritt gemeinsam mit den Thirsty Jazz Hearts fand drei Wochen später statt. Mit gemischten Gefühlen betrat Mackenzie die Bühne und spielte sich die Seele aus dem Leibe.

Einmal noch wollte sie alles geben.

Nach der letzten offiziellen Nummer griff Sams Dad zum Mikro, doch er wartete mit seiner Rede, bis der Applaus verstummte. Dann klopfte er ein paar Mal auf das Metallgehäuse und drehte sich in Mackenzies Richtung.

»Heute ist ein freudiger und zugleich trauriger Tag, denn es war der letzte Auftritt unserer talentierten Pianistin Mackenzie Walker.« Das Publikum applaudierte, doch das Raunen war nicht zu überhören. Dann fuhr er fort: »Ich hoffe, du weißt, dass du hier bei uns immer willkommen bist. Du hast Musik im Blut und die Leidenschaft, die du am Klavier zeigst, ist etwas, das nur ganz wenige Musiker besitzen. Ich möchte mich im Namen der Band bedanken, dass du Teil unserer Truppe warst. Wir alle wünschen dir nur das Beste für deine nächsten Projekte.« Er zwinkerte Mackenzie zu.

Diese schluckte heftig. Ihre Hände wurden schwitzig, denn sie wusste nicht recht, ob sie nun von ihrem Klavierhocker aufstehen sollte oder nicht. Stumm nickte sie und starrte auf die Tasten vor sich.

Dann aber fügte Sams Dad hinzu: »Meine lieben Gäste, seid ihr bereit für die Zugabe unserer Pianistin Mackenzie Walker?«

Tosender Applaus ertönte, während die Lichter nur auf Mackenzie und das Klavier gerichtet wurden. Plötzlich verschwamm alles rund um sie herum. Der Abschied war schneller gekommen, als ihr lieb war.

Mackenzie hörte, dass es im Raum stiller wurde als sonst. Um nicht komplett die Nerven zu verlieren, schloss sie die Augen.

In der letzten Woche hatte sie an einem Song gearbeitet, der all die Dankbarkeit, die sie gegenüber den Thirsty Jazz Hearts empfand, zum Ausdruck bringen sollte. Ähnlich wie bei ihrem ersten Auftritt hatte sie diesen Song noch nie live performt.

Sie berührte die vertrauten Tasten des Klaviers und öffnete ihre Augen, bevor sie drei Finger ihrer linken Hand hinunter drückte und der vertraute Klang eines C die Bühne in eine Art Trance hüllte. Jeder Akkord war eine Hommage an die Zeit, die sie mit diesen individuell talentierten Musikern hatte verbringen dürften.

Als Mackenzie die letzte Strophe von *Jubilation* anstimmte, konnte sie sich nicht mehr halten und brach in Tränen aus. Nach dem Song stand sie auf, umarmte ihre Kollegen, die immer noch auf der Bühne waren und ihr Rückhalt boten.

Gemeinsam gingen sie vor bis zur Kante und verbeugten sich, mit dem Wissen, dass es nie wieder so sein würde wie in diesem Moment.

Das Licht der Scheinwerfer wurde gedämpfter und Mackenzie zog ein letztes Mal den Geruch der Bühne in sich auf. Ein Lächeln huschte über ihr Gesicht, denn sie bemerkte, dass sich seit ihrem ersten Auftritt nichts an diesem Ort verändert hatte. Der Boden war immer noch sporadisch geputzt, die Hitze machte es fast unmöglich, etwas anderes als Schweiß und abgestandenen Zigarrenrauch zu riechen, der sich immer noch in den Mauern des Gebäudes befand. Aber sie liebte es.

Ihr Blick wanderte vorbei an der Bühne, zur Bar. Zu ihrer großen Überraschung sah sie im Publikum neben Lexi, die ausnahmsweise diesen letzten Auftritt gemeinsam mit ihrer Mutter ansehen durfte, ein weiteres vertrautes Gesicht. Ihr Vater stand neben ihrer Mutter und ihrer kleinen Schwester und applaudierte, während er lobende Pfiffe ausstieß. Als Mackenzie von der Bühne ging, kam er zu ihr und umarmte sie.

»Du warst unglaublich. Ich bin so stolz auf dich!«

Es fühlte sich eigenartig an, schließlich war ihr letztes Gespräch nicht so gut verlaufen. Aber nun war er hier. Extra nach New Orleans gereist, um sie live auftreten zu sehen.

Ihre ursprüngliche Wut ihm gegenüber verwandelte sich in eine Mischung aus Stolz und Traurigkeit.

»Danke Dad. Danke, dass du gekommen bist. Woher wusstest du, dass heute mein letzter Auftritt ist?«

Er reichte ihr ein Taschentuch und sagte: »Du meinst ja nicht allen Ernstes, dass ich mir das entgehen lasse, oder?«

Sie lachte und schielte zu ihrer Mutter hinüber. »Mum hat´s dir gesagt?«

»Worüber ich sehr froh bin. Deine Stimme ist unglaublich. Wenn jemand einen Plattenvertrag verdient, dann du! Hast du den letzten Song etwa selbst geschrieben?«

»Ja, der ist von mir. Einer von vielen. Sieht aus, als ob ich doch etwas zu sagen habe, weißt du noch?« Als ihr Vater genau das ihr gegenüber angezweifelt hatte, war sie zwölf Jahre alt gewesen.

Bis jetzt, denn er sah sie ernst an, bevor er sagte: »Du kannst alles schaffen, meine Kleine, solange du nur hart dafür arbeitest!«

Kapitel 8

Juni 2007 - Prom

Je näher der Tag ihrer ersten Studiosession rückte, desto nervöser wurde Mackenzie. Sam saß mit angewinkelten Beinen am Teppichboden und blätterte durch Mackenzies Notizbuch. Diese hatte sie gebeten vorbeizukommen, um ihr bei der Auswahl einiger Texte zu helfen.

Im Zimmer war es stickig, obwohl der kleine Ventilator seit Tagen lief. Mackenzie stieß ein Stöhnen aus. An die Hitze hatte sie sich immer noch nicht gewöhnt.

»Oh, der ist gut«, murmelte Sam und nahm sich eines der Post-its. Sie blätterte weiter, dann wieder zurück, nickte und befestigte erneut einen Klebestreifen. Das Ganze dauerte nun schon fast zwanzig Minuten und außer einem »wow« und »oh, der Text ist gut«, sagte Sam kaum etwas. Endlich legte Sam das Notizbuch beiseite und strich über den lila Einband.

»Bist du fertig mit deiner Auswahl?«, fragte Mackenzie und beugte sich über Sams Schulter.

»Ja. Meine Favoriten sind gekennzeichnet. Vielleicht habe ich mich zu sehr ausgetobt, aber entscheide selbst.« Sie zuckte mit den Schultern und Mackenzie musste lachen. Bevor sie etwas antworten konnte, fuhr Sam bereits fort: »Jetzt, da die Arbeit getan ist, kannst du mir bitte verraten, mit wem du auf den Abschlussball gehst?«

Sams Augen funkelten, während sie Mackenzie ausgiebig musterte.

Mackenzie verschränkte die Hände vor ihrer Brust. An ihrer Highschool in New Orleans war es auch den Neuntklässlern gestattet auf den Abschlussball zu gehen, was sie durch den ganzen Trubel in den letzten Wochen völlig vergessen hatte. »Ich werde nicht hingehen«, antwortete sie knapp und hoffte, dass Sam sie nicht länger damit nervte.

Das erste Jahr an der Schule war besser gelaufen als erwartet, trotzdem war Mackenzie immer noch meilenweit davon entfernt, zu den beliebten Kids zu gehören.

»Das lass ich nicht durchgehen.« Sams Augen hatten sich geweitet und sie machte eine dramatische Geste. »Auch wenn du kein Date hast, kannst du hingehen. Geh mit mir und dem Fußballteam.«

Mackenzie schüttelte den Kopf und überlegte sich eine passende Ausrede. Sie hatte keine Lust das fünfte Rad am Wagen bei Sam und ihren Freundinnen zu sein.

Doch bevor sie etwas antworten konnte, hielt Sam demonstrativ das Notizbuch in die Höhe. »Das hier bekommst du erst wieder, wenn du mit mir zum Abschlussball gehst. Komm schon Em, lass uns ein bisschen feiern, bevor sie dich den ganzen Sommer über in ein Tonstudio sperren.«

Schlagartig erhöhte sich Mackenzies Puls. Sam hatte recht. Bald würde sich einiges für sie ändern. Vielleicht würde ein bisschen Ablenkung nicht schaden? Schließlich willigte sie ein, woraufhin Sam ihr versprach, dass es der beste Abend ihres Lebens werden würde.

Mackenzie staunte nicht schlecht, als drei Tage später die weiße Stretchlimousine vor ihrem Haus vorfuhr, um sie zum Abschlussball abzuholen.

Ein letztes Mal warf sie einen prüfenden Blick in den Spiegel. In dem dunkelroten, schulterfreien Kleid, das ihr bis zu den

Knien reichte, erkannte sie sich kaum wieder. Aber Mackenzie gefiel, wie sich der seidige Stoff um ihren Körper schmiegte und sich ihr offenes gelocktes Haar um ihre Schultern legte. Fast eine Stunde hatte sie damit zugebracht, sich fertigzumachen.

Mit zügigen Schritten ging sie die Treppe hinunter. Im Flur konnte sie bereits Stimmen vernehmen und kurze Zeit später erblickte sie Sam, die sich lässig gegen die Tür gelehnt hatte. Ihr Haar war ausnahmsweise nach hinten geflochten. Die üblichen kurzen Shorts und das oversized T-Shirt hatte sie gegen ein weites gelbes Kleid mit Blumenmuster getauscht. Mackenzie schmunzelte, als ihr Blick auf die schwarzen Converse fiel.

»Wow, du siehst heiß aus. Komm, die anderen warten schon auf uns«, sagte Sam zur Begrüßung mit einem breiten Grinsen.

Mackenzie spürte die Hitze hochsteigen und ihre Finger wurden schwitzig. Hatte sie etwa zu dick aufgetragen?

Doch da hatte Sam sie auch schon an der Hand gepackt und zog sie hinaus.

Sams Teamkolleginnen waren ausgestiegen und stellten sich für ein Gruppenfoto vor der Limousine auf. Während sie Sam dabei beobachtete, wie sich diese in die Gruppe drängte, blieb Mackenzie unbeholfen an der Seite stehen. Plötzlich hatte sie das Gefühl, nicht dazuzugehören und war kurz davor doch nicht mitzufahren.

»Du wirkst gestresst, Mackenzie, komm doch mit aufs Foto«, ertönte eine Stimme neben ihr.

Mackenzie wirbelte herum und schluckte.

Ally, die Kapitänin des Teams hatte sich neben sie gestellt und zeigte zur Gruppe. Im Gegensatz zu den anderen trug sie kein Kleid, sondern einen schwarzen Einteiler mit tiefem Dekolleté, der ihre sportliche Figur betonte. Ihre schulterlangen blonden Haare hatte sie auf einer Seite zu einem Zopf geflochten, währen die Haare auf der anderen Seite lose in der leichten Brise wehten. Sie sah so cool aus und obwohl Mackenzie lieber nein gesagt hätte, stellte sie sich neben Ally zu den anderen.

Nachdem das Foto gemacht wurde, deutete Ally mit einem Zwinkern auf ihre Handtasche. Dann beugte sie sich näher zu Mackenzie heran. Ihre Haut roch nach Pfirsich und Mackenzie spürte, wie sich ein Kribbeln in ihrer Magengrube ausbreitete. Zwar kannte sie Ally bereits aus der Schule, doch wirklich miteinander gesprochen hatten sie noch nie miteinander.

»Ich habe uns für die Fahrt ein bisschen Wodka besorgt, wenn du magst…«, flüsterte Ally.

Scharf zog Mackenzie Luft ein, nickte und folgte Ally in die Limousine.

Ihr Herz raste, als sie sich auf der Rückbank neben Ally setzte, die bereits den Flachmann herausgezogen hatte.

Die Innenbeleuchtung blinkte zum Bass der Musik, der aus den großen an der Seitenwand montieren Lautsprechern dröhnte.

»Trink was«, sagte Ally mit einem Lächeln, das Mackenzie beinahe die Luft zum Atmen nahm.

Hastig griff sie nach dem Flachmann und hoffte so, das Gefühl in ihrer Magengrube zu stoppen. Kurz darauf unterdrückte sie mühsam ein Husten. Ihre Kehle brannte durch die ungewohnte Schärfe des Alkohols. Sie hätte ihn nicht trinken sollen. Aber anstatt aufzuhören, nahm sie noch einen Schluck, dann noch einen.

Als die Limousine zwanzig Minuten später vor der Schule anhielt, spürte Mackenzie, wie alles um sie herum langsam in einen angenehmen Nebel gehüllt wurde. Endlich hatte sich die Anspannung gelöst. Kichernd folgte sie den anderen in die Turnhalle, die zum Ballsaal umfunktioniert worden war.

Von der Decke hingen Lichtergirlanden und die Tribünen waren nach hinten gefahren worden. Die Musik, die aus den Lautsprechern drang, wirkte berauschend auf Mackenzie. Sie wirbelte wild über die Tanzfläche, ihre Arme in der Luft gestreckt, während sie sich im Takt der Musik bewegte. Ein befreites Lachen entfloh ihren Lippen, als sie die Energie der Musik in sich aufnahm. Aus dem Augenwinkel heraus beobachtete sie Ally, die ihre Hände langsam über den Stoff ihres Oberteils hinunter zu ihren Hüften gleiten ließ.

Ein Funke sprang zwischen ihren Blicken über und in diesem Moment durchfuhr Mackenzie ein Feuerwerk, das ihre Sinne erzittern ließ. Das Gefühl, das sie die ganze Autofahrt über zu unterdrücken versucht hatte, flammte plötzlich wieder in ihr auf. Ally kam ein paar Schritte auf sie zu und legte ihren Arm um Mackenzies Hüfte. Dabei spürte Mackenzie Allys Atem am Hals.

Für einen Augenblick vergaß sie zu atmen. Doch als sich Mackenzie wieder gefasst hatte, drehte sie sich um und rannte ohne zu überlegen aus der Turnhalle. Sie musste dringend Abstand zwischen sich und Ally bringen. Was war da gerade eben passiert?

Ihre Hände zitterten, als sie die Tür zur Toilette öffnete. Vor dem Waschbecken angekommen, stützte sie sich dagegen und atmete tief durch, drehte dann den Hahn auf. Das kühle Wasser beruhigte ihren Atem.

Zumindest so lange, bis plötzlich die Tür geöffnet wurde und Ally eintrat.

»Alles gut bei dir?«, fragte sie, als sie sich gegen das Waschbecken lehnte.

Mackenzie wollte einen Schritt zurücktreten, stolperte aber und landete in Allys Armen. Da war es wieder, dieses verdammte Kribbeln, dass sich von ihren Fingerspitzen aus in ihrem ganzen Körper ausbreitete.

Langsam hob sie ihren Kopf, taumelte zurück. »Geht schon. Ich hätte niemals den Wodka trinken dürfen, ich fühle mich eigenartig«, antwortete sie mit belegter Stimme.

Ally trat einen Schritt nach vorn und Mackenzie ertappte sich dabei, wie ihr Blick an Allys vollen Lippen hängen blieb.

Vorsichtig hob diese ihre Hand, und strich eine Strähne aus Mackenzies Gesicht.

Entgegen ihres Instinktes, schob Mackenzie ihren Kopf vor und sah Ally tief in ihre grünen Augen.

Ihr Herzschlag setzte für einen Augenblick aus. Ein prickelnder Schauer durchströmte ihren Körper, als sie die letzten Millimeter überwand und Ally küsste. Die Welt um sie herum verschwand für einen kurzen Moment, bevor Mackenzie realisierte, was sie taten.

Panik stieg in ihr auf. Sie wandte sich ab und stürmte aus dem Waschraum. Das Klappern ihrer Sandalen auf dem Fliesenboden war das Einzige, dass sie noch wahrnahm.

»Warte!« Ally war ihr hinterhergelaufen, versuchte sie einzuholen.

Doch Mackenzie zwang sich weiter zu rennen und den Ausgang zu suchen.

Irgendwann erreichte sie diesen und setzte sich erschöpft ins Gras hinter der Turnhalle. Wenig später hörte sie Schritte und Ally erschien neben ihr.

»Rede mit mir«, sagte sie leise.

Mackenzie zog nervös an ihrem Kleid und warf einen Blick über ihre Schulter. Aber sie schienen allein zu sein.

»Ich hätte dich nicht küssen sollen, das war ein Fehler. Es tut mir leid. Bitte verrate es niemanden«, erwiderte Mackenzie tonlos.

»Schämst du dich etwa dafür?« Ally hatte sich aufgerichtet und stemmte die Hände in die Hüften.

Während Mackenzie nach Worten rang, schüttelte sie den Kopf. »Nein, aber ich kann das nicht, Ally. Ich bin nicht so wie du.«

Eine Mischung aus Enttäuschung und Verwirrung breitete sich in Allys Gesicht aus, dann aber stieß sie scharf Luft aus. »Ich dachte echt, du wärst anders, aber da habe ich mich wohl geirrt. Erst küsst du mich und dann bereust du es. Ich bin kein verdammtes Experiment Mackenzie. Hab´ ein schönes Leben, ich hoffe du belügst dich nicht selbst.«

Jede Faser in Mackenzies Körper spannte sich an. Nur mit Mühe unterdrückte sie die Tränen, die drohten, ihre Wange hinunterzulaufen.

»Ich belüge niemanden. Doch es fühlt sich alles so falsch an. Das hat aber nichts mit dir zu tun, bitte glaub mir.« Abwehrend hob Mackenzie ihre Hände. Zu gerne hätte sie Ally gesagt, dass dieser Kuss das Beste war, dass ihr seit ihrer Ankunft in New Orleans passiert war. Doch sie kämpfte einen Kampf, den sie nicht gewinnen konnte.

Denn Ally ging, ohne sich noch einmal umzudrehen. Mackenzie schluckte und wischte sich eine Träne weg, die aber unkontrolliert ihre Wangen runter rannten. So hatte sie sich ihren ersten Kuss nicht vorgestellt.

Kapitel 9

Juni 2007

Der Busfahrt nach zu urteilen und den Gerüchen, die Mackenzie wahrnahm, mussten sie sich irgendwo in Flussnähe befinden. Ihre Augen brannten vom dicken Stoff des Schals, den sie
auf Sams Drängen hin hatte anlegen müssen.

Der Boden unter ihren Füßen fühlte sich rutschig an, doch
Mackenzie zwang sich nichts zu sagen, denn es war Sam enorm
wichtig, dass sie nicht wusste wohin sie gingen. Schließlich
plante sie diese Überraschung schon seit Wochen.

Es war schwer gewesen, Ally die ganze letzte Schulwoche
aus dem Weg zu gehen. Mackenzie hatte sogar mit dem Gedanken gespielt, sich krank zu stellen, aber dann hätte sie auch Sam
absagen müssen, was sie nicht über's Herz gebracht hatte.

»Wir sind da. Voilà!« Sam nahm ihr den Schal ab. Geblendet
von den Sonnenstrahlen, die sich im bräunlichen Wasser spie-
gelten, blickte sich Mackenzie um. Ihr Gefühl hatte sich bestätigt, denn das Geräusch, das sie die letzten Minuten gehört
hatte, waren die Schreie der Möwen, die über dem Mississippi
kreisten.

Sie standen am Pier des Woldenberg Parks. Vor ihnen hatte
ein großer Raddampfer angelegt.

»Mackenzie Walker, darf ich dir den Mississippi zeigen? Die
Southern Pearl gehört die nächste Stunde uns.«

«Dein Ernst?»

»Na ja, du wolltest ja immer auf so ein Ding, oder?«

Ein warmer Schauer überkam Mackenzie. »Das hast du dir gemerkt?«

»Na klar. Der Freund meiner Eltern ist der Besitzer von diesem Raddampfer. Die alte Dame ist schon in der dritten Generation in der Familie. Frederic wird heute unser Kapitän sein.« Triumphierend zeigte Sam auf einen älteren Mann in Kapitänsuniform, der bereits am Steg auf sie wartete. »Mein Geschenk an dich, bevor du ein Star wirst und mich hoffentlich nicht vergisst.«

Überwältigt fiel Mackenzie Sam in die Arme. Noch nie zuvor hatte jemand so etwas Besonderes für sie organisiert.

Der Kapitän hielt Sam einen Picknickkorb entgegen.

»Meine Damen, willkommen auf der Southern Pearl. Genießen Sie die Fahrt.« Er machte eine einladende Handbewegung und die beiden folgten ihm aufs Deck. »Bitte machen Sie es sich hier gemütlich. Decken befinden sich in der Kiste hinten.«

Dankend nahm Sam den Korb entgegen. Sie ging nach vorne und stellte ihn auf einen der Tische am Bug ab.

Mackenzie stellte sich neben sie und legte ihr einen Arm um die Schulter.

»Danke Sam. Das hier ist wirklich so … atemberaubend.«

Sie blieben am Bug stehen und beobachteten den Sonnenuntergang, während sich die Southern Pearl unter lautem Getöse in Bewegung setzte.

Wenig später setzte die Dämmerung ein und hinterließ einen glänzenden Schimmer auf der Wasseroberfläche. Für einen Moment vergaß Mackenzie alles um sich herum. Mit ausgestreckten Armen stand sie am Bug und schloss die Augen.

»Die Überraschung ist mir gelungen, oder?«, fragte Sam daraufhin.

Mackenzie öffnete die Augen und blickte in die kleinen Wellen, die der Dampfer am Mississippi verursachte. Dann drehte sie sich zu Sam. »Ja. Es ist toll. Aber ich habe wirklich Angst vor der ganzen Sache mit Elephant Records.«

Das war nur die halbe Wahrheit, denn da war noch etwas, wovor sie große Angst hatte, aber nicht darüber sprechen konnte.

Sam nahm ihre Hand. Ihre dunklen Augen strahlten Wärme und Geborgenheit aus.

»Nimm die Herausforderung an. Du bist die talentierteste Songschreiberin, die ich kenne und wirst ihnen schon zeigen, wo's lang geht. Und wenn nicht, dann trittst du wieder mit den Thirsty Jazz Hearts auf.«

Mackenzie legte den Kopf auf ihre Schulter. »Danke Sam, du bist wirklich die beste Freundin, die man sich wünschen kann. Ich bin so froh, dass du damals über meinen Rucksack gestolpert bist.«

Beim Gedanken daran musste sie schmunzeln. Es schien, als wäre ihre erste Begegnung eine Ewigkeit her gewesen.

Sam zog die Schultern hoch und steckte ihre Hände in die Taschen ihrer Shorts. »Jetzt werde mal nicht sentimental. Ich hatte nicht vor hier zu heulen. Schau dir lieber den Mississippi an! Wir haben noch ungefähr vierzig Minuten!«

Beiden lachten, bevor sie sich auf die Bank setzten.

Sam fischte zwei Dosen Red Bull aus dem Picknickkorb. »Auf die alten Zeiten«, sagte sie und reichte Mackenzie eine davon.

Anschließend saßen sie minutenlang da und genossen die Bootsfahrt. Dann begann Sam auf der Bank umherzurutschen.

»Ich hab´ auch ein bisschen Bammel«, presste sie hervor.

Belustigt hob Mackenzie eine Augenbraue. »Wovor denn?«, fragte sie. Sam war die furchtloseste Person, die sie kannte. Nur schwer konnte sie sich vorstellen, dass Sam etwas einschüchtern könne.

»Jetzt, wo all die Seniors aus dem Fußball-Team weg sind, wird's schwer werden nächste Saison. Ich hoffe einfach, dass die neue Kapitänin, wer auch immer es sein wird, die Truppe genauso gut zusammen halten kann wie Ally. Sie war der Kleber unseres Teams. Du weißt schon, die, die alle motiviert hat, aber auch von allen respektiert wurde. Ich bin so froh darüber, dass sie das Stipendium in Stanford bekommen hat.«

Ally. Da war sie wieder. Der Gedanke an dieses Mädchen reichte aus, damit Mackenzies Herz schneller schlug. Vielleicht hätte sie mit ihr reden sollen, sich besser erklären, aber dafür war es jetzt zu spät. Außerdem wusste Mackenzie selbst nicht, was der Kuss zu bedeuten hatte.

Sam runzelte die Stirn, neigte den Kopf und starrte Mackenzie forschend an.

»Warum verhältst du dich so komisch?«, fragte Sam sichtlich beunruhigt.

Mackenzies Blut stockte in ihren Adern, sie musste schnellstmöglich ein anderes Gesprächsthema finden. Krampfhaft überlegte sie, was sie darauf antworten sollte. Aber es war schließlich Sam. Ihre beste Freundin.

So vergrub Mackenzie ihr Gesicht in ihren Händen und murmelte: »Ich habe Ally auf dem Abschlussball geküsst. Noch etwas, das mir Angst macht.«

»Ernsthaft jetzt? Wow okay, damit habe ich nicht gerechnet. Aber stimmt, da waren diese Vibes zwischen euch! Ich dachte schon, ich würde mir das nur einbilden.« Sams triumphierender Ton war kaum zu überhören.

Mackenzie hob den Kopf, um Sam zu sagen, wie falsch das war. Doch Sams Grinsen war so breit, dass sie vergaß, was sie sagen wollte.

»Erzähl, wie war's?«

Ungläubig starrte Mackenzie Sam an. Außer dem interessierten Blick hatte sich nichts zwischen ihnen verändert.

Mackenzie zuckte mit den Schultern und spürte wieder dieses Kribbeln in ihrem Körper. »Der Kuss war gut. Aber dann bekam ich Panik und bin abgehauen. Hab' Ally gesagt, das es ein Fehler war und seitdem hasst sie mich.«

Verunsichert blickte sie zu Sam, die schließlich nach einer langen Pause fragte: »Warum denkst du, dass es falsch war?«

»Na, weil Ally ein Mädchen ist.« Frustration breitete sich in Mackenzie aus. Wie kann etwas, dass sich so gut anfühlte, gleichzeitig so falsch sein?

Dann aber senkte Sam ihre Stimme, sie wirkte fast beunruhigt. »Küss wen du willst. Jungs, Mädchen, völlig egal, schließlich leben wir nicht mehr in der Steinzeit. Nichts an dem Kuss war falsch. Ally wird nächsten Herbst aufs College gehen, du musst sie also nicht mehr wiedersehen. Außerdem denke ich nicht, dass sie dich hasst.«

Kurzzeitig löste sich Mackenzies Anspannung. Dann aber schossen ihr die Bilder des Abschlussballs wieder in den Kopf und mit ihnen auch die Angst und die Scham.

»Du darfst es niemanden sagen. Stell dir vor, wenn herauskommt, dass mein erster Kuss nicht mit einem Jungen, sondern mit Ally war. Meine Mum wäre sicher enttäuscht von mir und mein Dad, oh Gott. Ich will gar nicht daran denken. Außerdem hatte es nichts zu bedeuten. Ich hätte den Wodka niemals trinken dürfen. Wäre da ein Junge da gewesen, hätte ich ihn wahrscheinlich auch geküsst.« Mit aller Kraft versuchte Mackenzie Sam davon zu überzeugen, ihr zu glauben. Die aber nahm ihre Hand und drückte sie fest.

»Stress dich nicht Em, alles gut. Das Einzige, was zählt, ist, dass der Kuss gut war. Mal unter uns, Ally ist echt scharf! Du hättest es viel schlimmer treffen können. Schreib doch einen Song darüber. Elephant Records wird es lieben!«

Obwohl Mackenzie lachte, zog sich ihr Magen innerlich zusammen, denn sie hatte bereits einen Song geschrieben. Nur hatte sie sich geschworen, niemals die wahre Identität ihrer Muse bekannt zu geben.

Die restliche Dampfschifffahrt widmeten sie sich wieder dem Picknickkorb und der Tatsache, dass die Schule nun offiziell vorbei war, was mit viel zu vielen Süßigkeiten gefeiert wurde.

Nach diesem wunderschönen Tag war Mackenzie sich sicher, dass sie diese Nacht endlich wieder einmal ruhig schlafen könnte.

Kapitel 10

Sommerferien 2007

Als Mackenzie am ersten Tag der Sommerferien Peter Millers Büro betrat, bereute sie bereits, hergekommen zu sein. Denn sie fragte sich unwillkürlich, wie sie nur hatte denken können, dass sie gut genug für diese Branche war. Peter war hinter seinem wuchtigen Schreibtisch aufgestanden und trug einen beigen Leinenanzug. Sein Haar war wie immer perfekt nach hinten gegelt.

Dann kam er ein paar Schritte auf Mackenzie zu und streckte ihr mit einem Lächeln die Hand entgegen. Dabei blickte er ihr direkt in die Augen. »Mackenzie, ich muss dich das jetzt direkt fragen. Es ist sehr wichtig, bevor wir gleich hinunter ins Studio gehen und ich dir das Team vorstelle!«

Mackenzie schluckte. In Peters Nähe fühlte sie sich unsicher. Wie sollte sie ihm beweisen, dass sie das hier wirklich wollte?

Sie versuchte seinen durchdringenden Blick auszuweichen, während er fortfuhr. »Willst du einen Künstlernamen verwenden oder sollen wir die Musik unter deinem eigenen Namen veröffentlichen? Möchtest du, dass eines Tages Mackenzie Walker auf einer dieser Platten steht?« Er deutete auf die Goldenen Schallplatten, die an der Wand hingen. »Oder ein anderer Name?«

Mackenzie zuckte mit den Schultern. Darüber hatte sie sich noch nie Gedanken gemacht. »Ich weiß nicht, was ist falsch an meinem Namen?«

Er runzelte die Stirn. »Unsere Aufgabe bei Elephant Records ist es nicht nur Musik zu produzieren, sondern auch dein Image als Künstlerin aufzubauen. Ich denke, Mackenzie Walker ist nicht der richtige Name für das, was wir hier erschaffen werden.«

Obwohl sie nicht wirklich verstand, worauf Peter hinauswollte, nickte Mackenzie. »Okay.«

Peter Miller musterte sie und hob die Hände. »Mackenzie wir werden einen Star aus dir machen. Jede Person in diesem Land, ja vielleicht sogar weltweit, wird deinen Namen kennen und deine Musik hören. Du wirst Teil ihres Lebens werden.« Erneut zeigte er auf die Schallplatten. »Die Namen da drauf sind nicht die Menschen, die abends nach Hause gehen und mit ihrer Familie zu Abend essen. Als Künstler ist man auch eine Art Produkt, geschaffen von Elephant Records. Du musst dich entscheiden, wer du nach außen hin sein willst.« Er hielt kurz inne, seine Stimme wurde ernster. »Vor allem musst du entscheiden, wie viel du von dir selbst preisgeben willst. Zu deinem eigenen Schutz.«

Was meint er damit? Will er eine andere Person aus mir machen, eine bessere? Ist Mackenzie Walker nicht gut genug?

»Deine Musik ist ausdrucksstark und glaubwürdig. Die Leute werden sich früher oder später damit assoziieren. Sie werden glauben, den Künstler dahinter zu kennen, daher ist es sehr wichtig, authentisch zu wirken. Für sie.« Er machte eine kurze Pause, fixierte Mackenzie dabei mit festem Blick. »Aber nur weil sie denken dich zu kennen, muss das nicht so sein. Behalte immer ein kleines Stück von dir nur für dich und beschütze es. Sonst kann die Musikindustrie zu einem dunklen Ort für dich werden.«

Mit eingezogenen Schultern nickte Mackenzie. Das Gewicht seiner Worte spürte sie deutlich. Die Luft um sie herum schien wie erstarrt, doch sie hatte verstanden.

Mackenzie Walker repräsentierte nicht die Künstlerin, die Peter Miller aus ihr machen wollte. Denn Mackenzie war schüchtern, tat sich schwer Augenkontakt zu halten und es gelang ihr lediglich in ihren Songs ihre wahren Gefühle zum Ausdruck zu bringen. Niemand würde eine Platte dieses Losers ohne Selbstvertrauen kaufen.

Beim bloßen Gedanken daran fühlte sie sich, als würden ihr Eiswürfel in den Magen gleiten. Ihr musste dringend etwas Besseres einfallen.

Für eine Weile stand sie stumm da und betrachtete die Schallplatten. Auf ein solches Gespräch war sie definitiv nicht vorbereitet gewesen, als sie vorhin die klimatisierte Lobby von Elephant Records betreten hatte.

»Okay. Wie wäre es mit Macks? Es ist nicht Mackenzie Walker, aber ein Name, mit dem ich mich identifizieren könnte.«

Peter klatschte in die Hände. »Ausgezeichnet. Macks ist dazu bestimmt, Großes zu erreichen.« Er sah sie an und trat einen Schritt nach vorne, woraufhin sie reflexartig einen zurück machte. Peter Miller schien das nicht zu bemerken, denn er fuhr euphorisch fort: »Macks, aus New Orleans, furchtlos, aber einfühlsam. Der amerikanische Inbegriff einer Teenagerin, die es bis ganz nach oben in die Charts schaffen kann und dabei die Herzen von Millionen Menschen im Sturm erobert.« Seine Mundwinkel hoben sich, wobei seine weißen Zähne funkelten. »Na los, gehen wir zu Melissa. Wir werden Macks später in der ASCAP – der Amerikanischen Gesellschaft der Komponisten, Autoren und Veröffentlicherlisten registrieren.«

Gemeinsam gingen sie in das Tonstudio, das sich ein paar Stockwerke unter Peters Büro befand, wo sie auf Melissa, die Songschreiberin, die Mackenzie zugeteilt wurde, trafen.

Eine in Khakihosen und weißer Bluse gekleideter Frau mit kurz geschnittenem dunklem Haar. Anstatt Mackenzie die Hand zu reichen, zog Melissa sie in eine innige Umarmung. »Hallo Mackenzie. Ich kenne deine Videos aus dem Maple Leaf Club. Es freut mich, mit dir zu arbeiten.« Ehe Mackenzie antworten konnte, deutete Melissa auf eine Couch, die sich vor der Glaswand des Tonstudios befand und fuhr fort: »Wir werden uns gut verstehen. Mach es dir im Regieraum bequem und zeig mir deine Songs.«

Adrenalin schoss durch Mackenzies Körper, als sie die Ausrüstung im Studio musterte. Es wirkte alles so professionell. Der dahinterliegende Aufnahmeraum war mit Mikrofonen, Verstärkern und anderen Geräten ausgestattet. Neben der Couch befand sich eine Tür, die in einen weiteren Raum führe. Das musste der Kontrollraum sein, denn auf dem lagen Tisch waren Mixgeräte aufgebaut.

Peter Miller hatte sich zu Melissa gedreht und unterhielt sich leise mit ihr. Um nicht wie eine Salzsäule danebenzustehen ließ sich Mackenzie in das weiche Leder der Couch fallen. Sie tastete nach dem Notizbuch in ihrer Tasche, dessen Einband sich beruhigend vertraut anfühlte. Mit einem entschlossenen Griff zog sie es heraus und klappte es auf. Sie blätterte die Seiten durch, ihre Augen auf die handgeschriebenen Notizen gerichtet. Welchen Song sollte sie Melissa zuerst zeigen? Ihr Blick blieb auf ihrem letzten Songtext hängen. Die Akkorde hatte sie letzte Nacht darüber gekritzelt, nachdem ihr endlich die perfekte Melodie dazu eingefallen war.

Kurze Zeit später verließ Peter Miller den Raum und Melissa setzte sich zu Mackenzie auf die Couch. Sie nahm das Notizbuch und durchblätterte es. Nach einer Weile blickte sie auf und schüttelte den Kopf.

Besorgnis schoss in Mackenzie hoch. Warum sagte Melissa nichts? Waren ihre Songs nicht gut genug?

Nachdem Melissa vor ein paar Tagen beschlossen hatte, den Text über ihren ersten Kuss mit Ally, der den Namen *Summer Dream* trug zu verfeinern, fühlte sich Mackenzie zunehmend in die Ecke gedrängt. Anfangs lief es noch ganz gut und Mackenzie fiel bei einigen Textpassagen eine plausible Erklärung ein. Aber als Melissa sie fragte, warum Mackenzie in der zweiten Strophe das Wort Engelslocken für einen Typen verwendet hatte, zuckte sie zusammen. Zwar hatte sie Ally nicht namentlich erwähnt und keine Pronomen verwendet, dennoch wurde ihr schlagartig bewusst, dass diese Beschreibung eher auf eine Frau passte, als auf einen Mann. Verdammt, sie war geliefert.

»Ich … weiß nicht. Es kam mir so in den Kopf?«

Für einen Moment schwieg Melissa, dann atmete sie tief aus, nickte dabei. »Hör zu, mach nicht den Fehler zu glauben, alles preisgeben zu müssen. In Songs kommt es auf die Emotionen und Gefühle an. Erfinde Charaktere, die deine Protagonisten sind und lerne die Emotionen auf diese fiktiven Charaktere zu projizieren. Die Geschichte muss nicht immer wahr sein, solange das Gefühl dabei echt ist.«

Sie hielt kurz inne und zeigte auf die vollgekritzelten Zettel mit Noten. »Ich weiß, warum du die Wörter verwendet hast. Dein Album muss aber kein persönliches Tagebuch werden.« Behutsam nahm Melissa Mackenzies Hände und drückte sie. »Deswegen war der Kuss nicht weniger echt.«

Mackenzie schluckte, eine unbehagliche Pause entstand, doch dann fuhr Melissa fort: »Das Business ist hart. Du wirst viele Höhen und Tiefen erleben, aber du bist eine von dir selbst geschaffene Version für die Öffentlichkeit. Überlege dir gut, wer Macks sein wird, denn noch kennt sie niemand.«

In den nächsten Tagen war Mackenzie damit beschäftigt, Änderungen an ihren Texten vorzunehmen. Dabei erfand sie Personen, die sie nicht kannte, und schmückte sich selbst mit Eigenschaften, die sie nicht hatte, aber zu Macks passten.

Ihr Herz raste, als sie Melissa das fertige Ergebnis präsentierte. Mackenzie hatte dabei wirklich versucht, wie Macks zu denken. Es dauerte eine Ewigkeit, bis diese ihren Blick von den vollgeschriebenen Seiten hob. Dabei umspielte ein Lächeln ihre Lippen, sie klatschte in die Hände.

»Du hast es geschafft. Du bist eine ausgezeichnete Geschichtenerzählerin, Macks. Ich bin stolz auf deine Entwicklung.«

Mackenzies Kehle wurde eng, riss sich dann aber zusammen, denn Macks hatte ihre Gefühle unter Kontrolle. Sie war all das, was Mackenzie niemals zu sein vermochte: furchtlos, abenteuerlustig und spontan. Macks wusste, was sie wollte, gleichzeitig träumte sie von der großen Liebe. Je länger sie an ihren Texten arbeitete, desto realer wurde Macks. Mackenzie war klar, dass sie niemals über den Kuss mit Ally schreiben konnte, aber Macks konnte trotzdem die echten Emotionen nutzen und einen Jungen namens Dylan erfinden, den sie am Abschlussball geküsst hatte.

Mit der Zeit fiel es ihr immer leichter wie Macks zu denken. Macks war in der Lage den Rest der Welt auszublenden, um sich so vollkommen auf die Musik zu konzentrieren. Ihr machte es nichts aus, den ganzen Sommer über Sam nicht zu sehen oder die Zeit im Studio zu verbringen, anstatt mit ihrer kleinen Schwester und ihrer Mutter an den Strand zu fahren. Mackenzie hatte nur diese eine Chance, etwas aus ihrer Musik zu machen und sie wollte es auf keinen Fall vermasseln.

Immer wieder schärfte ihr Peter ein, dass die Welt Macks lieben musste, um erfolgreich zu sein. Deswegen tauschte sie ihre zerschlissenen Jeansshorts und weiten T-Shirts gegen luftige Kleider, trug dazu Sandalen, anstelle ihrer alten ausgeleierten Converse. Ihre Baseballkappe und ihr Rucksack hatten Studioverbot. Stattdessen schenkte Peter ihr ihre erste Handtasche eines teuren Labels, die seitdem ein fester Bestandteil ihres Outfits war. An manchen Tagen kam es Mackenzie vor, als würde sie das Leben einer anderen führen. Aber sie war bereit, sich vollkommen auf dieses Abenteuer einzulassen.

Ab und an stahl sich Peter unbemerkt in den Aufnahmeraum und lauschte Mackenzies Fortschritten, wobei er dafür sorgte, nicht bemerkt zu werden. Sein Urteilsvermögen hatte ihn nicht getäuscht. Mackenzie Walker arbeitete härter an ihren Songs, als der letzte Künstler, den er unter Vertrag genommen hatte. Und Macks war gerade dabei, sich selbst zu erschaffen. Das junge schüchterne Mädchen aus New Orleans existierte nicht mehr. Mit jeder Session, die Mackenzie entweder mit Melissa oder mit einem der Produzenten hatte, wurde sich Peter stärker darüber bewusst, wie talentiert sie war.

Melissa hatte eine unglaubliche Empathie zu Mackenzie entwickelt, wodurch es ihr gelungen war, das gesamte Talent des Mädchens herauszuholen.

Heute aber trat Peter mit entschlossenen Schritten durch die Tür ins Tonstudio. Melissa war gerade dabei, die Aufnahmen zu protokollieren, während sie immer wieder den Refrain zu *Summer Dream* summte.

»Melissa, auf ein Wort bitte?« Er versuchte eine seine Stimme so locker wie möglich klingen zu lassen.

»Peter?« Sie war sichtlich überrascht ihn zu sehen, verstaute aber dennoch umgehend ein paar Notenblätter in einer Mappe.

Er trat einen Schritt näher und lehnte sich gegen den Türrahmen. »Wie ich sehe macht ihr Fortschritte. Aber wir müssen über Macks sprechen. Macks repräsentierte all das, wonach ich jahrelang gesucht hatte. Eine neue, aufregende, unschuldige, talentierte Künstlerin. Aber sie muss geformt werden.«

Melissas Mundwinkel zuckte kurz, bevor sie fragte: »Was meinst du damit? *Summer Dream* ist so gut wie fertig und wenn sie so weitermacht, bekommen wir vor dem Herbst noch das gesamte Album produziert.«

Etwas Beschützendes lag in ihrer Stimme, was ihm verriet, dass er seine nächsten Wörter mit Vorsicht wählen sollte.

»Ihr beide leistet großartige Arbeit hier. Aber irgendwann muss Macks raus in die Welt. Ich sehe ihre Zielstrebigkeit, aber dennoch gibt es das Leben in der Musikbranche. Du musst mir helfen, sie darauf vorzubereiten.«

»Peter, ich arbeite seit fast fünf Jahren für dich. Ich weiß, was du vorhast. Aber sie ist noch so jung. Lass sie doch sie selbst sein, das wird schon.«

Peter war der Argwohn in ihrer Stimme nicht entgangen. Normalerweise hätte er sich darüber aufgeregt, infrage gestellt zu werden, doch für persönliche Eitelkeit war Macks zu wertvoll.

»Elephant Records besteht aus einem guten Grund schon so lange. Wir bringen Künstler hervor. Ich werde morgen selbst mit ihr sprechen, aber ich möchte, dass du sie in dem bestärkst, wozu ich ihr raten werde.«

»Und das wäre?«, fragte Melissa, dieses Mal sichtlich bemüht, nicht genervt zu wirken.

»Macks wird Everybody`s Darling sein. Das wird das Image, welches sie verkörpern soll, ob es ihr gefällt oder nicht. Sie ist die Außenseiterin, die es geschafft hat, dass sich der beliebteste Junge nach ihr umdreht. Dazu muss sie mutig, schlagfertig und dennoch - wie soll ich es formulieren -, unschuldig wirken. Ich erkenne ihr Talent, aber das allein reicht nicht aus. Wir müssen sie zu der Figur machen, die wir sie bestimmt haben zu sein. Ein Superstar nach unseren Vorgaben.« Peter vermied es, Melissa direkte Anweisungen zu geben. Sie war effizienter, wenn er ihr die Möglichkeit gab auf ihre eigene Art vorzugehen. Doch sie musste verstehen, in welche Richtung es mit Mackenzie und ihrer Musik weitergehen sollte.

Er nickte aufmunternd. »Wir wollen doch alle nur das Beste für Macks.«

Er achtete darauf, Melissa dabei in die Augen zu blicken. Sie würde zustimmen, das wusste er. Denn welche Wahl blieb ihr schon? Schließlich arbeitete sie für ihn.

Melissa sah Peter mit einem vielsagenden Gesichtsausdruck an. »Na schön. Aber bitte versprich mir, sie nicht zu deiner Marionette zu machen.«

Peter tätschelte Melissa die Schulter. »Am achten September kommt die erste Single von Macks heraus. Elephant Records wird sie dabei unterstützen Musikgeschichte zu schreiben. Ich sehe die hellblauen Buchstaben von *Summer Dream* bereits über dem Bild von Macks auf einem Klavier in einem Meer aus Sonnenblumen.« Er hob seine Arme und beobachtete Melissa dabei, die anscheinend wieder begriffen hatte, das Elephant Records kein Camp für verlaufene Teenager war, sondern ein Plattenlabel.

»Ein Sonnenblumenfeld? Ich dachte eher an Veilchen.« Sie atmete tief ein und schluckte hart. »Sag mir, dass wir das Richtige tun.«

Anstatt ihr zu antworten, verzog er seine Lippen zu einem Lächeln. »Wir werden Musikgeschichte schreiben, du wirst schon sehen. Tolle Arbeit heute. Weiter so.«

Gähnend blickte Mackenzie auf das grelle Display ihres Handys, als der Wagen des Studios vor ihrer Haustür anhielt. Fünfzehn Minuten nach elf. Um diese Uhrzeit war die Straße leer, die Laute einer Eule aus einer Baumkrone waren das Einzige, was zu hören war. Auf Zehenspitzen trat Mackenzie in den Flur, zog sich die Schuhe aus, um anschließend ins Badezimmer zu tappen. Vor dem Spiegel verharrte sie einen Moment. Irgendetwas an ihr war anders, aber vielleicht lag es auch nur an der Müdigkeit. Nachdem sie sich gewaschen hatte, kuschelte sich Mackenzie unter ihre Bettdecke. Obwohl sie dringend Schlaf benötigte, brachte sie kein Auge zu.

Das Licht der Straßenlaterne warf Schatten in ihr Zimmer, und ihr Blick wanderte zu dem Kalender, der neben dem Fenster an der Wand hing. Jeder Tag im Juli und August war mit einem großen roten Kreuz markiert. Fast zwei Monate verbrachte Mackenzie Walker nun schon bei Elephant Records. Bis auf die Sonntage, an denen sie aber so erschöpft war, dass sie ausschließlich zwischen Couch und Bett hin und her pendelte, hatte sie keinen einzigen davon frei gehabt. Noch eine Woche, dann würde die Schule wieder starten, aber im Studio gab es noch immer so viel zu tun.

Ihre Augenlider sanken langsam nach unten und sie drehte sich zur Seite. Die Mackenzie Walker, die am ersten Tag unsicher den Gebäudekomplex von Elephant Records in Downtown New Orleans betreten hatte, existierte nicht mehr. Obwohl nur zwei Monate oder 490 Stunden vergangen waren, fühlte sie sich nicht wie fünfzehn, sondern eher wie fünfunddreißig. Die Tage im Studio waren lang, Peter Miller forderte viel von ihr, denn er hatte eine präzise Vision von ihrem Album.

Es war naiv gewesen davon auszugehen, dass ihre Songs so wie sie waren, gut genug wären. Um ihre Musik veröffentlichungsreif zu gestalten, reichte ihr Talent nicht aus.

Ein Albtraum, in dem sie auf der Bühne stand und ausgebuht wurde, riss Mackenzie aus dem Schlaf. Schweißperlen hatten sich auf ihrer Stirn gebildet, sie griff zu ihrem Handy.

Ein Uhr vierzig.

Mit einem Stöhnen drehte sie sich auf den Bauch, dann wieder auf den Rücken. Immer noch warf die grelle Straßenlaterne unheimliche Schatten auf die Umrisse ihrer Zimmerausstattung. Doch anstatt die Vorhänge zuzuziehen, setzte sich Mackenzie auf und wählte Sams Nummer.

Am anderen Ende der Leitung meldete sich eine verschlafene Stimme.

»Em, was ist los, ist jemand gestorben?«

Mackenzie kicherte, als sie sich Sams zerzauste Haare und ihr zerknittertes Gesicht vorstellte.

»Hey, sorry, dass ich dich so spät anrufe, aber ich muss mit dir reden.«

Sam grummelte ins Telefon.

»Na wenigstens weiß ich jetzt, dass du noch lebst. Ich nehme es Elephant Records echt übel, dass ich meine beste Freundin seit zwei Monaten nicht mehr zu Gesicht bekomme.«

Schuldgefühle stiegen in Mackenzie hoch. »Es tut mir leid, es war nur so viel los.«

Sie hörte Sams Schnaufen am anderen Ende der Leitung.

»Bei mir auch.«

Mackenzie biss sich auf die Unterlippe. Ihre Geschichte musste warten, Sam war an der Reihe. »Erzähl mir alles.«

Sam sprudelte los und es wirkte so, als ob sie bereits hellwach wäre. »Ich bin jetzt Kapitänin vom Fußballteam. Die neuen Neuntklässler sind gar nicht mal so schlecht. Da ist ein

Mädchen dabei, Mackenzie ich sag's dir, die hat einen Schuss, der mich glauben lässt, wir können dieses Jahr wirklich die Meisterschaft gewinnen. Ally hat letzte Woche eine Abschiedsparty geschmissen und hat nach dir gefragt, sie hätte dir auch geschrieben. Vor ein paar Tagen ist sie nach Kalifornien abgereist, aber es tröstet mich, dass ich nicht die Einzige bin, der du nicht geantwortet hast.«

Mackenzie blickte benommen auf ihre Füße, die in die Decke gewickelt waren. »Das freut mich für dich, Sam. Du bist bestimmt eine tolle Kapitänin.«

»Hä?« Sie konnte Sam förmlich durchs Telefon springen sehen.

»Das hast du dazu zu sagen? Wo ist Mackenzie Walker, meine beste Freundin? Was haben die mit dir gemacht?«

Es wurde still, bevor Mackenzie zögerlich sagte: »Mackenzie Walker gibt es nicht mehr. Nur noch Macks.«

Sam lachte. »Wer zum Teufel ist Macks?«

Mackenzie rutschte unruhig in ihrem Bett umher. »Ich bin Macks. In einer Woche kommt meine erste Single raus. *Summer Dream* heißt sie, aber die Künstlerin ist nicht Mackenzie Walker, sondern Macks.« Sie seufzte, »Ist eine lange Geschichte. Die Kurzform lautet, dass Peter, der Labelboss meinte, Macks würde sich besser vermarkten lassen. Du weißt doch nur zu gut wie uncool und schüchtern Mackenzie ist.«

Sie vergrub ihre Hände im Gesicht. Erst jetzt wurde ihr bewusst, was sie sagte. Eine Single. Im Radio. Fernsehtermine, Interviews und obendrauf noch das zweite Jahr an der Highschool.

»Was redest du denn da für ein Zeug? Warum musst du dich verändern, um cool zu sein? Für mich warst du das immer. Auch als Mackenzie.« Auf einmal klang Sam gar nicht mehr begeistert. »Das ist die Musikbranche, Sam. Und das bedeutet ja nicht, dass ich nicht mehr Mackenzie bin oder so. Öffentlich trete ich nur als Macks auf. Ich finde den Namen gut.« Fest biss sie sich auf ihre Lippen. Warum konnte sich Sam nicht für sie freuen? Macks zu sein war doch viel besser, als die langweilige Version, die sie all die Jahre gewesen war.

»So habe ich das nicht gemeint. Ich wollte damit nur sagen, dass du immer schon super cool und talentiert warst. Das war alles. Sorry, wenn das falsch rübergekommen ist. Ich vermisse es, Zeit mit dir zu verbringen, schätze ich. Aber das heißt, dein Sommer lief gut? Erzähl mal, wie war es im Studio?«, ertönte es am anderen Ende der Verbindung.

Mackenzie atmete erleichtert auf. Zwischen ihr und Sam war noch alles gut. Aber sie hätte wirklich eine bessere Freundin sein können. Schließlich brauchte sie Sam, denn sie war einer der wenigen Menschen, der wusste, wer sich hinter der Fassade von Macks verbarg.

Also erzählte Mackenzie ausführlich von ihren Tagen bei Elephant Records. Als sie fertig war, zeigte ihr Handydisplay bereits drei Uhr morgens an.

Sie legte auf und ließ den Kopf in das Kopfkissen sinken. Ohne das Make-up, die Kleider und den Sandalen mit Absatz war nichts von Macks übrig. Sie fühlte sich nicht mutig, abenteuerlustig oder furchtlos.

Dank Melissa fiel Mackenzie der künstlerische Part von Macks nicht schwer. Bei dem Gedanken aber, dem gerecht zu werden, was Macks repräsentierte, hatte sie das Gefühl, als hätte ihr jemand in die Magengrube geschlagen. Mackenzie war nichts von all dem, egal wie oft ihr beigebracht wurde. Außerdem gab es da dieses Geheimnis, das sie niemals preisgeben durfte. Macks sang in *Summer Dream* über süße Jungs. Mackenzie hingegen nicht.

Kapitel 11

September 2007 - Sophomore Year

Zielstrebig machte sich Mackenzie ein letztes Mal in diesem Sommer auf ins Studio. Bob, der Fahrer, den Peter für sie engagiert hatte, war wie immer pünktlich. Am Bürokomplex von Elephant Records angekommen, griff Mackenzie nach ihrer Handtasche und winkte dem Portier am Eingang zu.

Gleich würde Peter sie zu ihrem ersten Interview bei einem lokalen Radiosender begleiten. Ihr wurde schwindlig beim Gedanken daran, Macks zum allerersten Mal der Öffentlichkeit zu präsentieren. Denn innerlich war sie immer noch das introvertierte Mädchen, das es vorzog zu schweigen.

»Ist keine große Sache«, sagte Peter, als er ihr den Ablauf des Interviews ein paar Tage zuvor erklärt hatte. »Rede über deine erste Single, das Album, das im Mai herauskommt und ganz wichtig«, er hob den Zeigefinger, »sag ihnen, dass du deine Musik selbst schreibst. Sie werden *Summer Dream* lieben, denn jeder hatte mal diesen einen Freund, der nach dem Sommer aufs College ging und die Beziehung beendete.« Er zwinkerte und Macks verstand.

Dylan, ein Junge, der ihr das Herz gebrochen hatte. Nicht Ally, an die Mackenzie immer noch dachte, wenn sie allein war.

Vielleicht wird sie in Kalifornien den Song hören und an mich denken.

Auf dem Weg aus dem Büro wurde ihr übel und sie gab Peter zu verstehen, dass sie auf die Toilette musste. Mackenzie fragte sich, ob es wohl all seinen Künstlern vor ihrem ersten Interview so ging wie ihr. Auf der Toilette angekommen stützte sie ihre Hände gegen das Waschbecken und spürte, wie ihr Herz beinahe aus ihrer Brust sprang.

Anstatt ein Interview zu geben, wäre sie viel lieber in der Schule gewesen. Aber die Promo für Macks' Single ging vor. Warum ihre Mutter eingewilligt hatte, dass Mackenzie mit Peter zum Radiosender fahren durfte, anstatt in ihrer Klasse zu sitzen, war ihr immer noch ein Rätsel. Aber wie so vieles war auch das Interview Teil des Deals.

Beruhige dich, du schaffst das. Glaub an dich, so wie Peter es tut.

Die Macks im Spiegelbild hatte recht, sie war nicht bereit so kurz vor dem Ziel aufzugeben.

Mackenzie war stolz darauf, bald eine Single zu veröffentlichen und ihre Musik publik zu machen. Ihre Fans, von denen sie bereits über 80.000 auf Myspace hatte, konnten es kaum erwarten, endlich ihren ersten Song in voller Länge zu hören. Das hatten sie in den Kommentaren der kleinen Kostproben, die sie in den letzten Tagen präsentiert hatte, klargemacht. Mackenzie atmete tief aus und rückte die Träger ihres Kleides zurecht. Aus ihrer Handtasche fischte sie einen rosa Lipgloss heraus und trug es auf.

Macks kann das. Sie wird es nicht vermasseln. Das hier ist ihre Chance.

Ein letztes Mal warf sie einen Blick in den Spiegel und atmete durch, bevor sie die Tür der Toilette öffnete.

Peter wartete am Ende des Ganges und nickte ihr aufmunternd zu. Das gab ihr Hoffnung.

Mackenzie drängte die Nervosität bei Seite und hakte sich in Peters einladenden Arm ein. »Ich bin bereit, sollen wir?«

Peter nickte und schweigend gingen sie den Gang entlang bis zum Aufzug. Sie folgte ihm hinein und bemerkte zum ersten

Mal, dass auch er angespannt wirkte. »Ist alles in Ordnung?«, fragte sie zögernd.

Er drehte verwundert den Kopf in ihre Richtung. »Klar«, antworte er und legte seinen Arm um ihre Schulter. »Ist auch ein großer Tag für mich. Mein Küken verlässt das Nest.«

Mackenzie konnte nicht anders, sie musste grinsen. »Mach dir keine Sorgen, Macks schafft das.«

Um Peters Augen bildeten sich kleine Fältchen und er nickte zustimmend. »Davon bin ich überzeugt, Kleines. Na los, der Wagen wartet schon.«

Pflichtbewusst stieg sie gemeinsam mit Peter zehn Minuten später aus dem schwarzen SUV. Obwohl das Gebäude des Radiosenders NOLA FM sich nur einige Blocks entfernt befand, hatte Peter darauf bestanden, den Wagen zu nehmen.

Noch während sie ausstieg, glaubte Mackenzie ihren Augen nicht trauen zu können. Vor dem modernen Hochhaus, in dem NOLA FM einquartiert war, standen mindestens hundert Menschen und jubelten ihr zu, als sie auf den Eingang des Radiosenders zugingen.

Fragend blickte sie zu Peter hoch, woraufhin er flüsterte: »Das sind deine Fans, Macks. Geh hin, sie wollen bestimmt nur ein Autogramm.«

Mackenzie trat ungläubig auf einen Teenager zu, der kaum älter als sie selbst war. Der Junge hielt ihr ein ausgedrucktes Foto von ihrer Myspace-Seite entgegen. Auf dem Foto waren ihre braunen langen Haare zu einem Pferdeschwanz gebunden und sie trug ein hellgrünes Kleid. »Macks! Bitte unterschreib mir das Foto. Ich finde dich toll! Vor allem deinen letzten Auftritt mit den Thirsty Jazz Hearts auf YouTube fand ich super!«

»Danke«, murmelte Mackenzie, unterschrieb erst das Foto, dann noch ein paar weitere der anderen Fans. Ein paar von ihnen hatten ihre Digicams dabei und wollten ein Foto mit Macks. Kamen all diese Menschen tatsächlich ihretwegen? Ein berauschendes Gefühl überkam sie.

Triumphierend hielt Peter ihr die große Metalltür auf, die in das Gebäude führte. »Meine liebe Macks, das hier ist erst der Anfang. Geh jetzt da rein und promote deine Single. Schau sie dir an.« Er deutete mit dem Kopf zu den Fans, die immer noch vor dem Gebäude standen. »Du schaffst das. Mach es ihretwegen.«

Macks setzte ein Lächeln auf und trat in das Studio, in dem bereits ein junger Moderator in schwarzen Jeans und einem weißen T-Shirt auf sie wartete.

Sie nahm vor dem Mikro Platz und rückte ihren Stuhl zurecht. Die Luft in diesem engen Raum war stickig und ihr traten bereits Schweißperlen auf die Stirn.

Reiß dich zusammen. Du hattest doch erst vor zwei Tagen ein Medientraining.

Ihr Blick wanderte durch den Raum. Die kahlen Wände waren mit Autogrammen versehen. An einem Autogramm von Vanessa Carlton blieb sie hängen und plötzlich erinnerte sich Macks wieder, warum auch sie hierhin gehörte. Jetzt war der Moment gekommen, um stark zu sein. Sie musste es durchzuziehen. Genau für einen solchen Moment hatte sie den ganzen Sommer lang hart gearbeitet.

Im perfektionierten Südstaatenakzent versuchte Macks im Dialog mit ihrem Interviewer souverän und selbstbewusst zu wirken. Dabei beschlich sie das ungute Gefühl, er würde mit ihr flirten, obwohl er bestimmt schon dreißig Jahre alt war.

Auf die Frage, was sie am nächsten Tag machen würde, antwortete sie: »Meine Single wird heute um Mitternacht veröffentlicht. Morgen werde ich also zur Schule gehen. Es ist mein erster Schultag im zweiten Highschooljahr und ich weiß nicht, worauf ich mich mehr freue. Auf die Schule oder dass ihr endlich meine Single hören könnt«. Nach einer kurzen Pause fügte sie hinzu: »Übrigens, im Mai nächstes Jahr kommt mein Debütalbum raus, worauf ihr gespannt sein sollt. Ich bin übrigens Macks, merkt euch meinen Namen.«

Mit diesen Worten verabschiedete sie sich. Danach signierte sie noch ein paar CDs von *Summer Dream*, die der Radiosender später verlosen würde, und verließ das Studio. Peter wirkte sichtlich zufrieden.

Im Wagen angekommen klopfte er ihr auf die Schulter. »Du bist mein Rohdiamant«, sagte er leise. »Du wirst das Gefühl lieben, im Mittelpunkt zu stehen, so wie du es liebst, über deine Musik zu sprechen. Sieh dich nur an. Zu Beginn des Sommers warst du noch ein Mädchen aus New Orleans, voller Hoffnung, aber auch voller Selbstzweifel. Nun aber sehe ich eine Künstlerin vor mir, die bereit ist alles zu geben. Sie lieben dich jetzt schon. Du hast es so gut wie geschafft. Ich werde immer für dich da sein, Macks. Darauf kannst du dich verlassen.«

Nachdenklich wischte sich Macks über die Stirn. »Ja, das bin ich wohl. Es fiel mir leichter als gedacht, voll und ganz Macks zu sein, denn Macks wird es schaffen. Es war eine gute Idee diesen Namen zu wählen.«

Summer Dream stürmte binnen weniger Tage an die Spitze der Charts. Über Nacht wurde Macks zum Star. Auf einmal musste sie Interviews, die Aufnahme ihres Debütalbums und die Schule unter einem Hut bringen. Außerdem führte sie ein Doppelleben. Macks zu sein war leicht, obwohl sie jeden Tag bis spät abends im Studio saß und an ihrem Debütalbum arbeitete. Denn ihr Ablauf war durchgeplant und ihr Auftreten einstudiert.

Mackenzie jedoch musste die Aufmerksamkeit erst mal verdauen, denn plötzlich wollte in der Schule jeder mit ihr befreundet sein.

Ihre Zeit nach der Schule bestand aus der Planung des Albums, Songschreiben und der anschließenden Aufnahmen. Ehe sie sich versah, waren plötzlich sieben Monate vergangen, in denen sie Sam nur im Unterricht gesehen hatte. Die meiste Zeit über war es für Macks okay, schließlich wollte sie das perfekte Debütalbum gestalten. Mackenzie jedoch vermisste es Zeit mit ihrer besten Freundin zu verbringen.

Auch ihren sechzehnten Geburtstag am neunzehnten April hatte sie sich besser vorgestellt. Es war ein Samstag und Mackenzie befand sich bereits seit Stunden im Studio. Genervt schlürfte sie an ihrer Cola und knabberte an einem trockenen Stück Pizza. Die Torte, die ihr Melissa, Peter und ein paar andere aus dem Team fröhlich überreicht hatten, stand immer noch unberührt in der Ecke, denn schließlich galt es vorher noch einen Song fertig zu mixen. Zu gerne hätte sie Sams Vorschlag angenommen, mit ein paar Freunden ins Kino zu gehen und anschließend so viele Slushies zu trinken, bis sie Gehirnfrost bekamen. Aber das Album ging vor. Macks musste ein Erfolg werden. Dank ihrer Single *Summer Dream* waren die Leute neugierig darauf, mehr von diesem aufstrebenden Popstar zu hören. Bis zur Veröffentlichung waren es noch vier Wochen. Bis dahin musste sie durchhalten.

Der dreizehnte Mai war ein Freitag und die Sonne schien bereits durch Mackenzies Zimmerfenster. Die ganze Nacht über hatte sie kein Auge zubekommen, so aufgeregt war sie. Endlich, eine Woche nach Veröffentlichung ihres Albums *Macks* waren die Chartplatzierungen einsehbar.

Mackenzie saß in Jogginghose mit angezogenen Knien an ihrem Schreibtisch und hämmerte mit ihrem Zeigefinger auf die Taste ihrer Computermaus, um die Seite zu aktualisieren. Immer wieder vergrub sie ihren Kopf in den Kragen ihres XXL T-Shirts der Saints, dass sie von Sam zum Geburtstag bekommen hatte. Ein blauer pulsierender Kreis links neben dem Eingabefeld der URL verriet ihr, dass die Webseite erneut lud. Ihre Augen schmerzten bereits, denn seit Minuten starrte sie gebannt auf den Bildschirm. Plötzlich erschienen schwarze Zeichen in einer Tabelle. Mackenzie kniff sich in den Arm.

Mit zittrigen Fingern aktualisierte sie erneut. Dann sprang sie in die Luft. Dabei stolperte sie über ihren Schreibtischstuhl und verpasste die Kante des Tischs um Haaresbreite, aber es war ihr egal. Sie hatte es geschafft. Die harte Arbeit, die sie seit fast einem Jahr in dieses Album gesteckt hatte, machte sich bezahlt. Macks war in den Top Ten der Charts. Für ein Debütalbum eine große Sache. Nicht alle Künstler schaffen es direkt am Anfang ihrer Karriere eine solche Platzierung zu erreichen, hatte Peter ihr eingetrichtert, als er sie darauf vorbereitet hatte, dass sie vielleicht nur auf einen Platz jenseits der top zwanzig landen könnte.

Nach der ersten Euphorie ließ Mackenzie sich wieder in den Stuhl sinken und vergrub ihr Gesicht in den Händen. Der schwierige Part würde erst kommen. Die Liveshows ihrer Tour. Es war geplant, dass sie für namenswerte Künstler in der Umgebung als Vorband auftreten würde, um bekannter zu werden. Bislang zählte ihre Fangemeinschaft eine Million Myspace Reichweite und ein paar hunderttausend Follower auf Facebook. Das reichte noch nicht aus, um eine ganze Show auszuverkaufen.

Bedauerlicherweise hatte Mackenzies Notendurchschnitt unter ihrer Karriere als aufstrebende Musikerin gelitten. Außerdem verging in der Schule kein Tag, an dem sie nicht mit Mitschülern ein Foto hatte machen müssen. Es war so weit gegangen, dass sie sich eine neue Handynummer zugelegt hatte, um nicht mit Textnachrichten bombardiert zu werden. Plötzlich war sie nicht mehr unsichtbar. Niemals hätte Mackenzie gedacht, dass es so weit kommen könnte.

Zach Burke, der Quarterback aus dem Footballteam, der eine Klasse über Mackenzie war, gehörte zu den wenigen Schülern, der sie in der Schule wie immer behandelte. Sein Spind befand sich seit zwei Jahren neben ihrem. Meistens führten sie morgens ein paar belanglose Gespräche über Hausaufgaben, seine Footballspiele oder das Wetter. All das, obwohl er so gut aussah, dass er jemanden wie sie normalerweise gar nicht bemerken würde. Sam hatte ihr erzählt, dass ihn sogar einmal eine bekannte Modemarke als Model gebucht hatte. Seit letzter Woche trug er sein kurzes braunes Haar an den Seiten abrasiert. Zudem war er bei Weitem nicht so unnahbar, wie alle immer behaupteten.

Seit geraumer Zeit schien er auch zu bemerken, dass Mackenzie von der plötzlichen Aufmerksamkeit der restlichen Mitschüler gestresst war. Seitdem stellte er sich morgens oft abschirmend neben sie, damit sie in Ruhe ihre Schulsachen aus dem Spint holen konnte.

Auch heute stand er auffällig lange neben ihr und tat, als würde er seine Bücher im Spind sortieren, bis er sich endlich zu ihr umdrehte und seine Hände in den Hosentaschen verschwinden ließ.

»Du Mackenzie«, begann er, »ich wollte dich schon länger etwas fragen.«

Sie schlug ihre Spindtür zu und neigte den Kopf zur Seite. Erneut fiel ihr auf, wie gut Zach aussah, selbst in seinem schlichten weißen Poloshirt und der abgeschnittenen Jeans.

Mackenzie konnte sich ein Lächeln nicht verkneifen. »Schieß los.«

Zach lehnte sich mit seinen breiten Schultern lässig gegen den Spint und beugte den Kopf vor, die Hände immer noch in den Hosentaschen. »Mir ist aufgefallen, dass du fast nie in der Cafeteria isst. Was hältst du davon, wenn wir beide heute gemeinsam essen? Ich werde persönlich dafür sorgen, dass dich keiner belästigt.«

»Ehrlichgesagt sind mir da immer zu viele Leute.« Verlegen strich Mackenzie sich ihre Haare hinters Ohr. »Aber warum nicht. Wäre mal eine Abwechslung zur Bibliothek.«

Kaum hatte sie es ausgesprochen, stieg Hitze in ihr hoch. Was hatte sie dazu veranlasst »ja« zu sagen?

Ihr Herz klopfte ihr bis zum Hals, als sie nach der vierten Stunde die Cafeteria betrat. Die Absätze ihrer braunen Cowboystiefel klapperten über den Fliesenboden der Cafeteria und sie zog am Stoff ihres blauen knielangen Kleides, während sie versuchte, den neugierigen Blicken ihrer Mitschüler auszuweichen.

Zach saß an einem der Tische in der Cafeteria und winkte ihr zu, als er sie erblickte.

War das etwa ein Date?

Als sie nähertrat, verzogen sich seine Lippen zu einem breiten Lächeln, wobei er seine perlweißen Zähne zeigte.

Mackenzie lächelte zurück, konnte dabei ihren Blick nicht von seinen grünen Augen abwenden. Er zeigte auf einen der schrecklich roten Plastikstühle und sie setzten sich.

Während des Essens brachte Zach sie mit seinen Imitationen eines bekannten Komikers zum Lachen. Seit Langem fühlte sie sich wieder wie eine normale Schülerin, nicht der Mensch, der gerade ein Album veröffentlicht hatte. Doch irgendwann wurde ihre Lunchverabredung, von der Mackenzie immer noch nicht wusste, ob es nun ein Date war oder nicht, durch das Ertönen der Glocke beendet. Zum Abschied berührte Zach ihren Arm und flüsterte ihr ins Ohr: »Das war toll. Ich hoffe, ich darf dich mal zu einem richtigen Essen einladen. Möchtest du mir vielleicht deine Nummer geben?«

Nachdenklich musterte Mackenzie Zach, der sich nicht von der Stelle rührte. Er schien es tatsächlich ernst zu meinen. Da er einer der wenigen war, die sie nicht auf ein Podest stellte, willigte Mackenzie ein und tippte ihre Nummer in sein Handy. »Schreib mir!«

Überrascht von ihrer Selbstsicherheit ging sie den Gang entlang in Richtung Klassensaal.

Noch bevor sie diesen erreichen konnte, schrieb Zach ihr bereits. Sie grinste über sein Herz mit der Floskel: *Es war sehr schön mit dir.*

Rasch antwortete sie: *Fand ich auch! Freu mich auf das nächste Date.*

Sie hatte es getan und ihr Essen ein Date genannt! Ihr Herz hüpfte beim Gedanken an Zach auf und ab. In ihrer Magengrube kribbelte es, als sie sich vorstellte auf ein richtiges Date mit ihm zu gehen.

Ruckartig wurde Mackenzie am Arm gepackt und stolperte nach links. Es gelang ihr gerade noch, ihr Handy nicht fallen zu lassen. Ihre Schulter knallte dabei gegen die von Sam.

»Was zum …«

»Psssst«, zischte Sam und zerrte Mackenzie mit sich in die Schultoilette.

Dort bückte sie sich, um unter die Kabinentüren zu schauen. Aber da war offenbar niemand außer ihnen. Sam verschränkte die Arme vor der Brust und schüttelte den Kopf. »Du und Zach? Ich habe euch vorhin gesehen. Ich dachte, dich würden hier alle so furchtbar nerven.«

»Irgendwie mag ich ihn. Außerdem will er sich mit mir verabreden. Er ist nett«, erwiderte Mackenzie schulterzuckend.

Mit einem Schnauben schlug Sam die Hände über ihren Kopf zusammen. »Ella hat mir gesagt, dass Sabrina von Brian erfahren hätte, dass Zach überall rumerzählt, dass du seine nächste Freundin wirst. Das behauptet er schon seit ein paar Tagen.«

Hitze breitete sich in Mackenzies Körper aus, sie schluckte.

»Das kann ich mir nicht vorstellen. Ella hat da bestimmt etwas missverstanden. So wie letzte Woche, als sie behauptet hatte, dass ich mit irgendjemanden aus Hollywood zusammen wäre, nur weil mir dieser Typ auf meinem YouTube Video einen Kommentar hinterlassen hatte.«

»Na, wenn du das sagst. Aber ich trau ihm nicht. Er hat ständig eine neue Freundin. Lass dich bitte nicht von ihm verletzten.« Die Besorgnis in Sams Stimme war nicht zu überhören.

»Beruhige dich mal. Er hat mich nie anders behandelt, seit ich … Na ja du weißt schon … berühmt bin.«

Sam verdrehte die Augen und presste die Lippen dabei zusammen. »Aber es ist Zach! Du …«

Abwehrend hob Mackenzie die Hand hoch und trat schnaubend einen Schritt vor. »Ich weiß, was über ihn erzählt wird. Er wechselt ständig seine Freundinnen, sobald sie mit ihm geschlafen haben. Danke, dass du besorgt bist, aber ich weiß schon, was ich tue, okay?«

Ein genervtes Schnauben entfuhr Sam. Dann machte sie einen Schritt in Richtung Tür, drehte sich aber noch einmal um. »Ich hoffe, du hast recht damit. Aber heul mich nicht voll, wenn er dich auch fallen lässt. Ich wünsche mir wirklich für dich, dass er dich nicht nur mag, weil du so was wie der Star unserer Schule bist.«

Ohne zurückzublicken knallte Sam die Tür hinter sich zu und Mackenzie hörte, wie sie davon stapfte. Sie selbst stand immer noch im Waschraum und ballte ihre Fäuste.

Ist Sam etwa eifersüchtig?

Dann aber schüttelte sie den Kopf und beschloss, Sam nach der Schule anzurufen. Streit mit ihr war das Letzte, was Macks wollte. Schließlich litt ihre Freundschaft schon genug unter Macks' Verpflichtungen Elephant Records gegenüber.

Bis zu den Sommerferien waren es nur noch wenige Tage und Mackenzie und Zach waren seit einigen Wochen ein offizielles Paar. Mackenzie fand es schön, jemanden an ihrer Seite zu haben, der sich tatsächlich für sie interessierte, nicht nur für ihre Musik. Sie ignorierte die dummen Sprüche einiger ihrer Mitschüler, die ihm vorwarfen, sie nur wegen ihrer Berühmtheit zu daten und sie abzuschießen, sobald er mit ihr geschlafen hätte. In Mackenzies Augen war Zach perfekt. Er benahm sich ganz und gar nicht wie jemand, der nur auf Sex aus war. Manchmal hatten sie miteinander in seinem Auto geknutscht, dabei hatte sie aber nie das Gefühl, bedrängt zu werden.

Zudem konnte er gut zuhören. Als Mackenzie ihm erzählt hatte, dass sie sich vor ihrer ersten Tournee fürchtete, hatte er kurzerhand angeboten, sie zu begleiten. Dafür hatte er sogar seinen Ferienjob in der Autogarage seines Onkels abgesagt. Die meisten Städte waren nicht weiter als vier Stunden von New Orleans entfernt und so konnte Zach bei vielen Shows tatsächlich mit ihr und Mike, ihrem Tourmanager, mitreisen.

Mackenzie mochte Mike nicht sonderlich, denn er behandelte sie wie ein kleines Kind. Außerdem plagte Mackenzie immer noch Lampenfieber.

Ein Auftritt mit den Thirsty Jazz Hearts im Maple Leaf Club war eben doch eine andere Sache als vor zehntausend Leuten als Opening Act zu singen.

Dazu kam noch, dass, sobald die Lichter auf der Bühne ausgingen, Macks zu Mackenzie wurde. Und diese fühlte sich immer noch eingeschüchtert von all der plötzlichen Aufmerksamkeit. Aber Zach genoss es, seinen Arm beschützend um sie zu legen und sie so von den Fans abzuschirmen.

Aber auch die Fans waren Teil des Jobs. Ihre Facebook-Seite zählte mittlerweile über eine Million Follower und die Vlogs, die sie mithilfe von Zach aufnahm und anschließend auf ihrem YouTube Kanal hochlud, wurden täglich von mehreren hunderttausend Menschen angeklickt.

So kam es, dass dadurch auch Zachs Bekanntheit angestiegen war, denn er wurde sogar von einer Modemarke für die Herbstkollektion gebucht. Mack freute sich darüber, denn Zach hatte es verdient. Während Sam den Sommer mit ihren Freunden verbrachte und feierte, war Zach an ihrer Seite und half ihr täglich, die Shows zu bewältigen. Zach war ihr Fels in der Brandung.

Nach diesem Sommer störte es sie nicht mehr Klamotten zu tragen, die vom Plattenlabel ausgesucht wurden oder von einem Radiosender zum anderen zu laufen, um ihr Album zu promoten.

Macks liebte es über ihre Musik zu sprechen, denn sie war stolz darauf jeden einzelnen Song selbst geschrieben zu haben.

Nach und nach wurden die Auftritte zum schönsten Teil ihres Jobs. Wenn sich der erste Akkord am Klavier mit dem Geschrei der tobenden Menge vermischte, verspürte Macks einen Rausch, von dem sie nicht genug bekommen konnte. Sie hatte es geschafft. Vom Maple Leaf Club auf die großen Bühnen Louisianas, Alabamas, und Texas.

Kapitel 12

September 2008 - Junior Year

Mackenzie sank im Wohnzimmer auf das Sofa zurück und vergrub ihre Hände im Gesicht. Zum Glück war sie allein zu Hause.

Eine zerknüllte Zeitung lag vor ihr auf dem Boden. Die Überschrift lautete: Macks lässt nichts anbrennen – heimliche Affäre mit älterem Bassisten.

Es war die erste negative Schlagzeile ihres Lebens und das nach der letzten Show der Tour. Ihre Kehle zog sich zusammen.

Dabei hatte sie nach einem ihrer Auftritte nur kurz mit Billy, dem Bassisten der 1989er, für die sie den opening Act gab, gesprochen. Er hatte Mackenzie gebeten, nach dem Auftritt ein T-Shirt für seine Freundin zu unterschreiben, die ein großer Fan von ihr war. Ohne großartig zu überlegen, hatte sie ihn zum Abschied umarmt und genau dieses Foto zierte nun das Titelbild der Klatschzeitung.

Das blinkende Display ihres Handys zog Mackenzies Blick auf sich. Peters Name leuchtete erneut auf. Verzweifelt schaltete Mackenzie ihr Handy aus und vergrub sich noch tiefer in der Couch. Sie hätte vorsichtiger sein müssen. Aber vor allem hätte sie sich gewünscht, jemand hätte sie auf eine solche Situation vorbereitet. Was würden ihre Fans oder, noch schlimmer, ihre Eltern davon halten? Sie war doch erst sechzehn Jahre alt, und hatte noch nicht einmal Sex mit ihrem Freund gehabt. Warum unterstellten sie ihr da gleich eine Affäre mit einem Fremden?

Das Klingeln an der Tür ließ Mackenzie hochfahren.

Sie hatte total vergessen, dass Zach heute vorbeikommen wollte.

Mutlos schleppte sich Mackenzie zur Tür und öffnete sie. Sie traute sich nicht ihm in die Augen zu blicken. Während er wie immer aussah, als wäre er dem Cover einer Modezeitschrift entsprungen trug sie Joggingshorts zu einem schlichten T-Shirt, hatte ihr Haar zu einem nachlässigen Zopf gebunden und ihre Augen waren verquollt. Zach trat ein, schloss rasch die Tür hinter sich und umarmte sie. »Süße, was ist passiert?!«

Sie gab sich einen Augenblick seiner tröstenden Umarmung hin, löste sich dann aber und zeigte auf die zerknüllte Zeitung am Fußboden. Er hob sie auf, aber noch bevor er sie glattstreichen konnte, drehte sich Mackenzie um und lief die Treppen hoch in ihr Zimmer.

Ehe sie die Tür schließen konnte, erschien Zach. Ohne ein Wort zu sagen ließ sie ihn eintreten, mied aber seinen Blick.

Doch er ließ sich nicht beirren und nahm ihre Hände. »Das ist alles Bullshit. Die kennen dich doch gar nicht richtig! Wir beide wissen, dass da nichts war.«

Zach strich ihr durchs Haar, Mackenzie blickte hoch. Er wirkte sichtlich betroffen.

»Ich weiß, aber es ist trotzdem schlimm. Alle werden denken, dass es stimmt.«

»Das muss dir egal sein. Du bist stärker als das hier.« Er zeigte auf die Zeitung. »Lass dir doch von so einem bescheuerten Artikel nicht die Laune verderben. Das wird schon wieder.«

Mackenzie aber verstand nicht, warum dieser Journalist das Foto so aus dem Kontext reißen konnte. Gleichzeitig fühlte sie sich Zach so nahe, wie noch nie zuvor. Ihm war es egal, was alle anderen über diesen Artikel dachten, er war so verständnisvoll und süß zu ihr gewesen, dass sie für einen Moment innehielt.

Vorsichtig beugte sie sich näher zu ihm und küsste seinen Hals. Dabei spürte sie seinen schnellerwerdenden Puls unter ihren Lippen.

Zach zog sie an sich und küsste sie.

Langsam hob er sie aufs Bett. Zachs Lippen schmeckten leicht salzig und waren härter als die von …

Schlagartig erinnerte sich Mackenzie an ihren ersten Kuss vor über einem Jahr. Sie schloss ihre Augen und presste ihre Lippen noch fester auf Zachs. Vergeblich wartete sie auf das kribbelnde Gefühl von eben und darauf, dass ihr Herz schneller schlug. Aber nichts davon geschah.

Zachs Hand wanderte unter ihr T-Shirt, weiter zu ihrem BH, den er mit einer flinken Handbewegung öffnete.

Um auch etwas zu tun, streifte sie ihm seinen Sweater vom Oberkörper, warf ihn danach achtlos auf den Boden. Mackenzie zuckte zusammen, als seine rauen Finger über ihre Brüste glitten und sie seinen schweren Atem an ihrem Hals spürte. Sie wich zurück, drehte ihren Kopf zur Seite und zog die Knie an.

»Was ist los?« Zach rutschte zu ihr und versuchte erneut sie zu küssen.

»Das geht mir zu schnell.« Während sie verharrte, versuchte sie fieberhaft das Gefühlschaos in ihrem Kopf zu ordnen.

Zachs Augen verengten sich zu schmalen Schlitzen und er fuhr sich mit seinen Fingern durchs Haar. Das Schnauben, das er beim Aufstehen ausstieß, war unüberhörbar. Ohne Mackenzie zu beachten, die stumm auf ihrem Bett saß, schlüpfte er in seine Sportschuhe.

»Wir verabreden uns seit fünf Monaten. Ich mache alles für dich und habe dich nie bedrängt. Wie lange willst du noch warten? Oder war da vielleicht wirklich etwas zwischen dir und Billy?«

Ihre Ohren glühten, während sie seinem Blick auswich. Wortlos starrte sie auf die Kommode im Hintergrund. Irgendetwas in ihr weigerte sich, die Annäherungsversuche von Zach zuzulassen, obwohl sie es so sehr wollte. Doch dann überwog die Wut. Wie konnte Zach ihr nur vorwerfen, da wäre etwas mit Billy gewesen?

Aus dem Augenwinkel sah sie, wie Zach den Kopf schüttelte und sich seinen Sweater schnappte.

»Vergiss es einfach. Ich hoffe nur, dass mir deine scheiß Aktion nicht den Deal mit Hollister kosten wird.« Ohne sich noch einmal umzudrehen, stürmte er aus ihrem Zimmer.

Die nächsten Tage waren grauenvoll. Ausgerechnet Zach, dem Mackenzie so blind vertraut hatte, hatte sich von einem Klatschmagazin für ein Interview bezahlen lassen. Ganz emotional berichtete er, wie sehr er Macks geliebt hatte, aber im Endeffekt für sie nicht mehr als ein Laufbursche war. Sie wäre manipulativ, untreu und besessen vom Erfolg. Dass eine Verbindung zu ihr auch seinem Ruf geschadet hätte, denn schließlich wäre er ein aufstrebendes Model und müsse die richtigen Werte vertreten.

In der Schule erzählte Zach überall herum, wie sehr Mackenzie ihn mit dieser Affäre verletzt hätte und dass er gar keine andere Wahl hatte, als sich von ihr zu trennen.

Mackenzie versuchte die Blicke ihrer Mitschüler so gut es ging zu ignorieren, denn es war absurd. Sie hatte keine Affäre mit Billy, und das, was Zach in diesem Interview gesagt hatte, stimmte auch nicht. Schließlich war sie nicht einmal dazu in der Lage gewesen, mit ihrem eigenen Ex-Freund zu schlafen. Warum hatte sie es nicht einfach getan? Was stimmte nicht mit ihr? Denn hätte sie mit Zach geschlafen, wären sie noch zusammen und sie würde in den Medien nicht als untreue Freundin dargestellt werden. Wut stieg in ihr hoch. Sie war wütend auf Zach, der sie nicht nur vor der ganzen Schule bloßgestellt hatte, sondern auch vor Elephant Records. Denn Peter Miller war außer sich vor Wut. Er drohte ihr sogar damit, ihre Karriere auf Eis zu legen, sollte es noch einmal zu einem solchen Zwischenfall kommen. Schließlich war Macks' Image darauf aufgebaut, Americas Sweetheart zu sein. Aber am meisten war Mackenzie wütend auf sich selbst, denn sie hätte Sam von Anfang an glauben müssen. Zach war durch und durch böse. Doch so einfach würde sie ihm das nicht durchgehen lassen. Sie hatte vor, ihn in ihren Songtexten, an denen sie seit Tagen arbeitete, zu demütigen. Die Welt würde die Wahrheit über Zach Burks Absichten erfahren.

Seit diesem Rückschlag hatte Mackenzie beschlossen, nur noch Macks zu sein, denn mit Mackenzie schien definitiv etwas nicht zu stimmen.

Um Peter wieder milde zu stimmen und von ihrem Skandal abzulenken hatte Macks zugestimmt, so schnell wie möglich neue Musik zu veröffentlichen. Ihr zweites Album sollte noch vor dem Ende des zehnten Schuljahres erscheinen. Zwei Alben in zwei Jahren bedeuteten unzählige Stunden im Studio, keine Ferien und viele verpasste Unterrichtsstunden. Nicht jeder Lehrer war nachsichtig mit ihr, wenn sie morgens erschöpft in die Stunde kam und wieder einmal vergessen hatte ein Projekt abzugeben.

Wäre das nicht schon Belastung genug, setzte sie auch das Management von Elephant Records mit dem Veröffentlichungstermin zusätzlich unter Druck. Von früh bis manchmal spät abends arbeitete Macks mit Melissa, die bereits als Songschreiberin bei dem ersten Album mit an Bord gewesen war, an den Songs. Es würde poppiger werden, mehr dem Mainstream entsprechen.

Denn im Gegensatz zu ihrem ersten Album, das hauptsächlich Jazz zur Geltung brachte, konzentrierte sich Macks nun vermehrt auf die Akzente von Pop, begleitet von einem Saxofon und dem Klavier, damit der Jazz nicht ganz verloren ging.

Der Schreibprozess lief gut, aber laut Peter fehlte noch das gewisse Etwas an ihren Texten.

Seine Worte »Macks, deine Texte sind gut, aber das Album wirkt unvollständig. Du erzählst die Geschichte nur halb«, schwirrten nach wie vor in ihrem Kopf herum. Er war enttäuscht darüber gewesen, dass sie dem Zeitplan hinterher hängte.

Mit jedem Tag, der verstrich, wurde Macks nervöser.

Wie immer riet ihr Melissa, noch tiefer in ihrer Gefühlskiste zu graben. Doch dieses Mal verspürte Macks lediglich Schmerz dabei. Denn die Gefühle waren die von Mackenzie und diese drohte dabei zu zerbrechen.

Niedergeschlagen knüllte Macks den letzten geschriebenen Text zusammen und versuchte es erneut. Nach zwei Stunden gab sie es auf. Ihr Kopf schmerzte, sie konnte keinen klaren Gedanken mehr fassen.

Melissa nahm Macks in den Arm. »Ich weiß, es ist sehr schmerzhaft, wenn du an Orte zurückmusst, an die du nicht zurückgehen willst. Aber es ist wichtig fürs Album, dass du dich öffnest und den Gefühlen die Chance gibst herauszukommen.«

Liebevoll strich sie Macks dabei über den Kopf.

Diese seufzte und fragte sich, ob Melissa tatsächlich nachempfinden konnte, wie sie sich gerade fühlte oder sie nur aufmuntern wollte.

Mit belegter Stimme antwortete Macks: »Ich habe das Gefühl die Kontrolle zu verlieren. Außerdem läuft mir die Zeit davon. Das Album muss im Mai fertig sein. Es ist Oktober und ich habe noch rein gar nichts.« Sie sprang auf, zeigte dabei auf die zerknüllten Blätter. »Das hier ist nicht gut. Einerseits schreibe ich von Rache, andererseits trauere ich dieser Beziehung mit Zach aber hinterher. Dann kommen wieder die Momente, in denen ich mir wünsche, ich hätte die Zeit mit meiner besten Freundin verbracht, anstatt mit diesem Typen, der meinen Ruf ruinieren wollte.«

Melissa reichte ihr ein Taschentuch und begann dann die Notizen aufzusammeln.

»Weißt du, manchmal hilft ein anderer Blickwinkel. Aktuell wirken deine Texte oberflächlich, du gelangst nie zum Kern des Songs«, sagte Melissa, während sie eines der Blätter gerade strich.

»Erinnerungen können schmerzhaft sein, vor allem, wenn du enttäuscht wurdest. Aber versuche das Positive zu finden, das was du daraus gelernt hast, oder wie es dir gelungen war, diese Traumata zu überwinden.« Sie hob ihren Kopf und lächelte. »Der Song zum Beispiel. Vielleicht könntest du ein alternatives Ende dieser tragischen Liebesgeschichte schreiben.«

Macks hielt einen Moment inne. »Du meinst, so wie in einem Märchen?«

Zustimmend nickte Melissa.

»Stell dir vor, jemand hört deinen Song, nachdem er oder sie verlassen wurde. Welche Botschaft möchtest du dieser Person mitteilen?«

Für einen Moment herrschte Stille, während Macks' Gedanken die Leere füllten. Die Sache mit Ally hatte sie vollkommen vermasselt, und auch die Beziehung zu Zach hätte besser enden können. Doch am Ende hatte sie viel über sich selbst gelernt. Sie hatte erkannt, dass der erste Eindruck oft trügerisch war und dass Beziehungen auch zu Ende gehen können. Letztendlich wollte Zach nur mit ihr zusammen sein, weil sie die berühmte Macks war, mit der er schlafen wollte. Aber es gab auch andere Menschen, wie Sam oder ihre Schwester Lexi, die sie als Mackenzie akzeptierten. Vielleicht sollten die Botschaften ihrer Songs aufmuntern: Lass dich nicht von Typen ausnutzen, sei wachsam und vertraue auf dein Herz, auch wenn es beängstigend sein kann. Verdammt, Melissa hatte recht. Vielleicht brauchte die Prinzessin am Ende eines Märchens keinen Prinzen, um glücklich zu sein. Wie aber konnte sie das in ihren Songs zum Ausdruck bringen?

Doch auch in den Wochen danach lief es nicht besser. Mittlerweile war es Januar und als wäre es nicht schon schlimm genug, dass immer noch Songs fürs Album fehlten, drohte sie auch, die Klasse wiederholen zu müssen.

Schlapp ließ sie sich auf den Stuhl in der Küche fallen.

Aus dem Augenwinkel beobachtete sie, wie ihre Mutter den Fernseher im Wohnzimmer ausmachte und zu ihr kam.

»Schatz, was ist passiert? Lief die Session im Studio nicht gut?«, fragte sie besorgt und setzte sich neben Macks auf einen Stuhl.

Erneut seufzte Macks und schüttelte den Kopf. »Ich habe das Gefühl, als ob mir alles entgleitet. Das Album, die Schule. Ich bin so müde, Mum.«

Nun war es ihre Mutter, die einen tiefen Atemzug nahm und ihre Stirn in Falten legte. »Mackenzie, du kannst dich nun mal nicht vierteilen. Peter setzt dich viel zu sehr unter Druck.«

»Nein, er hat recht. Das Album muss besser werden. Vielleicht würde es helfen, wenn ich auch vor der Schule noch ins Studio gehe«, antwortete Macks.

»Ich fasse es nicht, dass Elephant Records dich so unter Druck setzt. Das ist doch nicht normal. Deine Ausbildung sollte nicht unter deiner Karriere leiden. Genug ist genug. Ich rufe Peter an.«

Macks saß am Küchentisch und hielt ihren Atem an, während ihre Ohren zu pochen begannen. Sie wusste, dass jeder Protest zwecklos wäre und sich ihre Mutter nicht mehr von ihrem Vorhaben abbringen lassen würde.

»Sie ist erst sechzehn Jahre alt, noch ein Teenager. Dass sie die Schule vernachlässigt, war nie Teil des Deals. Entweder du findest eine Lösung und verschiebst den Termin für das Album oder sie ist raus. Mackenzie ist meine Tochter, und ich lasse nicht zu, dass du sie so hart arbeiten lässt.«

Wäre die Situation eine andere gewesen, hätte Macks ihre Mutter dafür gefeiert, sich so für sie einzusetzen.

Nur hatte Macks keine Zeit darüber nachzudenken. Denn Peter schien irgendetwas gesagt zu haben, dass ihre Mutter dazu veranlasste aufzuspringen und in großen Schritten quer durch die Küche zu marschieren. Nach einer Weile sagte sie bestimmt: »Nein.« Kurz darauf: »Danke sehr.« Dann legte sie auf.

Nervös klopfte Macks mit ihrem Fuß gegen das Tischbein. Peter würde einer Terminverschiebung nie zustimmen. Die komplette Vertriebsstrategie und Marketingkampagnen waren bereits fixiert. Das alles kostete Geld, das sie noch nicht verdiente. Das zweite Album war unter anderem dazu da, die Kosten des ersten Albums zu decken und endlich den Gewinn, den Peter prophezeit hatte, zu generieren.

Macks' Mutter setzte sich nun wieder zu ihr an den Küchentisch und verschränkte die Arme. Ihr Gesichtsausdruck blieb angespannt. »So Mackenzie, das Album wird erst im Herbst veröffentlicht. Ab sofort konzentrierst du dich auf die Schule. Du hast drei Wochen Studiopause, um zu lernen.«

Entgeistert starrte Macks ihre Mutter an. Sie hatte es tatsächlich geschafft, dass Peter Miller, der sonst immer das letzte Wort haben musste, klein beigab.

Die nächsten Monate konzentrierte sich Macks ausschließlich auf die Schule. Mit Melissa arbeitete sie nur noch am Wochenende an ihren Songs. Da der Zeitplan an das neue Veröffentlichungsdatum nächsten November angepasst wurde, hatte sie außerdem den ganzen Sommer über Zeit, an ihrem Album *Fairytale* zu arbeiten.

Zu ihrem siebzehnten Geburtstag im April konnte sie ihre Mutter überreden, mit Sam Zelten zu gehen. Zwar hatte sie beschlossen, nicht mehr Mackenzie zu sein, doch wenn ihr jemand dabei helfen konnte, ihre Songs tiefgründiger zu gestalten, dann Sam. Schließlich war sie diejenige, die all ihre Ängste und Geheimnisse kannte.

Mit Sam war es Macks erstaunlich leichtgefallen, die Trennung von Zach und die negativen Schlagzeilen in ihren Songs zu verarbeiten. Mit ihrer Mutter konnte sie nicht darüber sprechen. Seit ihrem Wortgefecht mit Peter verdrehte sie jedes Mal ihre Augen, wenn Macks versuchte, über ihre Songs zu sprechen.

»Du weißt aber schon, dass dieses Ende besser zu dir und Ally passen würde, oder?«, scherzte Sam, als sie wieder einmal nach der Schule in Macks' Zimmer saß, um mit ihr die Texte durchzugehen.

Macks blickte von ihrem Notizbuch auf und seufzte. »Melissa hat mir geraten, ein Happy End zu schreiben. Die Geschichte mit Ally war die erste, die mir eingefallen ist.«

»Weiß deine Mum von diesem Kuss?«

Hitze stieg in Macks hoch und sie schluckte hart. Die Wahrheit war, dass sie einige Male kurz davor gewesen war, mit ihr darüber zu sprechen, sich dann aber doch nicht getraut hatte.

»Bist du verrückt? Erst letztens hat sie wieder den Kanal gewechselt, als sich Callie und Arizona bei Grey's Anatomy geküsst haben. Ich denke nicht, dass sie es gutheißen würde, wenn ich neben meiner angeblichen Affäre mit diesem Billy auch noch ein Mädchen geküsst habe.«

Macks stieß ein freudenloses Lachen aus. Das mit Ally war eine einmalige Sache gewesen.

»Aber egal, ich wollte dir noch *Childhood Memories* vorspielen. Das wird die erste Single des Albums. Das Fotoshooting wird nächste Woche gleich in der ersten Woche der Sommerferien stattfinden.«

Sam öffnete ihren Mund, schloss ihn dann aber wieder. Stattdessen nickte sie und stand auf, um zu dem kleinen Piano zu gehen, dass auf Macks' Schreibtisch aufgebaut war.

»War das ein Jahr, was? Ich bin so froh, dass wir nur noch ein Schuljahr vor uns haben«, sagte Sam, während sie Macks dabei zusah, wie diese ein paar Notenblätter neben dem Piano ausbreitete.

»Das kannst du laut sagen. Um ein Haar hätte ich wiederholen müssen oder hätte ein richtig schlechtes Album veröffentlicht.«

Macks schloss die Augen und atmete langsam aus. Endlich, nach all den Strapazen im letzten Jahr hatte sie wieder das Gefühl, ihr Leben unter Kontrolle zu haben. Zach war Geschichte, Sam hatte ihr ihre Abwesenheit verziehen und Elephant Records liebte die neuen Songs, die sie in den letzten Monaten geschrieben hatte.

Kapitel 13

September 2009 – Senior Year

Seit Tagen schon schwirrten die Worte von Peter in Macks' Kopf herum. Sie seufzte und dachte dabei an ihr Album, in das sie so viel Herzblut gesteckt hatte - nicht nur sie, sondern ihr gesamtes Team. Sie durfte Elephant Records nicht hängen lassen.

»Der Nächste!«

Die schrille Stimme der Barista riss Macks aus ihren Gedanken. Hastig blickte sie sich in dem Café unweit der Tulane Universität um. Sie zog sich die Baseballkappe der Buffalo Bills ein Stück tiefer ins Gesicht. Gerade heute wollte Macks auf keinen Fall erkannt werden. Während Sam und die anderen wahrscheinlich ihre Stundenpläne miteinander abglichen, fiel Macks nichts Besseres ein, als sich einen Kaffee zu holen, bevor sie am Nachmittag wieder ins Studio musste.

Macks musterte den Typen vor ihr, der gerade einen Americano bestellt hatte. Sie schätzte ihn auf maximal neunzehn. Nach dem Bezahlen fuhr er sich durch seine schulterlangen blonden Locken und lehnte sich gegen den Tresen, um auf seinen Kaffee zu warten. Seine Arme waren braungebrannt und kurz erhaschte Macks einen Blick auf das Tattoo, das zum Vorschein kam, als er nach seinem Becher griff. Ein Surfboard. Für einen Moment trafen sich ihre Blicke. Er lächelte, doch seine grauen Augen strahlten diese Verletzlichkeit aus, die Macks nur zu gut kannte.

»Miss?«

Die Stimme der Barista ließ Macks herumfahren. Schnell bestellte sie einen Soja-Latte und griff in ihre Handtasche, um ihr Portemonnaie herauszuziehen. Aber da war nichts. Hastig durchsuchte Macks die Taschen ihrer kurzen Jeansshorts, aber von ihrem Portemonnaie keine Spur.

»Wenn Sie nicht bezahlen können, dann gibt es auch keinen Kaffee. Regel ist Regel«, antwortete die Barista mürrisch und schüttelte dabei den Kopf.

Hitze breitete sich in Macks aus. Sie trat einen Schritt zurück, holte tief Luft: »Es tut mir leid, ich hab´...« Doch dann stockte sie. Der blonde Typ neben ihr legte eine Fünf-Dollar-Note auf den Tresen und blickte Macks entschuldigend an. »Ich übernehme das.«

Dieses Mal lächelte er tatsächlich und Macks spürte die Hitze in ihren Wangen aufsteigen.

»Danke«, murmelte sie und versuchte dabei ihren Blick von ihm abzuwenden. Macks trat einen Schritt beiseite und starrte zu Boden. Doch anstatt zu gehen, stand der Typ immer noch neben ihr, schüttete sich zwei Packungen Zucker in seinen Kaffee.

Er räusperte sich: »Hast du Lust, mir Gesellschaft zu leisten?« Er deutete auf einen der freien Tische auf der Terrasse. Sie war kurz davor abzulehnen, doch sie wollte nicht unhöflich wirken. Schließlich hatte dieser Fremde ihr Getränk bezahlt und außerdem hatte Macks im Moment sowieso nichts Besseres zu tun. Während sie den Becher nahm, der vor ihr abgestellt wurde, antwortete sie: »Okay. Schließlich darf ich dank dir wenigstens Kaffee trinken.«

Unbeholfen streckte er Macks die Hand entgegen.

»Ich bin Eric.«

Anstatt ihren Namen zu nennen, antwortete Macks lediglich mit einem: »Sehr erfreut.«

Wahrscheinlich wusste er ganz genau, wer sie war und ihren Namen zu nennen, schien ihr überflüssig. Bevor sie länger darüber nachdenken konnte, war Eric schon nach draußen gegangen und schob ihr einen Stuhl hinten in der Ecke der Terrasse zurecht. »Bitte schön.«

Mit einem Lächeln setzte sich Macks und trank einen Schluck. Eric umfasste seinen eigenen Becher, sagte aber nichts. Um die Stille zu brechen, fragte Macks schließlich: »Musst du nicht zur Schule?«

Eric lachte und strich sich erneut durch sein blondes Haar. »Eigentlich schon, aber ich habe Zeit. Am ersten Tag passiert sowieso nicht viel. Was ist mit dir?« Er spielte mit seiner Muschelkette, die um seinen Hals hing und lehnte sich im Stuhl zurück.

Macks schüttelte den Kopf und nippte an ihrem Soja-Latte.

»Nein.« Ihre Stimme klang belegt, während ihr Blick abwechselnd nach links und rechts wanderte. Doch bis dato war sie unerkannt geblieben.

»Passt schon, ich verrate dich schon nicht. Keiner wird je erfahren, dass du heute schwänzt.«

Eric lächelte und dabei kamen kleine Grübchen zum Vorschein.

Wenn es nur so einfach wäre.

Schnell schob Macks den Gedanken beiseite und fragte stattdessen: »Warum hast du mir den Kaffee bezahlt?«

»Na ja, du hattest kein Geld dabei. Ich bin ein Gentleman.« Eric hob abwehrend seine Hände und sein Gesicht errötete ein wenig. »Sorry, das klang gerade echt komisch, dabei kenne ich noch nicht einmal deinen Namen.«

»Ich bin Macks«, sagte sie mit einem Seufzen.

Gespannt wartete Macks auf Erics Reaktion, aber er saß nur da und spielte mit seiner Muschelkette. Es schien tatsächlich so, als ob er sie nicht kennen würde. Seine Art, den ersten Schultag zu schwänzen, hatte etwas Rebellisches. Je länger Macks in seine funkelnden Augen und die Züge seines braungebrannten Gesichts blickte, desto stärker wurde sie von ihm angezogen. Aber wie hoch war die Wahrscheinlichkeit, dass ein Junge aus New Orleans, der in ihrem Alter war, keinen Plan davon hatte, wer sie war? Vielleicht tat er auch nur so.

Schnell verwarf sie den Gedanken wieder. Sie durfte nicht damit anfangen, ihn zu verurteilen. Schließlich hätte er ihr den Kaffee nicht bezahlen müssen. Macks nippte an ihrem Latte. Wie lange konnte sie diese belanglose Konversation mit einem Fremden noch aufrechterhalten?

Eric schien sich noch kein Urteil über sie gebildet zu haben. Es war schön, mit jemanden außerhalb ihrer Musik Blase abzuhängen.

Den ganzen Sommer über hatte sie an ihrem Album *Fairytale* gearbeitet. Der Veröffentlichung im November stand nichts mehr im Wege und ihr Stundenplan wurde mit dem der Promo-Termine, Fotoshootings und Videodrehs abgestimmt. Trotzdem hatte Peter sie vor eine unbeschreibliche Wahl gestellt. Entweder online Unterricht und Macks oder ihr Leben als normaler Highschool Teenager. Das Label würden nicht erneut den Fehler begehen, ihre Karriere auf Versprechungen aufzubauen, das hatte Peter ihrer Mutter vor wenigen Tagen klargemacht. Sie war noch nicht bereit gewesen, Macks aufzugeben, auch wenn das bedeutete, ihre Schule zu verlassen. Denn Peter hatte ihr versichert, dass *Fairytale* das Album war, das ihr internationale Bekanntheit verschaffen würde. Eines, das endlich die Kosten deckte. Außerdem würde es einen nicht unbeachtlichen Anteil davon für Macks geben, sofern sie sich an die Vertragsbedingungen hielt. Also hatte sie Peters Vorschlag schweren Herzens zugestimmt, sich der Konsequenz bewusst, dass sich von jetzt an erneut alles ändern würde.

Noch immer fragte sie sich hin und wieder, warum es so verdammt wehtat, Mackenzie gehen zu lassen. Aber sie musste nach den Regeln ihres Labels spielen, auch wenn sie lieber ihr letztes Jahr an der Highschool gemeinsam mit Sam verbracht hätte und nicht als internationaler Popstar.

Eric räusperte sich und Macks schreckte hoch. Wie viel Zeit war vergangen, seitdem sie in ihren Gedanken abgedriftet war?

»Du bist es, oder?«, fragte er im Flüsterton.

Macks lächelte müde. Der Groschen war also gefallen und sie machte sich auf das nun folgende Gespräch gefasst. Meistens lief es immer gleich ab. Zuerst wurden ihr Komplimente gemacht und danach sollte sie im Gegenzug ein Autogramm geben oder ein Foto machen. Dann würde sie gehen. Insgeheim tat es ihr leid, denn Eric wäre genau die Ablenkung gewesen, die sie jetzt gebraucht hätte.

»Ja«, antwortete sie, umfasste ihren Kaffeebecher fester und ließ ihren Blick durch das Café schweifen. Der nächste Ausgang war nur ein paar Meter von ihr entfernt. Sie könnte problemlos aufstehen und abhauen.

Erics Gesichtszüge wurden weicher, seine Augen funkelten, dann fasste er wieder an seine Kette und seine Wangen röteten sich.

Er sah dabei so verdammt süß aus und Macks hätte sich noch gerne mit ihm unterhalten. Dann aber wanderte ihr Blick zum Ausgang.

Schade, dass es nicht geklappt hat.

»Sorry, dass ich so lange gebraucht habe dich zu erkennen, wo meine Schwester doch voll der Fan von dir ist.«

Eric beugte sich vor: »Ich muss gestehen, ich bin eher auf der Elektroschiene unterwegs und war zu lange weg, um dich direkt zu erkennen. Bitte nimm es mir nicht übel.« Seine Stimme wirkte unsicher, so als würde er sich schämen.

Ein Lächeln huschte über Macks´ Lippen und ihre Gliedmaßen entspannten sich. Für einen kurzen Moment schloss sie die Augen, nicht sicher, ob sie gerade richtig gehört hatte. Sie vergrub ihr Gesicht in ihren Händen und musste lachen.

Als sie ihren Blick hob, strich Eric durch sein Haar und wirkte ratlos.

»Oh Eric, du weißt gar nicht, wie sehr du mir den Tag gerettet hast. Es ist erfrischend, nicht erkannt zu werden.«

Macks beobachtete, wie sich Eric zurücklehnte und mit den Schultern zuckte. Dabei kam ein Lächeln auch über seine Lippen und Macks ertappte sich dabei, wie ihr Blick zu lange auf ihnen hängen blieb.

»Na dann erzähl mal, was dich heute hierhergeführt hat«, sagte er schließlich.

Scharf zog Macks Luft ein. Sie wollte Eric nicht mit der traurigen Story einer Musikerin, die zum online Unterricht verdonnert worden war, langweilen. Außerdem hatte sie noch so viele Fragen. »Erzähl du mir lieber, warum du heute schwänzt. Oder ist ein Surferboy wie du zu cool für die Schule?«

Erics Schultern sackten nach vor. Dann schaute er ihr direkt in die Augen.

Gefesselt hielt Macks seinem Blick stand. Auf einmal wirkte er so verletzlich.

Erneut nahm er seine Muschelkette zwischen Zeigefinger und Daumen, bevor er antwortete: »Seit ich von meinem Austauschjahr aus Portugal zurück bin, fühle ich mich wie ein Fremder. Ich bin noch nicht bereit dafür wieder in mein altes

Leben zurückzukehren. Heute Morgen, als ich meinen Rucksack packte, wurde ich auf schmerzhafte Art und Weise daran erinnert, dass dies nun mein Leben ist. Ohne die rauen Wellen des Atlantiks, meiner Freunde in Ericeira und meiner Gastfamilie. Ich bin zwar in New Orleans aufgewachsen, doch es fühlt sich nicht wie mein Zuhause an. Also dachte ich mir, ich hole mir einen Kaffee und gehe dann hinunter zum Pier.«

Macks verstand ihn nur zu gut. Sie schien nicht die Einzige zu sein, die mit Veränderungen nicht so gut umgehen konnte. Ihr Blick wanderte zu seiner Halskette, die er mit seinen Fingern zwirbelte.

»Okay, was hat es mit dieser Kette auf sich?«, platzte es aus ihr heraus.

Anstatt sie loszulassen, lehnte sich Eric zurück, nahm den Anhänger seiner Halskette zwischen den rechten Daumen und Zeigefinger und küsste ihn. »Die hat mir jemand Besonderes in Portugal geschenkt«, antwortete er und ließ seine Hände dann in seine Hosentaschen gleiten.

»Vermisst du sie?«, fragte Macks und bereute ihre Frage zugleich.

Diese Grenze hätte sie nicht überschreiten dürfen.

Zu ihrem Erstaunen lächelte Eric, zuckte mit den Schultern. »Wir wussten, dass wir uns spätestens bei meiner Abreise trennen müssen. Fernbeziehungen halten doch nie, oder? Schon gar nicht in unserem Alter.«

Aus einem unerklärlichen Grund verspürte Macks einen Hauch von Eifersucht, dabei kannte sie Eric vielleicht fünf Minuten. Sie musste schleunigst vom Thema ablenken. Entschlossen öffnete sie den Mund, doch da fuhr Eric bereits fort: »Ich denke, ich vermisse nicht sie, sondern die schöne Zeit, die wir hatten.« Er trank einen Schluck von seinem Kaffee, bevor er seinen Blick wieder auf Macks richtete. »Oh Gott, ich muss mich wie ein Häufchen Elend anhören. Sorry, dass ich dich damit volllabere.«

Macks schluckte, nahm ihren ganzen Mut zusammen und tat etwas, dass gegen all ihre Prinzipien zu verstoßen drohte.

»Du sagtest, du wolltest zum Pier? Hast du Lust auf Gesellschaft? Ich muss erst später wieder ins Studio und hätte Zeit.«

Ein paar Minuten später verließen sie das Café und gingen in Richtung Mississippi. Mit jedem Zug, mit dem sie die frische, warme Septemberluft New Orleans einatmete, fühlte sich Macks besser.

Eric hatte etwas Mitreißendes an sich und sie ertappte sich dabei, wie sie jeden Millimeter seines Gesichts im Licht der späten September-Sonne musterte und sich einprägte. Eric war nicht sonderlich groß, aber sein Körper wirkte athletisch. Unter seinem T-Shirt ließ sich die Andeutung seiner Muskeln erahnen.

Den restlichen Tag verbrachten sie zusammen. Vom Pier aus gingen sie in die Stadt und besuchten sogar einen dieser alten Friedhöfe, die normalerweise nur für Touristen interessant waren.

Es war einfach, Eric zu begeistern und je mehr Zeit sie miteinander verbrachten, desto entspannter wirkte er.

Als Macks' Handy nun schon zum fünften Mal klingelte schaltete sie es aus. Jede Faser ihres Körpers sträubte sich dagegen mit Peter zu sprechen. Sie würde ihn später im Studio treffen, solange musste er warten.

Eric setzte sich auf eine Bank am Pier und sie tat es ihm gleich.

»Was ist los Macks, wer ruft dich da andauernd an?«

Sie seufzte. Dabei traf ihr Blick Erics warme Augen und sie entschied sich, ihr Schutzschild für einen Moment fallen zu lassen.

»Mein Boss. Er will bestimmt, dass ich heute früher ins Studio komme, aber ich möchte ein letztes Mal Mackenzie sein.«

Eric runzelte die Stirn. »Sei, wer immer du bist, aber hab Spaß dabei!«

Macks schüttelte den Kopf. »Das ist nicht so einfach. Vor ein paar Tagen habe ich beschlossen, nicht mehr zurück an die Highschool zu gehen.«

Sie spürte Erics weichen Hände, die ihre eigenen berührten. Ungläubig starrte er sie an. »Dein Boss unterstützt das?«

»Es war seine Idee. Mein neues Album erscheint im November, im Februar starte ich eine Tour. Eigentlich sollte ich meinen Abschluss machen und danach auf Tour gehen, aber Macks hat einfach Vorrang. So wie immer.«

An Erics Stirnrunzeln merkte sie, dass ihm eine Frage auf den Lippen brannte. Doch anstatt etwas zu sagen, schluckte Eric.

»Na los, frag schon«, sagte sie und seufzte. Die kalten Metallsprossen der Bank bohrten sich unangenehm in ihren Rücken, soweit hatte sie sich nach hinten gedrückt.

»Bist du glücklich, wenn du Macks bist?«

Macks schloss die Augen und all die wunderschönen Momente auf der Bühne, die jubelnden Fans und die Emotionen, die sie empfand, wenn sie wie aus dem Nichts wieder ein Lied schrieb, prasselten auf sie ein. Dieses Gefühl konnte ihr nur Macks geben. Musik zu machen war das, was sie ausmachte. Als sie ihre Lieder öffnete, spürte sie, wie ihr Puls höherschlug und es ihr warm um ihre Brust wurde.

»Es gibt nichts Besseres auf der Welt. Ich liebe es Macks zu sein. Außerdem wird das neue Album super!«

Für einen Moment starrten sie beide auf das trübe Wasser des Mississippis.

»Das hört sich doch gut an.«, sagte Eric dann.

Macks seufzte. »Leider stehe ich mir selbst zu oft im Weg. Mackenzie - also mein wahres Ich - ist nicht so selbstbewusst und stark wie Macks. Sie ist eher uncool und ein introvertierter Loser.«

Eric lachte. »Aber das stimmt doch nicht. Du bist du. Außerdem ist es doch normal, von all dem, was du gerade erlebst, eingeschüchtert zu sein.«

Verwundert blickte Macks ihn an. Musste sie sich im Grunde nicht entscheiden, wer sie sein wollte? Wäre es in Ordnung, wenn die Öffentlichkeit Macks bekam und sie Mackenzie für sich selbst behielt?

Aus einem Impuls heraus umarmte sie Eric. Als ihr klar wurde, was sie da tat, rückte sie von ihm ab und hob entschuldigend die Hände. Eric hatte ihr erst vor wenigen Stunden erzählt, dass er immer noch an seine Freundin in Portugal dachte und sie hatte ihn einfach so umarmt. Was war nur los mit ihr?

Doch er beugte sich zu ihr, strich ihr eine Strähne aus dem Haar und sah ihr tief in die Augen. »Mit dir zusammen zu sein, fühlt sich so an, als ob wir uns schon ewig kennen. Du hast heute etwas Unerwartetes in mir ausgelöst.« Er hielt kurz inne, fuhr mit seinen Fingern ihren Hals entlang. »Ich würde dich gerne küssen.«

Anstatt zu antworten, presste Macks ihre Lippen auf Erics.

Blitze durchströmten ihren Körper und ihr Puls beschleunigte sich. Seine weichen Lippen fühlten sich warm an. Ein kribbelndes Gefühl durchströmte sie. Ihre Hände glitten durch sein blondes Haar, seinen Rücken hinunter und während sie sich küssten, wurde Macks klar, wie sehr sie eine solche Nähe vermisst hatte.

Kapitel 14

Oktober 2009

Kurz nach der Veröffentlichung von *Childhood Memories*, der ersten Single von Macks' neuem Album *Fairytale*, bekam die lokale Presse Wind von ihrer neuen Beziehung mit Eric. Zwar hatte Macks versucht unentdeckt zu bleiben, doch bei ihrem letzten Restaurantbesuch wurden sie erwischt. Jemand hatte der Boulevardpresse ein Foto zukommen lassen, auf dem sie sich küssten.

Eric reagierte gelassen, denn er hatte sich noch nie sonderlich für Klatschblätter interessiert. Ihn störte lediglich der Eingriff in ihre Privatsphäre.

Überraschter war Macks allerdings, dass die Schlagzeilen Elephant Records begeisterten.

Peter hatte geschmunzelt, als er ihr erklärte, dass nun zusätzlich über Macks berichtet wurde, ohne dass das Label dafür bezahlen musste.

Macks hingegen fühlte sich eigenartig bei der Vorstellung, dass eine Sichtung mit ihrem Freund den Verkauf ihrer CD steigerte. Denn genau das war geschehen. Obwohl der Songtext von *Childhood Memories* nichts mit Eric zu tun hatte, waren ihre Fans froh darüber, dass Macks endlich ihren Traumprinzen in ihn gefunden hatte.

Eines Abends, es war bereits spät, saß Macks auf Erics Bett und sie tranken zusammen aus einer Flasche Bier, die er seinem Vater stibitzt hatte. Eric legte Musik auf, bevor er Macks hochzog. Gemeinsam tanzten sie zu den rhythmischen Klängen der

House Musik. Eine Musikrichtung, die Macks durch Eric lieben gelernt hatte. Nur eine Lavalampe hüllte den Raum in ein gedämpftes Licht. Während sie sich im Takt bewegten, ließ Macks ihren Blick durch Erics Zimmer gleiten. Ein Surfboard, dass sorgfältig mit zwei Stahlhaken an der Wand befestigt war, hing über seinem Bett. Auf dem Schreibtisch daneben stand sein Laptop und etwas, dass beim letzten Mal noch nicht da gewesen war. Ein eingerahmtes Bild, das Macks in kurzen Shorts und einem weiten T-Shirt mit einem Eis in der Hand zeigte. Eric musste es an dem Tag, an dem *Childhood Memories* herauskam, heimlich aufgenommen haben.

Sie war so aufgeregt wegen der Chartplatzierung gewesen. Daher hatte sie Eric gebeten etwas mit ihr zu unternehmen, anstatt am Online–Unterricht teilzunehmen.

Das war ein schöner Tag.

»Hey, was ist los?«

Macks hatte aufgehört zu tanzen, woraufhin Eric ihr zärtlich über die Wange strich.

»Nichts, ich habe nur an den Tag gedacht, an dem du das Bild von mir gemacht hast«, antwortete sie.

Eric legte seinen Arm um ihre Hüften und zog sie näher an sich. »Du warst so nervös. Aber ich habe ja gesagt, dass deine Sorgen unbegründet sind. Ich glaube fest an dich und deine Musik.«

Eine Welle von Gefühlen überkam Macks, während sie ihren Kopf hob, damit sich ihre Lippen trafen.

Sie spürte Erics pochendes Herz an ihrer Brust. Behutsam glitten seine Hände ihre Schultern entlang bis zum Saum ihres T-Shirts. Ein fragender Blick, dann zog er es ihr über den Kopf.

Seine warmen Hände fühlten sich so verdammt gut auf ihrer Haut an. Geschickt öffnete er ihren BH, den sie kurz darauf abstreifte.

Dann drückte Eric sie sanft Richtung Bettkante, während ihre Blicke ineinander versanken. Mit einem spielerischen Schubs landete Macks vor ihm auf dem Bett.

»Zieh dein Shirt aus«, sagte sie.

Verlangen schoss durch ihre Adern. Macks konnte es kaum erwarten, seinen nackten Oberkörper zu berühren. Sie zog Eric zu sich, richtete sich am Bett auf und schmiegte ihren Körper gegen seinen. Dabei spürte sie, wie seine Erektion gegen ihren Oberschenkel drückte. Gefesselt von der aufkommenden Lust öffnete sie den Bund ihrer Jeans. Sie tat es langsam, so dass Eric sie dabei beobachten konnte.

Seine Hände fuhren entlang ihres Schlüsselbeins bis hin zu ihren Brüsten. Macks beugte sich nach vorne, küsste seinen Oberkörper und tastete sich mit ihren Lippen wieder nach oben. Eric kniete zu ihr aufs Bett, beugte sich anschließend über sie. Sein Becken, das sich gleichmäßig auf und ab bewegte, verursachte eine Gier in ihr, die sie so bisher nicht kannte. Ihre Finger rutschten zu seinem braunen Ledergürtel und sie zog die Lasche zurück.

Hastig legte Eric seine Hände auf ihre und fragte: »Bist du dir sicher?«

Macks schluckte. Schlagartig wurde ihr bewusst, dass sie keine Ahnung hatte, was sie tat oder tun musste, aber sie wollte kein Feigling sein.

»Ja«, antwortete sie.

Daraufhin stellte Eric sich wieder vor das Bett, zog seine Hose aus und tat dasselbe Sekunden später auch mit ihrer Jeans. Dann legte er sich neben sie.

Als sich ihre Blicke erneut trafen, war sich Macks sicher. Sie wollte Sex mit Eric. Entschlossen küsste sie ihn.

Seine Finger berührten die Außenseite ihres Slips. Er hielt kurz inne. »Ist das okay?«, fragte er und Macks nickte. Dann schob er den Stoff beiseite und Macks spürte, wie seine Finger langsam in sie eindrangen. Ein berauschendes Gefühl überkam sie und Macks stöhnte auf. Sie nahm ihren ganzen Mut zusammen und ließ ihre Hände hinunter zu seinem Penis gleiten.

»Ich will es«, flüsterte sie.

Eric drehte sich zur Seite und fischte aus seinem Nachttisch ein Kondom heraus. Dann streifte er seine Boxershorts ab und stülpte es sich über.

Macks' Atmung wurde schwerer, als sie ihn dabei beobachtete. Ihr nackter Körper bebte noch von Erics Berührungen. Tausend Gedanken schossen ihr durch den Kopf. Was, wenn sie etwas falsch machte?

Doch da küsste Eric sie bereits wieder, während er sich auf sie legte.

Macks wollte mehr, sie drückte sich gegen Erics harten Penis. Er richtete sich auf, drückte ihre Schenkel auseinander und für einen Augenblick vergaß Macks alles um sich herum.

Doch dann zuckte sie zusammen, denn Macks spürte einen stechenden Schmerz, als er in sie eindrang.

Eric hielt kurz inne, bewegte sich dann aber rhythmisch auf und ab. Ein verlangender Laut entwich seiner Kehle, auf seiner Oberlippe hatten sich kleine Schweißperlen gebildet.

»Gut so?«, fragte Eric und Macks konnte dabei seinen heißen Atem spüren. »Ja«, presste Macks hervor, drehte ihren Kopf zur Seite und fuhr dann über seinen nackten Oberkörper.

Das Verlangen von Vorhin war verschwunden und Macks versuchte sich krampfhaft daran zu erinnern, was Erics Berührungen noch vor wenigen Minuten in ihr ausgelöst hatten. Er jedoch schien davon nichts zu bemerken. Zwar vergewisserte sich Eric alle paar Minuten, ob es für Macks passen würde, doch nach dem dritten Mal wurden seine Bewegungen immer schneller, fester, er hatte sich aufgerichtet und küsste gierig ihre Brüste.

Macks biss sich auf ihre Unterlippe. Dann zog sie Eric zu sich und küsste ihn. Nach und nach kam das Gefühl von Geborgenheit zurück. Doch dann spürte sie, wie sich sein Körper über dem ihren anspannte. Ein kehliger Laut entwich ihm und er vergrub seinen Kopf in ihrem Nacken. Der Druck zwischen ihren Beinen ließ nach, als Eric sich neben sie legte. Dabei ließ er immer wieder seine Hände über ihre Brüste gleiten. »Sorry, Baby, du hast mich so heiß gemacht. Gib mir ein paar Minuten, dann bin ich wieder für dich da«, raunte er in Macks' Ohr.

Jetzt war es Macks' Körper, der sich anspannte, aber nicht so, wie Eric es gerade verspürt hatte. Sie schluckte, griff nach der Bettdecke neben sich und deckte sich zu. Ihr Herz schlug bis zur Brust, aber sie brachte keinen Ton heraus. Was hätte sie auch sagen sollen? Stattdessen vergrub sie ihre Finger im weichen Stoff des Lakens und starrte auf die Zimmerdecke.

»Hey, ist alles in Ordnung?« Macks drehte ihren Kopf zu Eric und nickte. Sie zwang sich zu einem Lächeln, obwohl sie am liebsten geheult hätte. »Ich hatte noch nie zuvor Sex. Es tut mir leid, ich bin einfach nur aufgeregt. Ich denke, ich sollte nach Hause gehen, es ist schon spät.«

Zwar nickte Eric, aber Macks spürte deutlich, wie sich etwas zwischen ihnen verändert hatte. Denn ihr sonst so gesprächiger Freund wirkte bedrückt und blieb schweigsam. Sie war sich sicher, dass sie der Grund dafür war. Warum hatte sie sich nicht mehr ins Zeug gelegt?

Eine Stunde später fuhr Eric sie nach Hause. Zum Abschied küsste sie ihn und strich ihm dabei zärtlich durchs Haar. Als die Lichter seines Pick-ups in der Dunkelheit dieser Oktobernacht verschwanden, setzte sich Macks auf die Stufen vor ihrem Haus und vergrub ihren Kopf zwischen ihren Knien.

Was stimmt nicht mit mir? Mein erstes Mal mit Eric hätte perfekt sein sollen. Stattdessen fühle ich mich leer und ausgelaugt.

Auch wenn sie die Situation zwischen ihnen nach wenigen Tagen wieder entspannte, blieb diese Frage in Macks' Hinterkopf.

Darüber zu sprechen, traute sie sich jedoch nicht.

Das nächste Mal wird bestimmt besser werden.

Zwei Wochen später, es war Mitte November, fand das Album-Release von *Fairytale* statt. Nach der Veröffentlichung aber änderte sich schlagartig alles für Macks. Ihre Videobotschaft, die sie aufnahm, um sich bei ihren Fans für die unfassbare Unterstützung zu bedanken, wurde bereits am ersten Tag mehrere Millionen Male aufgerufen. Auf einmal schrieben ihr Mädchen und Teenager aus aller Welt Briefe. Macks fühlte sich, als wäre sie ganz oben angekommen. Nie im Leben hätte sie es sich träumen lassen, sie könnte einmal mit Britney Spears oder Avril Lavigne verglichen werden, aber so war es.

Macks war die Newcomerin des Jahres und mittlerweile waren viele Kritiker davon überzeugt, dass ihr mit nur siebzehn Jahren die Tore der Welt offenstehen würden.

Peter erklärte das übertriebene Interesse damit, dass Macks alles erfülle, was im Moment gefragt war. Sie war eine junge, gut aussehende Musikerin, die ihre Musik selbst schrieb.

Aber der Ruhm hatte auch seinen Preis. Ihr Label verlangte von ihr, das Album bestmöglich zu promoten. Dazu gehörten Auftritte in bekannten lokalen sowie landesweiten Radioshows und dem Fernsehen. Macks war noch nie länger als ein paar Nächte von ihrer Familie getrennt gewesen. Aber nun wurde ihr Tagesablauf nicht mehr von ihr selbst bestimmt, sondern von Elephant Records. Ihr Management interessierte es nicht, dass Macks sich nicht dabei wohlfühlte, alleine in einem Hotelzimmer zu schlafen. Schnell merkte Macks, dass sie funktionieren musste und es keinen Platz für Mackenzies Ängste gab.

Eric war all die Zeit für sie da. Er schickte ihr Sprachnachrichten, in denen er sie ermutigte, nicht aufzugeben. Wäre er nicht gewesen, hätte sie wahrscheinlich schon längst das Handtuch geworfen. Aber so war Eric. Einfühlsam, liebevoll und so verdammt süß. Durch ihn war Macks in der Lage, den Traum, den sie lebte, zu genießen. Aufgrund ihres Erfolges wurde sie sogar von NBC als Künstlerin für ihre New Years Eve Party nächste Woche gebucht. Es erfüllte Macks mit Stolz, dass sie es geschafft hatte, mit ihrem zweiten Album an die Spitze der Charts zu gelangen. So vergingen die Wochen, bis es kurz vor Weihnachten endlich so weit war. Macks durfte die Rückreise nach New Orleans antreten.

Ihr Herz klopfte, als sie kurz nach zwei Uhr mittags in Erics verbeulten Pick-up einstieg, der sie vom Flughafen abholte. Seit über einem Monat hatten sie eine Fernbeziehung geführt. Jede Nacht vor dem Einschlafen hatte sich Macks vorgestellt, ihn zu küssen. Als sich ihre Lippen endlich wieder berührten wusste Macks, dass sie zu Hause war.

Eric fuhr den Mississippi entlang und ließ dabei seine Hand über ihre Oberschenkel gleiten, die in der schwarzen engen Jeans steckten, die sie vor ihrem Abflug aus New York angezogen hatte. Darüber trug sie eine graue enge Bluse mit Lederjacke. Obwohl sie lieber in Jogginghosen geflogen wäre, wollte sie chic aussehen für ihn.

Er hielt den Wagen an einer Lichtung an, die von Pinien umgeben war und einem atemberaubenden Blick auf den Mississippi bot.

»Komm, ich habe eine Überraschung für dich.«

Eric stieg aus, ging um das Fahrzeug herum und öffnete die Beifahrertür, bevor er auf die Ladefläche seines Trucks deutete. Dort setzten sie sich auf die Decke, die er ausgebreitet hatte und Macks legte ihren Kopf an seine Brust.

Die Aussicht war atemberaubend und sie spürte die kühle Dezemberbrise in ihrem Gesicht.

Das Lichterspiel der Sonnenstrahlen, die sich auf der Wasseroberfläche brachen, und der Klang der vorbeifahrenden Dampfschiffe ließen sie sentimental werden. Sie hatte New Orleans vermisst.

Eric küsste ihre Stirn, bevor er sie anschaute.

»Ich bin so froh, dass du wieder hier bist. Dein Album, die ganze Welt spricht davon. Ich bin so stolz auf dich.«

»Ernsthaft, du willst jetzt über Musik sprechen?«

»Aber deine Musik berührt die Menschen. Ich kann immer noch nicht fassen, wie du die Songs alle selbst schreiben konntest. Vor allem das Lied *Childhood Memories*. Diese Emotionen, der Text, einfach nur großartig.«

Verlegen wanderte Macks' Blick zu den weißen Schaumkronen des Mississippis. Der Fluss sah im Winter noch schöner aus als im Sommer.

»Eric, ich … «, doch da unterbrach er sie bereits.

»Nein ernsthaft. Diese Verletzbarkeit, die Geschichte über eine Kindheitsfreundschaft und die Tatsache, dass du in diesen Jungen verliebt warst.« Eric hielt inne und Macks erstarrte.

Auf einmal offenbarte ihr Text seinen wahren Sinn. *Childhood Memories* war Mackenzie Walkers Geschichte.

Tammy. Verdammt. War ich in sie verknallt? Aber wir waren doch noch Kinder. Was hat das zu bedeuten?

Ein stechender Schmerz breitete sich in Macks' Brust aus, so heftig, dass sie kaum Luft bekam. Ihr Leben schien wie in einem Film vor ihr abzulaufen.

Die Momente mit Tammy, ihrer Kindheitsfreundin, wurden abgelöst von der Erinnerung an die tiefe Bewunderung für Vanessa Carlton, von der Mackenzie als Zwölfjährige nicht genug bekommen konnte. Dann noch diese zwanghafte Obsession, ständig in Chloes Nähe zu sein.

Hatte sie sich etwa die ganze Zeit etwas vorgemacht? Plötzlich dachte sie wieder an ihren ersten Kuss mit Ally. Aber das hatte doch nichts zu bedeuten! Sie stand total auf Eric.

Erst als sie Erics feste Umarmung spürte, gelang es Macks wieder zu atmen.

»Macks, was ist los? Habe ich was Falsches gesagt? Du wirkst, als würdest du jeden Moment umkippen.«

Sie senkte den Kopf und wusste nicht, was sie sagen sollte, zudem war ihre Kehle wie zugeschnürt.

»Hey …« Das sanft ausgesprochene Wort riss sie aus ihren Gedanken. »Ich weiß nicht, was ich gesagt habe, dass dich so traurig macht. Aber egal, was es ist, bitte rede mit mir darüber.«

Überfordert wagte Macks einen Blick in seine warmen grauen Augen. »Eric ich …« Ihr Puls schoss in die Höhe und trotz der angenehmen kühlen Brise war ihr auf einmal heiß. Sie biss sich auf die Unterlippe. Ihr musste schleunigst eine Ausrede einfallen.

»Du machst mir Angst!« Erics Stimme wurde lauter.

»Da gab's keinen Jungen. Es war ein Mädchen namens Tammy. Wir waren beste Freundinnen als wir acht waren.« Alles um sie herum verblasse auf einmal, sie hatte es nicht geschafft, Eric anzulügen. »Ich glaube, du hast recht. Vielleicht war ich damals in sie verliebt.«

Die Bombe war geplatzt. Als sie hochblickte, wirkte Eric, als hätte er eine Ladung Salz gegessen. Sein Blick flackerte kurz, er lehnte sich zurück.

»Ich versteh nicht ganz. Was hat das zu bedeuten? Bist du bisexuell oder bin ich so was wie dein Alibi?«

Jede Faser in Macks' Körper spannte sich an. Ein Gefühl der Hoffnungslosigkeit breitete sich in ihr aus. Zum Wegzulaufen war es zu spät. Also schluckte sie den Kloß hinunter.

»Eric, ich weiß es nicht. Keine Ahnung was mit mir los ist, aber du bist nicht mein Alibi! Ich liebe dich, das musst du mir glauben!«

Fieberhaft suchte sie nach den passenden Worten, aber Eric kam ihr zuvor. »Gab es noch andere?«

Eric musste das Wort Frauen nicht aussprechen, denn es war offensichtlich, worauf er hinauswollte.

»Ja eine. Aber das ist Jahre her und hat nichts mit uns zu tun. Du bist mein Freund. Das mit Ally hatte nichts zu bedeuten.«

Eric schnaufte. »Mein Gott Macks, erst Tammy, dann Ally. Ich habe das Gefühl dich gar nicht mehr zu kennen. Verdammt, ich dachte das zwischen uns ist echt.« Aufgebracht sprang er auf und fuhr sich durch seine Haare. »Ist das der Grund, warum du dich beim Sex nicht wohlgefühlt hast? Weil du nicht auf mich stehst?«

Das Stechen in Macks' Brust machte es ihr unmöglich klar zu denken. Sie tastete nach Erics Händen und umklammerte sie fest.

»So ist es nicht, ich will nur dich«, presste sie hervor und vergrub ihr Gesicht an seiner Schulter.

»Okay, dann bist du also bi?«

»Ja«, antwortete Macks, ihre Stimme brach dabei.

»Klar, deswegen siehst du auch aus, als hätte dir jemand einen Pfeil durch dein Herz gebohrt bei dieser Lüge«, sagte Eric.

Diese Aussage traf Macks völlig unvorbereitet. Denn sie hatte keinen Schimmer, was sie darauf antworten sollte. Sie konnte diese Gefühle nicht ungeschehen machen, egal wie sehr sie sich das wünschte. Ein Teil von ihr dachte wirklich, dass es mit Eric vielleicht anders sein könnte. Aber der andere wusste, dass er sie bei einer Lüge ertappt hatte und dass sie nicht bisexuell war.

Lange saßen sie da und schwiegen. Tief in ihrem Inneren spürte Macks, dass es kein Zurück mehr gab.

Nein. Macks muss hetero sein.

Peter hatte ihr bereits bei ihrem ersten Coaching eingeschärft, die Werte des Labels zu respektieren und zu leben. Außerdem hatte Macks auch an der Reaktion ihrer Mutter bei Grey's Anatomy damals gemerkt, dass sie Homosexualität anscheinend verabscheute. Macks wünschte sich, aus diesem Albtraum zu erwachen, doch nichts davon geschah. Stattdessen zog sich die Schlinge um ihren Hals noch enger. Nach einer gefühlten Ewigkeit hob sie ihren Kopf.

»Eric, ich weiß selbst noch nicht, was das jetzt für mich bedeutet. Aber bitte versprich mir, dass du es niemandem sagst, okay? Kein Mensch darf davon erfahren, dass *Childhood Memories* über ein Mädchen geschrieben wurde. Es wäre das Ende meiner Karriere.«

Eric sah ihr fest in ihre Augen. »Ich würde nie etwas sagen. Aber das ist schon ein harter Schlag, den du mir hier versetzt. Warum warst du nicht ehrlich zu mir?«

»Es tut mir so leid. Meine Gefühle für dich sind echt. Ich wollte dich niemals verletzen. Ich schätze, ich wusste es bis eben selbst nicht?« Ein Flehen lag in ihrer Stimme, aber Macks wusste, dass sie verspielt hatte. »Bitte glaub mir, wenn ich es mir aussuchen könnte, dann wärst du der Mensch, mit dem ich mein Leben verbringen möchte. Aber ich weiß nicht, ob die Zuneigung, die ich für dich empfinde, reicht, um glücklich zu sein.« Vorsichtig nahm Macks seine Hand und drückte sie so fest, als gäbe es kein Morgen. »Du verdienst was Besseres, nicht so etwas Kaputtes wie mich. Fuck Eric. Es tut mir so leid.«

Doch Eric schüttelte den Kopf und antwortete: »Für Gefühle kannst du nichts. Trotzdem tut es verdammt weh.« Seine Stimme klang belegt und es gelang ihm nicht mehr, ihr in die Augen zu sehen. »Das hier ist so beschissen. Du brichst mir das Herz, Macks. Ich hatte Pläne für unsere Zukunft. Verdammt Macks, ich wollte dich vielleicht sogar irgendwann heiraten.«

»Aber wir könnten doch auch so weitermachen wie bisher? Wir verstehen uns doch so gut und haben wirklich viel gemeinsam. Lass uns dieses Gespräch doch einfach vergessen. Ich werde ab sofort nur noch Songs über meine Liebe zu dir schreiben.« Macks verzweifelter Versuch, die Situation noch zu retten scheiterten, denn der irritierte Blick von Eric sagte mehr als tausend Worte. Wie naiv von ihr zu glauben, er würde sich darauf einlassen.

Stattdessen vergrub er sein Gesicht in den Händen und sagte leise: »So wird das nicht funktionieren. Ich werde nicht dabei zusehen, wie du dich selbst verleugnest. Macks, ich brauch Zeit, um das alles zu verarbeiten, aber ich denke nicht, dass wir uns noch weiterhin sehen sollten. Ich bring dich jetzt nach Hause, okay?«

Kapitel 15

23. Dezember 2009

Als Eric Macks eine halbe Stunde später vor ihrer Haustür absetzte und sie zum Abschied umarmte, hätte Macks am liebsten losgeheult. Doch sie riss sich zusammen. Schnell kramte sie ihren Schlüssel aus ihrem Rucksack heraus und betrat den schmalen Flur.

»Hey, ich bin wieder da«, rief sie und zog die Tür hinter sich zu. Doch im Haus blieb es still. Der Blick auf die Uhr ihres Handys verriet ihr, dass es erst vier Uhr nachmittags war. Lexi war bestimmt noch beim Basketball und ihre Mutter war auf der Arbeit. Mit einem Seufzer stellte Macks ihren Rucksack im Eingangsbereich ab. Die Stille im Haus jedoch ließ Macks' Gedanken nur noch lauter werden. Immer und immer wieder ging sie die letzten Stunden durch. Ein Gefühl der Frustration stieg in ihr auf. Warum zum Teufel musste Eric unbedingt den Text von *Childhood Memories* analysieren? Ihr Atem wurde schneller, sie lehnte sich gegen die Garderobe und trat mit dem Fuß gegen die Sitzbank, die sich darunter befand. Ein dumpfer Knall erfüllte die Stille und ließ Macks zusammenzucken. Wie lange würde es dauern, bis sie zusammenbrach? Sie musste dringend mit Sam sprechen.

Mit zitternden Fingern öffnete sie ihr Klapphandy und tippte eine Nachricht. Als wenig später die Antwort kam, atmete Macks auf.

Dann nahm sie eine von Lexis Mützen von der Garderobe und zog sich diese tief ins Gesicht. Sie trat durch die Verbindungstür in die Garage und bahnte sich ihren Weg zu den Fahrrädern, die in der Ecke standen. Kurz überprüfte sie, ob noch genug Luft in den Reifen war, dann schob sie ihr Mountainbike zum Garagentor und öffnete es. Zielstrebig strampelte sie los, bog auf die Hauptstraße und hoffte, dass sie niemand erkannte.

Macks' Lunge brannte, und kalter Schweiß lief ihr über den Rücken, als sie die quietschende Hintertür zu Sams Garten öffnete. Das flaue Gefühl, das sie seit fast einer Stunde im Magen verspürte, wich nicht aus ihrem Körper. Sam, die bereits mit ihrer Ankunft rechnete, kam ihr den schmalen, mit Blättern bedeckten Weg entgegen, der zum Haus führte.

»Hey Fremde, ich habe dich erst morgen erwartet. War heute nicht Datenight angesagt?«, rief sie und betrachtete Macks mit einem durchdringenden Blick.

Gestern hatte Macks noch auf der Bühne gestanden, um für die New-Years-Evening-Show am Times Square zu proben. Nun stand sie mit der Tatsache konfrontiert, dass sie keine Ahnung hatte, wer sie eigentlich war, vor ihrer besten Freundin.

»Süße was ist passiert?«, fragte Sam mit besorgter Stimme, während sich Macks in ihre Umarmung ziehen ließ. Sams krause Haare kitzelten Macks auf der Wange, als sie den Kopf noch tiefer in der Schulter ihrer Freundin vergrub und murmelte: »*Childhood Memories* hat mich eingeholt.«

Sam löste sich aus der Umarmung und zeigte zur Tür. »Komm, lass uns reingehen, du bist ja total nass geschwitzt. Warum bist du mit dem Fahrrad gekommen, hast du sonst nicht einen Fahrer?«

Auf diese Frage ging Macks nicht ein. Es war demütigend genug, dass sie in dem Outfit aus dem Flugzeug, das sie dann auch beim Date mit Eric getragen hatte, vor Sams Haustür stand. Ihre Haare waren notdürftig in die Wollmütze ihrer Schwester gesteckt, die schwarze Lederjacke hing schlaff von ihren Schultern und ihre Füße steckten immer noch in diesen unbequemen Stiefeln. Wahrscheinlich hatte Sam schon längst bemerkt, dass sich der Großteil ihrer Wimperntusche an ihren Wangen abgezeichnet hatte.

In diesem Moment fühlte sich Macks gar nicht wie die aufstrebende Musikerin mit Millionen von Fans, sondern wie eine verwirrte Siebzehnjährige, die die Kontrolle über ihr Leben verloren hatte.

»Also, was ist mit *Childhood Memories*? Warum ist das Erste, dass ich von dir nach deiner Rückkehr höre, eine Nachricht in der steht, dass dein Leben vorbei ist?«, fragte Sam, nachdem sie Macks durch die Haustür ins Wohnzimmer begleitet hatte.

Drinnen war es warm und es duftete nach Keksen. Eigentlich liebte Macks Weihnachten, aber im Moment verstärkte das festlich dekorierte Wohnzimmer lediglich den dicken Kloß in ihrem Hals. Anstatt zu antworten, ließ sich Macks auf die Couch nieder und vergrub ihr Gesicht in ihren Händen.

»Du machst mich ganz nervös. Spuck's aus oder soll ich den Wodka holen«, fragte Sam.

Langsam hob Macks ihren Kopf. »Nein, lass mal lieber, ich bin sowieso schon verwirrt genug. Aber hast du vielleicht einen Hoodie, den ich mir borgen könnte? Ich halte es in dieser scheiß Bluse keine Sekunde länger aus.«

Sam zögerte keinen Moment und lief aus dem Wohnzimmer.

Noch konnte Macks sich entscheiden, eine andere Version der Geschichte zu erzählen. Sam musste von all dem Drama mit Eric, das zu einer Identitätskrise geführt hatte, nichts mitbekommen. Aber war sie nicht deswegen hergekommen?

Ehe sich Macks weiter in ihren Gedanken verstricken konnte, hatte Sam ihr den Hoodie ihres Fußballteams unter die Nase gehalten.

»So, ich hole uns jetzt mal eine Kanne Tee und dann erzählst du mir alles. Und mit alles meine ich auch alles.«

Minuten später atmete Macks den vertrauten Geruch von Zimt und Zitrone ein. Wie ein Schutzschild hielt sie ihre gefüllte Tasse vor ihre Brust, dann seufzte sie.

»Zwischen Eric und mir ist es aus. Wir haben vor einer Stunde Schluss gemacht.«

Sam legte behutsam einen Arm um Macks.

»Wie jetzt? Wegen *Childhood Memories*? Mochte er den Song etwa nicht oder was war los?«

Natürlich wollte Sam nur freundlich sein und das Eis damit brechen, dennoch wich Macks instinktiv ein Stück zurück und biss sich auf die Unterlippe.

Wahrheit oder Lüge, Wahrheit oder Lüge?

Der Teufel auf ihrer Schulter riet ihr zur Wahrheit, während die brave Macks ihr einschärfte, sich zu benehmen. Mit einem imaginären Faustschlag beförderte sie eine der Figuren in die Ecke und schüttelte demonstrativ den Kopf.

»Nein, weil der Song von dem Mädchen handelt, das ich als Achtjährige sehr gerne mochte. Anscheinend dachte ich damals, es wäre »normal« solche Gefühle für seine beste Freundin zu haben.«

Sie stellte die Teetasse auf den Tisch und hob abwehrend die Hände, denn Sam hatte bereits den Mund geöffnet, aber dieses Mal musste Macks zu Ende sprechen. »Eric hat mich kalt erwischt mit der Feststellung, dass ich wohl in meine Kindheitsfreundin verliebt war. Als Achtjährige, kannst du dir das vorstellen?«

»Wie, das hat er alles aus dem Song heraus interpretiert? Krass, ich habe den Typen total unterschätzt!«

Ein müdes Lächeln breitete sich über Macks' Lippen aus, denn Sam sprach das aus, was sie sich eigentlich immer über ihre Texte gewünscht hatte. Aber nicht so.

»Nein. Aber eins kam zum anderen. Ich weiß echt nicht mehr, was ich machen soll. Nur ich bringe es fertig, den besten Typen der Welt zu vergraulen. Ehrlich Sam, ich dachte echt, dass mit Ally wäre eine Ausnahme gewesen. Schließlich gab es dann noch Zach und bis vor kurzem Eric. Aber irgendwie fühlt sich mein ganzes Leben wie eine Lüge an.«

Ihr Nacken verkrampfte sich, als sie fieberhaft versuchte, den Ausdruck in Sams Gesicht zu lesen. Vergebens, denn diese nahm stattdessen wortlos ihr Handy heraus und scrollte ein paar Sekunden lang durch ihre Fotos.

»Was redest du denn da?« Sam hielt ihr ein Foto auf ihrem Handy unter die Nase. Es war das Abschlussballfoto vor zwei Jahren. Macks stand zwischen Sam und Ally, ihr Gesicht strahlte. Auf diesem Bild erkannte sie sich beinahe nicht wieder. So viel war inzwischen passiert.

»Dieser Mensch ist die Mackenzie, die ich kenne und liebe.« Dann scrollte Sam weiter und beim nächsten Bild konnte Macks nicht anders, sie grinste. »Das Foto hier habe ich von dir gemacht, als ich dich letzte Woche bei der Ellen Show gesehen habe. Das bist auch du. Sie dich mal an, Mackenzie. Du hast so viele Facetten. Sei wer du willst für die Öffentlichkeit, aber sei ehrlich zu dir selbst.«

Sams Worte trafen Macks wie ein Schlag ins Gesicht.

»Du denkst also es ist nicht schlimm, dass ich wahrscheinlich lesbisch bin und trotzdem vorgeben werde, ein hetero Popstar zu sein?«, frage sie, obwohl sie nicht wusste, ob sie schon bereit für die Antwort war.

Doch anstatt etwas zu sagen, schnitt Sam eine Grimasse und machte dazu eine abfällige Handbewegung.

»Das Einzige, das ich schlimm finde, ist die Tatsache, dass ich meine beste Freundin vom Fernseher abfotografieren muss. Und dass sie gerade echt unglücklich wirkt und nicht mit mir darüber gesprochen hat. Verdammt Em. Wir sind beste Freundinnen. Ich bin immer auf deiner Seite, egal wie schlimm es ist.«

Macks schnaufte. Es war zu spät, um vor der Realität wegzulaufen. Endlich, nach einer gefühlten Ewigkeit drehte sie ihren Kopf in Sams Richtung.

»Was mache ich jetzt?« Ihre Stimme zitterte zwar, aber trotzdem verspürte sie einen Hauch Erleichterung. Sie hatte zum ersten Mal laut ausgesprochen, dass sie lesbisch war, und die Welt stand immer noch.

»Na ja, das sind doch gute Neuigkeiten! Ich hatte ehrlichgesagt Angst, du wärst schwanger. Deine SMS war echt schwer zu interpretieren.«

Obwohl es Macks in diesem Moment zu allem anderen zu Mute war, außer zu lachen, fühlte sie sich, als ob gerade ein Gebirge von ihr abgefallen wäre. »Ich weiß grad echt nicht, was schlimmer für meine Karriere wäre.«

Ehe Sam darauf antworten konnte, wurde sie plötzlich wieder ernst. »Fuck. Wenn herauskommt, dass ich in Wirklichkeit auf Frauen stehe, würde ich alles verlieren. Die Tour, den Plattenvertrag, das Vertrauen der Fans. Es wäre mein Ruin. Das darf niemals irgendjemand erfahren.« Ihre Füße bewegten sich wie von selbst, denn sie war aufgesprungen und lief planlos im Wohnzimmer umher. Tausend Gedanken kreisten in ihrem Kopf und erst, als Sam sie unerwartet umarmte, bemerkte Macks, dass diese hinter sie getreten war.

»Beruhige dich, alles gut. Ich werde nichts verraten. Außerdem hatte ich schon so eine Vermutung, nach der Geschichte mit Ally.« Ungläubig drehte sich Macks um und riss ihre Augenbrauen hoch. »Warum hast du mich nicht darauf angesprochen?«

»Also erstens habe ich das. Vielleicht nicht direkt, aber ich dachte wirklich, du hättest den Wink verstanden. Und zweitens kapierst du es immer noch nicht, oder? Es obliegt mir nicht, jemanden aus dem Closet zu zerren. Du musstest deinen eigenen Weg finden … Was du anscheinend getan hast.«

Irgendetwas veränderte sich in diesem Moment in Macks und die Panik verflüchtigte sich langsam. Trotzdem war da immer noch diese Angst, die ihre Knie schlottern ließ. Sie überlegte einen Moment, entschied sich dann aber, mutig zu sein.

»Glaubst du mir, wenn ich dir sage, dass ich mir nie groß Gedanken darüber gemacht habe, was es zu bedeuten hatte, dass ich Frauen meistens schöner fand als Männer? Ich dachte, jedem geht es so.«

Sam hob die Schultern und antwortete: »Ich bin stolz auf dich, Mackenzie. Ich glaube, es ist das erste Mal, dass du ehrlich zu dir selbst bist. Komm, das müssen wir feiern. Die Ferien haben begonnen und meine Eltern sind erst morgen wieder zurück. Wir haben das Haus also für uns. Ich bestelle uns eine Pizza und du erzählst mir alles über diese Tammy.«

Mittlerweile war es weit nach Mitternacht und sie tanzten immer noch ausgelassen zu den Weihnachtsliedern, die seit ein paar Stunden in Dauerschleife liefen. Macks hatte Sam von Tammy erzählt und wie traurig sie gewesen war, als diese hatte umziehen müssen. Danach sprach sie zum ersten Mal von ihrer Zeit mit ihrer Cousine in Batavia auf den unzähligen Hauspartys. Schon damals hatte sie gemerkt, dass sie nie dasselbe Interesse an Jungs gehabt hatte, wie die anderen. Aber Macks war der Meinung gewesen, es läge daran, dass sie noch zu jung für solche Gefühle gewesen war. Mit Eric aber war es anders. Ihre Beziehung war echt gewesen. Er würde immer der Junge bleiben, an dem sie ihre Unschuld verloren hatte.

Macks ging sogar so weit, Sam zu erzählen, dass sie bei ihrem ersten Song auf Melissas Drängen die Pronomen geändert hatte. Ob Melissa damals schon eine Vermutung gehabt hatte? Zumindest hatte sie sich nie darüber geäußert, was ihr Macks hoch anrechnete.

Sam schüttelte den Kopf und sah Macks schief an. »Boa, auf einmal ergeben deine Songs einen viel tieferen Sinn. Ich dachte mir schon, dass *Summer Dream* von Ally handelt. Aber siehst du, da hast du zum Beispiel nicht gelogen, auch wenn du vielleicht die Pronomen geändert hast, ist es immer noch ein authentischer Song über einen perfekten ersten Kuss.«

Ein Lächeln überkam Macks' Lippen, sie zuckte mit den Schultern.

Mit ein paar Änderungen war es ihr gelungen, die Öffentlichkeit zu täuschen. Genauso würde sie weitermachen. Ihr Geheimnis würde sie hüten, wie einen Schatz.

Kapitel 16

Mitte Januar 2010

Nachdem Macks ohne Eric bei ihrer New Year's Eve Show aufgetreten war, zählte die Presse eins und eins zusammen. Obwohl Peter als renommierter Produzent soziale Medien wie Facebook und Tumblr lächerlich fand, konnte er deren Aufschwung nicht ignorieren.

Nach der Trennung reichte es nicht mehr aus, gegen Bezahlung die Berichterstattung in den Zeitungen zu kontrollieren. Das Internet hatte dazu beigetragen, dass auch zwei Wochen nach ihrem Auftritt immer noch Artikel erschienen und Gerüchte diskutiert wurden.

Das Interesse an Macks' Privatleben war größer denn je.

Spätestens als Peter davon unterrichtet wurde, dass sogar vor der Haustür ihrer Mutter Reporter und Paparazzi lauerten, drohte die Situation außer Kontrolle zu geraten.

Darauf war selbst er nicht vorbereitet gewesen.

Noch nie zuvor musste er sich mit Fans herumschlagen, die nachfragten, ob Macks dennoch in der Lage wäre, ihre Tour zu starten. Ganz ohne Begleitung.

Zum Glück hörte Macks auf seinen Rat, sich nicht zur Trennung zu äußern. Seit Peter sie das letzte Mal gesehen hatte, wirkte sie, als läge die Last der Welt auf ihren Schultern. Das Macks nicht mehr mit dem Jungen zusammen war, ärgerte Peter. Ihre Beziehung hatte perfekt in seine Karten gespielt und die Verkäufe angetrieben.

Mit einem tiefen Seufzer fuhr sich Peter durch sein Haar.

Er hätte es besser wissen müssen. Macks, sein Rohdiamant, war mittlerweile begehrter als jeder andere Newcomer der Branche. Unter gar keinen Umständen konnte Elephant Records riskieren, dass Macks in eine mediale Schublade gesteckt wurde. Obgleich an den Gerüchten über eine Affäre samt Schwangerschaft, der Existenz eines Sex Tapes, oder auch Drogenkonsum als Grund für die Trennung nichts dran war, musste Peter handeln um Macks und ihren Erfolg zu schützen. Schlechte Publicity bedeutete Umsatzeinbußen. Außerdem war Macks noch Minderjährig und Millionen von Mädchen blickten mittlerweile zu ihr auf. Nach der Geschichte mit Zach vor einem Jahr konnte er kein weiteres Risiko mehr eingehen.

Erst vor einem Monat hatte Peter sich den Deal über zwei weitere Alben mit Macks gesichert. Aber, um diese zu vermarkten, musste Macks um jeden Preis geschützt werden. Negative Schlagzeilen mussten vermieden werden.

Wenn es jemanden gab, der ihm dabei behilflich sein konnte, dann war es Paula.

Beim Gedanken an diese Frau stellten sich seine Nackenhaare auf.

Er hatte gehofft, Paula nie wiedersehen zu müssen, nachdem sie beschlossen hatte, Elephant Records für ihre Selbstständigkeit zu verlassen.

Es ärgerte ihn, dass er Jahre später ausgerechnet auf ihre Fähigkeiten angewiesen war.

Paula war Ende dreißig und bekannt für ihre innovativen Ansätze, was die Publicity ihrer Protegés betraf. Ihre Kontakte reichten weit über die Entertainmentbranche hinaus, am liebsten arbeitete sie auf eigene Faust und ohne Genehmigung des Managements, weswegen sie bei Elephant Records keine Zukunft für sich gesehen hatte.

Nichtsdestotrotz sprach Paulas Arbeit für sich. Um Macks aus der Schusslinie zu befördern, engagierte Peter sie kurzerhand. Schließlich ging es um viel Geld.

Der Blick auf Macks' Armbanduhr ließ sie einen Zahn zulegen. *Mist, zehn Minuten zu spät.*

Ihre Lunge brannte und ihr Puls schlug doppelt so schnell, als sie vor der Tür des Meetingraums angekommen war, aber sie hatte einen guten Grund für ihre Verspätung. Hätte sie nicht durch den Hintereingang gehen müssen, wäre sie pünktlich gewesen. Doch der Haupteingang wurde von Paparazzi belagert. Der sonst so robust wirkende Portier hatte sein Bestes getan, um sie zu verjagen. Die Fotografen hatten darauf gewartet, das erste Foto nach der Trennung von ihr zu knipsen.

Diese Genugtuung wollte Macks ihnen nicht geben. Obwohl Macks den Gebäudekomplex von Elephant Records mittlerweile auswendig kannte, dauerte es trotzdem eine Ewigkeit, bis sie die obere Etage der Meetingräume erreicht hatte.

Auf Peters Drängen stimmte Macks einem Treffen mit Paula zu. Wirklich verstanden hatte sie nicht, warum es für ihn so ein Problem darstellte, dass sie sich von Eric getrennt hatte. Weder hatte er etwas mit ihrer Musik zu tun, noch war er Teil von Macks' Welt.

Trotzdem waren die Schlagzeilen etwas, das Macks belastete. Schuldgefühle nagten an ihr, schließlich verdankte sie Peter ihre Karriere. Macks musste das wieder geradebiegen. Vielleicht hatte er recht und die neue Publizistin könnte all ihre Probleme mit einen Schlag lösen.

Sie atmete tief durch und strich ihr Haar zurecht. Ihre Füße schmerzten in den Stiefeletten, die sie sich heute Morgen extra angezogen hatte, damit sie erwachsener wirkte.

Dann klopfte sie an die graue Tür und trat kurz darauf ein.

Im Raum konnte sie die Gesichter von Peter und seiner Assistentin, die an einem ovalen Tisch saßen, erkennen.

»Hi, sorry für die Verspätung«, sagte sie in die Runde und ihr Blick blieb dort hängen, wo Peter normalerweise immer zu sitzen pflegte. Anstelle von ihm saß dort eine Frau im eleganten Blazer mit dazu passender Anzughose. Ihr kurzes schwarzes Haar war mit zwei Klammern an den Seiten befestigt. Eine rechteckige Brille, die etwas zu tief auf ihrer Nase hing war mit einer goldenen Kette befestigt, die um ihren Hals hing.

Das muss Paula sein.

»Setz dich doch.«

Macks löste ihren Blick und folgte Peters Geste hin zu einem Stuhl neben sich.

Als diese im selben Moment den Kopf hob und sich ihre Blicke trafen, öffnete Macks ihren Mund, um sich vorzustellen, doch Paula kam ihr zuvor.

»Zeit ist Geld und Verspätungen dulde ich nicht. Sei das nächste Mal bitte pünktlich. Ich bin übrigens Paula.«

Macks öffnete erneut ihren Mund, schloss ihn aber sofort wieder und zog ihre Schultern hoch. Stattdessen setzte sie sich wortlos auf den Stuhl neben Peter.

Paula musterte Macks eindringlich, ehe sie fortfuhr: »Ich muss erfahren, welche Leichen du im Keller hast. Ich bin nicht hier, um zu urteilen. Ich wurde zur Schadensbegrenzung engagiert und dass wir so etwas«, Paula hielt demonstrativ mehrere Zeitungsausschnitte hoch, »in Zukunft vermeiden. Wir müssen uns um deine Reputation kümmern.«

Macks wagte es nicht, Paula anzuschauen. Ihre Stimme hatte etwas an sich, dass ihr Angst einjagte. Paula hatte sich nach vorn gebeugt und Macks spürte, wie Anspannung in ihr hochkroch.

»Ich muss alles über dich und dein Privatleben wissen, um dich zu schützen. Nicht erst dann, wenn es zu spät ist, sondern sofort. Es tut mir leid, Kleines, aber anders wird´s nicht laufen.«

Das letzte bisschen Anmut, das sich irgendwo noch in Macks versteckte, war auf einen Schlag weg. Hilfesuchend blickte Macks in Peters Richtung, doch seine Miene riet ihr, nichts darauf zu antworten. Es wirkte fast so, als ob er auf ihrer Seite wäre.

Macks zwang sich zu nicken, obwohl sie plötzlich ein unglaubliches Verlangen verspürte, mit der Faust auf den Tisch zu schlagen.

Was erlaubte sich diese Paula?

Das Pochen in Macks' Ohren wurde stärker und ihre Nasenflügel bebten.

Macks nahm ihren gesamten Mut zusammen und stand auf. Mit einem mulmigen Gefühl trat sie vor bis zum Kopfende des Tisches, wo Paula saß. Dann reichte sie Paula die Hand und setzte ihr einstudiertes Macks Lächeln auf. »Entschuldigung für die Verspätung. Es wird nicht wieder vorkommen. Ich bin Macks. Ich habe keine Leichen im Keller.«

Paulas Händedruck war fest, aber ihre Miene hellte sich auf, indem für eine Millisekunde ein Lächeln über ihre Lippen huschte.

Sie nickte Macks zu und richtete ihr Wort an Peter:

»Ich möchte mit Macks unter vier Augen sprechen.«

»Nein, ich würde es bevorzugen zu bleiben. Schließlich steht sie bei Elephant Records unter Vertrag.« Peter beugte sich nach vorne, zog sich dabei seine Krawatte zurecht. Paula schien völlig unbeeindruckt zu sein. »Du hast mich eingestellt, um einen Job zu erledigen, und genau das werde ich tun. Auf meine Art und Weise«, erwiderte sie, ging zur Tür und drückte die Klinke hinunter.

Peter stand auf, trat einen Schritt auf Paula zu, bevor er ihr mit arrogantem Unterton antwortete: »Ich bin in meinem Büro. Gib Bescheid, solltest du etwas benötigen.«

Nachdem Peter und seine Assistentin den Raum verlassen hatte schloss Paula die Tür und ließ sich auf den Stuhl neben Macks nieder. Dann nahm sie ein in braunes Leder gebundenes Notizbuch aus ihrer Tasche. Sie blätterte durch ein paar Seiten, kritzelte Ort und Datum an die linke Ecke des Blattes und hob ihren Kopf.

»Beginnen wir noch mal von vorne. Mein Job als deine Publizistin setzt voraus, alles über dich zu wissen, damit ich dich vor der Presse beschützen kann. Der Hauptbestandteil meines Jobs ist es, den Zeitungen, Bloggern oder anderen Personen mit den Informationen zu füttern, die meine Klienten ans Ziel bringen. Ich arbeite gründlich und effizient.«

Macks schluckte. Es fühlte sich an, als würde etwas Kaltes ihren Rücken hinuntergleiten. Was hatte Paula vor?

»Sie sagten, dass Sie mich vor der Presse beschützen. Damit meinten Sie nicht die negative Presse?«, fragte Macks, um wenigstens irgendetwas zu antworten.

»Gut aufgepasst. Wenigstens müssen wir das Zuhören nicht mehr üben. Presse ist Presse. Egal ob gut oder schlecht. Schreiben werden die Reporter immer. Wie gesagt, mein Job ist es, die Informationen, die hinausgehen, zu kontrollieren, Geheimnisse zu wahren und dafür zu sorgen, dass dein Image beschützt wird.«

Das unbehagliche Gefühl in Macks verstärkte sich, sie musste sich dringend rechtfertigen.

»Die Gerüchte über die Trennung stimmen nicht«, antwortete sie.

»Die Sache mit Gerüchten ist die: Sie haben meist einen wahren Ursprung. Also erzähl mir, ob es etwas gibt, dass die Presse gegen dich verwenden könnte? Eine religiöse Sekte, Abtreibung, Steuerhinterziehung, uneheliche Kinder, sexuelle Orientierung, die Liste ist lang.«

Während sich in Macks alles zusammenzog, wirkte Paula fast so, als würde sie eine Einkaufsliste aufzählen.

Bei jedem Wort klang sie, als würde sie diese Ansprache täglich fünf Mal halten.

Macks überlegte fieberhaft, was sie auf diese Frage antworten sollte. »Ich weiß nicht, wie viel Sie schon über mich wissen. Ich hatte bisher nur zwei Freunde, Zach aus meiner Schule und Eric. Zugegeben gab es mit Zach ein paar Problemen, aber nachdem ihm das Label ein NDA hat unterschreiben lassen, ist er ruhig, was mich betrifft. Mein Privatleben ist unspektakulär. Ich gehe nicht auf Partys, trinke keinen Alkohol und arbeite die meiste Zeit.«

»Hmm …« Paula nickte, wobei der Blick aus ihren dunklen Augen Macks durchlöcherte.

»Wäre es möglich, die Beziehung mit Eric noch ein kleinwenig aufzufrischen? Wenigstens bis zum Ende der Tour? Damit wärst du fürs Erste aus der Schusslinie.«

Nein!

»Wir sind Freunde. Das wird nicht gehen.«

»Weswegen habt ihr euch getrennt?« fragte Paula und schob dabei ihre Brille ein Stück hoch, bevor sie fortfuhr:

»Du sagtest ihr seid Freunde, aber trotzdem könnt ihr nicht für eine Weile so tun, als wärt ihr wieder zusammen, obwohl es die einfachste Lösung wäre. Da steckt mehr dahinter und ich muss wissen was. Hat er dich betrogen?«

Macks war mittlerweile ganz heiß. Sie schob den Stuhl zurück und stand auf. Sie hatte es satt, sich von dieser Frau, die keine Ahnung davon hatte, wer sie wirklich war, verhören zu lassen.

»Wir haben uns getrennt, weil ich weder ihn noch sonst einen Mann jemals lieben könnte und ich Eric das nicht noch einmal antun werde.«

Mit einem Ruck stand Macks' Welt still. Die Funken vor ihrem Auge waren das Einzige, das sie für den Bruchteil einer Sekunde wahrnehmen konnte.

Was hast du getan.

»Na geht doch. Damit können wir arbeiten. Homosexualität ist im Grunde nichts Schlimmes, nur in deiner Situation müssen wir damit etwas behutsamer umgehen.« Paula machte sich ein paar Notizen, schob mit dem Absatz ihres Schuhes den Stuhl zurecht und deutete darauf.

»Wer weiß sonst noch davon?«

Benommen nahm Macks Platz. »Niemand. Nur Eric«, log sie.

Sam. Wahrscheinlich Melissa. Ally. Und jetzt auch du.

»Was ist mit deiner Mutter? «

Ein Stechen durchfuhr Macks' Körper, sie schüttelte den Kopf. »Wie gesagt. Nur Eric weiß über meine Orientierung Bescheid«

»Ich möchte, dass du dich jetzt beruhigst, Macks. Solange du vorsichtig bist, wem du vertraust, sehe ich deine sexuelle Orientierung nicht als Problem. Allerdings müssen wir schnellstmöglich deinen Ruf wiederherstellen. Zum Glück hat noch niemand den Bogen geschlagen. Die Gerüchte drehen sich um Fremdgehen und die üblichen Komplikationen. Aber wir müssen zusammenarbeiten.«

Was schlägst du vor?, wäre das gewesen, was Mackenzie gefragt hätte, doch Macks riss sich zusammen und antwortete stattdessen: »Ich möchte nicht mit der Presse oder in Interviews über mein Privatleben sprechen. Nie wieder. Außerdem will ich auch nicht, dass mich jemand mit meinem richtigen Namen anspricht. Es macht mir nichts aus, wenn die Leute ihn kennen, aber ich bin Macks. Meine Kindheit, Jugend und Schulzeit ist tabu. Bekommen Sie das hin?«

Paula nickte, blickte aber noch immer prüfend zu Macks. »Das lässt sich einrichten. Was ist mit der aktuellen Lage? Wie würdest du sie lösen, Macks?«

Verdammt, es reicht ihr immer noch nicht?

»Ich mache genau das, worin Macks gut ist: höflich sein, und sich nicht dazu äußern. Ich promote mein Album, gebe dabei Millionen von Teenagern das Gefühl, ich wäre eine von ihnen. Vielleicht würden später neue Songs über Jungs dabei helfen?«

Auch wenn es eine Lüge ist.

Woher Macks die Kraft nahm, all das auszusprechen konnte sie nicht verstehen, doch etwas Besseres fiel ihr nicht ein.

Paula lächelte. »Gutes Mädchen. Ich wusste wir werden uns verstehen. Ich werde mir etwas einfallen lassen, aber du musst mir vertrauen.«

Mit einem zufriedenen Gesichtsausdruck packte Paula ihr Notizbuch ein und zog eine Liste mit Terminen hervor.

»Wir werfen ihnen einfach einen anderen Skandal vor die Füße. Ich werde für ein Ablenkungsmanöver sorgen. Und bitte duze mich doch, wir werden viel Zeit miteinander verbringen.«

Mit gemischten Gefühlen verließ Macks nach einer Stunde den Gebäudekomplex. Obwohl sich Paula sichtlich Mühe gab, ihr Vertrauen zu gewinnen, änderte das nichts an der Tatsache, dass es ab sofort jemanden geben würde, der ihr Leben noch genauer unter die Lupe nehmen würde.

Als Macks eine Woche später zufällig nach einem der Online-Magazine googelte, die regelmäßig über sie berichteten, traute sie ihren Augen nicht. Sie musste die Schlagzeilen zweimal lesen. Endlich verstand sie Paulas letzte Worte. Wie konnte diese nur so viel Macht besitzen? Neben einem Artikel, der die Distanz als Trennungsgrund nannte, gab es da auch noch andere Artikel, die viel mehr Klicks hatten als das Privatleben von Macks. Endlich waren die Gerüchte über sie Geschichte, denn es gab etwas Neues, über das sich alle Welt das Maul zerriss.

Es war die Affäre eines Schauspielers mit einem viel jüngeren Model, die jegliche Schlagzeilen dominierte. Das musste das von Paula inszenierte Ablenkungsmanöver gewesen sein. Zwar leugnete Paula ihre Beteiligung an diesem Skandal Macks gegenüber beim nächsten Treffen, doch diese war sich sicher, dass Paula hinter der Schlagzeile steckte. Wer sonst hätte Interesse daran, Macks aus der Schusslinie zu befördern?

Aber Macks war es egal, wie diese es geschafft hatte, denn zum ersten Mal seit Wochen konnte sie wieder gut schlafen. Zwar musste sie Paula nicht mögen, doch ihre Arbeit sprach für sich. Genau so jemanden wie sie benötigte Macks, um sich ausschließlich auf die Musik konzentrieren zu können.

Kapitel 17

Drei Wochen vor dem offiziellen Start ihrer *Fairytaletour* marschierte Macks in das Tanzstudio, etwas außerhalb von NOLA, das eigens für die Proben angemietet wurde. Macks war vor Ungeduld kaum zu halten, sie konnte es kaum erwarten, wieder loszulegen. Nach dem Drama mit Eric war das eine willkommene Ablenkung. Für ihre Show hatte sie so viele Ideen, die sie dringend ausprobieren musste. Das Tanzstudio war dafür perfekt. Dank der hohen Decken war auch die Akustik im Raum ideal. Selbst die Vorhänge vor den bodentiefen Fenstern waren abgenommen worden, um die Phonik nicht zu stören.

Im Raum herrschte reges Treiben. Arbeiter schoben Kulissen umher, während eine andere Crew die Instrumente aufbaute.

Sie streifte entlang der Kulissen und betrachtete eine ganz besonders. Es war der Schriftzug ihres Albums *Fairytale*. Jeder Buchstabe war mindestens zwei Meter hoch und lehnte an der kahlen Backsteinwand. Sie waren eigens hergebracht worden, um die Lichteffekte den Rhythmen der Musik anzupassen.

Macks zuckte bei der Berührung der goldenen Elemente zusammen.

Verdammt.

Ihre Fingerkuppe färbte sich rot, sie hatte sich an einem der spitzen herausstehenden Kristalle geschnitten. Schnell schob sie ihre Hand in die Tasche ihrer Jeans, denn Peter kam soeben durch die Tür. Er war nicht allein, sondern steuerte zusammen mit einer jungen Frau mit blonden Locken und Ponyfransen auf Macks zu.

Die Unbekannte trug einen Minirock mit Nietengürtel, ein bauchfreies Matchbox Twenty T-Shirt, ein Bandana und Schweißbänder um die Handgelenke. Beim Anblick ihres Tattoos, das den kompletten Oberarm bedeckte, hob Macks eine Augenbraue.

Ein Löwenkopf, interessant.

Peter deutete auf die junge Frau und räusperte sich: »Macks, das ist Sarah, sie wird dich auf deiner Tour als Backgroundsängerin unterstützen.«

»Oh, okay.« Macks wippte von einem Bein auf das andere.

Eigentlich wollte sie heute nur in Ruhe mit Peter die Räumlichkeiten inspizieren. Warum also stellte er sie so kurz vor der ersten Probe vor vollendete Tatsachen?

Wut stieg in ihr hoch, aber sie zwang sich, diese zu unterdrücken. »Peter kann ich dich mal kurz sprechen?«, fragte sie stattdessen betont ruhig.

Sie wartete allerdings nicht auf seine Antwort, sondern drehte sich um und stapfte zur Tür, durch die Peter gerade gekommen war. Aus dem Augenwinkel sah sie, wie er Sarah zunickte, bevor er ihr folgte.

»Wozu benötige ich noch eine Backgroundsängerin?«, fragte sie, kaum dass Peter draußen vor ihr stand. »Reichen Matt und Paul nicht? Du hättest mich vorwarnen können!«

Peter verschränkte die Arme vor seiner Brust und beugte sich vor. So weit, dass der holzige Geruch seines Aftershaves ihr in die Nase schoss. »Macks, du brauchst für die Liveshows eine weibliche Verstärkung im Hintergrund. Das wird deinen Songs noch das gewisse Extra geben. Matt und Paul sind super, aber wenn du Sarah erst mal gehört hast, wirst du mich verstehen.«

Macks schnaufte, »Ich weiß ni…«

Peter schnitt ihr das Wort ab. »Ihr werdet euch gut verstehen, vertrau mir.«

Er legte ihr eine Hand auf die Schulter, worauf sie einen Schritt zurücktrat, um Abstand zu schaffen. Widerwillig nickte sie, denn sie wusste, dass jeglicher Protest zwecklos gewesen wäre. »Ich hätte mir nur gewünscht, du hättest das vorher mit mir besprochen. Ich werde in zwei Monaten achtzehn und wünsche mir bei solchen Dingen zumindest eine Vorwarnung.«

»Das hat sich kurzfristig ergeben.«

Peters Ton war bestimmend und Macks unterdrückte das Bedürfnis die Augen zu verdrehen. Er hatte entschieden, dass sie Sarah eine Chance geben müsse, obwohl Macks sich nicht vorstellen konnte, wie ihre Stimmen harmonieren könnten.

Dementsprechend angespannt war Macks, als sie wenige Minuten später gemeinsam mit Sarah ihren Hit *Summer Dream* probte.

Dabei verpasste Sarah mehrere Einsätze.

Genervt von den ständigen Entschuldigungen wandte sich Macks ab und trank einen Schluck aus ihrer Wasserflasche.

Sarah hatte eine starke Stimme, aber gemeinsam mit ihr aufzutreten erforderte eine bessere Leistung. Außerdem wurden sie durch Sarah in ihren Proben ausgebremst und das störte Macks am meisten.

Am dritten Tag der Probe rannte Sarah, bekleidet in einem knallroten Trainingsanzug und weißen Turnschuhen auf Macks zu. Für Flucht war es zu spät, denn schon zog Sarah am Ärmel ihres Hoodies.

»Hey, kann ich kurz mit dir reden?«

»Klar, was gibts? Hast du noch Fragen zum Song?«, fragte Macks und setzte ein gekünsteltes Lächeln auf.

Sarah schüttelte den Kopf. »Sag mal, ist alles gut bei uns«?

Macks starrte zu Boden, hob aber gleich wieder den Kopf »Ja, sicher!«

Ihr Lächeln fühlte sich albern an, aber Macks wollte ihr nicht offensichtlich das Gefühl geben, fehl am Platz zu sein, obwohl sie ihr in diesem Moment am liebsten genau das gesagt hätte.

Aber Peter hatte sich zu dem Thema klar und deutlich geäußert. So wie immer, hatte er das letzte Wort, was ihre Karriere anging.

Sarah verdrehte die Augen, neigte dabei ihren Kopf zur Seite. »Ich habe das Gefühl, dass da etwas zwischen uns steht und ich möchte das klären. Denn hier zu sein, und diesen Job zu machen, bedeutet mir wirklich sehr viel. Dafür habe ich sogar eine Auszeit von meinem Studium als Musicaldarstellerin genommen. Ich bin nicht bescheuert, Macks. Ich weiß, dass die letzten Tage nicht optimal liefen und wir noch sehr viel Arbeit vor uns haben. Aber ich möchte, dass das«, sie zeigte erst auf die Bühne, danach auf Macks, - »was ich hierzu beitragen kann, gut wird.«

Sarah sah ihr in die Augen, während sie sprach, und Macks fühlte sich unwohl dabei, denn es fiel ihr schwer dem Blickkontakt zu halten.

Noch immer ging sie Konfrontationen lieber aus dem Weg. Doch dieses Mal war es etwas anders. Hier ging es schließlich um ihre Tour, um ihre Songs.

Macks nahm allen Mut zusammen. »Sorry Sarah, mir wurde nicht gesagt, dass eine Backgroundsängerin Teil der Tour sein wird. Es ist nichts Persönliches, aber meine Band und ich haben die letzte Tour ganz gut ohne gemeistert. Ich verstehe diesen plötzlichen Umschwung daher nicht. Aber es ist letzten Endes nicht meine Entscheidung. Es tut mir leid, wenn ich dir das Gefühl vermittelt habe, nicht willkommen zu sein. So bin ich normalerweise nicht.«

Macks hielt den Atem an. War sie zu direkt gewesen?

»Ich wusste nicht, dass das Management mit dir nicht über die Einzelheiten gesprochen hat. Ich habe einfach nur meine Chance genutzt, denn ich liebe deine Musik. Du bist für mich eine der talentiertesten Songschreiberinnen. Die Art und Weise, wie du Texte zum Leben erweckst, ist bemerkenswert.« Sarah zwirbelte an ihren blonden Locken und zuckte mit den Schultern. »Ich schlage vor, wir vergessen unseren holprigen Start und konzentrieren uns darauf, endlich zu harmonieren, was sagst du?«

Macks musste zustimmen, dass es definitiv die klügere Entscheidung wäre, das Kriegsbeil zu begraben. Ihre Muskeln entspannten sich.

»Du findest meine Musik also gut?«, fragte sie.

»Ja Macks, deine Musik ist der Hammer. Ich verspreche dir, dass ich alles dafür tun werde, eine perfekte Show abzuliefern. Du bist einzigartig. Ich kenne niemanden, der noch so jung und dennoch so gut ist. Nichts wäre mir lieber, als dich bei diesem Abenteuer begleiten zu dürfen.«

Macks fühlte sich geschmeichelt von Sarahs Worten. Viele Menschen sagen ihr ständig, wie gut sie ihre Musik finden würden, aber bei Sarah hatte sie das Gefühl, als würde es von Herzen kommen. Diesmal war das Lächeln echt. »Na gut, dann gehen wir mal wieder an die Arbeit.«

Die Wochen intensiven Probens schweißten Sarah und Macks zusammen. Zwar verstand Macks Sarahs Kleidungsstil immer noch nicht, denn es verging kein Tag, an dem sie weniger als zwei Farben trug. Trotzdem wurde Macks das Gefühl nicht los, diese verrückte extrovertierte Backgroundsängerin schon ihr ganzes Leben lang zu kennen. Sarah pushte Macks aus ihrer Komfortzone und schärfte ihr jeden Tag ein, an sich selbst zu glauben.

»Wo warst du bei meiner ersten Tour?«, fragte Macks, als die beiden am Holzboden des Studios hockten, um an der Setlist zu arbeiten. »Wir hätten bestimmt Spaß gehabt.«

Sarah lachte und strich ihre Locken aus dem mit Sommersprossen überzogenen Gesicht.

Macks biss sich auf die Unterlippe, während sie versuchte nicht zu offensichtlich hinzublicken.

»Sorry, aber damals warst du noch so ein Baby. Außerdem hatte ich zu dieser Zeit noch vor am College zu bleiben, um meinen Abschluss zu machen. Ich konnte ja nicht ahnen, dass du es wirklich so draufhast und ich mich Hals über Kopf in dich und deine Musik verliebe«, antwortete Sarah.

Macks tat, als würde sie zu einem Schlag ausholen und konterte: »Hey, pass auf, was du sagst. Ich bin dein Boss, auch wenn ich erst siebzehn bin, okay?«

Sie fing an zu lachen. Obwohl ihre erste Tour erst zwei Jahre her war, fühlte es sich wie eine Ewigkeit an. Damals hatte sie von nichts eine Ahnung gehabt. Weder vom Showbiz noch von Auftritten und schon gar nicht von der Musikindustrie. Nach fast drei Jahren aber hatte sie dazu gelernt. Mittlerweile gelang es ihr sogar, ihr Lampenfieber zu kontrollieren. Mit Paula hatte sie zudem jemanden an ihrer Seite, der ihr den Rücken frei von Skandalen hielt.

Bis zur Tour war es nur noch eine Woche. Die Proben liefen super. Die gesamte Band, inklusive Sarah, waren nach einem Monat harter Arbeit zu einer Einheit verschmolzen. Peter hatte recht behalten, Sarah war das fehlende Glied in ihrer Truppe gewesen. Aber das würde Macks ihm gegenüber niemals zugeben.

Die Zeit verging wie im Flug und Macks freute sich auf den Auftakt der Tour in New York. Sie war zwar schon öfters dort gewesen, aber die Stadt beeindruckte sie immer wieder aufs

Neue. Obwohl die meisten Menschen hektisch wirkten, beruhigte sie dieser Trubel auf eine merkwürdige Art und Weise. Die Stadt inspirierte sie.

Dank der Online-Schule war es Macks möglich gewesen, ihren Abschluss vor dem Tourbeginn Ende Februar zu machen. Auch wenn es keine Graduation oder Prom gegeben hatte, war sie stolze Besitzerin eines High-School-Diploms.

Für die Fahrt nach New York wurde ihr vom Label ein eigener Tourbus zur Verfügung gestellt, wie Macks es bisher nur aus Filmen kannte.

Sie war die Letzte, die einstieg und riss die Augen auf, als sie den geräumigen Innenraum sah, der neben acht Kajüten für die Crew auch noch eine große Sitzecke mit einer Küche beinhaltete. Obwohl die Fenster verdunkelt waren, drang genug Tageslicht hinein. Aber Macks hatte nicht genug Zeit, um sich genauer umzusehen, denn Sarah war bereits aufgesprungen und stolperte dabei beinahe über den Teppich, der vor der Sitzecke ausgelegt war. In ihrer Hand hielt sie einen Strauß Lilien und eine Flasche Champagner.

»Das muss gefeiert werden! Du hast deinen Highschoolabschluss in der Tasche und wir beginnen gleich unsere Tour!«

Sarah ließ den Korken der Champagnerflasche knallen und die gesamte Crew stieß unter Gejohle auf Macks an.

Sie nippte am Glas und erst in diesem Moment wurde ihr bewusst, welches Abenteuer ihnen allen bevorstand. Nie wieder Schule, nie wieder Hausaufgaben und in drei Tagen schon würde sie wieder auf einer Bühne stehen.

Das letzte Mal war vor zwei Monaten gewesen, kurz nach der Trennung von Eric. Damals musste sie funktionieren. Dieses Mal war es anders. Sarah war dabei und sie konnte es kaum erwarten, mit ihr quer durch die USA zu Touren, bis nach Mexiko und Kanada.

Kapitel 18

Februar 2010 – New York

Dass die Fahrt von New Orleans bis nach New York fast einen Tag dauern würde, war Macks egal, sie war vorbereitet. Auf ihrem Laptop befanden sich neben der kompletten zehnten Staffel von Friends auch ein paar Filme und noch wichtiger, sehr viel Musik, die sie sich mit Sarah zusammen anhören könnte.

Der Blick aus dem Fenster verriet ihr, dass sie NOLA hinter sich ließen. Die Landschaft, die sonst von Pinienwäldern und den sumpfigen Armen des Mississippi geprägt war, änderte sich, als sie auf dem Highway 59 die Staatsgrenze zu Alabama passierten.

»Wusstest du, dass ich erst einmal an der Westküste war?«, fragte Macks.

Sarah, die ihren Kopf mittlerweile auf Macks' Schulter abgelegt hatte, blickte hoch. »Ja? Wo denn? LA, San Francisco?«

»Nein, also ja. Ich war schon mal in LA, auf einer Preisverleihung, aber ich meine die Küste.« Das Gewicht von Sarahs Kopf wurde leichter, sie richtete sich auf und hob die Augenbrauen. Also fuhr Macks fort: »Einmal, da war ich zehn, fuhren meine Familie und ich nach Copalis Beach, ein verschlafener Ort im Bundesstaat Washington. Es war so schön. Das Zusammenspiel des Meeres und der schmalen Küsten, das war schon was Besonderes.«

Sarah kratzte sich an der Wange. »Hmm. War noch nie dort. Aber wir spielen auch in Seattle, vielleicht können wir hinfahren?«

Macks' Schulterzucken musste Sarah als Antwort genügen. Es war ein schöner Urlaub gewesen, der einzige, den sie gemeinsam als Familie verbracht hatte. Copalis Beach. So lange schon hatte sie nicht mehr an diesen Ort gedacht, aber trotzdem konnte sie sich an jede Einzelheit des kleinen Ferienhauses erinnern. Sie schloss für einen Moment die Augen, riss sich dann aber zusammen und verscheuchte die Erinnerungen. Denn sie musste sich auf das Bevorstehende konzentrieren. Erst eine Show in New York und Anfang März würden sie mit ihrer Nordamerika-Tournee in Philadelphia starten.

Irgendwann war Macks eingeschlafen. Das Licht der ersten Sonnenstrahlen drang durch die Fenster des Busses und Macks streckte sich. Verstohlen blicke sie zu Sarah, die neben ihr schlief. Sie widerstand dem Drang, ihr über den Kopf zu streicheln. Sarah strahlte sogar im Schlaf noch diese Energie aus, von der Macks nicht genug bekommen konnte.

Scharf zog sie Luft ein und versuchte das Kribbeln, das sich in ihrer Magengrube ausbreitete zu unterdrücken. Um sich abzulenken, holte sie ihr Notizbuch aus ihrem Rucksack. Dabei kitzelten Sarahs Haare Macks am Arm. Hitze durchströmte sie.

Zu spät bemerkte Macks, wie Sarah ihren Kopf hob und neugierig auf die Seiten blickte.

»Was schreibst du da?«, fragte sie, beugte sich ein Stück näher. Schnell klappte Macks die Seiten zu. Sarah durfte Macks' Geheimnisse auf keinen Fall herausfinden.

Nach zwei Tagen Freizeit in New York, von der Macks jede Minute mit Sarah verbrachte, war es für sie wieder an der Zeit, ihrem Job nachzugehen.

Auf dem Weg ins Fernsehstudio dachte Macks an ihr bevorstehendes Interview bei Jay Leno.

Sie fürchtete sich schon länger nicht mehr vor Interviews. Vor allem Paula war ihr diesbezüglich eine große Hilfe gewesen, denn seit sie mit im Boot war, hatte Macks jemanden, der auf ihr Image aufpasste.

Die meisten Medien hielten sich an Paulas Bedingungen. Artikel und Fotos wurden erst nach ihrer Freigabe veröffentlicht, dafür bekamen sie im Gegenzug exklusive Inhalte von Macks.

Die schwarze Limousine mit verdunkelten Scheiben konnte sich nur mühsam den Weg zum Studio bahnen. Laut sozialen Medien wurde der Eingang sowie die Straße vor dem Fernsehstudio im Rockefeller Plaza von ihren Fans belagert.

Der prüfende Blick auf ihr Outfit im Rückspiegel beruhigte Macks ein wenig. Die Stylistin, die vor ein paar Stunden mit einigen Klamotten in ihrer Suite erschienen war, verstand ihren Job. Macks´ braune Haare waren an der Seite zu einem Zopf geflochten und dezentes Make-up kaschierte gekonnt jedes Anzeichen von Müdigkeit. Ein letztes Mal strich Macks über ihr orangefarbenes Kleid, das um die Taille mit einem dünnen goldenen Gürtel geschmückt war, der zu einer Masche gebunden war. Obwohl sie sich in High Heels normalerweise nicht so wohl fühlte, mochte sie das Paar, das für sie ausgesucht worden war. Sie ließen sie größer wirken und brachte ihre Beine, die in eine durchsichtige Feinstrumpfhose gehüllt waren, gut zur Geltung. So war Macks bereit, selbstbewusst aus dem Wagen zu steigen.

Nachdem sie winkend ausgestiegen war, folgte tosender Applaus mit sehr viel Gekreische.

Mädchen und Jungs im Alter zwischen zehn und zwanzig riefen ihren Namen. Es mussten Tausende sein. Macks hielt inne, genoss die Anerkennung. Die Blitze, die sie sonst nur während ihrer Performances verspürte, durchströmten ihren Körper und erfüllten sie mit Energie.

Das Lächeln kam von Herzen und war für jeden ihrer Fans. Ihnen hatte sie zu verdanken, dass sie heute hier stehen durfte.

Macks tat ihr Bestes, um jedes T-Shirt, CDs und sogar Schuhe zu signieren. Dieser Moment gehörte nicht ihr, sondern ihren Fans, denn Macks war überwältigt von der Anzahl, die aufgetaucht waren. Das Gefühl von Fans geliebt zu werden, war mit nichts vergleichbar. Hätte sie die Möglichkeit gehabt, vor Ort und Stelle zu performen, hätte Macks diese genutzt. Aber sie musste weiter, denn Paula, die, seit sie engagiert wurde, bei allen öffentlichen Veranstaltungen dabei war, zog sie bereits unauffällig in Richtung Eingang.

Wortlos folgte Macks Paula durch die große Tür des Gebäudes. Im Rockefeller Plaza roch es nach einer Mischung aus Leder und Orangenblüten. Lange aber konnte sie die geräumige Lobby nicht bestaunen, denn die Maske wartete auf sie. Der Rest der Band war bereits im Studio und baute alles für den gemeinsamen Auftritt vor ihrem Interview auf.

Als Macks zu Beginn der Show *Childhood Memories* vor laufender Kamera performt hatte, war sie zum ersten Mal froh gewesen, mit jemandem, den sie so sehr mochte, die Bühne teilen zu können. Macks hatte in Sarah ein Back-up, auf das sie sich verlassen konnte.

Das anschließende Interview mit Jay Leno, einem der renommiertesten Talk Show Hosts des Landes, verlief eher wie ein lockeres Gespräch, als wie ein Interview.

Macks traute sich sogar zu scherzen und antwortete auf die Frage, warum sie noch immer keinen Freund hatte mit: »Ich bin in einer Beziehung mit meiner Musik. Da würde ein Freund nur stören. Aber nach der Tour habe ich mehr Zeit. Wer weiß, vielleicht treffe ich dann meinen Traumprinzen.«

Obwohl sie äußerlich ein professionelles Lächeln aufsetzte, lachte sie innerlich lauthals. Natürlich würde es keinen Traumprinzen geben, aber sie musste der Welt glaubhaft machen, dass jeder eine Chance bei ihr hätte. So lauteten Paulas Anweisungen.

Nach dem Interview war Macks aber froh, wieder in ihrer Hotelsuite angekommen zu sein. Ausgepowert ließ sie sich auf das Bett in ihrem Hotelzimmer fallen. Erneut dachte sie an ihren Auftritt und spürte, wie die Euphorie nachließ. Das war das Schönste an ihrem Job. Auf eine Bühne zu gehen und sich die Seele aus dem Leib zu singen. Obwohl sie dieses Mal nicht selbst am Klavier gespielt hatte, hatte sie jeden Akkord gespürt.

Dann überprüfte sie ihre Follower auf YouTube.

Auch das war Paulas Schuld, denn sie sprach andauernd von Engagement und Reichweite. Aber mittlerweile zählte Macks' Account schon über sieben Millionen Abonnenten. Ihr neues Musikvideo zu *Childhood Memories* war seit Wochen das meistgeklickte Video in den USA.

Mit dem Handy in der Hand, drehte sie sich auf den Bauch und versuchte krampfhaft, den Reißverschluss ihres Kleides zu öffnen.

In diesem Moment klopfte es an der Tür. Macks stützte sich auf und strich sich ihre Haare aus dem Gesicht. Hatte Paula vorhin etwas vergessen?

Sie stand auf, ging zur Tür und riss sie auf. Doch statt Paula gegenüberzustehen, war da Sarah. Noch immer trug sie das Outfit des Auftrittes. Eine schwarze Lederjacke, enge Jeans und ein weißes T-Shirt. Ihre Haare waren zu zwei Zöpfen geflochten. Lediglich ihr Make-up schien dezenter als noch vor Stunden.

»Hey, komm rein«, begrüßte Macks ihre Backgroundsänge-rin. Sofort schoss wieder diese Hitze in ihr hoch, denn Sarah hatte etwas an sich, dass Macks um den Verstand brachte.

Sarah stürmte an ihr vorbei ins Zimmer. »Es war wirklich unglaublich heute aufzutreten! Macks, du bist live noch so viel besser! Ich kann gar nicht aufhören an diesen Abend zu denken. Es war der Wahnsinn!« Sarah hielt inne, fuhr aber nach einer kurzen Pause fort: »Ich wollte nur, dass du weißt, wie viel mir dieser Auftritt bedeutet hat. Und ich freue mich auf die Tour. Das konnte nicht bis morgen warten.«

Macks machte eine abwehrende Handbewegung. »Ach, hör schon auf. Ohne euch hätte ich das nie so gut hinbekommen. Sorry, dass ich anfangs so eine Bitch war, aber ich hatte einiges aufzuarbeiten. Die Monate davor … waren nicht so einfach für mich!«

Macks hätte sich am liebsten selbst geohrfeigt und sie spürte, wie ihre Wangen wärmer wurden. Denn obwohl sie Sa-rah mittlerweile zu ihren engsten Freunden zählte, wollte sie mit ihr nicht über Eric sprechen.

Endlich wurde Sarah ruhiger und setzte sich. »Ach, mach dir nichts draus. Alles schon vergessen. Ich finde es einfach toll, Teil deiner Crew zu sein, und freu mich voll auf morgen. Der erste Tag der Tour, ich kanns kaum erwarten. Wir werden das so rocken! Vor allem, nachdem wir heute unsere Feuertaufe so gut gemeistert haben. Aber morgen spielen wir im Madison Square Garden. Kannst du das glauben? DER Madison Square Garden.«

»Der Auftritt heute bei Jay Leno hätte wirklich nicht besser sein können. Du warst großartig.« Macks hielt kurz inne, und setzte sich zu Sarah aufs Bett. »Du beruhigst mich irgendwie. Ich finde es schön, deine Stimme auf der Bühne zu hören.«

Sarah stand auf und ging ans Fenster, von dem aus die Lichter von Downtown wie kleine Glühwürmchen wirkten.

»Weißt du, ich war schon einmal im Madison Square Garden, kurz bevor mein Dad krank wurde. Wir haben uns ein Spiel der Rangers angesehen. Ist schon sehr lange her, aber es ist einer der schönsten Momente, die ich mit ihm erleben durfte.«

Macks blickte Sarah an und ihr dämmerte, dass sie praktisch nichts über sie wusste, außer dass sie zwanzig Jahre alt war, irgendwann ein berühmter Musicalstar am Broadway werden wollte, ihre Lieblingsfarbe türkis und ihr Sternzeichen Löwe war. Natürlich hätte sie am liebsten gefragt, was mit ihrem Vater passierte, aber sie traute sich dann doch nicht.

»Die Rangers also? Ich bin eher ein Sabers Fan.«

Sarah schüttelte den Kopf und drehte sich zu ihr um.

»Wie kommt ein Mädchen aus New Orleans dazu, ein Sabers Fan zu sein?«

Macks schwieg für einen Moment. Zwar konnte man im Internet bestimmt nachlesen, dass sie ursprünglich aus dem Bundesstaat New York kam, doch sie wollte Sarah nicht mit ihrer Vergangenheit langweilen. Denn dann hätte sie auch ihren Vater erwähnen müssen.

»Hast du Lust auf einen Drink? Schau, ich habe sogar eine Flasche Champagner hier, ein Geschenk vom Concierge. Der dachte bestimmt, ich wäre schon einundzwanzig. Das ist der Vorteil, wenn Paula bereits Tage vor meiner Anreise das Personal terrorisiert, um sicherzugehen, dass keine Wanzen platziert werden.« Macks lachte und zeigte auf den Geschenkkorb.

»Okay, dann lassen wir den Korken knallen. Hast du Musik?«

»Klar«, antwortete Macks und griff zur Fernbedienung, die auf ihrem Nachttisch lag. Sie schaltete den Fernseher an und zappte durch die Kanäle. »Hol du die Gläser.« Aber Sarah erweckte nicht den Anschein, als wollte sie das tun, denn sie tanzte zu den Klängen des Liedes, das gerade auf dem Musiksender lief.

Noch nie zuvor hatte Macks eine Flasche Champagner geöffnet und als sie den Korken herauszog, verschüttete sie einen Großteil des Inhalts auf ihr Kleid.

»Warte!« Sarah, die immer noch tanzte, griff nach den Gläsern, die auf einer Ablage über der Mini Bar standen. Ihr Versuch, damit die Flüssigkeit aufzufangen, die vom Flaschenhals tropfte, scheiterte.

Unbeholfen wischte Macks den austretenden Schaum von der Flasche. »Ich habe keinen Plan, was ich hier mache!«

Sarah griff nach dem Flaschenhals und ihre Hände berührten sich, was in Macks einen Reiz auslöste. Sarahs Berührung kribbelte ihr bis in die Schultern. Sie drehte sich zur Seite und stellte die Flasche mit einer Hand ab, die andere ließ Sarahs Hand nicht los. Macks wollte in diesem Moment so viel mehr.

Sarah zog sie leicht am Arm. Langsam drehte sich Macks wieder um und ließ ihren zweiten Arm zaghaft über Sarahs rechte Schulter bis zu ihrem Handrücken gleiten.

Mit einem Ruck zog Sarah sie näher und ihr Gesicht war nur noch wenige Millimeter von ihrem eigenen entfernt. Der honigsüße Geruch von Sarahs Locken brachte sie fast um den Verstand, doch anstatt dem Drang nachzugehen, daran zu riechen, strich sie ihr eine Strähne aus dem Gesicht. Dabei berührte sie Sarahs Wange, die glühte.

Sarahs Hände hoben sich sanft und sie berührte Macks' Hals. Allein schon ihre Berührungen lösten eine Gier in Macks aus, die nicht zu stoppen war. Sie schloss die Augen als Sarah ihre Finger langsam vom Hals in Richtung Ohrläppchen bewegte. Stoßartig atmete Macks aus.

Sarah, die mit ihrer Jeans bereits den Saum ihres Kleides berührte, ließ ihre Hand über Macks' Rücken bis hin zum Reißverschluss wandern. Macks öffnete ihre Augen.

Ihre Münder kamen sich immer näher. Macks' Herz schlug schneller und sie öffnete leicht den Mund.

Beim Berühren ihrer Lippen stoppte Macks' Welt für einen Augenblick. Dann warf sie jegliche Hemmungen über Bord. Obwohl Sarahs Küsse zaghaft waren, spürte Macks zugleich die Leidenschaft dahinter, sodass ihre Knie weich wie Pudding wurden. Um den Halt nicht zu verlieren, legte sie ihre Arme um Sarah und drückte sich noch näher heran. Macks nahm all ihren Mut zusammen und schob Sarah in Richtung Bett.

Diese leistete keinen Widerstand und ließ sich rücklings auf das weiche, weiße Laken fallen.

Macks, die immer noch in ihrem Kleid war, legte sich auf sie und spürte Sarahs Hände auf ihrem Rücken, die den Reißverschluss öffnete.

»Reiß es mir einfach vom Leib«, flüsterte Macks in Sarahs Ohr und richtete ihren Oberkörper auf. Doch Sarah zog ihr das Kleid langsam hinunter bis zu ihrem Bauchnabel und verursachte dabei ein Kribbeln in Macks, das sie so noch nie gespürt hatte. Danach fasste sie blitzschnell unter ihren Rücken, zog ihr das Kleid hinunter und legte es anschließend mit einer gekonnten Bewegung zur Seite. Macks keuchte, sie lag nur mit einem Slip bekleidet vor Sarah, und beobachtete sie dabei, wie sie sich ihr eigenes T-Shirt abstreifte. Darunter kamen ihre perfekt geformten Brüste zum Vorschein. Macks biss sich auf ihre Lippe, denn Sarah war gerade dabei, den Knopf ihrer Jeans zu öffnen. Sie richtete sich auf und betrachtete im gedämpften Licht der Suite Sarahs tätowierten Körper. Als hätte Sarah Macks' Lust spüren können, beugte sich diese zu ihr. Zaghaft strich Macks über Sarahs Bauchnabelpiercing.

Macks' Bauchmuskeln spannten sich an, ihr Puls beschleunigt sich, denn sie hatte das Gefühl, ihre Brust könne jeden Moment explodieren.

»Darf ich das Licht ausmachen?«

Ohne eine Antwort abzuwarten tastete Macks nach dem Lichtschalter an Kopfende des Bettes und es wurde dunkel im Raum.

»Besser?«, fragte Sarah und begann langsam mit ihrer Handfläche über Macks' nackten Oberkörper zu streicheln.

Unsicherheit stieg in Macks hoch. »Ich habe keine Ahnung, was ich machen soll«, antwortete sie.

»Das macht nichts, ich zeige es dir«, hauchte Sarah ihr ins Ohr und begann ihren Hals bis hin zu ihren Brüsten zu küssen.

Dabei strich sie mit einer Hand über Macks' Oberschenkel und drückte sie mit ihrem Körper sanft in die Laken des Bettes. Wärme durchströmte Macks und sie stöhnte leise, als Sarah sich neben sie legte und ihre Hände in ihren Slip gleiten ließ.

»Ist das okay für dich?«

»Ja«, presste Macks hervor und tastete sich zu Sarahs Höschen vor.

Sarah presste ihr Becken näher an Macks' Körper und als sie ihre Finger in Macks gleiten ließ, hatte diese endlich das Gefühl zu wissen, warum alle so begeistert von Sex waren. Diese Leidenschaft und Erregung, die sie verspürte, versetzten sie in eine Art Trance und sie wünschte sich, es würde niemals aufhören.

Ihre Atmung wurde schneller, sie drückte ihren Körper in die Bettdecke, während Sarahs Handbewegungen in Macks immer intensiver wurden. Macks konnte ihre Lust nicht mehr zurückhalten. Sie stöhnte auf. Für einen kurzen Moment wurde ihr schwarz vor Augen, dann spürte sie, wie ihr Körper vor Erregung zuckte. Wenig später schlief sie in den Armen von Sarah ein.

Unsanft wurde Macks durch ein Klopfen und Rütteln an der Tür geweckt.

»Macks, mach auf. Ich bin es, Paula.«

Reflexartig drehte sich Macks zur Seite, doch Sarah war verschwunden. Nur das zerdrückte Kissen und das zerknüllte Laken erinnerten an die Ereignisse der letzten Nacht. Macks hatte nicht einmal bemerkt, wie Sarah sich nachts aus ihrem Zimmer geschlichen hatte.

Verdammt.

Noch im Halbschlaf stolperte Macks aus dem Bett und zog den Bademantel über, der an der Badezimmertür hing. Sie strich sich ihre zerzausten Haare auf dem Weg zur Tür, so gut es ging, glatt und setzte ein Lächeln auf, als sie Paula die Tür öffnete.

Bitte geh einfach wieder.

Prüfend blickte Paula auf die geöffnete Flasche Champagner und die verstreute Kleidung auf dem Boden, sagte aber nichts.

Stattdessen betrat sie den Raum und musterte Macks. »Ich schlage vor, du gehst dich erst mal duschen.« Sie deutete auf die mitgebrachte weiße Tüte. »Danach isst du etwas und um neun Uhr hole ich dich hier ab.«

Macks stöhnte auf. Sie hatte kaum geschlafen, aber ihr Programm lies es nicht zu, sich wieder ins Bett zu legen und an die wundervolle Nacht mit Sarah zu denken. Um zehn Uhr hatte sie einen Pressetermin zu absolvieren, dann ein letzter Soundcheck, bevor um sieben Uhr die Show im Madison Square Garden losging. Sarah würde also bis zum Soundcheck warten müssen.

Macks' Herz pochte wie wild als sie die Bühne betrat, denn Sarah stand bereits hinter einem der Mikros, um die Länge des Mikrofonhalters einzustellen.

Dann blickte sie auf und winkte Macks zu. Sie winkte zurück und drehte sich um, denn sie musste sich auf die Show konzentrieren. Es war nicht der Moment, um an Dinge zu denken, die sie jetzt lieber mit Sarah anstellen würde.

Die Show im Madison Square Garden war ausverkauft. Macks hatte kaum Gelegenheit, die letzte Nacht zu verarbeiten, so sehr wurde sie mit neuen Eindrücken und Emotionen überrollt. Die Energie, die ihre Fans versprühten, bestätigten ihr einmal wieder aufs Neue, dass sie den besten Job auf der ganzen Welt hatte.

Die nächsten Tage verbrachte Macks damit in New York von einem Interview zum nächsten geschleppt zu werden.

Das Sarah sich jede Nacht in ihr Zimmer schlich, wurde zum Highlight ihrer Tage. Trotzdem fragte sie sich, wie es wohl mit ihnen weitergehen würde, wenn sie Ende der Woche mit dem Tourbus Richtung Philadelphia aufbrachen. Sie mussten verdammt vorsichtig sein, damit niemand von ihrem heimlichen Arrangement Wind bekam.

Kapitel 19

Juni 2010 - Tour

Mittlerweile tourte Macks seit über drei Monaten in den USA. Noch sechs Shows, dann sollte es nach einer dreiwöchigen Pause weiter nach Kanada gehen.

Es war eine Zeit voller Leidenschaft und neuen Erfahrungen, denn Sarah und Macks liebten sich, so oft sie konnten. Dass es niemand erfahren durfte, hatte auch etwas Aufregendes. Als aber eines Abends Paul, ein anderer Backgroundsänger, scherzte, sie und Sarah würden ein süßes Paar abgeben, gefror Macks das Blut in den Adern. Sie hoffte, dass Paul ihre Anspannung nicht bemerkt hätte.

Mit Sarah allein zu sein war eine Sache, aber der Gedanke daran, dass andere Leute von ihrem Verhältnis erfahren könnten, versetzte ihr einen tiefen Stich in die Magengrube. Daher beschloss sie, Paul vorzugaukeln, dass sie ein Auge auf einen süßen jungen Schauspieler aus dieser Disney-Serie geworfen hätte.

Aus dem Augenwinkel beobachtete sie, wie Sarah bei dieser Aussage den Kopf schüttelte.

Macks wusste, dass sie durch diese Bemerkung verletzt war, aber das Risiko aufzufliegen war zu groß.

Später, als sie wieder allein in Macks' Hotelzimmer waren, stellte Sarah Macks zur Rede. »Was sollte das? Paul ist selbst schwul, ihm können wir es doch endlich sagen, meinst du nicht? Wir verbringen jede Nacht miteinander und ich möchte das mit uns nicht mehr geheim halten.«

Zum zweiten Mal an diesem Tag zog sich Macks' Magen zusammen und sie schüttelte den Kopf. »Bist du verrückt? Du weißt, dass wir das nicht können. Es ist doch alles gut so, wie es ist, oder?«

Sarahs Augen verengten sich zu Schlitzen und sie schnaubte. »Und was passiert, wenn die Tour vorbei ist und ich zurück an die Uni gehe? Sehen wir uns dann nie wieder? Oder tun wir so, als ob das mit uns nie passiert wäre?« Sie hielt kurz inne, bevor sie mit leiser Stimme sagte: »Macks, ich liebe dich.«

Auf einmal hatte Macks das Gefühl nicht mehr atmen zu können. Für einen Moment war das Surren der Minibar das einzige Geräusch, dass Macks neben ihrem schnell pochenden Herz in diesem kleinen Hotelzimmer hören konnte.

Sie nahm Sarahs Hand und küsste sie liebevoll. »Sarah, ich liebe dich auch. Aber du weißt, dass es meine Karriere ruinieren würde, wenn das mit uns jemand erfährt. Nicht einmal Paula habe ich davon erzählt.«

Sarah riss sich los. »Ich verlange nicht viel von dir, Macks. Nur, dass wir uns vor unseren Freunden nicht mehr verstecken müssen. Du bist mittlerweile achtzehn und eine Beziehung wäre vollkommen in Ordnung. Mir ist schon klar, dass du dich niemals öffentlich outen wirst.«

Dann stand sie auf, packte ihre Kleidung, die in Macks' Zimmer verstreut lag, in ihren Rucksack. Bevor sie die Tür aufriss, drehte sie sich noch einmal um. »Du musst dich entscheiden. Die Pause wird uns guttun. Aber nur damit du es weißt: Ich schäme mich nicht für uns.«

»Warte!« Doch es war bereits zu spät und die Tür fiel mit einem lauten Krachen ins Schloss. Mit der Faust schlug Macks dagegen. »Fuck!«

Unruhig lief sie in dem kleinen Raum auf und ab, fuhr sich dabei immer wieder über das Gesicht. Am liebsten hätte sie gegen etwas getreten.

Natürlich genoss sie die Zeit mit Sarah, aber war sie bereit, ihre Beziehung öffentlich zu machen?

Ihre Schritte verlangsamten sich und sie setzte sich auf den weichen Teppichboden. Endlich beruhigte sich ihr Puls ein wenig. Sarah verlangte etwas Unmögliches von ihr. Die Fans liebten Macks und sie war gerade dabei wirklich berühmt zu werden. Was wenn sie sich irrte, was ihre Gefühle zu Sarah anging? Elephant Records würde niemals mit einer solchen Beziehung einverstanden sein.

Aber sie wollte Sarah nicht verlieren. Sie war der einzige Mensch, der ihr Halt gab.

Paula hatte Macks damals gesagt, dass sie mit ihrer sexuellen Orientierung an sich kein Problem hätte, vielleicht sah es das Label genauso? Wäre es möglich, sich wenigstens bei der Band zu outen, so wie Sarah es vorgeschlagen hatte?

Nach ihrer letzten Show der USA Tour, die in New Orleans endete, fühlte Macks nichts von der Euphorie und dem High, das sie sonst so überwältigten. Der Grund war Sarah, die ihr seit ihrem gestrigen Streit aus dem Weg ging.

Die Kette, die Macks ihr zu ihrem Geburtstag geschenkt hatte, lag gemeinsam mit dem Teddybären, den sie auf einem Jahrmarkt vor ein paar Wochen für Sarah gewonnen hatte, vor ihrer Garderobentür.

Mike, der Tourmanager erschien im Flur, als Macks gerade dabei war, die Erinnerungen an ihre Beziehung in einen Mülleimer zu werfen.

»Ist alles in Ordnung, Macks?«, fragte er und trat ein paar Schritte auf sie zu.

»Geht schon, danke«, antwortete sie und hoffte, er würde nicht bemerken, wie sehr sie sich bemühen musste, um nicht in Tränen auszubrechen.

»Mistest du aus?«, fragte er und warf dabei einen Blick in die Mülltonne.

»Ja. Es ist vorbei.« Ihr brach der Schweiß aus und sie fügte ein schnelles »die US-Tour, meine ich«, hinzu. Macks drehte sich um, ließ dabei einen sichtlich verwirrten Mike im Gang stehen, ehe sie sich in ihrer Garderobe einschloss.

Die ganze Nacht wälzte sich Macks im Bett herum und überlegte fieberhaft, wie sie Sarah zurückgewinnen konnte. Doch würde sie jemals das Gefühl, immer auf der Hut sein zu müssen, loswerden können, wenn sie ihre Beziehung weiterhin geheim halten würden?

Daher beschloss Macks am nächsten Tag Peter aufzusuchen und mit ihm darüber zu reden. Sie wollte ihr Umfeld nicht länger belügen. Er würde diese Offenbarung schon irgendwie verkraften. Schließlich hatte Macks nicht vor, damit die Werte des Labels zu verletzen. Niemals würde sie sich öffentlich outen.

Zudem hoffe Macks, Sarah würde dadurch bemerken, wie viel ihr die Verbindung bedeutete. Außerdem beschlich sie das ungute Gefühl, dass Peter schon eine Ahnung hatte, denn als sie später aus der Garderobe kam und die Kette aus dem Müll holen wollte, war diese weg.

Es konnte nur Mike gewesen sein, da sie niemand sonst beobachtet hatte. Wenn Mike die Kette tatsächlich an sich genommen hatte, dann wusste er über sie Bescheid, denn im Inneren des goldenen Herzens befand sich ein Bild von ihr und Sarah.

Angespannt betrat Macks am nächsten Tag Peters Büro.

Er stand auf und kam ihr entgegen, um sie zu umarmen. »Wow, sieh dich einer an. Die Tour hat dir gutgetan. Du siehst toll aus.«

Sarah hat mir gutgetan.

Macks atmete aus. Sie musste das jetzt durchziehen. »Danke Peter. Ich bin hergekommen, um dir mitzuteilen das ich in jemanden verliebt bin und wir in einer heimlichen Beziehung sind. Waren ... egal ...«

Peter schmunzelte sichtlich amüsiert und fragte: »Ach ja? Kenne ich ihn?«

Macks machte eine lange Pause, ehe sie antwortete: »Es ist Sarah. Sollten wir wieder zusammen kommen, dann möchten wir es der Band erzählen. Keine Sorge, nichts davon muss an die Öffentlichkeit.«

Mit weit aufgerissenen Augen beobachtete sie Peter, der sich am Kinn kratzte.

»Vielen Dank für deine Offenheit. Bitte entschuldige meine Überraschung, aber ich hatte keine Ahnung.«

Trotz seiner Behauptung wirkte Peter alles andere als überrascht. Er hatte beim Wort Sarah und Beziehung nicht einmal eine Miene verzogen. Warum log er?

»Ich muss dir hoffentlich nicht sagen, dass für ein öffentliches Coming-out jetzt nicht der richtige Zeitpunkt ist. Sofern es diesen überhaupt geben wird.« Peters Stimme wirkte distanziert. Hatte er ihr überhaupt zugehört?

Macks räusperte sich, schluckte hart. »Ich will mich auf gar keinen Fall outen. Ich wollte es nur der Band sagen, damit wir nicht alle anlügen müssen.« Peter beugte sich vor, wobei sein Blick etwas Vorwurfsvolles an sich hatte. »Es ist deine Entscheidung, wen du liebst. Aber denk daran, in welche Lage du deine Kollegen bringen könntest. Eine Beziehung zu einer Frau und dann auch noch eine, mit der du arbeitest, lässt eventuell Zweifel an deiner Professionalität aufkommen, also überlege dir gut, was du tust. Schließlich repräsentierst du mit all deinen Taten immer noch Elephant Records.«

Die nächsten Tage vor der Abreise nach Kanada verbrachte Macks zu Hause bei ihrer Familie. Sie war gerade dabei, ihre Kleidung für die bevorstehenden Tourstopps einzupacken, als auf einmal Paula vor ihrer Haustür stand.

Schnell vergewisserte sie sich, dass ihre Mutter nicht in der Nähe war.

»Was machst du hier? Hast du was von Sarah gehört? Sie geht seit Tagen nicht an ihr Telefon. Ich habe Angst, dass etwas passiert ist.«

Paula trat ein und setzte sich, schlug ihre Beine übereinander und deutete auf den Stuhl neben ihr. »Setz dich bitte.«

Macks konnte nicht. Paula wirkte so viel ernster als sonst. »Was ist los?«

Ihre Stimme zitterte und sie machte sich schreckliche Vorwürfe. Sie hätte früher nach Sarah schauen müssen.

»Was ist passiert, hatte sie einen Unfall? Antwortet sie deshalb nicht? Geht es ihr gut? Oh mein Gott, ich habe so bescheuert reagiert, sie ist sicher böse, oder?«

»Hör mir zu!« Paulas Ton verschärfte sich.

»Sarah wird in Kanada nicht dabei sein. Sie hat beschlossen, ein anderes Jobangebot anzunehmen.«

Hitze und Kälte durchströmten gleichzeitig Macks' Körper. Das konnte nicht stimmen. Die Tour dauerte doch nur noch einen Monat und Sarah wollte erst im Herbst zurück auf die Uni.

»Wo ist Sarah jetzt? Ich muss mit ihr sprechen. Bestimmt kann ich sie davon überzeugen zu bleiben.«

»Nein, Sarah hat ihre Entscheidung getroffen. Respektiere sie«, antwortete Paula mit fester Stimme.

»Das kann nicht wahr sein, sie würde mir das niemals antun, nicht nach …«

»Ich weiß Macks, das muss wirklich schlimm für dich sein, aber the show must go on. Sarah wird nicht zurückkommen. Das Management hat bereits einen Ersatz für sie engagiert.«

Ungläubig starrte Macks Paula an und konnte die Tränen nicht mehr zurückhalten. Mit dem Ärmel ihres Pullovers wischte sie sich über das Gesicht, fassungslos über Sarahs Entscheidung. Waren ihre Worte, dass sie Macks liebte, nur eine Lüge gewesen? Hatte Sarah lediglich ein bisschen Ruhm haben wollen, um danach weiterzuziehen?

»Bitte verschwinde Paula! Ich will jetzt allein sein!«, schrie Macks und rannte die Treppen hoch.

Paula stand auf und rief ihr hinterher: »Ich komm dich am Montag abholen. Noch sieben Shows, dann hast du frei. Sei ein Profi, Macks. Das hier ist Showbiz und nichts Persönliches, also werde erwachsen!«

Mit einem Kopfschütteln zog Paula die Tür hinter sich zu und strich ihren Blazer glatt. War sie zu hart gewesen? Mit schnellen Schritten ging sie zu ihrem Wagen und atmete tief aus. Sie hasste es Macks anzulügen, aber es war notwendig gewesen. Wie – bitteschön - hätte sie ihr sagen sollen, dass es Peter war, der verantwortlich für Sarahs Kündigung war. Seine Aufgabe bestand darin, Risiko versus Profit zu kalkulieren und Sarah stellte ein erhöhtes, unkalkulierbares Risiko für ihn da.

Er scherte sich nicht um die Menschen dahinter, sondern handelte strategisch und im Sinne der Firma.

Sarah hatte eine besondere Bindung zu Macks aufgebaut und Peter befürchtete, dass diese Bindung stärker werden könnte als Macks' ursprüngliche Verpflichtung gegenüber dem Plattenlabel. Seine Alarmglocken schrillten bereits seit Monaten, aber Peter hatte bis kürzlich keine handfesten Beweise für eine Beziehung der beiden gehabt. Doch nun wusste er zweifelsfrei, dass Sarah sich als zu großes Risiko entpuppt hatte. Also hatte er gehandelt und Paula musste den Boten spielen. Sie hasste sich dafür, die Anzeichen nicht früher bemerkt zu haben. Wäre Macks diesbezüglich ehrlich zu ihr gewesen oder hätte sie sie in New York zur Rede gestellt, hätte sie ihr vielleicht helfen können.

Es war naiv von Macks gewesen, Peter ins Vertrauen zu ziehen. Er ist nicht diese Art von Mensch, die eine solche Beziehung tolerieren würden, das wusste Paula nur zu gut. Erst vor einem Jahr hatten sich Elephant Records von einem Sänger getrennt, der sich als schwul geoutet hatte.

Paula wusste, dass sie das Richtige getan hatte. Nur Macks durfte die Wahrheit unter keinen Umständen erfahren. Sie wäre am Boden zerstört und könnte nicht damit umgehen.

Sarah war nicht dumm. Sie hatte verstanden, warum sie gebeten wurde zu gehen. Sie hätte es besser wissen müssen und Macks davon abhalten sollen, Peter in ihre Beziehung einzuweihen. Für Peter war es ein Kinderspiel gewesen, sie loszuwerden. Mit ihrer Einstellung als Backgroundsängerin hatte sie Referenzen schaffen wollen, um irgendwann ihre Karriere als Musical-Darstellerin auszubauen, ihren eigentlichen Traum.

Genau diese Chance hatte Peter ihr gegeben, indem er Sarah eine große Rolle in einem Broadway-Musical verschafft hatte. Eine, die sie nicht abschlagen konnte.

Auf keinen Fall wollte Sarah zwischen die Fronten geraten. Denn hatte man erst mal Peter Miller zum Feind, war es schwierig, Fuß in der Branche zu fassen.

Ihr Vertrag verbot es ihr, öffentlich über Macks zu sprechen oder Kontakt zu ihr aufzunehmen.

Noch vor wenigen Tagen hätte sie sich darüber keine Gedanken gemacht. Denn die Vorstellung, dass der Tag, Macks für immer Lebewohl zu sagen, jemals kommen würde, erschien ihr absurd. Aber nun war er da. Sie wollte sich allerdings wenigstens selbst von ihr verabschieden.

Doch diese Sache war größer als sie beide, denn Peter Miller hatte die Mittel, Macks' Karriere zu zerstören. Das durfte Sarah nicht zulassen.

Dennoch schlich Sarah sich kurz vor dem Start der Kanadatour zu Macks' Haus.

Sie kam sich eigenartig vor, als Macks' Mutter die Tür öffnete. Was sollte sie sagen? Dass sie sich von ihrer Tochter, mit der sie heimlich Sex gehabt hatte, verabschieden wollte, da sie von Elephant Records genau deswegen gefeuert wurde?

»Oh, du musst Sarah sein. Ich bin Sandra Walker, schön dich kennenzulernen. Mackenzie ist oben. Ihr Zimmer ist die erste Tür links.« Sie deutete die Treppen hoch.

Dankend nickte Sarah, ging nach oben und klopfte an die Zimmertür.

»Mum, lass mich in Ruhe«, erklang es dumpf von innen.

Sarah wartete einen Moment, bevor sie die Klinke so leise wie nur möglich hinunterdrückte. Ihr Puls schoss in die Höhe, denn sie wusste nicht, was sie dahinter erwarten würde.

Macks, der Superstar, lag bäuchlings auf dem Bett, in Jogginghose, ihre brünetten langen Haare hingen schlaff ins Gesicht. Eine leere Pizzaschachtel lag am Boden.

Als sie sich umdrehte, stockte Sarah der Atem, denn Macks´ Augen waren verquollen und es wirkte, als wäre jegliche Farbe aus ihrem Gesicht gewichen.

»Wow Macks, was soll das hier?«

Mit einem Satz war Macks aufgesprungen und stolperte in Sarahs Richtung. »Sarah …«

Macks' Umarmung löste wieder all die Gefühle für sie aus, die Sarah so krampfhaft zu unterdrücken versuchte. Deswegen befreite sie sich daraus und setzte sich aufs Bett.

»Ich darf nicht hier sein, aber ich wollte dich ein letztes Mal sehen.«

Macks, die ihr dicht folgte, strich ihr sanft über die Wangen und erwiderte: »Ich dachte du wärst längst weg.«

Sarah fasste nach Macks' Hand und sagte: »Ich geh´ doch nicht, ohne mich zu verabschieden.«

Macks, die ihre Hände fest umklammerte, fragte mit gebrochener Stimme, die Sarah zusammenzucken ließ: »Warum verlässt du mich?«

Sarahs Schultern sackten herab und sie starrte auf den Fußboden. Sie konnte Macks nicht die Wahrheit sagen.

Sie liebte Macks, aber sie musste sie vor sich selbst bewahren.

»Du hast nichts falsch gemacht. Das, was wir hatten, war echt. Für mich hat sich eine einmalige Chance am Broadway ergeben, nur das Timing ist beschissen. Du weißt, dass ich schon praktisch mein ganzes Leben drauf hinarbeite, einmal dort auftreten zu können, oder?«

»Das weiß ich. Aber ist es egoistisch von mir, mir zu wünschen, du könntest die Tour mit uns zu Ende machen? Wir waren echt gut. Es hat Spaß gemacht mit dir. Ich liebe dich, Sarah. Auch wenn es vorbei ist.«

Dieses Mal brach Macks' Stimme und sie drehte sich von ihr weg.

Langsam ließ Sarah ihre Hand über Macks' Rücken gleiten, die sich wieder umdrehte. Sie küsste Macks ein letztes Mal, stand danach auf und trat ein paar Schritte zurück. In diesem

Moment hätte sie am liebsten selbst losgeheult, aber sie musste stark bleiben – für sie beide.

»Ich werde dich immer lieben, Macks. Du wirst es weit bringen. Danke dafür, dass ich Teil deiner Reise sein durfte!«

Ein gequältes Grinsen huschte über Macks' Gesicht. »Mackenzie, ich heiße Mackenzie.«

Sarahs Lachen erfüllte das Zimmer, sie verbeugte sich und nahm ihren imaginären Hut vom Kopf »Mackenzie, du bist die spannendste und talentierteste Person, die ich je kennenlernen durfte. Bitte vergiss mich nie.«

Der Moment in dem Sarah die Tür hinter sich schloss und verschwand fühlte sich an, als ob jemand mit einem scharfen Messer immer wieder auf Macks einstach.

»Fuck«

Macks rannte durchs Zimmer, kurz davor Sarah nachzulaufen. Aber was hätte das geändert? Anscheinend hatte Sarah bereits ihren Entschluss gefasst. Macks glaubte ihr nicht, dass sie sie noch immer liebte, denn würde Sarah das tun, wäre sie jetzt nicht gegangen.

Sie warf sich auf's Bett und trommelte mit ihren Fäusten auf das Kopfkissen ein.

Natürlich war die Trennung das Beste für sie beide, denn so gefährdete Macks nicht ihre Karriere. Nur darum ging es doch letztendlich.

Paula hatte recht behalten. Ruhm hatte seinen Preis. Macks konnte kein normaler achtzehnjähriger Teenager sein. Sie war Macks. Ein internationaler Popstar und ihre Musik war das Wichtigste in ihrem Leben. Warum war sie wieder so dumm gewesen, sich auf jemanden einzulassen, anstatt sich nur noch auf die Musik zu konzentrieren?

Kapitel 20

August 2010 – New Orleans

Die roten Anschnallzeichen oben an der Decke fungierten als einzige Lichtquelle im Passagierbereich der kleinen Propellermaschine, die Macks sicher von Chicago nach New Orleans bringen sollte. Sie tippte auf die digitale Anzeige ihrer Uhr – es war bereits halb zehn am Abend.

Ein plötzlicher Ruck ließ Macks zusammenzucken und sie zog ihren Sitzgurt so eng, dass es schmerzte. Die Wettervorhersage hatte sich also bestätigt und das Unwetter, das bereits seit Stunden über Chicago wütete, zog nicht wie erhofft vorbei. Stattdessen war sie mittendrin.

Macks zitterte am ganzen Körper und verfluchte sich dafür, überhaupt bei einem solchen Unwetter ins Flugzeug gestiegen zu sein. Aber nach einem weiteren Monat der *Fairytale* Tour ging es endlich wieder nach Hause. Chicago war lediglich ein Zwischenstopp gewesen.

Macks freute sich auf ihr eigenes Bett, ihre Familie und Sam, die eines der wenigen Stipendien an der Cornell University ergattert hatte. Macks wollte ihre Freundin unbedingt noch vor der Abreise erwischen, die in ein paar Tagen stattfinden würde.

Erneut spürte Macks das ruckartige Schwanken der Maschine. Sie verzog ihr Gesicht.

»Scheiß Wetter«, fluchte sie leise und drückte sich in ihren Sitz.

Der Wind peitschte gegen das kleine runde Fenster. Hilfe-suchend bohrten sich Macks' Finger in die Plastiklehne des Sitzes, während sie ihre Lippen zusammenpresste. Der Lärm des Unwetters erschütterte das Flugzeug.

Angst pumpte sich, wie eine scharfe Flüssigkeit durch ihre Venen und sie schielte zu ihrem Sitznachbarn, der nicht den Anschein erweckte, sich von diesem Wetterspektakel beeindrucken zu lassen. Seelenruhig saß er mit Kopfhörern vor seinem Laptop und schaute sich einen Film an.

Soll ich ihn darauf hinweisen, dass er seinen Tisch bei Turbulenzen einklappen muss?

Sie hatte nie richtig verstanden, warum solche Maßnahmen notwendig waren. Lag es daran, dass sich Leute sonst den Kopf stießen, wenn sie ihn bei einer Notlandung die Sicherheitsposition einnehmen mussten?

Macks zog die Kapuze ihres Hoodies über den Kopf. Diese Flugangst war ihr neu.

Sie musste so schnell es ging wieder festen Boden unter den Füßen bekommen, denn ihr Genick schmerzte bereits von der Anspannung und dem Stress, den dieser Flug in ihr auslöste. Sie konnte nur auf eine sichere Landung hoffen, nach der alle Leute aufstehen, ihr viel zu großes Handgepäck aus dem Gepäckfach holen und dabei den Sitznachbarn fast erschlagen würden.

Macks seufzte. Sarkasmus half ihr auch nicht weiter.

Die Stimme in ihrem Kopf schrie weiterhin lautstark »Absturz.«

Am liebsten hätte sie die Hand ihres Sitznachbarn gepackt und sie gedrückt, aber das konnte sie natürlich nicht.

Beruhige dich. Es wird schon alles gut gehen. Müssen Piloten nicht viele Stunden fliegen, bevor sie Passagiere transportieren dürfen?

Sie meinte sich zu erinnern, einmal so etwas gelesen zu haben.

Lesen – was hatte sie zuletzt gelesen? Sie versuchte sich daran zu erinnern, denn irgendwie musste sie die Stimme in ihrem Kopf übertönen, die immer noch Absturz schrie.

Ah, es fiel ihr wieder ein. Es war ein Tumblr Beitrag gewesen, der sich mit der Analyse ihrer Songtexte, genauer gesagt mit *Summer Dream* befasst hatte, ihrem ersten Nummer-Eins-Hit. Sie war süchtig nach Tumblr. Ihren Account dort nutzte sie zwar offiziell nur für Promo, aber insgeheim auch, um zu spionieren, wie sie von Fans wahrgenommen wurde. Neben Facebook war Tumblr zurzeit das beliebteste soziale Netzwerk und Macks verbrachte jede freie Minute damit, mit ihren Fans so diskret wie nur möglich zu interagieren. Oft hatte sie sich auf Tour einsam gefühlt. An solchen Tage war die Flucht in die digitale Welt genau das Richtige und sie liebte ihre Fans.

Der Tumblr Benutzer Macks91 zum Beispiel hatte in seinem Beitrag einen sehr interessanten Ansatz in der Songanalyse verfolgt. Er oder sie hatte bemerkt, dass Macks im Song abwechselnd ein weißes Kleid sowie eine Jeans trug. Wieder ein Grund mehr, ihre Fans zu lieben. Denn genau das war der springende Punkt im Song. Für den Großteil der Hörer war es ein Song über ein Mädchen, das sich in einen Jungen verliebte und der ihr das Herz brach, indem er aufs College ging, um sie in ihrer Kleinstadt zurückzulassen. Bei genauerem Hinhören und objektiver Analyse der Wörter, Schauplätze und der Ausgangssituation offenbarte sich aber ein anderer Blickwinkel. Der wahre Hintergrund des Songs. Natürlich wäre die plausible Antwort, dass Macks aus zwei Perspektiven geschrieben hatte oder schlicht ihre Kleidung gewechselt hätte. Aber dieser User gab sich damit nicht zufrieden. Macks91 fragte sich, weshalb das Mädchen innerhalb einer Szene ihr Outfit vom Kleid zu einer Jeans wechseln sollte.

Sehr genau hatte der User den kompletten Text analysiert. Im Nachgang schrieb Macks91 noch, dass es spannend wäre, die Entwicklung eines offensichtlich queeren Superstars zu beobachten und er oder sie es nicht erwarten konnte, mehr von Macks' Musik zu analysieren.

Zu gerne hätte Macks diesem Post ein Like gegeben. Oder wäre einen Schritt weitergegangen und hätte ihrer Fanbase enthüllt, dass gewisse Textpassagen im Song nachträglich verändert wurden. Beispielsweise das im Originaltext vorhandene ›du‹ zu einem ›er‹. Aber das durfte sie natürlich nicht.

Sie hasste solche Anpassungen, hatte dabei aber die Worte von Melissa berücksichtigt.

Erfinde Charaktere. Es ist keine Lüge, solange das Gefühl stimmt.

Ein Schmunzeln huschte über Macks' Lippen, denn User Macks91 hatte auch zu *Childhood Memories* eine interessante Analyse. Dieser Songtext war mit der Trennungsgrund zwischen Eric und ihr gewesen. Jede Live Perfomance war eine Qual gewesen. Zu gerne hätte sie nach Tammy gegoogelt und ihr eine Nachricht geschrieben, aber es war besser, die Vergangenheit ruhen zu lassen.

Kopfschüttelnd zog Macks die Schultern hoch. Sie durfte nie wieder an den Ort ihrer Kindheit zurückgehen. Obwohl der Song ein Riesenerfolg war, hatte sie sich geschworen, ihn nach der Tour nicht mehr vor Publikum zu singen, denn jedes Mal war es eine Mischung aus den schönen Momenten mit Eric und den traurigen, die daraufhin gefolgt waren.

Im Flugzeug ertönte erneut das Signal, das auf die Anschnallzeichen aufmerksam machte und das riss sie aus ihren Gedanken.

Sollte der Flieger abstürzen, wäre dieser Blogbeitrag das letzte, was sie je in ihrem Leben gelesen hatte!

Nun schämte sie sich dafür, dass sie nicht den Mut aufbringen konnte, die Kreativität und Hingabe dieses Fans zu würdigen.

Warum bin ich nur so feige?

Obwohl sie erst ein paar Jahre richtig im Business war, hatte sie bereits eine beachtliche Fanbase, die ständig wuchs. Am erfolgreichsten dabei war ihr YouTube-Kanal.

Anfang 2007 hatte ihr, hauptsächlich aus dreißig bis vierzigjährigen Männern bestehendes Management, Macks und ihren Wunsch, mehr Inhalt im Netz zu posten belächelt. Aber sie hatte sich durchgesetzt und fleißig Vlogs auf YouTube gepostet. Mittlerweile wusste jeder, wie wichtig das Internet und welch unfassbares Medium es war, um das Vermarktungspotential für junge Musiker zu steigern.

Das einzige Problem mit dem Internet: Es vergisst nicht. Grimmig schüttelte Macks den Kopf, als sie zurück an die Gerüchte vor fast einem Jahr dachte, und die Bilder, die ohne ihre Zustimmung, von ihr veröffentlicht wurden. Damals war sie noch so jung gewesen und hätte sich schlechte Presse nicht zu Herzen nehmen dürfen.

Nach einer halben Stunde wurde es ruhiger im Flieger und Macks' Glieder entspannten sich ein wenig.

Zu Hause angekommen fiel sie ihrer Mutter in die Arme und ging nach einer langen Umarmung, die sie so dringend nötig hatte, nach oben in ihr Zimmer. Ohne vorher auszupacken, stellte sie ihren Koffer in eine Ecke. Stattdessen öffnete sie ihren Laptop und scrollte durch ihren Browserverlauf, um den besagten Tumblr Artikel wieder zu finden. Nach ein paar Minuten hielt sie inne und fuhr sich durchs Haar.

Soll ich ihn liken?

Macks entschied sich dagegen, denn obwohl es sich richtig anfühlte, musste sie an ihre Karriere und die Auswirkungen eines solchen Likes denken.

Trotzdem beschloss Macks, Macks91 zu folgen. Schließlich postete er oder sie auch Bilder und Videos von ihren Auftritten. Das Like hätte sie auf diesen einen Beitrag reduziert, ein Follow erschien ihr neutraler, ein Schlupfloch sozusagen. Vielleicht würde sie eines Tages den Mut aufbringen, Beiträge wie diese zu liken. Beiträge, die über ihre Sexualität spekulierten oder bei denen die Verfasser über den Tellerrand hinausblickten und die wahren Bedeutungen ihrer Songs erkannten.

Heute war jedoch nicht der Tag. Heute gelang es ihr lediglich, ihre neu entdeckte Flugangst zu verkraften.

Das hätte mir noch gefehlt, am Ende der Tour auf dem Nachhauseweg abzustürzen. Allein.

Immerhin hatte sie vor, sich nach der Tour ein paar Monate eine Auszeit zu gönnen. Sie wollte mehr Zeit mit ihrer Familie verbringen und an Songs für ihr nächstes Album arbeiten. New Orleans war schön im Herbst, außerdem brauchte sie dringend Ruhe, um all die Eindrücke der Tour und die Trennung, die sie im Stillen bewältigen musste, zu verarbeiten.

Sie opferte Elephant Records jeden Tag, seitdem sie fünfzehn war. Bestimmt würde Peter verstehen, dass sie die Pause benötigte, um wieder zu lernen, einen geregelten Alltag zu führen.

Während des letzten Abschnitts der Tour, hatte es sie sehr viel Selbstdisziplin gekostet, nicht alles hinzuschmeißen. Immer wieder hatte sich die Szene, in der Sarah vor ihrer Tür gestanden hatte, vor ihrem geistigen Auge abgespielt. An manchen Tagen waren die Zweifel, die richtige Entscheidung getroffen zu haben so groß, dass Macks sich gewünscht hatte, wieder das normale Mädchen aus New Orleans zu sein. Aber Mackenzie Walker existierte nicht mehr, denn Macks hatte sich für ihre Karriere entschieden.

Nachdem Sam New Orleans für das Collage verlassen hatte, fühlte sich Macks einsam. Sie stürzte sich in Arbeit und außer den gemeinsamen Abendessen mit ihrer Mutter und Lexi gab es da nichts, dass Macks zu tun hatte. Ohne den ganzen Glamour des Showbusiness und den Verpflichtungen fühlte sie sich endlich wieder ausgeglichener, doch das war nicht das Leben, dass sie die letzten Jahre gewohnt war.

Zwei Monate später fiel Macks die Decke endgültig auf den Kopf. Sie sehnte sich wieder nach dem Rampenlicht und der Aufmerksamkeit.

Länger schon spielte sie mit dem Gedanken, in ein eigenes Apartment zu ziehen, irgendwo außerhalb von New Orleans. Sie hatte das Bedürfnis, mehr von der Welt zu sehen, mit anderen Musikern abzuhängen, Songs zu schreiben und sich neu zu erfinden. Los Angeles hatte Macks schon immer fasziniert, denn ihr schien es, als würde diese Stadt unbegrenzte Möglichkeiten bieten. Viele ihrer Branchenkollegen, mit denen sie sich über die Jahre auf Award Shows und nach Auftritten angefreundet hatte, lebten dort. Es würde ihr bestimmt nicht schwerfallen, dort Fuß zu fassen.

In ein paar Monaten würde sie neunzehn Jahre alt werden und sie wollte vor allem eines: einen Tapetenwechsel.

Mithilfe von Paula fand Macks rasch ein geeignetes Apartment in Beverly Hills und so kam es, dass sie zum Jahresanfang, nach ihrer viermonatigen Pause, in ihr erstes eigenes Apartment zog. Macks war bereit, LA im Sturm zu erobern.

Kapitel 21

März 2011 - LA

Auch nach drei Monaten in Los Angeles hatte sich Macks noch nicht an diese Stadt gewöhnt, in der alles hektischer zuging als in New Orleans.

Mittlerweile war es März, die Nächte wurden kürzer und der Wind fühlte sich wärmer an.

Macks wartete sehnsüchtig darauf, endlich ebenfalls aus dem Winterschlaf zu erwachen. Es war nicht so, dass sie in den Monaten nach ihrem Umzug nur faul auf der Couch gelegen hatte. Hin und wieder war sie in Talk-Shows aufgetreten, hatte Interviews gegeben und wurde sogar als Werbegesicht einer neuen Handymarke gebucht. Die Hoffnung jedoch, durch den Ortswechsel musikalisch inspiriert zu werden, hatte sich verflüchtigt, wie Spuren im Sand, weggespült von der Flut.

Irgendetwas hinderte Macks daran, für ihre Texte, die sie aus New Orleans mitgebracht hatte, die richtige Melodie zu finden. Vielleicht lag es daran, dass ihr Sicherheitsnetz, das aus Melissa, ihrem Produzenten und Peter bestand, tausende Meilen weit weg war und ihr Tagesablauf zum ersten Mal seit vier Jahren nicht von Elephant Records bestimmt wurde. Die Veröffentlichung ihres dritten Albums war erst in knapp achtzehn Monaten vorgesehen. Lediglich die Songauswahl musste bis Ende des Jahres festgelegt sein. Außerdem war ihr nächstes Projekt bereits im Kasten. Eine DVD namens »*Macks' Fairytale*«, mit den Aufnahmen ihrer letzten Tour, sorgfältig in einem 120

Minuten langem Film dokumentiert. Das Release wurde für April angesetzt.

Sarah wird auch auf der DVD zu sehen sein.

Ein schmerzhafter Stich in ihrem Magen ließ Macks hochfahren. Ihre Augen wurden feucht und sie zwang sich nicht an sie zu denken.

Macks hob ihren Blick und konzentrierte sich auf die Sonnenstrahlen, die durch das geöffnete Fenster drangen und ihr Wohnzimmer in ein warmes Licht hüllten.

Aber Sarah, die neben ihr am Mikro stand und ihr während den zahllosen Performances heimliche Blicke zuwarf, verschwand nicht aus ihren Gedanken.

Normalerweise griff Macks in solchen Momenten zu ihrem Stift oder setzte sich ans Klavier, aber heute hockte sie stattdessen mit angezogenen Knien auf dem Fußboden. Leere breitete sich wie ein dunkler Schatten in ihr aus. Auf sie wirkte es fast so, als hätte sie ihre Liebe zur Musik gemeinsam mit all ihren Erinnerungen an die Menschen, die ihr so viel bedeuteten, in New Orleans zurückgelassen.

Nachdem sie einige Zeit Trübsal geblasen hatte, machte sie es sich schließlich mit einer vollen Schüssel Popcorn auf der Couch gemütlich. Es gab einen Film, der sie in solchen Situationen aufheitern konnte und ein müdes Lächeln über ihre Lippen huschen ließ. Wäre Sam hier, hätte sie spätestens jetzt die Augen verdreht, denn *ein Zwilling kommt selten allein* hatte sie bereits mindestens zwanzig Mal mit Macks ansehen müssen.

Entschlossen stand Macks auf, ging zum Fenster und zog die langen weißen Vorhänge zu, als könne sie so die Welt aussperren.

Gerade als sie dabei war, es sich unter der flauschigen Steppdecke gemütlich zu machen und den Film zu starten, klopfte es an ihrer Wohnungstür.

Verwundert hob Macks die Augenbrauen, stand wieder auf, um zu öffnen.

Vermutlich stand vor der Tür nur ein Pizzabote, der das Haus verwechselt hatte.

Nach einem Blick durch den Türspion wich Macks allerdings ein paar Schritte zurück, bevor sie sich zusammenriss und öffnete.

»Was machst du denn hier?«, fragte sie, wobei sie wünschte, sie hätte sich zurechtgemacht.

»Du hast mir den ganzen Tag nicht geantwortet« erwiderte Paula. »Da ich diese Woche sowieso geschäftlich in LA unterwegs bin, dachte ich mir, ich schau einfach mal vorbei. Außerdem habe ich fantastische Neuigkeiten!«

Ohne großartig darüber nachzudenken, umarmte Macks Paula, die immer noch im Türrahmen stand. »Was für eine Überraschung. Komm doch rein.«

Der taxierende Blick, den Paula ihr daraufhin zuwarf, fühlte sich an wie Nadelstiche, die sich in Macks' Haut bohrten. Der Pulli, der schlaff von ihren Schultern hing und die ausgeleierte Jogginghose, in Kombination mit ihren zu einem schnellen Pferdeschwanz gebundenen Haaren, vermittelten keinen professionellen Eindruck.

Verlegen sah sie zur Seite. »Sorry, mein Akku war leer«, nuschelte sie und wurde sich bewusst, dass die impulsive Umarmung vielleicht zu viel gewesen war.

Aber sie vermisste vertraute Gesichter.

Paula schob sich an ihr vorbei, streifte ihren Blazer ab und hing ihn dann sorgfältig auf der Garderobe im Flur auf. Mit zielstrebigen Schritten ging Paula in das Wohnzimmer.

Macks huschte an ihr vorbei und stellte das Geschirr, dass immer noch am Tisch stand, in die Spüle.

Wäre ich bloß an mein Handy gegangen.

Anschließend ging sie weiter ins Wohnzimmer dann packte sie die Pflanze, die wie ein verwelktes Stiefkind neben dem großen Fernseher vor dem Fenster stand und schob sie hinter ihr Klavier, dass den meisten Platz einnahm. Aus dem Augenwinkel beobachtete sie Paula, die auf die zerknüllten Papierblätter starrte, die unter dem Klavierhocker am Boden verstreut lagen.

»Lass mich raten. Wieder einer dieser Abende allein zuhause?« Paulas prüfender Blick ließ Macks' Schultern noch tiefer sinken, als sie ohnehin schon waren.

»Du hast vorhin von Neuigkeiten gesprochen«, sagte Macks, in dem Versuch Paula abzulenken, während sie die Schüssel Popcorn auf den Couchtisch stellte und mit einer schnellen Handbewegung die Decke, mitsamt der Taschentücher von der Couch zog und achtlos in die Ecke warf.

Paula folgte ihrer Handbewegung und setzte sich mit überkreuzten Beinen auf das weiße Ledersofa. »Ist wirklich alles okay bei dir?«

An Paulas Stirnrunzeln konnte Macks erkennen, dass jeder Widerstand zwecklos war. Paula hatte sie spätestens nach ihrem emotionalen Zusammenbruch vor dem Start der Kanada-Tour gelernt zu lesen. Daher beschloss sie, ihr dieses Mal nichts vorzuspielen.

»Die neue Macks, die ich hier sein wollte, scheint auch nach drei Monaten immer noch nicht angekommen zu sein.« Macks setzte sich neben Paula auf die Couch und deutete zu den zerknüllten Blättern am Boden. »Ich bin musikalisch blockiert und mir ist langweilig.«

»Das trifft sich gut«, antwortete Paula und zog eine dicke blaue Mappe aus Pappe aus ihrer Handtasche hervor. »Ist dir Sheila Wang ein Begriff?«

»Wem ist Sheila Wang in Hollywood denn kein Begriff?

Immerhin ist sie die Produzentin von Sing-Sang, einer der beliebtesten Fernsehserien derzeit. Was ist damit?«, fragte Macks.

Paula rieb sich die Hände und schlug die Mappe auf. Sie blätterte durch etwas, das Macks an ein Skript erinnerte.

»Sheila und ich sind alte Bekannte. Sie kontaktierte mich vor ein paar Tagen, nachdem sie von deinem Umzug nach LA erfahren hat.«

Macks reckte den Hals und versuchte einen Blick auf den Inhalt der Seiten zu erhaschen. Was hatte Sheila Wang für ein Interesse an ihr? Sollte sie etwa ein Lied für die Serie schreiben? Schließlich ging es um eine Gruppe von Teenagern, die in einer Band waren.

»Sheila möchte dich in ihrer Show haben. Einen Cameo Auftritt. Das hier ist das Drehbuch.« Macks konnte die Aufregung in ihrer Stimme heraushören.

»Was ist ein Cameo Auftritt?«, fragte sie und strich sich eine Strähne, die sich aus dem Haarband gelöst hatte, hinters Ohr.

Paula hob ihren Blick vom Drehbuch, wobei ihre Miene wirkte, als hätte Macks gerade gefragt, wer der aktuelle Präsident sei. Ein Lachen entwich ihr, aber sie fasste sich schnell wieder und hielt Macks das Drehbuch unter die Nase. »Du spielst dich selbst. Sheila hat extra eine Szene für dich geschrieben. Die Band macht einen Ausflug zum Strand, du bist zufällig auch gerade dort. Jemand erkennt dich, ihr jammt einen Song zusammen. Das Ganze wird eine Musicalnummer mit Tänzern, Kostümen und allem Drum und Dran. Sheila dachte an *Summer Dream.*«

Verlegen kratze Macks sich an der Stirn. Die Szene klang lustig, aber sie hatte null Schauspielerfahrung.

»Paula, ich weiß nicht … Ich sollte mich besser auf meine Musik konzentrieren.«

»Sei nicht albern. Eben hast du noch von einer Blockade gesprochen und dass dir langweilig wäre. Das hier ist genau die richtige Ablenkung und gut für dein Image.« Ihre Gesichtszüge wurden weicher und sie lehnte sich etwas zurück. »Außerdem gibt es ein beachtliches Honorar dafür.«

Mit einem Lächeln holte Paula einen Stift aus ihrer Handtasche und kritzelte eine Zahl auf eine der Seiten, schob diese dann in Macks' Richtung.

Macks' Herz blieb beim Anblick der Ziffern fast stehen. So viel Geld für lächerliche zwei Sätze und die Performance ihre Hit-Single *Summer Dream*?

Paula fixierten sie. »Es ist eine gute Möglichkeit deine Tour-DVD zu promoten. Die Ausstrahlung dieser Episode ist zwei Monate nach Veröffentlichung der DVD im August. Wenn wir es richtig anstellen, bist du schon lange davor in aller Munde.«

»Meinst du?«, fragte Macks, immer noch unsicher, ob sie der Aufgabe gewachsen war.

Ein bisschen Abwechslung würde ihr allerdings sicherlich guttun. Ein solches Angebot auszuschlagen wäre auch aus vielen Gründen unklug. Zögernd willigte Macks daher ein.

»Ausgezeichnet«, antwortete Paula und schlug die Mappe zu.

Doch anstatt Macks die Einzelheiten zu erklären, verharrte sie auf der Couch und rückte ihre Brille zurecht. Irgendetwas an Paula war komisch. »Da ist doch noch was, oder? Also raus mit der Sprache.«

Paula nickte und holte eine weitere Mappe aus ihrer Tasche. Sie war dünner.

»Sheila macht sich Sorgen um Chris Stiller, ihren Hauptdarsteller.«

Ein Grinsen überkam Macks, denn sie dachte an Lexi, deren Zimmerwände voll mit seinen Postern waren.

»Was ist mit ihm? Hat er ein Drogenproblem?«, scherzte sie, doch Paula schüttelte den Kopf.

»Nein.«

Dann öffnete sie die Mappe. Macks zog scharf Luft ein. Diese Bilder waren ganz sicher nicht für die Öffentlichkeit bestimmt. Was hatte er sich nur dabei gedacht, so unvorsichtig zu sein?

Das erste Foto zeigte den dunkelhaarigen Schauspieler, dessen markantes Gesicht unverkennbar war. Er trug eine Jeansjacke und obwohl die Bilder etwas unscharf waren, bestand kein Zweifel daran, dass er es war, der in dem weißen Audi neben einer männlichen Person saß. Das zweite Bild war eine Frontalaufnahme, die Chris dabei zeigte, wie er sich in diesem Wagen mit einem bekannten Moderator unterhielt. Die beiden wirkten sehr vertraut miteinander. Die nächsten Bilder zeigten allesamt dasselbe, waren nur unterschiedlich in Auflösung und Winkel. Die beiden Männer küssten sich und die Hand des Moderators war eindeutig in Chris' Jeansjacke verschwunden.

Ihren Blick immer noch auf die Bilder gerichtet murmelte Macks: »Ich wusste gar nicht, dass er …« Sie stockte, denn sie wollte keine voreiligen Schlüsse ziehen.

Hastig steckte Paula die Fotos zurück in ihre Tasche und seufzte. »Genau das ist das Problem. Niemand darf erfahren, dass er homosexuell ist. Chris Stiller ist Hollywoods Mädchenschwarm Nummer eins und die Show würde sehr darunter leiden, wenn das herauskommt. Seine Karriere könne er nach so einem Skandal vergessen. Niemand bucht einen schwulen Schauspieler für die Rolle eines Teenieschwarms. Traurig, aber wahr. Es hat den Sender eine sechsstellige Summe gekostet, die Paparazzi zu bestechen, damit diese Bilder nicht veröffentlicht wurden.«

Plötzlich empfand Macks Mitgefühl. Es hätte genauso gut sie selbst auf so einem Bild sein können. Gemeinsam mit Sarah noch vor ein paar Monaten.

Chris musste sich fürchterlich gefühlt haben, als er von den Fotos erfahren hatte. Zum Glück war es dem Sender gelungen, sie vor Veröffentlichung zu kaufen. Kein Wunder, dass sich Sheila Sorgen machte.

Stirnrunzelnd drehte sich Macks zu Paula um und versuchte, aus ihrem Gesicht etwas abzulesen. »Aber was hat das mit mir zu tun?«

Paula hob eine Augenbraue.

»Sheila und ich sind der Meinung, ihr beide könntet ein süßes Paar abgeben. Euch gut ergänzen, wenn du verstehst, was ich meine.«

Macks sprang auf und spürte, wie das Adrenalin durch ihren Körper schoss. Ihre Handflächen wurden feucht, aber sie zwang sich, sich nichts anmerken zu lassen.

»Wie soll das denn bitteschön funktionieren? Wir verlieben uns am Set, vergessen, dass wir beide nicht hetero sind und auf einmal sind wir zusammen?«

Kopfschüttelnd blickte Paula Macks an, die wie aufgescheucht auf und ab lief. »Setz dich und sei nicht albern.«

Widerwillig leistete Macks folge, rutschte dafür aber auf der Couch hin und her.

»Dein Cameo Auftritt könnte der perfekte Start für eure Liebesbeziehung sein. Eine plausible Geschichte«, begann Paula.

Macks' Körper spannte sich an und sie atmete tief durch.

»Nichts davon klingt plausibel!« Macks versuchte vergeblich ihre Stimme ruhig klingen zu lassen.

»Lass mich ausreden«, zischte Paula und warf Macks einen warnenden Blick zu. »Es wäre natürlich keine echte Beziehung, sondern eine Showmance. Ihr würdet beide davon profitieren.«

Sie deutete auf Macks und machte kreisende Bewegungen mit ihrem Finger.

Endlich begriff Macks. Natürlich war auch ihr Geheimnis ohne eine öffentliche Beziehung in Hollywood nicht sicher. Vor allem nach Veröffentlichung der DVD nicht, auf der Sarah in praktisch jeder Szene gemeinsam mit ihr zu sehen war.

»In Hollywood nennen wir so etwas Bearding. Ein Beard ist eine Person, die vorgibt, der Partner von jemanden zu sein. Der Grund eines Beardings kann vielfältig sein. Oft ist es aber zu dem Zweck, die wahre Sexualität einer Person zu verbergen und die Öffentlichkeit davon zu überzeugen, dass die Beziehung echt ist. So wie in eurem Fall. Ein paar Auftritte auf Premieren und öffentlichen Ereignissen sollten dafür schon ausreichen.«

Endlich reichte Paula Macks die zweite Mappe und zeigte auf eine Textpassage. »Hier steht, dass ihr zu allen öffentlichen Auftritten, seien es deine oder seine, gemeinsam erscheint, solange es die jeweiligen Terminpläne erlauben. Des Weiteren werden Dates organisiert und Paparazzi gerufen, die anschließend der Presse eure Fotos zuspielen.«

Macks' Nackenhaare stellten sich auf. Musste sie wirklich eine Fake-Beziehung eingehen, um ihre Karriere zu schützen? Es klang absurd und sie bezweifelte, dass ihnen diese Beziehung abgekauft werden würde. Andererseits …

Stopp! Du spielst doch nicht tatsächlich mit dem Gedanken?, meldete sich eine schrille Stimme in ihrem Kopf.

Halt die Klappe Mackenzie, zischte Macks gedanklich zurück.

»Chris würde da mitspielen?«, fragte sie dann laut, ihren Blick noch immer auf das Dokument gerichtet.

»Er hat keine andere Wahl. Chris darf seinen Job nicht verlieren und würde alles tun, damit sein Geheimnis nicht ans Tageslicht kommt. Er ist ein aufstrebender Schauspieler und noch jung. Er weiß, dass seine Karriere auf dem Spiel steht. Stell dir die öffentliche Demütigung vor.«

»Aber was habe ich von dem Deal? Ich komme ziemlich gut alleine zurecht«, wandte Macks ein und straffte die Schultern.

»Du wirst in einem Monat neunzehn, die Leute werden dir dein Single-Dasein nicht ewig abkaufen. Wir müssen an deine Zukunft denken und dich schützen. Auch du hast viel zu verlieren, wenn deine sexuelle Orientierung ans Licht kommen sollte. Du möchtest doch in LA so richtig durchstarten, oder? Chris' Netzwerk wäre da sehr hilfreich.«

Ein stechendes Gefühl machte sich in Macks' Brust breit und ihr Herzschlag beschleunigte sich bei dem Gedanken an ein öffentliches Coming-out. »Okay, aber ich möchte zuerst den Cameo drehen und Chris kennenlernen, bevor ich bei irgendetwas zustimme.«

Paula nickte. »Sehr gut, das lässt sich einrichten.«

Tausende Gedanken kreisten Macks durch den Kopf, als sie ein paar Minuten später die Tür hinter Paula abschloss. Daran, den Film zu schauen, war nicht mehr zu denken. Stattdessen öffnete sie ihren Laptop und staunte ein paar Stunden später nicht schlecht darüber, dass PR-Beziehungen tatsächlich seit dem goldenen Zeitalter Hollywoods praktiziert wurden.

Würde man auch ihr eine solche Beziehung abkaufen? Sie konnte sich das nicht vorstellen.

Kapitel 22

April 2011

Zwei Wochen später saß Macks in einem Taxi und wartete darauf, dass der als Portier fungierende Wachmann ihr endlich das Tor öffnete, das zu den Paramount Studios führte. Durch das offene Fenster drang warme, stickige Luft in den Innenraum des Taxis, während der Wachmann ihren Ausweis mit eiserner Miene studierte. Ein Blick auf die Armbanduhr verriet ihr, dass sie schon längst hätte am Set sein müssen.

Endlich nickte der Mann, gab ihr den Ausweis zurück und das Taxi setzte sich wieder in Bewegung. Sie passierten das gewölbte Marmortor, das mit verschnörkelten Mustern verziert war. In der Realität wirkte das Bronson Gate noch viel imposanter, als in den zahlreichen Filmen, in denen es Teil der Kulisse war. Wären da nicht links und rechts die riesigen Palmen gewesen, hätte dieser Durchgang auch glatt eine Kopie des Triumphbogens darstellen können.

Der tatsächliche Eingang des Studios war mit einer graumetallischen, mindestens drei Meter hohen Schiebetür versehen und wirkte im Vergleich zum Eingangstor eher wie der einer Lagerhalle. Nachdem Macks aus dem Taxi gestiegen war, öffnete sich quietschend die Pforte und eine zierliche Frau Mitte dreißig, die eine auffallende Hornbrille und eine Latzhose trug, kam Macks entgegen.

»Hi Macks, ich bin Sheila, schön dass du da bist, die Proben starten in fünf Minuten.« Macks folgte Sheila durch die Studiotür und Gänsehaut breitete sich auf Macks' Armen aus. Drinnen war es um gut zehn Grad kühler.

Der Marsch durch den verwinkelten Flur, auf dem sich Techniker mit Equipment tummelten, schien ewig zu dauern. Mack war froh, als Sheila endlich eine der Türen öffnete und ihr mit einem Kopfnicken signalisierte ihr hindurchzufolgen.

Ein Raunen erfüllte den Raum und Macks fühlte sich wie damals, an ihrem ersten Schultag in New Orleans. Trotz der Tatsache, dass der Dreh der Sing-Sang-Episode, in der sich Macks selbst spielte, nur einen Tag dauern würde, überrollte sie das Lampenfieber, wie eine Dampfwalze.

An einem ovalen Tisch saßen einige Personen, doch Macks' Blick blieb an Chris Stiller hängen, der lässig auf einem der Plastikstühle saß und ihr zunickte.

»Leute, Leute ... Leute!« Sheila klatschte in die Hände und augenblicklich verstummten die Stimmen. »Ich weiß, ihr freut euch alle, dass Macks Teil dieser Episode sein wird, aber wir müssen endlich anfangen zu proben. Macks, setzt dich auf den freien Stuhl neben Chris. Dein Skript liegt bereits am Tisch.«

Macks' Schockstarre löste sich, sie hob ihre Hand.

»Hi, freut mich hier zu sein«, begrüßte sie den Cast und ging zu ihrem angewiesenen Platz.

Der Dreh dauerte bis zum späten Abend und als Macks das Studio verließ, war ihr längst klar, wie unbegründet ihr Lampenfieber gewesen war. Jeder am Set, einschließlich Chris, hatte sich gefreut, dass sie dabei war, und ihr Auftritt war sogar gelobt worden. Es war fast so gewesen, als stünde sie auf der Bühne, nur dass jede ihrer Bewegungen noch akribischer einstudiert gewesen war als üblich. Nicht nur der Dreh war erfolgreich verlaufen, sondern auch das erste Kennenlernen mit

Chris. Er war der Klassenclown am Set und liebte es, seinen Kollegen kleine Streiche zu spielen. Es war schon lange her, dass Macks so viel Spaß bei der Arbeit hatte. Insgeheim hoffte sie, dass Chris sich, wie abgesprochen, bald bei ihr melden würde.

Tatsächlich rief Chris bereits am nächsten Tag an und fragte, ob Macks Lust hätte, mit ihm etwas trinken zu gehen.

Als Macks das Café betrat, das Chris für ihr erstes gemeinsames Treffen vorgeschlagen hatte, waren ihre Knie weich wie Butter und ein unangenehmes Kribbeln zog sich durch ihren Magen.

Immer wieder strich sie ihr lila Kleid glatt, während sie den Innenraum musterte. Das Café war, bis auf ein junges Paar, das sich einen Milchshake teilte, leer.

Dann entdeckte sie Chris, der hinten in einer Ecke saß und die Speisekarte studierte. Sein kurzes braunes Haar war zur Seite gekämmt. Er trug einen grauen Sweater, darüber eine Jeansjacke, dieselbe, die er auf dem Kuss-Foto mit diesem Moderator getragen hatte. An seinem Handgelenk blitze eine Uhr, die teuer wirkte. Eine dünne lange Kette hing um seinen Hals, an der ein rechteckiger, an den Ecken abgerundeter, metallener Anhänger baumelte.

Lächelnd ging Macks auf ihn zu. Als Chris sie entdeckte, stand er auf und schloss sie ohne Vorwarnung fest in seine Arme.

»Hey Macks, schön, dass du gekommen bist.«

»Sorry für die Verspätung, aber an den Verkehr in LA muss ich mich noch gewöhnen«, erwiderte sie, löste sich aus der Umarmung, hing ihre schwarze Lederjacke auf den Stuhl und setzte sich.

Lächelnd nahm Chris ihre Hand, woraufhin Macks zusammenzuckte und schluckte.

Chris aber beugte sich über den Tisch und flüsterte: »Was hältst du von dem Arrangement unserer Publizisten? Könntest du dir vorstellen, meine Freundin zu sein?«

Ruckartig zog Macks ihre Hand zurück und verschränkte die Arme vor der Brust. »Ich mag es nicht, ungefragt angefasst zu werden. Das hier ist keine Szene aus deiner Serie.«

Anstatt sich zu entschuldigen, warf Chris seinen Kopf zurück und zog seine Mundwinkel hoch. »Ich wusste, dass wir uns gut verstehen!«

»Ach, meinst du?«, presste Macks hervor, achtete danach ganz genau auf seine Reaktion.

Er will spielen? Dann mal los.

Chris schien sich von ihr nicht verunsichern zu lassen, denn er beugte sich erneut viel weiter vor, als es Macks lieb war.

»Wir könnten beide davon profitieren. Ich kenne deine Pläne nicht, aber ich denke, dass du bald wieder ein neues Album veröffentlichen wirst oder vielleicht ein anderes Projekt promoten willst?«

»Natürlich wäre zusätzliche Promo gut für meine Tour-DVD und vielleicht kannst du mir auch beim Kontakt zu ein paar Leuten in der Entertainmentbranche behilflich sein. Nur hört sich das Ganze so absurd an! Niemand wird uns glauben. Ich ertrage es ja nicht einmal, wenn du meine Hand nimmst.«

Er lächelte, als wäre eine Showmance das Normalste auf der Welt für ihn. »Das macht nichts. Das können wir üben.«

»Ach so, du meinst für unsere Beziehung gibt es ein Skript?«, fragte Macks, schüttelte dabei ungläubig den Kopf.

Chris' Miene wurde ernst. »Natürlich. Es muss eines geben. Nur so kann es funktionieren. Ich verspreche, ich werde dich nie wieder ungefragt anfassen und wir legen jetzt gemeinsam unsere Rahmenbedingungen fest. Übrigens war das ein Test, den du bestanden hast.«

Stirnrunzelnd kratzte sich Macks am Kinn. »Ich verstehe nicht ….«

»Macks, die meisten Menschen auf dieser Welt würden töten, um meine Hand zu halten. Aber du nicht. Du hast deine Prinzipien und genau das finde ich toll an dir. Gerade deswegen könnte das mit uns funktionieren. Vergiss nicht, das wird nur ein Arrangement und keine echte Beziehung.«

Er machte eine Pause, als wartete er darauf, dass sie etwas sagte. Doch als Macks ihn nur fragend ansah, fuhr er fort: »Denk nach. Deine Fans werden sich spätestens bei deinem nächsten Album fragen, wer die Muse deiner Musik ist. Du bist single und hast auch niemanden öffentlich gedatet. Das wird Fragen über dein Privatleben aufwerfen. Wärst du mit mir zusammen«, er grinste und lehnte sich etwas zurück, »könntest du unsere fake Beziehung für deine PR-Zwecke nutzen, so wie es deinem Management vorschwebt. Wir könnten es so drehen, dass wir seit unserem Dreh heimlich ein Paar sind und ich deine Muse war. Du könntest durch meine Fanbase die Streaming-Anzahl steigern, da jeder hofft, Details unserer Beziehung in deinen Songs zu finden. Sie werden Geschichten erfinden, die du nicht mehr erfinden musst. « Er zuckte mit den Schultern. »Ich hingegen möchte unbedingt diese Rolle im nächsten Marvel Film. Aber dafür darf nicht mehr über meine Sexualität spekuliert werden.«

Chris' Argumente für eine Beziehung waren erstaunlich gut.

Er deutete zum Fenster und Macks bemerkte zwei Mädchen, die ihr Gesicht durch die Scheibe drückten. »Schau dir die beiden an. Wir sind spätestens in ein paar Stunden sowieso in aller Munde. Warum die Aufmerksamkeit nicht zu unserem

Vorteil nutzen? Alles, was du dafür tun musst, ist ja zu sagen und es wird still um unser Privatleben. Für eine sehr lange Zeit. Wir sehen doch süß zusammen aus, oder?«

Stumm wanderte Macks' Blick zuerst zu Chris, dann zurück aus dem Fenster. Die Mädchen waren mittlerweile verschwunden, aber Macks wusste jetzt schon, dass sie spätestes morgen in einer der Blogs stehen würde. Das Arrangement mit Chris könnte tatsächlich funktionieren. Auf eine komische Art und Weise ergab das, was Chris sagte und sie anfangs für einen einstudierten Monolog gehalten hatte, Sinn.

Vielleicht hatte sie deshalb so Probleme, die Melodien zu ihren Texten zu schreiben, da die Lieder von einer Liebe handelten, über die sie niemals öffentlich sprechen konnte. Nicht jeder genoss den Luxus, permanent die Wahrheit sagen zu dürfen. Allerdings könnte sie ihre Songs mit ein paar Änderungen so drehen, dass diese von Chris handelten.

»Macks, bist du noch da?« Chris' Stimme ließ sie aus ihren Gedanken hochfahren, sie nickte. Jeder Widerstand war zwecklos, denn sie wusste, dass sie sich in diesem Moment entschieden hatte.

»Wie genau soll das funktionieren?«, fragte Macks, ohne auf seine Frage einzugehen.

»Wir müssen uns einfach nur auf ein paar grundlegende Dinge einigen. Wie zum Beispiel unsere Präsentation zu zweit in der Öffentlichkeit. Fotos der Paparazzi, genauer gesagt in welchem Umfeld und von wem geschossen. Was für Dates und natürlich den Ablauf unserer Trennung. Wir schreiben eine Art Skript für unsere Beziehung, lernen es auswendig.«

Macks trommelte mit den Fingern auf die Tischplatte. »Du glaubst, dass uns die Leute unsere Beziehung abkaufen, obwohl wir weder zusammen wohnen, uns nur für die vorher definierten Events in der Öffentlichkeit zeigen und ein paar Bilder im Netz hochladen?«

»Darf ich?«, fragte Chris und als sie nickte, nahm er ihre Hände.

»Macks, die Leute sehen das, was sie sehen wollen. Ich werde es dir beweisen. Erwarte mich morgen Abend um acht Uhr im San Daniele. Das ist ein kleiner Italiener, nicht weit weg von den Studios. Da gibt es die beste Pasta der Welt, ich versprech`s dir.«

»Nein, morgen ist mein Geburtstag.«

Chris lächelte und strahlte dabei diese Wärme aus, die selbst Macks dahinschmelzen ließ. »Genau deswegen. Im August kommt unsere gemeinsame Sing-Sang-Episode heraus. Das Timing ist perfekt!« Entschuldigend hob er gleich darauf seine Hände: »Solltest du jedoch etwas mit deiner Familie oder Freunden vorhaben, möchte ich dich nicht davon abhalten. Solltest du allerdings keine Pläne haben, würde ich mich freuen, dich zum besten Italiener der Welt ausführen zu dürfen.«

Sie seufzte, denn ihr neunzehnter Geburtstag würde nur ein weiterer Filmabend alleine mit Pizza und Popcorn in ihrem Wohnzimmer werden. Warum also nicht mit Chris essen gehen?

»Ich werde schauen, ob ich da noch was verschieben kann. Aber jetzt muss ich los.«

Mit zielstrebigen Schritten verließ Macks das Café und ließ einen verdutzten Chris sitzen.

Drei Stunden später kam sie schweißgebadet in ihrem Apartment an. Sie war den ganzen Weg bis nach Beverly Hills zu Fuß gelaufen, um noch einmal in aller Ruhe nachzudenken.

Nach einem Glas Wasser schrieb sie Chris eine Nachricht. Anschließend wählte sie Paulas Nummer.

Chris behielt recht, die Pasta im San Daniele war das Beste, dass Macks seit langem gegessen hatte. Jeder Bissen der Ravioli mit Ricotta und Spinat schmeckte wie kleine Himmelströpfchen.

Die Flasche Pino Griggio, die Chris zum Essen bestellt hatte, war bereits vor dem Dessert geleert.

»Was meinst du, wie viele Gläser brauchen wir noch, um uns zu küssen«, scherzte Macks, beugte sich dabei herausfordernd zu Chris.

Er strich ihr eine Strähne aus dem Gesicht und konterte: »Schätzchen, ich bin Schauspieler, ich kann das auf Kommando. Außerdem ist es dein Geburtstag. Ein Kuss ist Pflicht.«

Angetrunken und voller Endorphine vom guten Essen beschloss Macks die Zügel in die Hand zu nehmen. Es war das unkomplizierteste und witzigste Date, auf dem sie jemals war. Warum nicht davon profitieren?

»Komm, wir teilen uns ein Tiramisu, verlassen Hand in Hand das Restaurant und du küsst mich vor den Paparazzi, die uns seit einer Stunde durchs Fenster beobachten, auf den Mund.«

Chris klatschte in die Hände. »Ich mag es, wie du denkst. Nur schlag mich nicht danach.«

Ein Lächeln huschte über Macks' Gesicht und sie schüttelte den Kopf. »Niemals. Es war ja meine Idee.«

Der Kellner brachte das Tiramisu und stellte es vor Macks ab. Chris erhob sich von seinem Platz und stimmte ›Happy Birthday‹ an.

Macks vergrub ihr Gesicht in ihren Händen, musste dabei aber schmunzeln, denn auch die Gäste vom Nebentisch hatten mitangestimmt. Spätestens jetzt wusste jeder im Restaurant, dass Macks gemeinsam mit Chris in diesem romantischen Ambiente ihren Geburtstag feierte.

»Danke, aber bitte setz dich wieder«, sagte sie und begann dann, das Dessert zu verputzen. Gerade als Macks dabei war, das letzte Stück in ihren Mund zu schieben, zog Chris eine kleine Schatulle aus seiner Hosentasche.

»Alles Gute zum Geburtstag, Macks!«

Gerührt von seiner Geste öffnete sie das kleine mit Samt überzogene Kästchen. Sie lehnte sich zurück und grinste.

»Dein Ernst?«, presste sie hervor und unterdrückte ein Lachen.

Sie nahm die Kette mit dem goldenen Herz, auf dem der Buchstabe C eingraviert war aus der Schachtel. Darunter kam ein Zettel zum Vorschein, auf dem stand: Je ne regrette rien.

Ich bereue nichts.

Chris setzte ein zufriedenes Lächeln auf. »Ich hoffe, es gefällt dir«, sagte er.

Macks ließ die Kette durch ihre Finger gleiten und legte sie anschließend um ihren Hals.

»Merci«, antwortete sie und ein warmes Gefühl überkam sie.

Das Geschenk war nicht die Kette, sondern der Songtext von Édith Piaf, der größten Künstlerin aller Zeiten. Denn dieses Zitat war eine Hymne an die Unabhängigkeit und das Überwinden von Hindernissen, ohne Rückblick und ohne Bedauern.

Scheiß drauf. Bieten wir ihnen die Show, für die sie hergekommen sind.

»Bist du bereit?«, fragte Macks und blickte Chris dabei herausfordernd an.

Dabei verspürte sie den Drang, endlich nach draußen zu gehen, frische Luft zu schnappen und ihren Deal zu besiegeln.

Nach dem Kuss im Mondschein, an ihrem Geburtstag vor einem kleinen italienischen Restaurant, waren Macks und Chris das Gesprächsthema Nummer eins in Hollywood.

Die Fotos von ihnen als verliebtes Paar überfluteten die Boulevardzeitschriften sowie alle möglichen Social-Media-Plattformen.

Anfangs fand Macks die inszenierte Täuschung peinlich, aber bald schon überwog die Genugtuung. Sie musste keinen Finger rühren, um wieder in aller Munde zu sein. Normalerweise war dafür neue Musik nötig, aber anscheinend genügte auch eine Romanze mit einem bekannten Schauspieler, um die Vorfreude auf ihre *Fairytale*-Tour-DVD anzuheizen.

Elephant Records war begeistert über die Publicity. Peter konnte kaum erwarten, wie sich die Verkaufszahlen hinsichtlich der baldigen Veröffentlichung der neuen Sing-Sang Episode auswirken würden, jetzt da Macks und Chris ein offizielles Paar waren.

Im August, vier Monate nach ihrem ersten Kennenlernen, wurde die gemeinsamen Sing-Sang Episode veröffentlicht. Diese war die der meistgesehenen Episode der Serie.

Ein paar Tage später schlenderte Macks gemeinsam mit Chris durch den Park. Wie selbstverständlich gab sie ihm liebevoll einen Kuss auf die Wange, denn natürlich hatten sie den Paparazzo bemerkt, der ihnen gefolgt war. Chris war schnell zu so etwas wie einem großen Bruder für Macks geworden. Jemand, der sie vor all dem Negativem beschützte, das so ein Erfolg mit sich brachte. Manchmal redeten sie auch über seine Beziehung, die er seit geraumer Zeit mit einem Mann namens Everett führte.

Sie beugte ihren Kopf zu seinem, senkte ihre Stimme und flüsterte in sein Ohr: »Ist dein Freund gar nicht eifersüchtig auf mich? Schließlich wird es morgen wieder neue Fotos von uns in der Presse geben.«

Chris lächelte, als er ihr liebevoll die Haare aus dem Gesicht strich.

Der Sommer neigte sich dem Herbst und Macks konnte immer noch nicht glauben, dass sie und Chris offiziell ein Paar waren und es noch niemand angezweifelt hatte. Für ihn war es sicherlich nicht immer einfach, seine echte Beziehung in den Hintergrund zu stellen. Aber nur so blieb ihre Tarnung aufrecht.

»Everett mag dich, deine Musik zumindest. Wie läufts mit deinen Songs überhaupt?«, fragte Chris herausfordernd, doch Macks bemerkte den Schmerz in seiner Stimme.

»Es läuft besser, aber mir fehlt noch dieser eine Kick, dieses gewisse Etwas, das mich in ein anderes Universum katapultiert. Aber ich weiß nicht, wo ich ihn finden kann«, antwortete Macks zerknirscht.

Chris' Miene wurde ernst und er nahm ihre Hand. »Vergiss nicht, in zwei Wochen ist die Premiere für die hundertste Episode von Sing-Sang geplant. Roter Teppich, Presse, gutes Essen, es werden viele Leute kommen.«

Macks nickte. Paula nervte sie schon seit Wochen damit.

»Ich werde da sein, mein Schatz. Ich freue mich darauf, endlich meinen ersten roten Teppich mit dir zu laufen. Aber du darfst mich nicht allein lassen, schließlich kenne ich in dort kaum Menschen«, antwortete sie und lächelte. Was konnte dabei schief gehen? Schließlich wurden Macks und Chris von allen geliebt.

Kapitel 23

September 2011 – Die Premiere

»Na los, bringen wir sie zum Durchdrehen.« Chris´ Augen funkelten, als er sich vom verdunkelten Fenster der Limousine abwandte, Macks anblickte und dabei ihre Hand nahm. Seine Berührungen lösten bei Macks schon lange kein beunruhigendes Gefühl mehr aus. Im Gegenteil, ihr Atem wurde gleichmäßiger und sie stellte sich vor, bald schon wieder in ihrem Apartment zu sein, in ihrem Jogginganzug, eingehüllt in ihre weiche Decke, vor dem Fernseher mit einer Tasse Tee.

Obwohl sie die öffentliche Zurschaustellung ihrer Person, sei es bei Preisverleihungen oder Fernsehauftritten, gewohnt war, war der heutige Auftritt eine Premiere. Sie war das Date von jemanden und nicht umgekehrt. Aber es war Teil des Deals.

Ihr Rücken wurde leicht in das glatte Leder der Rückbank der langen Stretch-Limousine gedrückt. Am Ziel angekommen, merkte Macks, dass sie immer nervöser wurde.

Chris hingegen war die Vorfreude auf die tobende Menge, die sie durch die geschlossene Wagentüre hören konnten, im Gesicht abzulesen.

Wie kann er dabei nur so ruhig bleiben?, schoss es Macks durch den Kopf, während sie ihren Blick entlang seines makellosen Gesichtes, den ordentlich zur Seite gegelten Haare und dem schwarzen Smoking mit passender roter Fliege gleiten ließ.

Schief grinsend neigte er seinen Kopf etwas nach vor. Der Geruch seines Aftershave drang Macks in die Nase.

»Du siehst zauberhaft aus. Wir werden alle umhauen. Bist du bereit?«, raunte er, ohne dabei seinen Blick von ihr abzuwenden.

Macks zwang sich zu einem Lächeln und versuchte all die Anspannung abzuschütteln. Vor Paparazzi so zu tun, als wären sie ein Paar war etwas anderes, als vor Chris´ Arbeitskollegen und der Studioleitung.

Sie holte tief Luft und folgte Chris, der bereits ausgestiegen war und ihr die Tür aufhielt, aus dem Wagen hinaus. Wie nicht anders erwartet wurden sie mit tobendem Applaus begrüßt, der in ein ohrenbetäubendes Gekreische überging. Dicht gedrängt standen hunderte von Fans hinter dem Absperrgitter, das links und rechts am Eingangsbereich aufgestellt worden war.

Macks' Fingernägel krallten sich in Chris´ Hand, als sie gemeinsam den roten Teppich entlang schritten und sie dabei ihr bordeauxrotes Kleid mit aufgebauschten Ärmeln präsentierte. Ihre Haare waren zu einem seitlichen Zopf geflochten worden und eine Rose war hinter ihrem Ohr befestigt.

Kurz vor den Stufen, die ins Sendergebäude führten, verlangsamte Chris seinen Gang. Er hielt an, beugte seinen Kopf etwas näher an Macks und küsste sie auf die Wange. Dabei strich er ihr mit der anderen Hand leicht über ihren nackten Rücken. Augenblicklich wurde es noch lauter um sie.

Macks unterdrückte das Bedürfnis, ihre silbernen Absatzsandalen in die Hand zu nehmen und einfach wegzulaufen. Doch sie dachte an ihr nächstes Album, das eine Mischung aus Liebesliedern sowie welche über die Zeit nach einer Trennung werden sollte. Natürlich war nicht Chris, sondern Sarah ihre Muse dafür, doch es musste glaubwürdig wirken. Daher legte sie ihren Arm um Chris´ Taille und setzte ein verliebtes Lächeln auf.

Macks' Wangen schmerzten, als sie nach einer gefühlten Ewigkeit endlich durch die Tür des Senders gingen.

Unauffällig wischte sie ihre verschwitzten Hände am Saum des Kleides ab und stieß einen hörbaren Atemzug aus.

»Ich glaube, sie haben es uns abgekauft. Was meist du?«, presste sie hervor.

»Du warst toll«, sagte Chris schmeichelnd und klopfte ihr zärtlich auf die Schulter. Dann senkte er die Stimme und fügte hinzu: »Aber vergiss nicht, das war erst der Anfang. Jetzt gilt es, den inneren Kreis an Produzenten, meinen Kollegen sowie allen anderen wichtigen Leuten davon zu überzeugen, dass wir das meistverliebte Pärchen in ganz Hollywood sind. Ich geh kurz auf die Toilette, warte hier auf mich.«

Mit einem aufgesetzten Lächeln wandte er sich von ihr ab, machte ein paar Schritte vorbei einer Gruppe von Männern, die sie bereits seit ihrem Eintreffen beobachteten.

Kurz überlegte Macks, ob sie sich auch frischmachen sollte, da tippe ihr jemand auf die Schulter. Sie drehte sich um.

Eine zierliche Frau, kaum älter als sie selbst, in einem schwarzen Jumpsuit stand ihr gegenüber. In ihrem Kopf ratterten die Bilder durch, die Chris ihr vor der Party von allen relevanten Leuten gezeigt hatte. Macks erkannte Tina, seine Visagistin. Unvermittelt war sie froh darüber, denn es war zwar wichtig, sich zu präsentieren, aber noch wichtiger, seine Gegenüber zu kennen. Keiner mochte einen arroganten Star und schließlich war Macks hier, um Kontakte zu knüpfen, die ihr bei der Vermarktung ihres nächsten Albums behilflich sein konnten.

»Macks – du bist hier! Ich bin so ein Fan deiner Musik. Außerdem warst du super in unserer Show.«

Macks kannte diesen Tonfall nur zu gut. Es war eine Mischung aus aufrichtiger Bewunderung und gespielter Heuchelei.

»Tina, richtig?«, erwiderte Macks und konnte dabei beobachten, wie sich deren Augen weiteten.

Insgeheim verkniff sich Macks ein Lachen, denn dem übertriebenen Nicken nach zu urteilen, freute sich Tina darüber, von Macks erkannt zu werden.

»Komm, lass uns etwas trinken. Du musst mir alles über dich und Chris und wie ihr euch ineinander verliebt habt erzählen«, säuselte Tina und deutete in Richtung Bar.

Hilfesuchend ließ Macks ihren Blick durch den Raum zu Chris schweifen, der aber schon längst verschwunden war.

Wäre jetzt der Moment, um dankend abzulehnen, da sie noch keine einundzwanzig war? Aber niemand in Hollywood scherte sich darum, ob man alt genug war, um Alkohol zu trinken.

Der Kellner stellte ein Glas Weißwein vor Macks am Tresen ab. Während sie daran nippte, musterte Tina sie auffordernd. Ein Entkommen schien unmöglich, also entschloss sie sich, die mit Chris vorher abgesprochene Geschichte zu erzählen.

Ihren Kopf leicht zur Seite geneigt, versuchte Macks so verliebt wie möglich zu lächeln. »Du weißt ja, wir haben uns im April am Set kennengelernt. Später hat Chris mich um ein Date gebeten.« Am Ende des Satzes senkte Macks gekonnt ihre Stimme. Angespannt beobachtete sie Tinas Reaktion. Doch die nickte, als wäre sie dabei gewesen. »Unser erstes Date lief toll. Wir haben gemerkt, dass wir viel gemeinsam haben, er brachte mich auf Anhieb zum Lachen«, fuhr Macks fort, setzte dann ein strahlendes Lächeln auf.

»Chris ist aufmerksam, liebevoll und dabei sieht er auch noch so verdammt gut aus. Ich bin einfach nur glücklich.«

Tina nahm einen Schluck aus ihrem Weinglas, nickte erneut. »Ich kann dir nur zustimmen und bin so froh, dass er endlich mit jemanden wie dir zusammen ist. Du musst wissen, er hatte es in der Vergangenheit nicht leicht mit den Frauen.« Tina senkte die Stimme und beugte sich näher zu Macks. »Einige dachten, er wäre vielleicht … na ja du weißt schon.« Verstohlen blickte sie beiseite, traute sich aber offensichtlich nicht auszusprechen, was Macks ohnehin schon wusste. »Deswegen bin ich so erleichtert, dass ihr euch gefunden habt. Schrecklich solche Gerüchte.«

Das Pochen in Macks Ohren setzte wieder ein. Hitze durchströmte ihren Körper, aber sie musste dieses aufkommende Panikgefühl unterdrücken und durchhalten. Jetzt war ihre Gelegenheit, Chris ein für alle Mal von diesen Gerüchten zu befreien. Fest umschloss sie ihr Weinglas und beugte sich dann ebenfalls etwas näher zu Tina. Mit fester Stimme erwiderte sie: »Chris hat mir davon erzählt. Die Gerüchte sind völliger Unsinn. Ehrlichgesagt macht es uns traurig, wenn dem, was irgendwelche Klatschzeitungen schreiben, auch nur ansatzweise Glauben geschenkt wird. Solche Magazine schreiben doch alles, um ihre Reichweite auszubauen.« Die Anspannung in Macks löste sich mit jedem Wort.

Mit einem triumphierenden Gefühl im Magen beobachtete Macks die Visagistin, die nun ihren Blick durch den Saal gleiten ließ, kurz darauf ihre Hand hob, jemanden zuwinkte und sich dann eilig bei Macks entschuldigte, um sich unter die Menge zu mischen.

Die Luft, die Macks zuvor angehalten hatte, entwich ihr mit einem erleichterten Atemzug, während sie sich fragte, ob sie wirklich nur der Welt etwas vormachte oder mittlerweile auch sich selbst, denn das Lügen fiel ihr immer leichter.

Ein süßlich-herber Duft stieg ihr in die Nase. Jemand hatte sich hinter sie an den Tresen gestellt. Beim Umdrehen streiften Haare Macks´ Schulter. Für eine Millisekunde vergaß sie zu atmen, denn es war Elise VandeKap, die vor ihr stand. Elises durchdringender Blick durchbohrte Macks wie ein Speer. Das dunkle bodenlange Kleid saß wie angegossen. Ihre schwarzen Haare, die lässig auf einer Seite über ihre Schulter drapiert waren, betonten ihre hohen Wangenknochen perfekt. Kein Wunder, dass sie ständig mit Halle Berry verglichen wurde.

Elises Lippen kräuselten sich, während sie sich zu Macks neigte. Strahlend weiße Zähne blitzen auf, als sie sagte: »Na vielleicht wird aus dir wirklich noch eine Schauspielerin.«

Endlich gelang es Macks, sich zu sammeln. Mit gehobenen Brauen erwiderte sie: »Das hoffe ich doch«, und streckte Elise die Hand entgegen. »Hi, ich bin Macks. Du musst Elise sein. Wir wurden einander noch nicht vorgestellt.«

Inständig hoffte sie, dass Elise ihre Nervosität nicht bemerkte.

Diese beäugte Macks stattdessen von oben bis unten. Es dauerte ewig, bis sie endlich ihre Hand ergriff und sie schüttelte.

»Du und Chris also«, antwortete Elise, ohne dabei eine Miene zu verziehen.

»Ja, er ist ein wundervoller Freund.« Dieses Mal gelang es Macks, ihre Stimme in den Griff zu bekommen, um überzeugender zu wirken.

»Soso. Interessant das Ganze.« Elise hob ihr Glas Wein ein Stück höher. »Dann Prost. Auf die Liebe! Viel Glück.« Der spöttische Unterton war dabei nicht zu überhören.

Verdutzt prostete Macks ihr zu, bevor Elise weiter in Richtung der Stehtische ging. Dabei hinterließ sie einen bitteren Nachgeschmack.

Macks beschlich das ungute Gefühl, dass Elise ihr entweder die Beziehung nicht abkaufte oder selbst scharf auf Chris war.

Wo war er überhaupt? Er hätte schon längst zurück sein müssen. Der große Raum, der in gedämmtes Licht gehüllt war, füllte sich allmählich. Es waren bestimmt hundert Leute auf der Party. Die meisten aber waren Fremde, gekleidet in zu teuren Anzügen, schicken Kleidern und mit viel zu aufwendigen Frisuren. Aber Chris war nirgends zu sehen. Das unbehagliche Gefühl, das sich seit der Konversation mit Elise tief in ihrer Magengrube eingenistet hatte, verstärkte sich.

Macks musste dringend mit ihm sprechen. So unauffällig wie möglich bahnte sie sich den Weg durch den Saal.

Nach einer halben Stunde gab sie die Suche auf. Ihre Füße schmerzten und sie lehnte sich gegen die Wand, die den Veranstaltungsraum vom Ausgang trennte. Immer wieder blickte Macks auf ihr Handy, aber Chris antwortete auf keiner ihrer Nachrichten.

Wie konnte er sie nur sitzen lassen? Schließlich waren sie gemeinsam hier. Wut breitete sich in ihr aus. Gerade in dem Moment, in dem sie drauf und dran war, die Party durch den Lieferanteneingang, den sie auf ihrer Suche nach Chris nicht weit weg von den Toiletten erspäht hatte, zu verlassen, öffnete sich eine Tür am Ende des Flures. Ein Mann um die fünfundzwanzig, in einem schwarzen Smoking stolperte heraus, dicht gefolgt von Chris.

Das Klappern ihrer Absätze hallte durch den Gang als Macks auf ihn zustürmte. Schnaubend stemmte sie ihre Hände in die Hüften und baute sich vor ihm auf.

»Wo warst du, ich habe dich gesucht!«

Chris, der amüsiert zu sein schien, hob die Arme, zeigte anschließend auf seinen Begleiter, der die Schultern hochzog und ausdruckslos auf Macks blickte. Er hatte schwarzes, kurz rasiertes Haar und war mindestens einen Kopf kleiner als Chris.

»Macks, darf ich vorstellen, das ist Everett, mein Partner. Endlich lernt ihr euch kennen.«

»Verdammt Chris, du kannst mich hier nicht so stehen lassen. Wir sollten diese Feier gemeinsam überstehen. Stattdessen irre ich hier wie eine Verrückte durch die Gänge«, entgegnete sie, während sie dem Drang widerstand, ihm am an die Gurgel zu gehen. Schließlich hatte Chris keine peinliche Konversation mit Elise führen müssen.

Erschrocken über ihre eigene Wut, trat sie einen Schritt zurück. Plötzlich dämmerte es ihr.

Das war Everett, Chris´ Partner, sein Freund. Macks´ Wangen begannen zu glühen und sie zupfte an ihrem Kleid, das sich in diesem Moment noch enger anfühlte, als es ohnehin schon war. Ein wenig verunsichert streckte sie Everett ihre Hand entgegen.

»Hi, ich bin Macks, Chris hat mir schon sehr viel von dir erzählt. Freut mich, dich endlich persönlich kennenzulernen. Auch wenn ich mir die Umstände besinnlicher vorgestellt habe«, sagte sie leise.

Everett erwiderte mit ruhiger Stimme: »Sorry, wir haben wohl die Zeit vergessen. Tut mir leid, dass Chris dich meinetwegen allein gelassen hat.«

Sein vorwurfsvoller Blick, der eindeutig Chris galt, brachte Macks zum Schmunzeln. Ihre Anspannung ließ ein wenig nach, während sie bemerkte, wie Everett unruhig auf und ab wippte und seine Hände hinter seinem Rücken verschränkte. »Ich finde es klasse, dass wir uns endlich treffen. Hoffentlich nimmt mich Chris einmal mit auf ein Konzert. Du musst wissen, ich habe sogar einen Macks Fan-Account auf Tumblr«, erklärte Everett.

Kein Hauch von Heuchelei lag in seiner Stimme, er schien tatsächlich die Wahrheit zu sagen.

»Wow, das ist toll, ich fühle mich geehrt«, antwortete Macks. Ihre Mundwinkel zogen sich hoch, während sie fortfuhr: »Wenn du Lust hast, könnten wir einmal etwas gemeinsam zu dritt unternehmen? Wir könnten essen gehen, oder so.«

Das Lächeln, das sich in Everetts Gesicht abzeichnete, war mit nichts zu vergleichen. Es war eine Mischung aus Verwunderung, Dankbarkeit und Freude zugleich. Jetzt erst dämmerte es Macks, dass sie ihm soeben die Tür geöffnet hatte, um mit Chris Zeit zu verbringen, ohne dass es verdächtig wirken würde. Bestimmt war es für Everett schwer, verborgen in Chris' Schatten zu existieren und niemals sein Date auf einem Event wie diesem sein zu dürfen.

Erschöpft verließ Macks eine Stunde später gemeinsam mit Chris die Party und sie stiegen in den Wagen, der bereits vor der Tür auf sie wartete. Vor ihrem Apartment angekommen verabschiedete sie sich mit einer Umarmung von Chris, wobei ihr die Konversation mit Elise wieder einfiel. Im Licht der Scheinwerfer des Wagens, das lange Schatten auf ihre Hausmauer warf, erzählte sie Chris davon.

Zu ihrem Erstaunen antwortete er lediglich, dass sich Elise lieber um ihren eigenen Kram kümmern sollte. Kopfschüttelnd drehte er sich anschließend um, winkte zum Abschied. Dabei ließ er eine verdutzte Macks auf dem Treppenabsatz ihres Apartments stehen.

Irgendetwas schien zwischen Chris und Elise vorgefallen zu sein, davon war Macks überzeugt. Vielleicht würde sich beim Mittagessen übermorgen am Set eine Gelegenheit ergeben, das Thema noch einmal anzusprechen.

Kapitel 24

Oktober 2011

Unruhig rutschte Macks auf dem Stuhl hin und her. Die große Kantine des Sets war bis auf ein paar besetzte Tische hinten in der Ecke leer. Zum tausendsten Mal vergewisserte sie sich, dass ihr niemand zuhören konnte. Dann beugte sie ihren Kopf leicht nach vorne, und flüsterte. »Chris, heute ist etwas Komisches passiert und es bestätigte mein Gefühl, dass ich damals auf der Party hatte.«

Chris' Mundwinkel zuckten und er hob die Augenbrauen. »Was denn? Hast du auf Anhieb den Eingang zum Set gefunden?«, scherzte er, aber Macks verdrehte die Augen. »Nein, ich bin Elise vorhin im Flur begegnet und habe sie gegrüßt. Aber anstatt den Gruß zu erwidern, blickte sie mich herablassend an. Ich konnte förmlich den Hass in diesem abwertenden Blick spüren. Schon auf der Party war da diese Abneigung mir gegenüber. Ich glaube sie ist …« Macks hielt für einen kurzen Moment inne und beugte sich so weit nach vorn, dass ihr Haar den Tisch streifte. »Entweder ist sie in dich verliebt oder sie weiß Bescheid.«

Chris' Miene versteinerte schlagartig. Er fuhr sich durch sein Haar, verschränkte anschließend die Hände vor der Brust. »So ein Mist. Ich wusste, dass sie es nicht auf sich beruhen lassen kann«, murmelte er und stieß einen tiefen Seufzer aus.

»Was?«, zischte Macks und spürte, wie ihr Puls in die Höhe schoss.

»Du musst es aber unbedingt für dich behalten, denn rein rechtlich gesehen begehe ich gleich Vertragsbruch.« Etwas Grimmiges lag in Chris' Stimme.

Unter dem Tisch hatte Macks ihre Hand längst zu einer Faust geballt, aber sie nickte.

»Elise ist wütend, weil sie eigentlich für die Rolle als meine Partnerin vorgesehen war, die Auswahl dann aber auf dich fiel. Die strategisch klügere Wahl.«

Macks verzog das Gesicht. »Aber warum benötigte denn jemand wie Elise einen Beard? Sie ist hübsch, erfolgreich und berühmt. Jemand wie sie kann doch jeden Typen haben.«

Verwunderung breitete sich über Chris' Gesicht aus, bevor er ihr antwortete. »Na aus dem gleichen Grund wie wir. Deckung.«

Macks' Herz blieb für eine Sekunde stehen. Aber sie zwang sich, gegen das kribbelnde Gefühl anzukämpfen, das plötzlich in ihr aufstieg. Hatte sie soeben richtig gehört? Noch schlimmer, hatte Elise etwa kapiert, warum sie mit Chris zusammen war?

Doch jetzt war nicht der Moment, um an Elise zu denken, sondern sich um das Wohl ihrer Fake-Beziehung zu sorgen. »Meinst du Elise wird zu einem Problem?« Eine unsichtbare Schlinge legte sich dabei um ihren Hals.

Kopfschüttelnd, dennoch etwas beunruhigt antwortete Chris: »Nein, ich denke nicht. Ich arrangiere etwas. Ein paar Drinks, wir alle zusammen. Dann wird sie sich wieder beruhigen. Ihr geht's doch nur um ihr Image. Mit dir gesehen zu werden, wird sie nicht ausschlagen wollen. Elise ist gerade einfach nur angepisst, aber ansonsten in Ordnung. Wenn sie dich erst mal näher kennt, wird sie dich mögen und all das ist vergessen. Versprochen.«

»Ich hoffe es«, murmelte Macks.

Auf ein Treffen mit Elise konnte sie verzichten und Freunde würden sie bestimmt auch keine werden. Aber Chris zuliebe wollte sie es versuchen.

Chris hielt Wort und organisierte zwei Wochen später ein gemeinsames Treffen mit Elise, Everett und Macks. Es war riskant von ihm, Everett mitzubringen, aber aus irgendeinem Grund schien er Elise tatsächlich zu vertrauen.

Macks jedoch hoffte bis zum letzten Moment, dass Elise absagen würde.

Als Macks dann händchenhaltend mit Chris die Bar betrat, erspähte sie Elise schon von Weitem. Sie saß gemeinsam mit Everett am Tresen und drehte sich erst um, nachdem Chris sich geräuspert hatte. Eine seitlich angebrachte goldene Schleife schmückte ihre schulterlangen Haare. Die weite beige Bluse hatte sie lässig in ihre schwarzen zerschlissenen Jeans gesteckt. Auch dieser Blick, der Macks wie ein Blitz traf, obwohl er dieses Mal weicher zu sein schien, war wieder da.

Macks drückte fest Chris´ Hand. Anschließend folgten sie dem Kellner zu ihrem Tisch.

Nach einer halben Stunde peinlichen Schweigen ihrerseits, traute sich Macks endlich in die Diskussion darüber einzusteigen, ob Ananas auf eine Pizza passte. Elise stimmte ihr nicht nur zu, sondern lachte über Macks' Aussage, dass sie diese manchmal extra drauflegte, um ihre Schwester davon abzuhalten, alles aufzuessen.

Elise erzählte von ihrer eigenen Familie. Sie war wie ausgewechselt und entschuldigte sich sogar bei Macks für ihr vorheriges Verhalten. Ihre kratzbürstige Art Macks gegenüber schob Elise auf ihr Sternzeichen. Denn Skorpionen würde man nachsagen, nachtragend zu sein.

Macks musste darüber lachen und ertappte sich dabei, an dieser Version von Elise sogar ein wenig Gefallen zu finden. Schlussendlich ging Macks sogar so weit, sich für die darauffolgende Woche mit Elise zum Essen zu verabreden.

Ihnen war beiden klar, dass nach einem gemeinsamen Abendessen keine besondere Bindung entstanden war, aber Macks benötigte dringend Freunde und Elise die Aufmerksamkeit der Presse. Denn anders als Chris, hatte sie noch keine neuen Projekte nach der finalen Staffel von Sing-Sang in Aussicht. Ihre schauspielerische Zukunft war genauso ungewiss wie der Erfolg von Macks in LA. Vielleicht kannte Elise Leute in der Musikszene, die ihr zu einem neuen Produzenten verhelfen konnten.

Obwohl das Treffen von Macks und Elise, das drei Wochen später in einem der beliebtesten Lokale Hollywoods stattfand, nur PR-Zwecken diente, hatten beide ungewöhnlich viel Spaß dabei.

Nachdem die anfänglichen Schwierigkeiten mit Elise überwunden waren, fand Macks sogar Gefallen an deren trockenen Humor. Außerdem machte sie keinen Hehl daraus, dass Macks' Musik nicht ihr Geschmack war. Elise stand auf Oldschool Hip Hop. Sie erzählte Macks, dass sie in Sherman Oaks aufgewachsen war und als Kind Polizistin werden wollte. Ihre Mutter jedoch meldete sie, seitdem sie denken konnte, zu Castings an. Irgendwann hatte es Elise sogar gefallen, vor der Kamera jemand anders zu verkörpern und hatte seither nicht mehr damit aufgehört.

Macks verstand Elise, denn ihr erging es ähnlich. Seit ihrem fünfzehnten Lebensjahr verkörperte auch sie eine andere Version ihrer Selbst. Obwohl sie die meiste Zeit dankbar für die

Chance war, den Traum einer Karriere als Musikerin verwirklichen zu können, gab es Momente, in denen sie das Gefühl hatte, Mackenzie nicht mehr zu kennen. Doch sie kannte Elise kaum und es war noch nicht der Moment gekommen, um ihr diese Dinge anzuvertrauen. Stattdessen sprach sie von Musik und ihrem Traum, irgendwann ein Haus am Meer zu besitzen.

Nach einem ausgiebigen Mahl und viel zu viel Nachtisch, beugte sich Elise zu Macks und sagte: »Das hier fühlt sich echt nicht gezwungen an. Ich hoffe, dir gehts auch so?«

»Ja, tut es«, antwortete Macks und hielt inne. Sie spürte, wie Hitze in ihre Wangen schoss, denn Elises strahlendes Lächeln ließ ihren Puls höherschlagen.

»Vielleicht könnten wir das wiederholen? Gehen mal zusammen ins Kino oder in ein Museum. Was auch immer du unternehmen möchtest«, fuhr Elise fort.

Ist sie etwa nervös? Flirtet sie mit mir?

Macks, die innerlich einen Freudentanz aufführen wollte, riss sich zusammen und versuchte so lässig wie möglich zu antworten: »Gerne. Du hast ja meine Nummer. Schreib mir.«

Seit diesem Abend ertappte sich Macks immer öfter dabei, an Elise zu denken und ihr zu schreiben. Was ursprünglich eher als Mittel zum Zweck dienen sollte, entwickelte sich zu einer echten Freundschaft. Endlich war da jemand, der ihren Beruf und ihre getroffenen Entscheidungen verstand. Vor allem wurde sie von Elise nie dafür verurteilt, eine Scheinbeziehung zum Wohle ihrer Karriere zu führen.

Seitdem sie sich mit Elise traf, lief auch das Songschreiben wieder besser. Als Macks nach einem Kinobesuch mitten in der Nacht wach geworden war, hatte sie sich im stockdunklen Wohnzimmer an ihr Klavier gesetzt und begonnen Melodien zu komponieren. Aus einem nicht erklärbaren Grund passten diese perfekt zu ihren bereits fertigen Texten, die seit Monaten unberührt in ihrem Notizbuch schlummerten. Endlich gelang es Macks, die Mischung aus Angst zu versagen, Einsamkeit und Hilflosigkeit, die sie seit ihrer Ankunft in LA vor neun Monaten ständig begleitete, beiseitezulegen. Es tat ihr, und vor allem dem kreativen Prozess ihrer Musik gut, jemanden wie Elise zu ihren Freunden zählen zu dürfen. Auf einmal fürchtete sie sich nicht mehr davor, keine Melodien zu ihren Texten zu finden, denn sie kamen von ganz allein.

Der Oktober schlich dahin und ohne, dass Macks es bemerkte, war es plötzlich November. Die Jahreszeiten in Kalifornien waren nicht vergleichbar mit dem schneeverschneiten Herbst, den Macks aus ihrer Kindheit von Western New York kannte, oder den windigen Mittsommern, die in New Orleans den Herbst einläuteten. In LA vermochte Macks keinen Unterschied zwischen September, Oktober und November zu spüren. Die Jahreszeiten wurden nicht anhand vom Wetterumschwung wahrgenommen, sondern an den Events. November war die Grammy Season.

Es war nicht das erste Mal, dass sie zu so einem Event eingeladen wurde, aber dieses Mal war es anders.

Macks selbst war eine der Nominierten: Album des Jahres mit *Fairytale*.

Zwar wollte sie sich nicht allzu viel Hoffnung machen, aber insgeheim träumte Macks davon, das goldene Grammofon mit nach Hause zu nehmen. Klar hatte *Fairytale* viele Rekorde gebrochen und auch Macks' Tour war ein großer Erfolg gewesen, aber ob das für einen Grammy ausreichen würde?

Das ozeanblaue, bodenlange Kleid wurde Macks extra für diesen Abend maßgeschneidert. Die schimmernden Perlen, die auf das Dekolleté genäht waren, sowie die schmalen schwarzen

Träger, die sie lässig ein Stück unter ihrer Schulter trug, brachten ihre Figur sehr gut zur Geltung. Der Reißverschluss des Kleides reichte gerade hoch genug, um ihre Hüftknochen zu bedecken. Darüber kam ihr unbedeckter Rücken zum Vorschein.

Wie in Trance saß Macks auf ihrem Sitzplatz und hielt den Atem an, während die Nominierten der Kategorie Album des Jahres vorgestellt wurden.

Macks' Körper begann zu zittern, sie krallte ihre Fingernägel in den Stoff ihres Kleides.

Na sag schon, wer hat gewonnen?

Gebannt richtete Macks ihren Blick auf die Bühne. Plötzlich verstummte alles um sie herum und sie hatte auf einmal das Gefühl sehr weit weg zu sein.

Erst als der Kameramann so dicht vor ihrem Gesicht erschien, dass sie sich beinahe geduckt hätte, erwachte sie aus ihrer Schockstarre.

Ihr Traum war gerade geplatzt, trotzdem zwang sich Macks zu einem Lächeln.

»Einfach weitermachen, du hast es gleich überstanden«, flüsterte Chris, der seinen Arm um sie gelegt hatte. Macks vergrub ihr Gesicht in seine Schulter und unterdrückte nur mit Mühe ein Schluchzen. *Fairytale* hatte keinen Grammy gewonnen.

Nach einer gefühlten Ewigkeit hob Macks ihren Kopf. Dabei vermied sie es, den Blickkontakt mit den anderen Gästen zu suchen, aus Angst, in ihren Augen die Bestätigung ihres Versagens zu finden. Wie konnte sie auch nur so naiv sein und glauben, *Fairytale* hätte das Zeug zum Album des Jahres?

Während Macks' Welt in sich zusammenbrach, fuhr der Moderator bereits mit der nächsten Kategorie fort, so als wäre nichts gewesen.

Jemand tippte ihr auf die Schulter. Wie ferngesteuert dreht sich Macks um. Sie hasste es, ungefragt angefasst zu werden. Außerdem war jetzt kein guter Moment für eine Konversation. Es dauerte eine Weile, bis sie den jungen Mann im Anzug erkannte. Es war Fons, ein unabhängiger Produzent. Er startete gerade so richtig in LA durch und sie hatte schon viel von ihm gehört. Fons produzierte Songs für aufstrebende Künstler im Indie Genre und schrieb zudem an Alben für erfolgreiche Boybands.

»Völliger Bullshit, wenn du mich fragst. Ich finde, du hättest gewinnen sollen!« Seine Stimme klang piepsig, er rückte dabei aber selbstbewusst seine dicke Brille zurecht und fuhr sich durch sein wuscheliges, dunkles Haar. Ehe Macks antworten konnte, fuhr er fort: »Ich bin Fons, vielleicht kennst du meine Arbeit? Elise und ich sind alte Bekannte. Hier ist meine Karte. Ich habe von ihr gehört, dass du in LA nach einem Produzenten für dein nächstes Album suchst.« Ein Lächeln umspielte seine Lippen bevor er hinzufügte: »Du weißt ja, nach den Grammys ist vor den Grammys. Ich würde mich freuen, mit dir zu arbeiten.«

Er beugte sich ein wenig nach vorne und erntete dabei abfällige Blicke der Leute, die neben ihm saßen, was ihm egal zu sein schien. »Ich hätte ein paar Ideen. Ruf mich an, falls du Interesse hast.«

Macks verstaute die Karte, auf der lediglich eine Nummer mit Bleistift gekritzelt war, in ihre Handtasche. Sie hatte keine Lust, jetzt über Musik zu sprechen. Außerdem wirkte Fons relativ aufdringlich, obwohl sie seine gespielte Entrüstung über die Tatsache, dass sie den Preis nicht gewonnen hatte etwas aufgemuntert hatte.

»Danke! Ich überlege es mir, in Ordnung?«

Fons nickte und setzte sich dann wieder auf seinen Platz.

Kapitel 25

November 2011

Eine Woche nach der Preisverleihung waren Macks' Selbstzweifel so groß, dass sie beschloss, Fons anzurufen. Peter hätte
sie am liebsten sofort wieder in New Orleans im Studio gehabt,
um mit Macks das nächste Album zu besprechen. Zwar sagte
er ihr nicht direkt, wie enttäuscht er darüber war, dass sie den
Grammy nicht gewonnen hatte, doch Macks spürte, wie der
Druck, wieder Musik zu schreiben, immer größer wurde.
Schließlich hatte sie seit fast zwei Jahren nichts mehr veröffentlicht. Elephant Records erwartete von ihr, bis Ende des Jahres
zumindest ein paar Songs aufgenommen zu haben.

Aber Macks wollte nicht zurück nach New Orleans. Trotzdem musste ihr nächstes Album besser werden als *Fairytale*.

So stand Macks ein paar Tage später mit einem mulmigen
Gefühl vor Fons' Studio in West Hollywood. Die Tatsache, dass
er sich bei ihrem Telefonat für seine Aufdringlichkeit entschul-
digt hatte, beruhigte sie nur minimal. Auch das Elise ihr versichert hatte, dass er einer von den Guten war, änderte nichts daran, dass Macks kurz davor war, wieder zu gehen. Doch da
wurde die Tür bereits geöffnet.

»Hi, komm rein, aber zieh dir bitte die Schuhe aus«, begrüßte er sie, nachdem er ihr in T-Shirt und Jogginghose bekleidet die Tür geöffnet hatte. Er zeigte auf eine Nische in der Ecke
des Flurs.

Macks stellte ihren Rucksack neben ihre Sneakers ab und
musterte Fons, der vorausgegangen war.

In Fons' Studio, das eher ein umfunktioniertes Wohnzimmer war, fühlte sie sich auf Anhieb wohl. Die Wände schmückten Star Wars Poster und überall standen Instrumente herum, sogar in dem schmalen Gang, durch den sie Fons in das Wohnzimmer gefolgt war. Im Wohnzimmer selbst stand ein Keyboard vor dem Fenster, daneben ein Mischpult und links und rechts hingen schwere Mikrofone von der Decke herab. Macks musste sich ducken, um sich nicht zu stoßen.

Fons stellte die Tassen Kaffee, die er offenbar zuvor in der Küche aufgebrüht hatte, auf einer umgedrehten Kiste Cola ab, die ihm als Tisch diente. Er deutete auf die Kissen, die daneben am Boden lagen.

Etwas unbeholfen fischte er ein altmodisches Diktiergerät aus seiner Hosentasche und legte es auf den improvisierten Tisch. »Ist doch okay, oder? Kaum zu fassen, dass das Ding älter ist als ich, aber ich mag's.«

Während sich Macks auf eines der bunten Kissen setzte, unterdrückte sie ein Grinsen und ihre Anspannung legte sich. Denn auch Fons wirkte sichtlich nervös.

»Erzähl mir, wie du dir dein nächstes Album vorstellst. Ich bin wirklich schlecht im Smalltalk, bitte entschuldige meine Direktheit«, sagte Fons und mied dabei Macks' Blick.

Langsam strich sie sich eine Strähne aus dem Gesicht und zupfte am Ärmel ihres Hoodies. Vielleicht war ihr erster Eindruck von Fons ein falscher gewesen, denn er wirkte tatsächlich noch schüchterner als sie selbst.

»Ehrlichgesagt habe ich keine Ahnung. Aber mein Label verlangt von mir, dass ich bis Ende des Jahres ein paar Songs fertig habe. Ich habe bisher nur mit Elephant Records an meinen Songs gearbeitet und zugegeben bin ich echt unsicher, wie das Album klingen soll.«

Fons zog die Augenbrauen hoch, aber er lächelte. »Wir sind hier nicht in im Hauptquartier deines Labels. Ich möchte, dass du dich wohlfühlst und wir gemeinsam an deiner Musik arbeiten. Ich bin auch andauernd unsicher, aber das hat mich noch nie daran gehindert Musik zu produzieren.«

Das verlegene Schulterzucken brachte Macks zum Schmunzeln und sie seufzte erleichtert auf.

»Du hast recht. Warte, ich habe etwas mitgebracht«, antwortete sie, stand auf, holte ihren Rucksack und zog ihr Notizbuch hervor. Hastig blätterte sie durch die Seiten. »Zum ersten Mal in meiner Karriere habe ich vor selbst zu bestimmen, in welche Richtung ich musikalisch gehen möchte. Im Grunde habe ich ein paar Songs fertig.« Sie hielt kurz inne, hob ihren Kopf. »Bis vor Kurzem hatte ich noch Probleme, was die Melodien anging, fast als wäre da eine Blockade zwischen den Wörtern und den Noten. Seit ein paar Wochen gehts wieder. Nur weiß ich nicht, ob die Texte, die nun schon ein oder zwei Jahre alt sind, noch dazu passen. Irgendwie habe ich das Bedürfnis, vielleicht stärker in Richtung Pop zu gehen, aber trotzdem möchte ich meine Jazz-Wurzeln nicht vernachlässigen im neuen Album. Verstehst du, was ich meine?«

Fons nickte. »Dein letztes Album hätte um ein Haar den Grammy gewonnen. Ist nur fair, dass du dich unter Druck gesetzt fühlst.«

Macks rieb sich an der Stirn. »Nein, so ist das nicht, ich glaube das Ganze hat nur mit mir zu tun. Natürlich ist da ein gewisser Druck, aber ich denke, in den letzten Monaten hat sich einfach so viel in meinem Leben geändert, dass sich gewisse Texte nicht mehr stimmig anfühlen.« Sie hatte keine Ahnung, wie sie Fons erklären sollte, dass ihre Lieder einerseits über die Trennung von Sarah handelten, aber andererseits war da auch eine neue Inspiration, die sie nicht erklären konnte.

Fons stand auf und öffnete einen der Schränke. Er zog ein kleines E-Piano hervor und legte es auf seinen Schoß.

»Okay. Zeig mir den Song, der dir am meisten bedeutet. Der, bei dem du das Gefühl hast, dass der Text passt. Die Melodie ist dabei Nebensache.«

Macks blätterte lange durch das Notizbuch und blieb an einer Seite hängen, die kaum lesbar war. Wörter waren durchgestrichen, kleine Sterne markierten die neuen Textversionen auf der nächsten Seite. Das Blatt sah aus, als wäre es mit Wasser überschüttet worden und Macks hoffte, dass Fons nicht danach fragen würde. Denn es war einer der Songs, den sie unter Tränen geschrieben hatte.

Sie reichte Fons das Notizbuch. Er studierte die Seiten mehrere Minuten lang. Dann begann er, Töne auf dem kleinen E-Piano zu spielen.

Von der Musik angetrieben, begann Macks zu singen.

Vier Stunden später war die Instrumentalversion von *Whatever it takes* entstanden und Macks liebte diese Version des Songs. Niemals hätte sie daran geglaubt, dass gerade aus diesem Song ein Bop – ein fröhlicher Pop Song mit Erinnerungspotenzial – entstehen könnte.

Doch Fons und Macks hatten eines gemeinsam; sie lebten für die Musik.

Fons verstand Macks auf einer künstlerischen Ebene, die so viel Inspiration mitbrachte, dass sie gar nicht aufhören wollte, neue Melodien, Beats und Songbrücken mit ihm zu entwerfen. Fons' Instrumente und Macks' Texte waren die Zutaten, die nötig waren, um genau diesen Song zu einem Kunstwerk zu modellieren.

Erst als ihr Handy klingelte, wurde Macks bewusst, dass es bereits nach zehn Uhr abends war und sie schon den ganzen Tag gemeinsam mit Fons gearbeitet hatte.

Schnell drückte sie den Anruf weg. Denn lieber widmete sich den vollgekritzelten Blättern, die mittlerweile den kompletten Boden bedeckten.

»Alles gut?«, fragte Fons, der aufgestanden war, um ihr ein Stück Pizza zu reichen.

»Ja, nur Peter, mein Boss, der sich bestimmt erkundigen wollte, wie es lief. Ich ruf ihn morgen zurück. Er hat mir in den letzten Tagen schon genug Nerven gekostet.« Macks zwang sich zu einem Lächeln. »Aber er meint es nur gut. Schließlich hat er mir erlaubt, mich mit dir zu treffen, anstatt mich nach New Orleans ins Studio zu beordern und sieh mal, was wir in so kurzer Zeit geschafft haben.«

Mit dem Stück Pizza in der Hand machte Fons eine Geste in Macks' Richtung. »Ich habe vom ersten Moment an dieses Feuer in dir gespürt. Klar ist der Text vom Song traurig, aber die Noten, die du darüber gekritzelt hattest, darin sah ich die Hoffnung. Dein Lable sollte wirklich mehr Vertrauen in dich haben. Du hast Talent. «

Verlegen nahm Macks eine Serviette vom Tisch und wischte sich den Mund ab. Fons war so unkonventionell, anders als die Produzenten, mit denen sie bisher gearbeitet hatte.

»Ich glaube, wir könnten gemeinsam ein großartiges Album produzieren. Ganz ohne Druck von meinem Management.«

Fons lächelte, reichte ihr dann das Paar Kopfhörer, das bisher um seinen Hals hing. Er stand auf und drückte Macks die Gitarre, die neben einer großen Pflanze in der Ecke gestanden hatte, in die Hand. »Du kannst doch spielen, oder?«

Etwas unbeholfen schüttelte Macks den Kopf. »Ich kann vielleicht ein bisschen, aber ich kenn die Akkorde für dieses Lied nicht.«

Fons kritzelte etwas auf ein Blatt und hielt es ihr unter die Nase. »Das sind die Gitarrenakkorde. Sie sind nicht schwer. Danach kannst du gehen, wenn du magst, aber das hier müssen wir unbedingt noch probieren.«

Er stellte Macks, die immer noch am Boden saß, ein kleines Mikrofon hin und klopfte ein paar Mal dagegen.

»Spiel einfach und sing dazu. So wie in einer Jam-Session.«

Macks zupfte den ersten Akkord. Ihre Finger brannten und sie stoppte.

»Warte noch mal bitte, bin etwas eingerostet«, sagte sie und rieb sich die Fingerkuppen.

Aus dem Kopfhörer drang die davor eingespielte Instrumentalversion von *Whatever it takes,* aufgemotzt mit ein paar rhythmischen Elementen, die Macks nicht sofort zuordnen konnte.

Zaghaft glitten ihre Finger über die Saiten der Gitarre. Sie schloss die Augen und auf einmal waren da wieder diese Farben, die wie kleine aufmüpfige Punkte hin und her hüpften. Bei jedem Wort verspürte sie stärker den Drang, alles rauszulassen, um der Welt ihre Gefühle zu offenbaren. Sie verhaspelte sich ein paar Mal, aber es war ihr egal. Schon lange hatte sie sich nicht mehr so verbunden mit ihrer Musik gefühlt.

Macks legte die Gitarre nach dem Lied beiseite und wartete darauf, dass Fons irgendetwas sagen würde. Aber er hantierte nur auf seinem Mischpult herum. Fast wirkte es, als wäre er in einer völlig anderen Welt.

»Macks, komm her«, rief er nach ein paar Minuten. »Bist du bereit, deine neue Single zu hören?«

Ungläubig starrte Mack ihn an und trat ein paar Schritte auf ihn zu.

»Es ist nur der Rohentwurf, also denk dir mal all die Unstimmigkeiten weg. Du warst übrigens super auf der Gitarre, ich glaube das lassen wir drinnen«, fügte er hinzu und spielte den Song ab.

Nachdem der letzte Ton verklungen war, saß Macks zusammengekauert auf dem kleinen beigen Kissen am Boden und blickte stumm vor sich hin. Sie spürte wie Fons ihr auf die Schulter klopfte. »Ist doch gut geworden, oder?«

Nickend drehte sie sich zu ihm um. »Fons, das hier ist unglaublich. Dieser Text bedeutet mir so viel, aber du hast den Song erst zum Leben erweckt. Danke!«

Peter stimmte der Veröffentlichung von *Whatever it takes* erst nach langer Diskussion zu, denn es war kurz vor Weihnachten. Aber Macks blieb stark. Zuviel Energie hatte sie in diesen Song gesteckt, um sich von Peter Miller erklären zu lassen, dass die Leute um diese Jahreszeit hauptsächlich Weihnachtslieder hören. Vielleicht hatte er damit recht, aber Macks musste es wagen. *Whatever it takes* hatte sie kurz vor Ihrem Umzug geschrieben. Der Song handelte davon, sich das erste Mal so richtig Hals über Kopf zu verlieben, aber die Beziehung geheim halten zu müssen. Die Zeile: »Suddenly you know that we are more than friends« war ihre Lieblingsstelle im Song. Das Lied trug Sarahs Handschrift, aber es passte auch ausgezeichnet auf ihrer Beziehung mit Chris, denn schließlich waren sie erst Freunde am Set, bevor sie sich verliebten. Obwohl die Botschaft des Songs eine wunderschöne Liebesgeschichte beschrieb, versetzte Macks' jedes einzelne Wort einen Stich ins Herz. Auf eine nicht erklärbare Art und Weise fühlte sie sich dennoch glücklich dabei. Irgendwie war es Macks gelungen, den Schmerz zu überwinden.

Trotz ihrer Hartnäckigkeit und des Glaubens an den Song war die Realität ein harter Schlag ins Gesicht. All die Arbeit und Emotionen, die sie in den Song gesteckt hatte, waren scheinbar umsonst gewesen, denn der Song schaffte es nur auf Platz acht der Charts.

Das perfekte vorweihnachtliche Geschenk an sich selbst und Elephant Records war ausgeblieben.

Angespannt saß Macks auf der Couch in ihrem Wohnzimmer und wartete auf Peters Anruf. Ihre Versuche, das Gespräch aufzuschieben scheiterten. Macks rechnete mit dem schlimmsten. Nach einer gefühlten Ewigkeit klingelte ihr Telefon und Macks Hände begannen zu schwitzen, als sie abnahm.

»Hi Mackenzie. Wie geht es dir?« Macks verdrehte ihre Augen. Peter nannte sie nur bei ihrem richtigen Namen, wenn es ernst war.

»Hör zu, du hattest recht. Wir hätten *Whatever it takes* nicht vor Weihnachten veröffentlichen dürf…«

»Ich mache dir keine Vorwürfe. Ich hätte auf mein Bauchgefühl hören sollen. Aber das passiert mir nicht noch einmal«, sagte er mit fester Stimme. Macks schluckte hart. Gleich würde er ihr sagen, dass sie zurück nach New Orleans müsse und das Fons nicht das Album produzieren würde.

»Es tut mir leid. Ich habe es vermasselt. Aber ich verspreche dir, dass das neue Album super wird. Fons und ich arbeiten Tag und Nacht daran. Bitte gib mir eine Chance, das geradezubiegen.«

Am anderen Ende der Leitung war ein leichtes Schnauben zu hören.

»Der Junge macht seine Arbeit gut. Aber ich finde, du solltest wieder nachhause kommen.«

»Bitte Peter. Hör dir doch erst einmal die Musik an. Wenn dir das, was wir produziert haben, nicht gefällt, dann komme ich zurück«, flehte Macks und in ihrem Magen bildete sich ein Knoten. Sie hatte soeben alles auf eine Karte gesetzt.

»In Ordnung. Schick mir die Songs.«

Kapitel 26

April 2012

Seit mehr als vier Monaten arbeitete Macks fast jeden Tag ausschließlich am Album und verlor dabei jegliches Zeitgefühl. Aber sie musste Elephant Records beweisen, dass Fons die richtige Produzentenwahl war. Nachdem Peter die ersten Songs kurz nach Weihnachten gehört hatte, hatte er es Macks erlaubt, das Album in LA zu produzieren.

Chris sah sie in dieser Zeit nur noch selten. Nach und nach merkte Macks, dass ihre Welten immer weiter auseinander glitten. Aber Macks hatte keinen Kopf, sich um ihre Scheinbeziehung zu kümmern. Dafür stand zu viel am Spiel. Chris jedoch schien nicht den Anschein zu erwecken, dass ihn das etwas ausmachte, er antworte kaum noch auf ihre Nachrichten.

Macks war gerade dabei, es sich nach einem anstrengenden Tag im Studio auf ihrer Couch bequem zu machen, als es an der Tür klingelte.

Mit Jogginghosen und Schlabber-Shirt bekleidet, ging sie zur Tür. Vor ihr stand Chris im Smoking.

»Happy Birthday«, sagte er, breit grinsend und überreichte ihr einen Strauß Blumen.

»Oh verdammt, heute ist mein zwanzigster Geburtstag«, murmelte sie. »Ich habe das mit dem ganzen Stress ums Album total vergessen.«

Chris zog sie in eine feste Umarmung. »Ist nicht schlimm, ich habe ja daran gedacht. Zieh dir was Hübsches an, ich habe eine Überraschung für dich.« Ohne ihr die Chance zum Protestieren zu geben, ging Chris an ihr vorbei. »Ich bin mir sicher, in deinem Kleiderschrank befindet sich etwas Passendes, ich kann dir helfen, wenn du möchtest.«

Zu gerne hätte Macks Chris gefragt, woher die plötzliche Euphorie kam, schließlich hatten sie in der letzten Zeit kaum miteinander gesprochen.

»Wird die Presse da sein?«, fragte Macks stattdessen, denn es war sowieso wieder einmal an der Zeit für einen gemeinsamen öffentlichen Auftritt.

»Natürlich«, antwortete Chris mit einem irritierten Gesichtsausdruck.

Mit einem Seufzen ging Macks in ihr Schlafzimmer, schlüpfte in ein schwarzes trägerloses Kleid und zog sich anschließend Schuhen mit hohen Absätzen an. Ein paar Minuten später drehte sie sich vor Chris im Wohnzimmer. »Akzeptabel?«

»Du siehst atemberaubend aus. Wie ein echter Star«, erwiderte Chris.

»Okay, dann lass mich nur noch kurz Makeup auftragen.« Schon war Macks im Badezimmer verschwunden und ging in Gedanken all die möglichen Restaurants durch, die Chris eventuell für sie reserviert hatte.

Die warme April-Luft schlug ihr ins Gesicht, als sie eine Stunde später aus dem Taxi stieg. In dieser Gegend von LA war sie bisher noch nie gewesen. Hinter der Straße konnte Macks Hügel und Bäume erkennen, vor ihr befand sich ein weißes Backsteingebäude. Vor dem Eingang war ein roter Teppich ausgelegt, vor dem ein Typ mit Smoking einladend zur Tür deutete. Ihr Magen knurrte, als sie Chris in ein Restaurant folgte, dass er, wie er ihr im Taxi erzählt hatte, extra für diesen Abend für sie beide gemietet hatte.

Das Licht im Restaurant war gedämpft. Ein Kellner kam hinter der großen aus braunem Holz gezimmerten Bar hervor und begrüßte sie. Schlagartig fiel Macks ihr Geburtstag vor einem Jahr ein. Der Tag, an dem sie und Chris die Vereinbarung ihrer Beziehung besiegelt hatten. Ein Lächeln huschte über ihre Lippen. Obwohl sie anfangs skeptisch gewesen war, bereute sie es nicht, sein Beard geworden zu sein.

Sie folgten dem Kellner in den hinteren Teil des Restaurants. Die großen Fenster wurden von langen dicken Vorhängen umrahmt und Kerzen loderten auf der feierlich gedeckten Tafel.

Verwundert blickte Macks zu Chris: »Kommen noch mehr Leute?«

Anstatt zu antworten formte sich ein geheimnisvolles Grinsen auf seinen Lippen.

In Gedanken zählte Macks die Gedecke. Es waren sieben. Was hatte Chris vor? Doch ehe sie den Gedanken laut aussprechen konnte, bewegten sich die Vorhänge und ein Knall ertönte. Erschrocken zuckte Macks zusammen. Einen kurzen Moment später brach sie jedoch in Gelächter aus.

Elise und Everett waren hinter dem Vorhang hervorgesprungen. Triumphierend hielt Elise eine Magnum Champagner-Flasche in die Höhe. So etwas konnte auch nur ihr einfallen.

»Alles Gute, Macks. Champagner gefällig?« Elise zog Macks in eine Umarmung.

Der Kellner drehte das Licht etwas heller und als sich Macks von Elise gelöst hatte, musterte sie ihr Outfit. Elise trug eine schwarze Anzughose und die Enden ihre kurzärmelige Bluse waren vorne zu einem Knoten gebunden. Ihre dunklen Haare fielen ihr ins Gesicht.

Macks ertappte sich dabei, wie sie einen Schritt näher an Elise herantrat. Der Geruch von Zimt stieg ihr in die Nase.

Macks überkam ein Gefühl von Wärme und sie flüsterte: »Wow, du siehst umwerfend aus.«

Elise schenkte ihr daraufhin ein strahlendes Lächeln und strich sich eine Strähne hinters Ohr, was bei Macks ein Kribbeln in ihrer Magengrube auslöste.

»Kann ich nur zurückgeben. Was hast du heute noch vor?«

Doch ehe Macks antworten konnte, klopfte Chris ihr auf die Schulter. »Die Party war ihre Idee! Sie findet, du arbeitest zu viel und benötigst dringen eine Ablenkung.«

Macks zog verwundert die Augenbrauen hoch. »Party? Aber wir sind doch nur zu viert!«

Elise schaute erst Macks an, dann blickte sie auf ihr Handy, das vibrierte. Sie drehte sich zur Seite, um den Anruf entgegenzunehmen. Macks konnte lediglich ein: »Okay, alles klar«, hören.

Mit einem geheimnisvollen Grinsen auf den Lippen drehte sich Elise wieder zu Macks. »Mach die Augen zu. Öffne sie erst, wenn ich es sage. In Ordnung?«

Widerwillig gehorchte Macks und hörte, wie sich die Tür hinter ihr öffnete. Ein vertrauter Geruch stieg ihr in die Nase, aber sie konnte ihn nicht zuordnen.

»Augen auf Macks, hier ist der Rest der Party.«

Sie gehorchte und sah Elise, die auf die Silhouetten deutete, die ein paar Meter hinter ihr standen.

Macks erstarrte. Im Eingang standen ihre Eltern und ihre Schwester Lexi.

Jetzt erst wurde ihr bewusst, dass sie ihre Familie seit Monaten nicht mehr gesehen hatte. Ihr Mund klappte auf, aber sie brachte kein Wort heraus.

»Happy Birthday, Kleines.« Ihr Vater kam auf sie zu und überreichte Macks, die den Tränen nahe war, einen großen Blumenstrauß.

»Wie kommt ihr den hierher?«, fragte sie mit heiser Stimme.

»Das war Elise«, antwortete Lexi, die Macks in eine innige Umarmung schloss. »Stell dir vor, sie hat mir auf Instagram geschrieben. Ich habe fast einen Herzinfarkt bekommen, denn ich dachte, jemand würde sich einen Spaß mit mir erlauben. Krass, oder?« Sie stemmte ihre Arme demonstrativ in die Hüften. »Warum erzählst du mir nicht, dass ihr beste Freundinnen seid?«

Macks zuckte mit den Schultern. Krass beschrieb das Ganze ziemlich gut.

Aus Lexi aber sprudelte es bereits weiter heraus. »Natürlich mussten wir dann kommen.« Sie lachte, dabei blitzte ihre Zahnspange hervor. »Du weißt, sie ist mein Lieblingscharakter in Sing-Sang. Nach Chris natürlich.«

Es war das erste Mal, seit ihrem letzten Auftritt mit den Thirsty Jazz Hearts, dass Macks mit ihrer kompletten Familie gemeinsam an einem Tisch saß. Verstohlen blickte sie immer wieder hinüber zu Elise.

Gegen elf Uhr beobachtete Macks wie diese aufstand und in Richtung Garderobe ging.

Macks folgte ihr und zog spielerisch an Elises Bluse. »Wolltest du dich aus dem Staub machen, ohne dich zu verabschieden?«

Ertappt hobt Elise ihre Schultern. »Nein, ich wäre schon noch einmal hineingegangen. Aber ich muss leider wirklich los, es ist schon spät und der Dreh morgen früh startet um fünf Uhr. Ich hoffe, du hattest einen schönen Abend.«

Macks nickte und starrte Elise hinterher, die kurze Zeit später das Lokal verließ. Das Kribbeln von vorhin durchströmte wieder ihren Körper, nur dieses Mal intensiver. Kurzerhand stürmte Macks ebenfalls aus dem Restaurant. Nach ein paar Metern holte sie Elise schließlich ein.

»Hey!«

Elise blieb stehen und drehte sich um. »Alles okay, Macks? Mein Taxi müsste jeden Moment kommen.« Mit fragendem Blick kam Elise einen Schritt auf Macks zu, bis sie nur wenige Zentimeter von ihr entfernt war.

Macks spürte, wie ihr Herz anfing, schneller zu schlagen. »Ich wollte dir noch etwas sagen«, keuchte sie, ließ ihren Gefühlen freien Lauf und küsste Elise auf die Wange. »Das ist das schönste Geschenk, das mir jemals jemand gemacht hat. Ich wollte mich einfach noch mal bedanken.«

Elise trat einen Schritt zurück, dabei blickte sie sich um. Ein Lächeln war im Licht der Laterne zu erkennen, das Macks dazu veranlasste, ihren ganzen Mut zusammenzunehmen. Vielleicht lag es am Champagner, aber Macks fühlte sich an diesem Abend mutig genug, um das zu tun, wonach sie sich seit Monaten sehnte. Sie trat einen Schritt nach vorn und küsste Elise auf den Mund.

Doch anstatt den Kuss zu erwidern, stolperte diese nach hinten, drehte sich um und lief auf das Taxi zu, das gerade vorgefahren war.

Macks versuchte erst gar nicht, sie aufzuhalten. Ein stechender Schmerz breitete sich in ihrer Magengrube aus und sie atmete tief durch.

Fuck. Habe ich mir diese Anziehung bloß eingebildet?

Schnell verwarf Macks den Gedanken wieder. Das konnte nicht sein, da war definitiv etwas zwischen ihnen. Elise musste es doch auch gespürt haben. Wut überkam sie. Wie konnte sie Elise einfach ohne Vorwarnung küssen? Was dachte sie sich dabei, ihr hinterherzulaufen? An Elises Reaktion war deutlich zu erkennen, dass sie die Situation völlig falsch eingeschätzt hatte.

Mit einem aufgesetzten Lächeln ging sie zurück zu ihrer Familie. Nach Feiern war ihr nicht mehr zumute. Tausend Gedanken schossen ihr durch den Kopf. Und jeder einzelne drehte sich um Elise. Wie es sich wohl angefühlt hätte, wenn sie sich richtig geküsst hätten?

Teilnahmslos griff sie zu ihrem Telefon. Ihr Herz machte einen Sprung, als sie eine SMS von Elise auf ihrem Display aufblinken sah. Mit zitternden Händen schob sie ihr Handy unter die Tischkante und starrte auf die Nachricht. Sie befürchtete das Schlimmste, war darauf gefasst zu lesen, dass Elise Macks bat, sie nie wieder zu kontaktieren. Ihr Herz pochte, als sie die Taste zum Öffnen der Nachricht drückte.

Adrenalin schoss wie Feuer durch ihren Körper, aber sie zwang sich die Nachricht zu lesen.

Es tut mir leid, dass ich dich so stehen gelassen habe. Aber ich habe Panik bekommen, denn seit unserer ersten Begegnung kann ich nicht mehr aufhören an dich zu denken. Dein Kuss war das Beste, was mit seit Langem passiert ist. Ich kann es kaum erwarten dich wieder zu sehen. Wenn du magst, komm morgen bei mir vorbei. Es würde mich sehr freuen.

Xox E.

PS: Ich weiß nicht, ob das jetzt unangebracht ist, aber dein Kleid hätte ich dir am liebsten vom Leib gerissen, so heiß hast du darin ausgesehen. Ich hoffe, ich sehe dich bald wieder.

Aus diesem verpatzen Kuss an ihrem zwanzigsten Geburtstag entwickelte sich so etwas wie eine richtige Beziehung. Macks und Elise verbrachten jede freie Sekunde miteinander.

Obwohl Elise ständig an ihrer Seite zu zeigen ein Risiko für Macks darstellte, war es ihr egal, denn das Spiel mit dem Feuer machte das, was sie hatten, noch aufregender.

Weder Paula noch sonst jemand hatte Wind von ihrer heimlichen Beziehung bekommen, denn Elise hatte zugestimmt, eine Fake-Beziehung mit Everett einzugehen, damit sie gemeinsam abhängen konnten. Mit Elise zusammen zu sein war einfach, denn auch sie wollte um keinen Preis geoutet werden.

Ihr nächstes Album mit dem Titel *Just me*, dass eine ganz neue Version von Macks zeigte, war fertig. Nach Veröffentlichung im darauffolgenden Oktober war nichts mehr wie vorher.

Ihr Album, um welches sie ursprünglich so hart kämpfen musste, brachte Macks sogar einen Eintrag im Guinnessbuch der Rekorde ein. Sie war die erste Solo-Künstlerin unter einundzwanzig, die es schaffte, innerhalb einer Woche mehr als eine Million Alben zu verkaufen. Endlich hatte sich all die harte Arbeit gelohnt. *Just me* hatte sich zu einer wahrhaftigen Liebesgeschichte voller Hoffnung und Träume verwandelt. Es war wie eine Reise in eine andere Welt, in der nur Macks und Elise existierten. Dank Fons war es ihr gelungen, dies in ihren Songs widerzuspiegeln.

Diese wunderschöne Schauspielerin mit dem kakaobraunen Teint und den dunkelsten Augen, in die Macks jemals geblickt hatte, inspirierte sie nicht nur zu neuen Songs. Elise war wie diese verbotene Frucht, von der Macks nicht genug bekommen konnte. Aber Elise war so viel mehr. Sie zeigte Macks die verborgensten Orte von Los Angeles. Eines Tages, es war ein lauer Oktobertag, entschloss sich Elise, ihr ihren Lieblingsort zu zeigen. Macks keuchte, als sie ihr seit fast einer Stunde den Pfad im Griffith-Park folgte. Ab und zu kreuzten Jogger ihren Weg, doch schien ihnen niemand Beachtung zu schenken. Trotzdem zog Macks jedes Mal ihre Baseballmütze tiefer ins Gesicht und hoffte, nicht erkannt zu werden. Es war nichts Ungewöhnliches, dass Fotos von ihr im Netz auftauchten, ohne dass sie der Veröffentlichung zugestimmt hatte. Doch seit dem Erfolg ihres letzten Albums fühlte sich Macks, als ob sich unsichtbare Augen permanent auf sie richteten, die jeden ihrer Schritte verfolgten und jede ihrer Handlungen analysierten.

»Gleich sind wir da«, sagte Elise und deutete auf eine Lichtung. Die Sonne hing tief am Himmel und Macks konnte am Ende des Pfades Gitterstäbe erkennen.

»Willst du mich verhaften?«, scherzte sie und hielt vor einem runden Metallbogen inne.

Elise schüttelte den Kopf. »Nein. Das hier ist der alte Zoo von LA. Er wurde 1965 geschlossen, aber einige Gehege sind noch intakt. Mein erster Film wurde hier gedreht. Ich liebe diesen Ort und wollte dich unbedingt herbringen.« Sie trat ein paar Schritte durch das Tor und deutete auf die alten Käfige.

»Hat doch etwas Romantisches, oder?« Macks blickte um sich, doch sie waren allein. Sie machte ein paar Schritte auf Elise zu und küsste sie. »Es ist wunderschön hier.« Dann trat sie zur Seite und musterte die Umgebung. Obwohl der Zoo leer war, stellte sie sich die Tiere vor, die darin eingesperrt waren. »Meinst du, ich kann meinen eigenen Käfig irgendwann entkommen oder muss ich Macks dafür aufgeben?« Die Frage war eher an sich selbst gerichtet, als an Elise. Denn im Gegensatz zu Elise, die sich kaum darum kümmerte, wie sie von der Öffentlichkeit wahrgenommen wurde, war die Rolle, die sie als Macks verkörperte, doch manchmal die eines Tieres, gefangen in einem Käfig ähnlich. Macks spürte, wie Elise nach ihrer Hand griff und sich ihre Blicke trafen.

»Lohnt es sich nicht immer, ehrlich zu sich selbst zu sein?« Elises Stimme klang dabei so verständnisvoll, dass Macks am liebsten hier und jetzt mitten im alten Griffith-Zoo ihre Liebe zu ihr hinausgeschrien hätte. Auch wenn diese Offenbarung das Ende von Macks bedeuten könnte. Aber stattdessen antwortete sie: »Ich wünschte, ich hätte dein Selbstbewusstsein und wir beide könnten offen ein Paar sein. Ich fühle mich, als ob ich ständig versuche, den Erwartungen anderer gerecht zu werden. Wie schaffst du es, diese Balance zu finden?«

Als Elise auflachte, zuckte Macks zusammen. »Vergiss, was ich gesagt habe«, murmelte sie und ließ sich auf die Bank vor dem Gehege sinken. Sie stützte ihre Arme auf das Holz und betrachtete die verrosteten Gitterstäbe. Für Macks wird es wohl nie einen Weg aus ihrem inneren Gefängnis geben. Macks' Hände begannen zu zittern, ihr Puls beschleunigte sich. Trotz ihrer Fähigkeit, sich durch ihre Musik auszudrücken, würde sie es nie schaffen, sich einer wahrhaftigen Konfrontation zu stellen. Sie war berühmt, hatte Millionen von Fans und schaffte es dennoch nicht, zu sagen, was sie fühlte. Die Last der Erwartungen anderer drückte schwer auf ihren Schultern und Macks war gefangen in einem Netz aus ihren eigenen Ängsten.

Als sie in das Gesicht von Elise blickte, die sich schweigend neben ihr auf die Bank gesetzt hatte, war das Lächeln verblasst und dem Ausdruck von Verständnis und Mitgefühl gewichen. »Es ist ein Prozess, Macks. Aber je mehr du dich selbst akzeptierst und zu dir stehst, desto weniger wird es dir ausmachen, was andere denken. Sieh mich an, ich habe es als farbige Schauspielerin geschafft, mir in Hollywood einen Namen zu machen, obwohl kaum jemand an mich geglaubt hatte. Du bist einzigartig und das ist etwas, worauf du stolz sein solltest.« Die Wut, die Macks versucht hatte zu unterdrücken, drohte überhand zu gewinnen; scharf stieß sie Luft aus. »Ja genau, gleich sagst du mir, ich soll mich outen. Aber es ist nun einmal so: Du datest offiziell Everett, der inoffiziell mit Chris zusammen ist, der wiederum mein Freund ist. Diese Welt ist einfach so abgefuckt und ich weiß echt nicht mehr, wie lange ich so weitermachen kann.«

Macks' Herz schlug mittlerweile so stark gegen ihren Brustkorb, dass sie das Gefühl hatte, ohnmächtig zu werden. Aber sie war noch nicht fertig. Sie sprang auf und lief über den staubigen Boden zu einem der Käfige, presste ihre Hände gegen die Gitterstäbe. »Verdammt, ich habe mit *Just me* mehrere Rekorde aufgestellt. Meinetwegen können sie mich wie eines dieser Zootiere zur Schau stellen, doch ich werde mich nicht weiter einsperren lassen. Ich habe Millionen von Fans, die mir den Rücken stärken. Aber trotzdem habe ich Angst, dass Elephant Records mich fallen lässt, wenn ich nicht ihren Werten entspreche und eine Frau date.«

Die Wut hatte sich längst in Frustration verwandelt. In dem Moment, in dem Macks sich sicher war, den Boden unter ihren Füßen zu verlieren, legte Elise ihren Arm um sie und zog sie in eine innige Umarmung.

»Es tut mir leid, dass du dich so fühlst, Macks«, begann Elise mit sanfter Stimme. »Ich weiß, dass die Welt des Showbusiness oft ungerecht sein kann. Aber du bist nicht allein. Ich glaube fest daran, dass du die Stärke und den Mut hast, deinen eigenen Weg zu gehen. Bitte denk aber in erster Linie an dich und nicht immer nur an deine Karriere.«

»Du hast recht, ich muss diesen Zirkus beenden«, flüsterte Macks schließlich, ihre Stimme brüchig vor Emotionen. Ein Moment der Stille legte sich über sie, während Macks weiterhin auf die Gitterstäbe starrte. Aber die Frage, die unausgesprochen in ihrem Kopf herum schwirrte, war, ob sie das jemals konnte.

Kapitel 27

Elise lag neben Macks im Bett und strich ihr durchs Haar. Mittlerweile waren sie seit zehn Monaten zusammen und ihre Beziehung war das bestgehütete Geheimnis Hollywoods.

Macks freute sich unheimlich auf ihre bevorstehende *Just me* Tour, während Elise in den letzten Wochen abwesend wirkte. Macks stieß einen Seufzer aus und ließ ihre Finger über Elises Wange gleiten. »Was ist los?«

»Ich denke ständig daran, wie das mit uns weitergehen soll, nachdem dein Vertrag mit Chris ausgelaufen ist. Seit unserem Gespräch im Griffith-Park hat sich rein gar nichts verändert. Du spielst immer noch nach den Regeln deines Managements und ich habe das Gefühl, dass ich keinen Platz in deinem Leben habe.«

Ihre Stimme klang belegt, daher setzte Macks sich auf und musterte sie.

Verdammt, sie hatte Chris schon viel zu lange verdrängt. In einem Monat war es März und sie und Chris hatten sich geeinigt, ihre Beziehung kurz vor ihrem zweijährigen Jubiläum offiziell zu beenden.

Chris wurde mittlerweile als der nächste Brad Pitt Hollywoods gesehen. Außerdem sollte Macks im Sommer für vierzehn Monate auf Welttournee gehen. Der Zeitpunkt für eine Trennung war also perfekt gewählt.

Was Elise von ihrer eigentlichen Beziehung dachte, bereitete Macks Sorge.

Sie küsste Elise auf die Stirn, bevor sie ihre Hände nahm. »Sag doch nicht sowas. Ohne dich wäre mein Leben doch gar nicht lebenswert. Hast du nicht Lust, mit mir auf Tour zu gehen? Wir starten in den USA, reisen dann nach Europa, von dort aus nach Asien. Wir könnten uns die ganze Welt gemeinsam ansehen. Nur du und ich, was hältst du davon?«

Elise schüttelte den Kopf und rückte ein Stück weg. »Was willst du deiner Crew und den Medien sagen? Dass dir eine Freundin Gesellschaft leistet, und hilft, über Chris hinwegzukommen? Verdammt Macks, wir sind seit fast einem Jahr ein Paar und wir verstecken uns immer noch. Was ist aus deinen Vorsätzen geworden, dem Zirkus ein Ende zu setzen?« Sie schnaubte und setzte sich ebenfalls im Bett auf.

Macks' Kiefer spannte sich an, während sie versuchte, die aufkommende Frustration zu unterdrücken. Die Zeit auf Tour würde ihnen die Möglichkeit geben, wieder vertrauter miteinander zu werden, denn durch die Tourvorbereitungen hatten sie sich nur selten gesehen.

»Du musst mich ja nicht andauernd begleiten, aber vielleicht ein paar Monate? Komm schon, wir könnten so viel Spaß haben. Wir äußern uns einfach nicht darüber, was wir sind. Bitte setz mich deswegen nicht so unter Druck. Das, was ich dir damals im Park gesagt habe, habe ich ernst gemeint.«

Sie versuchte Elise zu küssen, aber sie drehte ihren Kopf zur Seite.

»Du bist so eine Heuchlerin.«

Macks schluckte. Stellte Elise ihre Beziehung etwa schon länger in Frage und hat sich deswegen von ihr distanziert? »Wie meinst du das?«

Elise atmete tief durch. »Dir geht es immer nur um dich und deine Karriere. Für ein bisschen Anerkennung gibst du vor jemand zu sein, der du nicht bist. Wie es mir dabei geht, ist dir völlig egal.«

»Das stimmt nicht. Du siehst nur das, was du sehen willst. Nachdem ich jetzt allerdings weiß, wie du wirklich über mich denkst, frage ich mich, warum du noch mit mir zusammen bist.«

In dem Moment, in dem Macks die Worte ausgesprochen hatte, bereute sie es bereits, denn Elise verharrte so reglos, als ob die Zeit um sie herum erstarrt wäre.

Doch das Wort Anerkennung hatte etwas in Macks getriggert und sie hatte sich nicht mehr zurückhalten können.

Elise sprang aus dem Bett. »Ehrlichgesagt, weiß ich das selbst nicht mehr! Ich dachte nach unserem Gespräch im Griffith Park hättest du endlich den Mut zu dir zu stehen. Aber anscheinend habe ich mich geirrt.«

»Elise …«, begann Macks, wobei sich ihr Magen zusammenzog. »Ich darf mir keinen Fehltritt erlauben.«

Elise schnaubte und kam ein paar Schritte auf sie zu. »Ein Fehltritt bin ich also für dich!«, schrie sie.

»Nein, so war das nicht gemeint. Aber du weißt, ich könnte alles verlieren, wenn ich Peter sage, dass ich lesbisch bin. Das wäre …« Macks senkte den Blick, während sie nach den richtigen Worten suchte, um Elise zu erklären, was in ihrem Inneren vorging.

Warum verstand Elise nicht, dass es nicht nur um sie beide ging, sondern um alles, wofür sie so hart gearbeitet hatte?

»Das wäre unsere Beziehung nicht wert? War es das, was du sagen wolltest?«

Hitze schoss durch Macks´ Körper, sie ballte ihre Hände zu Fäusten. Wie konnte ihr Elise die Wörter so im Mund umdrehen? Sie wusste von allen am besten, wie schwer es ihr manchmal fiel Macks zu sein und den Ansprüchen ihres Managements gerecht zu werden. Warum musste sie ihr ausgerechnet jetzt in den Rücken fallen?

»Ständig gibst du vor, zu wissen, was ich denke. Hör endlich auf damit. Ich möchte Zeit mit dir auf Tour verbringen, du aber wirfst mir vor eine Heuchlerin zu sein. Was bin ich für dich? Eine Art Spielzeug, das du für deine Zwecke manipulieren kannst? Du hast mir versprochen für mich da zu sein und mir Zeit zu geben.«

Abrupt hielt Elise inne und stemmte ihre Hände in die Hüften. »Wie kannst du es wagen, mir das vorzuwerfen? Du bist es, die ständig die Regeln ändert. Wenn du denkst, dass ich dich wie ein Spielzeug behandele, dann solltest du mal in den Spiegel schauen und sehen, wer hier wirklich spielt. Du manipulierst dich selbst in deiner Wahrnehmung.«

Die Worte trafen, schmerzhaft wie spitze Pfeile. Macks sprang auf und warf einen Stapel Bücher vom Couchtisch. »Nimm das zurück! Ich war immer ehrlich zu dir!«

Dann erstarrte sie. Noch nie hatte sie so die Kontrolle verloren.

Elise verdrehte die Augen. »Hör doch auf, Macks. Du bist zwanzig Jahre alt und die Leute lieben dich nur, weil du vorgibst, jemand zu sein, der du nicht bist. Werd' erwachsen. Menschen wie ich müssen hart arbeiten, dir hingegen wird jede Tür automatisch aufgehalten! Ich dachte wirklich, du wärst anders, aber anscheinend habe ich nur meine Zeit mit dir verschwendet!«

»Na wenn das so ist, dann geh doch!

Macks´ Atem wurde schneller. Sie suchte nach einem Ventil für ihre aufgestaute Emotion und drückte ihre Hände fest an ihre Seite, während die Schreie in ihrem Inneren tobten. Schweigend sah sie Elise dabei zu, wie sie ihre Klamotten in eine Reisetasche warf.

Vielleicht war es einfacher für Elise, ihr die Schuld an allem zu geben? Sie flehte Elise nicht an zu bleiben, obwohl sie das am liebsten getan hätte. Stattdessen saß sie da und schaute ihr hinterher. Elise drehte sich an der Tür noch einmal um und sagte mit fester Stimme: »Ich hoffe, dass du eines Tages den Mut findest, du selbst zu sein, ohne Angst vor den Erwartungen der Welt.«

Dann zog sie die Tür hinter sich zu.

Es dauerte, bis Macks aufstehen konnte und wie ferngesteuert durch die Wohnung ging. Zu gerne hätte sie die Vase zerbrochen und sich eine Scherbe davon mitten ins Herz gerammt. Leere breitete sich in ihrem Körper aus. Immer wieder sah sie zur Tür, in der Hoffnung, Elise würde zurückkommen, damit sie über alles reden konnten. Aber die Tür blieb verschlossen. Stattdessen setzte die Dämmerung ein und ihre Wohnung wirkte einsam ohne Elise.

Macks ging ins Schlafzimmer, wo sie achtlos einige Kleidungsstücke in ihren Koffer warf. Nur um kurz darauf wieder auszupacken und stattdessen ihr Gesicht in einem Kissen vergrub.

Ein Stechen breitete sich in ihrer Magengrube aus. Mit zittrigen Fingern wählte Macks Paulas Nummer. Es gab nur noch einen Ausweg. Elise war zwar verschwunden, aber Macks blieb immerhin noch ihre Würde. Warum zum Teufel verstand Elise nicht, was für sie beide auf dem Spiel stand? Ihre Lippen bebten, als Macks endlich am anderen Ende der Leitung eine vertraute Stimme hörte.

»Hey Paula, ich möchte mich heute noch von Chris trennen. Bitte setzte alles auf und sprich mit seiner Agentin. Ich werde ihn auch nicht wiedersehen oder irgendein Statement dazu abgeben.« Mit Mühe schluckte sie den dicken Kloß in ihrem Hals hinunter. »Es ist vorbei. Ich werde LA so schnell es geht verlassen.«

Ohne auf Paulas Reaktion zu warten, warf sie ihr Telefon vom Bett und schluchzte so heftig, dass sie kaum noch Luft bekam.

Macks verkroch sich eine Woche lang in ihrer Wohnung und antwortete weder auf Chris' Anrufe noch auf seine Nachrichten. Sie wollte nicht mit ihm sprechen, denn er würde bestimmt versuchen, sie davon abzuhalten, davon zu laufen. Es war keine Trennung von ihm, sondern eine Trennung von Elise. Ihre Fake-Beziehung war lediglich der Kollateralschaden ihrer echten Beziehung, die niemals eine Chance hatte. Das ihre Freundschaft dadurch zerbrach war Macks bewusst. Doch sie musste mit LA ein für alle Male abschließen. Trotzdem überkam sie irgendwann das schlechte Gewissen. Sie zog ihr Handy heraus und schickte ihm eine Nachricht, bevor sie seine Nummer blockierte.

Chris, ich hoffe, du verstehst, dass ich eine Auszeit gebraucht habe, um einige Dinge zu klären. Es tut mir leid, dass ich nicht auf deine Anrufe und Nachrichten reagiert habe, aber ich musste mich sortieren. Ich möchte, dass du weißt, dass meine Entscheidung, mich von Elise zu trennen, nichts mit unserer Freundschaft zu tun hat. Du warst ein wichtiger Teil meines Lebens und ich danke dir dafür, dass ich mich erst durch dich richtig angekommen in LA gefühlt habe. Aber nun ist es Zeit für mich zu gehen. Es gibt nichts mehr, dass mich hier hält. Bitte sei mir nicht böse, ich wünsche dir nur das Beste! Xo, deine Macks.

Vor ihrem Abgang aus LA bat Macks ihr Management, die Proben der Tour nach New Orleans zu verlegen unter dem Vorwand, dass ohnehin ihre gesamte Crew aus Louisiana war und so Kosten gespart werden konnten. Kurz danach kündigte Macks den Mietvertrag ihres Duplex' und kaufte sich stattdessen eine Penthouse-Wohnung in New Orleans, nicht weit weg vom Studio.

Macks konnte keine Sekunde länger in LA leben, denn jeder Millimeter erinnerte sie an Elise. Sogar der Shitstorm bestehend aus Gerüchten und Theorien, der sich kurz nach Veröffentlichung der Trennung von Chris in den Medien entbrannte, ließ Macks kalt. Jegliches Gefühl prallte an ihr ab, wie Regen von einer wasserfesten Plane. Viel zu tief saß der eigentliche Schmerz darüber, dass von ihr andauernd Dinge verlangt wurden, für die sie noch nicht bereit war.

Doch wenigstens konnte sie dieses Mal öffentlich trauern, denn Chris war seit fast zwei Jahren ihr Freund gewesen. Niemand merkte, dass Macks eigentlich einer Beziehung nachweinte, die nur im Verborgenen existierte.

Sie nahm sich fest vor, ihr Herz in Zukunft nie wieder für eine solche Art von Liebe zugänglich zu machen. Eher würde sie als alte Jungfer sterben, als noch einmal durch diese emotionale Hölle zu gehen. Die Liste ihrer Verluste war mittlerweile sehr lang: Zach, Eric, Sarah, und Elise.

Nur dass sie Elise kampflos aufgegeben hatte. Aber diese hatte mit den Dingen, die sie über Macks gesagt hatte, eine Grenze überschritten. Wie hätte sie ihr jemals wieder vertrauen können? Vielleicht war es wirklich an der Zeit gewesen die Beziehung zu beenden, schließlich hatte sie einen kurzen Augenblick mit dem Gedanken gespielt Macks' Karriere ihretwegen auf Spiel zu setzen.

Kapitel 28

September 2014 – New York

Macks stand in einer kleinen Seitenstraße vor einem aus braunen Backsteinen gebauten Gebäude in der Jones Street und blickte sich neugierig um.

Die bodenlangen Fensterläden hatten es ihr besonders angetan. In Gedanken malte sich Macks den Ausblick aus dem Fenster aus. Ob sie wohl bis zum Hudson River sehen könnte? Ihr Blick streifte die schwarz verzinkte Feuerleiter, die sich an der Außenwand der Wohnhäuser hinaufschlängelten. Die Jones Street erinnerte sie an die unzähligen Fernsehserien, die in New York gedreht wurden. Jedes der Wohnhäuser hatte seinen eigenen Stil. Genau deswegen war Greenwich Village in New York so besonders.

Voller Euphorie zog Macks ihr Handy aus ihrer Jeansjacke und knipste ein Foto von dem Gebäude mit dem schwarzen, runden Vordach über der Eingangstreppe. Beim Betrachten des Fotos lächelte sie. Die Bäume, links und rechts neben dem Gehsteig, waren verschwommen darauf zu erkennen. Ihre Blätter färbten sich bereits gelb und bildeten einen schönen Kontrast zu dem Gebäude.

Die Bildunterschrift der Textnachricht an ihre Mutter lautete: »Home sweet home.«

Die kühle Septemberluft ließ Macks frösteln, aber statt sich die Jacke zuzuknöpfen, stand sie ein paar Minuten stumm da, versuchte, sich jeden Zentimeter dieser Gegend einzuprägen. Dabei atmete sie tief ein und aus. Die Stimmen in ihrem Kopf, die sie seit Monaten begleiteten, waren verschwunden, und das einzige Geräusch, das sie hörte, waren die vorbeifahrenden Autos. Macks war endlich angekommen. Obwohl New York noch so neu und aufregend war, kam etwas in ihr zur Ruhe. Sie war zu Hause.

Während sie so da stand, erinnerte sich Macks an die Zeit nach der *Just me* Tour in New Orleans, von der sie nach vierzehn Monaten letzten Juli zurückgekommen war. Die schweren Regentropfen auf dem Dach des Tourbusses, das Bundesstaatenschild von Louisiana, das sie begrüßte, und das Gefühl von Zerrissenheit zwischen Vergangenheit und Gegenwart. Die Anforderungen, die während der Tour an Macks gestellt wurden, waren enorm. Als Superstar wurde von ihr erwartet, dass sie auf der Bühne glänzte, die Massen begeisterte und gleichzeitig ein Image aufrechterhielt, das von Perfektion und Erfolg geprägt war. Trotzdem war die Rückkehr nach New Orleans schlimmer gewesen. Die Erwartungen ihrer Fans, die Belagerung durch Fremde und die emotionale Bindung an die Stadt machten es ihr schwer, sich dort wohlzufühlen. Obwohl sie den Gedanken an eine Rückkehr nach LA kurz erwog, verwarf sie ihn schnell. Sie wollte sich nicht den Geistern ihrer Vergangenheit stellen, auch wenn sie noch öfters an Elise dachte. Doch Macks war in einer Zwickmühle gefangen, zwischen ihrer Identität als Macks und der Präsenz von Mackenzie Walker in New Orleans, die sie dort stärker einholte, als ihr lieb war.

Durch die Gründung von Macks Inc., einer Firma, die Paula nach langen Verhandlungen mit Peter Miller exklusiv für Macks' PR und persönliches Management engagiert hatte, gewann Macks endlich ein wenig Kontrolle über ihr Leben. Paula war der einzige Mensch, der wirklich wusste, was in ihr vorging und sie hatte ihren Umzug nach New York im Gegensatz zu ihrem Management unterstützt.

Der Duft von frischen Blumen und Duftkerzen umhüllte Macks, als sie in den Eingangsflur des Gebäudes trat. Der Portier zog an der Krempe seiner Kappe und trat vor, um ihr den Aufzug zu rufen.

Dankend winkte Macks ab, steuerte auf das Treppenhaus zu und lief fast dreihundert Stufen hoch bis in den siebzehnten Stock. Ihre Lunge brannte, als sie schwer atmend ihre Wohnungstür öffnete.

Macks rümpfte die Nase. Ein beißender Geruch von frischer Farbe schlug ihr entgegen, während sie aus ihren Sneakers schlupfte und ihre Jacke an die Garderobe hing. Nach ein paar Schritten aber verwandelte sich der Geruch in etwas Süßliches, als sich der Innenraum ihres Wohnraumes vor ihr erstreckte. Auf dem Tisch stand ein riesiger Strauß Rosen. Macks roch daran und ein warmes Gefühl breitete sich in ihr aus. Dann ließ sie ihren Blick weiter schweifen. Neben ihrem großen, schwarzen Flügel im Wohnzimmer erstreckte sich die weiße Couch, die sie unbedingt hatte haben wollen. Augenblicklich ließ sie sich darauf fallen, spürte den weichen Stoff an ihren nackten Unterarmen. Von der Couch aus spähte sie zur geräumigen Kochnische, die sich an der rechten Seite vom Tisch befand. Ihr Magen knurrte und Macks ließ ihre Hände hinunter zu ihrem Bauch gleiten. Wann hatte sie das letzte Mal etwas anderes als einen Apfel oder ungesalzene Nüsse gegessen?

Mit einem hungrigen Gefühl erhob sie sich vom Sofa und öffnete die metallene Kühlschranktür. Ein Seufzer entwich ihr. Paula hatte tatsächlich dafür gesorgt, dass sich Sojamilch, ein paar Joghurts sowie eine Packung ihres Lieblingskäses der Marke Babybel darin befand. Hastig öffnete sie einen der Schränke und stieß einen Pfiff aus. Neben den fein säuberlich gestapelten Tellern befand sich in einem Regal darunter auch Knäckebrot und Erdnussbutter. Schnell griff sie nach beidem.

Danach goss sie sich ein Glas Wasser ein und setzte sich wieder auf die Couch. Ein vertrautes Gefühl breitete sich in ihrem Körper aus, als sie den salzigen Geschmack der Erdnussbutter auf ihren Lippen spürte. Hatte Macks tatsächlich vergessen, wie gut Essen schmeckte? Während sich ihr Heißhunger langsam beruhigte, ließ Macks den Blick erneut durch ihr neues Apartment schweifen. Es war kleiner als ihr Duplex in LA, aber doch größer als ihr Penthouse in New Orleans.

Macks stand auf, öffnete das Fenster und beobachtete die untergehende Sonne. Gänsehaut breitete sich auf ihren Armen aus, dennoch durchströmte sie eine Wärme. Sie schloss für einen Moment die Augen.

Dieses Mal musste der Neustart funktionieren. In New Orleans fühlte sich Macks seit ihrer Rückkehr zerrissen und unruhig. Denn dort wurden die regelmäßigen Mahlzeiten durch unregelmäßiges Essen ersetzt, und Macks fand sich oft dabei, wie sie mit den Gedanken spielte, essen komplett zu vermeiden. Der Druck von außen, und die fehlende Routine nach ihrer Tour verstärkten den Wunsch, etwas kontrollieren zu können. Auch wenn es nur ihr Körper war und die Art und Weise, wie sie Mahlzeiten zu sich nahm.

Dank Paula merkte auch Wochen nach ihrer Ankunft noch niemand, dass der bekannteste Popstar des Landes in ein Apartment in der Jones Street, inmitten des Greenwich Villages, gezogen war. Auf Paulas Anweisung hin postete Macks genau dann die Fotos, die sie vorher von ihr bekam. Der Text und die Hashtags waren geskriptet. Meistens handelte es sich dabei um Aufnahmen, die während ihrer Tour gemacht wurden. Macks vermied es, Fotos von sich selbst zu posten. Obwohl es ihr schon etwas besser ging, fühlte sie sich immer noch nicht wohl in ihrer Haut. Sie war dankbar für die Privatsphäre, denn sie spürte, wie sich etwas in ihr veränderte.

Mit jedem Tag, den sie in dieser turbulenten Großstadt verbrachte, legte sich diese innerliche Unruhe, die sie die letzten Wochen kaum schlafen, essen oder atmen hatte lassen. Nach und nach gelang es ihr, wieder Routine in ihr Leben zu bringen.

Macks zwang sich, drei Mahlzeiten am Tag zu sich zu nehmen, mindestens sieben Stunden zu schlafen und sich nicht mehr täglich auf die Waage zu stellen. Noch musste sie in New York nicht so funktionieren, wie auf ihrer Tour oder in New Orleans.

Das Leben fernab der Tour und des Trubels war jedoch nur von kurzer Dauer. Macks war gerade dabei, sich die Wassertropfen aus dem Haar zu reiben, als sie ein dumpfes Geräusch an ihrer Tür aus ihren Gedanken riss.

»Hey Macks, ich bin's. Mach auf.«

Selbst ohne das »ich bin's« hätte Macks diese Stimme immer wieder erkannt. Sie öffnete die Tür. Es war Paula, die wie so oft unangekündigt davorstand.

»Gut riecht es hier«, sagte sie, als sie eintrat und eine schwarze Tasche achtlos auf das Sofa warf.

Hinter ihr stand ein Stahlgestell in der Tür, dass sie anpackte und dann in Macks Richtung deutete. »Hilfst du mir bitte mit dem Equipment?«

Macks trat einen Schritt auf sie zu und ehe sie antworten konnte, spürte sie etwas Kantiges in ihrem Arm und sie stolperte zurück.

»Pass auf, dass du ihn nicht kaputt machst, ein Freund hat mir diesen Scheinwerfer geliehen.« Paula fing das metallene Gestell gerade noch rechtzeitig auf, bevor es auf den Parkettboden krachen konnte.

»Aufpassen habe ich gesagt«, zischte Paula und zerrte den Spot in das Wohnzimmer.

»Ähm, hi Paula, hatten wir unseren Fototermin nicht erst morgen ausgemacht?«, stammelte Macks, aber Paula winkte ab.

»Ich habe nicht viel Zeit, wir müssen die Bilder jetzt schießen. Danach haben wir noch etwas anderes zu besprechen«, erwiderte sie und zog ein Kabel in die Nische neben dem Fernseher und steckte es in eine Steckdose.

Licht breitete sich in Macks' Wohnzimmer aus. Mit zusammengekniffenen Augen sah sie irritiert zu Paula, die gerade dabei war, eine Kamera aus ihrer Tasche zu holen.

»Zieh dir ein schwarzes Shirt an, föhn dir die Haare und schmink dich.«

Zehn Minuten später erschien Macks in einem schwarzen nicht allzu engen T-Shirt, gekämmten Haaren und sporadisch geschminkt im Wohnzimmer.

Paula zeigte auf den Klavierhocker und Macks setzte sich darauf. Die Bilder waren Teil des Plans, ihre Privatsphäre zu wahren. Mit Verschleierungen über ihren Standort und Fotos, die zwar echt wirkten, aber trotzdem gestellt waren. Es störte Macks nicht, schließlich fühlte sie sich schon lange nicht mehr so zu Hause wie hier, in diesen vier Wänden inmitten des Greenwich Villages. Es war nicht schwer, diese Scharade aufrecht zu erhalten.

»Super Macks, die hier werden toll.«

Paulas zufriedenes Gesicht ließ Macks' Mundwinkel entspannen. Ihre Augen brannten und sie hatte das Gefühl, ihre Wangenknochen nicht mehr zu spüren, vom vielen Lächeln.

Paula schien sich davon nicht beirren zu lassen. Sie wippte mit ihrem linken Fuß und nickte erneut. »Lerne, wie ein Chamäleon zu denken. Du magst zwar deine Ruhe, Macks aber steht in der Öffentlichkeit. Vergiss das nicht. Sie wollen nicht dich, sondern Macks, also verkaufe es und bau ein Schutzschild auf. Du bist nicht mehr in New Orleans. Es wird langsam Zeit, dich wieder zu zeigen. Deswegen bist du doch hergekommen, oder?«

Macks schluckte, doch sie wusste es besser. Macks war schließlich immer noch Macks.

»Na sag schon, was steht an?« fragte sie nach zwei Stunden Fotoshooting.

Paula rückte ihre Brille zurecht und trat einen Schritt nach vorn.

»Du wirst auf der bevorstehenden MET-Gala nächsten Montag erwartet. Elephant Records hat dir zu Ehren einen Tisch gesponsert. Du bist der Grund für ihre neue Niederlassung in New York.«

Ein kurzes Lächeln huschte über Macks' Gesicht und sie richtete sich auf. »Ernsthaft? Die MET?«

Sie versuchte ihre Stimme zu kontrollieren, denn plötzlich war sie aufgeregt. Letztes Jahr war sie auf Tour gewesen und konnte ihre Einladung nicht annehmen und das Jahr davor war sie in LA gewesen und hatte zu diesem Zeitpunkt gerade ein Musikvideo gedreht. Seit sie siebzehn war, träumte sie davon, endlich hingehen zu dürfen.

Paula nickte, während sie ein Tablet aus ihrer Tasche zog. Sie wischte über den Bildschirm und öffnete die Bildergalerie: »Du musst dir ein Kleid aussuchen.«

Um besser sehen zu können beugte sich Macks näher zu Paula und scrollte durch die Fotos. Beim vierten Bild verharrte sie, ein Kribbeln überkam sie, denn dieses Kleid strahlte all das aus, das sie zu sein versuchte. Furchtlos und mutig.

»Das hier!«, murmelte sie, deutete auf das Bild.

»Bist du dir sicher?«

Fragend blickte Paula Macks in die Augen, doch anstatt ihrem Röntgenblick aus dem Weg zu gehen, nickte Macks. Sie war sich sicher, denn sie kannte die Marke von Instagram. Lieber ein Kleid einer unbekannten queeren Designerin tragen als eines dieser Sex and the City Verschnitte von jemandem, mit dessen Image sie sich nicht identifizieren konnte.

Denn mit einer Sache hatte Elise recht gehabt: Macks musste anfangen, mehr sie selbst zu sein, wenn sie es irgendwann aus diesem Käfig herausschaffen wollte. Dieses Kleid zu tragen, würde Macks' Karriere nicht gefährden.

»Ja Paula. Ich möchte bei meiner ersten MET ein Kleid von KVK tragen. Es wird ein Statement setzten«, sagte sie.

Die Falte in Paulas Stirn glättete sich und ihre Mundwinkel zogen sich hoch. »Eine mutige, aber durchaus nachvollziehbare Entscheidung. Ich bin mir sicher, dass du darin umwerfend aussehen wirst. Einzigartig. Ich kann die Klicks förmlich vor mir sehen. Das wäre gut für dich.«

Ein flaues Gefühl machte sich in Macks Magengrube breit, als sie daran dachte, wieder in die Öffentlichkeit zurückzukehren. Dieses Mal war kein Chris, keine Elise dabei. Sie war auf sich allein gestellt. Doch irgendwie schaffte sie es, ihre Gefühle zu unterdrücken und Paula anzulächeln. Schließlich war es die MET und Macks war gespannt auf die Designerin und wie das Kleid an ihr aussehen würde. Kaum jemand würde anhand eines Outfits über ihre Sexualität spekulieren. Dazu musste es einen triftigen Grund geben. Und Macks hatte nicht vor, ihnen diesen auf der MET-Gala zu liefern. Beim Kleid ging es ihr vor allem um eines: sich selbst zu beweisen, dass Macks auch mutig sein konnte. Ein weiterer Schritt zu Selbstakzeptanz.

Kapitel 29

17. September 2014 – MET-Gala

Das Blitzlichtgewitter ließ Macks schon lange nicht mehr zusammenzucken.

Paula legte ihren Arm um sie und Macks setzte ihr bestes Lächeln auf. Die Reporter wurden durch die Schreie der Fans hinter Absperrung des roten Teppichs übertönt.

Das Gefühl, wenn ihre Fans ihren Namen schrien, fühlte sich vertraut an. Ohne großartig zu überlegen, ging Macks hinüber zu ihnen. Ein Reporter, in hellen Jeans und einem grauen Hemd trat neben Macks. Anstatt ihr diesen Moment mit ihren Fans zu gönnen, hielt er ihr die Kamera so dicht vors Gesicht, dass ihre Stirn fast dagegen knallte.

»Macks, freuen Sie sich auf die MET-Gala? So eine hübsche Frau wie Sie geht doch sicherlich nicht allein nach Hause, oder? Da wird es doch bestimmt den ein oder anderen Mann geben, dem sie heute schöne Augen machen werden?«

Wut stieg in Macks hoch. Am liebsten hätte sie ihm geantwortet, dass er besser mal seine Hausaufgaben machen sollte und sie nach ihrem Kleid zu fragen, anstatt Klicks für schlechtbezahlte Fotos in Klatschmagazinen zu schießen. So selbstbewusst wie möglich antwortete sie: «Ich dachte, ich würde hier niemanden kennen. Aber dann sah ich meine Fans.« Bewusst machte sie eine Pause, deutete auf die Gruppe Fans, die ihr zuwinkten. »Wenn es okay wäre, dann werde ich noch ein paar

Fotos mit ihnen machen, bevor ich zurück auf den roten Teppich gehe. Ihnen allein verdanke ich meinen Erfolg. Also ja, ich freue mich hier zu sein.«

Mit einem verständnislosen Ausdruck trat der Reporter zur Seite und Macks widmete sich ihrer Armee aus Fans. Sie alle waren gekommen, um sie zu sehen. Macks' Anwesenheit löste bei ihren Fans ein Gefühl aus, dass ihr die so dringend notwendige Bestätigung vermittelte. Mochte ihr Job auch manchmal noch so schwer sein, so würde sie für solche Momente für immer dankbar sein. Mit einem siegessichern Gefühl ging Macks ein paar Minuten später zurück auf den roten Teppich.

Das Blitzlichtgewitter verstärkte sich, als Macks mit weißen High Heels und dem roséfarbene Kleid, das ihren nackten Rücken zeigte, vor die Kameras trat. Die Außenseite ihres Kragens, der untypisch für diese Art von Abendkleid war, war aber das Highlight. Die sechs Rainbow Pride Farben zierten diesen. Dezent, aber dennoch sichtbar eingestickt.

Paula, die wie aus dem Nichts neben ihr auftauchte, lenkte Macks sanft in Richtung Eingang. Doch vorher drehte sie sich kurz zu den Fotografen um: »Ich denke, jeder von Ihnen hat ein gutes Foto geschossen. Bitte gehen Sie nach Hause. Macks muss jetzt weiter!«

Ein paar Leute machten Macks Platz, damit sie eintreten konnte. Stirnrunzelnd lehnte sie sich gegen einen der Sessel in der Eingangslobby. »Was war das denn für eine Aussage? Und warum gehorchen sie dir auch noch?«, fragte sie, zupfte dabei am Stoff ihres Kleides.

»Ich habe sie beauftragt. Besser sie schießen auf diese Weise ihre Fotos, anstatt dass dir Paparazzi vor deiner Wohnung auflauern. Es ist immerhin dein erster öffentlicher Auftritt in New York,« antwortete Paula schulterzuckend. Ehe Macks etwas darauf sagen konnte, fuhr Paula bereits fort:

»Such du mal unseren Tisch. In der Zwischenzeit werde ich mit ein paar Leuten sprechen.« Paula machte eine ausladende Handbewegung und bewegte sich auf eine Gruppe von Menschen zu, die Macks nicht kannte.

Macks ging von der Lobby aus in einen großen Saal und streifte vorbei an einigen der Tischschilder. Plötzlich erinnerte sie sich wieder an ihr erstes großes Event mit Chris auf einem roten Teppich. Damals fühlte sie sich verloren und unsicher, aber dieses Mal war es anders. Macks war ein noch größerer Star und ihr gefielen die Blicke, die ihr zugeworfen wurden.

Gerade in dem Moment, in dem sie sich auf die andere Seite des Saals begeben wollte, verzog sie ihr Gesicht. Ein dumpfer Schlag gegen ihren Arm ließ sie herumfahren. Reflexartig trat sie einen Schritt zur Seite.

Durch die Bewegung war Macks auf den Saum ihres Kleides getreten und ein unangenehmes Ziehen breitete sich in ihrer Hüfte aus. Jemand stand auf ihrem Kleid. Während sie dieses richtete und demjenigen in die Augen blickte, der ihr Designerkleid fast ruiniert hätte, erstarrte sie.

»Oh«, war alles, was Macks herausbrachte, bevor sie sich aufrichtete und ihre Schultern straffte.

»Soll ich dir bei deinem Kleid helfen?«, fragte die Frau mit den stechenden kobaltblauen Augen und den roten Haaren. Sie hatte einen schuldbewussten Gesichtsausdruck aufgesetzt. Natürlich trug sie das Oscar Delarenta Kleid, das Macks kategorisch abgelehnt hatte. Ihr aber stand es verdammt gut und der schwarze Stoff ließ ihre Haut elfenbeinfarbig wirken.

Macks schüttelte den Kopf, zupfte noch an ihrem Kleid herum, sagte dann aber mit fester Stimme: »Nein. Geht schon, danke. Aber du solltest dich nicht so an Leute heranschleichen.«

Hitze stieg in ihr hoch. Warum sagte sie so etwas Peinliches? Vor ihr stand immerhin Simone Schneider, der am hellsten leuchtende Stern in Hollywood. Drei Jahre zuvor, mit nur zweiundzwanzig Jahren hatte Simone einen Oscar als beste Hauptdarstellerin gewonnen. Sie war die Zukunft der Filmindustrie.

Durch ihre Verbindungen in LA wusste Macks, dass sich Simone nur selten in der Öffentlichkeit blicken ließ. Sie verkörperte den Hollywood Mythos schlechthin.

»Das war nicht meine Absicht. Ich muss mich dafür entschuldigen«, antwortete Simone mit einem Lächeln.

Allein die Worte, die Simones Mund verließen, schafften es, den Lärm rund um Macks zum Verstummen zu bringen. Simones Präsenz konnte einen Raum einnehmen, ohne dass sie es wahrscheinlich bemerkte. Die Spannung, die Macks bei ihrem Anblick spürte, fühlte sich wie ein elektrischer Schlag an.

Das Aufregendste an Simone waren eindeutig ihre kobaltblauen Augen, die Macks nicht mehr klar denken ließen. Gänsehaut breitete sich in ihrem Nacken aus, doch sie musste schnellstens irgendetwas antworten. Ihr Schweigen dauerte schon viel zu lange.

»Nein, so war das nicht gemeint, sorry. Ich bin ein großer Fan von dir. Das Remake von Schlaflos in Seattle habe ich mir bestimmt zehn Mal angesehen«, presste sie hervor.

Macks trat einen Schritt zurück, stolperte dabei gegen einen Stuhl. Im letzten Moment griff Simone nach ihrer Hand und fing sie auf. Ihr Lächeln wurde breiter, während sie die Augenbrauen hochzog. Dabei erkannte Macks ein kleines Grübchen, das sich an ihrer Wange abzeichnete.

Simone ließ Macks´ Arm los und strich sich eine Strähne aus dem Gesicht. Dann beugte sie sich vor, ohne eine Miene zu verziehen. »Wie schaffst du es, dir einen Film zehn Mal anzusehen? Wird das nicht langweilig?«

Angestrengt suchte Macks nach der perfekten Antwort, aber in ihrem Kopf herrschte Chaos. »Ich liebe altmodische Romantik«, sagte sie schließlich und zuckte mit den Schultern.

Simone sah sie auf eine Art und Weise an, die Macks nicht deuten konnte. Da schien etwas zwischen ihnen zu sein, ein unsichtbares Band, dass Macks unfähig machte, irgendetwas anders zu tun, als da zu stehen und drauf zu hoffen, dass das Gespräch mit Simone noch nicht vorbei wäre.

»Bist du schon lange hier?«, fragte Simone, ließ ihren Blick dabei über Macks' Outfit schweifen.

»Gerade erst gekommen«, erwiderte diese.

Simones Züge wurden weicher, als sie ihre Stimme senkte: »Hättest du vielleicht Lust mit mir etwas zu trinken? Ich würde gerne mehr über dich und deine Filmvorlieben erfahren.«

Hat sie gerade mit mir geflirtet?

Macks öffnete ihren Mund, als ihr plötzlich jemand auf die Schulter tippte.

»Hier bist du. Ich möchte dich jemandem vorstellen!« Nachdem Paula Simone eindringlich gemustert hatte, deutete sie nach links zu einer Gruppe Menschen. Macks warf Simone einen entschuldigenden Blick zu. »Sorry, ich muss los. War schön, dich kennengelernt zu haben! «

»Ich bin an der Bar, vielleicht sehen wir uns später noch«, sagte Simone, während sie ihre Lippen leicht zu einem Lächeln verzog.

Alles in Macks kribbelte und mit jedem Schritt, mit dem sie sich weiter von Simone entfernte, wuchs der Drang, ihr zu folgen.

»Bitte entschuldige mich, ich muss mal kurz zu den Waschräumen«, «flunkerte Macks nach einem anstrengenden Gespräch mit einem der Sponsoren der MET zu Paula.

Ohne eine Antwort abzuwarten, drehte sich Macks um, hob den Saum ihres Kleides und machte sich auf die Suche nach der Bar.

Diese war in einem Nebenraum und Simone stand am Tresen, wo sie genüsslich an einem Glas mit brauner Flüssigkeit nippte.

Ihre Miene hellte auf, als sie Macks erblickte. »Willst du probieren? Ist ein Old Fashion.« Simone hielt ihr das Glas entgegen, aber Macks schüttelte den Kopf.

»Warum bist du dann hier, wenn nicht wegen der kostenlosen Drinks?«, fragte Simone und ließ den Strohhalm über ihre Lippen gleiten.

Das Nächste, was Macks vernahm, war das zufriedene Geräusch, das Simone von sich gab, als sie den letzten Tropfen Whisky auf ihrer Zunge zergehen ließ. Ein prickelndes Gefühl überlief Macks. Die Geschichten über Simone waren wahr. Sie konnte ihre Aura geradezu am eigenen Leib spüren.

Simone intensivierte ihren Blick, als sie sage: »Ich habe mich schon gefragt, wie lange es wohl dauern würde, bis ich dich wiedersehen werde.«

»Dieser Spruch ist doch aus einem deiner Filme«, konterte Macks und musste lachen.

»Okay, ertappt. Wie lautet deiner?«

Macks überlegte kurz und antwortete: »Hi, ich bin Macks.« Simones Lachen versetzte Macks erneut eine Art Stromschlag.

»Wow, der zieht?«, fragte sie und griff nach den zwei Gläsern Champagner, die der Kellner ohne Aufforderung vor ihnen abgestellt hatte. Macks nahm eines davon und beim Anstoßen berührten sich zum zweiten Mal ihre Hände, aber dieses Mal dauerte der Moment länger. Es war, als würde die Welt endlich aus unerklärlichen Gründen Sinn ergeben. Macks ließ ihren Daumen an Simones Handballen entlang gleiten und spürte, wie ihr Puls schneller wurde. Es fühlte sich an, als hätte ihr jemand ein Pflaster abgezogen, von dem sie nichts gewusst hatte. Was geschah da gerade zwischen ihnen?

Macks wischte sich eine Haarsträhne aus dem Gesicht und ihre Ohren fingen an zu pochen.

Auch Simone schien die Spannung zwischen ihnen zu bemerken, denn sie befeuchtete ihre Lippen.

Für einen Moment sah Macks etwas in ihren Augen aufblitzen.

»Hey, möchtest du kurz Luft schnappen?« Simones Stimme unterbrach die Stille zwischen ihnen und Macks nickte dankbar. Allein die Berührung ihrer Fingerspitzen löste etwas in Macks aus, dass sie nicht erklären konnte.

Entgegen ihrem ursprünglichen Gedanken, die Party so schnell wie möglich hinter sich zu bringen, folgte sie einer Frau, die sie gerade erst kennengelernt hatte, durch einen schwach beleuchteten Gang der menschenleer war.

»Wohin gehen wir?«, fragte Macks.

»Es ist nicht mehr weit.« Dann öffnete Simone eine Tür am Ende des Ganges.

Macks trat ein und stellte verwundert fest, dass diese nicht nach draußen führte.

Simone zog die Tür hinter sich zu und schloss ab.

Macks Atmung wurde schneller, sie konnte ihr laut pochendes Herz in ihren Ohren hören. Sie fürchtete sich nicht davor, eingesperrt zu sein, sondern was es in ihr auslöste, alleine mit Simone in einem Raum zu sein.

Die Anziehung zwischen ihnen fühlte sich an, als hätten sich zwei Magnete endlich gefunden. Es war nur noch eine Frage der Zeit, bis sie aufeinanderprallten. Da war etwas zwischen ihnen, das stärker war als jegliche Vernunft und Macks schlagartig die Kontrolle verlieren ließ.

Ihr Blick wanderte über den grauen Fliesenboden, das Regal, voll mit Putzmitteln in der Ecke und die Halogenleuchte an der Decke.

»Warum hast du mich in diese Abstellkammer gesperrt?«, fragte sie, tastete dabei nach dem Knauf, der sich hinter ihrem Rücken befand.

Simone trat einen Schritt näher. Der süßliche Geruch ihres Parfums, das nach Bergamotte und Mandarinen duftete, stieg Macks dabei in die Nase.

»Du hast es doch auch gespürt, oder?«, fragte Simone und ließ ihre Finger dabei über Macks' nackte Schulter gleiten. Wie lange würde Macks ihr Verlangen, jeden Zentimeter von Simones Körper mit ihren Händen zu erkunden, noch zurückhalten können? Sie wollte diese Frau so sehr, dass es schmerzte, sich zu kontrollieren.

»Schönes Kleid übrigens, mutig von dir.«

Macks biss sich auf die Unterlippe. Simones Berührungen ließen sie innerlich beben und nach Luft schnappen.

»Ich weiß nicht, wovon du sprichst«, presste sie hervor und packte Simones Hand.

»Ach nein?«, fragte Simone mit einem Unterton, der Macks beinahe um ihren Verstand brachte.

»Nein«, flüsterte Macks, drückte Simones Hand, die daraufhin ihre Augen schloss und die Luft scharf einzog.

Ein Feuer loderte in Macks auf und sie bemühte sich ruhig zu atmen.

Simone öffnete ihre Augen. »Doch, das weißt du. Wenn du mich jetzt nicht daran hinderst, dann werde ich dich küssen.«

Das Lodern in Macks wurde zu einem Waldbrand. »Okay …«

Sie öffnete leicht ihren Mund.

Simones warmer Atem streifte ihren Hals.

Ehe Macks sich versah, glitten ihre Hände durch Simones Haare, weiter zu ihren Nacken. Dann zog sie Simone näher an sich heran. Der Wunsch, endlich Simones Lippen auf ihren eigenen zu spüren war unerträglich.

Alles rund um sie herum verblasste und jeder Nerv in ihrem Körper stieß kleine Funken aus, als sich ihre Lippen berührten. Macks erwiderte den Kuss, ließ dabei ihre Hände Simones Rücken hinuntergleiten. An ihrer Hüfte angekommen elektrisierte sich der Stoff von Simones Kleid mit ihrem eigenen. Ruckartig hielt Macks inne.

Simone aber flüsterte ihr ins Ohr: »Ich schätze, zwischen uns hat's gefunkt.«

»Warum trägst du auch Seide«, konterte Macks und bemerkte dabei die leichten Sommersprossen, die sich rund um Simones Wangenknochen verteilten.

»Wenn dich das Kleid so sehr stört, dann zieh es mir aus«, raunte Simone, befreite sich aus Macks´ Händen und drehte sich um.

Macks spürte die Gier, die durch ihren Körper schoss und anstatt den Reißverschluss des Kleides zu öffnen, legte sie ihre Arme um Simones Taille und fuhr langsam bis zu ihrem Schlüsselbein hoch. Sie strich Simones Haare zur Seite und küsste zart ihren Hals.

Simone griff Macks Arme, strich damit über ihren Brustkorb.

Dabei wurden Macks´ Knie weich wie Butter.

Es fühlte sich an, als wäre Macks die Kugel in einem Flipperspiel. Zaghaft löste sie ihre Hände von Simone und öffnete den Reißverschluss ihres Kleides. Die nackte Haut, die zum Vorschein kam war blass und kleine Sommersprossen breiteten sich darauf aus.

Macks küsste Simones Rücken, während sie ihr das Kleid abstreifte. An der Hüfte angekommen stoppte Macks, fuhr mit ihren Fingern die Innenseite von Simones Schenkel entlang.

Simone stieß ein Keuchen aus und drückte ihren Köper noch näher an Macks.

»Mach weiter«, sagte Simone bestimmend, während Macks' Finger in sie eindrangen. Bewusst ließ sie sich mit allen Berührungen Zeit, wollte den Moment, solange es ging, hinauszögern. Als Simone mit einem leisen Stöhnen ihren Kopf auf Macks´ Schulter legte stoppte sie. Eine Welle von Hitze überkam Macks. Dann drehte sich Simone zu ihr um.

Zaghaft nahm Simone Macks Hand und küsste ihren Handrücken. Ihre Blicke trafen sich erneut.

Macks ließ zu, dass Simone ihre Finger unter den Saum ihres Kleides gleiten ließ, verlor sich in den immer schneller werdenden Berührungen.

Ein Geräusch an der Tür ließ sie hochschrecken.

Mit weit aufgerissenen Augen taumelte Simone zurück und Macks versuchte, ihr Kleid zurecht zu ziehen.

»Was war das?«, keuchte Simone.

»Es hat geklopft«, murmelte Macks und blickte zur Tür. Panik stieg in ihr hoch. Jemand hatte sie erwischt.

»Soll ich öffnen?«, fragte sie mit heiserer Stimme.

Ihre Kehle schnürte sich zu. Immer wieder strich sie sich mit der Hand durchs Gesicht.

»Bist du verrückt«, zischte Simone, die gerade dabei war, wieder in ihr Kleid zu schlüpfen.

»Ich bin es, mach auf, Macks. Ich weiß, dass ihr da drinnen seid«, ertönte es von draußen.

Erleichtert atmete Macks aus. Dabei fing sie Simones fragenden Blick auf. »Es ist nur Paula«, sagte sie schließlich, bereit zu öffnen.

Simone aber legte den Zeigefinger auf ihre Lippen und schüttelte den Kopf.

»Na los«, kam es erneut von Paula, »kommt da raus. Eure sieben Minuten im Himmel sind vorbei.«

Ein Hauch von Wut lag in ihrer Stimme.

Macks´ Herz drohte aus ihrer Brust zu springen, aber sie zog die Tür einen spaltbreit auf. Am liebsten hätte sie diese gleich wieder geschlossen und da weiter gemacht, wo sie aufgehört hatten, aber Paulas Fuß stand bereits dazwischen und ihre Augen, die zu schmalen Schlitzen verzogen waren, funkelten sie an.

»Was gibt's, Paula?«, fragte Macks, so unschuldig wie nur möglich.

Doch anstatt ihr zu antworten, wandte sich Paula an Simone: »Ich denke du solltest wieder zurück auf die Party gehen. Ich muss noch etwas mit Macks besprechen«, stieß sie mit zusammengepressten Lippen hervor und dabei musterte sie erst Macks und anschließend Simone, die sich Lippenstift vom Hals wischte.

»Wir sehen uns«, sagte Simone zu Macks, senkte aber ihren Blick, als sie sich an Paula vorbei drängte.

Der dumpfe Klang ihrer klappernden Absätze am Steinboden hallte durch den Flur, bis es irgendwann still wurde. Jeder Versuch, Simone hinterherzublicken wurde von Paula verhindert, die sich vor Macks aufgebaut hatte und sichtlich fassungslos den Kopf schüttelte.

»Verdammt noch mal, was hast du dir dabei gedacht?«

Anstatt sich zu verteidigen, zuckte Macks nur mit den Schultern. »Ich habe gar nicht gedacht. Es ist alles so plötzlich passiert. Wir haben an der Bar etwas getrunken und spürten beide diese unfassbare Anziehung. Ich kann es selbst nicht erklären.«

Paula schüttelte den Kopf. »Ist ja schön und gut, aber wir sind hier im Metropolitan Museum of Art und du stolperst mit Simone Schneider aus einer Abstellkammer. Stell dir vor, jemand hätte euch beobachtet! Macks, du bist kein Teenager mehr.«

Ein Grinsen huschte über Macks' Lippen, während sie sich die Haare zurechtzupfte. Bevor Paula es bemerken konnte, zog sie ihre Mundwinkel wieder nach unten.

»Es tut mir leid«, antwortete sie mit gespielter Reue.

Paula betrachtete sie prüfend und atmete tief aus. »Hör zu, ich verstehe, dass du jung bist und dich ausleben willst. Aber das hier hätte auch anders ausgehen können.« Ihre Stimme wurde etwas ruhiger, als sie fortfuhr: »Komm, lass uns zurück zum Tisch gehen und die Sache vergessen.«

Macks murmelte: »In Ordnung.«

Dabei fragte sie sich aber, wie sie es schaffen sollte, Simone den restlichen Abend aus dem Weg zu gehen. Ihr Puls raste immer noch, aber zum ersten Mal in ihrem Leben hatte sie keine Angst davor herauszufinden, wohin diese Begegnung führen könnte, denn das Verlangen war stärker.

Wortlos setzte sich Macks zehn Minuten später an den runden Tisch und musterte die Menschen um sich. Claire, ein Supermodel saß neben ihr und nachdem sie Paulas auffordernden Blick schon zum dritten Mal aufgefangen hatte, begann Macks ein paar Wörter mit ihr zu wechseln.

»Claire, dein Kleid sieht toll aus.«

»Danke, das kann ich nur zurückgeben«, antwortete diese mit einem französischen Akzent. »Lebst du in New York oder bist du nur für die MET hergekommen?«

»Ich bin vor ein paar Wochen hergezogen. Eigentlich kenne ich kaum jemanden hier«, erwiderte Macks und wusste nicht recht, wohin diese Konversation führen sollte.

»Die Stadt wird dir gefallen. Du kannst dich gerne einmal melden, wenn du Lust auf einen Mädelsabend hast. Ich denke, du würdest gut zu uns passen, wir sind alle große Fans von dir. Schau, das ist die Gang.« Claire holte ihr Handy aus ihrer Tasche und zeigte Macks ein Foto von einer Gruppe junger Frauen, die auf einer Treppe saßen. Jede von ihnen trug einen übergroßen Hut, bunte Schals und Kleider, die Macks an Marylin Monroe erinnerten. »Das hier war unsere Gatsby Party. Wir veranstalten alle paar Wochen einen Mottoabend. Aber hauptsächlich geht's dabei nur darum Cocktails zu trinken.«

Ein Lächeln huschte über Macks' Gesicht, denn die Frauen auf dem Foto sahen alle so glücklich aus. Neben Claire erblickte sie Paige Meyers, ein weiteres Model, Candy Jaccer, eine bekannte Tennisspielerin und eine Frau mit langen blonden Haaren, die ihr unbekannt war. Als sie die Person in der linken unteren Ecke erblickte, erstarrte Macks für einen kurzen Moment. Es war Simone.

»Du bist mit Simone Schneider befreundet?«, fragte sie, ohne ihren Blick vom Foto abzuwenden.

»Oh ja, ich habe sie vor ein paar Jahren auf einem Filmset kennengelernt. Außerdem war mein Ex ein guter Freund von Lukas, Simones Freund.«

Ein Stechen durchfuhr Macks' Körper. Simone hatte einen Freund? Ihre Kehle schnürte sich zu und sie spürte, wie sich Enttäuschung in ihr ausbreitete.

»Cool«, presste sie dennoch hervor, um nicht auffällig zu wirken.

»Kann ich deine Nummer haben?«, fragte Claire. »Dann schreibe ich dir, wenn wir uns das nächste Mal treffen. Du musst unbedingt kommen. Vor allem Sophie wäre total aus dem Häuschen.«

Bei diesem Namen klingelte nichts bei Macks und sie runzelte die Stirn. »Ist das Sophie?«, fragte sie und deutete auf die Frau mit den blonden Haaren. Jegliche Ablenkung von Simone war ihr in diesem Moment recht, denn Anziehung hin oder her, sie hatten gerade Sex in einer Abstellkammer und niemand durfte Verdacht schöpfen.

»Ja das ist sie. Ein liebes Ding. So schüchtern, aber nach ein paar Drinks …«, säuselte Claire und jedes Wort klang durch ihren französischen Akzent noch eigenartiger. »Sophie van Buerg, von den van Buergs. Ihnen gehört halb Manhattan. Ich habe sie vor einem Jahr genau hier kennen gelernt. Leider konnte sie heute nicht kommen, sie ist mit ihren Eltern irgendwo im Ausland unterwegs. Aber Sophie ist ein Megafan von dir.« Geistesabwesend nickte Macks, denn die Zeit mit Simone in dieser Kammer versetzte ihren Körper immer noch unter Strom.

»Versprich mir, dass du zum nächsten Treffen kommst, okay? Eine Musikerin fehlt unserer Clique noch«, sagte Claire und Macks ahnte schon, worauf das Ganze hinauslief. Aber diese Party wäre neben der Publicity auch eine Gelegenheit, Simone wieder zu sehen. Sie nahm Clairs Handy und tippte ihre Nummer ein.

Doch ehe sie Claires Begeisterung realisieren konnte, blieb ihr Blick an jemand anderes hängen.

Ein warmes Stechen durchströmte Macks' Körper, als sie Simone den Raum verlassen sah. Ruckartig schob Macks den Stuhl zurück.

»Bitte entschuldige mich, ich möchte mir noch die Kunstwerke ansehen. Schreib mir«, sagte Macks zu Claire, stand auf und ging auf die Tür zu, die den Speisesaal von den Galerien trennte.

Das Bild, vor dem Simone mit leicht geneigtem Kopf stand interessierte Macks nicht. Denn das eigentliche Kunstwerk befand sich direkt vor ihr.

»Ein schönes Bild«, sagte Macks dennoch, als sie sich neben Simone stellte und dabei versuchte, den Drang zu widerstehen, mit ihren Fingerspitzen ihren nackten Unterarm zu berühren.

»Ich finde, man kann den Schmerz des Künstlers in diesem Bild nachvollziehen«, erwiderte Simone und drehte sich zu Macks um.

»Was war das vorhin? Claire hat erwähnt, dass du einen Freund hast«, flüsterte Macks, ohne auf Simones Worte einzugehen.

Für eine Millisekunde breitete sich ein gehetzter Ausdruck auf Simones Gesicht aus, dann aber fasste sie sich wieder. »Es ist nicht so wie du denkst. Ich erklär dir alles, aber nicht hier.«

»Wozu erklären?«, platzte es aus Macks heraus und erntete damit einen irritierten Blick von Simone.

»Nicht hier.«

Simone trat einen Schritt näher an Macks heran und raunte ihr dabei ins Ohr: »Bitte geh mit mir morgen essen! Ich muss dich wiedersehen.«

Ihre Schultern berührten sich, als Simone Macks diskret ihr Handy hinhielt. Diese tippte schnell ihre Nummer ein und reichte Simone das Telefon zurück, wobei sich ein Lächeln auf ihr Gesicht stahl. Simones Augen weiteten sich und in diesem Moment trat einer der Fotografen, der engagiert worden war, um Fotos von den Gästen zu machen, auf sie zu. Er bat sie beide, gemeinsam für ein Foto zu posieren. Der Fotograf drückte ab und schoss das erste gemeinsame Bild von Simone Schneider und Macks.

Kapitel 30

18. September 2014

Nicht nur Macks bemerkte die Chemie zwischen Simone und ihr, sondern auch die Presse. Schon am nächsten Morgen zirkulierte das Foto der beiden, begleitet von erfundenen Geschichten über die Power-Freundschaft der A+-Schauspielerin und der A+-Sängerin, im Internet. Die Artikel erhielten so viele Klicks, dass sie sogar auf Social-Media trendeten.

Der Hype um Simone und Macks erreichte seinen Höhepunkt, als sie am Abend gemeinsam vor einem der schicksten Restaurants in New York City auftauchten, in das Simone sie eingeladen hatte. Erst war sich Macks unsicher gewesen, tatsächlich zu erscheinen, aber sie konnte dem Drang, Simone wiederzusehen, nicht widerstehen. Die Kameras blitzten und Macks biss sich angespannt auf ihre Unterlippe. Schließlich wusste sie immer noch nicht, ob es sich bei diesem Essen um ein Date handelte oder einen einfachen Akt der Publicity, um gesehen zu werden. Doch sie hatte Simone nach der MET-Gala gegoogelt und die rare Berichterstattung über sie ließ Macks vermuten, dass sie nicht jemand war, der die Aufmerksamkeit der Medien suchte. Macks´ Mundwinkel schmerzten vom Lächeln, als sie das Restaurant betraten und von einem Kellner zu ihrem Tisch begleitet wurden, der sich in einem separaten Raum befand.

Simone, die Macks gegenübersaß, strich sich eine Haarsträhne hinters Ohr, nippte an ihrem Aperitif, den der Kellner kurz nach ihrer Ankunft vor ihnen abgestellt hatte. »Ich schulde dir eine Erklärung.«

»Wofür?«, fragte Macks forscher als geplant.

Bis vor einer Stunde war Macks sich nicht sicher gewesen, ob sie Simones Einladung zu diesem Essen annehmen sollte oder nicht. Um damit abschließen zu können musste Macks aus Simones Mund hören, dass ihr gemeinsames Abenteuer auf der MET-Gala eine einmalige Sache war, damit sie ihren Kopf endlich dazu zwingen könnte, nicht jede Sekunde an sie zu denken.

»Es stimmt«, Simone stieß einen langen Atemzug aus und blickte Macks dabei tief in die Augen. »Ich bin offiziell mit Lukas zusammen. Wir sind …«, sie stockte, wandte ihren Blick von Macks ab. Es wirkte beinahe so, als würde sich Simone schämen. »Wir sind in einer Zweckbeziehung. Die Gründe muss ich dir ja nicht erklären, oder?«, beendete Simone ihren angefangenen Satz.

Ihr prüfender Blick ließ Macks nicken, obwohl sie lieber eine der Fragen gestellt hätte, die ihr auf den Lippen brannte.

Doch Simone umspielte mit ihren Fingern ihr Glas und fuhr fort: »Dass ich auf Frauen stehe, weiß ich, seitdem ich ein Teenager war.«

Simones Worte ließen Macks´ Herzschlag höher schnellen. Fieberhaft überlegte sie, ob sie darauf etwas antworten sollte, aber Simone war schneller.

»Leider bekommen nur die hetero Schauspielerinnen die guten Jobs. Deswegen weiß niemand davon.«

In ihrer Stimme drang diese Verletzlichkeit hervor, die Macks nur zu gut kannte.

»Ich verstehe.« Macks seufzte und versuchte dabei ihre eigene Wut über diese Ungerechtigkeit der Branche zu unterdrücken.

In ihrem Inneren aber tobte ein Wirbelsturm.

Simone ging ein großes Risiko ein, ihr die Wahrheit zu sagen.

»Was mit uns gestern passiert ist, kann nicht nur Zufall gewesen sein. Noch nie habe ich mich zu jemanden so hingezogen gefühlt, wie zu dir. Aber ich möchte dich nicht in eine unangenehme Lage bringen.« Simone hielt kurz inne und atmete aus, bevor sie fortfuhr: »Lukas wird nicht verschwinden.«

Was willst du mir damit sagen? Was bedeutet das?

Entgegen ihres Instinktes riss Macks das Pflaster ab. »In mir herrscht das totale Chaos. Du hast etwas in mir ausgelöst, das ich auf diese Art und Weise noch nie gespürt habe. Die Stunden, die wir getrennt waren, haben mich fast verrückt gemacht. Vielleicht war es leichtsinnig, mich von dir auf der MET in eine Abstellkammer sperren zu lassen, aber ich würde es sofort wieder tun.«

Ein Lächeln breitete sich auf Simones Gesicht aus und Macks spürte, wie ihr Fuß unter dem Tisch leicht ihren eigenen berührte.

»Ich bin so froh, dass es dir genau so geht.« Für einen kurzen Moment fassten sie sich an den Händen, bevor Macks sich ein Stück zurücklehnte und fragte: »Willst du nachher mit zu mir?« Unsicherheit kam in ihr auf, schließlich kannten sie sich kaum. Aber die Vorstellung, Simone mit in ihr Schlafzimmer zu nehmen löste ein tobendes Gefühl in ihrer Magengrube aus, dem sie nur allzu gerne nachgeben würde.

»Gerne. Aber nur, wenn du aufhörst, mich so anzusehen, du machst mich ganz schwach.«

Macks lachte. »So als ob ich einer Oscar-Preisträgerin gegenübersitzen würde?«

In ihrer Wohnung angekommen, legte Macks ihren Mantel ab und Simone folgte ihr ins Wohnzimmer. Ihre Augen glänzten, als sich ihre Blicke kreuzten.

»Willst du etwas trinken?«, fragte Macks, spürte im selben Moment, wie Simone die Arme um sie schlang.

»Nein«, hauchte diese ihr ins Ohr.

Ihre Haare fielen auf Macks Schulter und die Anziehung, die sie im Gegenzug spürte, war stärker als jeder Jubelruf ihrer Fans. Wie konnte es eine einzige Person schaffen, dieses Gefühl zu übertrumpfen?

Es dauerte keine Sekunde, da küssten sie sich. »Warte.« Simone trat ein paar Schritte zurück und ließ eine verwirrte Macks stehen. »Bevor wir weitermachen, möchte ich einiges abklären.«

»Hast du etwa eine Checkliste dabei, die du vorher mit mir durchgehen musst?« Unsicher trat Macks einen Schritt zurück.

»Ich mag dich sehr Macks, aber ich habe auch Angst. Wir kennen uns zwar kaum, aber du wirkst so selbstbewusst. Ich fürchte, ich kann dir nicht das geben, wonach du suchst. Ich möchte dich nicht verletzten.« Simones Stimme klang belegt, und ihr Blick wich dem von Macks dabei aus.

Dann schüttelte Macks den Kopf. »Ich und selbstbewusst? Simone … ich bin zwar vieles, aber das sicher nicht.«

Bevor sie weitersprechen konnte, nahm Simone ihre Hand und drückte sie. »Ich bin mit Lukas zusammen. Daran wird sich auch so schnell nichts ändern. Wir können in unseren eigenen vier Wänden zwar mit dem von vorhin weitermachen, aber zu mehr wird es nie kommen. Niemals. Damit habe ich meinen Frieden bereits vor Jahren geschlossen.«

Jetzt endlich kapierte Macks und der Kloß in ihrem Hals löste sich. »Du hast ja keine Ahnung. Ich bin die Letzte, die eine öffentliche Beziehung führen möchte.« Macks stockte. Warum redete sie von einer Beziehung? Sie kannte Simone gerade Mal vierundzwanzig Stunden. Doch waren es die intensivsten ihres Lebens gewesen.

Die Luft zwischen ihnen wurde plötzlich schwer. Während Macks darüber nachdachte, was sie wirklich wollte, wusste sie, dass sie eine Entscheidung treffen musste – eine, die ihr Leben verändern könnte. Wie lange wollte sie noch die traurige Protagonistin in ihren Liebesliedern spielen?

»Macks?«

Simones Stimme riss Macks aus ihren Gedanken. Wahrscheinlich hatte sie schon minutenlang nichts gesagt. Mit einem Seufzer setzte sich Macks auf die Couch und deutete Simone darauf Platz zu nehmen.

»Je weniger Erwartungen du an mich stellst, desto besser für dich.«

Macks hob den Blick »Simone«, fuhr sie fort, »es tut mir leid, aber ich fühle mich, als wäre ich in meinem Kopf gefangen.« Ihre Worte kamen leise und zögerlich, als ob sie fürchte, sich selbst zu verraten. »Die Wahrheit ist, ich weiß nicht einmal, was ich von mir erwarte, geschweige denn, was ich von einer Beziehung erwarten soll. Ich fühle mich wie ein Puzzle, bei dem die Teile nicht zusammenpassen. Nur weil ich ein Kleid mit Regenbogenfarben getragen habe, heißt das noch lange nicht, dass ich mich zu irgendetwas bekennen werde oder bekennen kann.«

Ein Ausdruck des Mitgefühls glitt über Simones Gesicht, während sie Macks' Worte aufnahm, bevor sie antwortete: »Dann lass uns einfach gemeinsam herausfinden was das hier zwischen uns ist?«

Nachdem Simone die Nacht bei Macks verbracht hatte, begannen sie, sich regelmäßig in Macks' Wohnung zu treffen. Meistens entspannten sie sich bei einem Glas Wein, sprachen dabei über ihre Gedanken und Gefühle. Abends verbrachten sie Stunden damit, gemeinsam zu kochen. Wie sich herausstellte, war Simone eine exzellente Köchin. Seit sie mit siebzehn Jahren von zuhause ausgezogen war, musste Simone für sich selbst sorgen. Zwar sprach Simone nicht gerne über ihre Vergangenheit, dafür war sie umso ambitionierter, wenn es um ihre Zukunft ging. Ihr Beard Lukas war aus einer reichen New Yorker Anwaltsfamilie und kurz nach ihrem einundzwanzigsten Geburtstag hatte sie eingewilligt, eine Zweckbeziehung mit ihm einzugehen, um ihre sowie auch Lukas´ Homosexualität geheim zu halten. Mit dem sechsstelligen Betrag, den sie dafür jährlich bekam, wollte sie ihre eigene Produktionsfirma gründen, um gleichberechtigte Arbeitsbedingungen zu schaffen.

Simone verbrachte die Zeit, in der sie nicht vor der Kamera stand, am liebsten in New York. Im Gegensatz zu Macks wurde sie von Fans meist in Ruhe gelassen und die Klatschblätter schrieben selten über ihr Privatleben. Erst die Freundschaft zu Macks hatte sie stärker in den Fokus der Öffentlichkeit gerückt.

Macks, die am liebsten Zeit zuhause verbrachte, um der Aufmerksamkeit aus dem Weg zu gehen, ließ sich sogar einmal von Simone zu einem spontanen Ausflug überreden.

Sie seufzte, als sie durch die Fensterscheibe des Cafés blickte, das Simone ausgewählt hatte, nachdem sie den ganzen Nachmittag auf der High-Line, eine erhöhte Grünanlage auf einer stillgelegten Eisenbahntrasse in Manhattan spaziert waren.

Ein Typ mit einer Spiegelreflexkamera stand an die Scheibe gedrückt und schoss Fotos der beiden. Sie senkte ihre Stimme: »Es wäre so viel einfacher, wenn wir einfach Händchen halten könnten, oder?«

Simone setzte ein resigniertes Lächeln auf und flüsterte: »Vielleicht. Aber würde das nicht gegen unsere Prinzipien verstoßen?«

Sie kannten sich erst wenige Wochen, doch es fühlte sich tatsächlich an, als ob Macks zum ersten Mal in einer echten Beziehung wäre. Macks dachte nicht mehr ständig daran, den Erwartungen ihres Managements oder ihrer Fans gerecht zu werden. Dank Simone Schneider war Macks zum ersten Mal in ihrem Leben imstande, ihr eigenes Glück über den Erfolg ihrer Karriere zu stellen.

Ein Lächeln überkam Macks und sie zwang sich, nicht nach Simones Hand zu greifen. Dann antwortete sie: »Das ist nun mal Teil unseres Lebens, solange wir in der Öffentlichkeit stehen. Aber solange wir uns haben, können wir alles überstehen, selbst die Paparazzi.«

Simone stieß ein heiseres Lachen aus. Trotz ihres ansonsten kontrollierten Auftretens schien sie in diesem Moment ihre Emotionen ungehindert zu zeigen.

Das gefiel Macks und sie ließ ihr Bein unter dem Tisch, zu dem von Simone wandern. Für einen kurzen Moment berührten sich ihre Knie und Simones Körperhaltung versteifte sich. Doch dann legte sie ihren Arm auf den Tisch und griff nach der Speisekarte. Sie klappte sie wie ein Schutzschild vor ihnen auf und sagte: »Willst du mich etwa vor den Kameras da draußen verführen? Lass uns zurück in die Wohnung gehen. Mir ist gerade etwas eingefallen, dass ich unbedingt mit dir anstellen möchte.«

Macks spürte die Hitze in ihren Wangen, während sie sich von Simones Vorschlag mitreißen ließ. Zusammen verließen sie das Café, bereit für die Intimität, die sie fernab der neugierigen Blicke der Welt genießen konnten. Es gab nichts, was ihre Verbindung in diesem Moment erschüttern konnte.

Kapitel 31

Oktober 2014

Nach und nach nahm auch das, was sich zwischen Macks und Simone entwickelte, immer mehr die Form einer richtigen Beziehung an. Denn Simone schaffte es, mit ihrer einfühlsamen Art, die Mauer um Macks, die sie über die Jahre um sich aufgebaut hatte, Stein für Stein einzureißen. Macks war glücklicher als jemals zuvor, denn mit Simone an ihrer Seite fühlte sie sich geborgen und verstanden. In ihrer Gegenwart musste sie nicht die Rolle der Macks annehmen, die sie der Welt vorspielte. Zum ersten Mal durfte Macks sie selbst sein. Es war eigenartig, denn trotz der Tatsache, dass jeder ihrer öffentlichen Momente von der Presse festgehalten wurde, hatte die Angst und der Druck, der Welt gerecht zu werden, nachgelassen.

Eines Nachmittags, als sie Simone dabei beobachtete, wie diese in ihrem Wohnzimmer mit einem Drehbuch auf und ab lief, dabei immer wieder ihren Text wiederholte, überkam Macks ein eigenartiges Gefühl. Sterne explodierten hinter ihren Augenlidern und alles rings um sie herum verlangsamte sich, wie in Zeitlupe. Vor ihrem geistigen Auge sah sie ein Leben gemeinsam mit Simone vorbeiziehen: Urlaube am Strand, Kinder, die herumrannten, zwei ältere Frauen, die auf der Veranda saßen und Zeitung lasen. Plötzlich wusste sie, was es war: Macks hatte sich Hals über Kopf in Simone Schneider verliebt. Simone hatte unterbewusst ein Verlangen in Macks geweckt, dass über Macks bisherige Vorstellungskraft hinausging.

»Was ist los?« Simone stoppte ihre Probe, sah Macks mit ihren stechenden kobaltblauen Augen fragend an, was diese schlagartig aus ihren Gedanken riss.

Einatmen, ausatmen und dann traust du dich.

Ihre Hände zitterten und sie versteckte sie in der Tasche ihres ausgeleierten Hoodies.

»Ich weiß, wir kennen uns erst seit ein paar Wochen, aber ich habe mich in dich verliebt.«

Die letzten Worte sprach Macks so hastig aus, dass sie befürchtete, Simone hätte sie nicht verstanden. Angespannt beobachtete sie, wie diese einen Schritt auf Macks zuging. Simone beugte sie sich vor, um sie zu küssen. Dabei ließ sie ihre Finger über ihre Wangen gleiten.

»Mir geht's genauso.«

Eigentlich hätte Macks in diesem Moment vor Freude herumspringen können, aber stattdessen breitete sich ein stechender Schmerz in ihrer Brust aus. Denn ihre Liebe existierte nur in ihren eigenen vier Wänden. Mit einem zerknirschten Lächeln sagte sie: »Ich verspreche dir, wir werden irgendwann richtig zusammen sein.«

Sie hörte selbst die Mischung aus Traurigkeit und Entschlossenheit darin, was ihr Versprechen nur noch untermauerte.

»Ach Macks, sei nicht albern. Dass wir uns lieben, ist für Menschen wie uns doch schon der Jackpot. Von einem Happy End sind wir weit entfernt, aber das ist okay für mich. Solange du an meiner Seite bist. Wir haben die Entscheidung, uns zu verstecken doch schon vor Jahren getroffen.«

»Nein, fuck it, ich habe mich noch nie so lebendig und frei gefühlt. Ich möchte jede Sekunde mit dir verbringen und dieses Mal lasse ich mir das nicht nehmen. Zu oft schon, habe ich Entscheidungen gegen den Willen meines Herzens getroffen. Mit uns muss es anders sein. Keine Ahnung, ob das hier hält oder nicht, aber ich möchte für unsere Beziehung kämpfen.«

»Wie stellst du dir das vor? Ich kann und möchte mich jetzt nicht outen! Die Welt da draußen ist grausam. Schau mal was sie mit …«, antworte Simone, die sich auf die Couch gesetzt hatte, aber Macks hörte gar nicht mehr zu.

Es kam ihr vor, als wäre sie erneut in einer Zeitkapsel zurück in ihre Vergangenheit gereist, fast exakt diese Worte hatte sie vor zwei Jahren zu Elise gesagt und erinnerte sich wieder daran, wie sehr sie sich dadurch unter Druck gesetzt gefühlt hatte. Sie durfte Simone nicht dasselbe Gefühl geben.

»Simone, ich frage dich jetzt ganz offiziell: Möchtest du meine Freundin sein? Wenn ja, hätte ich eine Idee, wie das zwischen uns funktionieren könnte.«

Strähnen fielen über Simones Gesicht, als diese ihren Kopf in ihren Händen vergrub und einen Seufzer ausstieß.

»Aber bin ich das nicht schon längst?« Ihre Stimme wurde weicher und sie hob ihren Kopf. Ohne ihren Mund zu einem Lächeln zu formen sprachen ihre Augen bereits all das aus, das Macks´ Herz schneller schlagen ließ. Sie setzte sich neben Simone und nahm ihre Hand.

»Es gibt vielleicht eine Möglichkeit, unsere Beziehung geheim zu halten, ohne uns ständig in meiner Wohnung verstecken zu müssen.«

Verwunderung stand Simone ins Gesicht geschrieben, aber Macks ließ sich davon nicht beirren.

»Die Lösung sind Claire, Paige, Sophie und Candy. Die Clique wird uns schützen. Auf der MET hatte mich Claire bereits in euren kleinen Kreis eingeladen. Wir könnten uns als Gruppe in der Öffentlichkeit zeigen, ohne dass jemand Verdacht schöpft, dass wir daten.«

Macks beobachtete Simone, die nervös mit ihren Haaren spielte.

»Du willst meine Freunde dafür benutzen, unsere Beziehung zu vertuschen? Ich weiß nicht, Macks …«

»Nein, nicht benutzen. Claire hatte immer wieder betont, wie gerne sie mich in eurer Gruppe hätte. Ich denke dabei ging es ihr hauptsächlich um die Publicity, was auch okay ist. Ich kenne deine Freunde nicht, aber wenn du ihnen vertraust, können wir ihnen meinetwegen auch reinen Wein einschenken. Außerdem habe ich gelesen, Claire wäre selbst bisexuell, sie wird es verstehen. Aber wir benötigen Leute um uns herum, die uns dabei helfen, die platonische Freundschaft zwischen uns zu verkaufen, obwohl wir andauernd gemeinsam gesehen werden.«

Unschlüssig neigte Simone den Kopf, aber nach einer halben Ewigkeit nickte sie schließlich. »Es wäre einen Versuch wert. Bei einer Gruppe von Frauen wird sicher nicht so schnell Verdacht geschöpft werden, als bei einem Zweiergespann.«

Der Druck auf Macks´ Brustkorb linderte sich. Trotzdem war da eine Sache, um die sie sich zuerst kümmern musste.

»Paula muss die Wahrheit kennen, damit sie uns schützen kann. «

»Vertraust du ihr?«, fragte Simone und Macks merkte dabei, wie Angst in ihren Augen aufblitze.

Ein leises Lachen entwich ihr, bevor sie antwortete: »Zu hundert Prozent. Paula arbeitet für mich, sie wird alles in ihrer Macht stehende tun, damit es Macks gut geht. Sie ist auf meiner Seite.«

»Okay. Scheiß drauf. Ich will mit dir endlich tanzen gehen«, antwortete Simone und Macks lachte auf. Das war das erste Mal, dass Simone vor ihr geflucht hatte. Irgendwie wirkte sie dadurch noch süßer.

Entschlossen zog Macks ihr Telefon hervor und wählte eine Nummer.

»Was gibts?«

Die Stimme am anderen Ende der Leitung klang erstaunt. Macks blickte auf ihre Armbanduhr. Es war erst sieben Uhr morgens in New Orleans. Die Zeitverschiebung hatte sie nicht bedacht.

»Wir benötigen deine Hilfe.«

Ein lautes Seufzen ertönte am anderen Ende der Leitung, danach war es für einen kurzen Moment still. »Wobei?«, fragte Paula schließlich.

»Stell auf Lautsprecher«, flüsterte Simone.

Macks tat ihr den Gefallen, obwohl sie dadurch noch angespannter wurde. Sie schluckte, beschloss dann aber, mutig zu sein. »Simone und ich sind ein Paar. Wir sind uns natürlich bewusst, dass das niemand erfahren darf. Deswegen benötigen wir deine Hilfe. Wir werden uns in der Öffentlichkeit zeigen.« Trotz des Wirbelsturms, der in Macks mittlerweile tobte, erfüllten sie die Worte mit Stolz. »Ich möchte, dass die Beziehung eine Chance bekommt. Unsere Freunde werden uns dabei helfen, den Schein der Freundschaft zu wahren.«

Vielleicht lag es daran, dass die atemberaubendste Frau vor ihr stand und so süß in ihrem T-Shirt und der Jeans aussah, aber es war an der Zeit der unausgesprochenen Wahrheit ins Auge zu sehen. Zum Teufel mit der Vorstellung eines Traumprinzen, das hier fühlte sich viel echter an.

»Du wirkst entschlossen und hast dir bereits Gedanken darüber gemacht. Ich denke nicht, dass es einen Sinn machen wird, dir die Risiken aufzuzählen.«

Verwundert zog Macks ihre Augenbrauen hoch. »Dich stört es also nicht, dass du weder Simone noch ihre Freunde kennst?«

Ein Schnauben war am anderen Ende des Telefons zu hören. Macks biss sich auf die Unterlippe. Für Paulas Verhältnisse wirkte diese viel zu gelassen. Irgendetwas störte sie daran.

»Wir können die Tatsache, dass Simone offiziell einen Partner hat, zu unserem Vorteil nutzen und uns auf eure Freundschaft konzentrieren. Zugegeben hatte sich deswegen sogar schon die Vogue bei mir gemeldet. Sie möchten gerne ein Fotoshooting mit euch beiden. Anscheinend hat eure Freundschaft die Herzen der Presse im Sturm erobert. Die Leute wollen mehr von euch.«

Macks atmete erleichtert auf. Deswegen gab Paula klein bei. Schließlich ging es bei einem solchen Fotoshooting um viel Geld und Publicity. »Gut. Dann wäre das geklärt. Danke Paula.«

Simone schnalzte mit der Zunge, nachdem Macks aufgelegt hatte. »Dann werde ich Claire wohl schreiben, dass wir uns unbedingt demnächst sehen müssen.« Dabei drückte sie ihren Kopf eng an Macks Schulter.

Belustigt stellte Macks fest, dass Simone scheinbar die Tatsache vergessen hatte, dass sie eigentlich mit Lukas zusammenwohnte. Fast jeden Abend schliefen sie gemeinsam in Macks' Apartment. Da zurzeit kein Dreh anstand und auch Macks keine Studiotermine hatte, verbrachten sie die meisten Tage damit, neue Rezepte für glutenfreies Brot auszuprobieren oder tanzten zu alten Klassikern.

»Freust du dich auf heute Abend bei Paige?«, fragte Macks, die Simone dabei beobachtete, wie sie in der Masse rührte, die später Chocolate Chip Cookies werden sollten.

»Ehrlichgesagt, bin ich ein bisschen nervös. Es ist das erste gemeinsame Treffen mit den Mädels. Was, wenn sie Fragen über uns stellen.«

Macks trat einen Schritt näher, griff zum Mehl auf der Ablage und strich Simone mit ihren mehligen Fingern über die Wange. »Wir können ihnen die Wahrheit sagen, wenn du das möchtest.«

Mit gespielter Entrüstung wischte sich Simone das Mehl aus ihrem Gesicht, grinste dabei verschmitzt. »Lass uns schauen, wie der Abend wird, okay?«

Einen kurzen Augenblick dachte Macks über das nach, was Simone gerade gesagt hatte, nickte dann aber. Macks hoffte, dass auch sie mit den anderen klarkommen würde. Schließlich zählte das Schließen von Freundschaften nicht gerade zu ihren Stärken.

Schon als ihnen eine Hausangestellte die Tür zu Paiges Apartment in Williamsburg öffnete, breitete sich eine Mischung aus Vorfreude und Anspannung in Macks aus. Rasch folgte sie Simone durch den hohen Türbogen in Paiges Altbauwohnung. Im Inneren war das Licht leicht gedämpft und es roch nach frischen Blumen. Macks hatte kaum Gelegenheit den Eingangsbereich zu mustern, da trat auch schon jemand durch die Tür, die vermutlich in das Wohnzimmer führte.

»Hey ihr zwei! Schön, dass ihr da seid!«

Paige trug einen kastanienbraunen Nadelstreifen Blazer, der an der Vorderseite mit einem Knopf zugeknöpft war. Darunter blitzte ihr schwarzes Korsett hervor. Erst umarmte sie Simone, dann etwas zögerlicher Macks.

»Hallo, ich bin Paige. Claire hat mir schon viel von dir erzählt. Du und Simone, ihr kennt ihr euch auch von der MET?« Ohne auf eine Antwort abzuwarten, deutete Paige auf einen Schrank in der Ecke. »Hier könnt ihr eure Mäntel aufhängen. Die anderen sind bereits da.«

»Danke für die Einladung. Deine Wohnung ist der Hammer.« Etwas unbeholfen überreichte Macks Paige die Kekse, die sie gemeinsam mit Simone am Nachmittag gebacken hatte. »Das ist für dich, selbst gebacken.«

Paige nahm die Schachtel mit Keksen, um die Macks noch eine Schleife gebunden hatte, und antwortete: »Danke, das wäre nicht nötig gewesen. Die Wohnung gehört meinen Eltern, aber sie sind dieses Wochenende nicht da. Sie arbeiten beide in der Immobilienbranche. Du kannst dir sicherlich vorstellen, was sie von meiner Berufswahl halten«, erwiderte Paige und seufzte, während sie ihnen mit einer einladenden Handbewegung die Tür ins Wohnzimmer öffnete.

Macks nickte und suchte dabei den Blickkontakt zu Simone, die nur leicht mit den Schultern zuckte. Anscheinend kannte sie diese Geschichte schon.

»Mon dieu, Macks, du bist tatsächlich hier.« Claire stürmte zur Tür.

Irritiert verharrte Macks, als diese ihr anschließend drei Küsse auf die Wange gab.

Sehr französisch.

Dann aber fiel ihr Blick auf Claire. Ihre Augen waren dunkel geschminkt und das kinnlange blondierte Haar war an der Seite zu einem Zopf geflochten. Sie trug ein hautenges Lederoutfit.

Macks hingegen trug lediglich Jeans, ein weißes Top und Sneaker, sodass sie sich im Vergleich zu Claire underdressed vorkam.

Claire schien ihre Verunsicherung zu bemerken, denn sie sagte: »Das heutige Motto lautete eigentlich Kinky, aber so wie es scheint, waren Paige und ich die Einzigen, die das Memo gelesen haben.«

Dann schweifte Clairs Blick zu Simone und wieder zurück zu Macks. »Seid ihr zusammen hergekommen?«

Bevor Macks antworten konnte, ging Simone einen Schritt auf Claire zu und setzte ein Lächeln auf. »Wie konntest du mir vorenthalten, dass du Macks auf der MET getroffen hattest? Erst letztens haben wir darüber geredet, dass sie unbedingt einmal meine Freundinnen kennenlernen sollte, da erzählte sie mir, du hättest sie bereits eingeladen.«

Die ausladende Handbewegung von Claire ließ daraus schließen, dass sie es wohl nicht für nötig empfunden hatte, dies zu erwähnen.

Das Wohnzimmer war geräumig, eine Garnitur aus Ledersesseln bildete einen einladenden Kreis um den Fernseher, auf dem gerade irgendeine Wiederholung einer Fashion Show lief.

Macks hob zum Gruß die Hand und brachte ein »Hey« heraus.

Zwei Köpfe drehten sich um. Candy Jaccer, die Tennisspielerin nickte ihr zu.

Die junge Frau mit den blonden Haaren aber wirkte so, als hätte sie einen Geist gesehen. Langsam erhob sie sich von ihrem Sessel und strich ihr kurzes dunkelviolettes Kleid glatt. Aus dem Augenwinkel heraus bemerkte Macks, wie Claire ihr Handy zückte und etwas in Simones Ohr flüsterte.

Macks trat einen Schritt vor und reichte der Frau die Hand. »Du musst Sophie sein. Hi, ich bin Macks, freut mich, dich kennenzulernen. Cooles Outfit übrigens.«

»Wow Macks, du hier …« Sophies Blick schweifte zu Claire, dann fasste sie sich und sah wieder Macks an. »Ich bin ein riesen Fan von dir. Sorry, dass ich so nervös bin, aber dein Song *Lost Places*, verfolgt mich seit fast einem Jahr. Ich liebe deine Musik.« Hastig ließ sie Macks´ Hand los und trat von einem Bein auf das andere.

»Bitte entschuldige.« Die Begegnung wurde durch Claires lautes Lachen unterbrochen.

»Oh mein Gott, Sophie, ich habe alles auf Video. Tut mir leid, dass ich dir nichts davon gesagt habe, aber ich weiß doch, wie sehr du Macks liebst.«

Sophie warf Claire einen bösen Blick zu. »Claire, du …« Aber sie konnte ihren Satz nicht zu Ende sagen, denn da war auch schon wieder Paige, die sich vor den Couchtisch stellte und mit etwas, dass einer Fernbedienung sehr ähnlich sah, gegen ihr Glas klopfte. Als sie sich räusperte, trat Macks ein paar Schritte zurück und streifte dabei Simones Arm, die bei der Berührung die Luft scharf einzog.

»Liebe alte Freunde, liebe neue Freunde! Es ist wieder an der Zeit für einen unserer berühmt berüchtigten Themenabende. Auch wenn das heutige Motto etwas- nennen wir es einmal gewagt - ist, bin ich doch enttäuscht. Außer Claire und mir hat sich keiner die Mühe gemacht, etwas Passendes zum Anziehen zu finden.« Wie aufs Stichwort kam in diesem Moment die Haushälterin mit einer großen Kiste in den Raum. »Ich dachte mir so etwas schon. Deswegen habe ich hier in dieser Kiste ein paar kinky Outfits für euch Girlies.«

Ein sanfter Schlag auf Macks' Schulter von Simone reichte aus, um sie in Richtung Kiste zu drängen. Darin befanden sich mehrere Corsagen, ein paar Halsbänder und sehr viel Latex.

»Na los, such dir was aus«, hauchte Simone in Macks' Ohr. Paige reichte Simone eine Netzstrumpfhose und zog für Macks eine schwarze Corsage mit passenden Strapsen heraus.

»Das soll ich tragen?«, fragte Macks ungläubig.

»Nun hab dich nicht so, du gehörst jetzt zu uns. Komm schon, die sehen doch fast so aus wie dein letztes Touroutfit.«

Macks nahm sich stattdessen das Glas Wein, das ihr Paige vorher gereicht hatte und exte es. »Na dann, wo ist die Umkleide?«

Lachend deutete Paige zu einer Tür. »Keine Sorge, du landest bestimmt nicht auf Instagram!«

»Ich hoffe es, sonst muss ich dich verklagen«, antwortete Macks und musterte Paige. Vorhin hatte Claire noch ein Video von ihr und Sophie gemacht. Wie konnte sie sich sicher sein, dass sie diesen Frauen vertrauen konnte?

Doch da schaltete sich Claire ein. »Niemand verklagt hier irgendjemanden. Na los Mädels, ihr kennt die Regeln. Alle Telefone bis zum Ende des Abends ausschalten.«

Macks beobachtete, wie die anderen wie selbstverständlich Claires Anweisungen Folge leisteten.

Dann nahm sie ihr eigenes Telefon heraus und schaltete es aus.

Später am Abend, nachdem Macks wieder in ihre normalen Klamotten geschlüpft war, setzte sie sich neben Sophie auf die Couch und sie redeten fast eine ganze Stunde lang über Musik. Ab und an schielte sie zu Simone, die in ein Gespräch mit Candy vertieft war. Zwar hatten sie noch niemanden von ihrer Beziehung erzählt, doch in der Gesellschaft dieser Frauen fühlte sich Macks nicht unwohl. Sie alle standen in irgendeiner Art und Weise im Rampenlicht und diese Verbundenheit machte Macks zuversichtlich. Sie hatte außer Sam kaum Freundinnen und vielleicht würde ihr Plan tatsächlich funktionieren.

Um mit diesen Frauen befreundet zu sein, und dadurch auch noch die Beziehung zu Simone schützen zu können würde Macks ihnen im Gegenzug die beste gratis Promo ihres Lebens bieten. Deswegen schlug sie beim Verabschieden gegen ihre Ängste der Ablehnung gleich eine Wiederholung dieses wunderschönen Abends vor.

Mit Paulas Hilfe sorgte Macks dafür, dass genug Paparazzi in der Nähe waren, sobald die Gruppe gemeinsam shoppen ging, ausgiebige Partys feierten oder zusammen in der ersten Reihe von Claires und Paiges Fashion-Shows saßen.

Aber sie trafen sich auch privat, zum Beispiel für Filmabende, der heute in Macks´ Apartment stattfand.

Sie war gerade dabei, die Aperitifs vorzubereiten, als sich Claire neben sie in die Küche stellte.

»Sag mal, ich komme gerade aus deinem Schlafzimmer, da Simone dort meine Jacke abgelegt hatte und ich eine rauchen wollte.« Claire senkte ihre Stimme und deutete mit ihrem Kopf auf Simone. »Beim Aufheben der Jacke ist die Decke verrutscht und ich erinnere mich, zwei Schlafanzüge gesehen zu haben. Außerdem lag Simones Brille auf deinem Nachttisch. Kaum jemand weiß, dass sie Kontaktlinsen trägt.«

Macks schluckte heftig und dabei entglitt ihr beinahe das Tablett mit Mozzarellasticks. Plötzlich fühlte sich Macks wieder wie damals mit fünfzehn, als Sam sie wegen Ally ausgefragt hatte. Doch das hier war nicht die Highschool, es war ihr Leben.

Macks setzte das Tablett ab und lehnte sich gegen den Tresen, verschränkte ihre Arme vor der Brust. »Willst du mich etwas fragen?«

Claire schüttelte den Kopf, hob dabei defensiv ihre Arme hoch. »Nein. Aber es ist schon ziemlich offensichtlich.« Dann versuchte sie an Macks vorbeizugehen, doch diese stellte sich in den Weg.

»Was meinst du damit?«

»Du und Simone, ihr schlaft doch miteinander. Das weiß ich seit der MET. Sie hat´s mir nach der Party bei Paige gesagt.« Claire stemmte ihre Hände in die Hüften und funkelte Macks an. Irgendetwas hatte Macks übersehen. Warum reagierte Claire so? Plötzlich kam ihr eine Ahnung.

»Hey, ich weiß das du ihre Freundin bist, aber du musst dir keine Sorgen machen. Ich meine es ernst mit ihr. Ich liebe sie.

Ich hoffe, du bist auf unserer Seite, denn ich weiß, wie wichtig du Simone bist.« Macks′ Wangen glühten, doch sie ließ ihren Blick nicht von Claire ab. Soll sie doch die Wahrheit kennen. Aber sie musste wissen, dass Macks niemals ihre Liebe zu Simone verleugnen würde. Für Claire wäre es klüger, einen Gang zurückzuschalten, denn schließlich hatte sie allein dank Macks rund hunderttausend Follower mehr auf Instagram, seitdem sie sich gemeinsam in der Öffentlichkeit gezeigt hatten. Claire nickte und klopfte Macks danach auf die Schulter. »So war das nicht gemeint, aber danke, dass du das klargestellt hast. Ich habe mir nur Sorgen gemacht. Ihr beide wirkt glücklich. Und Simone so ausgelassen zu erleben ist eine Seltenheit. Natürlich bin ich auf eurer Seite! Wir Schwestern müssen doch zusammenhalten.« Dann zwinkerte sie und Macks wusste nicht recht, was sie darauf antworten sollte. Sie spürte, wie sich eine gewisse Spannung zwischen ihnen auflöste, aber trotzdem hatte Macks das Gefühl, dass da noch etwas Unausgesprochenes zwischen ihnen lag. »Danke Claire. Sag mal, woher kennt ihr euch nochmal genau?«

Macks erkannte einen leichten Anstieg von Röte in Clairs Wangen. Dann stieß sie scharf Luft aus. »Vor ein paar Jahren, wir waren kaum älter als achtzehn, da hatten wir mal etwas miteinander. Aber es war nichts Ernstes, und du musst dir deswegen keine Gedanken machen. Bis vor dir hatte Simone noch so ihre Regeln.«

Macks spielte mit einer Strähne ihres Haares, während ihr Blick unruhig zwischen Claire und Simone, die im Wohnzimmer saß, hin und her wanderte. Dann gab sie sich einen Ruck und fragte: »Regeln?«

Für einen Moment war sie sich nicht sicher, ob Claire antworten würde. Dann aber sagte sie: »Simone übernachtet normalerweise nie bei ihren Dates. Dass sie förmlich hier eingezogen ist, ist ein großer Schritt für sie. Außerdem zeigt sie sich nicht gerne in der Öffentlichkeit. Aber mit dir scheint es wohl anders zu sein. Ich schätze sie liebt dich auch.«

Kapitel 32

Dezember 2014

Es war kurz vor Weihnachten und Macks schlenderte gemeinsam mit Sophie durch den Central Park. Immer wieder starrte sie beim Gehen auf ihr Handy, lächelte dabei jedes Mal, wenn der Bildschirm aufflackerte.

»Ist das ein neuer Typ, der dir die ganze Zeit schreibt?«

Macks blickte ertappt auf und schüttelte den Kopf. »Nein, wie kommst du darauf?«

Sophie schob ihre Hände in ihren Mantel und antwortete: »Du strahlst eben. Na sag schon, wer ist der Glückliche?«

Unsicherheit überkam Macks und sie überlegte kurz. Irgendwann musste sie Sophie einweihen, denn sie mochte dieses zierliche, viel zu beherrschte New Yorker Mädchen sehr. Wie lange sollte sie den besten Teil ihres Lebens noch vor ihren Freunden geheim halten? Bis dato war Claire die Einzige, die eingeweiht war.

»Versprich mir, dass du es niemanden sagst, okay?«

Sophies Nicken ließen Macks Puls ansteigen, sie biss sich auf die Unterlippe. Dann entschied sie sich, das Pflaster abzureisen.

»Mir schreibt Simone. Wir sind seit September ein Paar.«

Angespannt äugte sie zu Sophie, die scharf Luft ausstieß. »Da bin ich aber erleichtert. Ich dachte mir schon eure Chemistry wäre Einbildung gewesen.«

Irritiert zog Macks ihre Augenbrauen hoch. »So offensichtlich?«

»Ja, schon irgendwie, wenn man genauer hinsieht. Aber keine Sorge, ist echt kein Ding. Ich mag euch beide sehr und finde, dass ihr super zusammenpasst. Sorry wegen der Aussage mit den Typen. Vielleicht wollte ich dich damit nur aus der Reserve locken?«

Freundschaftlich boxte Macks ihr gegen die Schulter, lachte aber dabei.

Doch anstatt mitzulachen, hielt Sophie kurz inne und fragte stattdessen: »Ist es schwer euch zu verstecken? Ich meine, so zu tun, als ob ihr nur Freundinnen seid?«

Macks atmete langsam aus. Sophie sprach genau das an, was ihr nachts oft den Schlaf raubte. Denn da war ständig diese Angst, dass ihre Blase irgendwann platzen könnte.

»An manchen Tagen schon«, gab sie zu und ihr Blick wanderte auf die gefrorenen Blätter, die über den Weg verstreut lagen.

»Kann ich verstehen«, entgegnete Sophie, die damit beschäftigt war ein Foto auf ihrem Handy zu suchen. Sie hielt Macks ein Bild vom Vogue Fotoshooting vor ein paar Wochen unter die Nase und grinste.

»Aber schau mal, wie ihr euch da anseht. Ich weiß, es ist nichts Weltbewegendes, nur ein Blick. Doch allein diese Art von Blicken lassen mich an die wahre Liebe glauben!«

Macks lachte und schüttelte den Kopf. »Danke Soph, aber du bist so dramatisch!«

Sophie blickte verlegen zu Boden. »Hey, vielleicht höre ich deine Songs auch einfach nur zu oft! Du solltest echt mal einen über Simone schreiben. Würde ich gut finden.«

Davon gibt es bereits einige.

»Ja, vielleicht irgendwann«, gab Macks stattdessen zurück.

Die Blitze der Fotoapparate reflektierten in der leuchtenden Aufschrift des Madison Square Garden Schildes. Sie war schon einmal hier gewesen. Damals, zum Auftakt ihrer *Fairytale* Tour hatte sie genau in dieser Location performt.

Die Erinnerungen an ihren ersten großen Auftritt und an Sarah schlichen sich in ihre Gedanken, doch dieses Mal fühlte es sich anders an. Sie war nicht mehr hier, um der Welt zu beweisen, dass sie es draufhatte. Sie stand am Höhepunkt ihrer Karriere und war eine der erfolgreichsten Künstlerinnen ihrer Zeit. Die Paparazzi waren nicht wegen dem Spiel der Knicks gekommen, sondern wegen Macks. Daran bestand kein Zweifel, denn alleine schon die Anzahl ihrer Fans, die sich Tickets für ein NBL Spiel gekauft hatten, nur um sie zu sehen war bemerkenswert. Viele Basketballfans hatten sich darüber aufgeregt, dass Macks' Auftritt die Ticketpreise in die Höhe getrieben hatten, doch das war Macks egal. Dafür konnte sie nichts.

Die Kälte ließ Macks trotz Winterjacke frösteln, als sie die Treppen bis zur großen Eingangstür hochging. Dabei zog sie Simone noch näher an sich heran. Ihre Hand in ihrer eigenen zu spüren, beruhigte sie etwas und gemeinsam lächelten sie der Presse zu. Ihre beste Freundin war dabei, um sie zu unterstützten. Genau das würden die Medien morgen über diesen Auftritt schreiben.

Die Nationalhymne.

Plötzlich kroch Lampenfieber in ihr hoch. Erst als sie sich auf ihren Plätzen vorne am Basketballfeld in der ersten Reihe niederließen, löste sich die Anspannung etwas.

Dann gingen die Bildschirme in der Arena an und sie zeigten Macks und Simone. Anscheinend wurden sie live gestreamt. Mit so viel Trubel hatte Macks nicht gerechnet, sie krallte ihre Fingernägel in den Stoff ihrer Jeans.

Simone zog ihre Jacke aus, verdeckte damit ihrer beider Gesichter, beugte ihren Kopf zu Macks und flüsterte: »Relax. Du schaffst das.«

Ein Lächeln überkam Macks, denn Simones Stimme so dicht an ihrem Ohr zu hören löste noch ein ganz anderes Gefühl in ihr aus. Macks stand auf, winkte der Menge zu. Bis zum Spielanpfiff waren es nur noch zehn Minuten. Fünf davon gehörten ihr, denn sie hatte die Ehre, die amerikanische Hymne vor dem Basketballspiel der Knicks gegen die Lakers live zu singen. Doch dafür musste sie hinunter aufs Spielfeld.

Über den Kopfhörer, den sie am Eingang überreicht bekommen hatte, hörte sie eine Stimme sagen, dass es an der Zeit war.

Macks stand auf und ging auf das Mikro zu, das auf ein kleines Podest mitten am Feld aufgebaut war. Es gab weder eine Band, noch eine große Bühne, aber trotzdem war Macks nervös.

Der tobende Applaus und Jubel, der einsetzte, verstärkten sich. Das Licht der Scheinwerfer im Raum wurde gedämpft und nur noch auf Macks gerichtet.

Sie blinzelte und blickte zu Simone, die motivierend den Daumen hochstreckte. Langsam beruhigte sich ihr Puls. Simone war ihr Date zu einem der wichtigsten Momente ihres Lebens und sie strahlte heller als all die Scheinwerfer im Madison Square Garden zusammen.

Als die Hintergrundmusik einsetzte, schloss Macks die Augen. Kurz danach kamen die ersten Töne über ihre Lippen. Die gespenstische Ruhe, die auf der Tribüne einkehrte, ließ Macks das letzte bisschen Lampenfieber überwinden. Denn jetzt musste sie nur noch das tun, das sie am besten konnte. Singen.

Macks sang die Hymne für tausende Personen im ausverkauften Madison Square Garden, aber insgeheim widmete sie jeden ihrer Töne ausschließlich Simone. Der einzige Mensch, der im Moment zählte, war sie. Zu wissen, dass sie nicht weit weg auf einem der Stühle saß und ihr zuhörte, reichte aus, um die Farben der Noten vor ihrem geistigen Auge tanzen zu lassen. Egal wie viele der anderen Menschen ihr anschließend zujubelten.

In dieser Nacht bekam Macks kein Auge zu. Stattdessen wanderte ihr Blick nach rechts. Selbst schlafend strahlte Simone diese Anziehung aus, die sich wie ein Schleier über Macks ausbreitete. Behutsam rutschte sie ein Stück näher an sie heran und spürte den warmen gleichmäßigen Atem an ihrem Hals. Noch einmal ließ Macks den Abend Revue passieren. Das Gefühl, das sie dabei empfand, erstmals für Simone vor Publikum zu singen, überwältigte sie immer noch. Ganz gleich wie viele Menschen ihr zujubelten, es war nichts im Vergleich zu dem Strahlen in Simones Gesicht.

Macks hatte keine Erklärung dafür. Sie war es gewohnt von Endorphinen während eines Auftritts durchflutet zu werden, aber heute Abend war es anders gewesen. Neben all der Freude, die das Publikum versprühte, war da etwas, das sich anfühlte, als hätte sie die Stecknadel im Heuhaufen gefunden. So kostbar und zerbrechlich zugleich, aber stärker als tausend jubelnde Menschen zusammen.

Ein warmes Gefühl durchströmte Macks. Schlagartig wurde ihr klar, dass es an der Zeit war, ihren nächsten Song, an dem sie seit zwei Monaten arbeitete, zu veröffentlichen. Es gab keinen Grund mehr *Love letter to New York* noch länger unter Verschluss zu halten.

Ein Grinsen huschte ihr über die Lippen. Bald schon würde die ganze Welt die Zeilen, die sie über Simone geschrieben hatte, lauthals mitsingen.

Simone Schneider hatte in jener Septembernacht ihr Herz gestohlen und Macks konnte diese Gefühle nicht länger zurückhalten. Nie wieder wollte sie für jemand anders singen.

In Gedanken ging sie die Zeilen des Liedes noch einmal durch und bei der Strophe: *Even if the sky is grey today, I know tomorrow will be a brighter day. In the midst of darkness, I hold onto the promise of dawn, knowing that light will eventually pierce through* schlief sie ein.

Der Regen prasselte in Strömen auf die Windschutzscheibe des schwarzen Jeeps. Angespannt trommelte Peter gegen das Lenkrad und stellte den Scheibenwischer eine Stufe höher. Die Maschine aus New York war soeben gelandet. Darin befand sich seine kostbarste Fracht. Macks mit einem neuen Song. Einen Tag nach ihrem Auftritt im Madison Square Garden hatte sie ihn angerufen und um einen Privatjet gebeten, der sie nach New Orleans bringen sollte. Sie hatte ihm erklärt, dass sie an einem neuen Song gearbeitet hätte, den sie gerne so schnell wie möglich im Studio aufnehmen wollte. Kurze Zeit später schickte sie ihm das Demotape des Songs.

Ohne zu zögern hatte Peter daraufhin ein Team organisiert, das alles Nötige im Studio vorbereiten würde. Denn das, was er zu hören bekommen hatte, war zum Erfolg bestimmt.

Macks´ Stimme klang stärker, ausdrucksvoller ja fast schon bestimmend. Macks wollte offensichtlich wieder ins Rampenlicht.

Es war richtig von Elephant Records gewesen, sich nach der Tour bewusst zurückzuziehen, um ihr den nötigen Freiraum zu geben. Denn wenn Peter eines in den Jahren, in denen er Mackenzie Walker kannte, gelernt hatte, dann, dass sie in ihrem eigenen Tempo arbeiten musste. Er durfte nicht erneut den Fehler begehen, Mackenzie zu sehr unter Druck zu setzen. Was auch immer sie mittlerweile anstrebte, es würde ihm sicherlich Millionen einbringen, das hatte sie bereits mit ihrem letzten Album bewiesen.

Als Macks aus dem Privatjet stieg und auf seinen Wagen zukam, traute er seinen Augen kaum. Von dem unsicheren Mädchen aus New Orleans war nichts mehr zu erkennen. Stattdessen war eine erwachsene Frau aus ihr geworden. Macks´ Haare waren um gut zwanzig Zentimeter kürzer und mit blonden Strähnchen versehen, auch ihr Kleidungsstil hatte sich verändert. Anstatt Jeans und XXL Hoodie trug sie schwarze Leggins, ein weißes längeres T-Shirt, dazu eine schwarze Lederjacke. Die Sneakers hatte sie gegen Stilettos getauscht, ihren Rucksack gegen eine gelbe Designer-Tasche. Peter stieg aus seinem Wagen und umarmte sie.

»Willkommen zu Hause, Macks. Da hast du ja wieder einen tollen Song geschrieben.«

Dann öffnete er seine Beifahrertür. Macks ließ sich auf den Sitz nieder, während ihr Blick über das Armaturenbrett wanderte. Schulterzuckend erwiderte sie: »New York inspiriert mich. Ich liebe diese Stadt.«

»So so«, antwortete Peter. Nicht nur Macks Erscheinung hatte sich verändert, irgendetwas an ihr selbst war anders und er würde den Grund schon noch herausfinden. Aber dazu hatte er später noch genug Zeit.

»Ich dachte mir schon, dass du keine einjährige Auszeit packst«, entgegnete er, unterdrückte dabei den Impuls nachzufragen, was genau sie inspiriert hatte.

Denn alles, was im Moment zählte, war, dass Macks hier war, bereit einen neuen Song aufzunehmen.

Kopfschüttelnd antwortete Macks: »Ich möchte das Lied am Valentinstag veröffentlichen. Bekommst du das hin?«

Peter stieß einen Pfiff aus. »Mackenzie Walker, bitte unterschätz mich nicht!«

Peter setzte den Blinker und bog auf die Hauptstraße, in Richtung Stadt. Schließlich warteten seine Leute schon im Tonstudio auf sie.

»Super. Das Album könnten wir dann im Herbst veröffentlichen. Ich habe bestimmt schon sieben oder acht Songs, die dafür passen könnten«, entgegnete Macks.

Peter versuchte seine Verwunderung zu überspielen, denn in ihrer Stimme lag Gelassenheit, es wirkte fast so, als wüsste sie ganz genau, welches Album sie dieses Mal veröffentlichen wollte. Insgeheim war er beeindruckt. Zum Glück hatte er vor vielen Jahren den richtigen Riecher gehabt.

Bereits am nächsten Tag saß Macks wieder im Flieger nach New York und Peter setzte sich gleich daran, die Veröffentlichung ihres Songs zu arrangieren. Normalerweise unterlagen diese einer drei- bis sechsmonatige Vorplanung, aber mit Macks konnte er es sich leisten, den Promozyklus zu verkürzen.

Macks hatte es tatsächlich geschafft, in wenigen Jahren ein unvergesslicher Bestandteil der Musikbranche zu werden. Niemand, den er bisher unter Vertrag verpflichtet hatte, konnte binnen so kurzer Zeit das erreichen, was Macks erreicht hatte. Sie war die Cash-Cow von Elephant Records. Höchstpersönlich würde er dafür sorgen, ihr jeden Wunsch bis zu seinem Ruhestand zu erfüllen. Mit jemanden wie Macks im Portfolio hatte er weit nach seiner Rente ausgesorgt.

Da war er schon wieder, der Gedanke an den Ruhestand. Vielleicht wäre es bald so weit, das Zepter an jemand anders weiterzugeben. Tatsächlich dachte er immer öfter daran in letzter Zeit. Die Musikindustrie war nicht mehr dieselbe. Dennoch pokerte er damit, dass Macks noch einige Jahre erfolgreich sein würde. Wozu also diesen Erfolg einem anderen Label gönnen? Außerdem war sie zufrieden bei Elephant Records. Die nächste

Vertragsverlängerung war lediglich eine unbedeutende Formsache.

Schnell verwarf er den Gedanken wieder und widmete sich der Veröffentlichung von *Love Letter to New York*, Macks nächster Single.

Seit der Veröffentlichung ihrer Single waren vier Tage vergangen. Immer wieder scrollte Macks durch die Artikel über sie, die seitdem im Internet kursierten.

Erst das Geräusch der Eingangstür, die gerade aufgesperrt wurde, brachte sie dazu, ihre Augen vom Tablet loszureißen.

»Nicht dein Ernst«, hörte sie Simone sagen, die ihren Mantel ablegte und Macks einen vorwurfsvollen Blick zuwarf. Ihre Miene hellte jedoch auf, als Macks aufstand und ihr einen Kuss gab.

»Ich kann mir nicht helfen«, presste sie hervor, vergrub ihr Gesicht dabei in Simones Hals.

Simones Hände strichen ihr liebevoll über den Rücken und Macks stieß einen Seufzer aus. Wonach suchte sie eigentlich in all den Artikeln?

Als ob Simone ihre Gedanken gelesen hätte, antwortete sie: »Süße, bis auf ein paar Fans auf Tumblr hat doch niemand gecheckt, dass der Song über mich ist. Du musst aufhören, dich so verrückt zu machen. Die meisten Leute sehen sowieso nur das, was sie sehen wollen und kommen erst gar nicht auf die Idee, dass dieser Song von einer Frau handelt.«

Schwach nickte Macks und hob ihren Kopf. Sie wäre bereit gewesen für die Fragen, die dieser Song aufwarf. »Ich weiß nicht, was ich mir dadurch erhofft hatte.«

Das war gelogen, denn Macks wusste es ganz genau. Sie wollte wissen, wie es sich anfühlte, mit der Tatsache, dass der

Song über eine Simone handeln könnte, konfrontiert zu werden. Wie sie sich fühlen würde, wenn über ihre sexuelle Orientierung spekuliert wurde. Natürlich hätte sie es nicht kommentiert, aber da war diese brennende Neugier und die Frage, was wäre, wenn ihre Fans oder die Medien es doch täten.

Trotz der Vorbereitung für das neue Album hatte Elephant Records ihren Wunsch nach einer Woche Urlaub akzeptiert. Es war ihr dreiundzwanzigster Geburtstag und obwohl Macks diesen Ort nur einmal erwähnt hatte, schien Simone genau gewusst zu haben, wohin sie Macks entführen musste. Hinter Macks' Rücken hatte Simone einen Privatflug nach Seattle organisiert. Von dort aus ging es weiter nach Copalis Beach, einem verschlafenen Dorf im Bundesstaat Washington, wo sie eines der Ferienhäuser für sich gemietet hatte. Am Nachmittag waren Macks und Simone, ausgestattet mit einer Picknickdecke und ihrer Gitarre an den Strand gegangen. Macks wollte den Tapetenwechsel nutzen, um an einigen ihrer Songs zu arbeiten.

Gerade beobachtete Macks, wie Simone neben ihr versuchte ihre Haare wieder in Ordnung zu bringen, die von einer überraschend starken Windböe zerzaust worden waren. Macks lachte auf und legte ihre Gitarre beiseite. Mit einem Ruck hatte Simone sie an den Schultern gepackt und in die weiche Picknickdecke gedrückt, die am Strand ausgebreitet war. Dann küsste sie Macks leidenschaftlich. Macks' Finger wanderten unter dem Stoff von Simones Shirt.

»Hör auf, du musst arbeiten«, sagte diese mit gespielter Empörung und setzte sich wieder neben Macks auf die Decke. Der Blick jedoch, den sie Macks zuwarf, löste die gewohnte Wärme in ihr aus, die sie immer verspürte, wenn Simone in ihrer Nähe war. Widerwillig richtete sie sich auf. Unweit von ihnen entfernt pickten zwei Möwen ins seichte Wasser, sonst war weit und breit niemand zu sehen. Bald schon würde die Sonne untergehen, aber noch war die verlassene Bucht in Copalis Beach in ein warmes Licht gehüllt. Ein Paradies nur für sie zwei alleine.

Macks war schon einmal hier gewesen, vor mehr als zehn Jahren, gemeinsam mit ihren Eltern. Nicht weit von der Bucht entfernt stand sogar noch das kleine Haus, in dem sie damals gewohnt hatten.

Ihre Sneakers bohrten sich in den Sand. Sie griff zu ihrer Gitarre, denn da schwirrte schon wieder der Fetzen eines neuen Songs in ihrem Kopf herum.

»Du bist unglaublich.« Simone rückte ein Stück näher an Macks heran.

»Es geht um uns in diesem Song«, sagte Macks gedankenverloren.

Doch dann spürte sie, wie Simone ihren Fuß leicht gegen ihre Gitarre stieß.

»Na wenn du mit dem Text so weiter machst, wird es definitiv Fragen aufwerfen, wer diese unfassbare, wunderschöne, talentierte und liebenswerte Muse war, der du dein komplettes Album gewidmet hast!«

Macks verzog das Gesicht. »Dann werde ich natürlich die Wahrheit sagen«, scherzte sie.

»Super, dann können wir zusammen in den Sonnenuntergang reiten«, erwiderte Simone.

Die Bitterkeit in ihrer Stimme war jedoch nicht zu überhören. Sie sprachen nicht oft über ihre Zukunft. Im Hier und Jetzt zu leben, fühlte sich einfacher an.

Nur würde Simone Ende Oktober für mehrere Monate nach Vancouver ziehen, um einen Film zu drehen. Ein unangenehmes Ziehen breitete sich bei diesem Gedanken in Macks´ Magengrube aus. Schlagartig wurde sie aus ihrer Grübelei gerissen, denn Simone war aufgesprungen und lief schnurstracks auf das eiskalte Wasser zu.

»Komm schon Macks. Hör auf dir Sorgen zu machen. Lass uns lieber diese wunderbare Naturkulisse genießen.«

Macks streifte ihre Gitarre ab und holte die kleine Polaroid-Kamera aus ihrem Rucksack. Der Sand unter ihren Sohlen knirschte, als sie endlich das kalte Wasser spürte, dass nach links und rechts spritzte. Als Macks bei Simone angekommen war, schmiegte sie ihren Kopf an Simones und drückte auf den Auslöser.

Ein Bild für die Ewigkeit.

Kapitel 33

Es war Freitag, der dritte Oktober. Die ersten Sonnenstrahlen drangen bereits durch die Vorhänge ihres Apartments in der Jones Street. Macks blinzelte. In ihrem Nacken spürte sie warmen Atem. Mit so wenigen Bewegungen wie nur möglich drehte sie sich um. Ein Lächeln huschte über ihr Gesicht, während sich Hitze in ihrem Körper ausbreitete.

Zaghaft ließ Macks ihre Hand über Simones nackten Rücken gleiten.

Die langen Haare fielen Simone über die Schulter und Macks legte ihren Kopf an ihren Hals.

Während sie ihre eigenen Atemzüge an Simones anpasste, überkam Macks ein Gefühl der Schwermut. Der Start zu Simones Filmdreh in Vancouver stand kurz bevor und schon in zwei Tagen würde sie abreisen. Bis Sonntag musste sie sich also jede Einzelheit ihres Körpers eingeprägt haben. Mit Macks' eigenen Albumrelease in drei Wochen war es der vorletzte Tag, den sie für eine sehr lange Zeit gemeinsam mit Simone verbringen konnte.

Krampfhaft versuchte Macks, die Traurigkeit abzuwehren, indem sie an das Haus dachte, dass sie kurz nach ihrem Trip nach Copalis Beach heimlich gekauft hatte. Es war nicht schwer gewesen, die alten Besitzer des Ferienhauses, in dem sie schon damals mit ihrer Familie gewohnt hatte, zum Verkauf zu motivieren. Nicht nur, dass Macks die schönsten Momente mit Simone mit Copalis Beach verband, die Lage war außerdem perfekt, um sie an den Wochenenden zu besuchen. Vancouver lag nur ein paar Stunden Autofahrt entfernt. So könnten sie sich in ihr gemeinsames Häuschen zurückziehen und dort weitermachen, wo sie in New York aufgehört hatten.

Wie würde Simone wohl darauf reagieren? Bis dato wusste sie noch nichts davon, denn diese Überraschung hatte Macks sich für den heutigen Abend aufgehoben.

Das vergangene Jahr zählte zu ihren besten Jahren, sowohl in persönlicher als auch beruflicher Hinsicht. Ein Wrack war sie gewesen, als sie in New York angekommen war. Aber jetzt, ein Jahr später, wusste sie, dass sie die richtige Entscheidung getroffen hatte.

Eine Bewegung riss Macks aus ihren Gedanken. Simones Lippen formten sich zu einem Lächeln, während sie die Augen öffnete und dabei murmelte: »Guten Morgen, meine Süße.« Macks beugte sich vor, strich ihr eine Strähne aus dem Gesicht und antwortete: »Guten Morgen mein Sonnenschein, ich hoffe, du hast gut geschlafen.« Ihren Kopf leicht schief geneigt, fügte sie hinzu: »Die paar Stunden, die wir Schlaf hatten.«

Simone schloss Macks in eine feste Umarmung. Dabei schob sie ihr Becken so nahe an sie, dass Macks einen lustvollen Ton von sich gab. Macks strich über Simones nackten Rücken. Ein Kribbeln überkam sie dabei.

»Ich kann mich nur an den Schlaf erinnern, war da noch etwas anderes?«

Kaum hatte Macks zu Ende gesprochen, küsste Simone sie so intensiv, dass ihr der Atem wegblieb.

Sie ließ sich in die weiche Matratze drücken. Simones Lippen glitten weiter bis zu ihrem Hals, dann spürte sie, wie sie sich ihren Weg zu ihrem Schlüsselbein bahnten. Wie lange würde es noch dauern, bis sie vor Verlangen die Kontrolle verlieren würde?

»Du hast doch dieses Meeting mit Elephant Records um zehn, also ist hierfür keine Zeit. Aber heute Abend«, flüsterte Simone und drehte sich dabei auf den Rücken.

Scheiß drauf, ich will dich. Jetzt. Für immer.

Doch anstatt ihrer Lust nachzugeben, beugte sich Macks zu ihr, sah ihr tief in ihre wunderschönen Augen. »Ich liebe dich.«

»Und ich liebe dich, Mackenzie Walker«, antwortete Simone mit ernster Stimme.

Irgendetwas in Macks veränderte sich, ein Stechen breitete sich in ihrer Magengrube aus. Es war das erste Mal, dass Simone sie Mackenzie nannte.

»Ich habe dir doch gesagt, Mackenzie existiert nicht mehr«, schnaubte Macks.

Im selben Moment bereute sie es, denn Simone sah sie irritiert an. »Komm schon, Macks. Das war so nicht gemeint. Mir ist egal wie du dich nennst. Ich sehe dich und ich liebe alles an dir.«

Dankbar griff Macks nach ihrem Handy, das genau in diesem Moment klingelte. Sie hatte wirklich keine Lust, erneut mit Simone über ihre Vergangenheit zu sprechen, denn dieses Kapitel hatte sie hinter sich gelassen.

»Ja, ich weiß, zehn Uhr. Super, ich freue mich.«

Macks war mittlerweile aufgestanden und zog sich ihre Jogginghose über. »Sorry Sonnenschein, aber ich muss mich jetzt für das Meeting zum Album Release fertigmachen. Stell dir vor, Peter kommt dafür sogar aus New Orleans.«

Auf dem Weg ins Badezimmer grübelte Macks vor sich hin. Es war eigenartig, dass Peter unbedingt dabei sein wollte. Er hasste alles nördlich der Landesgrenze von Louisiana. Außerdem hatten sie die Release-Details doch bereits vor ein paar Wochen in New Orleans geklärt.

Dumpf hallte Simones Stimme durch den Flur. »Vergiss das Konzert in der Webster Hall heute Abend nicht! Ich freu mich schon ewig drauf, Paramore zu sehen!«

Macks hatte das Konzert längst vergessen. Seit Tagen schon hatte sie nur noch ihr Album und Simones Abreise im Kopf.

Für Simone schien es einfach zu sein, eine Distanz zu ihrem Job aufzubauen, denn sie war in der Lage, den Schalter binnen Minuten umzulegen. Macks hingegen stand, bis auf die intimen Momente in ihren eigenen vier Wänden, die ganze Zeit unter Strom. Die Presse, ihr Management, ihre Fans, Vertragspartner, jeder wollte andauernd irgendetwas von ihr.

»Das ist heute?«, rief Macks aus dem Badezimmer.

»Deswegen erinnere ich dich ja daran. Die Mädels werden auch kommen.« Es folgte eine lange Pause und als Simone dann weitersprach, hatte sich ihre Stimmlage verändert. »Meinst du, es wird irgendwann normal?«

»Normal? Ich habe keinen Schimmer, was das überhaupt bedeuten soll«, antworte Macks, schloss die Tür und drehte das Wasser auf.

Unter der Dusche schloss Macks ihre Augen und dachte nach. Vielleicht würde irgendwann der Moment kommen, in dem sich Simone von Lukas trennen wird. Aber vorerst musste sie sich auf ihr neues Album konzentrieren, eines auf das sie ganz besonders stolz war. Es war das erste Album ohne männliche Pronomen. Zwar gab es auch keine weiblichen, aber die Texte wurden neutral gehalten. Immerhin ein kleiner Fortschritt.

Noch während Macks wenig später nach ihrem Mantel griff, erklang die Türklingel.

Macks blickte auf ihre Uhr. Neun Uhr dreißig. Ihr Fahrer wartete bereits auf sie, ansonsten würde der Portier nicht Sturm klingeln.

»Ich liebe dich, warte bitte auf mich, es wird nicht lange dauern.« Mit diesen Worten verabschiedete sich Macks und hastete aus der Tür.

Vor dem Gebäude angekommen stand ihr Fahrer bereits vor dem Benz mit den verdunkelten Scheiben und hielt die Wagentür offen.

Nachdem sie eingestiegen war, steckte Macks ihre Haare, die an den Spitzen immer noch feucht waren, unter eine dunkle Wollmütze. In Rekordtempo war sie nach der Dusche in ein paar enge Jeans, ein Spitzentop, eine schwarzes durchsichtige Bluse und ein paar Stiefeletten mit Absatz geschlüpft.

Erst jetzt bemerkte Macks, dass sie in der Eile Simones Mantel mitgenommen hatte. Er war ihr etwas zu lang an den Ärmeln, aber es störte sie nicht. Der Kragen duftete nach Simones Lieblingsparfüm.

Macks´ Blick streiften die Blätter der Bäume, die sich bereits tiefrot färbten. Der Herbst in New York fühlte sich immer noch magisch an. Das Farbspiel der Blätter, die kühle Luft und die morgendliche Kälte, die sich im Laufe des Tages zu einer angenehmen Wärme verwandelte.

Immer wieder hupte der Fahrer, denn um diese Zeit war es nicht einfach, von Greenwich Village nach Mid-Town zu gelangen.

Das Vibrieren in ihrer Manteltasche ließ Macks hochfahren und sie zog ihr Handy heraus. Aber es zeigte nur eine Erinnerung an das Konzert heute Abend an. Dann öffnete sie Tumblr und scrollte durch die Beiträge der Macks Fan-Accounts. Auch ihre Fans konnten das Album nicht mehr erwarten. Seit der Bekanntgabe waren sie noch aktiver im Detektivspielen, denn eine bestimmte Gruppe von Fans analysierten nicht nur ihre Liedertexte bis ins kleinste Detail, sie kreierten auch die lustigsten Memes von ihr. Auf einigen der Bilder war sie gemeinsam sogar mit Simone zu sehen.

Es gab einen kleinen Anteil in ihrem Fandom, der davon überzeugt war, dass sie und Simone in einer heimlichen Beziehung waren. Grund zu dieser Annahme waren neben *Love Letter to New York* vor allem die Blicke, die Macks Simone während ihrer Performance der Nationalhymne im Madison Square Garden, im Vogue Fotoshooting oder den unzähligen Begegnungen zugeworfen hatte. Vielleicht hätte es Macks im Vorfeld bewusst sein müssen, dass jede ihrer Bewegungen für immer im Netz festgehalten wurde. Trotzdem waren diese Fans ihre heimlichen Lieblinge. Denn anstatt alles zu glauben, was über Macks geschrieben wurde, blickten sie unter die Oberfläche. Diese Fans hatten erkannt, dass sie höchstwahrscheinlich lesbisch war und die Beziehung von Simone und Lukas nur einer dieser Hollywood-Bearding-Vereinbarungen war.

Über die Auswirkung dieser Tumblr Beiträge machte sich Macks aber schon lange keine Sorgen mehr. Niemand außer Paula nahm diese Ecke ihres Fandoms ernst. Die meisten von ihnen waren selbst queer, hatten Mitleid für Macks und ihren »Glass Closet« und ihr Ziel bestand nicht darin, sie zu outen.

Das neue Album wird ihnen gefallen.

Ein Lächeln huschte über Macks´ Gesicht, denn obwohl sie immer noch vorsichtig sein musste, likte sie ab und an Beiträge einiger User. Natürlich keine Beiträge über die Beziehung zu Simone, sondern belanglose Beiträge, um der Community über Umwegen das Gefühl zu geben, gesehen zu werden.

Zu gerne wäre sie offener gewesen, aber es war zu riskant. Stattdessen stiftete Macks manchmal Claire und Sophie an,

Smacks Beiträge zu liken. Der Begriff war von den Fans als on-line Shipname erfunden worden, indem sie schlicht Simone und Macks Namen verbanden.

Im letzten Jahr hatte Sophie van Buerg Macks nicht nur zu geheimen Getaways mit Simone verholfen, sondern war auch eine ihrer besten Freundinnen geworden, was hundertmal wichtiger war. Sophie war aber auch diejenige, die Smacks am meisten pushte. Jedes Mal, wenn eine ihrer Freundinnen einen Beitrag mit dem Hashtag Smacks likte, stand ihr Fandom für ein paar Minuten Kopf. Es war beinahe so, als würde Macks mit ihren queeren Fans ein Spiel spielen, dass nur diese kleine Gruppe verstand.

Als der Wagen wenig später vor der New Yorker Zweig-stelle von Elephant Records stoppte, verstaute Macks ihr Handy in ihrer Tasche. Beim Verlassen des Wagens kam bereits ein Assistent, der sichtlich nervös schien, auf sie zugelaufen.

»Hallo Macks, ich begleite dich nach oben.«

Macks folgte dem Typen ins Gebäude, bis hin zu den Fahr-stühlen. Kurz darauf öffnete sich einer davon und Paula er-schien darin. Sie winkte Macks hinein und deutete kurz auf den Assistenten, der sich daraufhin umdrehte und verschwand.

»Peter ist schon hier, komm«, sagte Paula, während sie im-mer wieder auf die Anzeige ihrer Armbanduhr blickte. Es war erst drei Minuten nach zehn und Macks verstand nicht, warum Paula so gestresst wirkte. Lag es an Peters Besuch?

Macks freute sich darauf Peter wiederzusehen. Nach all den Jahren der Zusammenarbeit war er ihr Chef, Freund und Men-tor zugleich. Zugegeben, als Fünfzehnjährige, zu Beginn ihrer Karriere, hatte ihn Macks ein wenig gefürchtet. Doch mittler-weile wusste sie, dass er nur das Beste für sie wollte. Sie war ihm zudem unendlich dankbar dafür, mittlerweile ihre eigenen musikalischen Entscheidungen treffen zu dürfen.

Talent allein reichte nicht aus, um erfolgreich zu sein, ein gutes Label und dessen Unterstützung waren ausschlaggebend. Das hatte Peter ihr schon bei ihrer ersten Begegnung gepredigt und damit recht behalten. Manchmal konnte Macks nicht in Worten ausdrücken, wie dankbar sie Peter und Elephant Records für die Chance war, Musikerin zu werden.

»Er will dich erst allein sehen«, sagte Paula zu Macks, die ihr den Gang entlang zu einem Meetingraum folgte und öffnete kurz darauf eine Tür.

Der große Sessel am Ende des Meetingtisches, in dem Peter saß, drehte sich um als Macks eintrat. Peter, gekleidet in einem maßgeschneiderten Anzug, erhob sich.

Ohne zu zögern, ging Macks auf ihn zu und umarmte ihn.

»Na sieh mal einer an, wenn das nicht mein Superstar ist!« Er löste sich von der Umarmung und musterte ihr Outfit, ehe er fortfuhr: »Die Kälte hier ist schrecklich. Zum Glück geht's heute Abend wieder zurück nach New Orleans.«

Macks lehnte sich gegen den großen Tisch, der hier in der New Yorker Zweigstelle vor allem von Mike benutzt wurde. Ihr ehemaliger Tourmanager hatte mittlerweile die Leitung übernommen.

»Wow Peter, dass ich dich einmal in New York antreffen würde. Ist was passiert?«, scherzte sie.

Anstatt zu lächeln, wurde Peters Miene ernst. »Ich muss mit dir nach dem Meeting unter vier Augen sprechen, bitte bleib dann noch kurz.«

Macks nickte und wenige Momente später trat eine Gruppe von Mitarbeitern durch die Tür. Einige der Gesichter der Menschen, die sich nacheinander um den Tisch auf die freien Stühle setzten, kannte Macks. Mit den Marketingexperten hatte sie bereits bei ihrem letzten Album zu tun gehabt.

Während ein älterer Mann mit kurzen grauen Haaren anfing, die Pressetermine, Media Kampagnen und Merchandise Strategien zu besprechen, dachte Macks an Simone, die zu Hause auf sie wartete. Dabei überkam sie ein warmes vertrautes Gefühl und sie musste sich zusammen reisen, um nicht zu offensichtlich zu grinsen.

»Bist du damit einverstanden«, fragte jemand.

Zu spät bemerkte Macks, dass die Frage ihr galt und sie räusperte sich verlegen. »Geht's immer noch um die Farbe der Shirts?«, fragte sie den Mann mit der Fastglatze im weißen Polo.

Dieser nickte, woraufhin Macks nachdenklich die Entwürfe betrachtete, die vor ihr auf dem Tisch ausgebreitet waren. Die Motive sahen gut aus. »Wenn es in Ordnung wäre, dann würde ich lieber lavendelfarbend anstelle von rosa verwenden«, sagte Macks dennoch bestimmend.

Niemand widersprach ihr, was Macks wieder bewusst machte, dass Elephant Records anstrebte, sie mit ihrem vierten Studio Album in das Nirvana des Pop Himmels zu katapultieren. Somit war die Farbauswahl eher etwas Nebensächliches. Aber nicht für Macks. Farben und Symbole waren mitunter ein Weg, sich auszudrücken. Denn Lavendel war immer schon ein signifikantes Merkmal der LGBTQ Community gewesen. Auch wenn sie natürlich niemals mehr als eine Supporterin sein durfte, würde es ihren Fans auffallen. Für ihr viertes Album, das sie nicht ohne Hintergedanken *September* nannte, wurde noch mehr Budget zu Verfügung gestellt als üblich. Elephant Records erwartete sich einen noch größeren Umsatz als von ihrer bisherigen Arbeit. In den letzten Monaten hatte sie mit verschiedenen Produzenten aus NOLA und NYC zusammengearbeitet. Natürlich durfte Fons für ein paar der Songs nicht fehlen. Er war schließlich der Beste, was das Mixen anging.

Zum ersten Mal in ihrer Karriere traute sich Macks, auf einen Album Titel zu beharren. Das Album musste *September* heißen, denn der September symbolisierte ihren Neuanfang in New York, den Imagewechsel zur unabhängigen, selbstbewussten Musikerin. Insgeheim ging es allerdings um viel mehr. Denn im September war diese unvergessliche Nacht mit Simone auf der MET-Gala passiert.

Die meisten der dreizehn Songs gingen in Richtung melancholischem Pop der Achtziger, mit sehr viel Klavierelementen, die sie alle selbst einspielte. Macks liebte zudem die Elektro-Elemente, die dank Fons einige ihrer Songs untermalten.

Mit diesem neuen Album nahm sich Macks vor, der Welt zu beweisen, dass mehr in ihr steckte, sie andere Facetten beherrschte, sich musikalisch neu erfinden konnte. Ihr letztes Album *Just Me* war ein großer Erfolg für das Label, aber Macks brauchte mehr, um sich bestätigt zu fühlen.

Die Stühle quietschten und erschrocken erwachte Macks aus ihren Tagträumen. Während sich der Raum leerte, blickte sie auf die Uhr. Das Meeting hatte länger als geplant gedauert, aber sie war froh, dass ihr Terminplan für die nächsten Wochen endlich fixiert wurde. Das machte es leichter, die Besuche in Vancouver zu planen.

Aber Peter wollte noch mit ihr sprechen also würde es wohl noch etwas länger dauern.

Sie erhob sich dennoch und trat ein paar Schritte in Richtung Kaffeemaschine, die in einer kleinen Nische in der Ecke stand. Während sie zusah, wie die braune Flüssigkeit in die Tasse tropfte, überlegte sie, was wohl der wahre Grund für Peters Besuch war. Denn außer ein paar Terminen, die hinzugekommen waren, war gerade nichts Neues besprochen worden.

Kapitel 34

Unsicher trat Macks von einem Bein auf das andere, während Peter auf einen der Stühle deutete. Erst, als sie sich ihm gegenübersetzte, begann er mit gedämpfter Stimme zu sprechen.

»Ich bin nach New York gekommen, um persönlich mit dir über etwas zu sprechen.«

Ein kalter Schauer lief Macks über den Rücken und ihre Hände begannen zu schwitzen. Irgendwie musste er von ihr und Simone erfahren haben. Bestimmt würde er von ihr verlangen, diese Beziehung sofort zu beenden, um den Erfolg des Albums nicht zu gefährden.

Es dauerte gefühlt eine Ewigkeit, bis Peter fortfuhr: »Das Album wird garantiert ein Erfolg. Ich bin sehr stolz auf dich.«

Macks merkte, wie sich Hitze in ihren Wangen ausbreitete, sich aber zugleich ihr Magen zusammenzog. Normalerweise redete er nie lange um den heißen Brei herum. Obwohl die Angst überhandzunehmen drohte, musste sie es wissen. Vielleicht konnte sie mit Peter einen Deal aushandeln.

»Warum bist du dann hier, Peter?«, fragte sie.

Ihre Stimme brach dabei, denn da war dieser Ausdruck in Peters Gesicht, den sie noch nie zuvor gesehen hatte. Wirkte er etwa besorgt?

Ihr Puls beschleunigte sich und in ihrer Kehle bildete sich ein Kloß.

Anstatt zu antworten zupfte Peter an seinem Hemdkragen. Dann hob er seinen Blick und sah Macks direkt in die Augen.

»Mackenzie, über die Jahre bist du beinahe zu einer Tochter für mich geworden. Wir kennen uns, seitdem du fünfzehn Jahre alt warst. Keinen Tag davon möchte ich missen. Du hast mir gezeigt, wozu Musik fähig sein kann. Dieses Durchhaltevermögen und dein unfassbares Talent, Lieder zu schreiben, habe ich in dieser Ausprägung bei noch keinem anderen Künstler gesehen. Macks ist die Hauptkomponente, die für den Erfolg von Elephant Records verantwortlich ist. Das will ich mal gesagt haben.«

Macks schluckte und öffnete den Mund, aber Peter hob die Hand. »Lass mich bitte ausreden. Du stehst kurz vor deinem vierten Studioalbum. Mit deinen dreiundzwanzig Jahren wurdest du öfters ausgezeichnet, als all die anderen Künstler zusammen, die bei mir unter Vertrag sind. Und mit *September* wirst du endlich deinen Grammy gewinnen, davon bin ich überzeugt. Erinnerst du dich noch an die Goldenen Schallplatten in meinem Büro?«

Macks nickte, aber all das tat nichts zur Sache, solange sie nicht wusste, worauf Peter hinauswollte. Er hatte sie vorhin Mackenzie genannt, das tat er nur dann, wenn es ernst war.

»Macks ist wahrhaftig das Beste, das ich jemals erschaffen habe.« Obwohl Peter mittlerweile seine Lippen zu einem schwachen Lächeln verzogen hatte, war da immer noch diese Besorgnis in seinen Augen.

»Peter …«, begann sie, aber er unterbrach sie und blickte ihr erneut direkt in die Augen.

»Die Arbeit mit dir ist der Höhepunkt meiner Karriere. Eigentlich bist du mitverantwortlich dafür, dass ich mit meinen fünfundsechzig Jahren immer noch im Business bin.« Ihre Ohren begannen zu pochen, sie wusste, was als nächstes kommen musste. Gleich würde Peter ihr mitteilen, dass sie die Werte des

Labels verletzt hatte und er sie aufgrund dieses Vertragsbruches nicht weiter beschäftigen konnte.

»Ich werde in Rente gehen. Die Entscheidung fällt mir nicht leicht, aber ich habe beschlossen, mich nach diesem Album zur Ruhe zu setzen und nichts mehr unter Elephant Records zu veröffentlichen.«

Macks öffnete den Mund, aber sie brachte kein Wort heraus. Chaos herrschte in ihrem Kopf. Zuerst überkam sie unfassbare Erleichterung darüber, dass er Simones Namen nicht ausgesprochen hatte. Aber diese verflüchtigte sich im selben Moment, denn plötzlich war da diese Ungewissheit.

»Was passiert dann mit mir?« Macks schob ihren Stuhl zurück und sprang auf. Dabei warf sie fast die Tasse um, die vor ihr stand.

Macks riss die Augen auf und ihre Atmung wurde schneller. Schweißperlen bildeten sich auf ihrer Stirn und sie versuchte krampfhaft die Tränen zu unterdrücken.

Sie brauchte Peter mehr als alle anderen, schließlich verdankte sie ihm ihren Erfolg. Aber noch viel wichtiger war die Frage, die ihr als erstes durch den Kopf geschossen war. Was bedeutete das für Macks?

»Du könntest dich doch einfach nur zurückziehen, jemanden finden der deine Arbeit übernimmt. Aber Elephant Records dicht machen? Das geht nicht!« Panik stieg in ihr auf. Er durfte ihr Macks nicht wegnehmen. Ohne Macks hatte sie nichts.

Peter stand auf und trat ein paar Schritte näher an sie heran. Sanft strich er ihr über die Schulter: »Wir hatten einen guten Lauf, besser als ich ihn mir jemals hätte träumen können, aber ich bin müde. Für dich ändert sich vorerst nichts. Nach der Tour werden wir uns in New Orleans mit unseren Anwälten zusammensetzen und die Einzelheiten besprechen, wie es mit Macks weitergehen soll. Ich werde meinen Ruhestand erst nach dem Album Release bekannt geben, aber ich wollte, dass du es von mir als Erste erfährst.«

Peter hatte es ausgesprochen. Wie es mit Macks weitergehen soll.

In all den zurückliegenden Jahren hatte sie die Tatsache verdrängt, dass Macks ein Produkt war, das Elephant Records gehörte. Nun fiel es ihr wie Schuppen von den Augen. Macks gehörte ihr nicht. Trotzdem überkam sie eine unerwartete Ruhe, denn da war noch etwas, das stärker war als die Angst. Nein, so einfach würde sie es ihm nicht machen. Sie würde für Macks und ihre Musik kämpfen. Zu viel hatte sie in der Vergangenheit dafür geopfert, um jetzt aufzugeben.

Hastig wischte sie sich die Tränen weg, straffte ihre Schultern und nickte. »Okay, danke das du es mir persönlich gesagt hast. Wir sehen uns nach dem Release.«

Dann stand sie auf, griff nach ihrem Mantel und zog sich den Kragen so tief wie nur möglich ins Gesicht. So aufgelöst sollte sie keiner der anderen Angestellten sehen. Mit schnellen Schritten ging sie zum Fahrstuhl und stieg ein, ohne sich noch einmal umzudrehen.

Drinnen stemmte sie ihre Hände in die Hüften und rang nach Luft. Elephant Records war Geschichte und wenn sie nicht aufpasste, war Macks das auch. Zwar konnte sie zu einem anderen Label gehen, aber nicht ohne die Rechte an ihrem Namen und ihrer Musik.

Draußen wartete bereits ihr Fahrer auf sie. Wortlos setzte Macks sich auf den Rücksitz und drückte den Knopf, um die Trennwand hochzufahren.

Um sich irgendwie abzulenken, zog sie ihr Telefon aus der Tasche. Ihr Atem stockte. Was wollte sie überhaupt damit?

Paula anrufen? Oder ihre Mutter? Auf ihrem Handydisplay blinkten fünf Anrufe in Abwesenheit. In all der Hektik hatte sie vergessen, Simone Bescheid zu geben, dass sie später als geplant nach Hause kommen würde.

Achtlos warf sie das Telefon beiseite, stützte dann den Kopf in ihre Hände. Unvermittelt hatte sie das Gefühl, den Boden unter den Füßen zu verlieren.

Es war das Klingeln ihres Handys, das sie aus ihrer Starre riss.

Ohne auf das Display zu blicken, hob sie ab. »Hey, ich bin gleich …«

Doch sie verstummte ruckartig, als sie Peters Stimme am anderen Ende der Leitung hörte.

»Hör zu. Du musst das, was ich dir gesagt habe für dich behalten und dich zusammenreißen, okay? Ein Mitarbeiter hat beobachtet, wie du beim fluchtartigen Verlassen des Gebäudes geheult hast.«

Kopfschüttelnd legte sie auf. Wie konnte ihr Peter übelnehmen, dass sie Emotionen zeigte? Es ging schließlich um ihre Musik, um ihre Karriere! Um alles, was sie sich so hart über die Jahre erkämpft hatte!

Als Macks ihre Wohnung betrat stand Simone im Wohnzimmer. »Warum hast du mir nicht Bescheid gegeben? Ich sitze seit Stunden hier, um auf dich zu warten«, sagte sie vorwurfsvoll.

Macks ignorierte sie und ließ sich stattdessen auf den weißen Teppichboden im Wohnzimmer sinken. Noch immer wortlos legte sie ihren Kopf zwischen die Knie. Obwohl sie am liebsten geheult hätte, wäre jede Träne zwecklos gewesen. Stattdessen schlug sie ihre Hände über dem Kopf zusammen. All das durfte nicht wahr sein!

Sie spürte Simones behutsame Berührung am Rücken, aber Macks blieb reglos sitzen.

»Baby, was ist passiert?«, fragte sie besorgt.

»Nichts«, murmelte Macks, die zusah, wie Simone sich neben sie auf den Boden kniete.

»Das sieht mir aber nicht nach nichts aus.« Simone seufzte und strich ihr über ihre Haare. »Bitte rede mit mir.«

Macks hob langsam den Kopf. Endlich gelang es ihr, den Kloß in ihrem Hals hinunterzuschlucken. Auf einmal kam ihr die ganze Aktion kindisch vor. Da saß jemand neben ihr am Teppich, den sie mehr als alles andere auf der Welt liebte und sie benahm sich wie ein eine Zwölfjährige. Ein tiefer Atemzug entwich ihr. Zum ersten Mal in ihrem Leben widersetzte sie sich Peters Anweisungen.

»Peter möchte sich zur Ruhe setzten. Elephant Records ist bald Geschichte und damit ist auch Macks´ Zukunft ungewiss.« Ihre Stimme war tonlos, als sie Simone mit wenigen Sätzen erklärte, warum sie wie ein Häufchen Elend auf dem Boden ihrer Wohnung saß. »Ich könnte jetzt wirklich ein Glas Wein vertragen«, fügte sie hinzu.

Simone stand auf, und kam kurze Zeit später mit zwei gefüllten Weingläsern und einer Flasche unter dem Arm zurück.

»Süße, Peter wird dich nicht im Stich lassen. Ihr werdet eine Lösung finden. Bitte beruhige dich. Das bedeutet nicht das Ende deiner Karriere.«

Endlich gelang es Macks, aufzustehen. Sie nahm eines der Gläser, kippte den Inhalt auf ex und schenkte sich nach.

Sie war zu kraftlos, um Simone zu erklären, dass nicht wieder alles gut werden würde und dies sehr wohl das Ende ihrer Karriere bedeuten könnte.

»Als Peter mich bat länger zu bleiben hatte ich Angst, er hätte das mit uns herausgefunden,«, versuchte Macks die Stimmung wieder ein bisschen zu lockern.

»Jetzt sei nicht albern. Das mit uns wäre bestimmt kein Problem für ihn, solange wir es geheim halten. Schließlich wird prognostiziert, dass dein nächstes Album noch mehr Rekorde brechen wird als deine bisherigen.«

Die Leichtigkeit mit der Simone sprach, beruhigte Macks jedoch nicht wirklich.

Der Wein betäubte zumindest das Gefühl der Ungewissheit, das ihr fast die Luft zum Atmen nahm.

»So, wir machen uns jetzt fertig und haben gemeinsam einen tollen letzten Abend, okay?« Simone war aufgestanden, um ihr Glas in die Küche zu bringen.

Paramore. Verdammt.

Seit Wochen freute sich Simone auf das Konzert, aber anstatt sich mit ihrer Freundin fertig zu machen, saß Macks immer noch am Boden, trug ihre Sachen von heute Morgen und hatte keine Ahnung wie es weiter gehen sollte.

Sie trank einen weiteren großen Schluck Wein, schenkte sich erneut nach, wobei es ihr egal war, dass die Flasche bereits fast leer war.

Reiß dich zusammen! Versau euch nicht euren letzten gemeinsamen Abend!

Die Kopfschmerzen setzten ein, als Mack sich endlich dazu überwunden hatte, Simone ins Badezimmer zu folgen, um sich fertig zu machen.

Wasserdampf schlug ihr entgegen, denn Simone duschte immer noch. Macks drehte den Wasserhahn am Waschbecken auf, hielt ihre Hände darunter und seufzte. Wenigstens erfüllte das kalte Wasser immer noch seinen Zweck.

Der Versuch, ihren Kopf komplett darunter zu bekommen, um wieder halbwegs nüchtern zu werden, scheiterte. Sie stieß lediglich mit ihrer Stirn gegen das Waschbecken und ein stechender Schmerz zuckte durch ihren Kopf.

»Fuck«, entfuhr es ihr und sie lehnte sich mit einem schmerzverzerrten Gesicht gegen die Duschwand.

»Alles okay?« Das Wasser wurde abgestellt und Simone reckte ihren Kopf in Macks´ Richtung.

Nein. Ich werde ihr diesen Abend heute nicht ruinieren.

Ob ihr Simone ihr Lächeln abkaufte, konnte sie nicht sagen, aber ein Versuch war es wert.

»In unserer nächsten Wohnung benötigen wir größere Waschbecken«, antwortete Macks und zeigte auf die Stelle an ihrer Schläfe, die sich bereits rötete. »Was ziehst du heute an?«

»Das schwarze Cocktailkleid. Du?«

Erst beim zweiten Versuch schaffte Macks es, die Knöpfe ihrer Bluse zu öffnen. »Ich dachte an meinen dunkelgrünen Jumpsuit, dazu einen schwarzen Blazer. Eigentlich würde ich lieber das goldene Kleid tragen, aber ich möchte heute nicht zu sehr auffallen.«

Eine Stunde später saßen sie auf der Rückbank eines Taxis, das sie ins East-Village zur Webster Hall bringen sollte. Die vergangenen Stunden nagten immer noch an Macks, aber sie versuchte Simone zuliebe ihre schlechte Stimmung zu unterdrücken.

»Ich möchte dich heute noch einmal ganz allein für mich haben«, flüsterte Simone in Macks Ohr und schmiegte sich an ihre Schulter.

Obwohl sich Macks nichts Besseres vorstellen konnte, als mit Simone allein zu sein, blieb sie in diesem Moment an genau diesem Wort hängen. Allein.

Das Gefühl von allen verlassen zu werden, wurde immer stärker. Erst Simone mit ihrem Filmdreh, jetzt auch noch Peter. Sie würde allein sein. Durch das Drama am Nachmittag hatte sie es sogar verpasst, Simone vom Haus in Copalis Beach zu erzählen.

»Hey, alles wird gut, okay?«

Simones Stimme drang wie aus der Ferne zu Macks durch, aber sie löste etwas in ihr aus. Sie wollte den letzten Abend nicht mit Trübsal blasen verbringen oder mit Fragen, auf die sie keine Antworten wusste.

»Lass uns heute einfach einen schönen Abend haben. Das Konzert wird bestimmt super«, antworte Macks und zwang sich zu einem Lächeln.

Noch bevor Simone etwas darauf antworten konnte, hielt das Taxi bereits an und sie stiegen aus dem Wagen. In der schwachen Beleuchtung erkannte Macks ein vertrautes Gesicht, das zwischen zwei Müllcontainern am Hintereingang der Webster Hall winkte und dabei eine große Wolke Zigarettenrauch ausstieß.

Es war Claire, die auf sie zu gerannt kam. »Schön euch zu sehen! Zum Glück seid ihr durch die Seitenstraße gekommen, denn vorne ist es ziemlich voll.«

Stolpernd umarmte Macks ihre Freundin, griff danach nach ihrer Zigarette. Noch im selben Moment aber bereute sie es, daran gezogen zu haben, denn der Rauch stieg ihr in die Lungen. Sie fing an zu husten, während sie Claire die Zigarette zurückgab.

»Was ist denn mit dir los? Seit wann rauchst du?«, fragte Claire.

»Harter Tag. Aber lass uns mal lieber reingehen, bevor sie so noch jemand sieht«, antwortete Simone und zog Macks, die immer noch hustete, mit sich.

Claire klopfte an eine Metalltür, woraufhin sich diese öffnete. »Ich habe dem Türsteher hundert Doller gegeben, damit er uns hier reinlässt«, sagte sie mit einem Grinsen im Gesicht.

Mit jedem Schritt, den Macks weiter im von Halogenleuchten beleuchteten Gang ging, wurde es lauter. Die Band war bereits dabei, den ersten Song zu spielen.

Claire begrüßte kurz den Security, der den Aufgang zum VIP-Bereich bewachte, ehe er das schwarze Samtband für sie öffnete und ihnen dabei einen schönen Abend wünschte.

Kapitel 35

03. Oktober 2015 – Das Konzert

Nachdem Macks den VIP-Bereich erreicht hatte, der sich auf dem Balkon der Konzertlokation befand, breitete sich eine leichte Aufregung aus. Doch Macks ignorierte die Blicke. Heute hatte sie keine Lust auf belanglose Gespräche mit Menschen, die sie nicht kannte. Stattdessen begrüßte sie Paige und Sophie, schnappte sich anschließend ein Glas Champagner. Der Balkon, der durch ein metallenes Gitter abgesichert war, bot eine atemberaubende Sicht auf die Bühne, die sich ein Stockwerk darunter befand. Macks ließ ihren Blick über die Sitzgelegenheiten wandern, auf denen ein paar Leute saßen, blieb dann aber an Simone hängen, die ein paar Meter entfernt am Geländer stand und sich im Takt der Musik bewegte. Das Licht der Scheinwerfer blendete Macks, als sie sich zu ihr begab. Dabei streifte Simones Arm ihren eigenen. Hinter ihrem Rücken griff Macks Simones Hand und drückte sie für eine Sekunde, bevor sie sie wieder losließ, um mit den anderen anzustoßen.

Jeder Schluck half ihr dabei, die letzten Stunden zu verdrängen. Den heutigen Abend würde sie sich nicht durch Peters Ruhestand oder Simones Filmdreh ruinieren lassen. Sie wollte sich wieder frei fühlen, den Ballast, den sie mit sich schleppte, abwerfen.

Neben ihr tanzte die wunderbarste Frau der Welt und jede ihrer Bewegungen versetzten Macks leichte Blitze unter die Haut. In Simones Nähe zu sein bedeutete sich einer Naturgewalt auszusetzen.

Claire stellte sich neben Macks. »Ist alles okay mit dir? Du wirkst heute noch weiter in dich gekehrt als sonst.«

Verunsichert blickte Macks zu Boden. Claire konnte sie so leicht nichts vormachen. Schließlich holte Macks tief Luft. »Ich liebe sie. Ich würde alles für Simone tun, aber ich habe solche Angst, sie zu verlieren, wenn sie nach Vancouver geht.«

Der Ausdruck in Claires Gesicht ließ sich nicht deuten. Stattdessen blickte sie abwechselnd zu Simone und dann wieder zurück zu Macks. »Habt ihr darüber gesprochen? Weiß sie, wie du empfindest?«

»Ich denke schon«, antwortete Macks, hatte aber plötzlich zum zweiten Mal an diesem Tag das Gefühl, den Boden unter den Füßen zu verlieren. Denn es war eine berechtigte Frage.

Aber jetzt musste Macks über ihren Schatten springen und mutig sein. Entschlossen schnappte sie sich ein neues Glas Champagner von einem der Tabletts, die auf dem Tisch hinter ihr standen. In einem Zug trank sie den kompletten Inhalt. Dann trat Macks einen Schritt nach vorn, zu Simone. Selbst ein paar Zentimeter von ihr entfernt spürte sie diese Anziehung.

Die Art und Weise, wie Simones Köper in diesem atemberaubenden Kleid zum Takt wippte, brachte sie beinahe um den Verstand.

Macks trat näher an Simone heran und ließ ihre Finger entlang ihrem Kleid hinunter bis zur Taille gleiten. Erst schien Simone die Berührungen nicht wahrzunehmen, doch dann drehte sie sich um und ihre Blicke trafen sich.

Macks beugte sich zu ihr und flüsterte: »Simone, ich liebe dich so sehr. Ich will, dass du das weißt! Du bist es, mit der ich mein Leben verbringen will.«

Auf einmal stand die Welt für Macks ganz still. Sie hatten nur einen Wunsch. Ohne nachzudenken, beugte sie sich zu ihr. In diesem Augenblick wusste sie, dass sie nie wieder Luft zum

Atmen brauchen würde, um zu überleben. Das Einzige, das zählte und vielleicht für immer zählen würde war, dass Simone wissen musste, wie sie, Mackenzie Walker, für sie empfand.

Macks schloss die Augen, spürte Simones weiche Lippen an ihren eigenen und …

Plötzlich drangen die Geräusche wieder zu ihr durch. Macks stolperte ruckartig nach hinten, jemand hatte sie von Simone fortgerissen. Es war Claire, die sie so kräftig nach hinten zog, dass sie beide dabei beinahe das Gleichgewicht verloren hatten. Aus dem Augenwinkel sah Macks, wie Simone sich abwandte und den Kopf senkte.

»Was machst du? Da sind überall Leute!« Claires Stimme war das Letzte, das Macks wahrnahm, bevor sie sich gegen die Wand gelehnt wiederfand.

Wie in Trance beobachtete sie, wie Claire versuchte, einem fremden Typen das Handy aus der Hand zu schlagen. Erfolglos.

Der Kuss hatte nur ein paar Sekunden gedauert, aber dieser Jemand hatte ihn wahrscheinlich gefilmt. Macks wurde schwindlig. Da war nur noch ein Gedanke: Flucht.

Mit zitternden Knien stolperte sie die Treppe aus dem VIP-Bereich hinunter, hielt sich dabei am kalten Geländer fest. In wachsender Panik lief Macks den Gang vor sich entlang. Endlich erschien das Toilettenzeichen vor ihren Augen. Sie riss die Tür auf, registrierte erleichtert, dass der Raum dahinter leer war und taumelte in die erste freie Box. Ohne zu überlegen, klappte sie den Deckel herunter und setzte sich im Schneidersitz darauf.

Nein, dass alles darf nicht real sein.

Macks hielt den Atem an, als ein Flüstern im Raum ertönte. Rote Haare erschienen unter der Toilettentür. Macks zog die Knie noch höher.

Leise erklang Simones Stimme: »Komm, lass uns einfach verschwinden.«

Es kostete Macks unfassbare Kraft, ihre verschwitzten Hände auf den Türknauf zu legen, um die Tür anschließend zu öffnen.

Neben Simone standen auch Claire und Paige, aber es war Simone, die auf sie zukam. Ein gehetzter Ausdruck hatte sich in ihrem Gesicht ausgebreitet.

»Das war's. Der Typ hat den Kuss mit seinem Handy gefilmt und wird mich outen. Meine Karriere ist ruiniert.« Verzweifelt blickte Macks zu ihren Freundinnen, in der Hoffnung jemand würde widersprechen, doch niemand sagte ein Wort. Anspannung war das Einzige, dass Macks im Raum spüren konnte. Zwar versuchte Simone, keine Miene zu verziehen, aber in ihren sonst so leuchtenden Augen lag ein dunkler Schatten.

»Was machen wir jetzt?«, presste Macks hervor.

Die Frage war an Simone gerichtet, die aber stand immer noch regungslos vor ihr.

Immer wieder formten Macks´ Lippen ein: »Es tut mir so leid.«

Doch Simone schien es nicht einmal zu bemerken.

Ruckartig trat Macks ein paar Schritte in Richtung Tür. »Fuck, wie konnte das passieren? Wo ist dieser Typ? Ich hole mir jetzt das Handy!«

Claire versperrte ihr den Weg, bevor sie hinaustreten konnte. »Beruhige dich, wir wissen nicht einmal, ob er wirklich den Kuss auf Video hat. Ich schlage vor, wir vergessen diesen Abend, ihr geht nach Hause und morgen ist ein neuer Tag«, sagte sie ohne zur Seite zu weichen.

»Lass mich vorbei«, zischte Macks, erntete dafür aber nur eine hochgezogene Augenbraue von Claire.

»Dieser eine Kuss könnte unsere beiden Karrieren zerstören. Ich muss etwas unternehmen!«

Das Pochen an ihrer Schläfe machte es Macks fast unmöglich gerade zu stehen, aber sie hob ihre Arme und war kurz davor, Claire zur Seite zu stoßen.

»Macks!« Paige trat zwischen sie und obwohl sie ihren Namen nur leise aussprach, wusste Macks, dass es vorbei war.

»Du und Simone, ihr müsst sofort verschwinden!«

Sie hörte Paiges Stimme wie aus der Ferne und wäre am liebsten losgerannt. Doch ihre Beine fühlten sich an, als hätte jemand Blei hineingegossen.

Paige hielt Macks ihr Handy unter die Nase. Mit zitternden Fingern scrollte sie durch den Social-Media-Feed. Macks´ schlimmste Befürchtung war eingetroffen. Ohne zu überlegen, griff sie nach Simones Hand. Aber nun war da auch noch Paige, die ihnen den Ausgang versperrte.

»Vergiss es! Ihr könnt da nicht gemeinsam rausgehen. Man würde euch sofort zur Rede stellen. Wer weiß, vielleicht sind die Paparazzi bereits auf dem Weg und warten vor der Veranstaltungshalle.«

Der stechende Schmerz in Macks Brust wurde immer schlimmer. Paige hatte recht. Es hatte sich doch schon längst jeder eine Meinung über ihren Kuss gebildet.

Endlich bekam die Presse das, wonach sie jahrelang gesucht hatte. Einen Skandal und noch mehr Klicks auf Macks´ Kosten.

Verzweifelt versuchte sie an Paige und Claire vorbeizukommen.

»Nein«, sagte Claire bestimmt und hob ihre Hand. »Kein Fotograf wird euch heute zu Gesicht bekommen. Wir stehen das gemeinsam durch.«

Macks ließ Simones Hand los, stemmte sich gegen ein Waschbecken und atmete tief durch. Sie musste alle Gefühle beiseiteschieben, um wieder klar denken zu können. Im Spiegel konnte sie erkennen, dass Simone bereits ihr Handy gezückt hatte. Ihr Blick war jedoch nicht besorgt, sondern traurig.

Macks wusste genau warum. Fakt war, dass sie sich nach dem heutigen Abend nicht mehr öffentlich treffen konnten. Dennoch mussten sie erst einmal von hier verschwinden. Sie blickte in die verunsicherten Gesichter ihrer Freundinnen, dabei fiel ihr auf, dass Sophie fehlte. Sie war wahrscheinlich draußen vor der Tür geblieben, um aufzupassen. Dann sagte Macks mit fester Stimme: »Sophie soll ihrem Fahrer Bescheid geben. Ich werde mit ihr gemeinsam durch den Backstageausgang gehen. Claire, du verschwindest mit Simone über den Notausgang. Und Paige, tu bitte alles in deiner Macht Stehende, damit uns niemand folgt.«

Im Waschraum wurde es still, niemand widersprach ihr.

Macks' Knie waren butterweich, als sie endlich gemeinsam mit Sophie auf der ledernen Rückbank ihres Wagens Platz nahm. Sie vergrub ihre Hände im Gesicht und murmelte: »Wie schlimm ist es?«

Sophie antwortete erst nach einer langen Pause. »Na ja, das Gute ist, niemand kann mit Sicherheit sagen, dass ihr euch geküsst habt.« Aufmunternd klopfte sie Macks auf die Schulter. »Das ist also nicht so schlimm, wie du denkst. Poste morgen einfach, dass es ein geiler Abend war und dass an den Gerüchten nichts dran ist … Oder dass wir alle zu viel getrunken haben?«

Macks nickte, aber tief in ihrem Inneren fühlte sich eine solche Lüge zu Kosten aller falsch an.

Zu Hause angekommen sank Macks auf ihre Couch. Ihre Kehle brannte vom Alkohol. Mehrmals schlug sie sich gegen die Stirn. Wie konnte sie nur so unverantwortlich sein?

Inzwischen war es kurz nach ein Uhr und wenn alles nach Plan gelaufen war, müsste Simone bereits zu Hause sein. Sie zog ihr Telefon heraus und wählte ihre Nummer. Die Zeit, die verstrich, bis Simone endlich abnahm, kam Macks wie eine halbe Ewigkeit vor.

»Hey, können wir reden?«

Macks hörte, wie Simone am anderen Ende schluckte. »Die Situation ist schlimm.«

Macks unterdrückte die Tränen in ihren Augen und schluckte. »Es tut mir so leid. Es ist alles meine Schuld. Was sollen wir jetzt machen?«

Nach einer langen Pause erwiderte Simone: »Auch ich habe dich geküsst, Macks. Ich habe Lukas angerufen. Er kommt gleich vorbei und weiß bestimmt, was zu tun ist.«

In dem Bewusstsein, dass sie vor einer knappen Stunde den größten Fehler ihres Lebens begangen hatte, nickte Macks. Auch, wenn sie nicht wusste, wie Lukas helfen konnte. Schließlich hatte sie sich und Simone gerade vor der ganzen Welt geoutet.

Als könne Simone Gedanken lesen sagte sie: »Hey Macks? Das wird schon wieder. Der Kuss war toll, falls dich das aufmuntert. Hast du Paula schon informiert?«

»Nein, aber das werde ich noch.«

»Gut. Ich liebe dich. Schlaf ein bisschen, okay?«

Ich liebe dich auch«, antworte Macks, legte auf und schaltete ihr Handy aus.

An Schlaf konnte sie in diesem Moment nicht denken. Stattdessen schossen ihr tausend Gedanken durch den Kopf, die sie unbedingt aufschreiben musste. Macks war zu nahe an die Sonne geflogen, sich der Konsequenzen bewusst, aber nicht bereit, diese auch zu tragen.

Kapitel 36

Nach dem Telefonat mit Simone lief Macks in ihrer Wohnung auf und ab. Vorerst musste sie abwarten. Vielleicht wüsste Lukas ja doch einen Ausweg.

Die Hoffnung schwand aber, als Macks durch einen Spalt zwischen den zugezogenen Vorhängen die Paparazzi vor ihrer Haustür eintreffen sah. Der Wettlauf um das erste Statement hatte begonnen. Macks taumelte ein paar Schritte zurück, wandte ihren Blick vom Fenster ab.

Dabei stieß sie mit ihrem Bein gegen den Couchtisch, bevor ihre Knie nachgaben. Sie schaffte es gerade noch, sich die Hände vor das Gesicht zu halten, um damit nicht mit voller Wucht auf den Boden aufzuschlagen. Die Umrisse ihrer Wohnzimmereinrichtung verschwammen plötzlich. Ein stechender Schmerz erfasste Macks´ Körper und sie rang immer schneller nach Luft.

Sie hatte keine Ahnung, wie lange sie auf dem Boden kauerte. Irgendwann aber streckte sie ihre Arme aus und tastete sich rücklings zur Couch. Sie zog sich hoch, zwang sich weiter zu atmen. Die Luft schmerzte in ihrer Lunge, fühlte sich an wie Messerstiche. Mit jedem weiteren Atemzug nahmen die Konturen rund um sie herum langsam wieder Form an. Auf ihrer Stirn hatten sich Schweißperlen gebildet. Immer noch zitternd, legte Macks ihren Kopf gegen die Armlehne ihres Sofas.

In dieser Position verharrte sie schließlich. Als sich das Rauschen in ihren Ohren legte, tastete sie nach ihrem Telefon und schaltete es wieder ein. Am Display erschienen zehn Anrufe in Abwesenheit von Peter sowie fünfzehn von Paula. Es kostete sie eine unfassbare Kraft, Paula zurückzurufen, aber sie tat es. Denn der Skandal war unaufhaltbar.

Macks sagte nicht viel, nur dass es dieses Mal wirklich das Ende ihrer Karriere bedeuten konnte, worauf hin Paula antwortete, dass sie Zeit schinden würde, um sich etwas zu überlegen. Nach dem Gespräch schaltete Macks ihr Telefon wieder aus und legte sich auf ihre Couch.

Irgendwann musste sie eingeschlafen sein, denn erst ein Geräusch an der Tür ließ sie hochfahren. Ein Schlüssel wurde im Schloss gedreht. Kurz darauf hörte Macks Schritte auf dem Flur. Ihr Herz begann zu rasen.

»Ich bin so schnell hergekommen, wie es ging!«

Die Hoffnung, die Macks für eine kurze Zeit verspürt hatte, schwand, als sie die Stimme erkannte. Es war nicht Simone.

Mit schnellen Schritten ging Paula durch die Wohnung und vergewisserte sich, dass auch alle Vorhänge zu gezogen waren. Dachte sie etwa, die Paparazzi würden sie von einem Hubschrauber aus im siebzehnten Stock fotografieren?

»Was machst du hier?«, fragte Macks und strich sich ihre Haare aus dem Gesicht. Ihr Mund war staubtrocken, immer noch trug sie das Outfit vom letzten Abend.

»Du hast mich angerufen, schon vergessen?«, antwortete Paula. Die Falte auf ihrer Stirn war noch deutlicher zu erkennen als sonst. Ehe Macks etwas darauf antworten konnte, ergriff Paula erneut das Wort. »Wie konntest du dich so gehen lassen? Dein Album Release steht kurz bevor und das Einzige, worüber die Leute reden werden, ist dein Techtelmechtel mit Simone!«

Teilnahmslos zuckte Macks mit den Schultern. Ihre Stimme war heiser, während sie sich bemühte, die Erinnerungsfetzen der letzten Nacht zusammenzusetzen.

»Wir wollten das alles nicht, ich war betrunken und außerdem war da noch …«

Paula hob abwehrend ihre Hände. »Spar dir deine Ausrede. Du weißt besser als jeder andere, dass die Medien dich nach einer solchen Aktion zerfleischen werden. Die Daily Mail hat mich schon vier Mal angerufen. Ich bekam sogar eine Exklusivanfrage für ein Coming-out Interview von der Times. Der New York Times verdammt noch mal.« Paula schritt zum Fenster. »Hast du schon mal rausgesehen?«

Ja, das habe ich. Gefolgt von einer Panikattacke.

»Was genau willst du von mir hören?«, fragte Macks.

Ihre Stimme klang immer noch fahl, aber sie versuchte sich zusammenzureißen.

»Na erstmal, warum ihr so leichtsinnig mit euren Karrieren umgegangen seid.«

Paulas Worte trafen Macks wie ein Schlag ins Gesicht. Aber wie sollte sie ihr begreiflich machen, dass sie nur die Frau hatte küssen wollen, die sie liebte?

»Scheiß auf das Album. Vielleicht ist es besser, dass endlich alle über Simone und mich Bescheid wissen. Es war sowieso nur eine Frage der Zeit, bis so etwas passiert. Wir sind nicht das Problem hier. Sondern all die Leute, die eine gewisse Vorstellung davon haben, was richtig oder falsch ist. Wäre Simone ein Typ gewesen …« Macks hielt inne, denn in ihrer Brust hatte sich ein Druck aufgebaut, der sich langsam in ihrem gesamten Körper ausbreitete. Nachdem sie ein paar Mal tief Luft geholt hatte, blickte sie zu Paula. »Wann darf ich endlich glücklich sein? Ist es andauernd nötig, nur zum Wohle meine Karriere ein anderer Mensch zu sein? Ich kann und ich will diese Lüge nicht länger leben. Wenn ich jetzt eine Wahl zwischen Simone und Macks treffen müsste, dann würde ich Simone wählen. Ich werde mich nicht länger verstecken.«

Erleichterung überkam Macks, denn endlich hatte sie sich getraut das auszusprechen, was seit Jahren an ihr nagte. Doch Paula war nicht der Feind hier, das bemerkte Macks erst zu spät.

Gerade als sie sich für ihren Ausbruch entschuldigen wollte, hob Paula die Hand. Sie setzte sich zu Macks auf die Couch und legte ihren Arm um sie. »Hast du schon mit Simone gesprochen?«

Kopfschüttelnd antwortete sie leise: »Nein, nicht wirklich. Lukas sollte noch bei ihr vorbeikommen. Seitdem herrscht Funkstille.« Die Unsicherheit meldete sich zurück, denn Macks wusste nicht, wie lange sie noch durchhalten konnte, ohne zusammenzubrechen. »Es tut mir so leid, dass ich alles vermasselt habe. Dabei wollte ich Simone doch nur sagen, dass ich sie liebe. Dass uns Vancouver nicht trennen wird. Fuck! Das ist alles so aus dem Ruder gelaufen.«

Ihre Stimme brach, aber das Gefühl, Simone vielleicht für immer verloren zu haben, ließ sich nicht mehr unterdrücken.

Paula schien es zu bemerken, denn diesmal war sie es, die ihre Schultern straffte und dabei energisch den Kopf schüttelte. »Sieh mich an, Macks. Du musst jetzt gut zuhören!«

In der Pause, die folgte, hob Macks ihren Blick, versuchte dabei den großen Kloß im Hals runterzuschlucken. »Bei unserem ersten Kennenlernen vor sechs Jahren hast du dich bei mir, wenn auch unter Zugzwang geoutet. Ehrlich gesagt war ich erleichtert, dass das dein großes Geheimnis war.« Paulas sonst so strenges Gesicht verzog sich zu einem Lächeln, dabei drückte sie Macks noch fester. »Als Freundin kann ich dir versichern, dass du absolut nichts falsch gemacht hast.« Ein langer Seufzer entwich ihr. »Aber als Publizistin muss ich für dieses Dilemma einen Ausweg finden. Ich schlage vor, du nimmst eine heiße

Dusche, während ich uns einen Schlachtplan zurechtlege. Irgendwie wird es uns gelingen, das Ruder herumzureißen und Peter zu beruhigen, der mich übrigens seit Stunden versucht anzurufen.«

Beim Wort Schlachtplan wurde Macks hellhörig. Bedeutete das etwa, dass es noch einen Funken Hoffnung gab? Stimmte Paula einem Coming-out etwa zu?

Obwohl sich alles in ihr sträubte, erhob sie sich, marschierte in Richtung Badezimmer, drehte sich auf halben Weg kurz um und murmelte: »Danke Paula.«

In einem kleinen Apartment im zwanzigsten Stock mit Blick auf den Hudson River lief es nicht besser.

Simone war nicht sonderlich geschockt über die Tatsache, dass Lukas bereits vor ihrem Anruf Bescheid wusste. Im Internet verbreitete sich das Video von ihrem Kuss mit Macks, wie ein Lauffeuer.

»Ich hoffe, du bist jetzt glücklich!«

Der laute Knall der Eingangstür ließ Simone innerlich zusammenzucken, aber sie versuchte sich nichts anmerken zu lassen. Sie wollte Lukas nicht die Genugtuung geben, in Bezug auf Macks recht gehabt zu haben. Bereits vor Monaten hatte er sie davor gewarnt, dass ihr Kartenhaus irgendwann zusammenbrechen würde.

Stattdessen strich sie ihren Pullover glatt, straffte ihre Schultern und trat zu Lukas in den Flur.

»Bist du verrückt? Schrei nicht so, was sollen die Nachbarn denken?«

Mit einer ausladenden Handbewegung deutete sie in Richtung Küche. Lukas' Augen waren zu schmalen Schlitzen verzogen, er stürmte schnaubend an ihr vorbei.

»Ernsthaft? Du machst dir Sorgen um die Nachbarn? Jeder da draußen sieht sich gerade dein Coming-out Video an.« Seine Stimme bebte dabei, aber da war neben der Wut in seinen Augen auch ein Funken Angst zu erkennen.

Ohne zu antworten, öffnete Simone einen Schrank, holte ein tiefes Glas sowie eine Flasche Whisky heraus.

Lukas verfolgte jede ihrer Bewegungen, aber er sagte nichts, als sie den Inhalt in das Glas schüttete und es ihm in die Hand drückte.

»Jetzt beruhig dich erst mal.«

Die Wut war zwar nicht aus seinem Gesicht gewichen, aber er nahm einen großen Schluck. Dann setzte er sich auf einen der Stühle und seufzte.

»War sie es wert, deine Karriere zu zerstören und unser Leben gleich mit?«, fragte er schließlich.

Wärme durchströmte Simones Körper, als sie an Macks dachte.

Jede Sekunde. Ich liebe sie.

Schnell schob sie die Gedanken an Macks bei Seite. Mit einem festen Griff zog sie den Stuhl neben Lukas in ihre Richtung und setzte sich.

»Vielleicht ist es gut so. Unsere vereinbarten fünf Jahre sind in ein paar Monaten vorbei. Außerdem weiß ich wirklich nicht, ob ich mit diesem Vertrag noch länger leben kann.«

Lukas knallte seine Hand lautstark auf den Tisch.

»Das kann nicht dein Ernst sein. Du willst alles wegwerfen, wofür wir beide jahrelang gearbeitet haben? Wie soll ich das meinem Vater erklären oder meinen Geschäftspartnern? Ist dir bewusst, dass ich durch euren Leichtsinn nun auch eine Zielscheibe auf meinem Rücken habe? Im Gegensatz zu euch habe ich nämlich nicht vor, mich zu outen.« Seine Lippen bebten, er fuhr sich durch die schwarzen Haare. Dann goss er sich erneut einen Schluck Whisky ein. »Das werde ich nicht zulassen«, fügte er grimmig hinzu.

Ein flaues Gefühl breitete sich in Simone aus, aber sie musste es unterdrücken. Noch nie zuvor hatte sie Lukas so unberechenbar erlebt. Er wirkte wie ein Tier, das sich mit aller Kraft dagegen wehrte, eingefangen zu werden.

»Dann hilf mir dabei, eine Strategie zu überlegen, wie wir da alle wieder heil rauskommen.«

Zwar gelang es Simone, ihre Stimme ruhig zu halten, aber in ihr überschlugen sich die Emotionen. Auf eine Idee von Macks konnte sie in diesem Moment nicht zählen, diese hatte ihre Nerven bereits auf der Toilette der Webster Hall verloren. Es würde eine Weile dauern, bis sie sich wieder beruhigt hätte. Macks hatte es zwar noch nicht laut ausgesprochen, aber genau dieser Skandal könnte Peter davon überzeugen, Macks gemeinsam mit dem Label in Nullkommanichts abzustoßen.

Lukas´ Worte rissen Simone aus ihren Gedanken.

»Du musst mit ihr Schluss machen. Ihr dürft euch nicht mehr sehen«, sagte er.

Beinahe hätte Simone aufgelacht, aber Lukas Gesichtsausdruck verriet ihr, dass er es ernst meinte.

Gerade wollte Simone ihm sagen, dass sie das sicher nicht tun würde, da fragte er: »Du liebst sie doch, oder?«

Er hob sein Kinn und zog eine Augenbraue hoch. Der Klang seiner Stimmung hatte sich verändert, Lukas wirkte ruhig. Doch der Hauch an Genugtuung beunruhigte Simone. Was sollte sie darauf antworten? Sie war bereit, alles für diese Frau zu tun.

Ihr Atem stockte, denn plötzlich verstand Simone, worauf Lukas hinauswollte.

»Wenn du eure Karrieren retten willst, dann tust du genau das, was ich gesagt habe. Auch wenn das mit uns nur fake ist, muss ich dich daran erinnern, dass du Vertragsbruch begehst, indem du mich öffentlich betrügst. In acht Monaten kannst du von mir aus machen, was du willst. Aber nicht, solange die Vereinbarung zwischen uns noch gilt.«

Ein kalter Schauer breitete sich auf Simones gesamten Körper aus, dann wurden ihre Hände taub.

Ohne zu überlegen, sprang sie auf, öffnete die Tür, die in den Flur führte und schrie: »Raus aus meiner Wohnung oder …«

»Oder was, Simone?« Lukas war aufgestanden und schlüpfte in seine Jacke.

Sie konnte seine Anwesenheit nicht länger ertragen. »Verschwinde.«

Wie angewurzelt stand sie da, während Lukas seine Kapuze tief ins Gesicht zog und an ihr vorbeiging.

Auf halben Weg drehte er jedoch um. »Ruf mich morgen an, wenn du eingesehen hast, dass das der einzige Weg ist. Und ich warne dich: Stell jetzt nichts Dummes an.«

Simone starrte noch eine Weile ins Leere, nachdem Lukas gegangen war. Dann stellte sie die Gläser in die Spüle, wusch sich ihr Gesicht und legte sich ins Bett, um den Drang zu widerstehen, zu Macks zu fahren.

Erst als ihr Telefon klingelte und sie aufwachte, realisierte Simone, dass das Ganze kein Traum gewesen war. Denn Macks lag nicht neben ihr.

Ein pochender Schmerz durchströmte ihre Brust.

Durch die weißen Vorhänge drang schwaches Licht, dennoch kniff Simone die Augen zusammen. Langsam richtete sie sich auf und tastete nach ihrem Handy, das neben ihr am Nachttisch klingelte. Die Uhr zeigte sechs Uhr morgens an.

Stirnrunzelnd starrte sie auf die Nummer. Rief Macks sie etwa mit einem Prepaid Handy an?

»Macks?«, fragte Simone mit belegter Stimme und hielt sich im selben Moment die Hand vor ihren Mund.

»Nein, Paula hier. Macks ist unter der Dusche. Ich würde dir dringend raten, vorsichtiger zu sein, wenn du an dein Telefon gehst. Es hätte auch die Presse sein können.«

Ein Seufzer entwich Simone, denn sie hatte damit gerechnet es könne ihr Management sein, das ihr mitteilen würde, dass sie vom Vancouver Projekt gefeuert war.

Trotzdem wurden ihre Hände schwitzig und sie musste sich räuspern. Dann nahem sie einen tiefen Atemzug und fragte: »Warum rufst du an?«

Simone verdrehte die Augen, denn sie kannte die Antwort bereits.

»Ich halte dich für eine sehr kluge Person Simone, deswegen wirst du mir jetzt ganz gut zuhören.«

Es folgte eine lange Pause, in der Simone es nicht wagte, etwas zu sagen. Stattdessen schloss sie die Augen, biss sich auf die Unterlippe und versuchte das aufbrausende Gefühl in ihrer Magengrube unter Kontrolle zu halten.

»Macks will sich outen. Das wäre unter diesen Umständen eine absolut falsche Entscheidung. Die Konsequenz wäre, dass die Presse all ihre Beziehungen und auch deine ganz genau unter die Lupe nehmen wird. Man würde Macks als Lügnerin oder Heuchlerin darstellen. Es wäre ein gezwungenes Comingout, das niemandem nützen würde, vor allem nicht so kurz vor ihrem neuen Album.«

Simones Augen wurden feucht. Macks war tatsächlich bereit, alles für sie zu riskieren? Stumm saß sie in ihrem Bett und hörte Paula weiter zu. Dabei wurde das Stechen in Simones Magengrube immer unerträglicher.

Eine säuerliche Flüssigkeit breitete sich in ihrem Mund aus und es gelang ihr gerade noch, sich zur Seite zu drehen, ihren Kopf aus dem Bett zu halten und das Mikrofon ihres Handys auszuschalten, bevor sie sich übergab.

Sie rutschte vom Bett, spürte den weichen Teppichboden unter sich und sah das Erbrochene.

Erneut überkam sie ein Würgereiz, doch dieses Mal konnte sie ihn unterdrücken, denn ihr Blick fiel auf das einzige Bild in ihrem Zimmer.

Es war ein Polaroidfoto, in einem weißen Rahmen. Eine Erinnerung an den gemeinsamen Trip, den sie mit Macks zu ihrem Geburtstag an die Pazifik Küste unternommen hatte. Macks hatte ihre Gitarre dabeigehabt und ihr die Songs vom neuen Album vorgespielt.

Dabei hatte Macks ihr tief in die Augen gesehen, woraufhin Simones Herz schneller geschlagen hatte. Noch nie hatte sie jemand so ehrlich angesehen und sich dabei so geöffnet, sich so verletzbar gezeigt.

Irgendwann hatte Macks die Gitarre beiseitegelegt, sich ihre Kamera geschnappt und war ihr ins kalte Wasser gefolgt. Inmitten des nassen Sandes und dem salzigen Wind, der durch ihre Haare geweht war, war dieses Foto entstanden. Nachdem Macks den Auslöser gedrückt hatte, hatte sie Simones Hand genommen, sie festgedrückt und anschließend zu ihrem Herzen geführt. In diesem Moment hatten sie beide gewusst, dass ihre Liebe zueinander stärker war als alles andere.

Aber jetzt, neben ihrem eigenen Erbrochenen sitzend, war sich Simone nicht mehr sicher, ob Liebe alleine ausreichen würde. Konnten sie jemals glücklich sein, mit dem Wissen, Macks ihre Karriere genommen zu haben, für die sie so hart gekämpft hatte?

Mit zitternden Knien setzte sie sich wieder aufs Bett, wischte sich mit ihrem Ärmel über ihre Lippen. Wie lange das Telefon schon am Bett lag, konnte sie nicht mehr sagen. Ihre Finger waren steif, als sie es aufhob.

»Simone, hast du verstanden, dass das der einzige Weg ist?«

Paulas Stimme drang wie ein Echo aus der Ferne zu ihr. Ihr Körper fühlte sich an wie gelähmt, während sie ausatmete und dabei die Augen schloss. Für einen Moment stand die Welt um sie herum still.

»In Ordnung.«

Zwei Worte, die sie bereits beim Aussprechen bereute. Aber Paula hatte recht, es musste so geschehen.

Kapitel 37

Macks´ Haare waren noch nass, aber sie fühlte sich ein bisschen besser, als sie nach der Dusche in ihren Bademantel schlüpfte und ins Wohnzimmer ging. Der vertraute Geruch von Kaffee stieg ihr in die Nase. Beinahe überkam sie ein Lächeln, als sie Paula in der Küche mit zwei Tassen hantieren sah. Die Idee, sich zu outen machte Macks zwar immer noch höllische Angst, aber unter der Dusche hatte sie gründlich darüber nachgedacht. Es war der einzige Weg, den Qualen ein Ende zu setzen. Sie würde es durchziehen.

Aber vorher müsste sie unbedingt mit Simone sprechen. Aus irgendeinem Grund wurde sie das Gefühl nicht los, dass es ihr vielleicht ähnlich ging.

Paula drehte sich zu Macks und reichte ihr eine Tasse Kaffee. »Ich habe mit der Presse gesprochen. Die großen Blätter werden die Version bringen, die ich ihnen präsentiert habe. Dass ihr bloß miteinander getanzt habt und dass es ein flüchtiger Kuss unter Freundinnen war. Natürlich kann ich die Leute nicht daran hindern, das Video zu verbreiten, aber darüber machen wir uns jetzt keine Gedanken. Wichtig ist, dass du dich bis zum Album Release in drei Wochen nicht zu dem Vorfall äußerst.«

»Du hast was getan?«, entfuhr es Macks.

Reflexartig trat sie einen Schritt zurück, riss ihre Augen weit auf. Mit einem dumpfen Knall stellte sie ihre Tasse auf den Küchentisch ab. Das war nicht der Plan!

Doch bevor Macks etwas sagen konnte, klingelte ihr Telefon.

Erst wollte sie nicht rangehen, aber als sie den Klingelton erkannte, den sie nur für eine Person eingestellt hatte, machte ihr Herz einen Sprung. Ein erleichterter Seufzer entfuhr ihr. Endlich würde sie Simones Stimme wieder hören. Blitzschnell ergriff sie das Telefon und nahm ab.

»Ich bin so froh, dass du anrufst! Wie geht's dir? Ich habe dich so vermisst.«

Die Wörter sprudelten viel zu schnell aus Macks heraus, aber es war ihr egal, denn bald schon war das Versteckspiel vorbei und sie konnte endlich mit Simone zusammen sein.

»Wir müssen reden.« Simones Stimme klang belegt, aber wahrscheinlich hatte auch sie kaum geschlafen in dieser Nacht.

»Oh ja, das müssen wir.«

Erst jetzt bemerkte Macks, wie Paula ein paar Schritte näherkam. Kopfschüttelnd drehte sich Macks um und ging aus der Küche. Um Paula würde sie sich später kümmern. Alles, was im Moment zählte, war Simones Stimme zu hören.

»Ich kann das mit uns nicht mehr. Du nimmst mir die Luft zum Atmen. Deine Aktion gestern war manipulativ, egoistisch und ich hasse dich dafür, dass du mich in eine solche Lage gebracht und meine Karriere damit gefährdet hast.«

Ein hysterisches Lachen überkam Macks, aber blitzartig verstummte sie. Simone scherzte nicht.

Ihre Beine setzten sich wie von selbst in Bewegung, plötzlich stand sie wieder in der Küche.

Ihre eigene Stimme klang fremd und piepsig, als sie erwiderte: »Was redest du da? Ich wollte das alles doch nicht. Ich habe vor, alles wieder gut zu machen, indem ich mich oute. Simone, du verstehst nicht …«

»Du hast dich gestern sinnlos betrunken. Dann hast du mich vor allen geküsst, ohne Rücksicht. Das ist keine Liebe Macks, das ist Selbstsucht. Eine Entschuldigung reicht hier nicht mehr aus. Ich bin fertig mit dir. Du willst dich outen? Dann tu es, aber ohne mich. Das zwischen uns, so schön es auch war, ist vorbei. Du hast mein Herz gebrochen.« Dieses Mal klang Simone nicht mehr entschlossen, sondern enttäuscht und traurig.

»Bitte tu das nicht«, schluchzte Macks ins Telefon. »Simone!«

Doch es war sinnlos. Am Ende der Leitung konnte sie nur noch ein monotones Piepsen wahrnehmen.

Mit voller Wucht warf sie ihr Telefon zu Boden, schrie dabei so laut sie konnte. Doch der Schmerz, der wie heiße Lava durch ihren Körper floss, lähmte sie. Ihre Knie sackten ein. Bevor sie auf dem Boden aufprallte, spürte sie einen Ruck, mit dem sie zurückgezogen wurde.

Paula hatte sie an den Schultern gepackt und umklammerte sie.

Obwohl sich Macks mit Händen und Füßen dagegen wehrte, ließ sie die Umarmung irgendwann zu. Leere breitete sich in ihr aus.

»Nein, nein, nein«, schrie sie wieder und wieder, in der Hoffnung, die Zeit zurückdrehen zu können.

»Ich bin für dich da, Macks«, flüsterte Paula und drückte sie fester. »Wir werden das gemeinsam durchstehen. Aber du musst Simones Entscheidung respektieren.«

Irgendwann verließ Paula schließlich das Apartment, nachdem Macks ihr hoch und heilig versprechen musste, nichts Dummes anzustellen, bis sie am nächsten Morgen wieder vorbeikommen würde.

Macks schloss die Tür hinter ihr ab und ließ sich auf den Klavierhocker fallen. Obwohl ihr Magen knurrte, konnte sie sich nicht überwinden, etwas zu essen.

Hatte Simone recht mit dem, was sie gesagt hatte? Hätte Macks es besser wissen müssen?

Ihr ganzes Leben war darauf aufgebaut, die Version zu sein, die die Menschen sehen wollten. Eine perfekte Version. Am Freitag aber war sie nichts davon gewesen.

In all den Jahren im Showbusiness waren die meisten Entscheidungen nicht von ihr selbst getroffen worden, sondern zum Wohle von Macks.

Aber die Beziehung zu Simone zu ruinieren war ihre eigene Schuld gewesen. Niemand hatte von ihr verlangt, dass sie Simone in aller Öffentlichkeit küssen müsse.

Nein, so darf die Geschichte zwischen uns nicht enden.

Entschlossen schlüpfte Macks in ihre Jeans und einen schwarzen Hoodie. Sie nahm ihre Sonnenbrille aus einer Schublade und steckte ihre Haare in die Kapuze.

Ihr Herz pochte, als sie durch die Tür ihres Apartments nach draußen trat. Vereinzelt wurde sie von den Paparazzi, die immer noch vor ihrem Wohnhaus postierten, angesprochen. Doch anstatt auf sie einzugehen, senkte Macks ihren Kopf noch tiefer und lief an ihnen vorbei.

Sie schob sich auf die Rückbank eines Taxis, das der Portier kurz zuvor für sie gerufen hatte.

»Upper West Side, 103RD Street«, sagte sie knapp und hoffte, dass der Fahrer keine weiteren Fragen stellen würde.

Die dreißigminütige Fahrt kam Macks vor wie eine Ewigkeit. Draußen setzte die Dämmerung bereits ein. Ein Frösteln überkam sie, als sie endlich vor dem hohen Wolkenkratzer stand, in dem Simone wohnte. Immer wieder sprach sie die Wörter, die sie ihr sagen wollte, vor sich auf, wie ein Gedicht.

»Ich kann dich nicht verlieren. Ich werde alles tun, damit du mir verzeihst. Bitte verlasse mich nicht.«

Ihre Knie zitterten, als sie durch die große Lobby zum Fahrstuhl eilte. Sie hatte nur diese eine Chance.

»Miss?«, ertönte es plötzlich von der Seite und Macks blickte auf.

Die Miene des Portiers änderte sich schlagartig, als er erkannte, wer vor ihm stand.

»Ich möchte zu Simone Schneider«, murmelte Macks und drückte mehrmals den Knopf des Aufzuges.

Der Portier rückte seine Kappe zurecht und runzelte die Stirn. »Miss Schneider hat heute Mittag das Gebäude verlassen.«

»Wo ist sie hin?«, fragte Macks und spürte, wie ihre Atmung flach wurde.

Das Räuspern des Portiers klang unsicher, aber er senkte seine Stimme und antwortete: »Eine solche Information darf ich nicht herausgeben.«

»Wo ist sie hin. Sagen Sie es mir oder ich mache eine Szene.«

Dieses Mal trat Macks einen Schritt auf den Portier zu und sah ihn flehend an. »Bitte, es ist sehr wichtig.«

»Miss Schneider ist zum Flughafen gefahren«, antwortete der Portier und hielt Macks die Tür zum Eingang auf. »Ich möchte Sie jetzt bitten zu gehen.«

Macks´ Puls verlangsamte sich, während vor ihrem geistigen Auge die Bilder vom gestrigen Abend vorbeizogen.

Simone war bereits fort.

Wie ferngesteuert setzten sich ihre Beine in Bewegung. Ihre Lunge brannten, als sie die fünfzig Blocks in der eisigen Kälte bis zu ihrer Wohnung ging. Ihre Glieder wurden bei jedem Schritt steifer, aber das Gefühl, alles verloren zu haben, verschwand auch nach über einer Stunde nicht.

Sie war zu spät gekommen.

Für einen Moment spielte sie mit dem Gedanken, Simone nach Vancouver nachzureisen, verwarf ihn aber schnell wieder. Simone hatte einen guten Grund gehabt einen Tag früher als geplant abzureisen. Und der hieß Macks.

Während sie einen Fuß vor den anderen setzte, bewegte Macks geistesabwesend ihre Lippen. Da war diese Melodie in ihrem Kopf.

Erst kam kein Laut aus ihrem Mund, dann aber sang sie, so laut sie konnte. »I kiss you when the lights were out. In my memory. I remember it. The taste of your lips, the movement of your hips, never thought I lose you this way. Never will I be okay. Love of my life please forgive me for my mistakes. Do you believe me when I say I am sorry?«

Kapitel 38

Mitte Oktober 2015

Macks vermisste Simone mit jeder Faser ihres Seins. Ihre Anrufe und die unzähligen Textnachrichten blieben unbeantwortet. Sogar der Versuch, Simone über Social-Media-Plattformen zu kontaktieren blieb erfolglos. Sollte sie Lukas um Hilfe bitten? Da sie seine Nummer nicht hatte, scrollte sie durch sein Instagram-Profil und stockte. Vor einer Stunde hatte er ein Foto von sich und Simone gepostet. Mit der Bildunterschrift: »Ich vermisse dich jetzt schon! Viel Spaß beim Dreh, ich bin unfassbar stolz auf dich.«

Für Macks gab es keinen Grund mehr, sich aufzurappeln und weiterzumachen. Es wäre sowieso sinnlos. Ihre Glieder waren zu schwach. Lieber zog sie sich wieder ihre Decke über den Kopf. Vielleicht würde sie es irgendwann schaffen, ein paar Stunden lang nicht zu heulen.

Seit Tagen schon schaute sie sich jeden Film, jeden Werbespot und jedes Interview mit Simone in Dauerschleife an. Aber ihr Gesicht am Bildschirm ihres Laptops zu sehen, linderte den Schmerz nicht, der Macks immer noch die Luft zum Atmen abschnürte. Sogar die wöchentlichen Anrufe ihrer Mutter ignorierte sie, denn sie war noch nicht bereit, mit ihr über die Trennung einer Beziehung, von der sie gar nichts wusste, zu sprechen.

Das Klingeln ihres Handys ließ sie hochschrecken, für einen kurzen Moment überkam Macks die Hoffnung.

»Hey, hier ist Peter. Wie geht es dir?«

»Geht so«, antwortete Macks, die immer noch im Bett lag.

Auf der anderen Leitung wurde es kurz still, bevor Peter nicht zu hart, aber dennoch bestimmt sagte:»Das hier ist nichts Persönliches, aber es war nicht klug von dir, deiner Neigung in aller Öffentlichkeit nachzugehen.«

Macks ballte die Fäuste und presste die Lippen fest aufeinander. Ihre Schläfen pochten vor Anspannung.

»Rufst du deswegen an? Um mir eine Moralpredigt zu halten?«

Sie hörte, wie er hart den Atem ausstieß.

»Ich dachte wirklich, ich hätte mich klar ausgedrückt, was deine sexuelle Orientierung in der Öffentlichkeit angeht. Hast du nach der Geschichte mit Sarah nichts dazugelernt? In diesem Fall können wir nicht einfach jemanden feuern. Seit Tagen mache ich nichts anderes als Schadensbegrenzung. Dieser Skandal ist sehr schlecht für das Label und für dein nächstes Album. Verdammt Mackenzie, du hattest mir versprochen die Werte des Labels zu respektieren. Bedeutet dir Macks gar nichts? Du hast mich enttäuscht und dass, obwohl ich alles für deine Karriere getan habe.«

Macks schreckte hoch, als er Sarahs Namen erwähnte. Hatte er soeben zugegeben, dass er für ihren plötzlichen Abgang verantwortlich gewesen war? Hatte Peter Sarah etwa wegen ihrer Beziehung gefeuert?

Ihre Hände fingen an zu zittern, während sie versuchte, ihre Wut zu unterdrücken. Jeder Muskel in ihrem Körper spannte sich an. Schlagartig wurde Macks klar, dass Peter niemals an ihrem Wohlbefinden interessiert war. Alles, was für ihn zählte, war Macks, sein Produkt.

Ein scharfer, bissiger Kommentar lag bereits auf ihrer Zunge. Aber sie war wie betäubt. Wie konnte Peter, zu dem sie stets aufgeblickt hatte, ihr so in den Rücken fallen?

»Ich muss jetzt auflegen«, presste sie schließlich hervor und warf fassungslos ihr Telefon in die Ecke.

Kein Wort mehr wollte sie aus Peters Mund hören. Auf einmal konnte sie seinen Ruhestand kaum erwarten. Wenn Peter nicht mehr war, dann gab es auch niemanden mehr, der sie kontrollieren konnte.

Schlagartig fiel es ihr wie Schuppen von den Augen. Peter war niemals ihr Freund gewesen.

Mit sechzehn hatte Peter sie zu einem Album gedrängt, obwohl sie drauf und dran gewesen war, in der Schule durchzufallen. Anschließend hatte er sie zu Onlineunterricht gezwungen, nur damit sie weiterhin für ihn arbeiten konnte. Er hatte ihr nicht nur ihre Jugend geraubt, sondern auch ihr wahres Ich. Selbst als Elise sich von ihr getrennt hatte, spürte Macks danach Erleichterung, denn um ihrer Beziehung eine Chance zu geben, hatte sie zum ersten Mal mit dem Gedanken gespielt, ihre Karriere aufs Spiel zu setzen.

Warum war ich mit zwanzig so naiv und feige? Ich hätte es darauf ankommen lassen sollen. Muss ich erst am Boden liegen, um zu erkennen, dass ich in all den Jahren, in denen ich mit ihm zusammengearbeitet habe, nur seine Marionette war?

Denn Peter ging es immer nur um drei Dinge: Geld, Macht und Kontrolle. Dabei war es Macks, die ihm vieles davon erst ermöglichte. Nicht sie musste dankbar sein, sondern Peter.

Warum waren ihr seine Machtspiele nicht schon früher aufgefallen? Sie war jahrelang Peters Marionette gewesen.

Ihre Gedanken kreisten wie wirre Fetzen in ihrem Kopf und sie malte sich aus, was gewesen wäre, wenn sie niemals diesen ersten Vertrag unterschrieben hätte. Wäre sie dann freier? Wahrscheinlich nicht, denn ohne ihre Musik war sie nichts.

Plötzlich überkam sie ein Hauch von Klarheit. Es war die Musik, die ihr etwas bedeutete. Nicht Macks oder der Ruhm, sondern die Songs, die so vielen Menschen jeden Tag aufs Neue einen Grund gaben, aufzustehen. Zu welchem Zeitpunkt ihrer Karriere hatte sie das Wichtigste vergessen? Die Komponente, die sie ausmachte? Wahrscheinlich war es irgendwann vor ihrem Umzug nach LA passiert, nachdem Peter ihr klar gemacht hatte, dass Mackenzie Walker niemals sie selbst sein konnte und Macks dadurch so eingeschüchtert war, dass sie sich bis auf ein paar Ausnahmen, nur noch auf ihre Karriere konzentriert hatte. All die Jahre hatte sie sich eingeredet, dass Mackenzie niemals gut genug war und sie Macks sein musste.

Auf einmal kam ihr ihr Nervenzusammenbruch in Peters Büro vor ein paar Tagen lächerlich vor. In ihrem Magen kribbelte es.

Dieses Mal würde sie keinen Rückzieher machen. Lieber Macks an den Nagel hängen, als noch eine Sekunde länger nach der Pfeife von Elephant Records zu tanzen.

Aber so einfach war das nicht, denn sie war noch bis zum Ende des Albumzyklus an das Label gebunden. Mackenzie konnte nicht einfach in Peters Büro spazieren und ihm sagen, dass Macks ihre Karriere beenden wollte.

Jetzt endlich, nach Tagen, schaffte Macks es wieder aufzustehen. Bald schon würde sie sich holen, was sie verdiente.

Aber dafür musste sie ihr wahres Ich noch etwas länger unterdrücken. Was sie jetzt brauchte, war Macks. Die Rolle, die sie seit Jahren spielte. Selbstbewusst und entschlossen. Ein letztes Mal.

Danach würde sie zu Simone fliegen und sie davon überzeugen, zu ihr zurückzukommen. Denn zum ersten Mal war ihr die Karriere von Macks nicht mehr das Wichtigste.

Macks würde mit einem Paukenschlag in spätestens einem Jahr nach der Tour verschwinden. Ohne vorher jemanden Bescheid zu geben. Es war ihre einzige Chance. Vielleicht würde sie sich sogar wieder Mackenzie nennen. Denn nie wieder sollte ihr jemand vorschreiben, wer sie zu sein hatte. Was Macks jetzt benötigte, war ein langer Atem. *September* würde ihr letztes gemeinsames Projekt mit Peter sein.

Die Wochen bis zum Album Release waren für Macks die mentale Hölle.

Obwohl es in den Medien, rund um den Skandal, langsam, aber sicher ruhiger wurde – dank Paulas Arbeit – zwang Macks sich jede Sekunde aufs Neue, die Gedanken an Simone beiseitezuschieben. Zuerst musste sie sich um das Wichtigste kümmern: Peter so schnell wie möglich loszuwerden.

Mit *September* würde sie ihm den größten Erfolg seines Lebens bescheren. So könne er im Gegenzug in Würde seinen Ruhestand bekannt geben.

Macks war es fast schon egal, wie es danach mit ihrer Karriere weitergehen würde, denn im Moment zählte nur der Gedanke, frei zu sein. Ihr Leben selbst bestimmen zu können. Der bestehende Vertrag mit Elephant Records allein war der Grund, das Handtuch nicht sofort zu werfen.

Zu Simone hatte sie seit zwei Wochen keinen Kontakt mehr. Die Gefühle zu ihr hatten sich jedoch nicht verändert. Jeden Tag schrieb Macks ihr einen Brief, den sie anschließend in einer Kiste in ihrem Nachttisch aufbewahrte. Der Gedanke, sie Simone irgendwann vorlesen zu können, gab Macks die nötige Kraft morgens aufzustehen und das letzte Jahr ihrer Karriere so schnell wie möglich hinter sich zu bringen.

Vielleicht würde sie sich nach der Veröffentlichung des Albums dazu durchringen, Simone die Briefe zu schicken. Im Moment aber hatte sie noch zu viel Angst, keine Antwort darauf zu erhalten, denn Simones letzten Worten verfolgten sie immer noch wie ein Albtraum, aus dem sie nicht aufwachen konnte.

Seit Macks' Zusammenbruch, nach Simones Trennung, kam Paula fast täglich vorbei, um nach ihr zu sehen. Anfangs hatte sie sogar jedes Mal einen Film dabei, den sie sich gemeinsam ansahen. Die Einsamkeit und das Vermissen wurden zwar nicht besser, aber dank Paula etwas erträglicher.

»Ich bin wieder da«, rief Paula, als sie drei Tage vor dem Album Release Macks´ Wohnung betrat.

Wie immer war sie in einem Blazer gekleidet, doch anstatt der Anzughose trug sie Jeans.

Macks musste ein Grinsen unterdrücken, als sie die Tüte sah, die Paula auf den Tisch stellte. »Hey Paula, welcher Film ist es heute?«

»Gar keiner«, antwortete diese, während sie Gemüse, eine Packung Nudeln und Tomatensoße aus der Tüte holte und auf die Küchenzeile stellte.

»Ich werde dir zeigen, wie man nach dem Rezept meiner Großmutter eine Pasta Verdure kocht.«

Paula streifte ihren Blazer ab und hing ihn über einen Stuhl.

»Hast du dir deswegen ein bequemes Outfit angezogen«, scherzte Macks und musterte das langärmelige T-Shirt, dass zum Vorschein kam.

»Schön, dass du einmal nicht in Selbstmitleid zerfließt. Das ist ein Fortschritt«, konterte Paula und beäugte Macks, die im Schneidersitz auf der Couch saß.

»Heute habe ich mir fest vorgenommen, mit dir über etwas zu sprechen.« Macks Stimme klang belegt, aber sie musste endlich dieses Gespräch mit Paula führen.

Mit hochgezogenen Augenbrauen trat Paula ein paar Schritte auf sie zu. »Ich höre?«

Mit angespannter Miene beobachtete Macks, wie Paula sich auf einen Stuhl setzte und die Beine übereinanderschlug.

»Mein Vertrag bei Elephant Records läuft nach dem Release und der anschließenden Tour für *September* aus. Vor einigen Wochen habe ich von Peter erfahren, dass er sich nach dem Release zur Ruhe setzen möchte und das Label dichtmachen wird. Für mich wäre es der perfekte Zeitpunkt, dasselbe mit Macks zu tun. Ich möchte aufhören.«

Überrascht, wie ruhig ihre Stimme bei diesen Worten klang richtete sich Macks auf. Dabei strich sie die Falte in ihrem Pullover glatt.

»Ist das dein Ernst? Du schmeißt hin, nachdem du so viel dafür geopfert hast?« Paula klang nicht wütend, eher enttäuscht oder gar verunsichert?

Macks hob die Arme stand auf und trat einen Schritt auf sie zu. »Nein, ich hole mir zurück, was mir genommen wurde. Während meiner ganzen Karriere habe ich nur das getan, was von mir verlangt wurde. Ich habe Mackenzie aufgegeben, um Macks zu werden. Ich tat alles für den Erfolg, aber es erfüllt mich nicht mehr. Ich möchte mit Simone zusammen sein, ein glückliches Leben führen und mich nicht ständig fragen müssen, was wäre, wenn ich den Mut dazu gehabt hätte, mich für Mackenzie zu entscheiden.«

Paulas Mundwinkel zuckten und auf ihrer Stirn bildete sich eine tiefe Falte. »Macks, ich verstehe, dass du in der letzten Zeit sehr viel durchgemacht hast. Aber du könntest auch zu einem anderen Label gehen und weiter Musik machen. Du liebst es doch, Macks zu sein, Rekorde zu brechen und auf der Bühne zu stehen.«

Obwohl Paula versuchte, so ruhig wie möglich zu klingen, spürte Macks, dass sie am liebsten laut geworden wäre.

Sie setzte sich neben ihr auf einen Stuhl und fuhr sich mit ihren Händen durchs Gesicht.

»Das stimmt. Ich habe es geliebt Macks zu sein. Aber der Preis dafür ist mittlerweile zu hoch. Ich habe es so satt, Peters Marionette zu sein.«

Paula schüttelte den Kopf. »Aber Peter …«

»Peter ist ein Arschloch! Er hat mich ausgenutzt und manipuliert. Stell dir vor, er hat Sarah gefeuert und mir im selben Atemzug ins Gesicht gelogen.« Als Macks Sarahs Namen erwähnte beobachtete sie, wie Paula kurz zusammenzuckte. Wahrscheinlich war sie selbst überrascht deswegen, also fuhr Macks fort: »Paula, ich war damals achtzehn Jahre alt, ein Teenager. Er wollte nie mich beschützen, sondern seinen Ruf.«

Warum schwieg Paula so lange? Jetzt wäre der Moment, Macks Vorhaben zu unterstützen. Es sei denn …

Macks Magen zog sich zusammen. »Du wusstest davon«, zischte sie und sprang auf. »Du hast es all die Jahre gewusst und mir nichts davon gesagt. Warum Paula? Ich dachte wir wären Freunde!«

Paula richtete sich auf und blickte Macks in die Augen. Sie nahm einen tiefen Atemzug: »Ich habe es dir verheimlicht, um dich zu beschützen. Das würde ich immer wieder tun, denn wir *sind* Freunde.«

Kopfschüttelnd schritt Macks zur Kochnische. Dann warf sie die mitgebrachten Utensilien zurück in die Tüte. »Freunde sind ehrlich zueinander. Bitte geh jetzt, ich kann dich im Moment nicht einmal anschauen. Ich dachte, Peter wäre schlimm, aber du … dir habe ich vertraut!«

Paula war aufgestanden und hatte sich ihren Blazer angezogen. Mit zusammengepressten Lippen beobachtete Macks, wie diese wenige Momente später wortlos ihre Wohnung verließ.

Noch während sie ihr hinterher starrte, begann ihr Kinn zu zittern. Gab es überhaupt noch irgendjemanden auf dieser Welt, der ehrlich zu ihr war?

Paula hatte ihr den wahren Grund in Bezug auf Sarah verschwiegen, um ihren eigenen Job nicht zu gefährden.

Ein bitterer Geschmack breitete sich in Macks' Mund aus. Was hatte ihre Publizistin noch alles getan zum Wohle von Macks' Karriere?

Kapitel 39

Ein paar Tage später feierte die komplette Welt das Release von *September*. Nach nur vierundzwanzig Stunden war *September* das meistverkaufte Album am amerikanischen Musikmarkt.

Doch dieses Mal fühlte sich das Release für Macks anders an, denn es sollte ihr letztes Album sein. Um ihr Vermächtnis zu wahren, setzte sie noch einmal ihr bestes Lächeln auf, während sie von Talkshow zu Talkshow zog. Denn die Welt sollte Macks, als die größte Künstlerin ihrer Zeit, in Erinnerung behalten. Dazu gehörte auch, ihren Fans ein letztes Mal die Version von Macks zu präsentieren, mit der sie sich identifizieren konnten: Selbstbewusst, freundlich und vor allem eines. Erfolgreich.

Peter verhielt sich ihr gegenüber einigermaßen angemessen. In den Medien sprach er von der bemerkenswertesten Leistung, die er je von Macks gesehen hatte und dass er sich sehr auf die kommende Doppelplatin-Party freuen würde.

Auch Macks konnte die Party zu ihren Ehren kaum erwarten. Denn so wie sich Peter der Presse gegenüber präsentierte, war Macks davon überzeugt, dass er an diesem Abend seinen Ruhestand bekannt geben würde. Sein Rücktritt war das Einzige, das sie in den letzten Wochen nicht komplett die Nerven verlieren ließ und sie davon abhielt, etwas Unüberlegtes zu tun. Simone nachzureisen zum Beispiel.

Am Abend der Platin-Party schlüpfte Macks in ein trägerloses blaues knöchellanges Kleid. Mit dem hochgesteckten Haar und den rot geschminkten Lippen fühlte sie sich fast schon verkleidet, aber das Outfit passte zum Anlass. Noch ein einziger, öffentlicher Auftritt zusammen mit Peter, dann war Schluss. Die Tour, die im Februar starten sollte, war das letzte bisschen Elephant Records, das sie noch erfüllen musste.

Wenn sie es geschickt anstellte, müsse sie Peter nach diesem Abend erst wieder bei der Besprechung mit ihren Anwälten bezüglich ihrer Musikrechte treffen.

Immer noch wütend auf Paula, hatte sie beschlossen, ohne Begleitung auf die Party zu gehen. Zwar hatte diese in den letzten Tagen mehrmals versucht sich zu entschuldigen, aber Macks war noch nicht bereit, ihr zu verzeihen.

So stieg sie allein in den Wagen, der vor ihrer Wohnung geparkt war. Der Fahrer musste die Seitengasse zum Bürogebäude von Elephant Records nehmen, denn die Haupteinfahrt wurde bereits von Paparazzi und Fans blockiert.

Hastig kletterte Macks aus der Limousine und betrat das Gebäude durch den Lieferanteneingang. Mit dem Aufzug fuhr sie hoch in den zwanzigsten Stock, wo die Party stattfinden sollte.

Köpfe drehten sich um, als Macks den Raum betrat. Applaus ertönte von allen Seiten und sie versuchte zu lächeln. Aber ihre Gedanken kreisten um den Trip nach Kanada, den sie für die nächste Woche geplant hatte.

Bis zu ihrer Tour waren es noch drei Monate und diese Zeit musste sie nutzen, um die Dinge mit Simone wieder geradezubiegen. Oder sich wenigstens von Angesicht zu Angesicht von ihr zu trennen. Sie hatten sich seit fast einem Monat nicht mehr gesprochen. Es brach Macks zwar das Herz, aber mit einem hatte Paula recht behalten: Kaum jemand sprach noch über ihren Kuss, nachdem Simone aus ihrem Leben verschwunden war.

Erhobenen Hauptes schritt Macks durch die Menge und winkte. Die Gäste der Party bestanden hauptsächlich aus Mitarbeitern des Labels. Aus dem Augenwinkel beobachtete sie Paula, die auf sie zugesteuert kam, aber da war Peter bereits vor Macks getreten und streckte seine Arme aus. Macks hielt den Atem an. Doch dann entschied sie sich, ihn, um den Schein zu wahren, zu umarmen.

Mit einem verschmitzten Grinsen deutete er nach rechts. Macks erkannte die Torte, auf der *September* in Schreibschrift auf die weiße Glasur geschrieben war. Den Rand zierten acht Sonnenblumen. Ein Stich durchfuhr sie. Die Zahl sechs symbolisierte Simones Geburtsmonat, die Anzahl an Blumen, die das Cover ihres Albums zierten.

»Die ist für dich, Kleines. Du hast es mal wieder geschafft«, sagte er, ging danach ein paar Schritte nach vorne, zu dem Podium, das aufgebaut worden war.

Sich räuspernd klatschte Peter in die Hände. Die Diskokugeln, die an der Decke befestigt waren, drehten gleichmäßig im Takt der Musik.

Das Stimmengewirr im Raum verstummte, als Peter zum Mikrofon griff: »Liebe Freunde, ich möchte heute mit euch feiern. *September* hat nicht nur alle Rekorde in Bezug auf Plattenverkäufe und Streaming-Zahlen gebrochen. Nein, dank Macks ist Elephant Records zu einem der erfolgreichsten Plattenlabel aller Zeiten geworden.« Wie erwartet applaudierten alle im Raum und Peter setzte ein strahlendes Lächeln auf. Er hob die Hand.« Aber …«

Macks nahm einen tiefen Atemzug. Der Moment war gekommen. Ungeduldig wippte sie hin und her. Sie überlegte, wie sie Peter zum Ruhestand gratulieren sollte. Wahrscheinlich würde sie gleich vor Freude in Tränen ausbrechen. Ob er diese für Trauer halten würde?

»Das hier soll noch nicht das Ende sein. Macks und ich werden gemeinsam noch ein weiteres Album aufnehmen. Danach aber denke ich, ist es Zeit für meinen wohlverdienten Ruhestand.«

Mit zusammen gepressten Lippen hastete Macks auf Peter zu, der seine Arme erneut ausbreitete. Er stieß ein aufmunterndes »Hey!« aus, und umarmte sie. Dabei drehte er sich leicht zur Seite.

»Peter, was zum Teufel«, rutschte ihr raus und befreite sich aus der Umarmung.

Peter aber antwortete nicht, sondern zog seine Augenbrauen hoch.

Fuck.

»Du warst im Oktober so traurig über meinen Rücktritt, da dachte ich mir, komm schon Peter, zwei Jahre packst du noch. Es ist Macks, du kannst sie jetzt nicht hängen lassen. Vor allem nicht nach *September*. Kleines, wir beide haben Geschichte geschrieben.« Seine Augen flackerten dabei und er verzog seinen Mund zu einem breiten Grinsen, das all das ausstrahlte, was Macks an ihm hasste.

Ihre Nackenhaare stellten sich auf.

Falsch. Ich habe Geschichte geschrieben. Und nenn mich nie wieder Kleines.

Dennoch musste sie ihre Worte nun mit Bedacht wählen, wobei ihr kein Fehler unterlaufen durfte. Innerlich zählte sie bis drei, bevor sie mit zuckersüßer Stimme antwortete:

»Ich bin einfach nur überwältigt. Danke Peter, dass Elephant Records noch nicht Geschichte ist.«

Peter zog seine Krawatte zurecht und reckte seinen Kopf nach vorn. »Macks, ich kann doch nach *September* nicht aufhören, das wäre Irrsinn. Die Welt liebt dich.«

Macks nickte.

Und du die Verkaufszahlen und mich zu kontrollieren.

»Ich kann die Tour kaum erwarten«, presste Macks hervor, obwohl sich ihr Magen zusammenzog.

»Ja! Dieses Mal werden wir es noch größer angehen. Pyrotechnik und all der Kram. Jede Show wird einer Cirque du Soleil Performance ähneln«, sagte Peter, riss dabei seine Arme hoch.

»Das hört sich toll an. Aber du musst mich jetzt entschuldigen.« Macks deutete auf die Menge. »Ich möchte noch ein paar Mitarbeiter begrüßen.«

Mit ein paar schnellen Schritten entfernte sie sich. Außer Sichtweite lehnte sie sich gegen die Wand neben der Bar. Ihre Finger kribbelten, es fühlte sich so an, als wäre sie die Maus in einem Terrarium, gefangen mit Schlangen, die nur darauf warteten, sie langsam zu Tode zu würgen.

Sie konnte nicht glauben, was soeben passiert war. War es so einfach für Peter, über ihr Leben und ihre Karriere zu bestimmen? War es ihm überhaupt ohne ihre Zustimmung erlaubt, ein weiteres Album anzukündigen? Musste dazu nicht erst einmal der Vertrag verlängert werden? Soweit sie sich erinnern konnte, hatte sie nur für vier Alben unterschrieben.

Gedankenverloren musterte Macks die Gäste, die ausgelassen feierten. Sie waren alle hier, um sich wie Geier an ihrem Erfolg zu bereichern.

Ihr Blick schweifte zur Tür. Sie musste so schnell es ging von hier verschwinden.

Jemand zupfe an ihrem Kleid und Macks drehte sich um. Es war Paula. Eine Falte hatte sich auf ihrer Stirn gebildet und ihre Augen funkelten.

Schlagartig wurde Macks klar, warum Paula so verärgert aussah. Zwar hatte sie ihr immer noch nicht verziehen, doch es war an der Zeit sich wie ein Profi zu verhalten. Schließlich benötigte sie Paulas Hilfe, um diese Sache mit Elephant Records zu klären.

»Du weißt, was das bedeutet, oder?« Ihre Stimme war eher ein Flüstern, während sie sich umblickte. Doch Peter schien sie nicht zu beobachten. »Er will mich an der kurzen Leine halten. Was hat sich seit Oktober verändert? Er war doch drauf und dran abzudanken. Wir müssen herausfinden, woher der plötzliche Sinneswandel kam.«

Paula nickte. »Das Ganze scheint mir zu plötzlich. Wie kann er dich in eine solche Lage bringen? Er zwingt dich förmlich, erneut zu unterschreiben. Jetzt wo er öffentlich verkündet hat, dass es noch ein weiteres Album geben wird. Er hätte zumindest vorher mit dir sprechen müssen, denn du hast keinen gültigen Vertrag mehr nach *September*. Peter weiß das.«

In dieser Nacht bekam Macks kein Auge zu. Immer wieder nahm sie ihr Notizbuch und kritzelte Wortfetzen hinein. Sie griff zur Gitarre, die sich seit Wochen neben ihrem Bett befand und begann Akkorde zu zupfen.

Irgendwie musste sie ihren Geist beschäftigen. Sie konnte ihre Pläne, um Simone zu kämpfen, nicht um weitere zwei Jahre verschieben. Peter würde dafür sorgen, dass sie sich nie wiedersehen könnten, egal wie. Das hatte er schon einmal getan. Mit Sarah. So, wie Macks ihn mittlerweile einschätzte, würde er es wieder tun.

Um keinen Preis der Welt konnte sie erneut ein Album mit Elephant Records und Peter Miller aufnehmen. Mackenzie Walker verdiente etwas Besseres als die Marke Macks.

Sie dachte an das kleine Mädchen in Batavia, das kaum zwölf Jahre alt gewesen war, als sie ihren ersten ‚Song‘ geschrieben hatte. Allein diesem Mädchen schuldete sie es, dafür zu kämpfen, frei zu sein. Was ihr unter den Fittichen von Elephant Records niemals gelingen würde.

Macks schloss die Augen und fragte sich, was Peter sonst noch vorhatte. Würde er wirklich nach einem letzten Album aufhören oder waren die Worte genauso bedeutungslos wie noch vor einem Monat?

Sie vergrub ihr Gesicht im Kopfkissen und dachte nach. Morgen würde sie die Briefe an Simone abschicken. Mittlerweile waren es fast zwanzig. Es war an der Zeit, herauszufinden, ob es jemals eine Zukunft mit ihr geben könnte oder nicht.

Irgendwann wurden ihre Lider immer schwerer und sie schlief ein. Ihr letzter Gedanke war wie immer der an Simone.

Am nächsten Morgen wurde Macks durch das Klingeln der Gegensprechanlage an ihrer Wohnungstür aus dem Schlaf gerissen. Noch im Halbschlaf tastete sie auf die rechte Seite ihres Bettes, aber sie fühlte nur den Stoff der Bettdecke. Das zerknautschte Kissen darüber war alles, was ihr von Simone geblieben war. Macks hatte es immer noch nicht geschafft, den Überzug zu wechseln.

Mit zusammengekniffenen Augen stand Macks auf und blickte in den Spiegel. Gestern hatte sie es nicht mehr geschafft, sich abzuschminken. Die Wimperntusche war verschmiert, außerdem zeichneten sich Abdrücke ihres Kopfkissens an ihrer Wange ab. Die Haare waren immer noch in einem halben Dutt und sie löste die verbleibenden Haarklammern. In der Ecke lag ihr Kleid vom Vorabend.

Sie warf sich Simones Lieblingshoodie über, dann ging Macks zur Gegensprechanlage, durch der ihr Portier Besucher ankündigte.

»Miss, bei mir steht Peter Miller und er bittet mich, ihn hochzulassen.«

Was will der denn hier?

Macks´ Schultern sackten nach vorne und ein leichter Anflug von Schwindel überkam sie. Aber die Neugierde überwog.

»Geben Sie mir fünf Minuten und schicken Sie ihn dann hoch«, antwortete sie und lief ins Badezimmer, um sich das Gesicht zu waschen. Wenig später öffnete sie die Tür, an der es bereits mehrmals geklingelt hatte.

»Peter, ist etwas passiert?«

Ohne zu antworten, trat er unaufgefordert ein.

Sein Blick wanderte durch ihre Küche und das Wohnzimmer. Bevor er noch weiter in ihre Privatsphäre eindringen konnte, deutete Macks auf einen Stuhl in der Küche.

»Möchtest du Kaffee?«

Peter schüttelte den Kopf. »Mein Besuch wird nicht lange dauern.«

Dennoch zog er seinen Mantel aus und legte ihn auf den Stuhl, bevor er sich setzte. Das selbstsichere Grinsen in seinem Gesicht ließ Macks innerlich zusammenzucken. Demonstrativ holte er eine schwarze Mappe aus seiner Aktentasche und legte sie auf den Tisch.

»Was ist das?«, fragte Macks.

Peter schlug den Ledereinband auf. »Das ist der Vertrag für dein nächstes Album. Ich dachte mir, wir sparen uns den ganzen Schnickschnack mit den Anwälten und regeln das unter uns. Als Freunde. Du weißt, dass du mir in dieser Hinsicht vertrauen kannst.« Freudig rieb er sich die Hände und holte einen Stift aus der Brusttasche seines Hemdes.

Ein ungutes Gefühl überkam Macks. Die Stimme in ihrem Kopf schrie nach Flucht, aber Macks ignorierte sie.

Mit heiserem Ton fragte sie: »Warum tust du das?«

Peters perlweißen Zähne kamen zum Vorschein und Macks musste sich beherrschen, um nicht auf ihn loszugehen. Sie schluckte ihren Zorn hinunter und zwickte sich unauffällig in ihren Oberschenkel.

»Ich bin noch nicht bereit für den Ruhestand. Ein letztes Album, komm schon. Wir ziehen das gemeinsam durch. Ich spüre doch das Feuer in dir. Wir sind noch nicht fertig.«

Der letzte Satz klang wie eine Drohung. Fieberhaft überlegte Macks, wie sie Peter loswerden könnte. Sie musste Zeit schinden.

»Ich glaube nicht, dass ich das jetzt schaffe. Die Tour startet doch bald und danach brauche ich eine Pause.«

Doch während sie sprach, war Peter mit der Mappe in der Hand aufgestanden. Ihre Nackenhaare stellten sich auf, als er seine Hand auf ihren Rücken legte.

»Hast du dich etwa schon anderwärtig umgehört?« Seine Frage klang viel mehr wie eine Anschuldigung.

Sie spürte, wie er fest auf ihre Schulter klopfte und Panik überkam sie. Hier in ihrer Wohnung war sie ihm vollkommen ausgeliefert.

»Nein. Warum sollte ich? Dir verdanke ich schließlich alles. Du weißt, dass es nur ein Label gibt, mit dem ich arbeiten möchte. Aber ich brauche nach der Tour eine Auszeit, um Songs zu schreiben. Mir ging es nach der *Just me* Tour nicht gut. Außerdem kann ich nicht auf Knopfdruck Hits produzieren.«

Peter knallte die Mappe auf den Tisch. Seine Augen zogen sich zu engen Schlitzen zusammen. »Ich wollte dir damit einen Gefallen tun. Nachdem dich Simone verlassen hat, dachte ich, ich könnte dich damit aufheitern.«

In dem Moment, in dem er ihren Namen ausgesprochen hatte, wurde Macks hellhörig. Woher wusste er, dass sie ein Paar waren, geschweige denn, dass sie ihn verlassen hatte?

Paula war die Einzige, die Bescheid wusste.

Macks dachte für eine Sekunde nach. Hatte Peter etwas gegen sie und Simone in der Hand? Wollte er sie outen, wenn sie nicht gehorchte? Aber ihre Emotionen durften diese Situation nicht kontrollieren. Ihr durfte kein Fehler unterlaufen.

»Ich werde den Vertrag in Ruhe durchlesen und melde mich bald bei dir, in Ordnung? In einer halben Stunde treffe ich mich mit Freunden zum Brunch, wenn es okay für dich wäre, dann würde ich mich jetzt gerne fertig machen.«

Peter musterte Macks, nahm dann aber seinen Mantel und drehte sich noch einmal um: »Ich hoffe du triffst die richtige Entscheidung. Ich möchte nur ungern dabei zusehen, wie du einen Fehler begehst und ich etwas über dich veröffentlichen muss, dass ich nicht möchte.« Dann verschwand er.

Obwohl Peter schon vor einer Stunde dank ihrer spontanen Ausrede gegangen war, fühlte sich Macks hoffnungslos ausgeliefert.

Drohte er ihr tatsächlich damit, sie zu outen, wenn sie den Vertrag nicht unterschreiben würde? Das war doch mittlerweile ihr kleinstes Problem. Viel mehr dachte sie über seine Worte bezüglich ihrer Trennung nach. Schließlich profitierte er am meisten, wenn sich Macks ausschließlich der Musik widmen würde.

Fieberhaft überlegte Macks, wie sie aus dieser Nummer wieder herauskommen könnte. Die ständige Kontrolle musste aufhören, denn jetzt drohte er ihr auch noch.

Ruckartig stand sie auf. Es klang verrückt, aber Macks hatte eine Idee, wie sie ihn mit seinen eigenen Waffen schlagen konnte. Entschlossen griff sie zu ihrem Telefon und drückte eine vertraute Kurzwahltaste.

Kapitel 40

05. November 2015

Feuchte, kalte Luft schlug Paula ins Gesicht, als sie ihr Hotel verließ und auf die Straße trat.

Mit einer energischen Handbewegung winkte sie sich eines der vorbeifahrenden Taxis herbei. Wenig später nahm sie auf der Lederrückbank Platz.

»Wohin soll's gehen, Miss?«, fragte der Taxifahrer, als er sich zu ihr umdrehte.

»Zum Flughafen. JFK bitte.«

»Urlaub?«, drang die Stimme des Taxifahrers von vorne.

Ein Lächeln kam Paula über die Lippen, denn mit jedem Meter, den sie zwischen ihre Arbeit und sich brachte, löste sich der Knoten in ihrer Brust.

»Kann man so sagen«, antwortete sie, ließ dabei ihren Blick entlang der aufblinkenden Lichter der Autos gleiten, die sich auf der entgegengesetzten Fahrbahn ihren Weg in Richtung Innenstadt bahnten.

Seit fast sechs Wochen war Paula schon nicht mehr zu Hause gewesen, was sich wie eine halbe Ewigkeit anfühlte. Als sie ihre Augen schloss, konnte sie förmlich den warmen Wind New Orleans auf ihrer Haut spüren.

Ein langer Atemzug entwich ihr, doch dann tauchte Macks wieder vor ihrem geistigen Auge auf. Paulas Glieder verkrampften sich. Der gestrige Abend hatte einen bitteren Nachgeschmack hinterlassen. Peters Ankündigung, ein weiteres Album ohne vorherige Vertragsverlängerung herauszubringen, fühlte sich wie eine reine Machtdemonstration an. Aber Macks würde ein paar Tage ohne sie klarkommen, schließlich lag noch kein konkretes Angebot von Elephant Records auf dem Tisch. Solange das nicht der Fall war, gab es keinen Grund, noch länger in der Stadt zu bleiben.

Das Klingeln ihres Handys riss Paula aus ihren Gedanken.

Beim Anblick des Displays stieß sie ein kurzes Schnauben aus. Was auch immer Macks von ihr wollte, es musste noch einige Stunden warten. Sie senkte ihre Stimme, als sie sich das Telefon gegen ihr Ohr hielt.

»Ich bin fast in Queens, kann ich dich anrufen, wenn ich in New Orleans gelandet bin?«

Das ungute Gefühl holte Paula wieder ein, denn die Pause am anderen Ende der Leitung dauerte zu lange an.

»Es tut mir leid, dass ich dich störe, aber ich muss dich etwas fragen und möchte, dass du mir ehrlich antwortest.« Macks Stimme klang belegt, fast emotionslos.

»Ich bin in ein paar Tagen zurück. Wenn du wegen gestern beunruhigt bist, ist das in Ordnung. Aber Worte reichen nicht aus, um dich zu einem Album zu verpflichten. Du weißt das. Solange nichts Handfestes …«

»Peter war vorhin in meiner Wohnung. Er hatte den Vertrag dabei.«

Mit einem Ruck richtete Paula sich auf und umklammerte das Telefon fester. Ein bitterer Geschmack breitete sich in ihrem Mund aus. »Was denkt er eigentlich wer er ist?«, zischte sie.

Dabei krallten sich ihre Finger in den Stoff ihrer Hose.

Macks hingegen wirkte, als würde sie all das nicht belasten. Ein beunruhigender Gedanke schoss in Paula hoch. Hatte Peter sie etwa bedroht? »Macks, geht es dir gut?«

»Nein. Aber darum geht's jetzt nicht. Ich muss dich was fragen. Weiß er von dir, dass Simone sich von mir getrennt hat?«

Stirnrunzelnd schüttelte Paula den Kopf. Sie spürte die Anspannung, die langsam in ihrem Körper hochkroch. Worauf wollte Macks hinaus? »Nein.«

Kaum hörbar schluckte Macks am anderen Ende der Leitung. »Okay. Ich glaube dir. Danke für alles, dass du je für mich getan hast, Paula. Aber ab sofort brauchst du mich nicht mehr beschützen. Hab´ einen guten Flug.«

Bevor Paula etwas darauf antworten konnte, hatte Macks aufgelegt. Jede Faser in Paulas Körper spannte sich an. In Macks´ Stimme hatte die Art Entschlossenheit gelegen, die ihr Angst machte. Die Macks, die sie kannte, wäre ausgerastet über Peters Dreistigkeit, einfach unangekündigt in ihrer Wohnung aufzutauchen. Sie hätte wütender klingen müssen oder zumindest irgendeine Art von Emotion zeigen müssen, nicht diese Gleichgültigkeit.

Doch dann fiel ihr wieder ein, dass Macks gar nicht deswegen angerufen hatte. Was zum Teufel war in diesem Gespräch mit Peter passiert?

Mit einer schnellen Bewegung klopfte sie gegen die Trennscheibe des Taxis. »Umdrehen. Bitte sofort umdrehen.«

Ihre Nasenflügel bebten.

Macks würde doch nicht ...?

Während sich der Gedanke in ihrem Kopf wie ein Geschwür in ihrer Brust ausbreitete, biss sie sich fest auf die Lippe.

Das rumorende Gefühl in Macks´ Magen verstärkte sich. Konnte sie Paulas Worten Glauben schenken oder war es wieder eine ihrer Beschützer-Nummern? Wenn nicht Paula Peter von der Trennung erzählt hatte, woher wusste er es dann?

Plötzlich hatte sie eine Ahnung. Er musste sie beschattet haben. Peter hatte doch gedroht, etwas zu veröffentlichen, sollte sie den Vertrag nicht unterschreiben. Es waren bestimmt Fotos von ihnen, die nach diesem Skandal nicht nur ihre Karriere, die ihr mittlerweile egal war, zerstören konnte, sondern schlimmer: auch Simones.

Mit zusammengepressten Lippen starrte Macks erneut auf Peters Mappe, die ausgebreitet auf ihrem Tisch lag.

Unter anderen Umständen hätte sie Paula eventuell von ihrem Vorhaben erzählt, aber dieses Mal musste Macks allein einen Ausweg finden.

Peters Besuch hatte eine Idee heraufbeschworen, die sich in den letzten Stunden zu einem konkreten Plan verfestigt hatte. Doch niemand durfte etwas davon erfahren. Nicht einmal ihre engsten Vertrauten.

Ein Pochen an der Tür ließ sie erstarren. Ihre Hände ballten sich zu Fäusten. Mit angehaltenem Atem lehnte sie sich gegen die Wohnzimmerwand. War Peter zurückgekommen? Hatte er einen Weg gefunden, sich am Portier vorbeizuschleichen? Hatte er bemerkt, dass sie ihre Wohnung gar nicht verlassen hatte?

Schweißperlen bildete sich auf ihrer Stirn und sie zog ihren Kopf tiefer in den Kragen ihres Hoodies. Anspannung breitete sich in ihrem Körper aus. Schwarze Flecken schwirrten vor ihren Augen. Sie glaubte, sich übergeben zu müssen.

Du schaffst das. Warte, bis er verschwindet.

Ihre Fingernägel bohrten sich in ihren Handflächen, aber der Schmerz half ihr dabei, die Panikattacke zu unterdrücken.

Das Pochen an der Tür war verstummt. Stattdessen hörte sie, wie sich ein Schlüssel im Schloss drehte. Die Eingangstür öffnete sich mit einem dumpfen Geräusch.

Das Gefühl in Macks Beinen kehrte zurück und sie taumelte ein paar Schritte nach vorne.

»Fuck. Was machst du hier?« Die Frage war das Einzige, das sie in diesem Moment herausbekam.

Doch anstatt zu antworten, ließ Paula ihren Koffer fallen, lief auf Macks zu und zog sie in eine feste Umarmung. »Geht es dir gut?« Ein Zittern lag in Paulas Stimme, aber sie fasste sich schnell wieder. »Verdammt Macks, ich habe mir Sorgen um dich gemacht.«

Macks löste sich aus der Umarmung und musterte Paula von oben bis unten. Ihr Mantel hing ihr um die Schultern und ihre Haare klebten an ihrer Stirn. Ihr sonst so makelloses Gesicht hatte leichte Rötungen, der Liedstrich war verwischt. War sie etwa siebzehn Stockwerke mit ihrem Koffer in der Hand hochgesprintet?

»Du hättest nicht extra zurückkommen müssen«, antwortete Macks. »Ehrlichgesagt bin ich ziemlich beschäftigt.«

Mit schnellen Schritten ging sie in die Küche und sammelte ein paar Zettel ein, die sie mit Bruchteilen ihres Plans vollgekritzelt hatte.

Paula fuhr sich durch ihr Haar und streifte ihren Mantel ab. »Du hast dich am Telefon von mir verabschiedet. Ich dachte …« Ihre Stimme brach.

Plötzlich dämmerte es Macks. Verdammt, hatte Paula etwa gedacht, sie würde sich etwas antun?

Hastig schüttelte Macks den Kopf. Es war an der Zeit, Paula einzuweihen. »Ich werde aus New York verschwinden. Es klingt verrückt, aber ich glaube ich weiß endlich, was Peter vorhat.«

Ihr Körper kribbelte vor Aufregung, jetzt, da sie Paula doch von ihrem Vorhaben erzählt hatte.

»Den ganzen Tag schon frage ich mich, warum Peter unbedingt will, dass ich noch ein Album mit ihm mache«, fuhr Macks fort. »Warum er sich jetzt plötzlich doch nicht mehr zur Ruhe setzen will, obwohl alles, wirklich alles dafürsprechen würde. Er ist Mitte Sechzig, wir hatten mit *September* den größten Erfolg bis dato gefeiert und allein mit den Rechten an meiner Musik wird er noch jahrelang Geld verdienen können.« Sie blieb stehen. Ihr Blick blieb auf der Mappe hängen, die vor Paula am Küchentisch lag. »Ich denke, dass Peter längst einen Käufer für Elephant Records gefunden hat. Besser gesagt einen Käufer für mich.«

Paula hob abwehrend die Arme, aber Macks war zu aufgeregt, um jetzt aufzuhören.

»Ein weiteres Album treibt den Preis meiner Musik höher. Die Masterrechte dafür gehören Elephant Records. Derjenige, der Elephant Records kaufen wird, kauft mich. Je mehr Musik es von mir geben wird, desto lukrativer ist die Investition.« Sie stieß ein freudloses Lachen aus. »Deswegen muss Macks verschwinden. Das einzige Druckmittel bin ich. Sollte es tatsächlich bereits einen Deal geben, wird Peter auf die Einnahmen der Tour und das Videomaterial, das dadurch entstehen wird, nicht verzichten können.«

Scharf stieß Macks Luft aus. Laut ausgesprochen klang das, was sie gerade sagte, wie aus einem schlechten Film. »Natürlich wird Peter alles dafür tun, den Schein zu wahren. Deswegen muss er irgendeine Einigung mit mir finden, um die Tour nicht zu gefährden. Meinetwegen mache ich auch noch ein letztes Album mit ihm, aber nur unter der Bedingung, dass ich dann diejenige sein werde, die meine Masterrechte kaufen wird. Aber so kann er wenigstens nicht Simones Karriere ruinieren und die Fotos oder was auch immer er von uns hat, nicht veröffentlichen.«

Nach dieser Ankündigung herrschte für eine Weile Schweigen.

Dann straffte Paula ihre Schultern und fixierte Macks mit einem eindringlichen Blick. In ihren Augen sah Macks etwas aufblitzen. »Aber du hast trotzdem vor, die Tour zu machen?«

Eifrig nickte Macks. »Das muss ich. Sonst werde ich verklagt. Jedoch werde ich Peter durch mein Verschwinden so beunruhigen, dass ihm gar keine andere Wahl bleibt, als mich gehen zu lassen. Nachdem er mir die Rechte an meiner Musik verkauft hat.«

»Das ist verdammt gewagt.« Paulas Stimme klang besorgt. Sie setzte sich auf einen Stuhl und schien zu überlegen.

Macks' Mundwinkel zogen kurz hoch, denn es schien, als ob Paula auf ihrer Seite wäre.

»Ich bin bereit zu kämpfen. Es muss endlich Schluss sein. Mein ganzes Leben lang wollte ich immer nur eines. Meine Gefühle und Gedanken in Songs verwandeln. Ich hatte nie vor, Popstar zu werden. Meine Musik ist das, was mich, Mackenzie Walker, definiert. Ich habe es so satt, dass andere Leute über mein Lebenswerk bestimmen.«

Mit angezogenen Beinen setzte sich Macks neben Paula auf einen Stuhl und beobachtete, wie sich deren Nase kräuselte. »Was genau hast du jetzt vor?«, fragte Paula nach einer halben Ewigkeit.

Mit Schwung zog Macks eines der Blätter hervor, dass sie bei Paulas Ankunft schnell unter die schwarze Mappe geschoben hatte.

Stirnrunzelnd blickte diese auf die gekritzelten Wörter, die mit Pfeilen verbunden waren. In der Mitte befand sich ein großer Kreis, in dem ein Haus gezeichnet war.

»Zeig mir bitte vorher den neuen Vertrag«, antwortete Paula.

Wortlos schob Macks ihr die schwarze Mappe zu.

Obwohl Paula keine Miene verzog, bemerkte Macks, wie sich deren Schultern verkrampften. Nach ein paar Minuten hob sie ihren Blick und verzog dabei ihre Lippen zu einem schmalen Strich.

»Dieser Mistkerl. Okay, angenommen ich würde dein Vorhaben unterstützen, wie hast du vor, unbemerkt die Stadt zu verlassen? Jeder Mensch in diesem Land weiß, wer du bist. Du kannst nicht einfach in ein Flugzeug steigen und verschwinden.«

Ein stechender Schmerz breitete sich in Macks aus. Eigentlich hatte sie an einen Mietwagen gedacht, aber die Fahrt würde ewig dauern.

»Kannst du mir helfen?«, presste sie hervor.

Wenn eine Person gerissen genug war, ein solches Vorhaben in die Tat umzusetzen, dann Paula.

Macks musterte Paula eindringlich, als diese ihre Stirn in Falten legte und dabei den Kopf neigte. »Bist du bereit, die Konsequenzen dafür zu tragen?«

Das Rauschen in Macks Ohren setzte wieder ein. Sie zog die Ärmel ihres Hoodies über ihre Fingerspitzen. Dann aber straffte sie ihre Schultern und antwortete: »Das bin ich. Ich will Simone zurück, und eine Einigung mit Peter finden.«

»Das meinte ich nicht«, erwiderte Paula kopfschüttelnd.

»Wenn es schief geht, dann besteht die Chance, dass ich Macks verliere und vielleicht nie wieder Musik machen werde. Dessen bin ich mir bewusst.«

Es tat weh, es laut auszusprechen, aber trotzdem fühlte es sich an, als würde ein Gebirge von Macks' Schultern fallen.

Zu ihrer großen Verwunderung nickte Paula nur und hakte nicht mehr nach. »Okay, dann habe ich eine Idee. Warte auf meine Anweisungen, ich werde alles in die Wege leiten.«.

Kapitel 41

Mitte November 2015 – Die Flucht

Seit dem Album Release lungerten vor Macks Apartment abwechselnd Fans oder Paparazzi herum. Es war unmöglich geworden, das Gebäude unbemerkt zu verlassen. Macks hatte sich in ihrer Wohnung verschanzt, um auf Paulas Anweisungen zu warten.

Um sie unbemerkt aus dem Haus zu schmuggeln, musste Paula tief in ihre Trickkiste greifen. Dazu hatten sie eigens Securities organisiert. Diese hatten über Airbnb eine Wohnung in Macks Gebäudekomplex gemietet, um sich so Zutritt zum Gebäude verschaffen zu können. Sie waren es auch gewesen, die Macks´ Gepäck mitten in der Nacht aus dem Gebäude trugen und in einen Van luden, der eine Straße weiter parkte.

Drei Tage nach der Platin-Party betraten zwei Männer gekleidet in Jeans, dunklem Parker und Wollmützen, auf der *I love New York* stand, Macks´ Wohnung.

Macks konnte das Grinsen nicht unterdrücken. Die Securities erinnerten stark an Touristen. Aber das mussten sie auch, wenn der Plan funktionieren sollte.

Jetzt erst fiel Macks der große Koffer auf, den einer der beiden vor sich her rollte.

»Da rein?« Anspannung überkam Macks und ein kalter Schauer lief ihr über den Rücken.

Der Security nickte und öffnete den Reißverschluss. »Wir werden uns beeilen. Paula wartet bereits im Van auf uns.« Seine Stimme klang freundlich, aber bestimmend.

Ihr Herz raste inzwischen, aber beim dritten Versuch gelang es Macks, sich mit angewinkelten Armen und Beinen in den Koffer zu zwängen.

Dunkelheit umhüllte sie, während ihr ein modriger Geruch in die Nase stieg. Macks atmete die abgestandene Luft viel zu schnell ein. Ihr Hals brannte, während sie krampfhaft versuchte den Gedanken zu verdrängen, dass sie sich gerade in einem Koffer befand. Beim Tragen wurde sie unsanft hin und her geworfen und jeder Versuch, sich irgendwo festzuhalten, scheiterte kläglich. Sie wusste weder wo oben noch wo unten war. Ihre Stirn fühlte sich heiß an, obwohl sie gleichzeitig die Gänsehaut spürte, die sich auf ihren Armen ausbreitete. Warum hatte sie dieser bescheuerten Idee von Paula, sich in einem Reisegepäck aus dem Haus schmuggeln zu lassen nur zugestimmt?

Endlich stoppte das Gewackel und ein dumpfer Knall ertönte. Ihr Brustkorb wurde gegen ihr Knie gepresst, ihr Kopf schlug gegen etwas Hartes und ein Stechen durchströmte ihren Körper. Aber der Reißverschluss wurde geöffnet und Lichtstrahlen drangen in die Dunkelheit. Schwer rang Macks nach Luft. Jede Faser ihres Körpers schmerzte, als sie sich streckte. Verschwommen erkannte sie ein kleines Fenster. Von den kahlen Blechwänden hingen Zurrgurte. Während sie blinzelte, erkannte sie eine vertraute Person.

»Alles klar?«, fragte diese.

»Das war das Verrückteste, was dir je eingefallen ist«, erwiderte Macks.

Dann kroch sie aus dem Koffer und lehnte sich gegen die kühle Innenwand des Vans.

Paulas sonst so ernstes Gesicht war zu einem breiten Grinsen verzogen. »Wenn du wüsstest …«, antwortete sie glucksend.

Das Schwindelgefühl ließ langsam nach, obwohl sich Macks' Beine immer noch taub anfühlten. Mit dem Ärmel ihres Pullovers, der an ihrem Körper klebte, wischte sie sich über ihre brennenden Wangen.

»Warum werde ich das Gefühl nicht los, dass das nicht deine erste Kidnapping-Aktion ist?«, erkundigte sich Macks.

»Die Securities werden in ein paar Blocks aussteigen. Sie haben bereits ein NDA unterschrieben und werden nichts verraten«, erwiderte sie stattdessen und ignorierte Macks' Frage. »Ich werde dich persönlich nach Morristown zum Privatflughafen fahren. Der Pilot ist startklar und ich vertraue ihm.«

Stirnrunzelnd betrachtete Macks die Umgebung. »Was ist das?«, fragte sie dann und deutete auf etwas, das aus Paulas Tasche herausblitzte.

Mit einer schnellen Handbewegung zog Paula eine blonde Perücke hervor. »Die wirst du später tragen. Außerdem habe ich noch einen dunklen Mantel sowie eine Sonnenbrille dabei. So erkennt dich das Flughafenpersonal nicht. Ein Glück, dass heute die Sonne scheint«, antwortete Paula immer noch leicht amüsiert.

Macks nickte. Eine halbe Stunde später konnte sie die Umrisse des Flughafentowers ausmachen.

Obwohl Paula schwieg, überkam Macks ein ungutes Gefühl.

»Na mach schon, du willst mir doch irgendetwas sagen«, murmelte sie und erntete dafür ein Seufzen von Paula, deren Finger sich noch fester um das Lenkrad schlossen.

»Bist du dir hundertprozentig sicher, dass du das durchziehen willst? Du weißt, nachdem ich der Presse gegenüber habe durchsickern lassen, dass du dir eine Auszeit nimmst, gibt es kein Zurück mehr. Sie werden Geschichten über dich erfinden. Natürlich werde ich mein Bestes geben, damit sie dich in ein nicht allzu schlechtes Licht rücken, aber es wird schwierig werden, schließlich werde ich keine Gründe für diese Auszeit nennen.« Besorgt richtete sie ihren Blick auf Macks. »Du bist da draußen auf dich allein gestellt.«

Der Kloß in Macks Hals wurde größer. Seit Peters Besuch vor ein paar Tagen hatte sie sich genau diese Frage zigtausend Male gestellt.

Viel zu oft war sie in ihren Gedanken mögliche Szenarien durchgegangen. Doch das Ergebnis war immer derselbe.

»Ja, ich bin mir sicher. Es ist ja nicht für immer. Ich bin in spätestens drei Monaten für die Proben und die Tour zurück. Du weißt, warum ich das hier durchziehen muss.«

»Okay«, antworte Paula während sie den Motor zuerst drosselte und den Wagen dann hinter dem großen, eisernen Tor des Privatflughafens parkte. Die Lichter der Flughafengebäude warfen einen Schimmer auf die Landebahn. Es war soweit. Niemand durfte erfahren, was Macks vorhatte oder wo sie sich aufhalten würde.

Als Macks die Beifahrertür öffnete vergewisserte sie sich, dass die Perücke, die sie sich während der Fahrt aufgesetzt hatte, immer noch saß. Mit diesen schulterlangen blonden Haaren, schwarzen Leggins, den hochgeschnürten Doc Martens und dem Parker sah sie tatsächlich nicht mehr wie sie selbst aus.

Schnell zog Macks eine blaue Mütze der Rangers aus ihrem Rucksack und setzte sie auf.

»Hier«, Paula reichte Macks ein Smartphone, »ab sofort wirst du dieses verwenden. Ich habe dir ein paar Nummern eingespeichert. Gib mir bitte dein Handy.« Grimmig fügte sie hinzu: »Wer weiß, wozu Peter fähig ist.«

Wehmütig überließ sie Paula ihr Telefon und dachte dabei an Lexi, ihre Mutter und ihre Freundinnen. Es war nicht fair von ihr, ohne ein Wort zu gehen. Aber sie musste es tun. Es gab keine andere Möglichkeit. Vielleicht würden sie es irgendwann verstehen.

Als könnte Paula ihre Gedanken lesen, fasste sie Macks am Arm und strich daran herab bis zu ihrer Hand.

»Wir haben das besprochen. Kein Kontakt zu niemanden, okay? Das gilt auch für Simone.«

Macks zuckte innerlich zusammen. Denn genau das hatte sie unter anderem auch vor. Aber Paula wollte nichts davon hören. Sie musste für eine Weile untertauchen, um Peter keine Gelegenheit zu geben, ihren Plan zu sabotieren.

Gegen ihren Willen nickte Macks und schnappte sich den kleinen Koffer, der vor Abfahrt von Paula auf der Ladefläche des Vans verstaut worden war.

»Ich musste extra eine Maschine chartern. Leider konnten wir nicht den üblichen Privatjet nehmen, denn deine Fans tracken den mittlerweile. Da es ein Privatflughafen ist, wird das Sicherheitspersonal sehr diskret sein«, fuhr Paula fort.

Macks war dankbar für die Ablenkung, denn jetzt, da sie auf das kleine Flugzeug blickte, das vor dem Tor auftauchte, kamen erneut Zweifel in ihr auf.

Nachdem sie ausgestiegen waren, zeigten Macks und Paula ihre Pässe beim Sicherheitscheck. Wenig später betraten sie gemeinsam mit einem Sicherheitsmitarbeiter das Rollfeld. Fragen hatte zum Glück niemand gestellt. Irgendeinen Vorteil muss es schließlich haben, einen Privatflughafen zu nutzen.

»Das Ding?«, fragte Macks und deutete auf das Flugzeug, das wesentlich kleiner war als ihr Privatjet. An den Seiten zogen sich zwei breite rote Streifen bis zum Triebwerk. Vorne am Cockpit war der Schriftzug Hawker 800A aufgemalt.

Die Einstiegsluke öffnete sich und ein älterer Mann mit einer Bomberjacke und Sonnenbrille trat heraus. Sein graues Haar wehte im Wind, als er die Treppe hinunterkam und ein paar Schritte auf sie zuging.

Paula begrüßte ihn und sagte etwas, dass Macks nicht verstehen konnte.

Der Pilot nickte, machte anschließend eine einladende Handbewegung in Macks´ Richtung.

Bevor sie die Einstiegstreppe betrat, zog Paula sie in eine Umarmung. »Viel Glück, Macks. Mach dir keine Sorge über die Ankunftskontrolle. Ich habe deine Dokumente bereits gestern zur Vorabprüfung geschickt. Man wird dich dort diskret empfangen. Nichts davon wird an die Öffentlichkeit gelangen. Am Flughafen steht ein Auto mit Proviant für dich bereit. Du schaffst das. Wir bleiben in Kontakt.«

Macks´ Herz wurde schwer, aber jetzt war nicht der Moment, um Schwäche zu zeigen. Immer wieder rief sie sich in Erinnerung, warum sie verschwinden musste. Mackenzie Walker würde sich die Kontrolle über ihr Leben zurückholen.

»Wird schon schiefgehen. Danke für alles.«

Die kalte Luft peitschte ihr ins Gesicht, während sie das Geländer der Treppe umschloss und kurz darauf ins Flugzeug stieg.

Der Pilot machte eine Handbewegung in Richtung des Passagierbereichs. »Hi, mein Name ist Stuart und ich werde heute Ihr Pilot sein. Seien Sie versichert, dass ich Sie heil ans Ziel bringen werde, Miss Walker.«

Ein Schmunzeln breitete sich in Macks Gesicht aus. So weit, so gut. Sie war bereit.

Kapitel 42

Mit jeder zurückgelegten Meile entfernte sich Macks weiter von New York. Sie spürte, wie der Druck, der auf ihrer Brust lastete, allmählich nachließ. Ein leichter Ruck erschütterte das kleine Flugzeug, als es etwa sechs Stunden später auf der Landebahn aufsetzte.

»Herzlich willkommen in Copalis Beach, genauer gesagt am Sportflughafen, den wir ausnahmsweise benutzen dürfen.«

Das hier war also nicht Seattle-Tacoma International Airport? Macks atmete aus. Aber so sparte sie sich wenigstens die fast dreistündige Autofahrt, mit der sie gerechnet hatte. Hastig kramte Macks ihr neues Telefon heraus und schaltete es ein. Erleichtert blickte sie auf. Kein Anruf, keine Nachricht, sie war nicht entdeckt worden. Sie befand sich nur 4.000 Meilen von New York entfernt, aber es fühlte sich an, als läge eine ganze Welt zwischen ihrer Vergangenheit und ihrer Gegenwart.

Der Pilot betätigte den Ausstiegshebel der Tür, dann folgte Macks ihm in den Hangar.

Er zeigte auf eine große Glastür. »Da vorne ist Ronda. Unsere Dame für alles.« Er deutete auf eine ältere Dame, die eine dunkle Uniform trug und ihnen zuwinkte. »Sie wird Ihnen den Schlüssel zu Ihrem Mietwagen geben. Es wurde bereits vorab alles von Ihrer Assistentin geregelt.«

Beim Wort Assistentin huschte ein Grinsen über Macks Gesicht, doch dann kam auch schon die Anspannung zurück.

Konnte sie tatsächlich auf die Diskretion dieser Leute vertrauen oder würde die Presse morgen schon ihren Standort wissen?

Ronda begrüßte den Piloten, dann wandte sie sich Macks zu: »Bitte zeigen Sie mir Ihren Pass und gehen Sie durch den Sicherheitsscanner.« Macks leistete der Anweisung Folge und musterte ihre Umgebung. In der kleinen Halle gab es weder einen Schalter noch einen Wartebereich. Lediglich einen Schreibtisch, auf dem einige Monitore standen. Ronda tippte etwas in den Computer, gab Macks dann ihren Pass zurück und überreichte ihr einen Autoschlüssel. »Das Fahrzeug steht vorne am Parkplatz. Es ist der graue Subaru. Im Kofferraum befindet sich die gewünschte Verpflegung. Einen schönen Urlaub wünsche ich.«

Dankbar nahm Macks den Schlüssel und machte sich auf den Weg zum Wagen. Weit und breit war niemand zu sehen und die Anspannung in ihr ließ nach. Nachdem Macks ihren Koffer verstaut hatte, setzte sie sich hinter das Lenkrad. Dann rückte sie den Sitz ein Stück nach vorne, bevor sie den Wagen startete.

Während ihrer zehnminütigen Fahrt waren kaum Fahrzeuge auf der Straße unterwegs. Ihr Ferienhäuschen lag abgelegen am Ende eines schmalen unbefestigten Weges, hinter einem dichten Kiefernwald.

Die Umrisse des massiven grauen Eisentors erschienen vor ihr. Die Lichter der Außenbeleuchtung schalteten sich ein, nachdem Macks aus dem Auto gestiegen war. Hastig schloss sie auf und das Tor öffnete sich mit einem Quietschen. Macks fuhr die letzten paar Meter der Auffahrt hoch, bis das mit weißen Schindeln verkleidete Haus im Scheinwerferlicht erschien.

Die mächtigen Kieferbäume, die links und rechts emporwuchsen, zitterten im eisigen Wind. Durch die kahlen Äste hindurch konnte Macks die Laterne vor dem Eingang sehen, von der ein schummriges Licht ausging.

Im Schutz der Dämmerung stieg sie aus dem Wagen und ging zur roten Eingangstür. Das Metall der Türklinke ließ sie frösteln, während sie aufsperrte. Der Duft von Holz und abgestandener Luft schlug ihr entgegen. Es war das erste Mal, dass sie das Haus allein betrat. Es fühlte sich eigenartig an. Eine melancholische Stimmung breitete sich in Macks aus. Dieses Haus wäre für zwei bestimmt gewesen.

Die ersten Tage genoss Macks die Auszeit und die Freiheit, den ganzen Tag im Pyjama rumzuhängen. Morgens saß sie am liebsten eingehüllt in einer warmen Decke auf ihrer Terrasse, blickte auf den Ozean und lauschte dabei dem Rauschen des Meeres.

Paula hatte sich zwar bereit erklärt, sie bei ihrem Plan zu unterstützten, aber sie sträubte sich, ihr dabei zu helfen, Simone zu kontaktieren. Per Telefon ging es nicht, denn Simone hatte anscheinend ihre Nummer blockiert. In ihrem letzten Brief an Simone, den Macks kurz vor ihrer Flucht geschrieben hatte, hatte sie ihr mitgeteilt, dass sie dort auf sie warten würde, wo sie zuletzt glücklich und frei gewesen waren. Zwischen kühlen Salzwasserbrisen und dem Klang der Seevögel. So wie damals, an ihrem dreiundzwanzigsten Geburtstag.

Mit jedem Tag, den Macks vom rauschenden Wintermeer der Pazifikküste geweckt wurde, verschwand die Hoffnung, dass Simone die Briefe, die Paula für sie abgeschickt hatte, überhaupt erhalten hatte.

Am fünften Tag ihres Verschwindens war es bereits Mittag, als sie die große weiße Balkontür öffnete. Sie trat hinaus und beobachtete die Sonnenstrahlen, die auf die stürmischen Wellen des Pazifiks trafen. Helle Schreie der Seemöwen, die gierig an der Wasseroberfläche nach Futter suchten, waren zu hören. Ein warmes Gefühl durchströmte Macks' Körper.

Ihrer Mutter hätte dieser Ausblick bestimmt gefallen.

Beim Gedanken an sie umklammerte Macks das Geländer des Balkons so fest, dass der kalte Stahl sich in ihre Handflächen zu brennen schien. Seit Wochen fürchtete sich Macks vor dem Gespräch mit ihrer Mutter. Diese hatte nach der Trennung von Simone ein paar Mal angerufen, so wie sie es jede Woche tat, aber Macks war nicht bereit gewesen, mit ihr zu sprechen. Was sollte sie schon sagen? Dass ihr Herz gebrochen war, das Album aber durch die Decke ging und sie für einen Grammy nominiert wurde? Das konnte sie nicht. Überhaupt hatte sie sich noch nicht bei ihr noch nicht geoutet. Zwar war sie ein paar Mal kurz davor gewesen, hatte sich dann aber doch nicht getraut.

Macks' Schultern sanken herab. Da gab es so viel, dass sie in den letzten Jahren vor ihrer Mutter geheim gehalten hatte. Das letzte Mal hatten sie sich vor einem halben Jahr gesehen. Damals hatte Macks es nicht übers Herz gebracht, ihr von Simone zu erzählen.

Wie würde ihre Mutter die Tatsache aufnehmen, dass Macks einen Teil ihres Lebens nicht mit ihr teilen wollte?

Ihre Atmung wurde schneller, das Pochen in ihren Ohren setzte ein. Der Blick auf den Ozean half ihr, sich wieder zu beruhigen. Sie musste dieses Gespräch endlich führen.

Obwohl Macks spürte, wie Angst in ihr hochkroch, ging sie zurück in das Schlafzimmer, schloss die Balkontür und setzte sich mit überkreuzten Beinen auf ihr Bett.

Das Telefon lag auf ihrem Nachttisch. Mit einer schnellen Bewegung nahm sie es, wählte, ohne noch einmal darüber nachzudenken, die Nummer ihrer Mutter. Ihre Finger bohrten sich in den weichen Stoff der Bettdecke, während sie gebannt dem Freizeichen nachlauschte.

»Hallo?«, erklang die vertraute Stimme ihrer Mutter.

»Hey Mum, ich bin's, Mackenzie.«

Ein Aufatmen war zu hören und Macks´ Schultern entspannten sich etwas. »Liebes, geht's dir gut?«

Trotz aller Mühe konnte sie den Kloß, der ihre Kehle hinaufkroch, nicht unterdrücken.

»Was ist los?«, fragte ihre Mutter besorgt.

»Ich bin seit ein paar Tagen in Copalis Beach. Ich habe es dir nie erzählt, aber ich habe das alte Ferienhaus gekauft, in dem wir gemeinsam mit Dad waren«, wich Macks ihrer Frage aus.

»Warum?«, fragte ihre Mutter dieses Mal mit gefestigter Stimme.

»Warum ich es gekauft habe oder warum ich da bin?«

Am anderen Ende der Leitung hörte Macks ein Schnauben. »Du sagst mir jetzt sofort, was los ist und warum du seit Wochen meine Anrufe ignorierst.«

Ertappt lehnte sich Macks gegen das Metallgestell ihres Bettes. »Wo soll ich anfangen«, fragte sie eher sich selbst, als ihre Mutter.

»Mackenzie Walker, wenn du nicht sofort mit der Sprache herausrückst, werde ich persönlich nach Copalis Beach kommen. Schließlich weiß ich, wo dieses Haus steht.«

Dass ihre Mutter selten bluffte, machte Macks in diesem Moment mehr Angst, als die Wahrheit auszusprechen.

»Okay Mum. Aber bitte versprich mir, dass du nicht böse wirst und mich ausreden lässt.«

Für einen Moment herrschte Stille. Dann folgte ein knappes: »In Ordnung.«

Macks biss sich auf die Unterlippe, bevor sie sagte: »Ich habe das Haus gekauft, um näher bei Simone zu sein, während sie in

Vancouver dreht. Wir haben nie darüber gesprochen, aber Simone und ich waren ein … na ja … ein Paar.« Beim Aussprechen dieser Worte überkam Macks Trauer und Aufregung zugleich. Sie ballte ihre Hand zu einer Faust. »Ich hab´s dir nie gesagt, aber ich bin lesbisch.«

Gebannt wartete sie auf eine Reaktion, aber am anderen Ende der Leitung blieb es still. Ihre Kehle schnürte sich zu. »Mum? Bist du noch da?«

»Ich sollte dich doch ausreden lassen.«

»Ja, aber sagst du dazu gar nichts?«

»Aber Schätzchen, dass weiß ich doch schon längst, ich habe euer Video gesehen. Außerdem ergab so vieles Sinn. Du hast nie großartig über Jungs gesprochen und dein Zimmer war voll mit Lindsay Lohan Poster. Aber ich wollte dir Zeit geben und deine Privatsphäre respektieren«, antwortete ihre Mutter und eine Welle von Erleichterung überkam Macks. Auf einmal fiel es ihr nicht mehr schwer, sich ihrer Mutter anzuvertrauen.

»Es lief alles gut zwischen uns, bis zu der einen Nacht, in der ich alles ruiniert habe. Wir haben uns getrennt, ich habe mich auf *September* konzentriert und Simone«, Macks hielt einen kurzen Moment inne. »Sie hat mich verlassen. Das Leben, das ich seit Jahren führe, ist nicht echt. Leider gab es Komplikationen mit dem Label und ich musste untertauchen. Deswegen bin ich jetzt hier, verstecke mich vor Peter und der Außenwelt. Ich habe es so satt, Macks zu sein.«

Viel zu schnell drangen die Wörter aus ihrem Mund heraus, aber mit jedem davon fühlte sie sich ein Stück leichter.

Am Ende der Leitung war es immer noch still. Wie viel würde Macks dafür geben, um jetzt von ihrer Mum in den Arm genommen zu werden.

»Verdammt noch mal, Mackenzie, was ist nur in dich gefahren?«

Macks zuckte bei diesen Worten zusammen, ihr Mund klappte auf. Ihre Gliedmaßen erstarrten und Panik stieg in ihr hoch. Genau diese Worte hatte Peter auch benutzt.

»Peter dieser verdammte Großkotz, was hat er dieses Mal abgezogen?«

Der Zorn in der Stimme ihrer Mutter war nicht gegen sie gerichtet. Vielleicht war ihre Mutter stärker, als Macks ihr zugetraut hatte?

»Er will mich zwingen, ein weiteres Album mit Elephant Records aufzunehmen. Ich möchte das aber nicht mehr. Ich halte den Druck nicht mehr aus. Das ständige Verstellen, die Opfer ...«

Lange Zeit war es still am anderen Ende der Leitung, dann sagte ihre Mutter: »Mackenzie, es tut mir so leid, dass du das Gefühl hattest, mir diese Dinge nicht sagen zu können. Damals, als wir den Vertrag unterschrieben haben, warst du so glücklich darüber, endlich Gehör für deine Musik gefunden zu haben. Ich dachte, ich hätte das Richtige getan, in dem ich dich bei deinem Traum unterstützt habe.«

»Mum, ich wollte das auch alles. Bitte mach dir keine Vorwürfe. Aber durch Elephant Records hat sich auch alles verändert. Ich lebe in einer Welt, die nicht mehr von mir bestimmt wird. All die Jahre dachte ich, Macks zu sein würde ausreichen.« Sie schluckte, der Knoten in ihrer Brust wurde noch fester, als sie weitersprach. »Die Wahrheit ist aber, dass ich jetzt weiß, wie es sich anfühlt, glücklich zu sein. Ich war es mit Simone. Ich würde alles dafür geben, wieder Mackenzie Walker sein zu dürfen. Ohne von der Musikindustrie und der Presse in Schubladen gesteckt zu werden. Verdammt, dafür würde ich sogar den Applaus und die Fans aufgeben.«

Eine Träne rann über ihr Gesicht. Mit einer schnellen Handbewegung wischte sie diese weg. Am liebsten hätte sie von Sarah, Elise und all den Problemen erzählt, mit denen sie in den letzten Jahren zu kämpfen gehabt hatte, doch sie brachte es nicht übers Herz. Ihre Mutter hatte sich bewusst aus ihrer Karriere herausgehalten, damit Macks ihre eigenen Entscheidungen treffen konnte. Sie damit zu konfrontieren wäre unfair von ihr.

»Erzähl mir von Simone«, erklang die warme Stimme am anderen Ende der Leitung.

Der Kloß, der sich in Macks' Hals gebildet hatte, begann sich aufzulösen. Sie streckte ihre Beine aus und spielte mit einer Haarsträhne.

»Du kennst Simone bestimmt aus ihren Filmen. Aber in der Realität ist sie noch viel atemberaubender. Jedes Mal, wenn sie einen Raum betritt, zieht Simone all die Aufmerksamkeit auf sich. Nicht, weil sie es beabsichtigt, sondern weil sie einfach von einer so starken Aura umgeben ist, die es einem unmöglich macht, wegzusehen.«

Ein Kribbeln breitete sich in Macks' Brustkorb aus, Wärme durchflutete ihren Körper.

»Liebst du sie noch?«

»Ja«, presste Macks hervor.

»Dann kämpfe um sie, Mackenzie.«

Kapitel 43

Ende November 2015

Die nächsten Tage war die Tatsache, dass Macks weiterhin unentdeckt blieb, das Einzige, das sie nicht in den Wahnsinn trieb. Anfangs konnte Paula die Medien noch mit Ausreden über eine Grippe hinhalten, obwohl sie sich ursprünglich nicht zur Auszeit äußern wollte. Aber nachdem Macks weder zu Peters Geburtstagsfeier noch zu der geplanten Benefizgala erschienen war, fragten sich mittlerweile auch ihre Fans, ob es ihr gut ging. Durch Macks' Verschwinden war ein Vakuum für Spekulationen entstanden, dass selbst Paula nicht mehr kontrollieren konnte.

»Superstar zieht sich zurück, um Entzug zu machen!«
»Macks, 23, nimmt sich Auszeit. Steckt eine neue Liebe dahinter oder eine Essstörung?«
»Flucht aus New York: Freunde packen aus!«

Mit einer Wucht klappte Macks den Laptop zu. Da äußerten sich Menschen über sie, mit denen sie schon seit Jahren nichts mehr zu tun hatte.

Zach, ihr erster Freund, behauptete, dass sie immer schon mit Suchtmitteln zu kämpfen gehabt hatte.

Dann waren da noch die Schlimmsten von allen: Diejenigen, die so taten, als würden sie ein Teil von Macks' Leben sein, obwohl Macks diese Menschen nur flüchtig kannte. Für ein paar tausend Dollar erzählten sie das, was die Presse hören wollte und verwendeten Fotos, die vor Jahren geschossen wurden. Chris' Visagistin seiner damaligen Serie war eine davon.

Unzählige Lügen wurden über Macks verbreitet, Gerüchte in die Welt gesetzt und je länger sie schwieg, desto schlimmer stand es um ihre Reputation.

Paula hielt sie alle paar Tage über die wichtigen Themen auf dem Laufenden. Trotz allem wusste weder die Presse noch Peter, der Paula jeden Tag aufs Neue anrief, wo sich Macks befand und wann sie zurückkommen würde. Mittlerweile lautete die offizielle Version von Elephant Records, dass Macks im Urlaub sei. Aber hinter den Kulissen wurde Peter zunehmend nervöser. Das wusste Paula von Mike, dem Leiter des New Yorker Büros. Wenigstens funktionierte dieser Teil des Plans.

Nachdem Macks ihr Leben in New York zurückgelassen hatte, kam auch Mackenzie nach und nach zurück.

Manche Tage fühlten sich an, als ob sie einen Kampf gegen sich selbst führen müsste. Mackenzie wurde immer präsenter und somit auch der Wunsch, wieder sie zu sein. Warum hatte Macks so lange gebraucht, um zu erkennen, dass Mackenzie Walker schlichtweg gut genug war? Macks könnte ihr niemals das Wasser reichen, denn sie existierte erst seit acht Jahren.

Bis vor Kurzem war es Macks noch gelungen, diese Gedanken zu verdrängen. Aber dieser Schutzmechanismus funktionierte nach neunzehn Tage in der Einöde, und nur mit sich selbst konfrontiert, nicht mehr.

Warum hatte sie es mit fünfzehn Jahren zugelassen, Mackenzie in eine Box zu sperren und auf das hinterste Regal im Schrank zu verbannen? Warum hatte niemand um sie gekämpft? Sie hätte das Beste aus dem Leben machen können, das für Mackenzie bestimmt war. Aber noch hatte sie die Möglichkeit, alles gerade zu biegen.

Ein dumpfes Geräusch im Garten ihrs Ferienhauses ließ Macks hochfahren.

Sie war gerade dabei, das Besteck in ihren Schubladen zu sortieren, hatte dabei ihr Küchenfenster offen. Ein unbehagliches Gefühl überkam sie. Die nächste Lieferung mit Lebensmitteln, die kontaktlos vor ihrem Tor abgestellt wurden, war erst in einer Woche geplant. War es der Presse etwa gelungen, ihren Standort herauszufinden?

Schweiß bildete sich auf den Innenseiten ihrer Hände, denn im Garten war eindeutig ein Knacken zu hören. Das bedeutete, jemand hatte ihr Einfahrtstor überwunden. Das Grundstück wurde von einem zwei Meter hohem Zaun umzäunt, vor dem sich Bäume und Sträucher befanden. Das war nicht möglich, denn …

Plötzlich klingelte es an der Tür.

Verdammt. Die Reporter haben mich gefunden. Oder war es Peter?

Fieberhaft überlegte Macks, wie sie am besten verschwinden konnte. Der Mietwagen stand in der Einfahrt, etwa hundert Meter von der Haustür entfernt. Vielleicht könnte sie über die Terrassentür den kleinen Weg hinunter zum Strand laufen und von dort aus ein Taxi rufen.

Nur war der Empfang sehr schlecht am Strand. Macks saß in der Falle. Einen Fluchtweg hatte sie in ihrem Plan vergessen.

Erneut dröhnte das hartnäckige Klingeln an der Haustür durchs Haus. Macks nahm ihren ganzen Mut zusammen. Trotz allem wollte sie herausfinden, wer da vor der Tür stand.

Ihr Herz schlug ihr bis zum Hals, als sie geduckt zum Fenster neben der Tür schlich. Rücklings lehnte sie sich gegen die Wand und schob mit einer zaghaften Bewegung den Vorhang der Milchglasscheibe zur Seite.

Das Blut stockte ihr in den Adern. Tausend Gedanken schossen ihr gleichzeitig durch den Kopf.

Nein ... das kann nicht sein.

Sie presste die flache Hand auf ihre Brust. Dann wagte sie erneut einen Blick durch die Scheibe.

Ruckartig zog Macks ihren Kopf zurück, denn die Person, die auf ihrer Veranda stand, presste ihr Gesicht ebenfalls gegen das kalte, von Frost überzogene Glas. Erschrocken trat sie ein paar Schritte zurück.

Macks erkannte einen langen dunklen Mantel mit Kapuze, die die Person tief ins Gesicht gezogen hatte.

Wie angewurzelt stand Macks vor der Tür, während geklopft wurde.

»Ich habe dich gesehen, mach auf.«

Macks' Herzschlag setzte für einen Moment aus. Sie hatte sich nicht getäuscht.

Sie stolperte vorwärts durch den Flur und zog mit verschwitzten Händen die Tür auf. Der Knoten in ihrem Magen wuchs zu einem Ball und sie trat panisch einen Schritt zurück.

»Na endlich. Ich dachte schon, ich muss durch ein Fenster klettern. Hast du eine Ahnung, wie kalt es draußen ist?«

Macks stand wie angewurzelt im Türrahmen und stammelte: »Sorry ... ich ähm ... Was machst du hier?«

»Darf ich reinkommen?«

Macks spürte den durchdringenden Blick, der jeden Zentimeter ihrer Erscheinung analysierte. Verlegen zog sie an ihrem ausgeleierten Pulli.

»Klar«, antwortete Macks dann und deutete in Richtung Küche.

Vor lauter Aufregung stolperte sie beim Losgehen über ihre Sneakers und stieß sich dabei ihren Zeh an der Kommode im Eingang. Ein Schmerz durchfuhr ihren Körper, sie fluchte leise.

Als ihr Gegenüber jedoch lachte, schossen Macks goldene Blitze durch ihren Körper. Für einen kurzen Moment hatte Macks das Gefühl, als wäre die Welt nach einer Ewigkeit wieder in Ordnung.

Die Zeit schien sich zu verlangsamen und ein vertrautes Gefühl, dass sie seit Monaten nicht mehr gespürt hatte, breitete sich in ihrem Körper aus. Als Simone sich ein paar Schritte auf sie zubewegte, die Arme ausstreckte, ließ Macks ihre Umarmung zu.

»Ich habe dich vermisst«, presste Macks hervor.

Ohne eine Antwort abzuwarten, löste sie sich aus der Umarmung und fuhr mit dem Ärmel ihres Pullovers über ihr Gesicht. War Simone tatsächlich hier oder drehte sie vollkommen durch?

»Sorry, ich musste noch einmal sicher gehen, ob das hier echt ist«, sagte sie und deute Simone ihr ins Wohnzimmer zu folgen. Der Blick aufs Meer war atemberaubend. Der Dunst der Nacht hatte sich gelichtet und die weichen Strahlen der Sonne bahnten sich ihren Weg über die Nebelschwaden. Ein perfekter Tag.

Simone ging auf das Fenster zu, ehe ihr Blick zurück zu Macks schweifte. »Ich habe ganz vergessen, wie schön es hier ist. Dieser Ort hatte schon immer etwas Magisches. Du hast das Haus tatsächlich gekauft.«

Macks stellte sich neben sie und sagte leise: »Du hast meine Frage nicht beantwortet.«

Stille trat ein und die Tatsache, dass Simone weggegangen war, baute sich wie eine Mauer zwischen ihnen auf.

»Ich habe deine Briefe gelesen und im letzten lag der Schlüssel.« Simones Stimme klang belegt.

Ungläubig starrte Macks Simone an, deren Blick auf den Ozean gerichtet war. In ihr keimte ein leichter Anflug von Zorn hoch. Mit einem Schlucken versuchte sie ihn zu unterdrücken.

»Dann lass es mich anders formulieren. Ich habe seit zwei Monaten – oder auch sechsundsechzig Tagen – nichts von dir gehört. Du bist einfach abgehauen, ohne dich zu verabschieden. Warum stehst du also jetzt hier in dem Haus, das ich für uns gekauft habe?«

Simone drehte sich langsam um. Das rote Haar funkelte im Licht der einfallenden Sonnenstrahlen. Der Blick ihrer Augen strahlte nicht mehr diese gewohnte Wärme aus, sondern wirkte traurig.

»Ich weiß, es ist viel zu spät für Entschuldigungen. Anfangs dachte ich wirklich, die Trennung wäre das Beste für uns und unsere Karrieren.« Sie streifte ihren Mantel ab und setzte sich mit angezogenen Schultern auf einen Stuhl. Simones Finger fuhren die Tischkante entlang. »Ich dachte, irgendwann wird es mir gelingen, dich zu vergessen. Verdammt Macks, ich hatte Angst und wollte dich nur beschützen. Dich zu verlassen war das Schwierigste, das ich je tun musste.«

Ungläubig starrte Macks auf Simone. »Wirke ich so schwach, dass mich andauernd jemand beschützen muss?«

Abwehrend hob Simone die Hände. »So war das nicht gemeint.«

»Doch, es war genau so gemeint. Erst Paula, dann Peter, jetzt auch noch du. Ständig weiß jeder besser, was gut für mich ist! Weißt du, wie anstrengend das ist?«

Macks setzte sich neben Simone. Das alles war zu viel. Doch Simone war hier und Macks benötigte dringend Antworten. Warum war sie hergekommen? Was erhoffte sie sich dadurch? Ihr Blick schweifte zu Simone.

Reiß dich zusammen. Vermassle das nicht. Lass sie ausreden.

Vorsichtig griff sie nach Simones Hand. Bei der Berührung zuckten beide zusammen. Am liebsten wäre Macks ihr um den Hals gefallen und hätte da weiter gemacht, wo sie am Morgen des dritten Oktobers aufgehört hatten. Sie musste dringend Abstand schaffen, zu groß war ihre Anziehungskraft – noch immer.

Hätte Simone in diesem Moment um eine zweite Chance gebeten, hätte sie ihr diese, ohne nachzudenken, gegeben. Aber sie musste ihr Herz schützen. Sie stand auf und holte zwei Gläser sowie eine Weinflasche aus dem Kühlschrank. Dann stellte sie diese auf den Tisch und setzte sich auf den Stuhl, der am weitesten von Simone entfernt war.

»Es tut mir leid. Ich habe überreagiert. Es ist nur ...« Macks stockte als sie Simones Blick auf ihr spürte und sich etwas in ihrem Inneren beruhigte.

»Lass mich bitte noch einmal von vorne beginnen. Wie geht es dir?«, fragte Macks und blickte Simone dabei tief in die Augen.

Ein Schnauben entwich Simone. »Für eine Weile ging es mir ganz gut. Zumindest habe ich mir das eingeredet. In Vancouver habe ich mich in die Arbeit gestürzt. Abgeschirmt auf einem Filmset zu sein tat mir gut.« Sie hielt kurz inne. »Das Problem war nur, egal wie müde, glücklich oder traurig ich war, du bist mir nie aus dem Kopf gegangen. Deine Briefe waren schlussendlich mein Rettungsring, den ich ergreifen musste.«

»Warum jetzt erst?«, presste Macks hervor.

Für eine Weile war es still im Raum. Dann aber hellte sich Simones Miene auf und sie fuhr mit ihren Fingern den Rand des Weinglases nach.

»Dein Album *September* ist ein Meisterwerk. Seit der Veröffentlichung bin ich wie besessen davon. Obwohl du es mir schon vorher vorgespielt hast, ist es etwas anderes, es frei zugänglich für alle zu erleben.«

Vorsichtig schob Simone ihre Hand über den Tisch in Macks´ Richtung. Kurze Zeit später berührten sich ihre Fingerspitzen erneut.

Macks schloss die Augen. Die Berührung löste ein kribbelndes Gefühl aus, das ihren Körper durchströmte. Krampfhaft versuchte sie, Simones Blicken auszuweichen. Erfolglos.

»Danke, dass ich deine Muse sein durfte. Du hast mir die Chance gegeben unsterblich zu werden. Jeden Tag erinnern mich deine Songs an das, was wir hatten. Macks, ich habe nie aufgehört an dich zu denken und …« Simone hielt inne. »Es war falsch von mir, dich zu verlassen. Auch die Dinge, die ich dir an den Kopf geworfen habe … ich schäme mich so dafür.«

Simones ständigen Ausschweifungen brachte Macks beinahe um den Verstand. Um sich abzulenken, trank sie einen Schluck Wein.

Dann nahm sie einen tiefen Atemzug und stellte die Frage, die ihr seit Simones Ankunft auf den Lippen brannte. »Warum hast du dich nie bei mir gemeldet?«

Schuldbewusst zuckte Simone mit den Schultern. »Ich hatte Angst, dass du mich bei meiner größten Lüge ertappen würdest.«

Es kostete Simone alle Kraft die Wörter auszusprechen, das merkte Macks. Plötzlich empfand sie Mitgefühl. Trotzdem klang es nach einem weiteren Ausweichmanöver.

»Aber ich habe dir die Briefe doch schon vor Wochen geschickt. Ehrlich gesagt dachte ich, du hättest sie bewusst ignoriert. Fuck, ich habe dich gebraucht und du warst nicht da. Also warum jetzt? Und ich bitte dich mir endlich zu antworten«, sagte Macks mit bebender Stimme.

Simones Augen weiteten sich. »Hast du eine Ahnung, wie schwer es war dich zu finden? Du wärst dort, wo wir zuletzt glücklich waren? Dazu ein alter rostiger Schlüssel? Du weißt, dass ich Rätsel hasse. Außerdem war ich in jeder Sekunde, die wir gemeinsam verbracht haben, glücklich mit dir. Klar bin ich auf Copalis Beach gekommen, nicht aber darauf, dass du hier ein Haus gekauft hattest. Ich dachte anfangs, du würdest dich bei unseren Freunden verstecken.«

Ein hysterisches Lachen entfuhr Macks. »Dabei kam dir nie in den Sinn, nach Copalis Beach zu fahren?«

»Doch. Aber ich wusste nicht, wo ich mit der Suche anfangen sollte. Ich konnte dich schlecht fragen, du warst verschwunden. Ich habe es bei unseren Freunden versucht, aber auch die hatten keine Ahnung. Nur eine Person war bereit mir zu helfen.«

Plötzlich dämmerte es Macks. »Du hast mit meiner Mutter gesprochen?«

Simone seufzte tief. »Ich war bei ihr. Es hat etwas gedauert, bis ich mich dazu überwunden habe. Ich hatte niemals vorgehabt, sie in unser Drama zu verwickeln.«

Fassungslos blickte Macks in Simones kobaltblaue Augen, unfähig darauf etwas zu antworten.

»Deine Mum war anfangs ziemlich überrascht mich zu sehen. Aber wir hatten ein langes Gespräch. Echt traurig, dass wir uns so kennenlernen mussten. Ich mag sie sehr, weißt du?«

Simone stand auf und stellte sich hinter Macks. Diese konnte ihren warmen Atem im Nacken spüren und neigte ihren Kopf leicht zur Seite.

»Aber …«, setzte Macks an.

Simone unterbrach sie. »Ich glaube es tat ihr auch mal gut mit jemanden über dich zu sprechen. Sie hat sich Sorgen gemacht und sagte, wir sollten endlich aufhören, auf die anderen zu hören.«

Macks drehte sich um zu Simone. »Wann war das?«

»Gestern.«

Macks starrte sie ungläubig an. »Was?«

Anstatt zu antworten, huschte Simone ein Lächeln übers Gesicht. Da war auf einmal wieder dieses Glitzern in ihren Augen, so als hätte sie soeben einen Schatz gefunden.

»Deine Mum hatte recht. Wir sollten das unter uns klären. Der Tipp mit dem Haus kam von ihr.«

Simone hatte sich wieder auf den Stuhl gesetzt und Macks spürte ihren Blick, in dem so viel Hoffnung lag. In Macks hingegen tobte ein Wirbelsturm aus Emotionen.

»Du hast mir das Herz gebrochen.« Ihre Stimme klang heiser, brach dabei.

Vorsichtig streckte Simone ihre Hand aus und berührte Macks' Schulter.

»Ich weiß. Aber die Angst war größer, Macks. Schließlich ging es um alles. Doch ich war zu blind, um zu erkennen, dass es meine größte Angst war, dich zu verlieren. Dich zu verlassen war ein Fehler. Ich hätte am Abend des Konzerts zu dir in den gottverdammten Wagen steigen sollen. Glaub mir, wenn ich könnte, würde ich die Zeit zurückdrehen.«

Macks aber sprang auf. »Ich hatte auch Angst, Simone. Monatelang spielte sich dieser eine Abend immer wieder in meinem Kopf ab. Ich habe mir dafür die Schuld gegeben.«

Macks bemerkte wie Simone ein Taschentuch herausholte und sich ihre Augen abtupfte.

Simone trug ausnahmsweise kein Make-up, sondern nur ein wenig Wimperntusche, die sich im Taschentuch abzeichnete.

Macks musste dennoch in diesem Moment alles loswerden, obwohl sie am liebsten stillschweigend neben Simone in Tränen ausgebrochen wäre. Simone musste endlich wissen, wie sie sich die letzten Monate gefühlt hatte. »Ich dachte wir könnten das gemeinsam durchstehen. Ich wollte das wieder geradebiegen mit uns. Ich war bereit alles aufzugeben. Unseretwegen. Doch dann machst du einfach Schluss mit mir.«

Simone schniefte. »Es tut mir so leid, Macks. Die Wahrheit ist, dass ich aus New York geflüchtet bin, ohne zurückzublicken. Ich war vollkommen fertig. Lukas, Paula, alle redeten mir ein, ich müsse mich von dir fernhalten, um unsere Karrieren zu retten. Paula meinte, es wäre der einzige Weg aus diesem Schlamassel heil rauszukommen. Irgendwann habe ich aufgegeben. Ich dachte, es wäre besser so, denn du würdest schon klarkommen und das mit uns wäre falsch.«

Macks kannte das Gefühl ständig unter Druck gesetzt zu werden und sich für das zu schämen, was sie war, nur zu gut.

»Ich habe dich so oft angerufen. Warum hast du nie geantwortet?«

Simone setzte sich auf. »Das durfte ich nicht.«

Dann erzählte Simone wie es ihr an diesem Abend und am darauffolgenden Tag ergangen war und wie Lukas reagiert hatte. Fassungslos fixierte Macks einen Fleck auf der Wand.

»Also war Lukas der Grund«, fragte sie, ohne wirklich eine Antwort zu erwarten.

»Er und Paula. Aber bei Paula wusste ich, dass sie dir nur helfen wollte. Sie trifft keine Schuld. Aber Lukas schon. Unser Vertrag läuft im Juni aus. Das war's dann mit uns. Ich kann und will mit so einem Menschen nicht mehr in Verbindung gebracht werden. Er hat kein Skrupel, musst du wissen.«

Macks musterte Simone und spürte, wie diese innerlich mit sich haderte. Aber sie wollte sie zu nichts drängen. Doch da fuhr Simone bereits fort: »In der Nacht nach unserem Kuss wollte ich mich von Lukas trennen und die Wahrheit sagen. Ich hatte die Lügen so satt. Ich habe ernsthaft mit dem Gedanken gespielt uns zu outen, damit wir eine Chance hätten. Ich hätte es einfach tun sollen.«

Macks schluckte. Das kam ihr bekannt vor.

»Ich wünschte, ich könnte die Abzweigung finden, an der ich damals falsch abgebogen bin und Mackenzie gegen Macks ausgetauscht habe. Paula hatte Recht. Unser Coming-out sollte unsere Entscheidung sein und nicht erzwungen werden. Damals hätte niemand gewonnen, das verstehe ich jetzt. Trotzdem tut es verdammt weh, dass ihr dachtet, ich könnte damit nicht umgehen und mich stattdessen hintergangen habt«, sagte Macks mit leiser Stimme.

Dann schloss sie ihre Augen. Als sie sie wieder öffnete, war da wieder Simones Aura, die Macks in ihren Bann zog.

»Ich habe Drehpause und könnte hierbleiben, wenn du das möchtest. Wir müssen über alles reden. Mein Gott, es ist so vieles schief gelaufen, das wir nicht mehr ändern können.« Simone hielt kurz inne bevor sie weitersprach: »Aber vor allem möchte ich wissen, wo wir stehen. Außerdem musst du mir endlich sagen, warum du verschwunden bist.« Ihre Stimme brach und sie zog den Kragen ihres Hoodies höher.

Auch Macks konnte die Emotionen nicht mehr zurückhalten. Es wäre so einfach gewesen, hätten sie nur die Gelegenheit gehabt, miteinander zu sprechen.

Irgendwann, als Macks kaum noch Luft bekam, rieb sie sich die Augen und stellte die Frage, vor derer Antwort sie sich am meisten fürchtete: »Dann kann es also noch ein uns geben?«

Kapitel 44

Als Macks am nächsten Morgen erwachte wünschte sie sich nichts sehnlicher, als die Zeit anzuhalten.

Simone lag schlafend neben ihr. Die ganze Nacht hatten sie sich geliebt, jeden Moment ausgekostet und Dinge miteinander angestellt, die Macks′ Wangen, in Erinnerung daran, vor Hitze glühen ließen.

Erneut ertappte sie sich dabei, Simone beim Schlafen zuzusehen und sich auszumalen, wie es wäre, jeden Tag neben ihr aufzuwachen. Langsam ließ sie ihre Hand Simones Rücken hochgleiten und strich ihr die Haare hinters Ohr.

Simone bewegte sich und drehte ihren Kopf zu Macks, die sich zu ihr beugte und ihre Stirn küsste. Eine ungewohnte Ruhe überkam Macks – etwas in ihr veränderte sich. Sie hatte dieses Gefühl schon einmal gehabt, nach ihrem Auftritt im Madison Square Garden. Nur war es dieses Mal viel klarer, verdrängte all das Negative der letzten Monate. Was blieb, war Wärme und Geborgenheit.

Ich werde dich nie wieder gehen lassen.

Außerhalb des kleinen Ferienhäuschens mochte sich die Welt zwar weiterdrehen, doch für Macks stand sie still. Aus den anfänglichen gemeinsamen Minuten mit Simone wurden Stunden, die sich in Tage verwandelten. Es spielte keine Rolle mehr, wie viel Zeit, die sie hätten gemeinsam verbringen können, achtlos vergeudet worden war. Denn die Tatsache, dass sie wieder mit Simone vereint war, ließ die Narben der Vergangenheit

Stück für Stück heilen. Endlich erfüllte das Haus in Copalis Beach seinen Zweck.

Am Morgen des fünften Tages nach Simones Rückkehr riss Macks ein lautes Klirren aus ihrem Schlaf. Geblendet von den Sonnenstrahlen, die sich ihren Weg durch die hohen Fenster bahnten, blinzelte Macks zu der Stelle, an der Simone liegen sollte. Abrupt richtete sie sich auf, während ihr Blick durch das Zimmer schweifte. Von Simone jedoch keine Spur. Das gedämpfte Fluchen, dass soeben aus dem Nebenzimmer drang, ließ Macks innehalten.

Sie ist noch da. Ist alles in Ordnung?

Barfuß ging Macks in die Küche, aus der die Geräusche kamen.

»Bleib stehen!«

Verwundert zog Macks ihre Augenbrauen hoch.

Simone stand vor dem Waschbecken, ihre Hand in ein Tuch gehüllt, über das sie Wasser laufen ließ. Das Haar war zu einem Dutt gebunden, aus dem sich einzelne Strähnen gelöst hatten. Mit dem weißen Schlafshirt, das ihr knapp über die Hüften reichte und den kurzen Shorts, wirkte sie so begehrenswert, dass Macks beinahe vergaß zu atmen.

Jetzt erst bemerkte sie das Backblech auf dem Boden vor Simone, neben dem ein paar Kekse verstreut lagen.

»Was ist passiert?«, fragte Macks und versuchte dabei ein Grinsen zu unterdrücken.

Mit einem Schnauben blies sich Simone eine Haarsträhne aus dem Gesicht. »Dein Topfhandschuh hat ein Loch. Ich habe mich verbrannt, als ich die Kekse aus dem Ofen holen wollte«, antwortete sie, während sie ihre Hände weiter unter das fließende Wasser hielt.

Als sich ihre Blicke trafen, spürte Macks die Röte ins Gesicht schießen. Würde sie sich jemals an das Gefühl gewöhnen, was Simone einzig mit einem Blick in ihr auslöste?

»Du hast gebacken?«, fragte sie, während sie sich durch die Tür schob.

»Konnte nicht mehr schlafen. Außerdem ist in ein paar Tagen Weihnachten«, sagte Simone, kniete sich neben das Blech am Boden und begann die Kekse aufzuheben.

»Tatsächlich«, murmelte Macks eher zu sich selbst.

Dann beugte sie sich hinunter, wobei ihr ein vertrauter Geruch in die Nase stieg, der Erinnerungen an ihre Kindheit auslöste. Damals hatte sie in der Weihnachtszeit gemeinsam mit ihrer Schwester Lexi und ihrer Mutter Stunden damit verbracht, Kekse zu backen. Gerne hätte Macks noch länger in Erinnerung geschwelgt, doch als Simones Schulter ihre eigene streifte, wurde sie aus ihren Gedanken gerissen.

Vorsichtig nahm sie Simones Hand und hauchte einen Kuss über die verbrannte Handfläche. »Ich hoffe es tut nicht zu sehr weh.«

Kopfschüttelnd deutete Simone auf die Überreste der Kekse. »Nein, aber schau dir das Massaker hier an.«

»Du bist so dramatisch, du wärst bestimmt eine gute Schauspielerin«, antwortete Macks lachend.

Ein leichter Schmerz durchfuhr ihren Körper. Simone hatte ihr mit ihrem Ellbogen einen Schlag in die Rippen versetzt.

Doch bevor Macks ihren Mund öffnen konnte, um ihr zu sagen, dass sie genau das mit dramatisch gemeint hatte, spürte sie, wie Simone die Arme um sie legte und sie näher an sich heranzog.

Es war, als ob eine Flamme in ihr entfacht worden wäre, die durch nichts zu löschen war.

Die Erregung verstärkte sich, als Simone ins Ohr flüsterte: »Fünf Tage mit dir reichen aus, um mich um meinen Verstand zu bringen.«

Mit einem Raunen ließ Macks ihren Kopf zurückfallen und öffnete dabei leicht ihren Mund. Endlich berührten sich ihre Lippen. Zuerst nur leicht, dann aber wurden die Küsse so intensiv, dass Macks ihre Lust nicht mehr unterdrücken wollte. Sie schlang ihre Beine um Simones Becken und setzte sich auf ihren Schoß.

»Scheiß auf die Kekse«, sagte Macks und schob das Blech zur Seite. Dann verlagerte sie ihr Gewicht nach vorn. Simone lag rücklings auf dem Boden und keuchte schwer, als Macks ihre Hände unter ihr T-Shirt schob und ihre Brüste streichelte.

Macks' Finger tasteten sich hinunter zu Simones Bauchnabel und hielten am Bund ihrer Unterwäsche inne.

Simone stöhnte, als Macks langsam über den Stoff glitt.

»Du gehörst mir«, raunte sie und schob ihre Hand zwischen Simones pulsierende Schenkel.

»Ich will dich in mir spüren«, keuchte Simone, öffnete ihre Beine und vergrub ihre Hände in Macks' Haare.

Jede Faser in Macks' Körper elektrisierte sich, aber sie nahm sich Zeit, um zu gehorchen.

Simone zog Macks enger an sich heran, und küsste ihren Hals. Ließ dann ihre Hände über Macks' Rücken gleiten und zog ihr das T-Shirt über den Kopf.

Macks schnappte nach Luft und richtete sich auf. Die Lust in Simones Blick, die aufflackerte, als sie über ihren nackten Oberkörper strich, brachte Macks fast um den Verstand.

»Sag es nochmal«, raunte Macks, während sie ihre Finger in Simones Slip gleiten ließ.

Doch anstatt zu antworten, umschloss Simone Macks' Brüste. Macks konnte die Erregung kaum noch zurückhalten.

Hitze breitete sich in ihr aus, als sie Simones Hände zwischen ihren Beinen spürte. Simones Mund fand den von Macks. Macks verlangsamte ihre Bewegungen, wurde dann wieder schneller und saugte dabei an Simones harten Nippeln. Sie presste ihre Lippen noch fester auf Simones Haut und spürte, wie diese dabei kam.

Doch Macks küsste sie weiter, bis sie die pulsierenden Wellen ihres eigenen Orgasmus spürte, denn Simone hatte nicht aufgehört sie zu berühren. Ein Gefühl der Geborgenheit und des Glücks breitete sich in ihr aus. Sie vergrub ihren Kopf in Simones Nacken und legte sich dann keuchend neben sie auf den Fußboden. Sie drehte ihren Kopf und blickte Simone tief in die Augen.

»Alles in Ordnung?«

»Klar«, antwortete Macks und setzte sich auf. Dann aber schüttelte sie den Kopf. Sie musste endlich loswerden, was schon seit Tagen an ihr nagte. Obwohl der Zeitpunkt denkbar ungünstig war, musste Macks ansprechen, was sie bedrückte.

»Es ist nur so«, begann Macks und verschluckte sich dabei fast, »dass Weihnachten immer etwas ganz Besonderes in meiner Familie war.«

»Das ist doch etwas Schönes, nicht? Bei meiner Familie gab es kein Weihnachten in diesem Sinne«, sagte Simone leise und mied dabei Macks′ Blick.

Für ein paar Sekunden sagte niemand etwas. Jetzt erst wurde Macks bewusst, dass sie fast gar nichts über Simones Familie wusste. Vorsichtig tastete Macks nach Simones Hand und drückte sie.

»Seit ich damals mit sechtzehn entdeckt wurde, war ich die Hauptverdienerin in meiner Familie. Anfangs machte es mir nichts aus, aber irgendwann wurde es zu kompliziert.« Simone schluckte und hob ihren Kopf. Ihre Pupillen hatten sich verengt.

»Willst du darüber reden?«, fragte Macks.

»Ich bin mit siebzehn von Kansas weg und nach LA gezogen. Seitdem habe ich kaum Kontakt zu meinen Eltern. Mein Dad hat das Geld, das ich mir damals hart erarbeitet hatte, verspielt und meine Mum …« Sie hielt kurz inne, schluckte hart. »Hatte nie eine Chance etwas zu sagen. Kansas ist ein trostloser Ort zu Weihnachten für jemanden, der dort niemals hingehörte.« Ein Seufzen entfuhr Simone. »Aber ich habe damit abgeschlossen und meinen Frieden gefunden. Auch wenn es manchmal noch schmerzt. Mein Leben ist nicht so perfekt, wie in meinen Filmen.«

Der Kloß, der sich in Macks Hals gebildet hatte, wurde größer. Im Gegensatz zu ihr hatte Simone niemanden.

»Was hast du dieses Weihnachten vor?«, fragte Macks.

Simones Miene wurde düster, ihre Nasenflügel bebten und sie stieß scharf Luft aus. »Lukas verlangt von mir, dass ich mit zu seinen Eltern gehe. Die Kremers veranstalten am Vierundzwanzigsten ein Dinner, mit allen wichtigen Leuten New Yorks, bei dem er mich, wie so oft, als seine perfekte Freundin präsentieren wird.«

In dem angespannten Schweigen, das sich ausbreitete, lag so viel Unausgesprochenes.

Langsam strich Macks mit ihren Fingern über Simones Arme. Ihr Herz pochte dabei so schnell, dass Simone es bestimmt hören konnte, aber sie musste sie das fragen.

»Was würdest du davon halten, das Dinner sausen zu lassen und stattdessen mit mir nach New Orleans zu fahren?«

Simones Miene veränderte sich schlagartig und sie wich ein Stück zurück.

Im selben Moment bereute Macks die Frage. Was hatte sie sich dabei gedacht? Selbst wenn Simone einwilligen würde - wovon sie nicht ausging - lag New Orleans immer noch auf der anderen Seite des Landes. Wie würden sie es unbemerkt dahin schaffen? Um den Schaden zu begrenzen, hob Macks abwehrend die Hände. »Vergiss ...«

»Okay! Es wäre sehr schön, Weihnachten mit dir und deiner Familie zu verbringen.«

Macks Kinn klappte hinab. »Dein Ernst?«

»Na ja, deine Mutter und Lexi klingen besser als das Weihnachten, das Lukas für uns geplant hat«, antwortete Simone schulterzuckend.

»Aber nach all dem, was du mir erzählt hast, hält er dich an einer ziemlich kurzen Leine, seitdem ...«

Sie konnte sich nicht dazu überwinden, weiterzusprechen. Das Letzte, das Macks in diesem Moment wollte, war die Vergangenheit neu aufzurollen.

»Ach, der wird es überleben müssen. Ich täusche eine Grippe vor. Er muss nicht wissen, dass ich mit dir quer durchs Land reise.« Dabei lachte Simone und auf ihrem Gesicht zeichneten sich diese Grübchen ab, die Macks Herz schneller schlagen ließen.

»Gut, dann wird's Zeit, dass ich Paula erneut um Hilfe bitte. Sie schuldet mir noch was.« Obwohl Macks versuchte, die Anspannung in ihrer Stimme zu überspielen, war sie da. Denn bevor sie mit Paula sprach, musste sie ein anderes Gespräch führen. »Lass mich das kurz abklären«, sagte sie, strich Simone noch einmal über die Wange und stand dann auf, um aus der Küche zu gehen.

Für dieses Gespräch wollte Macks allein sein.

Im Schlafzimmer angekommen setzte sie sich auf das Bett und zog die Knie an.

Es dauerte nicht lange bis ihre Mutter ans Telefon ging.

»Hey Mum. Ich bin es«, meldete sich Macks.

Am anderen Ende der Leitung hörte sie ein Seufzen. »Ich bin so froh, dass du anrufst. Wie geht es dir? Du hast dich seit Tagen nicht gemeldet.«

»Ja ich weiß, aber Simone ist bei mir und na ja, wir haben uns ausgesprochen. Danke übrigens.«

Am anderen Ende der Leitung ertönte ein leises Lachen. »Oh Schätzchen, ich bin so froh darüber. Ich wollte dir sagen, dass sie bei mir war, aber ich dachte mir, da mische ich mich lieber nicht ein. Nicht, dass du vom Weglaufen noch wegläufst.«

Obwohl sie ihre Mutter in diesem Moment nicht sehen konnte, wusste Macks, dass diese beruhigt war.

»Mum, ich will nicht wissen worüber ihr gesprochen habt. Aber deswegen rufe ich nicht an. Ich wollte dich was fragen …«

Macks kroch unter die Bettdecke und verursachte dabei ein Rauschen im Telefon.

»Ich kann dich nicht hören, was machst du?«, fragte ihre Mutter.

»Ich bin unter der Bettdecke«, murmelte Macks.

»So schlimm deine Frage?«

»Nein, ich … Es geht um Weihnachten. Wäre es in Ordnung, wenn Simone und ich euch besuchen kommen? Ich weiß, es ist kurzfristig und du hast bestimmt schon eingekauft und so weiter, aber ich vermisse euch.«

»Schätzchen, dass wäre das schönste Geschenk aller Zeiten. Für uns alle. Lexi ist seit ein paar Tagen vom College zurück und fragt ständig nach dir. Deine Cousine Mischa wird auch da sein. Sie macht gerade ihre Ausbildung zur Assistenzärztin hier in New Orleans. Es lohnt sich zeitlich nicht, nach Batavia zu fahren. Ich hoffe, das ist kein Problem.«

Beim Gedanken an Mischa spannte sich Macks' Körper an. Seit ihrem Umzug nach New Orleans hatte sie kaum Kontakt miteinander gehabt. Würde es komisch sein, sie nach all den Jahren wiederzusehen? Dann aber erinnerte sich Macks daran, wie gut sie sich in ihrer Jugend verstanden hatten und sie entspannte sich.

»Nein, das ist kein Problem. Wir kommen dann in ein paar Tagen, okay?«

Nachdem sie aufgelegt hatte, setzte sich Macks mit einem zufriedenen Seufzen auf und genoss das Glücksgefühl, das sie durchströmte. Sie würde bald nach Hause gehen, zurück an den Ort, an dem alles angefangen hatte. Gemeinsam mit Simone.

Macks klatschte in die Hände. Denn jetzt fehlt nur noch Paula. Doch Macks wusste schon ganz genau, mit welchen Argumenten sie Paula überzeugen könnte, ihnen zu helfen.

Fünfzehn Minuten später war Macks nicht mehr in der Lage still dazusitzen, denn die Vorfreude darüber, endlich wieder nach Hause zu gehen war zu groß. Paula versprach die Reise nach New Orleans zu organisieren. Außerdem gab es da noch eine weitere Sache, die Macks in New Orleans erledigen musste. Aber davon würde sie vorerst niemandem erzählen.

Es war einfach gewesen, Paula zu motivieren ihnen zu helfen. Schließlich hatte Macks ihr versprochen, sich mit Peter von Angesicht zu Angesicht zu treffen, um sich auszusprechen.

Seit Wochen schon wurde Paula von Peter terrorisiert, denn dass sein Superstar nicht auffindbar war, kratzte nicht nur an seinem Ego, sondern auch an seiner Glaubwürdigkeit gegenüber einigen Konzertveranstaltern.

Kapitel 45

22. Dezember 2015 – New Orleans

Als Macks gemeinsam mit Simone am nächsten Morgen das Haus in Copalis Beach verließ, blinzelten die ersten Sonnenstrahlen durch die dichten Kiefernbäume, die neben ihrer Einfahrt wuchsen. Frost hatte sich auf der Windschutzscheibe ihres Wagens gebildet und es dauerte eine Weile, bis es im Innenraum warm wurde. Mit einem mulmigen Gefühl fuhr Macks entlang dem Weg, der auf die Hauptstraße führte.

Immer wieder starrte sie in den Rückspiegel, doch niemand folgte ihnen.

Womit rechnest du überhaupt? Dass jeden Moment Paparazzi aus dem Gebüsch springen?

Schnell verwarf sie die Frage wieder und richtete ihren Blick nach vorne. Einerseits fühlte es sich befreiend an, nach fünf Wochen ihr Versteck wieder zu verlassen, andererseits war da diese Angst, doch entdeckt zu werden.

Aus dem Augenwinkel beobachtete Macks wie Simone kleine Kreise auf die angelaufene Fensterscheibe zeichnete. Im Gegensatz zu Macks, wirkte sie völlig entspannt.

Nach einer Viertelstunde Fahrt bog Macks auf den Parkplatz vor dem kleinen Flughafen ein.

Vor dem Hangar war niemand zu sehen, trotzdem setzte sie sich eine Sonnenbrille auf.

»Na damit machst du dich erst recht verdächtig«, sagte Simone kichernd und schüttelte den Kopf.

Ohne ein Wort zu sagen, nahm Macks die Brille wieder ab und zog stattdessen ihren Schal über ihr Kinn.

»Paula hat uns bereits angekündigt und unsere Papiere zur Vorabverifizierung geschickt. Das Sicherheitspersonal erwartet uns bereits«, sagte Macks und merkte wie angespannt ihre Stimme klang.

»Jetzt mach dir mal nicht so viel Stress, das wird schon klappen. Das hier ist Copalis Beach und nicht LAX. Beim letzten Mal hat dich doch auch keiner an die Presse verpetzt«, antwortete Simone und warf Macks einen vielsagenden Blick zu.

Macks verkniff es sich, darauf zu antworten. In ihrer jetzigen Verfassung war ein Schlagabtausch mit Simone das Letzte, was sie wollte. Mit gesenktem Blick stieg Macks aus dem Wagen und nahm ihren Duffelbag vom Rücksitz.

Als sie wenig später das Gebäude betraten und Ronda ihnen bereits zuwinkte, entspannte sich Macks ein wenig. Niemand außer ihnen war zu sehen.

»Guten Morgen«, begrüßte Ronda Macks und Simone.

»Hallo«, presste Macks hervor, legte ihr Gepäckstück auf den kleinen Tisch und sah dabei zu, wie Ronda es inspizierte.

»Irgendwelche Flüssigkeiten?«, fragte sie, ihren Blick auf Macks gerichtet. Diese nickte und zog eine Tüte mit Kosmetikartikeln heraus.

»Und Sie?«, fragte Ronda Simone, die ihren kleinen Handgepäckskoffer ebenfalls auf den Tisch gelegt hatte.

Mit einer Handbewegung öffnete Simone ihren Koffer und deute auf den Inhalt ihres Plastikbeutels. »Kontaktlinsenflüssigkeit und Make-Up.«

Nach einem prüfenden Blick schloss Ronda den Koffer und schob beide Gepäckstücke durch den Scanner. Anschließend signalisierte sie Macks und Simone, ebenfalls durchzugehen.

»Alles klar. Ihre Maschine steht bereit. Wenn Sie mir bitte folgen würden«, sagte sie, nachdem beide ihre Gepäckstücke an sich genommen hatten.

Die Sicherheitsbeamtin trat einen Schritt zur Seite und öffnete die Glastür, die auf das Rollfeld hinausführte. Dann zeigte Ronda auf einen Wagen. »Alle mal einsteigen. Ihre Maschine steht hinter dem Hangar, ich bringe Sie hin.«

Das Summen der Triebwerke wurde lauter und nach einer kurzen Fahrt konnte Macks das Flugzeug erkennen. Täuschte sie sich oder war es dasselbe, mit dem sie damals hergekommen war?

»Danke«, sagte Macks, als sie sich von der Rückbank schob und dicht gefolgt von Simone ausstieg.

Die Einstiegsluke des Flugzeuges öffnete sich und Macks erkannte den Umriss der Person, die auf der Flugzeugtreppe stand.

Sie beschleunigte ihre Schritte. Nein, Macks hatte sich nicht geirrt. Es war tatsächlich Paula, die ihnen zuwinkte.

»Was machst du hier? Warum bist du nicht zu Hause in New Orleans?«, fragte Macks, nachdem sie die Stufen hochgestiegen war und Paula in eine innige Umarmung schloss.

Paula antwortete nicht. Stattdessen bedeutete sie, Simone und Macks schnell einzusteigen.

Kurze Zeit später schloss der Pilot die Luke und es wurde augenblicklich leiser im Innenraum. Macks musste grinsen, denn auch der Pilot war derselbe Mann, der sie vor einigen Wochen hergebracht hatte.

»Paula, warum bist du hier?«

»Es war ein günstiges Zusammenspiel vieler Faktoren«, antwortete Paula gelassen und ließ sich in einen der gepolsterten Sitze sinken. »Nach deinem Anruf musste ich eine falsche Fährte auslegen. Ich habe deinen Privatjet benutzt, um nach LA zu reisen.« Sie schüttelte den Kopf und machte eine abfällige Handbewegung. »Der wird mittlerweile nicht nur von den Fans getrackt, sondern auch von den Medien. Meine Assistentin hat mich begleitet. In einem schwarzen Hoodie, die Kapuze ins Gesicht gezogen, dazu eine Sonnenbrille, stieg sie aus dem Flugzeug. Das hättest genauso gut du sein können. Eine perfekte Finte.« Ein triumphierendes Grinsen breitete sich auf Paulas Gesicht aus. »Davor musste ich lediglich bei der Presse durchsickern lassen, dass du die Feiertage bei Freunden in Kalifornien verbringen wirst.«

Schallend lachte Macks auf. Doch als sich Paulas Züge verhärteten, hielt sie inne.

»Angesichts der Zeitspanne deines Verschwindens war es unumgänglich, dich wieder einmal zu zeigen. Immer mehr Veranstalter werden nervös. Außerdem wird Peter wirklich zu einem Problem. Ich bin froh, dass du mit ihm sprechen willst.«

»Keine Sorge, ich werde dieses Katz und Maus Spiel beenden. Die Tour darf nicht gefährdet werden, allein schon den Fans zuliebe«, antwortete Macks und kratzte sich am Kinn. Es war nicht die gesamte Wahrheit. Denn da gab es noch eine andere Sache, die Macks in New Orleans erledigen musste, aber noch war nicht der richtige Zeitpunkt gekommen, um Paula einzuweihen.

Am Flughafen von New Orleans herrschte hektisches Treiben. Hastig schritt Macks durch das VIP-Terminal und folgte Paula in den Van mit den verdunkelten Scheiben, der hinter der Glastür auf sie wartete. Der Wagen setzte sich in Bewegung und passierte die Ausfahrtsschranke. Erleichtert lehnte sich Macks zurück.

Soweit so gut.

Der Fahrer setzte Macks und Simone vor ihrem alten Zuhause ab. In ein paar Tagen würde sie derselbe Fahrer wieder abholen kommen, um sie zurück zum Flughafen zu fahren.

Triumphierend klopfte Frank aufs Lenkrad seines Volvos, als er diesen ein paar Meter hinter dem Van mit den verdunkelten Scheiben parkte. Zwanzig Minuten lang war er ihm vom Flughafen aus hinterhergefahren, doch nun schien er am Ziel angekommen zu sein.

Anfangs war er sich nicht sicher gewesen, ob es tatsächlich Macks war, die eskortiert wurde, doch jetzt bestand kein Zweifel mehr. Das kleine Einfamilienhaus in einer Wohngegend am Stadtrand gehörte Susan Walker.

Endlich, nach einem Monat hatte er die erste heiße Spur zu Macks. Die Idee seines Auftraggebers, die Publizistin zu beschatten war brillant gewesen. Sie hatte ihn direkt zu Macks geführt. Frank konnte das Geld für die beschafften Informationen schon förmlich riechen. Doch erst musste der Job beendet werden.

Als sich die Wagentür des Vans öffnete, griff er schnell nach der Spiegelreflexkamera auf dem Beifahrersitz. Er hörte erst auf zu fotografieren, als Macks und die andere Frau im Haus verschwunden waren.

Die zweite Frau hatte er auch schon irgendwo gesehen, aber eigentlich war es ihm egal, wer sie war. Wichtig war nur, dass Macks eindeutig auf den Fotos zu erkennen war.

»Perfekt«, murmelte Frank, nachdem er die Kamera wieder verstaut hatte.

Dann setzte er den Wagen in Bewegung und steuerte auf den Highway zu. Er nahm sein Telefon heraus und drückte auf die Kurzwahltaste.

»Das Paket ist gelandet. Es waren zwei. Da war eine Rothaarige dabei, circa eins achtzig groß, gleiches Alter.« Er hielt inne und grinste. Soeben hatte sich sein Honorar verdoppelt. »Okay Boss, wird erledigt.«

Macks wippte nervös mit dem Fuß, als sie die Türklingel ihres Elternhauses drückte. Simone stand dicht daneben und lächelte ihr aufmunternd zu. Während der Gong abklang, kamen auf einmal Zweifel in Macks auf. Sie hatte keine Ahnung, wie Lexi oder Mischa auf den Umstand, dass sie nicht allein kam, reagieren würde. Schließlich hatte sie ihre Familie seit Monaten nicht mehr gesehen.

Aber es war zu spät für einen Rückzieher, den von drinnen waren gedämpfte Schritte und Stimmen zu hören, bevor die Tür geöffnet wurde.

In dem Moment verflüchtigte sich ihre Angst, denn ein brauner Schopf ragte durch den Türspalt. Macks stolperte durch die halb offene Tür in die Arme ihrer Mutter.

»Hi Mum!« Macks Stimme brach, während sie den vertrauten Geruch einatmete.

Dabei ließ Macks ihren Blick durch den festlich dekorierten Flur schweifen. Schlagartig wurde ihr bewusst, wie sehr sie all das vermisst hatte.

»Ich bin so glücklich«, flüsterte ihre Mutter und drückte Macks noch fester an sich.

Doch bevor Macks etwas antworten konnte, ertönte ein lautes »Mackenzie, du bist es wirklich. Ich trau meinen Augen nicht.«

Gefolgt von lauten Schritten auf der Treppe, die ins Obergeschoss führte. Macks löste sich aus der Umarmung, griff nach Simones Hand und trat ein paar Schritte auf Mischa zu.

Ein Grinsen breitete sich in Macks´ Gesicht aus. Obwohl Mischa ohne die bunten Extensions erwachsener wirkte, lag immer noch dieser verschmitzte, 'komm, lass uns Pferde stehlen' Ausdruck in ihren Augen.

»Mischa, es ist so lange her.«

Macks hatte kaum Zeit Mischa zu begrüßen, da spürte sie wie sich von hinten ein paar Hände um ihren Rücken schlangen.

»Mackenzie! Endlich! Du musst mir alles erzählen!« Ihre Schwester Lexi umarmte sie noch fester, doch plötzlich hielt sie inne. Lexi blickte erst zu Simone und dann wieder zu Macks. »Oh mein Gott, du bist Simone Schneider. Mackenzie, bedeutet das ...«, stieß sie hervor.

Dabei änderte sich schlagartig ihre Gesichtsfarbe und Macks achtzehnjährige Schwester trat verlegen von einem Bein auf das andere.

Stumm nickte Macks, unfähig etwas zu sagen. Sie spürte, wie sich ihre Wangen erhitzten. Eine Mischung aus Erleichterung und Verunsicherung durchflutete sie.

Sag etwas. Sag Lexi, dass es dir leid tut, ihr diesen Teil deines Lebens verheimlicht zu haben. Sie ist deine Schwester. Verdammt.

Doch dann machte Simone ein paar Schritte auf Lexi zu.

»Hi. Ich bin Simone. Macks, ich meine Mackenzie, und ich ...« Sie hielt inne und sah sich hilfesuchend nach Macks um.

Als sich ihre Blicke trafen, breitete sich ein warmes Gefühl auf Macks´ Brust aus. Sie holte tief Luft und stellte sich neben Simone.

»Simone und ich sind ein Paar. Ich hoffe du nimmst mir nicht übel, so zu erfahren, dass deine große Schwester lesbisch ist.«

Mit angehaltenem Atem wartete Macks auf die Reaktion von Lexi. Die stieß ein nervöses Lachen aus und verdrehte dabei die Augen. »Ich habe euren Kuss auf Instagram gesehen. Auf einmal ergaben viele deiner Songtexte einen ganz anderen Sinn. Aber dass ihr ein Paar seid, wusste ich wirklich nicht. Find ich gut.«

»Aha«, war das einzige, dass Macks in diesem Moment herausbekam.

Nach einem Monat Einsamkeit war sie es nicht mehr gewohnt, so viele Menschen um sich zu haben, dennoch fühlte es sich an, als wäre soeben ein Gebirge von ihr abgefallen. Vor ihr standen sie, die Menschen, die sie am meisten liebte, und zum ersten Mal hatte Macks keine Angst mehr, sie selbst zu sein.

Ihre Mutter löste sich aus der Gruppe und deutete in Richtung Wohnzimmer. »Kommt, ich habe uns Punsch gemacht. Wir wollen doch nicht im Flur Wurzeln schlagen.«

Die Einrichtung des Wohnzimmers hatte sich kaum verändert. An den Wänden hingen die Fotos von Lexi und ihr aus ihren Kindheitstagen. Auch die Couch war immer noch dieselbe, nur mit anderen Kissen verziert. Der Deckel ihres Klaviers, dass im Wintergarten stand, war geschlossen, und darüber war ein Tischtuch gelegt, auf dem eine Vase mit Blumen stand. Lediglich die Zierpflanzen an der Fensterfront wirkten neu.

Obwohl an diesem Anblick nichts außergewöhnlich war, spürte Macks einen Kloß in ihrem Hals. Dabei stellte sie sich die Frage, was wohl aus ihr ohne Macks und dem Plattenvertrag geworden wäre. Wäre sie auch ohne Musik glücklich?

Das melodische Klirren der Punschgläser riss Macks aus ihren Gedanken. Aus dem Augenwinkel heraus spürte sie Mischas Blick, hörte, wie sie sich räusperte.

»Fühlt es sich komisch an, wieder hier zu sein?«, fragte Mischa dann.

Macks antwortete nicht, sondern schüttelte den Kopf. Wie konnte sie Mischa erklären, dass es sich anfühlte, als ob sie zwei verschiedene Leben führte? Bei ihrer Familie war sie Mackenzie, Tochter, Schwester, Cousine. Doch für den Rest der Welt war sie Macks, der Superstar, der auf ein Podest gestellt wurde.

»Erzähl mir von deinem Praktikum«, wich sie stattdessen aus.

Während sie Mischa zuhörte, wanderte Macks' Blick zu Simone, die in ein Gespräch mit Lexi und ihrer Mutter vertieft war. Letztere ging gerade zu einem Schrank und holte ein Fotoalbum hervor.

»Schau Simone, das hier war Mackenzie mit fünfzehn, bei ihrem ersten Auftritt«, sagte ihre Mutter und deutete auf ein Foto.

Ein Lächeln umspielte Simones Lippen, dann fuhr sie mit ihren Fingern die Umrisse des Fotos nach.

»Sie war wohl schon immer etwas Besonderes«, sagte Simone und wischte sich eine Strähne aus dem Gesicht.

Wärme durchflutete Macks Körper. In diesem Moment wurde ihr einmal mehr bewusst, dass Simone ihr Endgame war, die Liebe ihres Lebens. Diejenige, der sie alles zuerst erzählen wollte und die Person, die nie wieder zu Weihnachten an diesem Tisch fehlen durfte. Herzukommen war die richtige Entscheidung gewesen.

Später am Abend, als sie sich in Macks' alten Kinderzimmer eingerichtet hatten, schmiegte sich Simone an sie. Das Bett war etwas zu klein für zwei Personen, aber Macks störte es nicht. Obwohl sie müde hätte sein sollen, war sie hellwach.

Ein leises Schnauben ertönte, dann fragte Simone leise: »Was ist los?«

Macks drehte sich zu ihr um, dabei ließ sie ihre Finger über Simones nackten Arme gleiten. »Ich frage mich, ob die Geheimhaltung unserer Beziehung der beste Weg ist.«

Simone nahm Macks' Hand und legte sie auf ihr Herz. Das gleichmäßige Aufheben ihres Brustkorbes beruhigte Macks.

»Im Juni ist der Vertrag mit Lukas vorbei und dann schauen wir weiter. Wir müssen nicht auf jede Frage sofort eine Antwort haben. Lass uns die Zeit zusammen genießen. Danke, dass du mich mitgenommen hast. Das hier fühlt sich richtig an.«

Simones Worte klangen zuversichtlich. Nicht der leiseste Zweifel war darin zu erkennen.

Kapitel 46

23. Dezember 2015

Am nächsten Morgen, als Macks und Simone dabei waren mit ihrer Mutter Kekse zu backen, klingelte es an der Tür.

»Ich habe noch jemanden eingeladen. Zu Weihnachten muss die Familie vereint sein«, sagte ihre Mutter mit einem geheimnisvollen Lächeln im Gesicht, als sie Macks' besorgten Gesichtsausdruck sah. Dann ging sie in Richtung Tür, während Macks mit Simone in der Küche verharrte.

»Komm doch rein. Aber ich muss dich warnen, Mackenzie ist heute etwas schreckhaft«, hörte Macks ihre Mutter sagen.

Aber sie konnte den Satz kaum beenden, da stand Sam auch schon vor Macks und warf ihre Arme in die Luft. »Em, du bist es. Ich dachte schon, du wärst in einer Entzugsklinik oder mit irgendeinem Milliardär abgehauen. Nicht dass ich den Klatschblättern glauben würde.«

Anstatt zu antworten, ging Macks zu ihr und zog ihre beste Freundin in eine innige Umarmung. »Sam – wie schön. Solltest du nicht in Europa sein?«

Sam schüttelte den Kopf, löste sich aus der Umarmung und fixierte stattdessen Simone, die immer noch in der Küche stand.

»Das ist Simone. Endlich lernst du sie persönlich kennen!«

Macks musste Sam unbedingt zuvorkommen, denn diese hatte bestimmt einige Kommentare auf Lager, die nur darauf warteten, ausgesprochen zu werden.

»Hi Sam«, sagte Simone und streckte ihr die Hand entgegen. Doch Sam umarmte sie stattdessen. »Du ahnst ja nicht, wie viel ich über dich gehört habe. Ich dachte ihr hättet Schluss gemacht?«

Macks bemerkte, wie Röte in Simones Wangen stieg, was selten vorkam.

Verdammt, warum muss Sam immer so direkt sein?

»Sag mal Sam, ich möchte dir unbedingt etwas im Wohnzimmer zeigen, kannst du bitte mal mitkommen?« Bevor sie durch die Schiebetür ging, warf Macks Simone einen entschuldigenden Blick zu.

Zum Glück schien Sam ihren Wink zu verstehen und folgte ihr wortlos in den Wintergarten zu einem kleinen Tisch mit zwei Stühlen. Es war an der Zeit, Sam die ganze Wahrheit zu erzählen. Mit einem Seufzer ließ sich Macks auf einen der Stühle nieder. Sam tat´s ihr gleich und warf ihr einen prüfenden Blick zu.

»Versteh mich nicht falsch, ich freue mich riesig dich zu sehen, aber hätte dein Auslandssemester nicht schon starten sollen?«, fragte Macks und wickelte sich eine Haarsträhne um ihren Finger.

»Nein, ich werde erst nach den Feiertagen abreisen. Aber zurück zu dir, was ist passiert? Wo warst du? Warum bist du abgetaucht? Ich habe ein paar Mal versucht, dich zu erreichen.«

Mit diesen Fragen hatte Macks gerechnet. Doch anstatt Sam mit einem »Es ist kompliziert« abzuspeisen, räusperte sie sich und fragte: »Kannst du dich noch an Peter erinnern?«

Sam überlegte, dann nickte sie.

»Ich bin seinetwegen untergetaucht. Die Kurzfassung ist, dass er unbedingt noch ein Album mit mir aufnehmen möchte, bevor er Elephant Records verkauft«, fuhr Macks fort.

»Aber wäre das so schlimm? Du machst doch gerne Musik«, antworte Sam, ihre Stirn in Falten gelegt.

In den letzten Wochen war es Macks gelungen, den Gedanken an Peter und das Album erfolgreich zu verdrängen, doch nun verspürte sie wieder Wut in ihr aufsteigen. Ihr Körper bebte und Sam schien es zu bemerken.

»Sag mir bitte was los ist. Seit Monaten höre und sehe ich nichts mehr von dir. Verdammt Mackenzie, es gibt schlimme Gerüchte über dich. Es muss doch einen Grund geben, warum du die nicht dementierst, sondern abgetaucht bist. Was geht da ab mit Peter?«

Die Besorgnis in Sams Stimme verdrängte die Wut in Macks. Sie beugte sich ein wenig nach vorn und sah Sam dabei in die Augen.

»Mir geht es wieder gut. Aber ich skippe besser den Part, in dem sich Peter all die Jahre wie ein komplettes Arschloch verhalten hatte. Der ausschlaggebende Punkt war, dass er sich anfangs zur Ruhe setzen wollte und dann urplötzlich seine Meinung geändert hatte. Ich bin zu dem Schluss gekommen, dass er das Label verkaufen wird und den Verkaufspreis mit einem neuen Album noch einmal in die Höhe treiben möchte. Ich kann und will aber aus so vielen Gründen nicht mehr mit ihm zusammenarbeiten. Deswegen bin ich verschwunden. Um meine Verhandlungsposition zu verbessern.«

Sam saß mit angespannter Miene vor ihr, sagte jedoch nichts, sondern sah Macks auffordernd an. Nach einer kurzen Pause fuhr diese fort: »Ich weiß, dass ich mich irgendwann der Realität stellen und mit ihm sprechen muss. Ich habe vor, meine Musik zu kaufen. Mein Verschwinden soll ihm zeigen, dass ohne mich keine Macks da ist, die er verkaufen kann. So möchte ich einen Deal zu meinen Konditionen erzielen. Klingt das verrückt?«

Macks hatte das Gefühl sich übergeben müssen, denn Peter die Stirn zu bieten, jagte ihr eine Heidenangst ein. Sie wollte

schon weiterreden, Sam von dem Vertrag und seinem unange-
kündigten Besuch zu erzählen, doch dann bemerkte sie, dass
Sam aufgestanden war und in ihrer Jackentasche kramte.

»Fuck, jetzt ergibt vieles Sinn.« Der Ton ihrer Stimme ließ
Macks' Alarmglocken schrillen, denn anstatt auf ihre Frage zu
antworten zog Sam eine weiße Karte hervor und warf sie vor
Macks auf den Tisch. Dann setzte sie sich wieder hin und deutete auf die Karte: »Vor ein paar Wochen hat mich ein Typ vor
der Cornell University angesprochen. Erst habe ich mir nichts
dabei gedacht, denn seit deinem Verschwinden belästigen mich
ständig Reporter, sogar auf dem Campus.«

»Was wollte er?«, fragte Macks, ihre Stimme zitterte dabei.

Langsam nahm Sam einen ihrer Zöpfe zwischen Zeigefinger
und Daumen. »Na fragen ob ich weiß, wo du dich rumtreibst.
Als ich nichts darauf geantwortet hatte, meinte er noch, dass er
mir auch Geld für diese Information zahlen könnte. Dass er
aber unbedingt mit dir unter vier Augen sprechen müsse. Er tat
super besorgt und versicherte mir, dass es da um eine Sache
ging, die größer wäre und er dringend mit dir in Kontakt treten
müsse.« Sam machte eine abfällige Handbewegung. »Natürlich
habe ich ihm kein Wort geglaubt. Aber ich habe seine Karte genommen.«

Sam schob die Karte ein Stück weiter zu Macks. Auf der
Rückseite waren lediglich ein Name und eine Telefonnummer
geschrieben. Das Logo war ein vierblättriges Kleeblatt mit dunkelgrünen Umrissen. Bloom Capital.

Macks' Hände wurden feucht, als sie die Karte nahm.

»Darf ich die behalten?«, fragte sie und steckte die Karte in
ihre Hosentasche, ohne auf eine Antwort zu warten.

»Meinst du das könnte der potenzielle Käufer von Elephant
Records sein?«, fragte Sam.

Nachdenklich zuckte Macks mit den Schultern. »Ich weiß es nicht. Aber irgendwo habe ich den Namen schon einmal gehört.«

Mit einem Nicken sagte Sam: »Es handelt sich um eine Investmentfirma. Ich habe sie natürlich sofort nach unserem Gespräch gegoogelt. Ziemlich verworrene Struktur, wenn du mich fragst. Ihr Sitz ist in London, aber sie haben auch Niederlassungen in den USA, Kanada und den Caymans. Der Großteil ihres Portfolios besteht aus Telekommunikationsprojekten.«

Hitze stieg in Macks auf, denn sie wusste, was das bedeutete. Diese Firma könnte tatsächlich etwas mit dem Kauf ihrer Masters zu tun haben. Wahrscheinlich wollte dieser Typ mit ihr sprechen, um sich zu vergewissern, dass es noch ein weiteres Album geben würde. Wenn er Sam in Ithica aufgespürt hatte, wusste er vielleicht auch von Macks´ Rückkehr nach New Orleans. Plötzlich bereute sie es, hergekommen zu sein. Die Sache, die sie vorhatte durchzuziehen, wurde mittlerweile fast zu heiß.

Sam schien ihr Unbehagen aufgefallen zu sein, denn sie stand auf und legte Macks einen Arm um die Schulter.

»Wie ich dich kenne, hast du bereits einen Plan?«

Macks stieß ein freudenloses Lachen aus. »Eigentlich wollte ich Peter vorschlagen, meinen Musikkatalog selbst zu kaufen. Aber angesichts der Umstände, wäre es vielleicht klüger, vorher mit diesen Leuten von Bloom Capital zu sprechen. Wenn ich denen klarmache, dass es kein weiteres Album mehr geben wird, ziehen sie ihr Angebot vielleicht zurück.«

»Hmm …«

»Ist da noch etwas, dass du mir noch nicht erzählt hast?«, fragte Macks.

»Wahrscheinlich ist es nichts, aber durch meine Eltern kenne ich einige Künstler, die bei Peter Miller ausgestiegen sind.« Sam machte eine kurze Pause und blickte Macks in die Augen. »Jetzt machen sie Straßenmusik unten am Pier. Du musst verdammt vorsichtig sein. Unterschätze ihn nicht. Er hat mächtige Freunde in der Musikbranche und Männer wie er demonstrieren gerne ihre Macht.«

Seufzend vergrub Macks ihr Gesicht in ihren Händen. »Ich habe sowieso nicht mehr vor Macks zu sein.«

Ein Stechen durchfuhr ihren Körper. Eigentlich wollte sie dieses Geheimnis noch nicht lüften, aber es war an der Zeit.

Ohne ein Wort zu sagen, stand sie auf und ging zum Barwagen in Form eines Globus, der neben dem Klavier in einer Ecke stand. Dort bewahrte ihre Mutter den Alkohol und die teuren Kristallgläser auf. Normalerweise war es verboten, sich daraus zu bedienen, aber Macks musste schleunigst ihre Nerven beruhigen.

Sie goss zwei Gläser aus und stellte sie auf den Tisch.

Sam verfolgte jede ihrer Bewegungen mit ihrem Blick.

»Macks ist bald Geschichte, denn ich spiele mit dem Gedanken, einen Deal mit 13Up abzuschließen. Unter Mackenzie Walker. Melissa, meine alte Songschreiberin ist eine der Mitgründerinnen und sie hat mich vor einigen Wochen, kurz nach der Platin-Party kontaktiert. Erst klang das absurd, denn das Label ist neu, hat bis dato nur Indie Künstler unter Vertrag. Aber mittlerweile denke ich, dass ich mich da wohlfühlen könnte. Ich könnte noch einmal ganz von vorne beginnen. Zu meinen Konditionen.«

Sam stieß einen Pfiff aus, nahm eines der Gläser und prostete ihr zu. »Verdammt, Mackenzie. Du willst Peter wirklich eins auswischen, ha?«

Ein warmes Gefühl überkam Macks. Die gemeinsame Zeit mit Simone hatte ihr klar gemacht, dass sie weder die Liebe noch ihre Musik aufgeben konnte. Was aber möglich wäre, war

Macks vom Podest zu holen und wieder Platz für Mackenzie zu schaffen. Dabei ging es nicht um den Namen Macks, sondern um die Dinge, die sie repräsentierte.

Ein Lächeln überkam sie, während sie an ihrem Rum nippte. »Nein, es geht nicht ums Auswischen. Ich bin eine Künstlerin und ich will mir das nicht durch irgendein Label kaputt machen lassen. Bei 13Up hätte ich nicht nur die Urheberrechte, sondern auch die Rechte an meinen Masters. Es wäre ein Neustart, ich könnte frei sein.«

Mit gespieltem Entsetzen schüttelte Sam den Kopf. »Mackenzie Walker, was ist nur aus diesem emotionalen Ding geworden, dass sich nicht einmal traute, die Schule zu schwänzen?«

Die Ironie in Sams Stimme war nicht zu überhören. Macks wollte schon darauf antworten, aber dann hörte sie draußen in der Küche, wie Lexi Simone und ihre Mutter lautstark herumkommandierte. Der Blick auf die Uhr, die an der Wand gegenüber vom Fenster hing, verriet Macks, dass sie bereits über eine halbe Stunde mit Sam im Wintergarten saß und sie Simone ohne Vorwarnung ihrer Familie ausgesetzt hatte.

Also stand Macks auf, ging einen Schritt in Richtung Tür, bevor sie mit leiser Stimme zu Sam sagte: »Weißt du, Erfolg ist wie eine Droge. Du kannst nicht genug davon kriegen. Eine Zeit lang ist dir der Preis egal, den du dafür bezahlen musst, aber irgendwann kommt der Moment, in dem dir der Jubel des Publikums nichts mehr bedeutet. Genau an dem Punkt bin ich angekommen. Ich möchte keine Marionette mehr von irgendjemanden sein, sondern eine Zukunft mit Simone haben.« Dann machte Macks eine ausladende Handbewegung: »Komm, wir gehen mal lieber zu den anderen. Ich muss Simone vor Lexi retten. Du weißt ja, wie sie ist. Ich bin der Superstar, aber Lexi wird immer die sein, die das Kommando im Haus hat.«

Kapitel 47

25. Dezember 2015

Das warme Licht, das den Sonnenaufgang ankündigte, drang allmählich durch die Vorhänge und zwang Macks dazu, ihre Augen zu öffnen. Ein pochender Schmerz fuhr durch ihre Schläfe. Dazu fühlte sich ihr Mund staubtrocken an. Auf dem Nachttisch vibrierte ihr Handy. Vorsichtig, um Simone nicht zu wecken, nahm sie es und versuchte so geräuschlos wie möglich aus dem Zimmer zu schleichen. Der Blick aufs Display verriet ihr, dass es erst sechs Uhr morgens war. Warum rief sie Paula am ersten Weihnachtstag um diese Zeit an? Mit einer schnellen Bewegung strich sie über den Anruferbalken und flüsterte ein »warte kurz« ins Telefon.

In der Küche angekommen lehnte sich Macks gegen das Fensterbrett. Am Tisch standen noch die Gläser vom letzten Abend. Die Scrabblepartie war, nachdem ihre Mutter gegen zehn zu Bett gegangen war, in eine Art Trinkspiel zwischen Simone, Lexi, ihr und Mischa ausgeartet.

Mit einem Räuspern hielt sie sich das Telefon ans Ohr. »Frohe Weihnachten Paula, aber meinst du nicht, dass es noch etwas früh ist?«

»Macks, wir müssen reden, ich komme vorbei.« Der Ton in Paulas Stimme bewirkte, dass sich Macks´ Magen zusammenzog.

»Was ist so dringend, dass du an Weihnachten morgens vorbeikommen willst?«, fragte Macks wobei ihr hundert Gedanken durch den Kopf schossen.

»Es wird nicht lange dauern, aber das ist kein Gespräch, das ich am Telefon führen möchte. Ich bin in einer halben Stunde bei dir.«

Nachdem Macks aufgelegt hatte, sprang sie hastig unter die Dusche und zog sich an. Während sie sich fertigmachte, ging Macks alle möglichen Szenarien in ihrem Kopf durch. Dabei malte sie sich das Schlimmste aus.

Als Paula zwanzig Minuten später durch die Haustür schritt, verschlug es Macks beinahe den Atem. Paula konnte das beste Pokerface der Welt aufsetzen. Meistens gelang es Macks nicht, etwas in ihrem Gesichtsausdruck zu lesen, doch dieses Mal lag purer Zorn darin.

Mit einem knappen »Hallo« trat sie ein und stellte ihre Aktentasche wie selbstverständlich auf dem Küchentisch ab.

»Willst du ein Glas Wasser oder einen Kaffee?«, fragte Macks, während Paula einen weißen Umschlag aus ihrer Tasche holte.

»Komm bitte her, ich muss dir was zeigen«, antworte Paula.

Macks, die auf halben Weg zur Kaffeemaschine war, drehte sich abrupt um und starrte auf den ausgebreiteten Inhalt auf dem Tisch.

»Nein!«

Das Pochen in ihren Ohren war so laut, dass sie beinahe ohnmächtig davon wurde.

»Setz dich hin«, forderte Paula sie auf.

Wie versteinert blickte Macks auf die Fotos vor sich.

»Peter konnte es sich nicht nehmen lassen, mir die Fotos heute Morgen persönlich zu überreichen. Um fünf Uhr dreißig.«, fuhr Paula fort.

»Was?«, presste Macks hervor, während sie immer noch starr vor Schock vor dem Tisch stand.

Paula nickte. »Verdammt noch mal, setz dich hin, Macks! Du machst mich ganz nervös.«

Macks zuckte bei ihrem schroffen Ton zusammen. Ihre Hände zitterten und sie spürte diesen Druck auf ihrer Stirn, der es ihr unmöglich machte, zu blinzeln.

Mit schwitzigen Fingern nahm sie eines der Fotos, starrte es für einen Moment an. Eine Welle der Wut überkam sie.

Auf dem Tisch lagen Fotos von ihr und Simone, wie sie vor zwei Tagen gemeinsam den SUV vor der Haustür ihrer Mutter verlassen hatten. Ihre Gesichter waren klar zu erkennen, sogar der beinahe Sturz von Simone, am Ende der Treppe, war dokumentiert worden. Das intimste Foto von allen war das, auf dem sie sich gestern vor dem Weihnachtsbaum geküsst hatten. Ohne es zu merken, waren sie die ganze Zeit über beschattet worden. Ein kalter Schauer lief Macks über den Rücken, beim Gedanken, dass irgendein Fremder hinter dem Haus herumlungerte und nur darauf wartete, ein Foto schießen zu können. Natürlich konnte sie ihn verklagen, doch was wollte er mit dieser Aktion bezwecken?

»Peter stellt uns ein Ultimatum. Entweder du unterschreibst den Deal für ein neues Album oder er veröffentlicht diese Bilder von euch nach den Feiertagen.«

Wie ein trotziges Kleinkind stampfte Macks mit den Fuß auf den Boden. »Nein, das kann er nicht! Das ist Erpressung.« Sie hielt kurz inne und hob die Arme. »Ist das nicht illegal?«

Paula schob ihre schmale Brille zurück und schüttelte den Kopf. »Sei nicht naiv. Peter ist so weit gegangen dich und deine Familie zu beschatten. Glaubst du ernsthaft, er macht sich Gedanken darüber, ob eine Erpressung Konsequenzen mit sich bringt?«

Macks atmete aus. Natürlich wusste sie es besser. Typen wie Peter konnten sich einfach alles erlauben.

Ihr fiel die Visitenkarte wieder ein, die Sam ihr gestern gegeben hatte. Mit schnellen Schritten verließ Macks den Raum. Die Jeans, die sie gestern getragen hatte, lag oben im Badezimmer.

Während sie zügig hochschlich, dachte sie über die Bilder nach. Peter hätte rein gar nichts von einer Veröffentlichung. Er wollte sie lediglich damit abschrecken.

Wenig später hielt sie Paula die Karte unter die Nase.

»Peter blufft. Er wird diese Fotos nicht veröffentlichen. Aber dieser Typ hat Sam vor ein paar Wochen angesprochen. Meinte, er müsse dringend mit mir Kontakt aufnehmen. Vielleicht hat diese Firma vor, Elephant Records zu kaufen.«

Sichtlich beunruhigt schnappte Paula nach Luft. »Verdammt. Die haben sich auch bei mir gemeldet. Aber ich habe ihn auf nach den Feiertagen vertröstet. Schließlich wollte ich erstmal mit dir darüber sprechen.«

Innerlich kochte Macks vor Wut. Aber sie musste sich beherrschen, denn da gab es noch etwas, in das sie Paula einweihen musste. Denn die Karten wurden soeben neu gemischt.

»Ich habe ein Angebot von 13Up erhalten. Mein Termin ist übermorgen und ich denke, dass ich unterschreiben werde. Rein rechtlich bin ich nur noch für alles was *September* betrifft an Elephant Records gebunden.«

Angespannt beobachtete Macks Paulas Reaktion. Doch da lag kein Funken Überraschung in ihrem Ausdruck.

Ihre Lippen kräuselten sich stattdessen zu einem Lächeln.

»Das freut mich.«

Diese Aussage überforderte Macks erneut. »Das heißt, du willst, dass ich bei diesem Label unterschreibe?«

Kopfschüttelnd antwortete Paula: »Macks, nachdem du mir im November erläutert hast, dass du deine Karriere an den Nagel hängen möchtest, musste ich wenigstens versuchen, dich umzustimmen, dir eine weitere Option eröffnen. Melissa und ich kennen uns seit zwanzig Jahren. Ich würde dich nirgends lieber sehen, als bei einem Label, das die Werte der Künstler noch respektiert. Ich wollte dich damit nicht bedrängen, dich deine eigene Entscheidung treffen lassen. Aber wie ich sehe, hast du selbst gemerkt, dass deine Musik viel mehr ist als der Künstlername Macks.«

Plötzlich verspürte Macks einen Funken Hoffnung.

»Aber meine bisherige Musik möchte ich trotzdem besitzen. Wie schaffe ich es, dass Peter mir diese trotzdem verkauft, obwohl er vorhat, mich zu erpressen?«, presste sie heraus, ihren Blick auf Paula gerichtet.

Deren Stirn legte sich in Falten und ihr rechtes Auge zuckte leicht. »Komm ihm zuvor. Finde eine Einigung mit ihm. Deswegen bist du doch hergekommen, oder? Sobald er weiß, dass der Deal mit Bloom Capital vom Tisch ist, wird er deine Musik an den nächstbesten verkaufen. Dieser jemand solltest du sein. Am besten wir rufen Bloom Capital direkt an und reden mit ihnen.«

Macks überlegte. Paula hatte recht. Die Bilder waren Peters verzweifelter Versuch, die Dinge mit seinen Investoren wieder ins Lot zu bringen, in dem er Macks dazu bringen wollte, ein weiteres Album aufzunehmen. »Gib mir die Karte, ich rufe da jetzt sofort an.«

Erstaunt breitete sich auf Paulas Gesicht aus. »Es ist Weihnachten. Auch wenn jemand ran geht, musst du dir gut überlegen, was du preisgeben möchtest. Vielleicht haben die bereits eine Vereinbarung mit Peter abgeschlossen und werden ihn von diesem Gespräch unterrichten.«

Macks schüttelte den Kopf. »Der Moment ist gekommen. Macks wird zurückkehren. Zu ihren Bedingungen. Ich mache es. Jetzt. Meine Mutter hat extra für uns Käse Fondue vorbereitet, ich werde uns das Fest nicht vermiesen mit meinen Problemen.«

Entschlossen wählte Macks die Handynummer auf der Visitenkarte und drückte die Lautsprechertaste.

Eine tiefe Stimme meldete sich. »Guten Tag, Sie sprechen mit Steven Carter.«

Ihre Entschlossenheit von eben war verschwunden, doch Paula nickte ihr aufmunternd zu.

»Hier ist Macks, Mackenzie Walker. Meine Freundin Sam hat mir Ihre Visitenkarte gegeben. Ich denke, wir sollten uns unterhalten.«

Stille trat ein.

Dann aber, nach ein paar Sekunden, meldete sich Steven Carter zu Wort. »Sehr erfreut, Miss Walker. Vielen Dank für die Kontaktaufnahme. Die Situation ist etwas heikel. Lieber würde ich das persönlich besprechen.«

Paula schüttelte den Kopf.

Ein kalter Schauer lief Macks über den Rücken, aber sie musste stark bleiben.

Sie schluckte hart, bevor sie antwortete: »Das geht leider nicht. Was auch immer Sie mir zu sagen haben, sollte hier und jetzt stattfinden.«

Ein leises Auflachen war am anderen Ende der Leitung zu hören. »Also gut. Aber vorher muss ich mir sicher sein, dass ich tatsächlich mit Mackenzie Walker spreche.«

Fieberhaft überlegte Macks, was sie darauf antworten sollte. Doch dann fiel es ihr ein. »Sie hatten versucht mit meiner Publizistin Paula Kontakt aufzunehmen. Ihre Antwort war, dass wir uns im neuen Jahr melden würden. Reicht Ihnen das als Beweis das ich es bin?«

Die Souveränität in ihrer Stimme überraschte Macks selbst, aber schließlich ging es um ihre Musik.

»Gut. Ich glaube Ihnen und hoffe, dass Sie Diskretion genau so schätzen wie ich. Peter Miller hat unserer Gruppe sein Label angeboten, mit der Garantie, dass Sie noch ein weiteres Album aufnehmen werden. Da dieser Vertrag bis dato nur auf einer mündlichen Zusage basiert, sehen wir uns gezwungen, diese Aussage zu validieren. Sie verstehen, dass der Verkaufspreis am Marktwert des Labels gemessen wird.«

In Macks´ Kopf ratterte es. Sie hatte tatsächlich recht gehabt.

»Sie wollen also meine Bestätigung, dass es noch ein weiteres Album mit Elephant Records geben wird, damit Sie den Deal abschließen können?«

Ihr Herz begann zu rasen bei dem Gedanken daran, dass diesen Leuten bald ihr gesamter musikalischer Katalog gehören könnte.

»Wir investieren grundsätzlich nur in Projekte, die rentabel sind.«

Steven Carter musste nicht ins Detail gehen. Obwohl Macks versucht hatte, die Angst unter Kontrolle zu halten, wurde sie nun langsam von ihr umhüllt. Aber dann rief sie sich ins Gedächtnis, wer sie war und was sie wollte. Mit einem tiefen Seufzer schüttelte sie die Angst ab und fragte: »Wie viel bieten Sie Elephant Records?«

Kaum hatte die Frage Macks Lippen verlassen, zog sich ihr Magen zusammen. Egal welche Zahl er nun nannte, es war der Preis für ihre Musik.

»Achtzig Millionen Dollar. Vorausgesetzt es gibt ein weiteres Album. Verstehen Sie mich bitte nicht falsch, Macks. Eigentlich dürfte ich gar nicht mit Ihnen darüber sprechen, aber wir müssen uns absichern. Wir sind ausschließlich an Ihrem Katalog interessiert. Auch wenn Elephant Records als Ganzes verkauft wird. Wir sind aber auch der Meinung, dass sich unser Investment erst mit einem weiteren Album rentieren wird. Sie sind noch jung. Man wird noch viel von Ihnen hören. Elephant Records hin oder her.«

Macks´ Glieder versteiften sich. Zwar hatte sie in all den Jahren gut Geld verdient, aber achtzig Millionen war zu viel. Schließlich bekam sie nur einen Bruchteil von den Einnahmen. Elephant Records bekam den Großteil davon.

»Was ist mein Katalog denn ohne ein weiteres Album wert?«, fragte Macks, denn genau das war der Betrag, der sie interessierte.

Wie viel waren Peter die Rechte an *Macks*, *Fairytale*, *Just me* und *September* wert?

»Diesen Deal wollte man uns auch vorschlagen«, antwortete Steven und räusperte sich dabei. »Doch fünfzig Millionen Dollar für vier Alben würde sich für uns nicht rentieren«, fuhr er fort.

Obwohl Macks am liebsten etwas dagegen erwidert hätte, musste sie so professionell wie nur irgendwie möglich wirken und dieses Gespräch schnellstmöglich beenden.

»Dann muss ich Sie leider enttäuschen, denn es wird kein weiteres Album geben. Mein Vertrag mit Elephant Records wurde nicht verlängert und die letzte Verpflichtung, die ich erfüllen werde, ist meine Tour.«

Die Worte kamen beinahe tonlos über Macks´ Lippen. Ihr Herz pochte mittlerweile so laut, dass sie kaum mitbekam, wie es am anderen Ende der Leitung raschelte.

»Danke für Ihre Offenheit und das nette Gespräch, Miss Walker. Ich wünsche Ihnen und Ihrer Karriere alles Gute. Und frohe Weihnachten.«

Dann legte Steven auf.

Stumm saß Macks eine Weile lang da. Achtzig Millionen Dollar für fünf Alben. Fünfzig für die ersten vier. Auch mit den Einnahmen der Tour wäre das ein Ding der Unmöglichkeit.

Kapitel 48

26. Dezember 2015

An eine Rückreise nach Copalis Beach war seit dem Gespräch mit Bloom Capital nicht mehr zu denken, also machte sich Macks einen Tag später auf den Weg zu Peters Anwesen. Die weihnachtliche Stimmung war verflogen, denn es wartete ein Haufen Arbeit auf sie.

Noch einmal ging Macks den Plan, den sie gemeinsam mit Paula und Simone in den letzten vierundzwanzig Stunden geschmiedet hatte, im Kopf durch.

Wie gewagt es war, Peter Miller direkt anzugreifen, war Macks bewusst. Deswegen hatte sie vorgesorgt, alle Risiken genau abgewogen und etwas getan, das sich entweder als brillant oder als Gnadenstoß für ihre Karriere herausstellen könnte.

Gleich nach dem Gespräch mit Bloom Capital hatte Paula einen Termin mit 13Up vereinbart. Sie waren begeistert, Macks bei sich unter Vertrag zu nehmen. Mit dem Vorschuss, ihren Ersparnissen und den Einnahmen der Tour hätte Macks genug Kapital, um ihren musikalischen Katalog von Elephant Records zu kaufen. Auch wenn ihr der Gedanke, als Mackenzie Walker bei einem anderen Label unter Vertrag zu gehen, noch surreal vorkam, beruhigte es Macks, wenigstens einen Teil ihres Lebens bald wieder kontrollieren zu können.

Paulas Wagen hielt vor dem Tor des Anwesens der Millers. Obwohl sich Macks bereits am Vortag angekündigt hatte, kam ihr immer wieder der Gedanke, dass Peter vielleicht nicht da sein könnte. Schließlich war der sechsundzwanzigste Dezember nicht gerade der Tag, um Geschäftstreffen abzuhalten. Zielstrebig stieg Macks aus dem Wagen. Der Mantel schlug ihr beim Gehen um die Knöchel, während sie die Treppen zur Eingangstür hochging.

Mit jedem Schritt, den sie sich näherte, schlug ihr Herz schneller. Doch dann riss sie sich zusammen und drückte die Klingel.

Ein Rauschen ertönte, bevor sich eine weibliche Stimme meldete: »Ja bitte?«

Zieh es durch.

»Hallo Mrs. Miller, ich bin es, Mackenzie Walker. Peter erwartet mich.«

Die Tür öffnete sich und Macks betrat kurze Zeit später den mit ausgestopften Tieren dekorierten Eingangsbereich von Peters Haus.

Der so kurzfristig angekündigte Besuch von Macks überraschte Peter keineswegs. Im Gegenteil, er wäre enttäuscht gewesen, hätte sie nicht so schnell auf seine Drohung reagiert. Endlich hatte er sie so weit, den Deal zu unterschreiben. Vielleicht war er mit den Fotos etwas zu weit gegangen, aber die Aktion erfüllte ihren Zweck. Mackenzie Walker stand aufgelöst vor seiner Haustür, bereit zu verhandeln. Schlussendlich würde sich alles zu seinen Gunsten fügen.

Zugegebenermaßen kratzte ihr plötzliches Verschwinden sehr an seinem Ego und der Druck seines potenziellen Käufers stieg mit jedem Tag, an dem sie den Vertrag nicht unterzeichnete. Er hätte ihr niemals erzählen dürfen, dass er vorhatte, sich zur Ruhe zu setzen. Es wäre klüger gewesen, ihr direkt die Verlängerung des Plattenvertrags anzubieten. Nach all den Jahren war er ein einziges Mal leichtsinnig geworden. Aber Mackenzie

Walker hatte immer schon die Gabe gehabt, das Unmögliche in ihm hervorzurufen.

Das Klopfen an seiner Bürotür riss ihn aus seinen Gedanken.

»Herein«, antwortete Peter und versuchte so teilnahmslos wie möglich zu klingen.

Unter keinen Umständen durfte Macks bemerken, wie siegessicher er sich fühlte.

Doch als sie mit aufrechten Schultern und energischem Gang sein Büro betrat, wirkte Macks nicht eingeschüchtert, sondern sah sogar relativ gefasst aus. Auch ihre Aufmachung spiegelte das wider. Der beige Mantel ließ sie erwachsener wirken, darüber trug sie einen breiten weißen Kaschmir Schal, dazu kniehohe schwarze Stiefeln.

Endlich hat sie gelernt, sich passend zu kleiden.

Nachdem Macks eingetreten war, stand Peter auf, zeigte einladend auf einen der Stühle, die um einen runden Tisch angeordnet waren.

Er stellte sich vor seine Hausbar, die sich in einem Schrank neben seinem Schreibtisch befand und öffnete sie.

»Whisky?«, fragte er leicht spöttisch.

Zu seiner Verwunderung nickte Macks und antwortete: »Mit einem Stück Eis bitte.«

Peter goss zwei Gläser ein und stellte sie auf den Tisch. Von seinem Schreibtisch nahm er die Kopie der Mappe, die er ihr bereits vor zwei Monaten in ihrem New Yorker Apartment dagelassen hatte und öffnete den Einband. Aus der Brusttasche seines schwarzen Sakkos fischte er einen mit Gold verzierten Füllfederhalter heraus. Es war sein Glücksfüller, denn damit hatte Macks bereits vor acht Jahren ihren ersten Vertrag bei ihm unterschrieben.

Dabei beobachtete er, wie Macks, ohne eine Miene zu verziehen, das Glas Whisky mit einem Schluck leerte. Sie seufzte genießerisch auf, bevor sie das Glas zurück auf den Tisch stellte, wobei sie ihm die ganze Zeit über fest in die Augen sah.

Er hob eine Braue, ließ sich aber nicht von ihrem selbstsicheren Getue ablenken.

»Ich bin heute nicht hergekommen, um den Vertrag zu unterschreiben, sondern um dir ein Angebot zu machen.«

Peter hätte am liebsten laut losgelacht, doch er zwang sich ruhig zu bleiben.

»Du willst mir ein Angebot unterbreiten?«, fragte er mit fester Stimme. »Dann lass mal hören. Ich gehe davon aus, dass du die Fotos bereits gesehen hast?«

Er merkte wie sich Macks' Wangen leicht erröteten und sie die Schultern erneut straffte. Zufrieden nickte Peter. Es konnte nicht mehr lange dauern, bis Macks einknickte und sich bei ihm entschuldigen würde. Es hätte so einfach sein können. All die Blamagen wären ihr erspart geblieben, hätte sie einfach ihre Klappe gehalten und den Vertrag unterschrieben.

»Mir ist bewusst, dass ich deinen Deal lediglich unterschreiben soll, um den Marktwert des Labels für Bloom Capital in die Höhe zu treiben. Da ich darauf aber nicht eingehen werde, haben wir zwei Möglichkeiten.«

Sie hielt kurz inne und dieses Mal war es Peter, der den Inhalt seines Glases mit einem Schluck trank. Verdammt, damit hatte er nicht gerechnet. Aber keiner spielte dieses Spiel besser als er. Gleich würde er es mit einem Schachmatt beenden.

»Und die wären«, brummte er und spürte, wie die kleine Ader auf seiner Stirn zu pochen begann.

»Entweder«, begann sie langsam und hielt dabei den Blickkontakt aufrecht, »du machst deine Drohung wahr, veröffentlichst die Fotos von mir und verzichtest im Gegenzug auf die Einnahmen der Tour. Kein konservativer Staat wird mich auftreten lassen, nachdem sie wissen, was ich bin. Ganz zu schweigen von den Veranstaltern in Brasilien, China oder gar den Emiraten. Meinst du, die würden eine Lesbe in ihre Stadien lassen?«

Macks machte eine Pause, die Peter innerlich kochen ließ. Er ballte seine linke Hand zu einer Faust und umschloss das Glas mit seiner Rechten so fest, dass es zu springen drohte.

»Dachte ich mir. Die andere Möglichkeit wäre, dass du mir meine Musik ganz legal verkaufst. Zu einem fairen Preis. Danach kannst du deinen wohlverdienten Ruhestand genießen. Wir könnten beide unser Gesicht wahren und uns als Freunde trennen.«

Peter atmete aus und öffnete seinen Mund. Aber Macks war schneller. »Klar könntest du jetzt protestieren, aber so einfach an so viel Geld zu kommen, diese Möglichkeit biete ich dir nur einmal. Skandalfrei. Dir ist nicht bewusst, welche Armee von Fans ich hinter mir habe.« Ein leichtes Grinsen breitete sich auf ihrem Gesicht aus, sie befeuchtete ihre Lippen. »Stell dir vor, wenn meine Fans erst mal erfahren, was mein alter Label Boss von mir verlangt … Nun ja, ich werde es in ihren Worten sagen. Sie werden dich jagen und dir das Leben zur Hölle machen. Außerdem wirst du so mit meiner Musik keinen Cent verdienen, denn sie werden alles, was in Verbindung mit Elephant Records steht, boykottieren. Für immer. Dafür muss ich nicht einmal diesen Raum verlassen.«

Demonstrativ zog Macks ihr Handy heraus und hielt ihm ihr geöffnetes Instagram vor die Nase.

»Ich habe über einhundert Millionen Follower. Wenn ich jetzt live gehe und ihnen sage, dass Peter Miller der Teufel ist, dann werden sie es glauben.«

Schnell bewegte er sich einen Schritt auf Macks zu und nahm ihr das Handy aus der Hand.

»Was denkst du eigentlich, was du hier machst? Glaubst du ernsthaft, darauf würde ich eingehen? Du drohst mir mit ein paar Teenagern auf Social-Media?«

Wütend machte er noch einen Schritt auf sie zu. Er merkte, wie Macks zusammenzuckte, aber nicht zurückwich.

»Ehrlichgesagt, ja, das denke ich schon. Es ist die einzige Möglichkeit als Ehrenmann abzudanken. Dein Ruf bedeutet dir doch etwas, oder Peter?« Danach strich sie sich eine Strähne aus dem Gesicht, trat einen Schritt auf ihn zu und nahm ihr Telefon wieder an sich. »Bitte lass uns mit den Spielchen aufhören. Sag mir einfach, wie viel du haben möchtest und ich willige hier und jetzt ein. Wir wollen doch nicht, dass meine Fans und deine Geschäftspartner erfahren, wie du mich erpressen wolltest? Findest du es nicht etwas unreif, jemanden anhand seiner sexuellen Orientierung zu diskriminieren? Das hast du doch nicht nötig, oder?«

In Peters Kopf rotierte es.

Doch Macks setzte noch einen drauf: »Ich habe schon längst keine Angst mehr, von dir geoutet zu werden. Nüchtern betrachtet würdest du mir damit einen Gefallen tun. Du hättest mich damals einfach nur unterstützen müssen, als ich heulend in deinem Büro saß und um deinen Segen mit Sarah gebeten habe. Denn wie gesagt. Heute habe ich weder Angst vor dir noch vor deinen Machtspielchen.«

Verdammt, damit hatte er nicht gerechnet. Umso wichtiger war es jetzt, nicht zum Gegenschlag auszuholen. Macks wusste eindeutig zu viel. Aber die Partie war noch nicht verloren. Nur musste er mit Bedacht vorgehen. Fürs Erste würde er sie gewinnen lassen.

»Also gut, Macks.« Peter zog ein Blatt Papier heraus und kritzelte etwas darauf.

»Fünfzig Millionen Dollar, eine Geheimhaltungsvereinbarung zum Deal und die Garantie, weder ein schlechtes Wort über mich noch über Elephant Records zu verlieren.« Prüfend musterte er Macks, die ihn argwöhnisch anstarrte.

»Ich setzte den Deal zum Verkauf auf. In sechs Monaten, nach der Halbzeit deiner Tour kannst du ihn unterschreiben. Ich brauche die Gewissheit, dass du nichts Dummes anstellst.« Dann schüttelte er den Kopf.

»Was ist nur aus dir geworden?«

»Das, was du aus mir gemacht hast, Peter. Sei stolz darauf. Ich werde nicht zulassen, dass du meine Musik an jemand anderen verkaufst.«

Nachdem Macks den provisorischen Vertrag unterschrieben und Peter eine Kopie davon angefertigt hatte, steckte sie das Papier in ihre Handtasche, stand auf, drehte sich aber kurz vor der Tür noch einmal um.

»Für dich war Macks immer nur ein Produkt, aber mir bedeutete Macks alles.«

Kleines, du hast ja keine Ahnung, worauf du dich hier eingelassen hast.

In der ersten Woche des neuen Jahres trat Macks aus der Versenkung heraus. Copalis Beach und die Isolation gehörten der Vergangenheit an.

Aber es war eine andere Macks, eine stärkere Macks, denn diese Macks kam zu ihren Bedingungen zurück – mit einem neuen Plattenvertrag bei 13Up im Gepäck und dem Wissen, dass ihre ersten Alben bald ihr gehören werden.

Doch noch durfte davon niemand erfahren.

Paula machte ihre Arbeit hervorragend, denn sie schürte die Vorfreude auf die Tour mit interessanten Berichten über Macks inspirierende Auszeit. Dank Social-Media war es ihr gelungen, das Blatt so zu drehen, dass Macks die ganze Zeit an neuen musikalischen Impulsen und ihrer Musik gearbeitet hatte. Die Fotos dafür wurden eine Woche vor ihrer offiziellen Rückkehr nach New York City nachgestellt. Ein letztes Spiel – das war es für Macks. Einmal noch alles geben, vor dem großen Finale.

Kurz darauf starteten die Proben für Macks' *September* Tour. Obwohl sie sich freute, in ein paar Wochen wieder live aufzutreten, bedeutete das auch, Simone nur ein bis zwei Mal im Monat zu sehen. Aber es war in Ordnung. Denn schließlich wartete ein spannendes Kapitel auf sie beide, sobald Macks endlich ihre letzte Verpflichtung mit Elephant Records erfüllt hatte.

Sie musste nur noch sechs Monate durchhalten, damit die zu Weihnachten getroffene Vereinbarung mit Peter zu einem richtigen Deal wurde.

Kapitel 49

Anfang Mai 2016 –Tour

Der Raum, in dem Mack sich befand, roch nach frischer Bettwäsche und nach etwas, das sie nicht zuordnen konnte. Die Lider brannten, als sie ihre Augen öffnete und ihr Mund fühlte sich trocken an. Mühsam richtete sie sich auf. Ein stechender Schmerz breitete sich in ihrem Nacken aus. Die Stehlampe vor ihr warf einen gespenstischen Schatten in das Zimmer. Noch im Halbschlaf versuchte sie ihre Gedanken zu ordnen. Es dauerte einen Moment, doch dann setzten sich die Erinnerungsstücke wie Puzzleteile zusammen. Immer noch leicht benommen griff sie nach ihrem Telefon. Das Display zeigte zwei Uhr morgens an.

»Verdammte Zeitverschiebung«, murmelte sie, während sie vom Sofa, auf dem sie gestern Abend eingeschlafen sein musste, aufstand und sich dabei ausgiebig streckte.

Sie durchquerte das Zimmer und fand schließlich einen Lichtschalter. Ihr Koffer lag ungeöffnet neben dem Bett am Boden.

Als sie gestern gegen neun Uhr abends nach dem fünfzehnstündigen Flug aus Shanghai in ihrem Kölner Hotelzimmer, einem großen Gebäudekomplex am Rhein, eingecheckt hatte, war sie zu müde gewesen, um in ihren Pyjama zu schlüpfen. Jetzt aber sehnte sich Macks nach einem frischen T-Shirt und ihren Schlafboxershorts. Mit ein paar Handgriffen fischte sie alles aus ihrem Koffer heraus, was sie brauchte. Aus dem Koffer zu leben war inzwischen zur Gewohnheit geworden, schließlich tourte sie seit vier Monaten ununterbrochen. Vor achtundvierzig Stunden hatte sie ihre letzte Show in Asien gespielt, danach gings für Macks direkt weiter nach Europa. Ihre Crew würde erst morgen anreisen. Lediglich Mike, ihr Tourmanager, der gleichzeitig als Peters Anstandswauwau fungierte, hatte sie begleitet, nachdem die Zweigstelle in New York vor Tourbeginn geschlossen wurde.

Ein Schnauben entwich Macks, als sie sich das verschwitzte T-Shirt über den Kopf zog und in Richtung Badezimmer ging. Seit Beginn der Tour wurde sie von Mike keine Sekunde aus den Augen gelassen. Peter wollte um jeden Preis sichergehen, dass sie ihre letzte Tour ohne besondere Vorkommnisse durchziehen würde. Nur noch zwei Monate, dann würde sie endlich wieder in den Staaten sein und dort bis September fertig touren.

Im Badezimmer angekommen, drehte Macks den Wasserhahn auf und ließ kaltes Wasser über ihre Hände laufen. Ein wohliges Gefühl breitete sich in ihr aus. Denn zu Hause wartete dann auch Simone auf sie, die sie in der letzten Zeit nur via Facetime gesehen hatte.

Eine Fernbeziehung in unterschiedlichen Zeitzonen zu führen, hatte sich planungsintensiver herausgestellt als ursprünglich gedacht. Es gab Tage, da klingelte Macks´ Wecker mitten in der Nacht, damit sie wenigstens ein paar Wörter mit Simone sprechen konnte. Zu auffällig wäre es gewesen, sie einzufliegen oder gar an den freien Wochenenden selbst nach Vancouver zu reisen, wo sie bis vor wenigen Wochen gedreht hatte. Trotzdem hatten sie es geschafft, ihre Beziehung fortzuführen, wenn auch nur über ihre Telefone. Doch auch das würde sich ändern, sobald Macks wieder in den Staaten war. Denn Simones Vertrag mit Lukas lief im Juni aus und sie hatte nicht vor zu verlängern.

Beim Gedanken daran, wie sehr sich ihr Leben im letzten halben Jahr verändert hatte, musste Macks lächeln. Bis September waren es nur noch vier Monate, dann wäre auch Macks endlich Geschichte. Ihr Lächeln verflog, als ihr einfiel, dass bereits morgen Nachmittag das erste Interview bei einem lokalen Kölner Radiosender anstehen würde, für das sie fit sein musste.

In den letzten Monaten hatte sie in ausverkauften Locations gespielt und hunderttausende Fans glücklich gemacht. Ihr Album *September* war nach Beginn der Tour wieder auf Platz eins der Charts geschossen und jeder in der Branche wusste, dass sie die besten Chancen hatte, den Grammy für das Album des Jahres dafür zu gewinnen.

Den Musikkritikern, die sich Jahre zuvor noch das Maul darüber zerrissen hatten, dass sie nach ihrem Genrewechsel von Jazz zu ausschließlich Pop keinen Erfolg mehr haben würde, hatte sie das Gegenteil bewiesen. Macks war der zeitgenössische Inbegriff der Musikindustrie.

Mit schlurfenden Schritten tappte sie zurück ins Zimmer und legte sich ins Bett. Dann beugte sie sich hinunter zu ihrem Koffer, der immer noch offen vor dem Bett lag und fischte sich eine pflanzliche Entspannungstablette aus dem Innenfach heraus und schluckte sie. Für morgen musste sie wenigstens einigermaßen in Form sein.

Im Gegensatz zu ihrer letzten Tour schwor sie sich, in kein Loch zu fallen. Denn dieses Mal gab es da jemanden, zu dem sie nach Hause kommen konnte. Simone würde auf sie warten.

In Gedanken an die Frau, die sie liebte, schloss Macks die Augen. Wenn sie sich konzentrierte, konnte sie den warmen Atem an ihrer Wange und Simones weiche Lippen auf ihrem Mund spüren.

Das dumpfe Klopfen an der Tür, riss Macks am nächsten Morgen aus dem Schlaf.

Verdammt, Mike lass mich in Ruhe.

Ihre Hände glitten zu dem Fleck, an der sie die Fernbedienung vermutete, die die Gardinen öffnete.

Es klopfte erneut. Endlich spürte Macks einen eckigen Gegenstand in ihrer Hand und drückte wahllos ein paar Knöpfe. Mit einem leisen Surren öffneten sich die Gardinen. Sonnenstrahlen drangen ins Zimmer und Macks blinzelte. Der Blick auf den Rhein war wunderschön.

Wie spät ist es?

Das Klopfen, dieses Mal eindringlicher, riss sie aus ihren Gedanken. Das Erste woran Macks dachte, war die Pressekonferenz. Es war ihr einziger Termin am heutigen Tag, denn das Konzert würde erst morgen stattfinden. Aber den Sonnenstrahlen nach zu urteilen war es nicht später als acht oder neun Uhr morgens.

»Augenblick, ich komme«, rief sie, obwohl jede Faser ihres Körpers im Bett bleiben wollte. Trotzdem stand sie auf, um dem Klopfen endlich ein Ende zu bereiten.

Mit einem Ruck zog Macks die Tür auf, bereit sich ein Wortgefecht über Privatsphäre mit Mike zu liefern. Doch stattdessen verharrte sie in ihrer Bewegung. Als sich ihre Starre langsam löste, fuhr sie sich durch das zerzauste Haar.

»Was machst du hier? Ich dachte …«

Simone grinste und schien den Augenblick zu genießen, in dem Macks nach Worten rang. In ein graues Top und schwarzen Jogginghose gekleidet, sowie mit Baseballkappe und Sonnenbrille ausgestattet stand sie vor ihr. Ihre Haare waren zu einem Pferdeschwanz gebunden, aus dem sich ein paar Strähnen gelöst hatten.

Tausend warme Blitze schossen durch Macks´ Körper, eine Freudenträne bildete sich in ihrem Auge, dann zog sie Simone in ihr Zimmer.

Die Berührungen ihrer Haut fühlten sich so vertraut an. Sehnsucht erwachte in ihr, jegliches Gefühl von Müdigkeit war auf einen Schlag verschwunden.

Der holzige, blumige Geruch, der Simone umhüllte, stieg Macks in die Nase.

Dann spürte sie Simones Lippen auf ihrer Wange.

»Ich musste dich sehen. Du weißt ja, mein Film feiert am Mittwoch in Berlin Premiere. Eigentlich wollte ich dir bei unserem letzten Gespräch verraten, dass ich dich vorher besuchen komme, aber du bist eingeschlafen.« Ein Kichern überkam Simone, während sie ihre Baseballkappe und die Sonnenbrille abnahm.

»Woher wusstest du, in welchem Zimmer ich bin? Ich habe doch ein Pseudonym …«

Doch ehe Macks weitersprechen konnte, spürte sie, wie ihr Körper sanft nach hinten gedrückt wurde. Ihre Kniekehlen knickten ein und sie landete rücklings auf dem Bett.

»Nicht sprechen, Sonnenschein. Erstmals will ich was anderes mit dir machen. Ich habe dich so sehr vermisst«, raunte Simone und legte sich auf Macks. Hitze stieg in ihr hoch, während Simone ihren Hals küsste. Dabei ließ sie ihre Hand unter Macks T-Shirt gleiten.

Ein wohliger Laut entfuhr ihr.

»Ich habe dich auch vermisst«, presste Macks hervor und schloss ihre Augen, um Simone noch inniger zu spüren.

»Wie konnte ich die letzten Monate nur ohne dich überleben«, sagte Macks eine Stunde später, während alles in ihr immer noch bebte.

Unterdessen hatte sich Simone schon aufgerichtet. Ohne ein Wort zu sagen, stieg sie aus dem Bett, zog das Bettlaken um ihren nackten Körper. Ihre Schultern sackten leicht nach vorne, als sie sich über ihre Klamotten beugte, etwas aus ihrer Handtasche zog und es schnell hinter ihrem Rücken versteckte.

»Hey, was hast du da?« Unsicherheit lag in Macks´ Stimme, denn Simone vermied es, in ihr Gesicht zu blicken. Stattdessen kniete sie sich vor ihr auf den Teppichboden.

Simones Lippen zitterten, als sie die kleine in samt umhüllte Schachtel hinter ihrem Rücken hervorholte.

Tausend Gedanken schossen Macks durch den Kopf. Doch anstatt einen davon auszusprechen, presste sie sich die Hand auf den Mund.

Ein Feuer breitete sich in Simones kobaltblauen Augen aus, so intensiv, dass Macks einfach nur dasaß und sie anstarren musste.

Simones Stimme klang fest, als sie sagte: »Seit ich dich das erste Mal auf der MET Gala vor einem Jahr und sieben Monaten kennengelernt habe, bin ich wie verzaubert von dir. Ich sehe dich, weiß wer du bist. Du gibst mir das Gefühl von Familie und Geborgenheit. Die wahre Liebe war etwas, dass ich all die Jahre vorspielte und nur aus meinen Filmen kannte. Jedoch glaubte ich nicht daran, dass es auch im realen Leben für mich ein Happy End geben könnte. Dann aber bin ich dir begegnet.«

Simone hielt inne und Macks spürte den Kloß in ihrem Hals. Denn Simones Stimme war heiser, als sie fortfuhr: »Du machst mich glücklicher, als ich es jemals zuvor war. Ich liebe dich über alles und will den Rest meines Lebens mit dir verbringen, Mackenzie. Ich hoffe, dir geht es genauso.«

Simone öffnete die Schachtel, in der sich ein dünner Goldring befand, der mit einem kleinen grünen Stein versehen war.

Macks löste die Hand von ihrem Mund und richtete ihren Blick auf Simone. Da waren sie wieder, diese Blitze ihrer ersten Begegnung. Macks wurde heiß und kalt gleichzeitig. Sie fühlte sich, als hätte sie soeben den Jackpot gewonnen.

»Mackenzie Walker, willst du mich irgendwann, wenn all der Trubel hier vorbei ist, heiraten? So richtig?«

Die nächsten Sekunden fühlten sich für Macks an wie eine halbe Ewigkeit. Ein Gefühl von Glück und Liebe durchströmte sie. Heftig nickend fiel sie Simone in die Arme. Natürlich war sie bereit dafür. Sie würde alles dafür tun, um ihr Leben gemeinsam mit Simone verbringen zu dürfen.

»War das ein Ja?« Fragend löste sich Simone aus der Umarmung.

Macks biss sich auf die Lippe, blickte ihr dann tief in die Augen: »Ja, Simone Schneider, eine Million Mal ja! Ich möchte mein Leben und die Leben danach mit dir verbringen!«

Mit einem Herz, so leicht wie eine Feder, ließ Macks sich den Ring an den Finger stecken. Diese Geste war die schönste, die ihr jemals gemacht worden war.

»Du weißt, dass der Ring das symbolische Versprechen dafür ist, dass wir ab jetzt zusammengehören?«

»Ich weiß, mein Schatz. Aber wir werden es schaffen, ich verspreche es dir.« Macks deutete auf den Ring. »Das hier bedeutet mir alles. Ein Stück von dir täglich bei mir zu tragen, reicht mir vorerst. Aber irgendwann, das weiß ich, wird der Moment kommen, in dem wir für immer zusammen sein können. Das gibt mir Hoffnung.«

Die letzten Wochen in Europa zogen sich wie Kaugummi. Um sich abzulenken, fing Macks an, Songs zu schreiben. Doch bald schon merkte sie, dass sie tatsächlich an einem neuen Album arbeitete. Aus Spaß probierte sie alle möglichen Genres aus, bis sie schließlich an einem hängen blieb: Punk-Pop. Diese Art von Musik hatte Mitte der Zweitausender seinen Aufschwung erlebt, mit Bands wie Paramore, Fall out Boy und My Chemical Romance, war aber nach einigen Jahren wieder verschwunden.

Doch aus einem unerklärlichen Grund war Macks fasziniert davon, die anfänglichen Zweitausender mit zeitgenössischen Beats zu verbinden.

Schon bei Vertragsunterzeichnung letzten Januar versicherte 13Up Macks, sie bei jeder Stilrichtung, die sie einschlagen möchte, zu unterstützten.

Wenn sie weiterhin Songs aus ihrem Ärmel schüttelte, dann wäre es noch möglich, dieses Jahr ein Album zu veröffentlichen.

Genugtuung breitete sich in Macks aus, denn davon würde sich Peter niemals erholen. Er konnte ihr zwar Macks nehmen, aber Mackenzie Walker war immer noch da, mit neuer Musik, authentischer denn je zuvor.

Zum ersten Mal in ihrer Karriere hatte Mackenzie Walker keine Angst, sie selbst zu sein.

Beim Landeanflug auf New York verspürte Macks pure Euphorie, denn Paula hatte ihr versprochen, sie gemeinsam mit Simone vom Flughafen abzuholen.

Ein letztes Mal vergewisserte sie sich, dass der Regenschirm, den sie vor Verlassen des Flugzeuges aufgespannt hatte, auch ihr Gesicht verdeckte. Auf die Paparazzi, die bereits am Zaun mit Teleobjektiven auf sie warteten, hatte sie dieses Mal keine Lust. Sie konnten später ein Foto machen. Erst einmal wollte Macks in den SUV mit den verdunkelten Scheiben steigen und nach sieben langen Monaten endlich wieder ihr eigenes Apartment betreten.

Während sich ihr Körper an die warmen Sonnenstrahlen im Juli gewöhnte, die auf ihre nackten Knöchel fielen, bahnte sie sich ihren Weg zum SUV, der auf der Landebahn wartete.

Auf einmal konnte es Macks nicht schnell genug gehen. Die letzten Schritte zum Auto rannte sie. Sie riss die Tür zur Rückbank auf und erstarrte.

»Was geht hier vor?«, fragte sie, nach Luft schnappend.

Auf der Rückbank saß Paula und auf dem Beifahrersitz erkannte Macks ihren Anwalt Thomas. Er drehte sich um und zog sich seine Krawatte gerade.

Mit einer energischen Handbewegung signalisierte Paula, dass Macks einsteigen sollte.

»Kleine Planänderung. Wir fahren direkt in deine Wohnung. Vor zwei Stunden erhielten wir den versprochenen Vertrag über die Rechte deiner Musik von Elephant Records.« Paulas Stimme klang, als hatte sie die letzte Stunde damit verbracht zu schreien oder ein ganzes Päckchen Zigaretten zu rauchen.

Mit gesenktem Kopf ließ sich Macks auf die Rückbank sinken. Denn sie spürte, dass ihr Kartenhaus soeben zusammengebrochen war.

»Wie schlimm ist es?«, fragte sie, ohne die Antwort hören zu wollen.

»Wir reden bei dir zu Hause«, entgegnete Paula.

Abscheu und Wut stiegen in Macks hoch. Sie fühlte sich, als ob sie sich übergeben müsse.

»Wo ist Simone?« Die einzige Person, die sie im Moment sehen wollte, befand sich nicht im Auto.

»Sie ist in deiner Wohnung und weigert sich zu gehen.«

Kapitel 50

Juli 2016 – New York

Ein vertrauter Geruch schlug Macks entgegen, als sie die Wohnungstür aufschloss. Es fühlte sich eigenartig an, nach so langer Zeit wieder ihr Zuhause zu betreten.

»Endlich bist du hier«, Simones Stimme erklang aus dem Wohnbereich und für einen kurzen Moment vergaß Macks die Welt um sich herum.

Simone kam auf sie zu und umarmte Macks.

Ohne zu überlegen, wer sich sonst noch im Raum befand, gab Macks ihr einen Kuss auf den Mund. Aus dem Augenwinkel konnte sie beobachten, wie ihr Anwalt eine Augenbraue hochzog.

Aber das war Macks egal. Sollte er doch Bescheid wissen. Bald schon würden das sowieso alle tun.

Paula applaudierte spöttisch und riss Macks aus ihrem Glücksmoment. »So, ich denke, wir sollten den Elefanten im Raum ansprechen. Wortwörtlich.« Ein bitteres Lachen kam dabei über ihre Lippen.

Thomas, der sich schnell wieder gefasst hatte, legte seine Aktentasche auf den Küchentisch, öffnete sie und holte eine Mappe daraus hervor, in der sich ungefähr hundert Seiten befinden mussten.

Mit einem Räuspern setzte er sich auf einen freien Stuhl und deutete Macks, dasselbe zu tun. Dann rückte er seine Brille zurecht. Der Ausdruck in seinem Gesicht wirkte ernst.

»Miss Walker, vor wenigen Stunden wurde uns der Vertrag von Elephant Records über den Kauf Ihrer Musikrechte übermittelt. Mein Team und ich sind ihn durchgegangen. Der ausgemachte Preis, sowie der Umfang des Kaufes stimmen mit dem überein, was im Dezember, wenn auch nur auf einem Schmierzettel, vereinbart wurde.«

Die Pause, die folgte, verhieß nichts Gutes.

Verstohlen warf Macks einen Blick zu Simone, die sich etwas abseits gegen die Küchennische gelehnt hatte. Diese aber zuckte nur mit den Schultern.

Ihr Anwalt räusperte sich. »Jedoch hat sich Peter Miller die Freiheit genommen, noch einige Klauseln hinzuzufügen, über die er nicht diskutieren wird.«

Macks′ Herz sackte ihr in die Hose.

Natürlich hat er das.

Anstatt zu antworten, konzentrierte sie sich auf das Rascheln, das die Blätter verursachten, während Thomas umblätterte.

Mit derselben monotonen Stimme fuhr er fort: »Auf Seite fünfunddreißig finden Sie die Geheimhaltungsvereinbarung über die Vertragsverhandlungen. Des Weiteren eine schriftliche Bestätigung, die besagt, dass Sie sich nach dem Kauf Ihrer Masterrechte niemals negativ über Elephant Records äußern dürfen.«

Wie ferngesteuert nickte Macks. Damit konnte sie leben. Es versetzte ihr zwar einen Stich, mundtot gemacht zu werden, aber diesen Preis war sie bereit zu akzeptieren. Es war an der Zeit loszulassen.

Dann aber bemerkte Macks wie Thomas einen Blick mit Paula tauschte, die bis dato noch nichts gesagt hatte.

Ein tiefer Seufzer entfuhr Paula. »Eine weitere Kondition, damit der Kaufvertrag zustande kommt, lautet, dass du keinen

Vertrag mit einem potenziellen Mitbewerber, sprich Plattenlabel oder Publikationsplattform eingehen darfst, solltest du dich dafür entscheiden, deine Masters zu kaufen. Und zwar für die nächsten fünf Jahre.«

Macks fühlte sich, als würde ihr eine Packung Eiswürfel in den Magen gleiten. »Aber …«

Doch ehe sie protestieren konnte, schnitt Paula ihr das Wort ab. »Wir könnten klagen. Aber wir kennen den Ausgang nicht. Fakt ist, dass die Unterzeichnung dieses Vertrages das Ende von deiner musikalischen Karriere bedeutet oder diese zumindest die nächsten fünf Jahre auf Eis gelegt wird. Zum Preis deiner Musik, die im Gegenzug dir gehört.«

Die Kraft aufzustehen und loszuschreien hatte Macks nicht mehr. Stattdessen saß sie still auf ihrem Stuhl, strich sich eine Haarsträhne aus dem Gesicht und antwortete: »Peter wird jedes Mal gewinnen. Ist es nicht so?«

Der Anwalt wirkte davon jedoch nicht betroffen und schob seine Brille erneut ein Stück zurück. »Miss Walker, entweder Sie unterschreiben den Vertrag und stimmen dem Kauf zu den gegebenen Bedingungen zu. Oder Sie unterschreiben nicht, haben aber vielleicht nie wieder die Chance, Ihre ersten vier Alben und die damit verbundenen Video- und Tonaufnahmen rechtlich zu erwerben. Nur mit den Urheberrechten, die Sie natürlich zur Gänze besitzen, können Sie nicht über ihre Musik bestimmen. Wer auch immer die Masters, sprich die Musikaufnahmen kaufen wird, ist rechtlich dazu befugt, Gewinn mit jedem gekauften Album oder gestreamten Song zu erwirtschaften, solange er diese besitzt. Es gibt hierfür keine Verjährungsfrist.«

Ein Schleier legte sich über Macks. Jegliches Gefühl war aus ihren Gliedmaßen verschwunden. Die Luft um sie herum schien wie erstarrt. Ihr blieb der Atem in der Brust stecken und wurde dort hart.

Die Stimme des Anwalts drang wie aus der Ferne zu ihr durch. »Uns ist bekannt, dass Elephant Records bereits zu einem wesentlich geringeren Preis Verhandlungen mit anderen Interessenten führt, sollten Sie auf den Deal nicht eingehen.«

Der Druck, der sich auf Macks Stirn ausbreitete, machte es ihr schwer, die anwesenden Personen im Raum klar zu sehen.

Sie bemerkte nicht einmal, dass Simone zu ihr gekommen war, bis sie die Arme um ihre Schultern gelegt hatte.

»Fuck. Fuck. Fuck!« Das war das Erste, was über Macks´ Lippen kam.

Dann stieß sie einen Schrei aus. Es fiel Macks wie Schuppen von den Augen. Es war so einfach und so offensichtlich, dass sie kaum fassen konnte, wie lange sie für die Erkenntnis, dass Peter diesen ursprünglichen Deal niemals eingehen wollte, gebraucht hatte.

»Könnten wir den Preis nicht erhöhen, und mich damit freikaufen?«, fragte sie.

Thomas schüttelte den Kopf, bevor er antwortete: »Das wäre eine Option gewesen, bevor Sie einen rechtskräftigen Vertag mit 13Up eingegangen sind. Im Nachgang sehe ich keinerlei Möglichkeit, eine Einigung zu erzielen. Wir befinden uns auf hauchdünnem Eis. Wenn ich Ihnen einen Rat geben darf, Miss Walker, dann lösen Sie Ihren Vertrag mit 13Up auf, so als hätte es diesen Deal nie gegeben. Dann unterschrieben Sie den Vertrag mit Elephant Records. Eine zweite Chance Ihre Musik zu erwerben, bekommen Sie nicht.«

Simone, die bis dato wortlos geblieben war, verschränkte ihre Arme, räusperte sich und wartete, bis alle Blicke auf sie gerichtet wurden.

»Macks verkraftet keine Pause«, sprach sie mit fester Stimme. Als niemand etwas antwortete, richtete sie ihre Worte direkt an Macks: »Wir müssen eine andere Lösung finden. Es würde sonst wieder darauf hinauslaufen, dass du dich Peters Willen beugst.«

Wut überkam Macks. »Es geht hier um mein Leben, Simone. Das ist meine Musik. Ich habe jede einzelne Zeile davon geschrieben! Jahre damit verbracht, mir eine Reputation und Erfolg aufzubauen! Ich kann das nicht einfach so aufgeben. Du verstehst das nicht.«

Ihre Stimme zitterte und sie rieb sich die Augen.

Doch anstatt beleidigt zu wirken, entspannte sich Simones Haltung, bevor sie erneut das Wort ergriff. Diesmal fixierte sie Thomas: »Wie wäre es denn, wenn jemand anders Macks' Masters kaufen würde? Könnte dieser jemand sie Macks dann irgendwann weiterverkaufen? Wäre das legal? Dürfte Macks dann den Vertrag mit 13Up eingehen und weiter Musik machen? Sie sagten doch, Peter würde mit anderen Interessenten Verhandlungen zu einem geringeren Preis führen. Der potenzielle Käufer müsste doch diese Leute nur überbieten.«

Ein freundloses Lachen entfuhr Macks. Obwohl die Frage an Thomas gerichtet war, antwortete sie stattdessen: »Ich kenne keinen, der grad mal so fünfzig Millionen Dollar in mich investieren will. Du etwa?«

Simone beugte sich zu Macks und flüsterte ihr etwas ins Ohr. Blitzartig stand Macks auf und folgte Simone ins Badezimmer.

Simone vergewisserte sich, dass die Tür geschlossen war und sie niemand hören konnte. Dann lehnte sie sich gegen das Waschbecken und blickte Macks tief in die Augen. »Ich habe eine Idee, aber sie wird dir nicht gefallen.«

Macks zuckte mit den Schultern. »Mir gefällt gar nichts an der Situation hier«, antwortete sie.

»Ich könnte Lukas um Hilfe bitten. Er gründet als Zwischenhändler ständig Firmen, die irgendwelche Unternehmen aufkaufen, um sie anschließend weiterzuverkaufen. Er könnte das Gleiche für dich tun. Was weiß ich, vielleicht kann er sogar dein Geld dafür benutzen. Deine Musik könnte dadurch dir gehören.« Simone klang so zuversichtlich, so als ob sie das schon hunderte Male gemacht hätte.

Macks hingegen musste diese Informationen erst verarbeiten. Nach einer langen Pause antwortete sie: »Was, wenn dieser jemand auch Profit damit machen könnte. Ein Deal neben einem Deal? Ich könnte Lukas einfach einen höheren Preis dafür bezahlen, dann muss er einwilligen.«

Simone nickte. »Wenn Lukas etwas liebt, dann Geld.«

Schlagartig wich die Hoffnungslosigkeit von Macks. »Komm, wir schicken Paula und meinen Anwalt nach Hause. Wir müssen mit Lukas sprechen.«

Ohne Erklärung bat Macks kurz darauf Thomas und Paula zu gehen und den Deal nicht mehr zu erwähnen. Sie würde darüber nachdenken, hatte sie gesagt.

Paulas anfängliche Versuche zu protestieren, ließen Macks an ihrer Entscheidung zweifeln. Aber sie musste einen Deal mit Lukas eingehen. Niemals wieder wollte sie sich dem Willen von Peter Miller beugen. Schließlich wollte er ihr alles nehmen, was Macks etwas bedeutete.

Bei der Verabschiedung warf Macks Paula einen bedeutungsvollen Blick zu.

Es wird alles gut werden. Vertrau mir.

Die nächsten Wochen waren die reinste Achterbahnfahrt für Macks. Paula im Dunkeln tappen zu lassen fiel ihr am schwersten. Zum Glück war sie jedoch so eingespannt mit drei Konzerten pro Woche, dass sich Paula aktuell noch mit der Antwort

»ich denke darüber nach« zufriedengab. Peter hatte ihr diesbezüglich eine Frist bis Ende September gesetzt. Macks hatte noch Zeit.

Doch sie ahnte schon, warum Paula nicht nachbohrte, denn insgeheim hoffte sie bestimmt, dass Macks ihre Masters zum Wohle ihrer Zukunft als Musikerin aufgeben würde.

Unter anderen Umständen hätte sie das sogar in Erwägung gezogen. Macks wusste selbst, wie riskant es war, mit Lukas einen Deal einzugehen, vor allem, nachdem Simone ihren Partnerschaftsvertrag nicht verlängert hatte.

Trotzdem war es erstaunlich einfach gewesen, Lukas von ihrem Plan zu überzeugen. Anfangs hatte Macks Bedenken, schließlich war sie für ihn immer noch die Unannehmlichkeit, die ihm vor neun Monaten beinahe die Beziehung zu Simone gekostet hatte.

Wie Simone vorausgesagt hatte, liebte Lukas es Geld zu verdienen. Mit Leichtigkeit war es ihm gelungen über eine neu gegründete Scheinfirma namens FYP Limited und einem von ihm dafür eingesetzten Geschäftsführer die Vertragsverhandlungen mit Elephant Records aufzunehmen. Lukas erzählte Macks mit einem wichtigtuerischen Grinsen, dass Peter zwar anfangs skeptisch gegenüber FYP Limited gewesen war, sich letztendlich aber das lukrative Angebot nicht entgehen lassen wollte. Doch der Vertrag war noch nicht unter Dach und Fach, zuerst musste FYP Limited eine Bonitätsprüfung bestehen. Die Tatsache, dass FYP erst kürzlich existierte, kaschierte Lukas mit Hilfe einer anderen Firma, die als Mutterkonzern fungierte und bereits vor Jahren einen Fernsehsender aufgekauft hatte. Unter dem Namen FYP Limited wollte diese ihr Portfolio erweitern. So ungern es Macks auch zugab: Sie musste Lukas in dieser Hinsicht vertrauen.

Kapitel 51

Mit gemischten Gefühlen trat Macks ihren letzten Tourstop an: New Orleans.

Zur selben Zeit traf sich Lukas´ Geschäftsführer mit Peter, um den Deal zu besiegeln.

Wenn alles gut ging, würde Macks an diesem Abend doppelt feiern können. Denn sie hatte noch etwas für ihren letzten Auftritt vorbereitet, dass sie mit dem Publikum teilen wollte.

Immer wieder blickte Macks auf ihr Handydisplay. Simone hatte sich noch nicht gemeldet, dabei war es schon fast acht Uhr. Mike, der Tourmanager, folgte ihr auf Schritt und Tritt, aber Macks durfte sich nichts anmerken lassen.

»Die Vorband beginnt gleich, mach dich fertig«, sagte Mike, legte dabei seine Hände auf Macks´ Schulter.

Geschickt wandte sich Macks aus seinem Griff. Dann holte sie tief Luft. Am liebsten hätte sie Mike darauf hingewiesen, wie aufdringlich und unangebracht seine Motivationsversuche waren, doch sie entschloss sich, es ein letztes Mal hinzunehmen.

Mit zuckersüßer Stimme erwiderte sie daher: »Ich bin doch schon fertig. Alles gut, Mike.«

Dabei strich sie sich über die Pailletten ihres goldenen Kleides, trat zwei Schritte vor und setzte ihr Profilächeln auf.

Endlich entfernte sich Mike und Macks nutzte die Gelegenheit, um zurück in ihre Garderobe zu gehen. Die Anspannung rund um den Deal machte sie nervöser als das bevorstehende Konzert. In Gedanken an das, was sich in diesem Moment nur wenige Kilometer von ihr entfernt, im Hauptquartier von Elephant Records abspielen könnte, lief sie durch die mit Halogenleuchten beleuchteten Gänge der Mercedes Benz Arena. Der Superdome war, wie nicht anders zu erwarten, ausverkauft.

Vor ihrer Garderobe angekommen wartete bereits ihr Bodyguard auf sie.

»Sie haben Besuch«, sagte er und deutete auf die verschlossene Tür.

»Meine Show beginnt in zwanzig Minuten, ich habe keine Zeit für unangekündigte Reporter«, antwortete Macks kopfschüttelnd. Sie benötigte Ruhe, musste sich konzentrieren, denn egal ob es zu einem Vertragsabschluss kommen würde oder nicht, Macks hatte vor, heute Abend etwas Großes zu tun.

»Die Dame versicherte mir, es wäre dringend«, entgegnete der Security.

Plötzlich überkam Macks ein kalter Schauer. Was, wenn etwas mit ihrer Familie geschehen war? Ihr Puls raste, als sie die Klinke nach unten drückte und den Raum betrat.

Der Anblick, der sich Macks anschließend bot, ließ sie für einen kurzen Moment durchatmen.

Es war nur Simone. Ihre Haare waren zu einem unkonventionellen Pferdeschwanz gebunden, sie trug schwarze Leggins und einen XXL Macks Merchandise Hoodie. Wahrscheinlich wollte sie ihr nur noch alles Gute wünschen.

»Hey, du hättest mir Bescheid geben können, dann wäre ich eher gekommen. Mein Bodyguard hat mir gerade einen Mordsschrecken eingejagt. Ich dachte, es wäre etwas passiert.«

Erst beim Näherkommen registrierte sie Simones zusammengekauerter Haltung auf ihrem Make-up Stuhl. Irritierte blieb Macks stehen.

Sie hatte mit einem strahlenden Lächeln gerechnet, aber stattdessen mied Simone ihren Blick. Selbst dann noch, als sie aufstand, um auf sie zuzugehen.

Zittert sie etwa?

»Bevor du weiterredest, lass mich bitte etwas sagen.«

Am liebsten hätte Macks etwas erwidert, doch bei der Art und Weise wie Simone sprach, zog sie es vor zu schweigen.

»Der Vertrag ist unterschrieben.«

Bei diesen Worten fiel Macks ein Gebirge vom Herzen. »Aber das ist doch toll, warum benimmst du …«

»Der neue Vertrag hatte nur einen höheren Preis als gedacht. Aber deine Musik gehört trotzdem dir«, schnitt Simone ihr das Wort ab.

Ein säuerlicher Geschmack breitete sich in Macks´ Rachen aus. »Wie kann mir dann meine Musik gehören, wenn der Preis zu hoch war?«

Anstatt darauf zu antworten, hielt Simone ihr die Papiere unter die Nase, die sie die ganze Zeit umklammert hatte.

»Ich habe nicht gesagt, dass der Preis zu hoch war, sondern höher als gedacht«, sagte sie mit belegter Stimme.

Das veranlasste Macks rasch nach den Papieren zu greifen.

Simone klang ganz und gar nicht glücklich, sondern wirkte fast traurig darüber. Was zum Teufel war schiefgelaufen und warum konnte es nicht bis nach ihrer Show warten?

Mit zitternden Fingern durchblätterte Macks das Dokument. Die ersten fünfzehn Seiten waren der unterschriebene Kaufvertrag von Lukas´ Scheinfirma, in dem er ihre Musik für fünfundfünfzig Millionen Dollar kaufte. Das zweite Dokument, das separat daran geheftet war, las Macks bestimmt zehnmal, bevor sie es zusammenknüllte und in die Ecke warf. Ein Stechen schoss durch ihren Kopf, als ob ihr jemand einen heiß glühenden Draht auf die Stirn drücken würde. Binnen Sekunden legte sich ein schwarzer Schleier um Macks´ Brust, sie bekam keine Luft mehr. Das durfte nicht wahr sein!

»Das ist ein unterschriebener Partnervertrag mit Lukas, inklusive arrangierter Ehe. Für zwei Jahre? Warum hast du das getan?« Die Worte kamen tonlos über ihre Lippen, obwohl sie am liebsten geschrien hätte.

»Es war die einzige Möglichkeit. Lukas wusste, dass fünfzig Millionen deine Schmerzgrenze war. Peter dachte anscheinend, bei FYP Limited wäre noch etwas zu holen. Lukas musste handeln. Das war seine Bedingung, um die fünf Millionen draufzulegen. Ich wünschte, es wäre anders, aber so bekommst du beides. Eine zweite Chance als Musikerin und deine alte Musik.« Simone war ein paar Schritte auf sie zugegangen, doch Macks wich zurück.

»Das glaube ich jetzt nicht. Simone, lass uns abhauen!«

Ihre Stimme brach, aber sie zwang sich weiterzusprechen. »Bitte. Du darfst dich nicht meinetwegen in Ketten legen. Das kann ich nicht zulassen! Das hier ist mein Kampf, nicht deiner.«

»Deswegen habe ich dir nichts davon gesagt. Du hättest mich davon abgehalten«, erwiderte Simone leise.

Macks raufte sich durch die Haare, Tränen hatten sich in ihren Augen gebildet, doch sie wischte sie weg und schlug mit der flachen Hand auf ihre Stirn.

»Was habe ich getan? Ich hätte niemals mit Peter auf Konfrontation gehen sollen! Du solltest da nie mit reingezogen werden.«

Simone wischte sich eine Träne aus dem Gesicht. »Aber deine Musik nicht zu besitzen, hätte dich gebrochen. Das weiß ich. Ich habe das für uns getan, für unsere Zukunft. Denn für mich warst du nie nur Macks, du weißt das, oder? Ich habe von Anfang an dich gesehen. Wäre das ein anderes Leben, dann wären wir längst irgendwo zu zweit am Strand. Weit weg von hier.

Mit einem kleinen Haus, einen Hund und irgendwann Kindern.«

Kopfschüttelnd blickte Macks hoch. »Für welche Zukunft? So haben wir doch gar keine mehr.« Sofort biss sich Macks auf die Lippen, denn Simone zuckte zusammen.

»Glaubst du etwa ich will ihn heiraten? Verdammt nochmal Macks, werde erwachsen! Ich kenne dich mittlerweile so gut, dass ich weiß, dass du ohne deine Musik niemals glücklich wärst. Es sind nur zwei Jahre, dann sind wir beide frei!«

Hatte Simone etwa Recht mit dem, was sie sagte? War ihre Beziehung stark genug, um sich noch zwei Jahre lang zu verstecken?

Ihre Knie drohten einzusacken und sie ließ sich auf einen der Stühle nieder. »Es tut mir so leid Simone.«

»Was genau tut dir leid? Dass ich einen Ausweg gefunden habe, wie du deine Musik besitzen kannst, ohne mundtot gemacht zu werden? Oder, dass du dich wie ein Teenager aufführst?«

In Simones Worten lag pure Enttäuschung.

»Scheiß auf Peter und auf Macks. Auf Lukas und die ganze Industrie. Lass uns einfach abhauen, denn ich weiß nicht, ob ich dabei zusehen kann, wie du seine Frau wirst«, antwortete Macks mit dem letzten Funken Hoffnung, einfach alles hinter sich lassen zu können.

»Nein, Macks. Du verstehst es immer noch nicht, oder? Das mit Peter ist vorbei. Der Vertrag mit Lukas unterschrieben. Wegrennen hilft uns nicht, denn ich möchte mich nicht mein ganzes Leben lang verstecken. Außerdem finde ich es erschreckend, dass du dabei das Wesentlichste vergisst.«

»Was denn?«, fragte Macks, während sie ihr Gesicht in ihren Händen vergrub.

»Dass du diejenige bist, der mein Herz gehört. Die Tatsache, dass ich Lukas verdammte Ehefrau zwei Jahre spielen muss, ist dabei bedeutungslos. Ich bin Schauspielerin, dass hier ist ein weiterer Job. Danach aber werden wir frei sein. Du musst dafür nur noch ein bisschen länger durchhalten. Wenn du jetzt wieder eine deiner Drama-Shows abziehst, dann war alles für die Katz! Du hast, was du wolltest. Macks gehört dir.«

»Das ist mir im Moment alles zu viel, ich muss in fünf Minuten auf die Bühne«, war alles, was Macks darauf antworten konnte. Sie griff nach einem Handtuch auf ihrem Schminktisch vor ihr, mit dem sie sich anschließend das Gesicht abtupfte.

Aus dem Augenwinkel heraus beobachtete sie, wie Simone aufstand, ihre Tasche nahm und zur Tür ging. Sie drehte sich um: »Ich hoffe, du tust gleich das Richtige und kommst zur Besinnung. Lass die alte Macks hinter dir und werde wieder zu Mackenzie Walker. Du musst niemandem mehr etwas beweisen. Jetzt nicht mehr. Du hast viel zu hart dafür gekämpft, du zu sein. Lass die Welt dein wahres Ich sehen. Sonst verlierst du nicht nur mich, sondern auch dich selbst. «

Das leise Schließen der Tür war das Letzte, woran sich Macks erinnern konnte.

Vor Macks wurde es dunkel, denn soeben waren die letzten Töne der Zugabe verklungen. Die Show war für diejenigen, die daran beteiligt waren vorbei. Doch Macks fehlte noch der letzte Akt. Sie musste es durchziehen. Mit dem Bewusstsein, ab diesem Moment ihre zuvor getroffenen Entscheidungen nicht mehr rückgängig machen zu können. Anstatt Panik zu verspüren setzte eine ungewohnte Ruhe in ihr ein. In Rekordtempo flackerten die letzten Stunden vor ihrem geistigen Auge auf. Simones Worte spukten in ihrem Kopf herum.

Macks biss sie sich auf die Unterlippe. Was hätte sie dafür gegeben, sie jetzt an ihrer Seite zu haben. Aber Simone war nicht hier. Wütend schüttelte Macks den Kopf, denn sie spürte, dass sie ihr Schuldgefühl nur durch Taten lindern konnte. Anstatt sich in Simone hineinzuversetzen, waren ihr die Nerven durchgegangen und sie hatte überreagiert. Wie konnte sie nur so bescheuert sein und eine arrangierte Ehe als Bedrohung ansehen, nach all dem, was sie beide schon durchgemacht hatten? Aber sie war eifersüchtig auf Lukas, denn er würde bald schon ihren Traum mit Simone leben, wenn auch nur zum Schein.

Die tobende Menge im Superdome riss Macks aus ihren Gedanken. Wie immer hoffte das Publikum auf mehr und dieses Mal würde sie ihrem Wunsch, nach der Zugabe noch etwas zu spielen, nachgeben.

Macks war soweit. Sie wollte sich nicht mehr einschüchtern lassen. Solange die letzte Figur am Schachbrett des Gegners noch nicht geschlagen war, war die Partie noch nicht gewonnen.

Nun war Macks am Zug. Auf das Danach hatte sie keinen Einfluss. Aber die Ungewissheit verursachte keine Furcht, sondern gab ihr Ansporn.

Ihr Magen zog sich zusammen und für einen kurzen Moment war sie davon überzeugt, sich gleich übergeben zu müssen. Mackenzie klopfte bereits an und wollte vom Seelenregal.

EINS – ZWEI –DREI – Atmen, Atmen, Atmen. Bitte, halte dich zurück, nur noch für ein paar Minuten, sonst kann ich das nicht.

Macks hatte ihre Entscheidung getroffen. Lieber Simone im Heimlichen lieben, als den Deal mit Lukas platzen zu lassen.

Macks kehrte der Bühne für einen kurzen Moment den Rücken zu, um sich zu sammeln und Platz für Mackenzie zu schaffen. Ein eigenartiges Gefühl überkam sie, denn zu lange schon hatte Mackenzie nicht mehr auf der Bühne gestanden. Auf der anderen Seite verstummten die Fans nicht. New Orleans war motiviert.

Niemand bemerkte, als sich Macks langsam umdrehte und zurück auf die Bühne huschte. Denn in diesen letzten Part war lediglich ihr Sound- und Equipment Manager eingeweiht.

Der Applaus verstärkte sich um einige Dezibel, als sich Mackenzie ihren Weg zum Klavier bahnte. Mit einer Hand strich sie über das Gehäuse ihres schwarzen Flügels. Das Holz unter ihren Handflächen beruhigte jedoch nicht ihr Herz, das ihr bis zum Hals schlug. Aber jetzt gab es kein Zurück mehr.

Mit einer Entschlossenheit, die fremd für Macks war, setzte sie sich auf den mit Samt überzogenen Hocker und zog das Mikrofon ein Stück näher an sich heran.

Als sie ihre Finger auf die Tasten legte, hielt sie für einen Moment inne und schloss die Augen.

So fühlt es sich also an, wenn dein Leben kurz vor dem Tod an dir vorbeizieht.

Doch dann meldete sich eine andere Stimme in ihr.

Es ist vorbei, lass mich übernehmen. Wir schaffen das.

Wie war es Macks gelungen, diese zarte, aber auch so bestimmende Stimme all die Jahre zu unterdrücken? Wie hatte sie der Welt eine Version ihrer Selbst vorspielen können, die sie niemals wirklich war? Warum hatte sie ihre Opfer nie infrage gestellt?

In diesem Moment verschwand Macks. Erst war es nur ein Gefühl, aber danach merkte Mackenzie, wie ein Teil von ihr immer stärker verblasste. Statt Macks, drehte sich Mackenzie zum Publikum um und winkte ihnen zu.

»Hallo New Orleans, danke dass ihr alle noch hier seid und ich bei euch sein darf. Ehrlich, ihr habt keine Ahnung wie viel mir das bedeutet. Ich habe noch einen letzten Song für euch, aber davor muss ich euch etwas erzählen.«

Während sie sprach, begann Mackenzie die Akkorde ihres nächsten Songs auf dem Klavier zu spielen.

»Ich tauchte vor meiner Tour ein paar Wochen lang unter, weil ich einige Entscheidungen zu treffen hatte. Ich wusste nicht, ob ich weiterhin die Macks sein kann, die ihr alle so liebt. Denn ehrlich gesagt, habe ich mich auf dieser fast zehnjährigen Reise selbst verloren. Ich will eure Macks sein, aber ich möchte auch die Macks sein, die ich liebe. Ihr Name ist Mackenzie Walker und heute steht sie zum ersten Mal seit ihrem letzten Auftritt mit fünfzehn in einem kleinen Club in New Orleans vor euch.«

Es folgte Applaus, aber Mackenzie ließ sich davon nicht beirren. Sie fixierte die Tasten des Klaviers und spielte weiter ihre Akkorde.

»Unter anderem habe ich mich ihretwegen entschlossen meinem langjährigen Plattenlabel Elephant Records und Peter Miller Lebewohl zu sagen und ein neues, spannendes Kapitel mit 13Up aufzuschlagen.«

Im Publikum wurde noch heftiger applaudiert. Aus dem Augenwinkel jedoch konnte sie sehen, wie Mike an der Seite der Bühne tobte und sich einer der Männer ihrer Security vor ihn stellte. Ein befreiendes Grinsen überkam Mackenzie.

»Ich möchte mich als Künstlerin weiterentwickeln und ihr, meine Fans, die mir alles bedeutet, gebt mir die Kraft dazu. Ihr seid mit mir zusammen erwachsen geworden und dafür werde ich euch ewig dankbar sein.«

Mackenzie hielt kurz inne und genoss die Zustimmung, die sie durch das Publikum erfuhr.

»Ich habe noch so viele Ziele und Träume und möchte diese mit euch teilen. Das nächste Lied ist für all diejenigen, die manchmal vor schweren Entscheidungen stehen und nicht wissen, ob sie diesen Schritt wagen sollen. Für alle, die sich unter

Druck gesetzt fühlen, den Ansprüchen andere gerecht zu werden und sich dabei selbst verlieren. Mir ging es lange Zeit nicht anders. Ich bin unsicher, verletzlich, mache Fehler und war ständig auf der Suche nach der großen wahren Liebe. Aber genau das macht uns doch menschlich. Deswegen möchte ich für euch meinen neuen Song *Everything will change* singen. Bitte gebt Mackenzie die Chance, die ihr Macks damals gegeben habt, und ich verspreche euch, ich werde euch nicht enttäuschen.«

Die nächsten Minuten war Mackenzie alleine mit ihrem Klavier auf der Bühne und sang sich die Seele aus dem Leib.

In der großen Arena war es still geworden, denn alle lauschte den Klängen dieses Songs.

Was danach geschah, nahm Macks nur wie in Trance wahr. Sie ging von der Bühne und Mike kam auf sie zu gerannt. Er war außer sich vor Wut.

»Wie konntest du Peter nur so hintergehen, nach allem, was er für dich getan hat?«

Mit stampfenden Schritten lief er Macks hinterher, sie aber drückte ihn zur Seite. Niemand konnte ihr in diesem Moment noch etwas antun. Was gesagt wurde, konnte nicht mehr rückgängig gemacht werden. Seit Jahren hatte sie zum ersten Mal wieder das Gefühl, richtig atmen zu können. Mackenzie Walker würde nie wieder eine Marionette der Musikindustrie sein.

»Lass mich in Ruhe, Mike. Es ist vorbei«, zischte Macks, schritt in ihre Garderobe und knallte die Tür zu. In Windeseile packte sie ihre Habseligkeiten zusammen, wählte Simones Nummer, doch sie erreichte nur die Mailbox.

In Begleitung ihres Bodyguards verließ Macks die Arena. Sie wollte Simone all die Dinge sagen, die sie zuvor nicht hatte aussprechen können.

Doch erst mal musste sie Simone finden. Vielleicht würde sie in Macks' Wohnung sein, denn sie hatte einen Schlüssel.

Beim Öffnen der Tür schlug Macks ein vertrauter Geruch entgegen. Ein Stromschlag durchfuhr ihren Körper und erleichtert seufzte sie. Ihr Kopf hatte ihr keine Streiche gespielt. Auf der Couch saß tatsächlich Simone, die den Blick von ihrem Telefon hob.

»Hi«

Vorsichtig trat Macks ein paar Schritte auf Simone zu und setzte sich zu ihr. Auf der Fahrt zu ihrer Wohnung hatte sich Macks die perfekte Ansprache für Simone zurechtgelegt. Doch sie jetzt in ihrer Wohnung, gekleidet in ihrem Macks Hoodie, mit einem Gesichtsausdruck, der so viel mehr sagte als tausend Worte zu sehen, verschlug ihr die Sprache.

Macks´ Hände wurden feucht, während sie sich krampfhaft versuchte, an die Rede zu erinnern.

Sprich mit ihr. Sag ihr, wie du dich fühlst.

Macks nahm einen tiefen Atemzug. »Nicht zu wissen, wie unsere Zukunft aussehen wird macht mir Angst. Aber viel größer ist die Angst, dich zu verlieren.«

Macks schluckte, denn Simone saß ihr wortlos gegenüber und sie verspürte den Drang weiterzusprechen. Vor Simone musste sie sich nicht verstellen. Vielleicht würde sie Macks nicht verstehen, doch sie musste es wenigstens versuchen.

»Meine Reaktion von Vorhin tut mir so leid. Die Situation hat mich einfach überfordert und anstatt mit dir darüber zu reden habe ich mich nur von meinen Gefühlen leiten lassen, ohne die Fakten zu verarbeiten. Ich kann nicht fassen, was du geopfert hast. Noch nie zuvor hat meinetwegen jemand so selbstlos gehandelt. Ich schäme mich dafür, dass du das alles auf dich nehmen musst.«

Betroffen blickte Macks zu Boden, doch da spürte sie, wie Simone leicht ihre Hand drückte.

»Ich habe deinen Auftritt auf Instagram gesehen.« Sie drehte ihren Kopf zu Macks. »Du warst echt mutig da draußen«, fügte sie hinzu. Dann nahm sie einen tiefen Atemzug: »Du musst dich doch nicht dafür schämen. Aber du musst die Verantwortlichen zur Rechenschaft ziehen und die Musikindustrie verändern. Wenn eine das Zeug dazu hat, dann du. Lass niemals wieder zu, dass du nur ein Produkt bist, Name hin oder her. Unser gemeinsames Leben muss halt einfach noch ein bisschen warten. Aber wir überstehen das schon.« Als sie die letzten Worte aussprach, lag da so viel Zuversicht in Simones Stimme.

Im Gegensatz zu Macks hatte sie den Mut, das auszusprechen, was sie erst in diese Lage gebracht hatte. Simone hatte recht. Eine Hochzeit mit Lukas änderte nichts an ihren Gefühlen zueinander. Im Gegenteil, endlich hatte Macks einen Ansporn, für all das Gesagte zu kämpfen. Für Mackenzie. Für ihren Neuanfang. Für ihre Beziehung.

In Macks' Kopf begannen sich ihre Gedanken zu ordnen. Sie war entschlossener, als jemals zuvor in ihrem Leben. Mackenzie Walker würden das Kartenhaus der Industrie zum Einsturz bringen! All diejenigen, die die Vorstellung von Liebe verkaufen, um Umsätze zu generieren, Stadien zu füllen und allen die perfekte Welt vorspielen, würden ihr wahres Ich kennenlernen. Außerdem hatte sie ihren Fans versprochen, dass diese die wahre Künstlerin hinter Macks kennenlernen werden. Auch ihnen gegenüber hatte sie nun eine Verpflichtung.

Macks hatte gerade erst begonnen, den Scherbenhaufen aufzuräumen. Was waren da schon die zwei Jahre, in denen sie Simone im Verborgenen lieben musste, wenn ihr anschließend die Welt zu Füßen liegen würde? Mit vierundzwanzig Jahren trat Mackenzie Walker endlich aus der Versenkung und ihr neues Leben konnte beginnen.

Mit einer Überzeugung, die sich absolut echt anfühlte, sagte sie: »Ich verspreche dir, dass wir das gemeinsam überstehen. Ich werde dich für immer lieben. In diesem Leben und im nächsten.«

«Das heißt, wir stehen das zusammen durch und du möchtest den Ring behalten«, fragte Simone mit belegter Stimme.

»Ja«, antwortete Macks und küsste sie intensiv. Während sie ihre Lippen an Simones presste, dachte sie an ihre gemeinsame Zukunft. In zwei Jahren würde sie mit Simone zusammenleben. Bis dahin konnte sie sich, ohne einen Gedanken an Peter zu verschwenden, auf ihre Karriere konzentrieren. Macks genoss die Wärme, die ihren Körper durchströmte.

In ihrem Kopf begannen sich Noten zu einer Melodie zu formen. Nach und nach wurde sie lauter. Das hier war ihre Geschichte.

Mackenzie Walker hatte wieder die Kontrolle über ihr Leben zurück.

Epilog

2023

Jede Faser meines Körpers kribbelte, während ich die Zunge entlang der Innenseite meines trockenen Mundes gleiten ließ. Ich wandte mich von den Kameras ab und nahm einen Schluck Wasser.

Stacey bedrängte mich nicht, sondern gab mir die Möglichkeit, die Geschichte in meinem Tempo zu erzählen. Ich vermied es, ins Publikum zu blicken, denn die Reaktionen während meiner Erzählung waren deutlich genug gewesen. Einige der Zuschauer waren sogar aufgestanden und gegangen. Das Schlimmste war, dass ich es ihnen nicht einmal verübeln konnte. Schließlich hatte ich sie die letzten fünfzehn Jahre belogen.

Sieben Jahre waren seit jenem Abend in New Orleans vergangen, an dem ich mich geweigert hatte, Simone den Ring zurückzugeben. Es fühlte sich an, als wäre es erst gestern gewesen. Meine Lippen begannen zu beben.

Jahrelang hatte ich nicht aussprechen können, was ich soeben gesagt hatte. Insgeheim wünschte ich mir nichts sehnlicher, als Simone jetzt an meiner Seite zu haben. Sie hätte mir gegen den Oberarm geboxt und mich aufgefordert, weiterzumachen und mich nicht einschüchtern zu lassen.

Denn obwohl die alte Version von Macks an jenem Abend begraben wurde, brach ich trotzdem das Versprechen, das ich Simone gegeben hatte.

Ich befeuchte meine Lippen und starre auf meine Hände. Es hätte alles nach Plan laufen können, wäre da nicht nach Simones Hochzeit mit Lukas ein Teil in mir zerbrochen.

Staceys Räuspern riss mich aus meinen Gedanken. Der Sturm, der sich in der letzten Stunde in meinem Körper aufgebaut hatte, verwandelte sich langsam zu einem Tornado. Aber ich musste weitermachen. Ich durfte nicht noch ein Versprechen brechen.

»Öffentlich hast du dich in den letzten Jahren von Simone Schneider stark distanziert. Das letzte gemeinsame Foto entstand vor vier Jahren bei einem deiner Auftritte. Wie hat sie darauf reagiert, in deinem Buch öffentlich geoutet zu werden?«

Staceys Frage traf mich wie ein Schlag in die Magengrube, obwohl wir sie schon etliche Male zuvor durchgegangen waren.

Unbewusst umfasste ich mit meinem Daumen den goldenen Ring an meinem Finger. Dann straffte ich meine Schultern und zwang mich zu einem Lächeln. »Nun ja, alle Personen, die in meinem Buch vorkommen, wurden natürlich im Vorfeld informiert. Vieles, dass über Simone und mich in den letzten Jahren spekuliert wurde, ist nicht wahr. Aber das interessierte die Öffentlichkeit zu jener Zeit nicht. Leider hatte ich damals noch viel zu viel Angst, um mich zu ihr zu bekennen. Ein Fehler, den ich nie wieder gutmachen kann.«

Langsam drehte ich mich zum Publikum. Denn der nächste Satz war ausschlaggebend. »Ich mache nicht nur die Industrie dafür verantwortlich, was mit mir passiert ist, sondern euch alle. In den letzten fünfzehn Jahren habt ihr mir viele Namen gegeben und ich konnte damit leben. Was aber einige im Netz mit Simone angestellt haben, werde ich euch nie verzeihen. Dadurch habt ihr nicht nur sie verletzt, sondern auch mich.«

Vereinzelt hörte ich Zustimmung, aber die Mehrheit schwieg, saß stumm da, auf ihren Stühlen. Insgeheim hoffte ich, dass sie sich lächerlich und benutzt fühlten. So wie ich mich all die Jahre gefühlt hatte. Simone Schneider war der Mensch, der meine Karriere gerettet hatte und dafür ein selbstloses Opfer gebracht hatte. Ihr Ruf wurde durch den Dreck gezogen, um mich zu schützen. Mehrmals.

Wie erst wird das Publikum reagieren, wenn es die komplette Wahrheit kennt?

Doch Stacey gab mir keine Gelegenheit mein Kopfkino weiterzuspielen, denn ihr brannte bereits die Frage auf den Lippen, von der ich bis zuletzt nicht wusste, ob ich sie tatsächlich wahrheitsgemäß beantworten werde.

»Wie ging es weiter?«

Ein säuerlicher Geschmack breitete sich in meinem Mund aus. Noch hatte ich die Gelegenheit, über das, was damals wirklich geschehen war, zu lügen.

Aber ich war hier, um meine Version der Geschichte zu erzählen.

»Ich habe, so wie vieles in meinem Leben, für zu selbstverständlich gehalten. Nach dem letzten Konzert in New Orleans dachte ich, wir hätten es geschafft. Aber es war naiv von mir zu glauben, dass wir auch nur die geringste Chance hätten.«

Im Publikum war wieder dieses Raunen zu hören und ich nutzte diese Pause, um mich zu sammeln, bevor ich weitersprach.

»Es ist mir nicht gelungen wieder zu Mackenzie Walker zu werden.« Meine Stimme klang belegt. Es war die Wahrheit. »Das Problem mit Macks war, dass sie nach all den Jahren im Rampenlicht von den Fans so idealisiert wurde, dass Mackenzie ihr niemals das Wasser reichen konnte. Ich war so sehr damit beschäftigt, die einflussreichste Künstlerin aller Zeiten zu werden und Elephant Records eins auszuwischen, dass mir dabei jedes Mittel recht war.«

Staceys Nicken, ihr mitfühlender Blick und das leichte Zucken ihrer Schultern zwang mich, den Kloß, der sich in meinen Hals gebildet hatte, hinunterzuschlucken.

»Nach dem Konzert fühlte ich mich unantastbar. Meine Musik gehörte praktisch mir, Simone und ich waren verlobt und ich hatte Peter überlistet. Aber ich spielte in einer Liga, der ich nicht gewachsen war.«

Ich senkte meinen Blick, während ich versuchte, an meinen Worten nicht zu zerbrechen. Denn mit einem Schlag hatte ich nicht nur die Frau, die ich liebte an einen Mann verloren, sondern auch meine Musik, meine Reputation und meine Glaubwürdigkeit.

Vielleicht hing das Publikum deswegen so an meinen Lippen. Weil es Angst hatte, was ich als nächstes sagen würde. Denn da gab es noch so vieles, dass endlich ans Tageslicht musste, und wer wusste schon, ob die Verantwortlichen dafür letztendlich nicht doch noch den Preis für ihre Taten bezahlen müssen.

Stacey rutschte auf ihrer Seite der Couch ein Stück vor. Dabei senkte sie für einen kurzen Moment ihren Kopf. Ich wusste, was dieses Zeichen bedeutete. Gleich würden wir zum zweiten Teil der Geschichte übergehen. Mein Magen zog sich zusammen und Hitze breitete sich in meinem Körper aus.

Ich hörte, wie Stacey tief einatmete, bevor sie die letzte Frage für heute stellte: »Bist du bereit über den Tod von Peter Miller zu sprechen?«

Ich seufzte, nickte aber, obwohl sich alles in mir sträubte. Natürlich war ich nicht bereit. Doch ich musste endlich aufhören, von dem, was Jahre zuvor passiert war, davon zu laufen.

»Peter Miller war einer von den Guten. Das weiß ich jetzt. Er hätte mir kurz vor seinem Tod alles sagen können. Doch Peter hatte sich entschieden, mir die Wahrheit über den Verkauf meiner Masters zu erzählen.« Ich hielt für einen Moment inne, dachte daran wie ich Peter kennengelernt und was er für mich alles getan hatte, ohne dass es mir bewusst gewesen war. »Letztendlich war ich wirklich wie eine Tochter für ihn. Er hatte nur manchmal Schwierigkeiten, mir das zu zeigen. Aber ich vermisse ihn jeden Tag. Schließlich würde es Macks ohne ihn nicht geben. Vielleicht konnte ich deswegen diesen Namen niemals ablegen. Denn Macks war Peters Vermächtnis. Eines, dass jetzt mir gehört. Zu meinen Konditionen. Denn ich bin die rechtmäßige Erbin und Besitzerin seines Plattenlabels Elephant Records. Das Label, das Lukas Kremer vorgegaukelt hatte, gekauft zu haben. Vor sieben Jahren habe ich alles auf eine Karte gesetzt und verloren. Doch das wird mir nie wieder passieren, denn meine Geschichte ist noch nicht zu Ende erzählt.«

Stacey warf mir ein beruhigendes Lächeln zu, während ich über meine Kopfhörer das »cut« hörte. Meine Glieder entspannten sich, ich ließ meinen Kopf im Nacken kreisen. Jemand reichte mir ein Taschentuch. Erst da bemerkte ich, dass mir Tränen unkontrolliert über die Wange liefen.

Mit zitternden Fingern wischte ich sie mir weg, schniefte kurz, stand dann auf und ging hinter die Bühne, weiter den schmalen Gang entlang zu meiner Garderobe.

Erschöpft stemmte ich meine Hände gegen die Kommode und betrachtete mein Spiegelbild.

Endlich, nach all den Jahren konnte ich Mackenzie wieder darin erkennen.

Danksagung

Ich möchte diese Gelegenheit nutzen, um all jenen zu danken, die mich auf meinem Weg begleitet und unterstützt haben, dieses Buch zum Leben zu erwecken.

Meine Partnerin: danke für dein Verständnis, dass ich so viel Zeit mit fiktiven Charakteren verbracht habe. Aber du weißt, du bist meine Nummer eins. Macks kann dir niemals das Wasser reichen! Danke, dass du immer bereit warst, dir bei einem Glas Wein meine kreativen Gedanken anzuhören. Danke auch für dein super Coverdesign! Du bist die Beste! I love you

Meine Lektorin Gabi Büttner: du warst es, die meine Schreibversuche ernstgenommen hat, und mich die letzten zwei Jahre begleitet hat. Meine verkorksten Texte zu lektorieren war bestimmt nicht immer einfach! Du hast mir so viel beigebracht. Ohne dich hätte ich dieses Experiment wahrscheinlich nach ein paar Monaten aufgegeben. Für mich gibt es niemanden, dem ich diese Aufgabe, mich zu begleiten, mehr zugetraut hätte. Danke für alles, du bist awesome!

Ein herzliches Dankeschön gilt auch meiner Freundin Jasmin, die mir nicht nur die Das/s Schreibung erklärt hat, sondern auch jedes Kapitel Korrektur gelesen hat. Ohne dich hätte ich es nie geschafft, all meine Gedanken zu Papier zu bringen. Du warst es, die sich meine 1.000 anxiety WhatsApps anhören musste, in denen es um Charakterentwicklung, Szenengestaltung oder Rechtschreibung ging. Danke, dass ich immer auf dich zählen kann und du der gleiche sucker for pop culture bist wie ich! Ohne dich hätte dieses Projekt nur halb so viel Spaß gemacht! Long live all the magic we made.

Ein großer Dank gilt auch all den Personen, die sich hinter den Buchstaben meiner Protagonistin befinden. Ihr wisst, wer ihr seid. Natürlich habe ich auch beim Namen des Buches darauf geachtet, etwas zu wählen, das eine persönliche Bedeutung hat. In diesem

Sinne möchte ich mich auch bei mir selbst bedanken. Dass ich durchgehalten habe und mit dem Schreiben etwas gefunden habe, das mehr als ein Hobby wurde – sondern ein echtes Buch. Genau das, das ich mir in meiner Jugend gewünscht hätte.

Tausend Dank gilt meinen Testlesern: Manja (manjas_buchregal); Jacqueline (textmodification); Sophie (dualPassions) und Angelika (angelika.bnke). Ihr habt meinem Baby den letzten Schliff verpasst und mich dazu gepusht, noch eins hier und da drauf zu setzen! Es bedeutet mir unheimlich viel, dass ihr so viel Zeit in Macks investiert habt.

Und natürlich gebührt auch euch ein ganz großes Dankeschön: die Leser*innen, die meinem Debütroman eine Chance gegeben haben. Ich hoffe, ihr habt Macks genauso ins Herz geschlossen wie ich. Sollte euch das Ende verwirren, kann ich euch beruhigen, denn Spoiler Alert: Es ist noch nicht vorbei. Macks (oder ich) hat noch einiges zu sagen! Also seid gespannt, streamt eure Lieblingsmusik oder legt eine gute alte Schallplatte auf und schaut auf meinem Instagram vorbei: josefine.james

Xoxo JJ